JN291365

源氏物語の詩学

かな物語の生成と心的遠近法

高橋　亨　著

名古屋大学出版会

源氏物語の詩学　目　次

引用本文について

本書で引用する主要な作品の本文は、以下に掲げるテクストにより、必要に応じて引用文末尾にその冊番号や巻名、頁数等を記した。ただし、「かな」表記の原文を生かしたり、解釈を明示するために漢字表記とするなど、私に本文批判を加えて改訂した部分もある。また、歴史的かな遣いに統一した。歌番号は『新編国歌大観』を用いているが、『万葉集』のように、旧版の『国歌大観』を用いたものもある。引用文における傍線や記号は論者による。傍線には、原著の傍点などを改めた部分もある。


『源氏物語』新日本古典文学大系（岩波書店）。底本は大島本。

『竹取物語』新編日本古典文学全集（小学館）。底本の古活字十行本の表記を生かした。

『うつほ物語』宇津保物語研究会『宇津保物語 本文と索引』（笠間書院）。底本は前田家本。室城秀之『うつほ物語 全（おうふう）、原田芳起『宇津保物語』（角川文庫）も参照した。

『古事記』新編日本古典文学全集（小学館）。

『日本書紀』新編日本古典文学全集（小学館）。

『風土記』新編日本古典文学全集（小学館）。

『万葉集』新編日本古典文学全集（小学館）。

『古今和歌集』（『古今集』と略称）新編日本古典文学全集（小学館）。

『古今和歌六帖』（『古今六帖』と略称）図書寮叢刊（養徳社）。歌番号は『新編国歌大観』による。

『伊勢物語』新編日本古典文学全集（小学館）。

『大和物語』新編日本古典文学全集（小学館）。

『落窪物語』新日本古典文学大系（岩波書店）。

『枕草子』新日本古典文学大系（岩波書店）。三巻本を原則とする。

『紫式部日記』『紫式部集』新日本古典文学大系（岩波書店）。

『更級日記』新編日本古典文学全集（小学館）。

『無名草子』新編日本古典文学全集（小学館）。底本は天理本。

『栄花物語』新編日本古典文学全集（小学館）。

『大鏡』新編日本古典文学全集（小学館）。

『宝物集』新日本古典文学大系（岩波書店）。

『今鏡』海野康男『今鏡全釈』上・下（福武書店）。

『宇治拾遺物語』新日本古典文学大系（岩波書店）。

『源氏物語玉の小櫛』（『玉の小櫛』と略称）本居宣長全集四（筑摩書房）。

『源氏物語』の古注釈書については、玉上琢彌編『紫明抄 河海抄』（角川書店）、『花鳥余情』などは『源氏物語古注集成』（桜楓社［おうふう］）、『源氏物語評釈』は国文注釈全書（国学院大学出版部）を用いた。


他の作品の引用についても、信頼できる通行本に拠り、同じく私に本文批判を加えている。また、上記のものについても、必要に応じて他の本文を用いたところもあるが、それについては個別に注記する。

本書では、日本古典文学大系を旧大系（本）、新日本古典文学大系を新大系（本）、日本古典文学全集を旧全集（本）、新編日本古典文学全集を新編全集（本）と略称する。

序章

一 〈物語の詩学〉にむけて――言の葉としてのテクスト

(1) はじめに

「源氏物語の詩学」とは、『源氏物語』のような物語テクストが、なぜ、どのようにして生成したのかということを、「かな文芸の詩学」の系譜において論じ、その作品としての位相を捉えようとすることを示している。「文芸」とはことばによる「あや」の「わざ」であり、「文学」とはその「あや」についての「学《まねび》」である。

本書の各章は、すでに発表した論文を素稿としているものも多いが、それらの論文のたんなる集成ではなく、旧稿を大幅に改め、それらを統合した〈物語の詩学〉の構築をめざしている。その基軸として、従来の「文学史」と「ジャンル論」、「作品論」と「系譜学」といった大きな課題を視野に入れていくことになるが、それらを〈物語の詩学〉という立場から再構築していきたい。

『源氏物語』を中心とした平安朝物語文芸の研究は、その物語内容についての意味論的な解釈と、〈語り〉の表現構造などの形態論的な分析によるテクスト論とを、近年の主要な課題としてきた。(1) 本書では、それらを統合した

〈語りの意味論〉として、ことばの芸術としての平安朝「かな」文芸の生成と展開を捉え、歌や漢詩文を含む多様なジャンルと関わる表現史の過程に『源氏物語』の主題的な展開を位置づける。こうした開かれた系譜学の根底には、ことばを植物生成の比喩によって認識する「言の葉」の言語観と文学観があり、それによって、西洋のナラトロジー(2)やテクスト理論との共通性をふまえつつも、平安朝文芸の特性を明確化して論じることができると考えている。

ここでいう「詩学」とは、和歌を主とした掛詞や縁語による「かな」文字による修辞法を基底にして、物語などの語り文における表現技法をも対象化することを目的としている。「言の葉」による「あや」により、その主題的な意味がどのように生成し変換したのかということが本書の課題であり、〈物語の詩学〉の範囲は、歌学に対応する掛詞などの修辞的な技法から、引用や話型におよぶ表現の方法を広く指し、あるいは、その物語内容や美意識と思想をも含んでいる。

それは、景情一致や「あはれ」という用語に代表されるような〈同化〉の美学のみならず、表現対象を批判的に捉えて離れる〈異化〉(3)をも重視したものである。また、先行の和歌や漢詩文、物語をも含めた引用と変換の表現過程を分析することによって、〈もどき〉の詩学の系譜をおさえ、『源氏物語』における主題的な表現の生成を〈物語の詩学〉として論じるとともに、その後の享受史の展開も射程に入れることになる。

また、本書では、「かな」や「和文」による表現史を「漢詩文」と対立させて考察するのではなく、「和漢混淆」の文化状況を前提としておさえていく。『古今集』の四季や恋の部の歌ことばによる詩的言語の達成から『源氏物語』への表現過程を捉えることが、これまでの論の主流であったのに対して、『古今六帖』や『枕草子』『うつほ物語』などを、より重視して積極的に評価していく。平安朝の和歌や「和文」は、漢詩文的な世界を潜在しているのであり、そこに「和漢の心的遠近法」というべき表現法がある。

「心的遠近法」とは、『源氏物語』における語りの主体が、「物のけ」のように物語世界の外部から内部へ、作中人物を対象化した地の文から心内語へ、また逆の方向へと連続的に移行する表現法を一般化し、やまと絵による物語絵の「引目鉤鼻」や「吹抜屋台」などの表現技法とも共通する〈文法〉として理論化した用語である。「心的遠近法」では、空間表現にも時間が内在し、〈同化〉と〈異化〉の詩学が複合的に作用している。その基底をなす「語りの心的遠近法」の分析指標としては、「たまふ」などの敬語を含めた待遇表現、また人物呼称や「こそあど」表現があり、表現のタブー意識なども、物語の構成手法に関わってくる。「和漢の心的遠近法」においては、〈女〉と〈男〉、〈私〉と〈公〉といった文化の二項対立と関わるが、その緊張関係や倒錯こそがむしろ問題となる。(4)

こうした「心的遠近法」の〈文法〉においては、「文」を単位とした表現法から、「作品」の全体にわたる主題的な表現法までを、テクストの〈文法〉として論じていく。それはまた、従来〈日本的〉とされてきた文化特性を、一般化して考察する可能性を拓くものである。そして、たんなる素材としてではなく、物語の方法としての「音楽」や「絵」の表現にも論及する。

本書では、この序章において基本的な視座を示し、本論を三部に分けている。第I部においては、「かな」文字の生成と和漢の心的遠近法との関連を中心にして、『源氏物語』の成立までの表現史を論じている。そこでは、歌や地名起源譚における掛詞や縁語による技法が、『竹取物語』や『うつほ物語』を生成する物語の詩学と連続していることを検証する。また、文字と声、あるいは音楽と語りとの関係も考慮しつつ、「かな」文字によって書く表現が、どのようにして物語を生成するのかを論じていく。

第II部では、語りの心的遠近法という視座を基本として、『源氏物語』の主題的な展開について考察する。「謎かけ」の手法により、短編的な「数珠繋ぎ」の構成が「因果論的構成」を成立させる過程、そして物語世界が主題的に多元化し、新たな謎を残して終焉することを、個別の論の集積として提示していく。そこでは、呼称の心的遠近法の分析や作中人物の主題的な相互関連の系譜から、語りの主体が多元的な解体を進め、作中人物たちも自立した語り手の様相を示して、相互了解不可能性（ディスコミュニケーション）が深まり、〈中有〉の思想というべき物語の思想を生成していることを捉えていく。

第Ⅲ部では、物語の詩学と文化学との架橋を視野に入れつつ、物語文芸史を再考する。『源氏物語』の内なる物語論や、物語作者のテクストとしての『紫式部日記』、絵画テクストと物語との比較、『無名草子』論とその「世継」と語りの場の表現史における位相は、それぞれに物語論の生成と、王朝〈女〉文化の行方と相関している。

以上、本書の意図と概要を記したが、その基本的な立場について、物語のテクスト論と話型や構造に関する始発の論を加えることで序章としたい。

（2）テクスト生成の〈学〉

「織物（texture）」を語源とする「テクスト」という用語による概念は、一九七〇年代におけるロラン・バルトの「物語の構造分析」などの紹介と、それに伴うロシア・フォルマリズムの再評価によって、日本文学研究においても一般化した。その結果、「引用の織物としてのテクスト」という発想は、ことに物語研究会を中心とした平安朝文学研究における「テクスト論」の基底となっている。

日本文学研究における「テクスト論」を総括した高木信は、その理論的な背景として、①ジュネットのナラトロジー、②プロップ的物語論、③構造主義＝記号論、④バフチン＝クリステヴァ的「引用論＝テクスト」理論、⑤クリステヴァ／デリダ系列の「テクストの生成と破砕」理論、という五つの流れを指摘している。高木は①〜③が「基本的には文法指向の分析」であるとし、④では「テクストを構造化する文法を記述する指向とともに、構造が生成されるそのプロセス自体が考察の対象となりはじめ」、さらに⑤を「テクストの構造自体を破砕しようという運動」として位置づけながらも、これらの分析が「解釈という欲望」に取り憑かれ、そして、区分されるべき理論的土壌を野放図に接続してしまう「日本的な」研究状況を批判している。もとより、本書の立場とは異なる原理主義的なものであるが、論者（高橋亨）は④に位置づけられている。(5)

「引用の織物としてのテクスト」という発想は、当初、文学テクストの生産を織機工場における織物の生産過程の比喩によって対象化したシクロフスキーなどのロシア・フォルマリズムのように、〈科学〉として分析しようという発想と結合していた。その基礎理論とされたのが、ソシュールの構造言語学であった。文学研究がどのような〈科学〉たりうるかということが、そこでの原初的な問題提起である。

〈科学〉は対象と方法とを自覚的に規定し、実証性と合理性に基づいた知の体系を獲得しようとする。その目的においては、文芸の〈学〉も同じだといいうる。本質的な差異が生ずるのは、〈科学〉が主観性を排除して、純粋に同質的な世界を体系として構築しようとするのに対して、文芸の〈学〉が、あくまで個別性にこだわるからである。西洋近代の知の体系における、主観と客観との二元論、その遠近法としての認識論の問題に、どうしても行きあたらざるをえない。ロラン・バルトは、文学理論における〈科学〉から〈反科学〉へとひきさかれた両極を、書くこと（エクリチュール）の実践によって生きたのだといえる。

「物語の構造分析序説」(6)によって〈科学〉としての文学研究の可能性を示したかにみえたバルト自身のその後の軌跡は、その限界についての自覚を明確に示している。『S／Z』で『サラジーヌ』のテクストを砕断し、行動・解釈論的・文化的（参照）・意味素・象徴の場という五つのコードによる〈声〉の織物としてテクストを分析してみせたバルトは、「問題なのは構造を明らかにすることではなく、できるかぎり構造化作用を生み出すことである」とする。また、「コードは引用の投影図であり、構造の蜃気楼なのである」とも記している。(7)

テクスト分析は、バルトにおいて、表現のレベルによってゆがめられ変形した構造を、言語学や記号論のアナロジーにより、擬似科学的に扱う知的遊戯の様相さえ示している。『テクストの快楽』では、構造分析についての断章として、こういう。

木に釘を打つ時、打つ場所によって、木は異った抵抗を示す。すなわち、木は等方性を持たないという。テクストもまた等方性を持たない。縁や断層は予測できない。（現代の）物理学がある種の媒質やある種の宇宙の非等方性に順応しなければならないのと同様に、構造分析（意味論）も、テクストのほんの僅かな抵抗やテクストの血管の不規則な配置を認めなければならないだろう。(8)

バルトは、これ以前に『物語の構造分析』に収められた「天使との格闘」でも、「物語の構造分析はたしかに科学ではないし、学問でさえもない（それは教えられない）」と明言している。(9) また、『テクストの快楽』の「科学」という断章でも、「テクストの理論」について、「実践（作家の実践）であって、科学や方法や研究や教育法ではない」として、

テクストの快楽の記述を妨げているのは、あらゆる制度的な研究の、宿命的にメタ言語的にならざるを得ない性格だけではない。われわれが、現在、真の生成の科学（それだけがわれわれの快楽を、道徳的な後見を添えずに引き取ってくれるだろう）を構想できないからでもある。

と記している。そして、このあとに、次のようなニーチェの引用を差し挟んでいる。

《……われわれは、生成の、おそらく、絶対的な流れを知覚するほど精緻ではない。永続するものは、物事を常識的な平面に要約し、還元する、われわれの粗雑な器官によってのみ存在するのであって、実は、何物もこの形では存在しないのである。木は瞬間毎に新しいものである。われわれが形を肯定するのは、われわれが絶対的な運動の精緻さを捉えないからである》。

さらに、「〔テクスト〕も、われわれの器官が粗雑なために、（仮の）名前が与えられる木であろう。われわれは、精緻さが欠けているから、科学的になるのであろう」と付言して結ばれている。

要するに、バルトは西洋近代の〈科学〉としての「構造分析」や「テクストの理論」の限界に絶望しつつ、「真の生成の科学」が構想できていないとしている。それは、生きた「木」や血管をもった生物に喩えられたテクストを精緻に捉えるべきものであり、「実践（作家の実践）」であるともされていた。西洋の言語観による論理的思考により「真の生成の科学」を探求したバルトの予想外ではあろうが、日本古典の伝統的な言語観や文学観による

た。〈学〉は、もちろん〈科学〉ではないが、「実践」的な解釈学でありつつ、植物の生成に喩えることを根源としてい

それを端的に示すのが、ことばを「言葉」と表記したり「言の葉」と表現することである。西洋の哲学者としてはマルチン・ハイデッガーが、こうした日本語の「ことば」の語源に大きな関心を示し、植物の葉の比喩によることと、「事」の生起であるという説明に注目している。[10] ハイデッガーは西洋哲学の限界を超える可能性を読もうとしていたようにも思われる。

西洋における「詩学」の原点というべきものは、アリストテレスの『詩学』にある。韻文を中心としたその「ミメーシス（再現・模倣）」論は「レトリック（弁論術）」と区別されていた。ツベタナ・クリステワは、それらを統合したデリダ流の「メタファー」論を継承して、ロトマンによる〈テクスト志向型〉ないし〈表現志向〉の文化のタイポロジーが、平安文化の〈流れ〉の構造に、積極的な意味であてはまるとしている。〈テクスト志向型〉は、〈文法志向型〉ないし〈内容志向〉に対するもので、「詩歌を中心とした王朝文化においては、メタ・レベルは詩歌を通して発達し、詩的言語は、自らの働きのみならず、意味作用を制御する基本的概念をもあらわすようになる」としている。[11]

こうした平安朝そして日本文芸の〈テクスト志向型〉ないし〈表現志向〉の根源に、「言の葉」という植物生成の喩による文学観がある。日本の伝統的な歌学そして物語学というべきものは、引き歌や漢詩文・仏典・史実にわたる引用関連などによるテクストの注釈であり、和歌や物語の新たな創作活動と密接に関わるものであった。それは、西洋における「真の生成の科学」とは異質であるにせよ、間違いなく〈生成の学〉としての「詩学」である。

（3）言の葉の詩学

ことばを「言葉」と表記したり「言の葉」とする用例は、奈良時代にはみられず、平安朝に入ってから（九世紀

以降）にみられるようになる。未だ「かな」文字が成立せず、漢字表記によっていた奈良時代には、「言」「辞」「詞」などをコトバと読んだ可能性はあるが、コトバという確実な用例は少なく、コトという用例が圧倒的に多くて本来的であった。そのコトは「言」であるとともに「事」であった。「言」（signifiant）＝「事」（signifié）という等価性は、神話や伝承の正統性にとって不可欠の前提である。

コトバの語源は確定できないが、コトのハ（端＝はし）説によりたい。コト（事）の延長として外化された現象がコトバ（言）なのである。それが事実としての「事」から離れた「言」として対象化されたとき、偽りともなりかねない〈あや〉（文・レトリック）として意識される。コトからコトバへの語の歴史的な変遷は、そうした過程をも内在していた。コトバは生きた表現の過程そのものであり、その現象を植物の生成に見立てることは、「草木言語之時」という『日本書記』（欽明紀十六年）の記述に『釈日本紀』が「クサキモノカタリセシトキ」と古訓を付すことなどへと通底しており、東アジアの照葉樹林文化に位置する日本では、きわめて自然で的確な発想である。[12]

言語表現を植物に喩える発想自体は、漢文や仏典にも多くみられる。とはいえ、「言葉《ことば》」「言の葉」はともに平安朝において急激に出現しており、特に「言の葉」は歌語として用いられて、使い分けがなされている。この「言の葉」は、「千枝万葉」というような「漢文の表現にならって作られた」雅語かともみられている。[13]「万葉」という漢語は確かにあり、『万葉集』という歌集の名でもあるが、「言の葉」や「言葉」という表記が平安朝のものであることに、独自の意味を見出したいのである。

かつて「国風暗黒時代」と呼ばれた九世紀の漢詩文全盛の時代を媒介として、日本語や日本文芸は大きく変質し、「かな」文字の成立とともに、新たな和歌や物語や日記文芸が開花した。十世紀以降の「かな」文芸が、まさしく日本独自の高度な展開をみせて『源氏物語』や『枕草子』のような作品を生成したことはいうまでもないが、「かな」文芸と漢詩文とを対立的に捉えるべきではない。異文化混淆による葛藤の内から、新しい日本語と日本文芸が生み出されたのである。

そうした平安朝かな文芸と、さらにその後の日本文化の理論的マニフェストといえるのが、『古今集』の「かな序」（九〇五年）であった。それはまさしく、植物生成の比喩による「言の葉」の文学観と引用の織物としての和文体の成立であった。

やまとうたは、人の心を種として、万《よろづ》の言の葉とぞなれりける。世の中にある人、ことわざ繁きものなれば、心に思ふことを、見るもの聞くものにつけて、言ひ出せるなり。花に鳴く鶯、水に住む蛙《かはづ》の声を聞けば、生きとし生けるもの、いづれか歌をよまざりける。力をも入れずして天地《あめつち》を動かし、目に見えぬ鬼神《おにがみ》をもあはれと思はせ、男女《をとこをんな》の中をも和《やは》らげ、猛《たけ》き武士《もののふ》の心をも慰むるは歌なり。

『古今集』かな序の最初の一段では、和歌の本質と効用を説いているが、その冒頭の一文が「言の葉」生成の文学宣言なのである。「やまとうた（和歌）」という語は「からのうた（唐詩）」に対するもので、その勅撰集としての公的な権威化を意図した表現である。この「かな序」は紀貫之によるものだが、紀淑望による「真名序」（漢文序）もあって、その冒頭では、「夫和歌者、託其根於心地、発其花於詞林者也」（それ和歌は、その根を心地に託《つ》け、その花を詞林に発《ひら》くものなり）という。内容的には同様のことをいっているのだが、それゆえに「言の葉」と「花を詞林に」、「心を種」と「根を心地に」という違いを、和語と漢語による発想の差異としておさえておきたい。

真名序が「詞林」というのは漢語で、「文林」などと共通して中国の詩文観に存在した植物的比喩の移入を示している。『古今集』かな序と真名序の「六義」をはじめとする表現のプレテクストとして、『毛詩正義』序や『詩経』大序が指摘されているのであるが、その詩学の根本は「詩」が「志」を述べるものだということにあり、ここに対応する部分には植物の比喩を用いてはいない。影響があったとすれば、白居易「元九に与ふる書」の、「詩は情を根とし、言を苗とし、声を華《はな》とし、義を実とす」であろう。[14]

真名序の先駆をなす、中国詩学の引用と変換による歌論の試みとしては、すでに『万葉集』の時代、藤原浜成『歌経標式』（七七二年）が現存しており、その序にも「春花之儀」（春の花のにほひ）と「秋実之味」（秋の実のあぢはひ）が歌の評価の喩として対句で用いられている。また、その冒頭で、「歌は鬼神の幽情を感《うご》かし、天人の恋心を慰むる所以《ゆえ》なり」というのも、かな序へと通じている。あるいはまた、『新撰万葉集』上巻序文（八九三年）で「古は飛文染翰の士、興詠吟嘯の客、青春の時、玄冬の節、見るに随って興既におこり、聆《き》くに触れて感自らなる」（昔は文筆や詠歌をする人たちは、春や冬の時節に、見るもの聞くものにつけて感興がわいた）というのは、「飛文染翰」という『文選』序の用語によりながらも、かな序の「見るもの聞くものにつけて、言ひ出せるなり」へと通じている。

こうした中国詩論や漢文表現との格闘を経て、『古今集』かな序が、まさしく「やまとうた」（和歌）としての「言の葉」生成の歌学を宣言したことは、王朝かな文芸とその後の日本文化論の始発であった。『古今集』の歌には「言の葉」が一二例、「ことば」は歌語としては用いられず、詞書に二例ある。その代表として小野小町の歌をあげてみる。

今はとてわが身時雨にふりぬれば言の葉さへに移ろひにけり　（恋五・七八二）

冷たい雨が「降る」を、女の我が身が「経る」（古る）、つまり年老いたことと掛け、時雨によって木の葉が紅葉したことを、男の愛の「言の葉」が変化して信じられないことと掛けている。ここでは「ことば」を木の葉に見立て、掛詞とする修辞が高度に完成している。この歌は小野貞樹との贈答歌で、「人を思ふ心の木の葉にあらばこそ風のまにまに散りも乱れめ」（同・七八三）、あなたを恋する心が木の葉であったならば、風に吹かれて散り乱れることもあろうが、そんなことはないから私の愛は変わらない、というのが、その返歌である。

とはいえ、我が身が時雨（涙）となって降るとさえ読みうる小町の歌の発想には、たんなる掛詞による修辞としてすますことのできない、幻想の力が感じられる。それはまた、「力をも入れずして天地を動かし、目に見えぬ鬼神をもあはれと思はせ」という『古今集』かな序の表現とも共通している。あるいは、「心に思ふことを、見るもの聞くものにつけて」という「つけて」も、「託して」というより「憑けて」であるからこそ、天地を動かしたり

鬼神をも感動させる「ことわざ」たりうるのであろう。(15)

美濃部重克は、「現実的な効力を信じられている神秘の言葉、言霊を帯した言葉とは異なる、それ自体は虚としてのあやの言葉、詩文また和歌のレトリック、それが人の神と交渉するための道具なのではないか。それは巫にして詩人（ポーイット）なる者だけが操ることのできる道具である」とする。(16) 藤野岩友が『楚辞』の中に「巫覡による祭祀の投影」を探り、屈原による「自序文学」である「離騒」の始めで、「巫の祝辞での神との取りひきをはかる表現との関連」を示唆している(17)ことをふまえた発言である。我が国では紀長谷雄や大江匡房の「自賛」とも繋がり、「神霊の顕現に人間のものである言葉のあやをもって対する、その能力を神にむかって誇るところの自恃、それが自賛の根底に潜んでいる」のに基づいていると、美濃部は続けている。

漢詩文作者における「自賛」や神に対する「自恃」といった自覚はなくとも、「やまとうた」においても、「あやの言葉」による天地や鬼神との交流があり、それを「ことばのシャーマニズム」ということができよう。

（4）言の葉の「あや」による同化と異化

『古今集』かな序が確立した「言の葉」生成の文学観は、自然の生物や鬼神とも交歓する「あはれ」、つまり感情移入による〈同化〉の文学観であり、その後の歌論でも「こころ」と「ことば」との関係が中心になる。引用の源泉をなす中国詩学と比較するとき、政教主義あるいは述志の文学という性格は弱いのであるが、天皇の命令で編纂された勅撰集の序文であるところに、そのたてまえとしての公的な「やまとうた」の意味づけがうかがえる。

紀貫之はかな序で、自然に発せられた「ことば」や日常的な言語が、そのまま和歌だというのではない。歌の表現の歴史を概括し、「歌の文字」が定まり、「三十文字《みそもじ》あまり一文字《ひともじ》」の形式が史的に成立したこと、そして「歌のさま」を唐詩《からうた》の「六義」に強引に対応づけるところに、文学言語としての根拠を得ようとしている。六歌仙についての批評用語としても、「こころ」と「ことば」との調和とともに「さま」（歌体）の風格を論じている。そして、

「今の世の中、色につき、人の心、花になりにけるより、あだなる歌、はかなき言のみいでくれば、色好みの家に埋れ木の」と、同時代の恋愛の媒体としての贈答歌から「和歌」を差別化しようとしている。

こうした勅撰集としての『古今集』編纂のために、「歌合」という公的な場が設けられ、屏風歌や題詠が盛んに行われた。それが漢詩文に対応した晴の（公的な）和歌であることは、前史としての『新撰万葉集』や大江千里『句題和歌』（八九四年）に、より明確である。『古今集』に収められた紀貫之の歌も、多くがそうした性格の歌である。日常生活の歌とは異なった次元に和歌の「言の葉」を高めるために、「題」や「絵」という宮廷文化として抽象化された媒体が必要だったのである。

しかしながら歌は、もとより勅撰集のために作られたわけではなく、その意味では、『古今集』かな序の論には無理がある。貴族たちのより日常的な生活における「言の葉」としての位相は、十世紀半ばに編纂された『古今六帖』に明らかである。

『古今六帖』は、第一帖に「歳時部」として「春」「夏」「秋」「冬」そして「天」、第二帖に「山」「田」「野」「都」「田舎」「宅」「人」「仏事」、第三帖に「水」、第四帖に「恋」「祝」「別」、第五帖に「雑思」「服飾」「色」「錦綾」、第六帖に「草」「虫」「木」「鳥」という分類項目を立て、さらにそれぞれの内に小項目を具体的に示して例歌をあげている。その第五帖「服飾」の内に、「言の葉」の歌五首が「ふみ」（文）「琴」「笛」「弓」などとともにあげられている。「言の葉」の歌は愛の誓いの言葉や恋文の歌であり、「服飾」に分類されているのは、調度品や衣服、また楽器と同類の「あや」（飾り）として対象化されたためであろう。織物としてのテクストという発想は平安朝のものでもあった。ちなみに、「物語り」の歌は「雑思」に配置されている。

物語の言語もまた、平安朝では植物の比喩と結びついていた。出家した十九歳の冷泉天皇の皇女、尊子内親王に仏道を勧める『三宝絵』（九八四年）の序文は、女性が夢中になる「物語」が「大荒木の森の草」よりも多いという。「木草」「山川」「鳥獣」「魚虫」の名を付けて「物いはぬ物に物を言はせ、情なき物に情付け」た異類を擬人化した物語と、「男女などに寄つつ、花や蝶や」という恋愛物語とをあげ、「罪の根、事（言）葉の林」に異ならないというのである。仏教イデオロギーからみれば、物語の言語は「妄語」であり、「狂言綺語」（狂ったことば、飾り立てたことばのあや）に他ならなかった[18]。

かな文字によって書かれた作品として十世紀に花ひらいた物語文芸もまた、『歌経標式』が歌の正しい姿とする「雅妙の音韻」に対する「風俗の言語」（日常の俗語）を用いながら、それを対象化し、書かれた語りの内に口承の表現を取り込む仕組みをもつことによってしか成立しえなかった。そこにもまた、漢文訓読の文体と歌ことばに基づいた表現が不可欠だったはずである。

先に引いた美濃部論文の結論部分は、口承文芸を含めた日本における「物語の発生的側面」についての研究史を総括し、「巫系文学論の視点からの中国の古小説の研究の成果」との類同性から考察を進めたものである。そこでは藤野岩友とともに小南一郎の著作を例示して、それが折口信夫による「信仰起源説」が「現在の物語研究のほぼすべての部面においてその出発点」となっていることと関連づけられている[19]。

美濃部によれば、「物語成立の契機」は「聖なるあるいは権威ある言述のストーリー的側面がまねびとあそびによって対象化」され、「権威と聖性とがきわどいところでかろうじて保たれるまでに変容を強いられるところ」に認められるとする。そこを折口信夫は、「三人称の語りの視点とそれに伴う時制的表現の介入そしてもどきの精神の成立」の上にみようとしたとして、「呪言の叙事詩化し、物語を分化する第一歩」についての論を例示している[20]。

具体例としては、『古事記』の「神語」のひとつである八千矛神の語りごとにおける「一人称の語りを対象化して包み込む三人称表現」があり、それについて「ストーリーと語りの場の呪術的なコンテキストとの間を揺れ動く、語りの場における肉声の語りが投影している。一人称の表現には祭祀の場の神霊の憑依した巫の託宣の形式の投影を、そして三人称の表現には語りを対象化しそれに物語的時空を与える解釈の働きを認めるのである」と、美濃部は解説している。また、同様の例として、イタコによる「お岩木様一代記」や、奄美沖縄のユタの祭文「思松金」

をあげている。そこでは、福田晃の研究をふまえて、ユタの成巫儀礼や「審神者《さにわ》」による神霊の「をこつり」（誘い出し）と「神語」の解釈、「もどき」の行われる場としての「直会《なおらい》」にも言及している。「国のお岩木様は、加賀の国に生まれだる私の身の上」と語り出すイタコは、お岩木様の前生である安寿の苦難の体験を自らのこととして語る。そこには、説経『さんせう大夫』の物語を、憑依の表現として語る、より始源的な表現様式がある。『三宝絵』における「物いはぬ物に物を言はせ、情なき物に情付け」た異類の物語も、「心に思ふことを、見るもの聞くものにつけて」表現したものであり、「力をも入れずして天地を動かし、目に見えぬ鬼神をもあはれと思はせ」という『古今集』かな序の表現と通底している。

歌は、基本的に一人称の表現であるが、「言」=「事」という神話や伝承のたてまえ、感情移入の〈同化〉による歌の表現は、次第に「言」と「事」とのずれや差異の自覚を示すようになる。そこに先に示した小野小町の恋の「言の葉」の「うつろひ」のような修辞が成立していった。歌の表現にも物名や誹諧歌のような〈異化〉の詩学は内在しているのだが、『古今集』の中心をなす四季の部と恋の部の歌の配列による連鎖は、まさしく「うつろひ」の美学による「あはれ」の世界を織りなしていた。そして、それがやがて『源氏物語』のような和文による物語世界の表現を生成する基底となった。ただし、和泉式部の「物思へば沢の蛍もわが身よりあくがれ出づる魂かとぞ見る」という歌が、「男に忘れられて侍りけるころ」に貴船明神に参詣して詠んだとされ、「おく山にたぎりて落つる滝つ瀬の魂ちるばかり物な思ひそ」という返歌を、『俊頼髄脳』や『古今著聞集』では貴船明神の歌としているように、歌の力は、「男女の中をも和らげ、猛き武士の心をも慰むる」ばかりでなく、時には神仏に訴えて感応する霊力をも示した。

以上、『古今集』に代表されるような和歌における詩的言語の生成と、『古今六帖』のような日常生活における和歌のあり方とを、ともに「言の葉」という植物生成の文学観として捉え、それが物語生成の基底であることを展望してきた。そして、「憑依」のような表現の主体における重層化の問題に着目してもきたのだが、歌が、『古今集』

かな序において「人の心」から生成した「言の葉」とされたように、個人の表現たりえていたことをまずおさえる必要がある。そしてまた、贈答歌に示されるような会話性を有していたことを、物語の生成をもたらした要因として重視しておきたい。その上で、平安朝物語の生成とその達成を評価するためには、「あはれ」による〈同化〉の詩学とともに、「言の葉」の虚構性を自覚した〈異化〉の詩学をおさえることが不可欠なのである。

ここで強調しておかねばならないのは、〈同化〉と〈異化〉とが連続的に複合した語りの〈心的遠近法〉によることであり、単純に二項対立的に捉えてはならないということである。〈異化〉は本来、習慣化され自然化されている日常言語を見慣れぬものにし、言語そのものに意識を向けさせ、認識を更新させるような「詩的言語」の本質的特徴を示すものであった。[21] そして、『源氏物語』の表現主体は、「憑依されつつ醒めた巫覡のような主体」[22]として、作中世界と作中人物たちに〈同化〉しまた〈異化〉することを繰り返していく。そのプレテクストとしての物語における「言の葉」の文学観の伝統をおさえることも本書の課題である。

すでに引いた『三宝絵』が名を示した物語作品は現存しないが、虚構としての「言の葉」の表現を自覚した現存最古の「作り物語」が、『源氏物語』の中で「物語のいできはじめのおや」といわれる『竹取物語』である。『竹取物語』は作中人物を三人称として対象化することによって始まっているが、異界から現世を訪れたかぐや姫を、竹取の翁が迎え取るという神話的な構造をもっている。現世で翁の娘となったかぐや姫は、五人の求婚者たちに難題の品物を要求し、「蓬萊の玉の枝」を要求されたくらもちの皇子は、精巧な贋物を作らせて、もっともらしい神仙の世界である蓬萊への偽の「物語」を語った。工匠たちの訴えによって、それが贋物とわかったときに、かぐや姫は次のような歌を詠んでいる。

まことかと聞きて見つれば言の葉をかざれる玉の枝にぞありける

この「言の葉をかざれる玉の枝」という表現を、たんにくらもちの皇子による虚構をあばく表現としてではなく、物語文芸の生成を象徴する虚構の方法的な自覚、つまりメタ・ポエティクな言説として捉えることができる。『竹取物語』の作者こそが「あやの言葉」を織りなしていたのであり、「物語のいできはじめのおや」にふさわしい物語言語観を表明した修辞として読むことができるのである。

二　貴種流離譚と物語の話型

(1)　貴種と流離

遠国に露命を繋ぐ貴種の流離物語や、ますら雄といふ意識に生きる、純で、素直な貴種の人が、色々な艱難を経た果が報いられずして、異郷で死ぬる悲しい事蹟などを語る叙事詩が、ほかひ人の手で撒き散らされて、しなやかで物のあはれに思ひしむ心を展開させたのである。(23)

「日本文学の発想法の一類型」を「貴種流離譚」とみごとに命名した折口信夫は、それが「物語要素」や「モティーフ」だとも説明している。これを〈話型〉や〈構造〉とみる根拠はあるのだが、その射程はあまりにも大きく、「物のあはれ」という悲劇の主題や民俗信仰、その伝承者とも強く結びついている。〈話型〉の名称として「貴種流離譚」を採用したり、これを〈構造〉として抽象化してみても、さして有効ではないと思われる。

折口が貴種流離譚の貴種として初期に想定していたのは、「ますら雄」つまり英雄とみなされる男たちであった。天武天皇、オケ・ヲケの王、軽の皇子、麻績の王、石上乙麻呂、中臣宅守、源融、小野篁、在原行平、光源氏、愛護の若などが、昭和八年(一九三三)ごろまでに名をあげられていた貴種たちである。

〈話型〉や〈構造〉としては、主人公が何らかの原因によって流離することとなり、その流離の苦難と悲劇的な死とを原像とした結末が、折口の貴種流離譚の特徴である。もちろん、〈話型〉や〈構造〉ならば、その結末はハッピーエンドでもありうるし、多くの昔話や物語にとって、その方がむしろふつうであろう。

折口が悲劇にこだわったのは、その伝承者としての「ほかひ人」、寿言《ほかいごと》を口にしつつ門付けして歩く乞食の芸能者たちを想定していたからである。流離する貴種たちの苦難とその悲劇的な死の物語には、それを語る芸能者と聴衆とが共有するカタルシスがこめられている。折口はその語りの場の内へと同化した幻視者であり、同時にそれを対象化して説明する人でもありえた。〈話型〉や〈構造〉よりは、そこにこめられた情念、その主題的な意味論を受けとめるべきである。

昭和十八年（一九四三）の「小説戯曲における物語要素」[24]では、スクナヒコナ・ヒルコ、『うつほ物語』の俊蔭、源義経とともに、俊蔭女・照手姫・安寿のような女主人公たちも、新たに貴種に加えられている。〈話型〉や要素（モチーフ）として、より一般化した次元で捉えうるようになったが、やはりその起源や主題、そして伝承者に深く関わっている。

西村亨は、折口がその最晩年に発表した「真間・蘆屋の昔がたり」が、これまでの「伝承から文学へ」という文学発生説の立場とはちがって、「貴種流離譚発生の根源」を考えることにおいて異風だと指摘している。そこでは、「主として女性を主人公とする事例」が列挙され、「磐ノ姫皇后や大伯皇女の旅を第一に挙げて、以下蘆の屋のうなひをとめ、真間の手児奈、かぐや姫、『丹後風土記』逸文の奈具の社の由来などに触れながら、女性の宗教的な旅が、言うならば貴種流離譚であり、ことに死にに行くための旅であることに大きな注目を与えている。それは他界観と関わるものであり、トーテミズムに繋がるであろう」と考えている。[25]

死への旅を中心に捉えること自体は、初期の「ますら雄」の貴種流離譚と共通している。晩年の折口において、その主人公が男から女へと変換したことは、「異郷」から「他界」へという用語の変化に対応するものであり、民俗信仰の主題と関わっている。

語りの伝承者と主人公の男女差（ジェンダー）とを直接に対応させるわけにもいかないであろうが、「ますら雄」の流離を語り伝えた「ほかひ人」に対して、女性の宗教的な旅を伝承したのは、巫女の像と強く重なっている。折口学の展開の中で、初期の比較的に単純ともいえる「常世」を原像とした「まれ人」観は、「死」をめぐる他界観やトーテミズムとも結合した「外来魂」（マナ）の問題へと変換しているのであるが、それが女性に重点を移したこととどう関わるのかは不明である。ともかく、ここでは、それが〈話型〉や〈構造〉と通底しつつも、物語の主題や思想と不可分であることを確かめておきたい。

（2）羽衣型と浦島型の話型

折口が貴種流離譚の例としてあげた『丹後国風土記』逸文の奈具の天女や『竹取物語』のかぐや姫を主体とする〈話型〉を、「羽衣型」と名づける。他に「白鳥処女型」や「天人女房型」ともよばれ、異界から現世を訪れた主人公が、その現世で人間として生活し、やがて異界へと帰る（あるいは神となる）という話型である。天女つまり〈女〉の性をもつ異界の主人公を行為項（主体）としているが、その原型を〈神〉（カミ）と一般化することができよう。

それに対して、異界から現世を訪れるのが男性である場合を、「三輪山型」と名づけておく。三輪山の神（蛇体）が美しい男に変身して里の女のもとに通うという、三輪山神婚譚が典型だからである。平安朝の貴族社会にみられる妻問い婚（通い婚・招婿婚）という形態は、三輪山型と結びつきやすく、『源氏物語』では光源氏が正体を隠して夕顔のもとへと通うところなどに、三輪山型の話型と要素が作用している。[26]

貴種の原像は〈神〉である。その〈神〉の性格やヴァリアントをめぐって、貴種の流離の意味や物語の主題も、さまざまの変奏を示すことになる。日本の〈神〉は、神社のような、特定の場所には常駐していないという考え方が根源にある。また、人や動植物、さらには自然現象の総体との連続的な変換による転位が可能でもある。

例えば三輪山の神の場合、三輪山そのものが御神体であるが、山は本来神が降臨すべき依代《よりしろ》であった。外部からやって来る〈神〉という発想は、これを水平方向で捉えれば、折口による「常世」を原像とする「異郷」からの

「まれ人」となり、「外来魂」（マナ）の発想にも通じてくる。また、三輪山の神は、その正体が蛇体だとされ、そうした異類を〈神〉として発想することが、トーテミズムに通じているのであった。神話や伝説、昔話や物語の世界では、こうした異類との交渉、とくに異類婚と呼ばれる、異類と人間との結婚の要素が、数多くみられる。

他方、かぐや姫は月世界から流離してきた天女であったが、これは仏教の六道輪廻思想を媒介として、神仙譚の仙女などとも通じる〈神〉のヴァリアントとして位置づけられる。『丹後国風土記』逸文の奈具の天女は、かぐや姫のように天上に帰ることはなく、地上を流離して、まさしくトヨウカノメノ命《みこと》という神となった。

羽衣型や三輪山型の話型の基底にある想像力は、降霊型のシャーマニズムである。〈神〉を招きよせ、神がかりして憑依する巫女と、それを守り育てる人々、そしてその〈神〉とは連関している。『竹取物語』の主人公（主体）はかぐや姫であるが、竹の中から発見し我が子として守り育てる援助者（補助者）としての翁は、現世の側の主人公（主体）だといえる。また、五人の求婚者たちや帝の求婚の原型は異類婚であり、鶴女房などの昔話（天人女房譚）では、それがより明確である。

ところで、異界から訪れた〈神〉と現世の〈人〉とが出会うのは、境界領域というべき時空である。『竹取物語』の場合は「野山」で、より限定的には「竹」である。この出会いのあと、二人の人物（行為項）は、現世に来るか異界へと向うか、二つの選択の可能性を秘めている。『万葉集』巻十六（三七九一）の竹取の翁のように、その場で歌を詠み交わして別れる場合もあるが、『竹取物語』では翁がかぐや姫を娘として現世へ連れて来た。このとき、翁がかぐや姫とともに月世界へ行くことも、論理的にはありえたはずである。

竹取の翁を若い漁師に、かぐや姫を亀の変身した美女に、出会いの境界領域を春のうららかな海上へと、その行為項や時空を置き換えてみる。そして、二人が現世ではなく異界へと向えば、浦島説話となる。これを「浦島型」と名づけておく。反転可能な鏡像関係にある羽衣型と浦島型の話型の構造は、図1のように示すことができる。

浦島説話の場合、Xが海上を漂って来た美女、Yが浦島子（浦島太郎）、境界領域の結節点としての(a)が小舟、

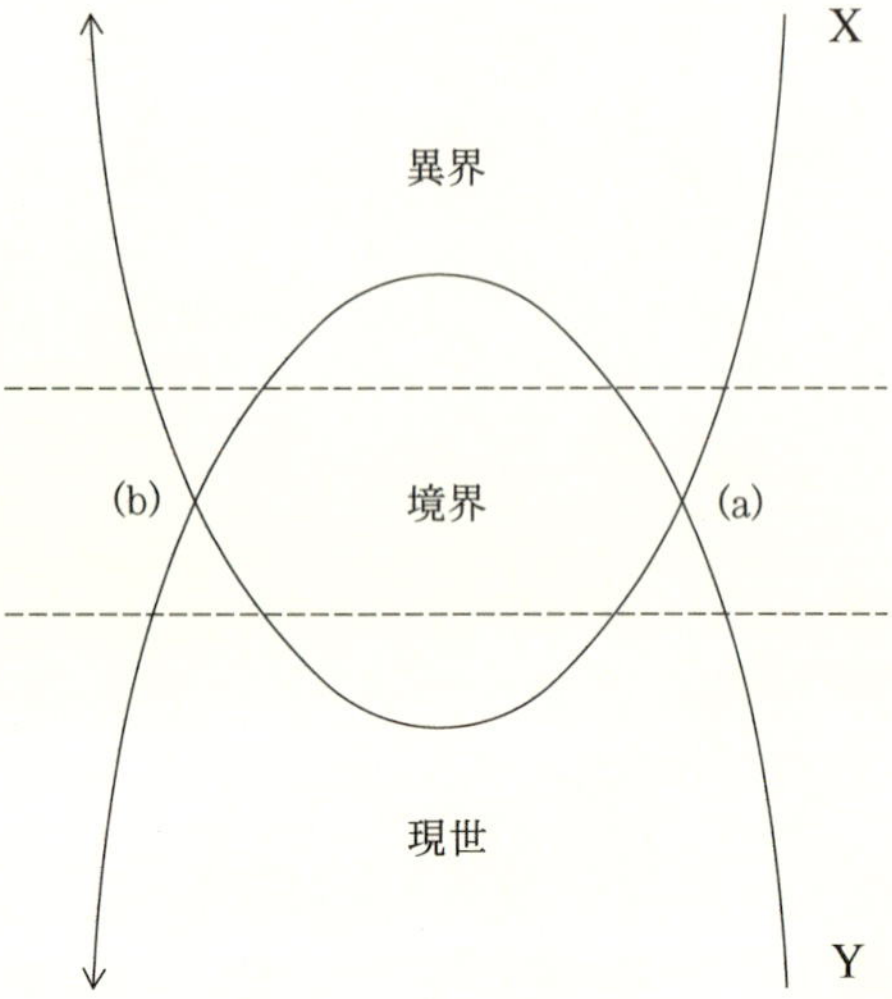

図1　話型の動態構造

(b)が玉櫛匣（玉手箱）にあたる。この「浦島型」は、現世の男が異界の女と境界領域で出会って異界（常世・龍宮城）を訪れ、やがて帰郷するという構造であるが、浦島子が亀の変身した美女を現世へと連れ帰れば、それは「羽衣型」の話型となる。ちなみに、Yが現世の女である場合を「住吉型」（アリス型）と名づけるならば、話型の原型的な構造図式にXとYという主体のジェンダーを加味した、四つの〈話型〉の分類が成り立つ。

とはいえ、分類それ自体が重要なのではなく、異界のXと現世のYとが境界領域で出会う、その変換可能な鏡像関係の動態として捉えるところに、話型の構造論の眼目がある。

（3）物語主人公の始源

折口が貴種流離譚の主人公として初期に考えていたのは「ますら雄」の伝承であり、つまり「浦島型」を基本としていたが、後期には「羽衣型」をむしろ主流としたことになり、その総体を貴種流離譚と考えて、対象を拡大したのだと思われる。

先の話型の相関図は、異界と現世との交通、〈神〉とそれを祀る〈人〉との関係を原型としたものだが、物語について考えるとき、その〈境界〉性がもっとも重要である。それを物語（モノガタリ）の「モノ」と通底させて考えることができる。

『竹取物語』のかぐや姫は、翁に「変化《へんげ》の人」と呼ばれて、「変化の者にてはべりけむ身とも知らず」と反撥している。『うつほ物語』では、俊蔭一族とともに、正頼家の人々も「変化のもの」と呼ばれている。光り輝く物語主人公たちの美しさは「変化のもの」の象徴であり、『源氏物語』の光源氏もまたこの系譜にある。その始源は異界の〈神〉なのではあるが、むしろ〈神〉と〈人〉との境界領域にある〈モノ〉化した位相にこそ注目したい。〈神〉がモノ化した人として物語主人公となるとともに、〈人〉がモノ化して物語主人公ともなる。在原業平の歌をめぐる伝承が『伊勢物語』となったと、伝承から文学へという道筋の中で考えられてきた折口の貴種流離譚における貴種たちは、多くが後者に属している。そして、折口のあげた貴種たちが、天皇や皇子また皇族であることが多いのは、平安朝の物語にも共通している。その類型要素を〈王統のひとり子〉としておさえることができる。(27)

平安朝物語における〈王統のひとり子〉の主人公たちは、『狭衣物語』を除けば、天皇に即位することはない。王権物語といいうる主題と構造を示しながらも、光源氏がその典型であるように、「逆光の王権」というべき、現実の王権からの疎外と欠如を宿命とした王統の物語なのである。そこにモノ化した物語主人公の〈境界〉性が動機づけられている。

現実の王権からの疎外と引き替えのように、『伊勢物語』の男や光源氏は、やはり折口の用語によれば〈色ごのみ〉の理想性を身につけている。美貌の身体と知性と和歌や芸能の能力、そして恋の王者としての物語主人公たちは、理想化された「モノ」なのであった。(28)

しかしながら、折口は、なぜか「貴種流離譚」と「色ごのみ」とを関連づけてはいない。折口の「貴種流離譚」が主人公の旅における苦難や、異郷における悲劇的な死と強く結合していたことは、負《マイナス》の主題性を示していた。それに対して、本来は天皇が身につけるべきモラルとされた「色ごのみ」は正《プラス》の理念とみなされていたのであり、それを「貴種流離譚」と直結することは、折口の道徳観において無意識にせよ回避されていたとみられる。

話型や構造、あるいはプロットやモチーフの意味論から考えるとき、「貴種流離譚」と「色ごのみ」とを切り離すべき理由はない。とくに物語の〈王権〉は現実の皇位とは別次元にあり、その主人公の要素において正と負の両義性をもった〈色ごのみ〉があった。ともにモノ化した物語主人公たちの特性なのである。〈王統のひとり子〉としての「貴種」の再定義は、「貴種流離譚」と「色ごのみ」との統合の視点をも拓くことになる。

文献としては折口信夫の「貴種流離譚」という用語よりも少し前に、柳田国男が「流され王」（一九二〇年）という語を用いていた。柳田の「流され王」が、ハインリヒ・ハイネの『流刑の神々』（柳田による書名は『諸神流竄記』）によるものであることは、『不幸なる芸術』などに明記されている。(29)

ハイネは『精霊物語』や『流刑の神々』において、キリスト教によって邪教や「悪魔」へと追いやられた「古代の自然信仰」の民俗神を、共感と皮肉をこめて描いている。ハイネが伝説の断片やあやしげな書物からゲルマンの古代信仰を発見しようとしたのに比べれば、柳田や折口は、日本の民俗信仰とともに残されたより確かな伝承の収集と再発見によって、その民俗学を形成している。とはいえ、柳田の学の出発点には、流れ着いた椰子の実をめぐる詩的ロマンティシズムがあり、折口は釈迢空という詩人でもあった。「貴種流離譚」や「流され王」を話型や構造、あるいはプロットやモチーフとして分析的に捉えがたいのは、その根源に詩的ロマンティシズムがこめられているからであろう。

『流刑の神々』の中で、ハイネは、かつてホメロスが歌いあげ、レダをはじめ多くの女神たちの恋人だったユピテル（ジュピター）が、老いぼれて北極の氷山の陰に身を隠し、みじめなウサギ皮商人となっていたと記す。ハイネの情報源は、ニールス・アンデルセンというノルウェー生まれの鯨漁師だという。(30)

ニールスは、鯨が氷壁に寄りかかって真っ直ぐに立ち、宗教的な祈りを捧げるという解釈を否定して、皮膚の下の脂の層に巣くった数百匹の海ネズミのために痛いから、そうした動作をするのだという。そうした鯨に宗教心が無いことに関わって、北極の「うさぎ島」で老いぼれたユピテルと、毛の抜け落ちた鳥と山羊（乳母のアルテア）の話を語るのである。ニールスもまた、この話を百年前のロシアの捕鯨船員の体験として伝えている。

その捕鯨船の水夫の中にギリシアの出身者がいて、「うさぎ島」の老人（ユピテル）と話す中に、古い廃墟をめぐる件がある。水夫が、子どものころに父から、「それはむかし邪悪な異教の神が巣くっていた古い寺院の廃墟で、その異教の神はあからさまな好色な行為をおこなっていたばかりでなく、自然に反する悪徳と近親相姦をおこなっていた」などと聞いたと言ったとき、白髪の老人は苦痛にうずくまって泣いた。それを聞いた乗組員のロシアの学者が、老人の正体をユピテルだと解き明かしたというのである。

話の伝承経路が詳しく明記され、それゆえにかえってハイネによる虚構かと思われるが、あらためて『流刑の神々』の内容を引いたのは、柳田の「流され王」や折口の「貴種流離譚」との共通性と差異へと立ち返ってみたいからである。

キリスト教による、ギリシアをはじめとする古代土着信仰の邪教としての否定にもかかわらず、ヨーロッパの各地にはマリア信仰などとの融合もみられ、異端審問や魔女狩りも繰り返されてきた。それに対して、日本の信仰文化は、仏教や道教、儒教またキリスト教をも受容しつつ、古代からの神々の信仰と混淆し融合させ、西洋に比べればゆるやかな変容による持続の様相をより強く示している。柳田や折口の民俗学は、そうした基層としての信仰や文化を再発見しようとするものであったが、それもまたドイツロマン派と同じく近代における知の再構成であった。

近代人のロマンティシズムによる古代の幻想への飛翔は、それとうらはらに自己の意識の内へと閉塞していく傾向を示している。折口の「貴種流離譚」が主人公の内面の苦悩へと傾いたのも、それと無縁ではない。折口がその伝承者とみた「ほかひ人」、乞食の芸能者たちは、自身が物語主人公に感情移入し同化して王権伝承や恋物語を語り伝え、あるいは宗教的な唱導の役割をも果たしていた。モノ化した物語主人公たちは、中世では再び〈神〉の相貌をあらわに示すようにもなってくる。

和辻哲郎が中世の縁起譚の類から発見した「苦しむ神」[31]の類型も、折口の発想をより純化したものといえよう。近年ではユング派の精神分析学も、昔話や物語の話型や構造論と連動しているが、歴史的な伝承の変化とテクストの表現に即した分析を排除してはならない。「貴種流離譚」をめぐって、それを記号学的に話型や要素として理論的に一般化しながらも、あくまでも作業仮説として、主題（意味論）的な物語テクストの表現を分析すべきだということである。関根賢司は、話型論としての貴種流離譚を表現論へと解体し、「内面への流離譚」という主題論の試みを提唱している。[32] 平安朝物語研究においては不可欠の視点であるといえよう。

文学とは、ことばによる主題的な表現としての〈あや〉の学であるという立場から、テクスト論の始源としての「言葉」そして「言の葉」という表現に立ち返る必要がある。

三　物語の〈文法〉と心的遠近法

（1）ナラトロジーと物語学

現代の narratology（ナラトロジー）は「語り学」と訳すのがよい。英語の narrative（ナラティブ）、story（ストーリー）、tale（テイル）、あるいはフランス語の récit（レシ）、histoire（イストワール）などは、ふつう「物語」と訳されている。翻訳語と原語の意味の範囲にずれが生じるのはやむをえないし、現代日本語の「物語」の意味の幅にも含まれるから、それ自体は間違いではない。しかし、古代・中世の日本の「物語」学の立場から、西洋のナラトロジーとの共通性と差異を確かめつつ、物語学の可能性を探りたいのである。

ナラトロジーは、書かれた文芸作品だけでなく、神話・伝説や昔話のような口承文芸、演劇、絵画、映画、マンガ、歴史叙述など、あらゆる対象を分析しうる一般理論をめざしてきた。誰かが何かを語る表現行為について、その基本条件と手法の分析を試みてきたのである。一九二〇年代のロシア・フォルマリズムを先駆として、六〇年代のフランスを中心とした構造主義、そしてポスト構造主義の記号学やテクスト論へと、ナラトロジーはさまざまに展開してきた。言語学を基礎とした詩学や文芸の科学をめざしてきたのであるが、物語内容の記号学的な類型化に始まりつつも、次第にその伝達の機能や、語りの行為の形態的な分析へと重点を移し、ついには物語内容との関連を排除する傾向が強まった(33)。

それらに学びながらも、論者の平安朝物語研究の立場は、テクストの「解釈学」のための手段であり、ナラトロジーが物語内容や主題との関連を排除して純化する「記号学」とは、その目的が異なっている。その基底には、日本の古代・中世における「物語」の語義は、「モノ＋カタリ」という語構成において成立したことがある。カタリがナラティブに対応し、「モノ」という接頭語には、直接的に霊魂（鬼）という意味を認めないにせよ、正統に対する異端、あやしげな語りといった意味が潜在しており、それに基づいた語りの意味論が欠かせないのである(34)。

そして、物語は絵画などと違い、時間的な順序によってしか語る（書く）ことができない。これは「カタリ」（ナラティブ）の問題であり、その表現は、出来事の順序にそった「それから」という物語内容の時間を基本としながらも、それとは異質な「語り」による統辞的な時間を必要とする。物語内容《イストワール》の時間に対して、物語言説《ディスクール》の時間といわれるものである。これは、「ストーリー」と「プロット」との違いに対応している(35)。

『源氏物語』以前の平安朝物語の冒頭は、「昔」か「今は昔」のどちらかを定型の発辞としている。それらは口承文芸の発辞に基づいた、書かれた語りの表現類型である。語るように書くことによって、王朝かな物語文芸の〈語り〉の方法は始まった。それ自体は物語言説《ディスクール》の方法であるが、それはまた物語内容《イストワール》の時間と結合する方法でもあった。

「昔」や「今は昔」と語り始めた語り手は、「けり」という助動詞を基調として、聞き手と共有する物語場から、物語世界内へと同化し移入していく。物語世界内の時空における作中人物たちと共有された時間は、現在形で語られるのが基本である。その作中世界内から外部へと異化し離脱する場合にも、「けり」が機能し、「とぞ」「とかや」「とぞ本に」といった伝聞や伝来の表現様式を、結末の手法としている。こうした物語における語りの枠の動態を、基本図式として示せば、図2のようになる。

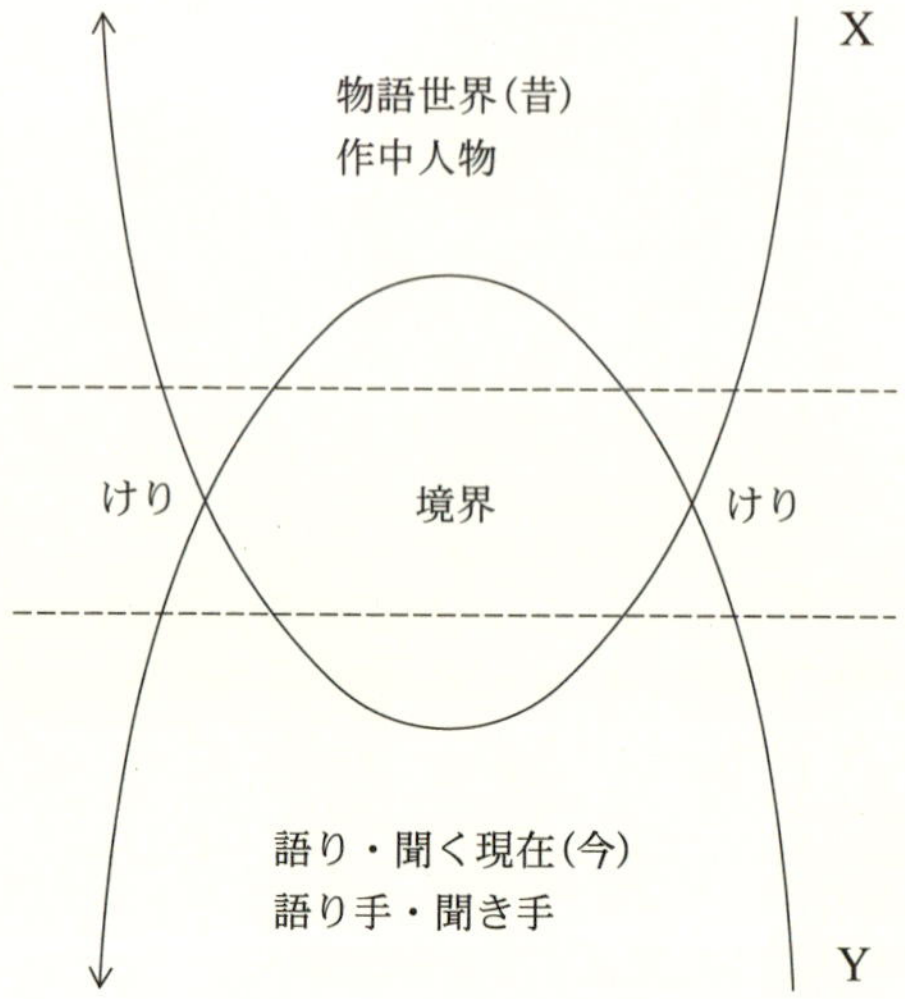

図2　物語場の表現構造

物語は、語り手が聞き手に対して物語世界の像（イメージ）を現前させる物語場を、ことばの表現として仮構することにより成立する。それは、作中世界内の時空と現実世界の時空とをトポロジカル（位相空間的）に接続する、境界的な語りの装置である。語り手は、ほとんどの場合、その実体的な姿を示さず、闇の中から物語世界の内と外とを見つめるまなざし、語りかける声そのものである。こうした語り手は「モノ」化した主体であり、それが「物語」や「物のけ」の、正体不明のあやしげな「モノ」に通じている。ちなみに、作家（現実次元の作者）と読者とは、物語テクストを媒介にした外在的な存在として、こうした物語場の外部に位置づけられる。

『源氏物語』以前の平安朝物語の語り手は、機能化された統辞法の主体に近いのだが、『源氏物語』では、作中世界内で作中人物たちに近侍して見聞した女房たちのように、しばしば実体的な姿を窺わせる。とはいえ、それもまた、帚木巻頭とそれに呼応した夕顔巻末、そして竹河巻頭などのように、複数の情報源や伝承過程が複合されており、それらを統合しているのは、トポロジカルな語りの入れ子構造によって作中人物の心内にまで同化しうる「物のけ」のような主体である。[36]

『源氏物語』の物語言説《ディスクール》は、「物のけ」のような語り手のまなざしと声により、〈心的遠近法〉の手法をみごとに駆使している。それ以前の物語作品の語り手は、これに比べれば、無限大の焦点距離（神の視点）から作中人物たちの全員が不定期に語られる、ジェラール・ジュネットの用語によれば、非焦点化（焦点化ゼロ）の物語言説に

近い。(37)

けれども、語り手と聞き手とが共有する物語場の機能、「けり」や「き」による語りの枠、「たり」「り」「つ」「ぬ」などの助動詞や形容詞文による作中人物の視点、人物呼称や「めり」「べし」などを含む草子地(語り手の聞き手への語りかけ)的な表現などによって示される、心的遠近法の基本的な手法は、平安朝の物語の全体に認められるものであり、その意味では『源氏物語』の以前から日本語の表現に特徴的なものとして潜在していたといえる。

もちろん、語り手が語るように書くことは、物語文芸の表現史において、きわめて困難な過程を経て達成されたはずである。『古事記』の序文に記されているように、かな文字の成立以前、口承のことばは漢文(漢語)と漢字音の組み合わせによって表現するしかなかった。かな文字の成立した平安朝の初期物語においても、書くことにおける漢文体と漢語の規制は、きわめて大きかった。

例えば、『竹取物語』の地の文は漢文訓読体を基調としている。『うつほ物語』においても漢文訓読体が強く作用し、それらは男性知識人の作家によるためと推定されるが、書かれた語りの方法として、漢文訓読体を原型としながら、これを「かな」文の内在的な声として肉化してきた表現史の過程をおさえる必要がある。その過程では、語り手の地の文に比べて、作中人物の語りである会話文が、まず語るように書く表現を達成した。あるいは、会話の特殊表現である和歌も、和文体の表現としてきわめて有効に作用したことに注目したい。こうした会話文を範型として模倣するように語り文(地の文)を書くことが、物語テクストを構造化する語り手と物語場とを必要としたとみられる。

とはいえ、「かな」による和文体が確立した『枕草子』や『源氏物語』においても、その表現の深層に漢詩文は強く作用している。〈和漢の心的遠近法〉という、文化の記号学とでもいうべき視座を、本書の第I部の基軸として設定するゆえんである。

（2）物語テクストの文法

文と言説（ディスクール）との相同性を仮定して物語の文法論を提起したロラン・バルトは、物語言説を〈機能〉（フォンクション）、〈行為〉（アクション）、〈物語行為〉（ナラション）の三つのレベルに分け、〈機能〉は連辞的な機能体と範列的な指標とに分かれ、前者は換喩的な関係項、後者は隠喩的な関係項をそれぞれに含意しているという。(38)『竹取物語』の語り手が「いまはむかし、たけとりの翁といふものありけり」と語り始めるのは〈物語行為〉であるが、この竹取の翁が〈行為〉の主体（行為項Y）として、竹の「筒の中」に「三寸ばかりなる人」（行為項X）を発見する。「見る」ことから「手にうち入て、家へ持ちて来ぬ」、そして「妻《め》の嫗にあづけてやしなはす」と養女にしたことは、連辞的な機能体としての〈行為〉である。「見る」ことが「所有」することだという換喩的な古代の発想がそこにある。これを、Yが異界から現世へと訪れたXと境界領域で出会い、現世に連れてくると一般化するとき、前節に示したような「羽衣型」の話型として捉えることができる。

月の天女であったかぐや姫が「罪」を犯したために人間界に流離したのだと、Xが竹の中にいた理由が明かされるのは、『竹取物語』の終わり近くであるが、YがXとともに異界へ行くという可能性も、話型の範列としては潜在していた。それを実現すれば「浦島型」の物語となる。竹取の翁が「三寸ばかりなる人」を養女として育てた根拠は、「我朝ごと夕ごとに見る竹の中におはするにて知りぬ。子になりたまふべき人なめり」という翁のことばに示されているが、つまるところ、竹で作る「籠《こ》」と「子」との掛詞なのであった。掛詞は隠喩的というよりも換喩的で連辞的な表現機能である。また、〈行為項〉としての翁は、かぐや姫に対する「援助者」として登場している。

バルトは〈機能〉を中心として構造分析の例を示したが、作中人物の〈行為〉がその前提にあり、〈物語行為〉がそれらを統括しているのであった。物語テクストの分析においては、それらを掛詞にみられるような、ことばによる表現が生成する過程、話型の範列を選択し連辞化していくテクストの統合的な文法として検討する必要がある。

テクストの文法は、全体との関連で部分を捉えることから構想される。単語の集積として「文」や「物語テクスト」を読むのではなく、生成過程にあるテクストの総体を想起しつつ、その内と外、表層と深層との関連において「文」や「単語」の意味を読み解いていく。例えば『源氏物語』という物語テクストの生成過程において、ことばによる表現の相互関連を、話型論・素材論・人物論・出典論・語釈論・敬語論・時制論・人称論などとして行われてきた従来の研究を組み替えながら、〈語り〉論・引用論・喩や修辞の論として、作品の内と外を含めたテクスト相互関連のもとに解釈すべきだということである。

テクストの文法という発想は二十世紀後半の西洋で提起されたものだが、それとは別に、『源氏物語』の注釈書の伝統の中で、「作者の筆法」や「文体」という用語とともに「文法」も用いられていた[39]。例えば、室町時代の『細流抄』が夕顔巻の省略の「草子地」について「是又文法なり」とし、『後漢書』を引いて「此筆法に類せり」という。また、横笛巻末の「おぼしけりとぞ」という伝聞の結末は、「又例の作者の筆法なり」という。さらに、東屋巻で、浮舟と結婚するはずの左近少将が常陸介の実子へと乗り換えた部分では、後の叙述内容を先取りした表現について、「これは又文法也」という。これは、ジュネットの用語では「錯時法」の内の「先説法」にあたる。

また、室町期の諸注釈を集成した『岷江入楚』では、『源氏物語』が漢文の「文法」や「文体」によったことの指摘がなされている。例えば、「此物語文法文体史記によれり」と、『史記』の本紀十二巻に比して桐壺巻より匂宮巻まで二十七帖、世家三十巻になぞらえて宇治十帖、列伝七十巻に擬して並びの巻十七帖が書かれたとし、さらに「其外巻々に文法相似たる事あり」とも述べる「箋」(『山下水』)の一節を引用している。あるいは、『荘子』の寓言によって虚構をなすことや、正篇と宇治十帖と並びの巻との「文体」の差異が、『荘子』の内篇と外篇と雑篇との差異に対応することを指摘して、宇治十帖を紫式部の娘の大弐三位が書いたという説を批判している。他にも、延喜・天暦の時代准拠の方法も中国の史書の「文法」に、批評の草子地は『資治通鑑』の「文勢」に、「てにをは」の一字にも批評を込めるのは『春秋左氏伝』の「法」にそれぞれよるとし、あるいは歌などの誤解を通して教誡の「文法文体」を示すともいう。

こうした儒教的な教誡の文学観に偏した「文法」観から自由になり、「もろこしの文法」の発想によりつつ、『源氏物語』で完成した「皇国《みくに》言ながらの文章」の「文法」を集大成したのが、江戸時代後期の萩原広道による『源氏物語評釈』総論の「此ノ物語に種々の法則ある事」である。そこには、日本語による「文章」の基底に漢文が作用しているという前提がある。

広道は安藤為章『紫家七論』、賀茂真淵『源氏物語新釈』、滝沢馬琴『南総里見八犬伝』（第九輯）に付された「稗史七法則」などを総合して、「文章を批評《サダ》」する「法則《ノリ》のかりの名」を二一項目にわたって示している。これらの用語については、「凡例」にかんたんな解説があるし、何よりも本文に即した評釈の具体例が重要であるが、いまは用語のみを列挙しておく。

(1)主客、(2)正副、(3)正対、(4)反対、(5)照対・照応、(6)間隔、(7)伏案・伏線、(8)抑揚、(9)緩急、(10)反覆、(11)省筆、(12)余波、(13)種子、(14)報応、(15)諷諭、(16)文脈・語脈、(17)首尾、(18)類例、(19)用意、(20)草子地、(21)余光・余情

ここには〈機能〉〈行為〉〈物語行為〉などさまざまなレベルが混在しているが、あくまでも「かりそめの法」であると広道はいう。それを作品テクストの総体から、巻ごと、段ごと、文ごと、句ごとに「あやしきまでたらひたる法則あり」というところが、物語のテクスト文法の先駆たりえているのである。

（3）心的遠近法

こうした平安朝物語作品におけるテクスト文法を一般化し、「日本的」とか「和様化」とされてきた文化の特徴を方法的に捉える概念が、心的遠近法（psycho-perspective）である。それはまず、徳川・五島本『源氏物語絵巻』などの「やまと絵」と『源氏物語』をはじめとする王朝文芸テクストに共通する文法の発見として出発している。それを形態的な統辞法と意味論的な統辞法とに区分することは可能だが、形態と意味とが有機的に結合しているところにこそ、芸術作品の批評の詩学が存立する。

ルネッサンス期以降の西洋では、透視図法（線遠近法）が科学的で正統な遠近法とみなされるようになり、近代的な知の体系を形成してきた。これとは異なった西洋の中世や、東洋の伝統絵画において、「逆遠近法」（the inverted perspective）という用語も成立したのだが、これは透視図法を正としたときの逆である。ボリス・ウスペンスキーは中世のイコンの解読を、「逆遠近法」として示している。[40] これに学びつつも、「透視図法」と「逆遠近法」の両者をともに相対化し、パラダイム変換するための術語が「心的遠近法」である。

『源氏物語絵巻』などのやまと絵には、客観的には平行のはずの線が、奥に行くほど末広がりになったり、遠くの人物が近くの人物よりも大きく描かれている例がしばしばみられ、それらを「逆遠近法」と称することは、とりあえず可能である。しかし、すべてが〈逆〉なのではなく、むしろ透視図法的な手法と逆遠近法的な手法とが混在している。ウスペンスキーが論じているように、透視図法は外側からの視座により、逆遠近法は内側からの視座による。『源氏物語絵巻』などにおいては、たんにそれらが混在しているのではなく、ひとつの画面に、内側からの視点と外側からの視点とが、それぞれ複数組み合わされている。そのような「心的遠近法」とは、空間的な多元性の表現に、物語の時間をも内在した遠近法である。

『源氏物語絵巻』などの絵巻では、両手で広げて下に置いた画面を、右から左へと巻き取りながら俯瞰して見るのが、本来の鑑賞法である。ある瞬間をスナップショットした写真ではなく、映画やビデオカメラによる、対象の内側と外側からの映像を、平面に合成したものに近い。鑑賞者は、心的遠近法の指標となる絵画表象に応じて、内側の視点に同化して画中の世界を動き、また外側に離れて異化しつつ、画中の物語世界の視像を体験して生きることになる。平安朝にこうした心的な作用をもたらしたのは、「物のけ」と共通する想像力であると考えられる。

「物のけ」は、生霊にせよ死霊にせよ、外部に遊離した魂が、対象となる世界を俯瞰して見つめ、ある人の身体に憑いて同化し、やがては験者などに調伏され異化されて去っていく。より現代人になじみの深い想像力のあり方としては、「夢」と同様である。「夢」もまた古代・中世の人々にとっては、遊離魂の作用による現象として、「物のけ」と共通に考えられていた。

物語絵を見る、あるいは物語を読むということも、享受者が作中の世界や人物たちに同化し、またそこから離れる異化を繰り返すことである。物語絵の心的遠近法は、こうした享受の過程を導くための〈文法〉を示している。例えば、『源氏物語絵巻』などの物語絵の特徴である引目鉤鼻による類型化した顔の表現や、吹抜屋台とよばれる屋根を取り払った室内描写の手法も、「心的遠近法」の指標である。引目鉤鼻で表現された高貴な主人公たちに、享受者は、その類型的な抽象性ゆえに感情移入し同化することができる。それに対して、脇役の女房や老人などは横顔やより個性的な顔貌表現によって描かれ、異化や離れの効果をもたらす。また、吹抜屋台のちょうど屋根裏あたりからの俯瞰構図は、「物のけ」の視点とも一致している。「物のけ」は、屋根裏の暗闇にひそんでいて、室内を見下ろした後に発現すると考えられていたらしい。

物語テクストの文章もまた、読者が作中世界内へと同化し、あるいは異化して離れるための、さまざまな心的遠近法の指標を示している。前述のように、「昔」や「今は昔」という発端の定型句は、「けり」と連動しつつ読者を作中世界へと導くが、同時に「けり」はそこから離れるための指標でもあった。また、冒頭表現と呼応して、結末も「とぞ」といった伝聞形式により枠づけられており、それは物語の語りの枠機能を示していた。それはまた、絵巻の巻頭の見返しと巻末の余白に対応しているとも考えられる。

敬語や人物呼称の変化にみちた待遇表現も、語り手と作中人物、あるいは作中人物たち相互の関係における心的な距離の動き、同化と異化を導くものとして機能している。それまで作中人物に付けられていた「給ふ」などの敬語が消えたとき、語り手はその作中人物と一体化し、その心内へと同化する。そして、再び同じ作中人物に敬語が付くことによって、離れが示されることになる。『源氏物語』においては、こうした語りの心的遠近法の変化が一文中においてさえ現象しているのである。(41)

また、光源氏の呼称は五十種類近くもあり、「大将殿」という官位や「六条の院」という邸宅名などで呼ぶときは公的な距離を示すが、「光る君」や「君」というのは語り手が私的な親しみをこめて語るとき、さらに「男君」や「男」というのは「女君」や「女」に対応して、恋の情景で同化したまなざしによる呼称である。『源氏物語』で実名で呼ばれるのは、惟光や良清などの従者に限られ、光源氏や薫、紫上など、象徴化された抽象度の高い呼称は主人公たちに用いられる。これは、個性的な顔貌表現が脇役や身分の低い人、引目鉤鼻の抽象化された顔が高貴な人々という、物語絵の文法と呼応する呼称の心的遠近法であり、中心と周縁の文法である。

こうした語りの心的遠近法は、『源氏物語』においては、巻の構成や物語世界内を系列化する力としても作用している。第一部（桐壺巻～藤裏葉巻）前半の紫上系の物語と、「ものいひさがなき」物語としての帚木六帖（帚木巻・空蟬巻・夕顔巻・末摘花巻・蓬生巻・関屋巻）の物語などは、その典型である。帚木六帖における空蟬・夕顔といった中の品、また没落した古代なる常陸宮の姫君末摘花の物語も、あらわには表現されない藤壺との最初の密通の恋を逆照射するものとなっている。また、帚木六帖の物語の背後には、つねに光源氏の心を通して藤壺や六条御息所など高貴な女性との秘密の恋が暗示されている。それらの恋の始めは省略され、それが「省筆の文法」や「余情の美学」を形成しているのである[42]。この帚木六帖の延長線上に玉鬘十帖（玉鬘巻～真木柱巻）とよばれる系列の物語があり、かつて成立論として議論された「紫上系」と「玉鬘系」の差異が現象しているが、これもまた語りの心的遠近法の問題として読み換えるべきである[43]。

平安朝の文芸や絵の問題を考えるとき、すでにふれた「和漢の心的遠近法」というべき視座も重要である。「かな」は「真名」とよばれた漢字に対応し、「やまとうた」は「からのうた」である漢詩に対するもの、「やまと絵」は「唐絵」に対するものであった。漢詩文や唐絵は公的な正統として平安朝の宮廷や貴族社会に位置づけられる一方で、「かな」は副次的な「仮名」（仮の名）、そして「女文字」でもあった。公《おおやけ》に対する私《わたくし》が〈男〉に対する〈女〉というジェンダーの文化記号として作用していたのである。ただし、国母政治や摂関政治といわれる平安朝の中期にあって、律令国家の「才《ざえ》」（漢才）を公とする中枢に「やまと魂」による私の世界が食い込んでいたように、そうしたタテマエとホンネは複雑にからみ合い、倒錯した和漢の心的遠近法を形成している。近代の西洋中心主義によるオリエンタリズムは、東洋を〈女〉として差別的に表象したのであるが、それとは異なって、漢字文化圏を〈男〉とする大状況の内側で、実質的には〈女〉文化が権力を支えるという、まさしく複合し屈折したコンプレックスの産物が、いわゆる「国風文化」であった(44)。

「かな」が「真名」(漢字)の〈くずし〉として成立したように、和歌は漢詩の、そして「ものがたり」は唐宋伝奇や漢文伝、また六国史のような史書の〈もどき〉として成立した。〈もどき〉は真似ることであるとともに、批評し対抗することによる新たな創造の作用であり、〈引用と変換〉というように一般化することができる。和歌集や物語文芸がいっせいに開花した十世紀初頭から十一世紀の平安朝は、『和漢朗詠集』に代表されるような和漢の並立し混淆する文化の時代であり、〈引用と変換〉のダイナミズムの時代であった。

そうした文化状況の中で、『蜻蛉日記』や『枕草子』を経て成立した『源氏物語』は、女性作家による「かな」文芸を完成させた。そこでは、私的なまなざしを起点とする表現法が明確となり、やまと絵的な視像や和歌に同化し、その一方で、唐絵や漢詩文の世界は周縁化されて、異化の表現と強く結びついている。光源氏が流離した須磨は「唐めいたる」世界として表現され、末摘花の異化にも漢詩文に基づいた修辞が機能している(45)。

敬語や呼称、こそあど(指示語)などによる心的遠近法は、現代日本語にも残されている特徴なのだが、『源氏物語』ではその主題的な表現手法による効果が、きわだってみごとなのである。いわゆる主語が不明確であることが有効に作用し、一文の中で語りの主体や行為主体が変換したり、語り手による地の文が作中人物の会話文や心内語へと連続的に移行する、いわゆる「移り詞」のような例がしばしばある。こうした語りの主体を「物のけ」に喩え、それを心的遠近法の文法として捉えたのである。

心的遠近法は、物語世界の内と外とを主体的に行動することによって、表現行為が連続する語りの遠近法であり、時間を内在した遠近法であり、意味生成の遠近法である。

第Ⅰ部　かな物語の生成と和漢の心的遠近法

源氏物語画帖　若紫

第1章　かな文字の生成と和漢複線の詩学

一　漢字と仮名・かな文字で書くこと

日本語による文芸の表現は、かな文字で書くことにより何を達成したのか。『古今集』『竹取物語』『伊勢物語』『土佐日記』と、十世紀初頭に始まる平安朝の勅撰和歌集・作り物語・歌物語・かな日記といった新しいジャンルの生成が、かな表記による成果であることは疑いがない。万葉仮名や宣命書きといった漢字の音表記の用法をすでに混用していたとはいえ、『古事記』『日本書紀』『風土記』『万葉集』あるいは『日本霊異記』などの漢字による表現と、平安朝のかな文芸との差異は、決定的に大きい。

かなによる表現は、表音文字として口頭語をより自由に書くことを可能にし、口承文芸から書記文芸へという過程を考えるのが通説であろう。これに対して、『竹取物語』に始まる平安朝の物語作品を「偽の口承物語」としての「無署名仮名テクスト」と位置づける説もある。(1)「偽の」とはパロディに通じ、「真名」(漢字)を〈もどく〉ことによって成立した「仮名」(万葉仮名のような段階)、そして「かな」(ひらがな)による表現、漢詩文を引用し変換したかな文芸として書くことによる達成が問題である。

『竹取物語』や『伊勢物語』は、口承文芸の記録や口頭の語りの筆録でなく、かな文字で書くことにより成立した作品だが、声による口頭表現と文字表現との相互関連を考える必要は十分にある。声の表現は集団的な場における演劇的な所作などと密接に結びつき、文字の表現は思考の対象化や抽象的な一般化を可能にする。書かれた歌や物語は、そうした文字表現の特性の内に、擬制的な語りの声を回復しようとしている。日本語を漢字という異言語の文字でしか書けない段階においては、声を犠牲にして意味を採るか、音を採って意味を無視するかという分裂を抱えていた。字義を無化した仮名から「かな」表記の生成は、文字の音を抽象化しシステム化することによって成し遂げられた。声から漢字そして「かな」へという表現過程とともに、それぞれの段階で文字から声へという逆の表現過程をも含みつつ、声と文字との相互関連として文芸史は形成されている。

平安朝中期のかな文芸の成立は、漢詩や漢文伝や漢文日記との関連で、まずは書くこととして位置づけられる。書くことの中で語りの声を現前する方法は、漢字表記では達成されなかった何を「かな」表現により可能にしたのか。文字による表現が内在する声を問うべきなのであり、それは「書」としての文字のリズムとも密接に関わっていると思われる。

二　漢字と万葉仮名の修得

漢字の音を用いて日本の地名や人名を記すことは、五世紀後半には行われていた。江田船山古墳（熊本県）や稲荷山古墳（埼玉県）から出土した太刀の銘文、隅田八幡宮（和歌山県）に伝来した「人物画像鏡」などがその遺品である。これ以前から「倭王」はしばしば中国に使者を送り、その冊封体制のもとにあった。西暦五七年には後漢の光武帝から北九州の倭の奴の国王に「漢委奴国王」という金印が贈られ、二三九年には卑弥呼も魏の明帝から

「親魏倭王」の称号と銅鏡百枚を与えられたと「魏志倭人伝」に記されている。

中国王朝と外夷の首長との国際関係は文書外交によるのであり、遣使朝貢の際に倭王は印章により封緘された上表文を提出した。(2) 中国の皇帝から下賜された勅書を読解し、上表文を書くためには、ごく限られた専門家にせよ、漢字や漢文を修得していることが不可欠であった。それらは対外的な外国語であったが、七世紀の後半には、日本語として漢字を用いて書くことが急速に展開した。神野志隆光は、五世紀における「みずから一つの世界であることの主張」による倭王の「天下」において漢字の「内部化」が始まるとし、七世紀後半からのいわゆる変体漢文や読み添え、訓読語、そして万葉仮名による表現を、「非漢文」としての日本語で書くことだという。(3)「非漢文」としての日本語で書くこととは、漢字文化圏における「変体漢文」のような文字表現によるクレオールから「かな」(4)による日本語表現への生成過程である。

近年に出土した文字資料の中では、都のみならず地方の各地から発見された七世紀の木簡が注目される。それらによって『日本書紀』や『続日本紀』の律令制度に関する記事が七世紀の現実とみなされ、地方官人たちの文書を書く能力が実証された。「賛」字に「田須久」という訓などを書いた七世紀の音義の類の木簡が北大津遺跡（滋賀県）から出ており、観音寺遺跡（徳島県）からは七世紀半ばの『論語』学而篇冒頭の「子曰学而習時」という木簡も出土している。八世紀初頭のものとしては、長屋王家木簡の『爾雅』の習書、飛鳥池遺跡の音義類の木簡、観音寺遺跡にも「椿」字に「ツ婆木」の訓を記したものがあり、平城京の木簡中の『文選』や『千字文』、秋田城跡からも『文選』の木簡が出土しているという。漢字使用の全国的な一般化は七世紀に遡り、漢字に対応する日本語の訓表記もなされていたのであった。(5)

日本語への関心は漢語との対応関係の中でこそ意識化され、文字でそれを表記することは、ことばの学としての詩学の潜在的な始まりであった。こうした視点から、七世紀末の天武朝ごろからの下級官人によるとみられる、和歌やそれらしき文字を記した木簡が特に注目される。藤原京から「多々那都久」、平城京からは「津玖余々美宇我礼」「玉尓有波手尓麻伎母知而」などの和歌らしき木簡が出土しており、飛鳥池の天武朝もしくは持統朝と推定される溝から出た「止求止佐田目手□□［　］□久於母閉皮」についても、犬飼隆は「急くと定めて……く思へば」と解し、和歌であろうとしている。

「多々那都久《たたなづく》」は『古事記』中巻のヤマトタケルの歌にあるのが有名である。

夜麻登波　久爾能麻本呂婆　多々那豆久　阿袁加岐　夜麻碁母礼流　夜麻登志宇流波斯

（やまとは　くにのまほろば　たたなづく　あをかき　やまごもれる　やまとしうるはし）（古事記歌謡・三〇）

「たたなづく」が「青垣」の枕詞である例は、『万葉集』にも「立名附《たたなづく》　青垣 隠《あをかきこもり》」（巻六・九二三）という山部赤人の吉野讃歌、「立名付《たたなづく》　青垣山之《あをかきやまの》」（巻十二・三一八七）がある。また、柿本人麻呂の歌に「多田名附《たたなづく》　柔膚尚乎《にきはだすらを》」（巻二・一九四）もあり、奈良時代以前に特有の語といえるようである。一字一音表記として、藤原京の木簡は『古事記』の歌謡表記に近い。この外にも、木簡の歌関係資料は、『万葉集』の表記と比較するとき、用例が少ないとはいえ、同様の傾向がみられる。

平城京の木簡の「津玖余々美宇我礼《つくよよみうかれ》」の「つくよよみ」は、『万葉集』に、「月夜好見《つくよよみ》　門尓出立《かどにいでたち》」（巻四・七六五）、「月夜吉《つくよよみ》　鳴霍公鳥《なくほととぎす》」（巻十・一九四三）、「月夜好美《つくよよみ》　夕々令見《よひよひみせむ》」（巻十・二三四九）、「月夜好三《つくよよみ》　妹二相跡《いもにあはむと》」（巻十一・二六一八）、「月夜好《つくよよみ》　門尓出立《かどにいでたち》」（巻十二・三〇〇六）などとある。いずれも「月夜」の表記で、「よみ」も「好」などの字訓により、木簡の字音とは異なる。ちなみに、「うかれ」は『万葉集』に「浮笑緒乃《うけのをの》　得干蚊将去《うかれかゆかむ》」（巻十一・二六四六）とあり、『日本霊異記』には「浮浪」に「宇加礼比止《うかれひと》」という訓がある。木簡の「津玖余々美宇我礼」の「余」は乙類の仮名で、「夜」の甲類とは異なり、「我」も濁音なら清濁の問題があるが、それが知識の不足によるのか、この時代にすでに混用されていたのかは不明である。

同じく平城京の木簡の「玉尓有波手尓麻伎母知而《たまにあらばてにまきもちて》」は、同じ表現をもつ歌が『万葉集』に三首ある。そのひとつは、「天皇の崩りましし時に、婦人の作る歌一首　姓氏未詳」という題詞をもつ、巻二の挽歌である。

空蟬師　神尓不勝者　離居而　朝嘆君　放居而　吾恋君　玉有者　手尓巻持而　衣有者　脱時毛無　吾恋　君
曾伎賊乃夜　夢所見鶴
（うつせみし　かみにあへねば　はなれゐて　あさなげくきみ　さかりゐて　あがこふるきみ　たまならば
てにまきもちて　きぬならば　ぬくときもなく　あがこふる　きみそきぞのよ　いめにみえつる）
（巻二・一五〇）

訓みは通行本に従ったが、「玉有者」は木簡のように「たまにあらば」と訓むべき可能性もある。五音と七音の整った長歌形式として訓むために「たまならば」が定着し、この歌では「神尓」「手尓」など「尓」という助詞を表記しているためであろうが、本来の歌謡としては「たまにあらば」の可能性も強い。(6) この挽歌では「玉有者」と「衣有者」とが対句であるから、「たまにあらば」と訓むのならば「きぬにあらば」と訓むべきことになる。(7)

『万葉集』における「玉有者」のあと二つの用例は、和銅四年（七一一）の河辺宮人の歌と、大伴坂上大嬢が大伴家持に贈った歌である。

人言之　繁比日　玉有者　手尓巻以而　不恋有益雄
（ひとごとの　しげきこのころ　たまにあらば　てにまきもちて　こひざらましを）
（巻三・四三六）

玉有者　手二母将巻乎　鬱瞻乃　世人有者　手二巻難石
（たまにあらば　てにもまかむを　うつせみの　よのひとなれば　てにまきがたし）
（巻四・七二九）

あえて「たまにあらば」と訓んだが、いずれも通行本は「たまならば」と訓んでいる。これらを通して、八世紀初頭には「玉にあらば」または「玉ならば」が手に巻くに掛かる枕詞として成立していたことがわかる。平城京木簡において「玉」だけが字訓表記されるが字音表記が原則であるのと比べて、『万葉集』では全体に字訓表記が多く、しかもその表記が類型化している。

ここにみたわずかな木簡の和歌関係資料と『万葉集』との表記の比較から軽率にいうべきではないが、『古事記』

や『日本書紀』の歌謡が一字一音で字音表記されていることと併せて、次のように考えられる。一字一音の字音表記は、歌謡としての声によるのであり、時代的な偏差は含むものの、字訓を生かした『万葉集』の歌の表記は、書くことによる詩的表現法の獲得であった。そして、枕詞などは本来は口頭の声による修辞であり、それを書くことの過程で、漢字の字訓を生かした日本語の歌の詩学が生成してきたとみられる。

三　難波津の手習歌

注(5)で引いた犬飼論文は、こうした木簡資料の中に、平成十年（一九九八）一月に観音寺遺跡から出土した「奈尓波ツ尓作久矢己乃波奈」という、難波津の歌の上二句を万葉仮名で書いた木簡を位置づけている。その年代は天武・持統朝の六八〇年から六九〇年だといい、七世紀末において、地方官人までが、漢文とともに仮名の修得をも熱心に行っていたことがわかる。

この歌は『古今集』かな序が「なにはつのうたはみかどのおほむはじめなり」とし、「あさかやまのことば」とともに「てならふ人のはじめにもしける」と手習歌としているものである。そして六つの「うたのさま」の第一に「そへうた」として、「なにはつにさくやこの花ふゆこもりいまははるべとさくやこのはな」と記している。(8)

この歌の断簡は、これまでにも法隆寺五重塔の落書「奈尓波都尓佐久夜己」（七一一年頃）とあるのをはじめ、平城京跡から出土した木簡や墨書土器などからも数点発見されていて、奈良時代からすでに流布していたことが知られていた。西條勉は、それが天武朝まで遡ることが明らかになったことに加えて、山田寺から出土した「奈尓波」というヘラ書きの瓦についても、難波津の歌の断片で、創建期のものとみて大化年間（六四五〜六四九年）まで遡る画期的な一次資料とし、その和歌史研究における意義を論じている。(9)

西條によれば、まず『古事記』の歌謡表記について、「安万侶が原資料の表記を一字一音式に改めた」という見方と「天武朝に成立したとみられる原資料のまま」とする見方の対立は、後者が決定的に有利となった。前者は『万葉集』の字音表記が巻五や巻十四、巻十七・十八・二十等、いずれも奈良時代になって成立した巻々に限られる点を根拠にしていたが、天武朝には一字一音表記の成立していたことが木簡資料などで実証されたからである。「歌謡をふくめて古事記の本文は、最新の出土資料によって、宣命体が一般化する前の天武朝に書かれたことがほぼ確実になった」という。

『万葉集』における人麻呂歌集歌についても、「略体＝古体（天武朝初期〜天武朝中期）／非略体＝新体（天武朝中期〜持統朝前期）という認定から、歌の文字化は、訓字を和語のシンタックスに羅列する略体的な表記のかたちではじまったとする見方」の前提が崩れたという。「大化改新（乙巳の変）のあたりから、五七五七七の音数律定型が一字一音で書かれていたことの意味」も大きく、「音数律定型は、字音仮名の習書という実用的かつ日常的な営みを通して、朝廷の諸機関に携わる官人層のあいだにかなり急速に浸透していったものと思われる」というのである。ここで批判されている稲岡耕二は、日本語の表記について、次のような四段階を捉え示していた。[10]

一　純粋の漢文が渡来人によって書かれるのみの時期
二　総体的に漢文風を維持しながら、固有名詞の一部を日本語の発音に従って仮名で記入した時期
三　漢文の格を崩し、日本語の語順のままこれを写しとろうとする表現の現われる時期
四　助詞・助動詞が厳密に書き加えられるようになり、「宣命大書体」に相当する新しい表記の様式の生み出された時期

稲岡は、人麻呂歌集の古体歌（略体歌）は第三段階で、新体歌（非略体歌）は第四段階として、『万葉集』の基本をなす「宣命大書体」を位置づけている。観音寺遺跡出土の「奈尔波ツ尔作久矢己乃波奈」の木簡などは、この第二段階と第三段階のあいだに一字一音の仮名表記が成立しており、その単線的な段階論としてではなく、複線的な

表現の位相が考えられるということである。従来も説かれていたように、略体歌が漢詩の影響のもとに選択された詩的表現であるという可能性が強いと思われる。(11)

『古今集』かな序は、「人の世となりてすさのをのみことよりぞみそもじあまりひともじはよみける」と、「神世」に対する「人の世」の歌として三十一文字の五七五七七による音数律が詠まれたという。かな序に付された古注は、スサノヲが出雲に宮造りしたときの歌として、「やくも立いつもやへかきつまこめにやへかきつくるそのやへかきを」を記している。『日本書紀』の「或云」とするこの歌と、『古事記』の歌の表記とは、次のようである。

夜句茂多菟　伊弩毛夜覇餓岐　菟磨語味爾　夜覇餓枳菟倶盧　贈迺夜覇餓岐廻（紀）

夜久毛多都　伊豆毛夜弊賀岐　都麻碁微爾　夜弊賀岐都久流　曾能夜弊賀岐袁（記）

ひらがなでは清濁が無表記だが、万葉仮名では明確で、『日本書紀』と『古事記』とでは用字がかなり異るものの、「夜」字の共通性や、三度繰り返される「やへがき」がそれぞれの歌中ではほぼ同じ字であるなど、歌としての読みやすさの工夫がなされている。『古今集』かな序古注の「つまこめ」と「つまごみ」との差異は、時代的な語の変化である。

西條は、難波津の歌と、この歌を含む記紀の歌謡との共通性を示して、第二句を結句で繰り返す五七／五七七の構造が、土橋寛『古代歌謡論』がいうような、集団的な掛け合い歌謡の典型的な形式だという。(12)そして、実際に歌われるときには、神楽歌や催馬楽のように、本（上句）と末（下句）を掛け合うかたちをとり、『歌経標式』に「頭を還すに、句終と句頭とを併せて六句とし、唱歌に用ゐるべし」とあるように、第三句を第四・五句の頭として繰り返して六句体で歌うとする。つまり、次のように唱和された、孝徳朝の難波遷都に伴う歌謡と推定するのである。

（本）難波津に咲くやこの花冬ごもり

（末）冬ごもり今は春べと咲くやこの花

『古今集』かな序では、スサノヲの歌を短歌形式の始めとするのに続いて、「なにはつのうた」について、次のような文脈で記していた。

かくてぞ、花をめで、とりをうらやみ、かすみをあはれび、つゆをかなしぶ心ことばおほく、さまざまになりにける。とをき所もいでたつあしもとよりはじまりて、年月をわたり、たかき山もふもとのちりひぢよりなりて、あまくもたなびくまでおひのぼれるごとくに、このうたもかくのごとくなるべし。

なにはつのうたはみかどのおほむはじめなり。

あさかやまのことばは、うねめのたはぶれよりよみて、

このふたうたは、うたのちちはははのやうにてぞ、てならふ人のはじめにもしける。

嘉禄二年（一二二六）の藤原定家写本によるもので、原表記は不明だが、少数の漢字表記を除いて字音表記が原則の和文であることは、十世紀の初頭でも同じと思われる。ここに歌ことばによる修辞とともに漢文を基とした修辞があることを、かな文の成立と関わらせて考えたいのである。

花・鳥・霞・露といった自然の景物を「めで」「うらやみ」「あはれび」「かなしぶ」心と言葉が多くあったというのは、まさしく『古今集』の歌の美意識による修辞である。とはいえ、『万葉集』にも、例えば巻十に、「鳥」「霞」「花」（春の雑歌）「鳥」「花」「霞」（春の相聞）、「鳥」「花」（夏の雑歌）「鳥」「花」「露」（夏の相聞）、「花」「鳥」「露」（秋の雑歌）「露」「花」（秋の相聞）、「花」「露」（冬の雑歌）「露」「花」（冬の相聞）を「詠み」それらに「寄する」歌が含まれ、四季の部立の萌芽もみられる。「寄物陳思」という歌の分類も『古今集』の詩学の原型であるといえよう。それはまた、「人のこころをたねとしてよろづのことのは」となったという、『古今集』かな序の冒頭の和歌観に通底している。

「とをき所も」から「おひのぼれるごとくに」までの表現は、『白氏文集』「続座右銘」の「千里ハ足下ヨリ始マリ高山ハ微塵ヨリ起ル。吾ガ道モ亦此クノ如シ」による。「千里」が「とをき所」、「足下ヨリ始マリ」が「いでたつあしもとよりはじまりて、年月をわたり」、「高山ハ微塵ヨリ起ル」が「たかき山もふもとのちりひぢよりなりて、

あまくもたなびくまでおひのぼれるごとくに」、「吾ガ道モ亦此クノ如シ」が「このうたもかくのごとくなるべし」と変換されている。漢文表現を典故としつつも、和文化され、それを敷延した和歌《うた》の隆盛をあらわす表現となっている。歌ことばによる修辞を、漢文的な対句の表現法を基底にして実現することによって、『古今集』かな序の散文的な和文が成立したのである。

　こうした文脈における手習歌の問題にもどれば、「なにはつのうた」は「あさかやまのことば」と対で、「うたのちちははのやう」に「てならふ人のはじめにもしける」といわれていた。歌の父母というのは「みかどのおほむはじめ」の帝と「うねめのたはぶれ」という釆女の歌に対応し、宮廷における歌の起源というのでもある。文字通りに読めば紀貫之は「なにはつのうた」を帝の歌とみているようだが、付記された古注は、「おほさざきのみかど」（仁徳天皇）が難波津で皇太子の位を譲り合って三年を経たので、王仁が詠んだ歌だという。かな序本文も「そへうた」の部分では「おほさざきのみかどをそへたてまつれるうた」としているから、帝の歌ではなく、第三者が帝を喩えて詠んだ歌だということになる。

　かな序にいう歌の「さま」の六種が、漢詩の六義を和歌に強引にあてはめつつ、「からのうたにもかくぞあるべき」と倒錯した論理による齟齬をきたしていることは明白である。ここでは「そへうた」が『毛詩』大序の「風」に対応し、「そへ」つまりよそえなぞらえた「諷歌」（『日本書紀』神代紀元年）であるとおさえておけばよい。新谷秀夫は、古注の王仁の詠歌とする伝承は「明らかに後世に生成」したとし、かな序本文の仁徳天皇をめぐるとする伝承の生成過程に平安時代初期の『日本書紀』講書という場が関与した可能性が高いという。[13] かな序古注については、顕昭『古今集序注』に引用された「公任卿注」と類似しており、公任作者説もある。王仁を作者とする説は『日本書紀』にみえる王仁が『千字文』を将来したという説と関わるであろう。平安朝中期において、王仁をめぐって漢字と仮名の手習の起源が対として発想されているのも興味深い。

「あさかやまのことば」については、古注が、葛城の王の饗宴の場で釆女が盃を取って詠み、機嫌を損じた葛城の王の心を融かしたとして、「あさか山かげさへ見ゆる山の井のあさくは人をおもふものかは」を記している。この歌は『万葉集』に同様の意味の左注を付して採録されているが、下句が異なっている。

安積香山影副所見山井之浅心乎吾念莫国

（あさか山影さへ見ゆる山の井の浅き心を吾が念はなくに）　（巻十六・三八〇七）

この歌が手習歌として用いられたという木簡などはみられないようである。ここでは「なにはつ」の歌が七世紀半ばから八世紀にかけて一字一音の万葉仮名で表記され、十世紀初頭には「かな」（ひらがな）へと変換された連続性を確かめ、手習の習熟過程の中に「かな」の成立を位置づけられることが肝要である。

四　「かな」の成立と和歌と和文

「かな」（ひらがな）の原初形態を示す最古の現存資料とされているのは、貞観九年（八六七）の「讃岐国司解」に添えられた藤原有年の申文である。これは漢字で記されているが漢文ではなく、草体の万葉仮名による和文の表現を多く含んでいる。それを「漢字の草体から、日本独自の仮名の発生を窺わせる根本的な資料[14]」とみる説もあるが、「草仮名」資料として限定的に捉えておきたい。「草仮名」と「かな」との差異は、字体そのものの差というよりも、字母の整理による音仮名表記のシステム化と、連綿体に繋がる続け書きの書法にあるとみられるからである。

完全な「かな」資料として現存するのは、延喜五年（九〇五）の「因幡国司解案」の仮名文断簡だとされるが、その書写年は不明である。康保三年（九六六）の「虚空蔵菩薩念誦次第」の紙背仮名消息は、すでにひらがなとしての完成を示している。『古今集』がどのような「かな」で書かれていたのか、現存資料による限り微妙なところだが、「やまとうた」の表記としての「かな」の成立を前提とすることは、漢字による「からのうた」との対比からみて妥当であろう。

万葉仮名とひらがなとの断絶を強調する小松英雄は、「万葉仮名を草体に書きくずした草仮名をへて平仮名となる」といった考えかたは根拠薄弱だとしている。『秋萩帖』や『自家集切』、巻子本『古今和歌集』や高野切『古今和歌集』（第一種）などは「美的変異を求めた仮名書道の作品」であり、「平安時代の極初期に定位すべき文献ではない」ものの、それらが「表意的用法の漢字と取り違える恐れのないことを前提にしている」ことに注目し、「草仮名とよばれているものの背後に、極草体の仮名があったことは確実」だというのである。[15]

草仮名とひらがなとは、共時的に存在している。『秋萩帖』は草仮名で伝小野道風筆だが、第一紙が書風や料紙からみて十世紀中頃、第二紙以下は平安時代末とも鎌倉時代末ともいわれる。『自家集切』は紀貫之の家集断簡で自筆と伝えるが、やはり貫之没後の成立とみられ、ひらがなに草体を交ぜ、文字を続けて書くが連綿体ではなく、『秋萩帖』に似ている。巻子本『古今和歌集』とは『巻子本古今和歌集切』のことだろうが、これは十一世紀末から十二世紀初期とみなされる優美な連綿体で、藤原行成の曽孫の定実筆と考えられている。高野切『古今和歌集』（第一種）は十一世紀中頃で、絶妙な墨継ぎと優麗な連綿体のかなの書の最高峰とされている作品である。

小松はカタカナに対してひらがなの体系が「草書体で形成」されたのは、「語句の分かち書き」を可能にするためであり、それによって「日本語の散文」を書くことが可能になったという。その「仮名文」は「洗練された内容を洗練された用語で表現する書記様式」であったから、「美しさが求められ」て、毛筆の墨継ぎによる濃淡や太い細い、あるいは連綿による断絶により、アルファベットのような「スペースを空ける方式」ではなく、「分かち書き」が用いられた。「女文字」ともよばれるが、「女性のために作られた平易な文字体系」ではないし、平安初期の和歌は「仮名だけで書かれることを前提」にして作られているともいう。

ひらがなの成立とその表現内容にまつわる重要な指摘だが、和歌の場合には、その音数律によって句を切って読むことが可能だから、必ずしも墨継ぎや連綿体は必要とされない。それらの名品が残されているのは、あくまでも書としての美的な営みである。和歌が「仮名だけで書かれることを前提」としているのは、声を文字化する、あるいは文字を声化することに起源しているといえよう。したがって、墨継ぎと連綿体による分かち書きは、かな文〈散文〉の成立や成熟とより根源的に関わることになる。

かな文について小松は、「和歌と違って、和文では漢語が排除されていない」とし、「仮名と漢字とは、視覚的特徴に基いて明確かつ容易に識別できる必要」があったという。いいかえれば「仮名の字体が漢字の字体から十分に乖離するまでは、仮名と漢字とを交用して、読み取りやすい仮名文を綴ることはできなかった」のであり、「前代の宣命体」は「散文を表記するための工夫であったが、実用に適した書記様式ではなかった」というのである。実用的かどうかよりも、「かな」を原則として漢字を補助的に用いるかな文が、手紙（消息）や歌集の詞書や日記、物語といった、私的な感情の表現様式や文芸ジャンルの生成と不可分のものとして成立したことが重要である。それらは、漢詩文と対比されつつ、美的な書記様式としての書の展開と軌を一にしている。

『土佐日記』や『竹取物語』『伊勢物語』などの成立と同時かそれ以前、つまりは九世紀末から十世紀初頭に、墨継ぎと連綿体による分かち書きのかな文表記が成立していたとみることは、現存資料からして無理だと思われる。だとすれば、物語や日記などのかな文芸の表現史の生成過程と同時並行しているわけであり、その〈文法〉としての語りの〈声〉の表現や和歌的な修辞、そして漢詩文の訓読と対応した和語や和文の表現法を考察することが課題となる。(16)

五　書体と文芸ジャンル

十世紀後半に、すでに「かな」を含めたさまざまの書体が成立し、それが文芸諸ジャンルと対応して使い分けられていたことが、『うつほ物語』に記されている。蔵開中巻の始めの、仲忠が京極邸の秘蔵から発見した累代の家の書物を、朱雀帝に披露する場面である。

A「沈の文箱」には、「唐錦（唐の色紙カ）を二つに切りて、調じしたためて、厚さ二、三寸ばかり」に作った「俊蔭のぬしの集」が「古文《こぶみ》」で書かれたものと、「俊蔭のぬしの父式部大輔の集」を「草」で書いたものが入っていた。帝は仲忠に「手づから点し、読みて聞かせよ」と進講させ、仲忠は「古文」を「文机《ふづくえ》の上」で「例の花の宴などの講師の声よりは、少しみそかに」、「七、八枚の書《ふみ》」を「一たびは訓、一たびは音《こゑ》」で読んだ。「面白し」と帝が聞いた部分はさらに「誦ぜさせ給ふ」とある。その内容は不明であるが、和漢混淆の多様な文字表現とともに、「一たびは訓、一たびは音」で読むところに、漢詩文におけるクレオールの文化状況が示されている。

B「浅香の小唐櫃」には、「唐の色紙を中より押し折りて、大の冊子《そうし》に作りて、厚さ三寸ばかり」が入っていて、「一つには例の女の手、二行《ふたくだり》に一歌書き、一つには草、行同じごと、一つには片仮名《かたかんな》、一つには葦手」と、異なった書体による本があり、「まづ例の手を読ませ給ふ。歌、手、限りなし」という。

書物の形態や装丁、そして書体とともにその音読の様子が記されている。Bの小唐櫃にあったのは、「昔名高かりける姫、手書き、歌詠み」といわれる俊蔭の母の歌集である。Aが漢詩集、Bが和歌集であるが、それらが異なった書体で書き分けられている。まとめておけば、A1俊蔭漢詩集＝古文、A2俊蔭父式部大輔漢詩集＝草、B俊蔭母歌集＝1「女の手」、2「草」、3「片仮名」、4「葦手」となる。

俊蔭集の「古文」は隷書以前の古体の漢字で、俊蔭が遣唐使として派遣されて難破し、波斯国から阿修羅、天人、仏の世界まで漂流して得た、異国（異界）の知識を象徴している。楼の上下巻末には、「唐土《もろこし》の集の中に、小冊子に所どころ絵かき給ひて、うた詠みて、三巻ありしを、一巻を朱雀院に奉らむ」と、俊蔭の海外における絵入りの歌集あるいは詩集とみなしうる書物が出てくる。この「うた」は和歌ではなく漢詩とみるべきであろう(17)。その形態は「唐色紙の絵は、一巻といへども、四十枚ばかりなり。紫檀の箱の黄金の口置きたるに入れたり」と記されている。Aの俊蔭の詩集とは別であろうが、形態も内容もともに典型的な唐様である。

それに対して、俊蔭の父式部大輔の詩集は「草」体で、当時の日本の漢字体を代表するものと思われる。『うつほ物語』がどの程度に設定された時代の文化を反映しているのかは不明だが、最後の遣唐使は承和五年（八三八）であった。このときの第三船は筑紫を出帆後に遭難し、副使の小野篁は、病と称して行かなかった。また、第二船は南海の地に漂着している。このときの留学僧である円仁が『入唐求法巡礼記』を残しており、『うつほ物語』の始めの時代設定は、こうした史実を背景にしつつ、ほぼ九世紀の前半頃とみてよいであろう。

俊蔭の父の詩集が「草」体で書かれ、その子の俊蔭が「古文」体であることは、俊蔭の異界体験の特殊性を別にして歴史的にみれば、楷書体をくずして草書体が成立したという通説からは奇妙に逆転している。しかし、石川九楊によれば、「草書体、行書体、楷書体の順に書体が生まれた」のであり、「楷書がくずされて行書、草書体が生まれたのではない」という。[18] これは、日本においても、万葉仮名から草仮名、そしてひらがなへと、単線的にくずされて成立したのではない可能性にも通じている。

平安朝には、さまざまの書体が同時に移入されていた。石川は書体の変遷を「漢語の和語化、和語の漢語化」という日本語の形成と対応させて捉え、天平写経の書体は「中国語を本格的、体系的に理解し、積極的に日本語の形成を開始した」ことを意味し、「中国とは少し異なる姿を見せる」のが、空海、嵯峨天皇、橘逸勢という三筆の書であるという。『うつほ物語』における俊蔭の「古文」がどのような書体を想起させていたのかは不明だが、阿修羅の伐っていた宇宙樹ともいうべき巨大な桐の木で作った「琴《きん》」が、天人の音楽を現世に伝え、奇瑞をもたらす呪力を秘めていたように、「ひとつの字画が鳥の頭や蛇や龍の尾のような奇怪《グロテスク》な姿で表現される雑体書の表現」を含んでいたかもしれない。石川はそのような雑書体を交えることに、「中国への異和と中国からの独立の意志」が表現されていたという。遣唐使船の難破による漂流が、波斯国（ペルシャ）から阿修羅や天人そして仏とも対面する「唐土」であったところに、『うつほ物語』もまた漢詩文の正統から逸脱した異界の幻想を「かな」物語の始発としていた。『竹取物語』のかぐや姫の故郷たる異界も天人たちの月世界であった。

漢字の書体自体が和様化することと、文章表現の形式と内容、そして「かな」の生成とが無関係であるはずはない。歌の表現史における『万葉集』から『古今集』への変換を媒介する位置に、嵯峨・淳和朝の勅撰三詩集があり、次代の和漢並立の文化状況を形成していったのであった。『うつほ物語』俊蔭巻の始めの時代設定を九世紀の前半とみれば、俊蔭集の「古文」や父式部大輔集の「草」に加えて、俊蔭母の歌集が「女の手」「草」「片仮名」「葦手」という四種類の仮名で書かれていたことが、あらためて注目される。『うつほ物語』の成立は天禄から長徳（九七〇〜九九年）とみられ、その時代の反映と考えるのが妥当ではあるが、物語では古く遡ってこれらの仮名書体が設定されている。「女の手」はひらがな、「草」は草仮名である。「葦手」として現存するのは十一世紀後半に下るとみられる伝藤原公任筆「葦手古今和歌集切」が最古だが、その成立は石川が「奇怪な雑書体」という空海の「益田池碑文」のようなものと関係するかもしれない。

『うつほ物語』の内なる書の関係資料としては、国譲上巻に、仲忠が藤壺（あて宮）の若宮のために手本として書き贈ったものもあった。「黄ばみたる色紙に書きて、山吹につけたるは、真にて、春の詩。青き色紙に書きて、松につけたるは、草にて、夏の詩。赤き色紙に書きて、卯の花につけたるは、かな。初めには、男にてもあらず女にてもあらず、あめつちぞ。その次に、をとこで、放ち書きの書きて、同じ文字を、さまざまに変へて手書けり」という。さまざまの書体で手本としたのは、「わがかきて春に伝ふる水茎もすみかはりてや見えむとすらむ」という歌であった。そしてさらに、次のように続いている。

をんなでにて、
まだ知らぬ紅葉と惑ふうとふうし千鳥の跡もとまらざりけり
さし継ぎに、
飛ぶ鳥に跡あるものと知らすれば雲路は深くふみ通ひけん

次に、かたかな、

いにしへもいま行く先も道々に思ふ心ある忘るなよ君

あしで、

底きよく澄むとも見えで行水の袖にも目にも絶えずもあるかな

（国譲上・一三一二〜三）

春の漢詩を書いた「真」は楷書体、夏の漢詩の「草」は草書体である。「かな」は五ないし六種類の書体が書き分けられている。「男にてもあらず女にてもあらず」は、男手でも女手でもない草仮名で、「あめつち」は「なにはづ」以後で「いろは歌」以前の手習い歌である。「をとこで」（男手）は万葉仮名にあたり、楷書または行書で放ち書きしている。「をんなで」（女手）はひらがな、「さし継ぎ」が「放ち書き」に対する連綿体であるとすれば、女手の中でも特に区別されていたことになる。あとは「かたかな」（片仮名）と「あしで」（葦手）である。

六　和漢の複線の詩学

かな文字による新しい書記言語が生成したとき、和漢の複線の詩学というべきものが、その総体の基盤としてあった。漢字や漢語が和字や和語化されるとともに、和語を漢語化しうるという相互変換の構造が自覚されたのである。そこには、主に仏教を媒介にして「唐《から》」の中国を逸脱した世界観の拡張が作用していた。平安朝かな文芸や「和様」といわれる諸文化が開花した十世紀は、時あたかも唐という大帝国が崩壊した中国の混乱期にあった。正倉院に代表されるようなシルクロード文化の集積を経て、仏教的なコスモポリタニズムのもとで中国＝漢字文化圏の中心を相対化する視点が生まれ、クレオールを基底とした和漢の複線文化が生成したのである。

それは、口頭言語としての和語をどのように漢字や漢語で表記しうるかという『古事記』や、漢文体としての表現をめざした『日本書紀』の段階とは決定的に異なっている。漢語を和語化して取り込んだ「かな文」が、和語で自由に表現しうるようになるとともに、和製漢文やその書の表現が中国の漢文に匹敵し、ときにはそれを凌ぐという自負さえももたらした。菅原道真の『菅家文草』と『菅家後集』は、漢詩文における「和習」を示す典型であり、『新撰万葉集』は和歌を漢詩に翻訳して並列するという、一種の倒錯を示している。[19]「男手」としての漢字と「女手」としてのかなという文字のジェンダーを使い分けながら、平安朝中期の知識人たちは、『うつほ物語』の俊蔭一族のように、さまざまの書体と文体を書き分ける術に遊び、和漢の複線の詩学を潜在した表現を達成したのである。

先に引いた小松英雄はまた、『古今集』に代表される平安初期の和歌には、「視覚的に理解されることを前提にした複線構造の和歌」が少なくないという。「一つの仮名連鎖に複数の表現を重ね合わせた構造」で、「仮名が清濁の音節を書き分けない音節文字であることを積極的に利用した」として、次の歌を例にあげている。[20]

かかりひの　かけとなるみの　わひしきは　なかれてしたに　もゆるなりけり　（『古今集』恋一・五三〇）

「なかれてしたにもゆるなりけり」という仮名連鎖に、「流れて下に燃ゆるなりけり」と「泣かれて下に燃ゆるなりけり」とが重ね合わされている。「平安時代の和歌は、音声的かつ線条的に実現される言語としてではなく、清音と濁音とを区別しない仮名の連鎖として作られ、そして読まれたものである」というのである。かな文字で書かれた歌の表現の原理として重要な指摘だが、これが音声言語と無縁だとはいえず、少なくとも口頭言語の掛詞を拡張し変換したかな文字表現の技法でありつつ、音読され朗唱されもしたはずである。定家自筆の嘉禄本では、「篝火の影となる身のわびしきは流てしたにもゆるなりけり」と表記されている。「なかれて」を「流て」と漢字表記したのは定家のさかしらかもしれないが、「ながれて」という音の内にも「泣かれて」を掛詞として想起するのが平安朝の歌の語感であろう。

かな文字による歌や和文の表現が達成されたあとでも、他方で、男手・真名とよばれた漢字が、主として公的な記録の世界では主流であったこと、和漢混淆の表現が現代まで続く日本文化の特性であることを強調しておかねばならない。

かな文字の成立によって語るように書くことが飛躍的に自由度を増したとはいえ、それはあくまでも書かれた語りの問題であって、口頭表現がそのまま文字化されたわけではない。平安朝において、かな文字は主として歌や男女の手紙や物語などの私的な表現領域で用いられ、宮廷文芸としての美的な洗練度を増した。それらは、美しい料紙に美しい毛筆書体で書かれることによって、近代に芸術作品とみられるような書物や絵巻ともなり、現存する資料の多くはそうしたものである。

こうしたかな文字による表現とその内容は、つねに漢字・漢詩文の表現を内在したり、緊張関係を持続していた。かな文字は感性的な表現に適し、論理的ないし政治的な表現は、漢語や漢詩文に担われるという言語生活が続いて、その複線的な多重構造がポリフォニーの詩学というべきものを生成してきた。かなの成立をめぐる表記史の問題は、文芸諸ジャンルの生成や展開と不可分である。

第2章　掛詞と語源譚——歌と物語の声と文字

一　掛詞の成立

物語文芸は書かれた語りであり、神話や伝説そして昔話などの引用と変換、つまり〈もどき〉として成立した。そのことを、漢字によってしか表記しえなかった上代文芸との関わりにおいて考えてみる。上代においても、万葉仮名や宣命書きといわれる一字一音の漢字表記による補助的な方法があったが、「かな」(ひらがな)による表現は、それとは決定的に異質な変換をもたらしたとみられる。その問題を、表意性と表音性とが二重化した漢字と、音声言語としての日本語の相互関連を媒介にして、掛詞や縁語のような修辞の視点から、物語の地の文と歌との関係において検討していく。

和歌の技法としての掛詞は、縁語とともに、『古今集』の歌の表現の飛躍的な転換を形成した。掛詞の成立について鈴木日出男は、島田良二が『古今集』の「枕詞」を『万葉集』と共通するかしないかで二分したのに基づいて次のようにいう。『古今集』時代に造成された枕詞はほとんど一回的に現れ、「その用法も掛詞的・比喩的」であり、また『万葉集』と重なる枕詞も同様の傾向にある。これが「一方で展開される序詞のありかたに接近している」ことから、「掛詞を産み出したものは、やはり序詞であった」とする。[1] この鈴木論文を指標として、論者の関心から論点を要約し、問題の所在に関する私見を＊印を付して加えてみる。

(1)『古今集』の序詞は枕詞に比較して「掛詞式」がきわだって多く、また「類音繰返し」も少なくなく、それだけに「音声媒介の使用法がいっそう顕著」である。

＊この「音声媒介」が口頭言語のレベルなのか、文字言語のレベルなのかが問題である。

(2)『万葉集』から『古今集』に至る過程で、「比喩的な序詞」がいちじるしく減量し、「序詞が掛詞的用法に傾くのを、枕詞はあたかも追いかける」ように展開している。

＊これは「隠喩」（メタファー）の一対一対応する意味構造から、「換喩」（メトニミー）による連辞的な複線構造への、修辞的な変換の方向性として捉えられる。

(3)数量の上では『万葉集』から『古今集』にかけて「類音繰返しの序詞→掛詞式序詞→掛詞」という過程が考えられる。

＊掛詞は範列的な二語機能から生まれつつも、連辞的な複文構造を潜在させ、また顕在化していく。

(4)掛詞は「心物対応の表現形式をもった構造として序詞からの延長線上」にあり、「二重の文脈としておのずから展開しようとする志向性・機能性」をもつ言葉でありえた。

＊この表現の根底には、『古今集』かな序の「人の心を種としてよろづの言の葉」となり、「見るもの聞くものにつけて」表現するという和歌言語観がある。「心」と「物」とを結合する表現機能としての掛詞が問題である。

(5)「枕詞・序詞との連繫を中心とした読み人しらずの時代から、縁語などと連繫しながら縁語掛詞じたての技法として自立するようになった六歌仙時代へ」と、「発展的に跡づけ」られる。その到達点は「言葉それじたいに即す技法、それによって論理的脈絡、日常的事実の脈絡が断ち切られて、想像力がはるかに飛翔」する「詩的空間の広がりの構築」である。

＊『古今集』歌の「読み人しらず」「六歌仙」「撰者時代」という時代区分は、隠喩から換喩に重点を移した連辞的な複文構造を次第に強化し、歌ことばが現実の文脈から自立した虚構の世界を構築するに至った表現史の過程を示している。

こうした『万葉集』から『古今集』に至る掛詞の発展過程を、鈴木は「心物対応構造」を主として捉え、「和歌における虚構的方法」の発展過程として位置づけている。掛詞は同音異義語による修辞であり、地口、語呂、口合などと共通している。これを、口頭の声による言説、漢字・漢文体による言説、かな文字による言説という表現の位相差を意識化しつつ、和歌のみならず、いわゆる散文（語り文）をも含めた詩的言語の表現機能として検討する必要がある。その手掛かりとして、『万葉集』に少数ではあるが「掛詞式の序詞」があり「地名に関わるもの」が多いとして、鈴木が引用した三首の歌に注目したい。

A　吾妹子をいざ見の山を高みかも大和の見えぬ国遠みかも　（石上麻呂・巻一・四四）
B　三諸のその山並に子らが手を巻向山は継ぎのよろしも　（人麻呂歌集・巻七・一〇九三）
C　妹が目を跡見の崎の秋萩はこの月ごろは散りこすなゆめ　（坂上郎女・巻八・一五六〇）

ここには上代文献におびただしい「地名起源説的な関心」さえみられるが、「これがすぐさま後世における掛詞成立の重大な要因」ではなく、このような関心が「同音類音の言葉の存在への認識をいっそう敏感」にして、「一方にある類音繰返しの序詞を発展させる契機」になったと鈴木はいう。この三つの歌の『万葉集』の原表記は、次のようである。

A　吾妹子乎　去来見乃山乎　高三香裳　日本能不所見　国遠見可聞
B　三毛侶之　其山奈美尓　児等手乎　巻向山者　継之宜霜
C　妹目乎　始見之埼乃　秋芽子者　此月其呂波　落許須莫湯目

A「去来見」を「いざみ」と訓み、地名と愛しい人を「さあ見よう」という掛詞と理解するためには、音読しなければならない。というより、この歌は、もともと音声表現であり、「いざ」を「去来」と表記するのは、陶淵明「帰去来辞」などによる漢文訓読の発想を重ねた修辞である。B「巻」の字で、恋人の手を枕にする「巻く」と「巻向山」とを掛けることは、漢字の字義と重なっている。

Cで鈴木の引用した訓が「跡見《とみ》の崎《さき》」となっているのは、原文の「始見之埼」を、詞書に「跡見の田庄」で作った歌というのによって改訂したからである。「とみ」で掛詞の発想を読めば、愛する人を早く見ようという思いと地名を掛けたことになる。しかし、早い意の「とし」の仮名「と」は甲類で、「跡」は乙類だから、古写本すべての原文のまま「始見」で、「みそめ」（新編全集）あるいは「はつみ」（新大系、和歌文学大系）と訓むのがよいであろう。だとすれば、漢字の字義と音の二重化による修辞となる。

これらの用例については、「地名起源説的な関心」とともに、恋愛にまつわる発想の修辞であることにも注目しておきたい。地名と恋愛感情とが組み合わされた歌は、物語を潜在させているからである。表記史の問題としてみれば、『万葉集』における「掛詞式の序詞」は、万葉仮名の字音によるよりも字義との関係が強く、「かな」表記とは異質である。

鈴木は『竹取物語』の「オチ」にもふれ、「心物対応構造としての掛詞」がすでに広く用いられていたことの証で、野村精一の「語源説話の型にしなければ気がすまぬのが、散文作家」であり、「ことばを日常の次元に引き下げてしまう」という論[2]を支持して、「本来和歌における独自な言葉であるものが、散文的・日常的な次元で捉えられている」ために、「オチ」としての「滑稽味が生きている」のだという。

ここには、和歌（詩）のことばと、物語（散文）のことばとを二項対立させて、「非日常」と「日常」とにふりわける前提がある。『竹取物語』の「オチ」、論者の用語では「語源譚パロディ」を、和歌の掛詞とひとたびは同じ「詩的言語」として捉えかえし、上代の地名起源説話の修辞などと関わらせて考察を進めたい。表現機能としての〈同化〉と〈異化〉との差異があるにせよ、どちらも「非日常」の詩的言語による表現だからである。

二　漢字と声の混成表現

あえて単純化していえば、神話は「隠喩」機能を主として成り立ち、物語は「換喩」的な連辞機能によって生成し、それを媒介する要素として、和歌において洗練されてきた掛詞や縁語などの「隠喩」と「換喩」にわたる詩的言語の修辞が作用しているのだと想定することができる。

『古事記』の最初の歌謡とともに、地名起源譚の表現がある。スサノヲがヤマタノヲロチを退治したあと、出雲でクシナダヒメと結婚するための宮を造った場面である。万葉仮名の字音表記に傍線を付したが、歌には付けない。

［　］内は割り注である。

故是以、其速須佐之男命、宮可造作之地求出雲国。爾、到坐須賀［此二字以音。下効此］地而、詔之、吾、来此地、我御心、須々賀々斯而、其地作宮坐。故、其地者、於今云須賀也。茲大神、初作須賀宮之時、自其地雲立騰。爾、作御歌。其歌曰、

夜久毛多都　伊豆毛夜弊賀岐　都麻碁微爾　夜弊賀岐都久流　曾能夜弊賀岐袁

（かれここをもちて、そのはやすさのをのみこと、みやをつくるべきところをいづものくににもとめき。しかくして、すがといふところにいたりまして、のりたまはく、「あれ、ここにきて、あがみこころ、すがすがし」とのりたまひて、そこにみやをつくりていましき。かれ、そこは、いまにすがといふ。このおおかみ、はじめすがのみやをつくりしときに、そこよりくもたちのぼりき。しかくして、みうたをつくりき。そのうたにいはく、

やくもたつ　いづもやへがき　つまごみに　やへがきつくる　そのやへがきを）　（七二）(3)

スサノヲが自分の心を「すがすがし」と言ったから、その土地を「須賀」というようになった。その「須賀の宮」を造ったときに「雲」が立ちのぼったから「やくもたつ」の歌が詠まれたという。「いづも」という地名との関連は「出雲」という漢字表記の字義によって成り立っている。「すがすがし」という祝福の語と、大地の霊力が「や雲」として立つ瑞兆の地に「やへがき」を造ることも密接に関連している。「や雲」は「弥雲」が原義とみられ、それが原文には無い「八雲」という漢字表記を喚起するのは、「八重垣」にちがいない「やへがき」の「八」という聖数との関連であろう。

この「八重垣」は「妻籠み」のためだから、愛情と結婚の隠喩である。「やくもたつ」の歌は本来はスサノヲの神話とは無関係な歌謡とみる説が有力だが、ここでは歌と語り文の表現とが密接に結合している。地名起源譚と土地讃めと恋愛感情の表現とが結合した、後に『古今集』かな序も引くような、短歌形式の発生神話なのでもある。その語り文には、音声言語の掛詞や縁語の原型というべき発想とともに、漢字の音表記と併用された訓漢字の字義性が作用している。「やくもたつ」という枕詞が「いづも」に掛かるのは、漢字表記によって明確化する意味性とともに、掛詞的な同音性を潜在しているためかもしれない。この歌における「やへがき」の繰り返しも、「や」という音によって「やくも」と響き合っている。

いまだ「かな」が成立していない時代に、本来は音声言語による古伝承を漢字で表記するために、太安万侶がどんな努力と工夫をしたかは、『古事記』序文に明記されていた。元明天皇が、天武天皇が稗田阿礼に「誦み習」わせた「旧辞」を「撰録」して献上するよう命じたのに応じてのことである。

然れども、上古《いにしへ》の時は、言《こと》と意《こころ》と並《とも》に朴《すなほ》にして、文《ふみ》を敷《し》き句《ことば》を構《かま》ふること、字《もじ》に於《おき》ては即《すなは》ち難《かた》し。已《すで》に訓《よみ》に因《よ》りて述べたるは、詞《ことば》心に逮《およ》ばず。全《また》く音《こゑ》を以《もち》て連《つら》ねたるは、事の趣《おもぶき》更《さら》に長し。是《ここ》を以《もち》て、今、或《あ》るは一句《ひとことば》の中《うち》に、音《こゑ》と訓《よみ》とを交《まじ》へ用《もち》ゐつ。或《あ》るは一事《ひとこと》の内に、全《また》く訓《よみ》を以《もち》て録《しる》しつ。即《すなは》ち、辞《ことば》の理《すぢ》の見《み》え叵《がた》きは、注《しるべ》を以《もち》て明《あか》し、意《こころ》の況《かたち》の解《さと》り易《やす》きは、更《さら》に注《しるべ》せず。（二五）

「旧辞」はフルコトであり、『古事記』はまさしくフルコトフミであった。「上古の時は、言と意と並に朴にして」が、「上古之世、未有文字」という『古語拾遺』と共通で、『古語拾遺』もまたフルコトの記録であったと藤井貞和はいう(4)。これらに多くの起源譚が含まれているのは、まず音声言語によるフルコトの伝承としての起源譚があったとみてよい。問題は、それを漢字で表記するときに、文字言語と音声言語の「混成語(5)」として、クレオールというべき文化状況のもとで、起源譚の表現にどのような変化が起こったのかということである。

太安万侶の努力は、すでにさまざまの漢字表記の記録としてあったフルコトを、かつて稗田阿礼が口頭語として「誦習」していたものの、「訓」による漢文体も「音」のみによる表記もともに不十分で、結局は音と訓との表記を混用して表記したというところにある。『古事記』を編纂し文章化するにあたって、「誦習を伴うことによって初めて理解し得る原資料の文章を、文字だけで成り立ち得る作品へと転換させる(6)」ための工夫であった。

ただし、序文にはふれられていないが、歌謡の表現は一字一音の「音」漢字によっている。音数律をもつことで「事の趣更に長し」に陥ることのない自立性のためであろう。歌はあくまで声に出して歌い、耳で聞くものであった。これは『日本書紀』においても同じである。スサノヲの「やくもたつ」歌の伝承を、『日本書紀』では次のように記している。

然後、行覓将婚之処、遂到出雲之清地焉。〔清地、此云素鵝〕乃言曰、吾心清清之。〔此今呼此地曰清〕於彼処建宮。〔或云、時武素戔嗚尊歌之曰、夜句茂多菟　伊弩毛夜覇餓岐　菟磨語味爾　夜覇餓枳菟倶盧　贈廼夜覇餓岐廻〕（九二）

ここでは「すが」という地名が「清」という漢字で表記され、注でそれを「すが」と訓むことが記されている。したがってその起源としてスサノヲが発した「清清之」という語も「すがすがし」と訓むことがわかる。注も含めていえば、物語内容と歌とは『古事記』とほぼ同一だが、『日本書紀』のほうが簡潔であり、より漢文的な表現である。

とはいえ、『古事記』との差異は、「速須佐之男命」と「武素戔嗚尊」という神名にもあった。なによりも、『古事記』にあるその地から「八雲」が立ちのぼっていたから「出雲」だという語源譚的な歌の修辞と結合した発想が、『日本書紀』では弱い。さらに、『古事記』には「詔」「御」「坐」「大神」といった敬語による待遇表現のあったことが、口頭言語性のより強いクレオール的な要素として再確認されてくる。歌の表記の比較においては、十の文字に共通の字母が用いられているのであるが、他の差異からみて、共通の文献資料によったのではなく、同時代における音漢字表記の慣用化のきざしであろう。

三　袖と涙の起源譚

『常陸国風土記』のヤマトタケルにまつわる古伝承は、こう記している。

或曰、倭武天皇、巡狩東夷之国、幸過新治之県、所遣国造毘那良珠命、新令掘井、流泉浄澄、尤有好愛。時停乗輿、翫水洗手、御衣之袖、垂泉而沾。便依漬袖之義、以為此国之名。風俗諺云、筑波岳黒雲挂、衣袖漬国是矣。

いわゆる変体漢文であって、「の」という助詞を「之」と表記し「毘那良珠」という人名を万葉仮名表記する他は、訓漢字を多様している。どう訓んだかは厳密には不明だが、試みに新編全集の訓読により、原文にない表記の部分に〔　〕を付してみる。漢文訓読による訓み添えの他に、敬語表現が付されている。

或る〔ひと〕曰〔へら〕く、倭 武《やまとたける》の天皇《すめらみこと》、東《あづま》〔の〕夷《えみし》の国〔を〕巡〔り〕狩《みそな》〔はして〕、新治《にひばり》の県《あがた》〔を〕幸過《すぎいで》〔まししに〕、国〔の〕造《みやつこ》毘那良珠《ひならす》〔の〕命《みこと》〔を〕遣はし〔たまひて〕、新〔たに〕井〔を〕掘らしめ〔しに〕、流〔るる〕泉浄《きよ》く澄み、尤好愛《いとめづら》しかり〔き〕。時〔に〕、乗輿《みこし》〔を〕停《とど》め〔て〕、水〔を〕翫《め》で手〔を〕洗ひ〔たまひしに〕、御衣《みけし》の袖、泉〔に〕垂れて沾《ひ》ぢ〔ぬ〕。すなはち袖〔を〕漬《ひた》す義《こころ》〔に〕依り〔て〕、この国の名〔と〕為す。風俗《くにぶり》〔の〕諺〔に〕、筑波岳《つくばね》〔に〕黒雲挂《かか》〔り〕、衣袖漬《ころもでひたち》〔の〕国〔と〕云ふ〔は〕、是れなり。（三五五）

いま問題にしたいのは地名起源譚の部分である。ヤマトタケル天皇が巡幸で新治に来て井戸を掘らせたところ、清らかな泉が涌いたのを愛でて手を洗い、「御衣の袖」が泉に垂れて「沾《ひ》ぢ」（濡れ）た。それゆえ「袖を漬《ひた》す」意味で「ひたち」という国名となり、「風俗の諺」として「筑波岳《つくばね》に黒雲挂《かか》り、衣袖漬《ころもでひたち》の国」と言うのだと記している。この「風俗の諺」は、五・七・四・六という音数律で、上二句は特に枕詞による歌謡的な修辞となっている。

とはいえ、「風俗の諺」は、筑波山に掛かった黒雲が雨を降らせて衣袖が濡れるというのであり、ヤマトタケルの伝承とは本来別だとみられる。枕詞の根源を問うことは困難だが、「ころもで」が「ひたす」つまり濡れる意味の「ひ」に掛る序詞的な機能をもち、「ひたちの国」の語源となったということでは共通している。

『万葉集』には、「検税使大伴卿の、筑波山に登りし時の歌」という、大伴旅人とみられる人が暑い夏草の筑波山に登ったときの、その晴天を讃える長歌があり、「衣手　常陸の国の　二並《ふた》ぶ　筑波の山を」と始まっている。男体山と女体山それぞれの神に許されたと、「……男神《ひこかみ》も　許したまひ　女神《ひめかみ》も　ちはひたまひて　時となく　雲居雨降る　筑波嶺を　さやに照らして……」（巻九・一七五三）と、『常陸国風土記』の「風俗の諺」をふまえたかのような表現をしている。「衣手」は「衣の手」つまり「袖」ないし「袂」が原義で、「本来の意を離れて枕詞としても多く用いられている」と片桐洋一はいうが[7]、本来の意を離れているかどうかは即断すべきではない。

ツベタナ・クリステワは『俊頼髄脳』の「歌には似物《にせもの》といふ事あり」という「似物」（見立て）についての記述を引いて、〈袖の涙〉が「根源的メタファー」として意味づけられることから「メタ・メタファー」として機能するようになったという論の根拠としている。『俊頼髄脳』の「世の中のふる事」として例示された具体例の関連部分と、クリステワの論の要点のみを次に引いておく。

さくらを白雲によせ、散る花をば雪にたぐへ、梅の花をば、いもが衣によそへ、卯の花をば、まがきしまの波かとうたがひ、紅葉をば、にしきにくらべ、草むらの露をば、つらととのはぬ玉かとおぼめき、風にこぼるるをば、袖のなみだになし、みぎはの氷をば、かがみのおもてにたとへ、恋をば、ひとり（火取）のこ（籠）に思ひよそへ……

（新編全集『歌論集』・七八）

「よせ」「たぐへ」「よそへ」「うたがひ」「くらべ」「おぼめき」「なし」「たとへ」「思ひよそへ」などが、〈ある物を別のものとして見る〉、また〈ある物を別の物と置き換えて言う〉という「文彩としての見立ての本質を指し示しながら、その過程の流れも追求している」ことにより、「見立て過程を制御する基本概念をも示唆」しているという。そして、「波かとうたがひ」、「玉かとおぼめき」、「袖のなみだになし」は、〈疑ふ→おぼめく→なす〉と、認識過程をたどるとともに、〈波→玉→涙〉を通して、〈流れ〉の支配的メタファーである〈袖の涙〉の詩化過程をもふまえている。また、「世の中のふる事」は、「降る」、「古」、「経る」を響き合わせることによって、自然の時間と人間の経験的時間の流れの投影としての「降る水（雨など）→涙」のイメージの働きを顕示しているとする。

クリステワの論の根幹は、続く部分で次のようにまとめられている。

他方、見えざる〈心の思い〉を表現し、水に由来する「雨」、「露」、「時雨」、「雫」などの〝自然の〟メタファーから織りなされたグループの意味焦点である〈袖の涙〉が、王朝文化の基本的概念である〈流れ〉を徴すようになった理由は、〈泣かれ／流れ〉の融合に根ざしており、それは「なき」の響き合いの連想のネットワークによっても裏付けられる。歌の可能性（「なき」の多義性やことばの響き合いによる詩化過程のメカニズム）そのもの、また当代びとの世界観の基礎（「水」の遍在的な働きや「流れ」の概念）を内包した〈袖の涙〉は、まず根源的メタファーとして意味づけられ、次いで、詩的言語を中心とした〈テクスト志向型〉の王朝文化の展開に対応して、意味生成のプロセスや当代びとの思想をあらわすメタ・メタファーとして機能するようになったのである。(8)

八代集の和歌を中心にした王朝文化の詩的言語の生成と変化の過程を捉えた理論であるが、その出発点に『常陸国風土記』の「ころもで　ひたちのくに」という「風俗の諺」を位置づけることができる。「ころもで」が「涙」を潜在させつつ関連づけられていく方向性において、『万葉集』に「ころもで濡れ」という表現をたどることもできる。

三川之　淵瀬物不落　左提刺尓　衣手潮　干児波無尓
(みつかはの　ふちせもおちず　さでさすに　ころもでぬれぬ　ほすこはなしに)　(巻九・一七一七)

露霜尓　衣袖所沾而　今谷毛　妹許行名　夜者雖深
(つゆしもに　ころもでぬれて　いまだにも　いもがりゆかな　よはふけぬとも)　(巻十・二二五七)

いずれも川の水や露霜に「ころもで」が濡れるのだが、恋人や妻への恋情と結びついている。これが、天平八年(七三六)の遣新羅使にまつわる「葛井連子《ふぢゐのむらじこ》老《おゆ》が作る挽歌」になると、旅の無事を祈る母や妻の表現として、直接的な「涙」という語はないものの、その隠喩であることは明らかだといえる。音仮名を主として訓漢字を交える表記がこの巻十五の特徴であるので、ここでの（　）内には読み下し文を記す。

天地等　登毛尓母我毛等　於毛比都々　安里家牟毛能乎　波之家也思　伊敝乎波奈礼弖　奈美能宇倍由　奈豆佐比伎尓弖　安良多麻能　月日毛伎倍奴　可里我祢母　都芸弖伎奈気婆　多良知祢能　波々母都末良母　安佐都由尓　毛能須蘇比都知　由布疑里尓　己呂毛弖奴礼弖　左伎久之毛　安流良牟其登久　伊低見都追　麻都良牟母能乎　世間能　比登乃奈気伎波　安比於毛波奴　君尓安礼也母　安伎波疑能　知良敝流野辺乃　波都乎花　可里保尓布伎弖　久毛婆奈礼　等保伎久尓敝能　都由之毛能　佐武伎山辺尓　夜杼里世流良牟
(天地《あめつち》と　共にもがもと　思ひつつ　ありけむものを　はしけやし　家を離れて　波の上ゆ　なづさひ来にて　あらたまの　月日も来経ぬ　雁がねも　継ぎて来鳴けば　たらちねの　母も妻らも　朝露に　裳の裾ひづち　夕霧に　衣手濡れて　幸くしも　あるらむごとく　出で見つつ　待つらむものを　世の中の　人の嘆きは　相思はぬ　君にあれやも　秋萩の　散らへる野辺の　初尾花　仮廬《かりほ》に葺きて　雲離れ　遠き国辺の　露霜の　寒

き山辺に　宿りせるらむ）　（巻十五・三六九一）

次の三つの歌もまた同じ歌群の中にあって、「竹敷の浦に船泊まりする時に、各《おのもおのも》心緒《おもひ》を陳べて作る歌十八首」の内である。

伊敝豆刀尓　可比乎比里布等　於伎敝欲里　与世久流奈美尓　許呂毛弖奴礼奴
（家づとに　貝を拾《ひり》ふと　沖辺より　寄せ来る波に　衣手濡れぬ）　（三七〇九）

和我袖波　多毛登等保里弖　奴礼奴等毛　故非和須礼我比　等良受波由可自
（わが袖は　手本《たもと》通りて　濡れぬとも　恋忘れ貝　取らずは行かじ）　（三七一一）

奴婆多麻能　伊毛我保須倍久　安良奈久尓　和我許呂母弖乎　奴礼弖伊可尓勢牟
（ぬばたまの　妹が乾すべく　あらなくに　我が衣手を　濡れていかにせむ）　（三七一二）

「衣手」や「袖」が「濡れ」ることは、苦しい旅先において妻や恋人を思う〈涙〉の隠喩表現となっている。それとともに、ここでは字画の少ない仮名が多用されつつ、字母も整理されて、「弖」の「て」と「で」など清濁の差も無くなりかけていることなど、「かな」の成立に近づく表記史からも興味深い。これらの表現は、『竹取物語』のくらもちの皇子による、蓬萊への偽の旅物語の表現にも通じるところがある。竹取の翁が同情して詠んだ歌への、くらもちの皇子の返歌はこうである。

我が袂《たもと》けふ乾《かわ》ければわびしさの千種《ちぐさ》のかずも忘られぬべし　（二二）

こうした表現史の中で、諸注釈で掛かり方が不明だとしてきた「名木川」と枕詞「衣手」との関係も、「泣き」（和歌文学大系、新大系に指摘がある）と単純に結びつけてよいと思われてくる。「名木河にして作る歌三首」である。

衣手乃　名木之川辺乎　春雨　吾立沾等　家念良武可
（衣手の　名木の川辺を　春雨に　我《あれ》立ち濡ると　家思ふらむか）　（巻九・一六九六）

家人　使在之　春雨乃　与久列杼吾等乎　沾念者

（家人の　使ひにあらし　春雨の　避《よ》くれど我《あれ》を　濡らさく思へば）　（一六九七）
炙干　人母在八方　家人　春雨須良乎　間使尓為
（あぶり干す　人もあれやも　家人の　春雨すらを　間使ひにする）　（一六九八）

三首とも「春雨」に濡れることを、家人と結びつけており、「春雨」は旅人と家人との思いを繋ぐ使者である。それが「名木」という川の名と関わるとすれば、「衣手」を濡らす「春雨」は、「泣き」の川へと流れて、後の恋の歌ことば「涙川」へと通底している。

四　地名起源譚と掛詞的発想

藤井貞和は、用語例による「微妙な、あいまいな区別」としながら、「起源譚」を、「神や、一般に、時間的に経過して現在に到り存続する物の起源譚」と、「コトノモト説話」との二種に分けるべきだという。そして、「作り物語を中心にした平安時代の物語文学は、コトノモト系の起源譚を『竹取物語』に残存させつつ切り捨ててゆき、その一方で、もう一つの起源譚である神や物の本生や霊験を述べた起源譚の方法と格闘し、克服していった時点で成立する」との見通しを述べている。「コトノモトは現在の成語や出来事の起源を神話的に説明する関係づけの説話であって、そこに機知が働き、後世のいわゆるこじつけの面白さが生じてくる余地がある。記紀や風土記類の地名起源説話はそのような興味に近づいている」のであり、「草深い民衆の位置」における「昔話」や「民間語源説話」に生き続けていたともいう(9)。

藤井が「コトノモト系の起源譚」と対立させた「神や物の本生や霊験を述べた起源譚」も、口頭伝承を本来としながら、それを漢字や漢文で表記した「伝」や「記」にあたるものである。『古事記』や『日本書紀』におけるスサノヲや、これから検討するヤマトタケルの貴種流離譚といわれる伝承なども、その表現の様式は漢文の「伝」「記」を基本としながら、その内部に「コトノモト系の起源譚」を組み込んでいるとみることができる。より一般化していえば、前述の「羽衣型」とそれと鏡像関係にある「浦島型」との組み合わせと変換による話型を基底とした連辞的な語りの枠の内部に、範列的な構造による「コトノモト系の起源譚」が組み込まれているのである。『竹取物語』は、そうした起源譚における古伝承の記述の方法を継承しつつ、羽衣型の物語の中間に五人の貴公子と帝の求婚の物語を範列的に組み入れ、それをパロディ化して変換した、平安朝のかな文芸としての「作り物語」の典型的な出発点となっている。

こうした視点から、『竹取物語』の語源譚パロディを中心とした前史として、ヤマトタケルの旅をめぐる『古事記』の地名起源譚と歌による叙述を引いてみる。伊吹山の神との闘いに敗北して、死に至る悲劇の道行きを表現した部分である。

故《かれ》、還り下り坐《ま》して、玉倉部《たまくらべ》の清泉《しみづ》に到りて息《いこ》ひ坐しし時に、御心《みこころ》、稍《やをや》く寤《さ》めき。故、其の清泉を号けて居《ゐ》寤清泉《さめのしみづ》と謂ふ。

其処より発《た》ちて、当芸野《たぎの》の上に到りし時に、詔《のりたま》ひしく、「吾《あ》が心、恒に虚《そら》より翔《かけ》り行かむと念《おも》ふ。然れども、今吾が足歩むこと得ずして、たぎたぎしく成りぬ」とのりたまひき。故、其地《そこ》を号けて当芸《たぎ》と謂ふ。其地より差《やや》少し幸行《いでま》すに、甚だ疲れたるに因りて、御杖《みつゑ》を衝きて、稍く歩みき。故、其地を号けて杖衝坂《つゑつきさか》と謂ふ。尾津《をつ》前《さき》の一つ松の許《もと》に到り坐すに、先に御食《みをし》せし時に、其地に忘れたる御刀《みはかし》、失せずして猶有り。爾《しか》くして、御歌《み》に曰はく、

尾張に　直《ただ》に向へる　尾津崎《をつのさき》なる　一つ松　吾兄《あせ》を　一つ松　人にありせば　大刀《たち》佩《は》けましを　衣《きぬ》着せましを　一つ松　吾兄を

其地より幸《いでま》して、三重村《みへの》に到りし時に、亦《また》、詔《のりたま》ひしく、「吾が足は、三重に勾《まが》れるが如くして、甚《はなは》だ疲れたり」

とのりたまひき。故、其地を号けて三重と謂ふ。其《そこ》より幸行《いでま》して、能煩野《のぼの》に到りし時に、国を思《しの》ひて、歌ひて曰はく、

倭《やまと》は　国の真秀《まほ》ろば　たたなづく　青垣《あをかき》　山籠れる　倭し麗し　（二三一～二）

訓読文で示したが、原文では歌謡の表記がすべて音漢字であることも、スサノヲ伝承の場合と共通である。ヤマトタケルは、このあと、「八尋《やひろ》の白ち鳥」と化して天翔り去ったという。「白ち鳥」は「白千鳥」らしいが、『日本書紀』では「白鳥」で、いずれにせよ霊魂を鳥に見立てた羽衣型の要素である。

瀕死のヤマトタケルの道行きの順に、その所作によって「居寤清泉《ゐさめのしみず》」「当芸《たぎ》」「杖衝坂《つゑつきさか》」「三重」という地名の起源が語られているが、語りの地の文のみならず、「たぎたぎしく」「三重に勾《まが》れるが如く」はヤマトタケルの発したことば（会話文）として語られている。また、この引用文における二つの歌は、「尾津前《をつのさき》の一つ松」のもとの「御《み》刀《はかし》」を発見したヤマトタケルが、「一つ松」を人に見立てて自分の代わりに尾張のミヤズヒメのもとに行かせたいとの思いと、倭《やまと》の国を偲んだ、悲劇の英雄の心の表現である。

これらの地名起源譚による主人公の悲劇的な流離の言説は、「涙」の表現を隠したまま、地の文と会話文との掛詞的な音によっていること、にもかかわらず、その歌謡には掛詞がないこともおさえておきたい。神話的な伝承においては、「言＝事」という原則がつらぬかれていて、そこに意図的な〈虚構〉の余地はない。少なくともたてまえとして、神話や伝説の事実として受けとめなければならないのである。

次に、『竹取物語』のプレテクストのひとつとみなされている『丹後国風土記』逸文の奈具の羽衣型天女伝承の、終わりの部分を引いて、その表現を比較してみたい。

天女が和奈佐の老夫婦の養女となり、酒を造り、「時にその家豊かにして土形《ひぢかた》も富みき。故《かれ》、土方《ひぢかた》の里と云ふ。これ中間《なかつよ》より今時《いま》に至るまで便ち比治《ひぢ》の里と云へり」という地名起源譚のあと、天女が老夫婦に我が子ではないから出て行けと追放されて嘆き悲しみ、流離する部分からである。

天つ女《をとめ》涙を流し微門《ややかど》の外《と》に退きぬ。郷人《さとびと》に謂《かた》りて曰はく「久しく人間《ひとのよ》に沈みしに天にえ還らず。また親もなき故、由《よ》る所知らず。吾や何哉《いかにせむ》、何哉」といふ。涙を拭《のご》ひて嗟嘆《なげ》き、天を仰ぎて歌ひて曰ふ、

天《あま》の原　振り放《さ》け見れば　霞立ち　家路惑ひて　行方知らずも

遂に退《まか》り去《ゆ》きて、荒塩の村に至りぬ。即ち村人らに謂りて云はく、「老夫老婦《おきなおみな》の意《こころ》を思ふに、我が心は荒塩に異なることなし」といふ。仍《すなわ》ち比治の里なる荒塩の村と云ふ。また丹波《たには》の里なる哭木《なきき》の村に至り、槻《つき》の木に拠りて哭きき。故、哭木の村と云ふ。
また竹野《たかの》の郡《こほり》船木の里なる奈具の村に至りぬ。即ち村人らに謂りて云はく「此処に我が心なぐしく成りぬ。［古事《ふること》に平けく善きことを奈具志《なぐし》と曰ふ］」といふ。乃《すなは》ちこの村に留まりつ。こは謂ゆる竹野の郡の奈具の社《やしろ》に坐《ま》す豊宇加能売《とようかのめ》の命《みこと》そ。（四八五～六）

ここでは「哭き」と「涙」が主題的に表現されている。理不尽にも富を与えた老夫婦から追放されて流離し、やがてはトヨウカノメノミコトという神に成って鎮まる天女の行為にそって、地名の起源が語られている。「荒塩」は心の悲痛を物象化し、「哭木」は慟哭して寄り添った木、「奈具」は荒塩（潮）が凪いで心静かになったことの表現で、それぞれが地名の起源となり、「奈具」は社の名でもある。

こうした地名起源による叙事の方法は、『古事記』におけるスサノヲやヤマトタケルについての伝承の場合と、歌を含むことにおいても共通している。差異としては、天女の悲しみの心が癒されていく過程が地名の起源譚として展開し、歌もまた、「霞立ち　家路惑ひて」と「涙」にくれる惑いを表象していることである。

本章第一節でふれたように、歌の表現史からは「類音繰返しの序詞→掛詞式序詞→掛詞」という成立過程が考えられているのだが、ヤマトタケルや奈具の天女の行為や心情と地名との、語りの地の文における同音異義による二語機能の表現は、修辞としては掛詞と共通である。掛詞による表現の成立は、『古事記』や『風土記』の以上のような地名起源譚の例からみて、歌の修辞としてよりは、散文というべき語りの地の文が先行していたといえそうで

ある。これは、歌と共通の掛詞をもつ『竹取物語』の地の文による語りの表現の位相を捉えるためにも、重要な視点だと思われる。

五　語源譚パロディと歌

『竹取物語』の結末は「ふじの山」の地名起源譚になっているが、その解釈は諸説がゆれて多義的である。通説では、「つは物どもあまたぐして」山へ登ったという文脈から、「士に富む」という「富士」の漢字表記と結合した言語遊戯と解しており、本論での結論もまた同じである。「ふし（不死）」の薬を燃やしたから「ふしの山」だと、それまでの各段末の語源譚パロディの掛詞からなされる読者の予想を前提にして、それを逆転した技法ということになる。この説は、『竹取物語』のことば遊びの位相をよく示しているが、平安朝の「つはもの」の漢字表記は「兵」であり、「士」をあてるのはどうかといった疑問からの諸説を生んでいる。

そもそも本文の問題があり、いわゆる「古本」では「そのふしのくすりをやきてけるよりのちは、かの山の名をば、ふしの山とはなづけける(10)」と、不死の薬と直結する文脈にある。この「古本」が原型ならそれで決着するが、むしろ末流写本の可能性が強い。この問題を含めて、該博な知により通説を批判して独自な説を示した金関丈夫は、「つは物どもあまたぐして」の「ぐし」が「くし」であり、「富士」と「口合」なのだという。『竹取物語』のことば遊びは音声次元ではなく文字によるものだという見解から、この説には反対であるが、金関が提示した「口合」の文芸史の展望は重要で、これを口頭言語から漢字、そして「かな」へという文字表現による変換をふまえて修正すべきであろう。

「古代日本人はこの言語遊技がひどく好きだったようで、『古事記』『日本書紀』『風土記』とひきつづき、神名、人名、物名、就中地名の起源を説明する口合が頻出する。この傾向は『日本書紀』では、内容の物語的要素が衰え、その記録性がより緊密になるとともにしだいに衰微し、第十五巻以後の後半ではまったく姿を消して、『続日本紀』以下の国史の無味乾燥につづく。それでも、まだいくらかの物語性を帯びている大同五年（八一〇）の『古語拾遺』には、この口合による事物起源説が残っているが、それ以後にはここに問題とする『竹取物語』に見られるのみで、この点では『竹取物語』は古風をなお存している、といえなくもない。というよりは、その文学の独自性から見て、これは一種の、口合の文学のリバイバルだった、という方がいいかもしれない[11]」と金関はいう。

以下では、『竹取物語』の言語遊戯（技）が「口合」という口頭文芸ではなく、「かな」文字で書かれた掛詞や縁語によることを主として、一五首の和歌による修辞との密接な関連において物語を生成していることを確認していく。その中心が、各段末の語りの枠をなす語源譚パロディである。

(ア)序章第三節（2）で話型に関して前述したように、「我、朝ごと夕ごとに見る竹の中におはするにて知りぬ。子になり給ふべき人なめり」と、翁がかぐや姫を発見した部分では、「こ」という音により「子」と「籠《こ》」とが掛詞で、「竹」と「籠」とが縁語である。このあと「いとをさなければ、籠《こ》に入れてやしなふ」と、「籠」が顕在化している。翁がかぐや姫を養女とする論理は、籠を作るべき竹の中から発見したという、「こ」の掛詞の発想にある。

(イ)「夜《よる》はやすきいも寝ず、闇の夜《よ》に出でても、穴をくじり、かいま見、惑ひあへり。さる時よりなん、よばひとはいひける」は、男たちの求婚の意の「よばひ」（呼ばひ）を「夜這ひ」と掛詞で発想して転じた、語源譚パロディによる段末である。こうした段末表現は、五人の貴公子による難題求婚譚の、それぞれの末尾に展開されていく。

(ウ)「かの鉢を捨てて、またいひけるよりぞ、面《おも》なきことをば、はぢをすつとはいひける」は、石作の皇子が偽の「鉢を捨て」てなおあつかましく求婚したから「恥を捨て」の語源だという。「はち」と「はぢ」との清濁の差が無視されうるのは、この時代のかな表記に濁音記号がなかったためである。「石作《いしつくり》」という姓と「石の鉢」という難題物も、同音の連想で繋がっている。そして、段末の語源譚パロディへの過程で、三首の贈答歌による掛詞や縁語による修辞が、「鉢」と「恥」との掛詞を核とした物語を構成している。石作の皇子が持って来た鉢の中の手紙には、次のような歌が記されていた。

海山《うみやま》の道に心をつくし果てないしのはちの涙ながれき　（歌1・二六）

「筑紫」に「尽くし」、「尽くし果て」の「はて」を共有して「果てない」、「果てない」の「ない」を共有して「泣いし」（泣きし）、「泣いし」の「いし」を共有して「石の鉢」、「鉢」の「ち」を共有して「血の涙」と、掛詞を連発して複線構造の連辞によって仕立てた歌である。「石の鉢」を隠し題とした物名歌にもなっている。嘘であるがゆえにいっそう、異郷への旅の苦労を強調するために、「泣き」の「涙」の発想を根源とする掛詞が換喩的な連辞構造を形成しているといえよう。かぐや姫は「光やある」と鉢を見て「蛍《ほたる》ばかりの光だになし」と、贋物と見破って次の歌を返した。

置く露の光をだにもやどさましをぐらの山にて何もとめけん　（歌2・二六）

「小倉山」という地名「をくら」に「を暗」を掛けている。「置く露」は石作の皇子の歌の「涙」を受けた表現で、歌の修辞において「涙」は「露」と密接な隠喩の範列関係にあった。「ひた黒《ぐろ》に墨《すみ》」の付いた鉢だから「を暗」と表現され、贋物と揶揄されてもなお、石作の皇子は「はちを門にすてて」次の返歌をしている。

白《しら》山にあへば光の失《う》するかとはちを捨てても頼まるるかな　（歌3・二六）

「白《しら》山」はかぐや姫の隠喩で、「を暗の山」との対照である。歌3ですでに、段末の語源譚パロディにおける「鉢を捨て」と「恥を捨て」との掛詞が明示されている。

すでに検討した『古事記』や『風土記』におけるヤマトタケルや奈具の天女の伝承にみられた地名起源譚の表現は、掛詞的な発想を語り文において示しつつも、そこに組み込まれた歌の修辞としては掛詞による修辞をもたなかった。『竹取物語』においては、たんにコトノモト系の起源譚の表現様式を語源譚パロディとしているという連続面ではなく、和歌における掛詞や縁語を駆使した修辞と密接不可分なものとして、こうした語りの地の文と歌の修辞とが関連しているところに、新しい物語ジャンルの生成を可能にした表現史の変換がある。くらもちの皇子の蓬莱の玉の枝にまつわる段末はこう結ばれている。

(エ)「皇子の、御供《とも》に隠し給はんとて、年比《としごろ》見え給はざりける也けり。是をなむ、玉さかるとはいひはじめける」。

くらもちの皇子は、船出したと偽装して、秘密の工房で工匠たちに蓬莱の玉の枝の贋物を作らせた。かぐや姫も騙されてひとたびは絶望したものの、工匠たちの賃金要求の訴えによって、嘘が露見したのであった。皇子が偽の玉の枝が原因で身を隠したから「玉離《さか》る」というのと、失踪し死んだかと思われたから「魂離る」というのとを掛けたとみられる。「玉」と「魂」とは「たま」の表記としても古代から通用されており、「魂」の物象化された象徴が「玉」であった。古本には「としごろはたまさかなるとはいひはじめける」とあり、これによれば、ひょっとしてという意と、皇子の性格がよくない「魂悪《たまさが》なる」とを掛けたことになろうが、やはり後代の解釈本文であろう。

くらもちの皇子の物語は、蓬莱への旅の偽の体験談をはじめ、贈答歌による構成など、みごとに劇的な表現効果を示している。いまはその四首の歌4〜7のみを抽出し、修辞を検討しておくことにするが、その始めは、「玉の枝」に付けられた歌である。

いたづらに身はなしつとも玉の枝《え》を手折《たを》らでさらに帰らざらまし　(歌4・二九)

この歌にはとりたてた技巧もなく、命がけでこの玉の枝を手に入れてきたと、真心を強調するのであるが、かぐや姫は「あはれ」とみることもなく、返歌もしない。逆に、これで結婚は決まったと寝室の準備をする翁が、どんな所にこの木はあったのかと問う。皇子は蓬莱への苦しい航海の体験をもっともらしく語り、「さらに、潮《しほ》に濡れたる衣《きぬ》だに脱《ぬ》ぎかへなでなん、こちまうで来つる」と結ばれた、偽りの体験談に感動した翁と皇子との贈答歌が、次の二首である。

呉竹《くれたけ》の世々のたけとり野山にもさやはわびしきふしをのみ見し　(歌5・三三)

「呉竹の」は「よ」に掛かる枕詞で、「世々の」は、竹の節と節との間の空洞の意の「よ」と、「世々」あるいは

「代々」とを掛けている。「ふし」にも、竹の「節」と事柄を意味する「ふし」とを掛けている。「呉竹」「よ」「ふし」とが縁語関係である。いかにも野山でつらい労働をしてきた竹取職人らしい皇子への同情の歌で、くらもちの皇子は、これで苦労も報われると、次のような返歌をしている。

我が袂《たもと》けふ乾《かわ》ければわびしさの千種《ちぐさ》のかずも忘られぬべし　（歌6・三三〜四）

歌6にもとりたてて掛詞や縁語はないが、「袂」が乾くというのは、偽の航海譚で「潮《しほ》に濡れたる衣《きぬ》」のまま駆けつけたという、その「潮」を「涙」に見立てる発想が前提になっている。「潮」に濡れ「涙」にくれた苦しい旅も、かぐや姫との結婚により報われるというのである。

『万葉集』の「ころもで濡れぬ」や『丹後国風土記』逸文の奈具の天女の「荒塩」「哭木」「なぐし」といった、「涙」に象徴される悲しみの心の過程を「塩（潮）」に喩える発想は、平安朝の和歌では、在原行平の「わくらばにとふ人あらば須磨の浦にもしほたれつつわぶとこたへよ」（『古今集』・九六二）をはじめ、類型化していた。『竹取物語』では、それが地の文と歌との相互関連として物語を形成している。

『竹取物語』の難題求婚譚における歌による物語構成は、求婚者との贈答歌が成立したら結婚が成立するという前提によるとみられ、かぐや姫は、それが贋物と解ったときに初めて返歌している。

まことかと聞きて見つれば言《こと》の葉《は》をかざれる玉の枝にぞありける　（歌7・三五〜六）

「言の葉」の「葉」と「玉の枝」の「枝」とが縁語で、「言の葉をかざれる」が皇子の偽の蓬萊訪問の物語をも意識した贋物であることをいう。これを物語作者の虚構の言語観にまで拡張解釈することによって、植物生成の比喩による「言の葉」[12]という修辞の伝統をおさえ、「物語のいできはじめのおや」としての『竹取物語』の位相を捉えることができる。

六　詩的言語の異化作用

『竹取物語』における語源譚パロディによる段末表現と、歌による物語生成の手法との関連についての検討を、さらに進めてみる。三番目の求婚者である右大臣阿部のみむらじの「火鼠《ひねずみ》の皮衣《かはぎぬ》」の物語の終わりは、ある人が、皮は火にくべて焼いたところ、めらめらと焼けたので、かぐや姫は「あひ給はず」つまり結婚なさらなかったという、

(オ)「是を聞きてぞ、とげなき物をば、あへなしと云ける」というのであった。結婚の目的を「とげなき」ことを「あへな(敢無)し」といい、「阿部なし」と掛けたというのが通説だが、「あひ給はず」を生かして「婚へなし」(逢へなし)と掛けたともみられる。この結末もまた、贈答歌8・9と関連していて、阿部のみむらじが皮衣に付けた贈歌は、

かぎりなき思ひに焼けぬ皮衣《かはごろも》袂かわきて今日こそは着め　(歌8・四〇)

恋の「思ひ」の「ひ」に「火」を掛ける発想はもっとも慣用化した修辞で、「衣」「袂」「着」が縁語である。「袂かわきて」も、恋の「涙」を潜在させている。かぐや姫の返歌は、めらめらと焼けて贋物と解ったあとに「あな嬉し」として、

名残なく燃ゆと知りせば皮衣思ひのほかにおきて見ましを　(歌9・四一〜二)

であった。「思ひ」の「ひ」が、ここでは文字通りの「火」で、燃えるとわかっていたら火にくべたりしなかったのにと、反実仮想の歌である。皮衣があえなく燃えて「阿部なし」あるいは「婚へなし」と、語源譚パロディが導かれている。

第四の求婚者である大伴のみゆきの物語には、龍の頸の玉を取ろうとして失敗し、かぐや姫を「おほぬす人」(大盗人)と罵って終わるために歌がなく、その結末はこうである。

(カ)世界の人のいひけるは、「大伴の大納言は、龍の頸の玉や取りておはしたる」、「いな、さもあらず。御眼《みまなこ》二つに、李《すもも》のやうなる玉をぞ添へていましたる」と云ければ、「あな、たべがた」といひけるよりぞ、世にあはぬことをば、あなたへがたとはいひはじめける。(四九〜五〇)

龍の頸の玉ではなく、腫れた両眼の「李」のような玉では「あな、食べがた」と人々が噂し、それによって「あな耐へ難た」と言い始めたのだという。すでに、明石の浜に漂着した大納言について、「風いと重き人にて、腹いとふくれ、こなたかなたの目には、李《すもも》を二《ふた》つつけたるやう也」という記述があり、これを見て「国の司《つかさ》もほほゑみたる」と、笑いの対象となっていた。作中人物の会話による口頭の駄洒落だが、「たべがた」と「たへがた」という清濁の差異の通用は、かな文字に書かれた表現のレベルにある。会話文として構成された表現における掛詞の修辞が、歌の技法と通底し、密接に関わっていることが眼目である。

五人目の求婚者「中納言石上《いそのかみ》のまろたり」の物語の段末は、こうした会話文と歌と地の文にわたる語源譚パロディによる結末を、『竹取物語』の作者が自覚的に行っていることを、典型的に示している。あたかもシンフォニーの結末のように、ひとたび終わったかのように示しながら、それを贈答歌の修辞を媒介にして逆転するという、二段構成によって結ぶのである。燕の子安貝をみずから摑み取ったと思ったまま、宮中の八島の鼎の上に転落し、意識を回復して手を広げて見たら、燕の「古糞《ふるくそ》」だったという第一段はこう結ばれていた。

(キ1)それを見給ひて、「あな、かひなのわざや」との給ひけるよりぞ、思ふにたがふ事をば、「かひなし」と云ける。(五四〜五)

このブラック・ユーモアの結末を、「貝」ではなかったから「甲斐なし」というのは、読者の予想の通り、期待の地平に応じたものといえる。しかしながら、そこでこの小話は終わらない。失望した中納言は腰が折れて重体となり、貝を手に入れられなかったことよりも、人が聞いて笑うことを恥じていた。そこへかぐや姫が、初めて自分のほうから歌を贈っている。

(キ2)是を、かぐや姫聞きて、とぶらひにやる歌、

年をへて波立ちよらぬ住《すみ》の江《え》のまつかひなしと聞くはまことか　(歌10)

とあるを、読みて聞かす。いと弱き心に、頭《かしら》もたげて、人に紙を持たせて、苦しき心地《ここち》に、からうじて書き給ふ。

かひはかくありける物をわびはてて死ぬる命をすくひやはせぬ　(歌11)

と書きはつる、絶え入り給ひぬ。是を聞きて、かぐや姫、少《すこ》しあはれとおぼしけり。其れよりなむ、少し嬉しき事をば「かひあり」とはいひける。(五五〜六)

かぐや姫の歌10では、「松」と「待つ」、「貝」と「甲斐」とが掛詞、「波」「松」「貝」が「住の江」という歌枕の縁語である。中納言の歌11では、「かひなし」から「かひあり」への逆転がなされ、「甲斐」と「匙《かひ》」、「掬ひ」と「救ひ」とが新たに展開した掛詞で、「匙」と「掬ひ」とが縁語となる。この贈答歌によって、「貝」から「甲斐」そして「匙」へという「かひ」の多義性に基づいた換喩による、掛詞の連辞が、ことばによる救済を成し遂げている。

とはいえ、「甲斐」はあったが命を救ってはくださらないのかと返歌して、石上の中納言は死んだ。ことばによる「かひあり」は、あくまでもことば遊びによるつかのまの幻想でしかなかった。かぐや姫は「少《すこ》しあはれ」と思い、少し嬉しいことを「かひあり」と言い始めたと、語源譚パロディの第二弾で結ばれて終わる。

このあとの帝の求婚とかぐや姫による拒否、そしてかぐや姫の「月の都」への昇天の段にも、語源譚パロディというべき明確な例はない。狩の行幸にかこつけた帝が、「かげ」(光)に変身したかぐや姫を召すことをあきらめたときの、別れの贈答歌はこうである。

帰るさのみゆき物憂くおもほえてそむきてとまるかぐや姫ゆゑ　（歌12）

御返事《おほんかへりごと》、

むぐらはふ下にも年は経ぬる身の何かは玉のうてなをも見む　（歌13・六二〜三）

歌12・13には、掛詞による修辞もみられない。かぐや姫が月の天人たちの迎えによって昇天する直前に、帝に書き残した手紙に記した歌14にも、掛詞などによる修辞はない。

今はとて天《あま》の羽衣《はごろも》着る折ぞ君を哀《あはれ》と思ひ出でける　（歌14・七五）

『竹取物語』は、歌の修辞による同化と異化との表現機能の差異を、みごとに使い分けている。その後、竹取の翁と嫗とは「血の涙」を流して惑い、かぐや姫の残した手紙にも心慰むことなく、不死の「薬」も服さず病に臥した。天人たちを阻止してかぐや姫を止めることが出来なかった事情を中将が帝に奏上し、「薬の壺に御文《ふみ》そへて」献上している。帝は大臣、上達部を召して「いづれの山か、天に近き」と尋ね、それがこの物語の終末の「ふじの山」の地名起源譚の表現形式へと繋がるのであった。

あふ事もなみだにうかぶ我が身には死なぬ薬も何にかはせん　（歌15）

かのたてまつる不死の薬に、又壺ぐして、御使にたまはす。勅使には、月のいはかさと云人を召して、駿河の国にあなる山の頂《いただき》に持てつくべきよし、仰《おほ》せ給ふ。峰にてすべきやう教へさせ給ふ。御文、不死の薬の壺、ならべて火をつけて燃やすべきよし、仰《おほ》せ給ふ。

その由承《よしうけたまはり》て、つは物どもあまたぐして山へのぼりけるよりなん、其の山を「ふじの山」とは名づけける。その煙《けぶり》、いまだ雲の中へ立ちのぼる、とぞいひ伝へたる。　（七六〜七）

歌15の「涙」には「無み」を掛け、「うかぶ」は「涙」の縁語である。「死なぬ薬」は「不死の薬」の歌における和語で、それに「火」を付けて「燃やす」、その「煙」の起源譚、「富士の山」の地名起源が、「士」に「富」むという漢字表記を「つは物（兵）どもあまたぐして」という表現に結合し、語源譚パロディの変換として結ばれているのである。勅使の「月のいはかさ」という名が、「調《つき》」という姓に「月」、そして「いはかさ」という名に月の笠(月暈)の表象が重ねられていることも確かであろう。

『竹取物語』の語源譚パロディなどのことば遊びは、口頭言語に基づいた修辞に起源しているにせよ、かな文字によって書くことにより可能となった清濁を無化した掛詞や縁語による手法などの自由な広がり、歌と語りの地の文とに連続する詩的言語の表現法と不可分である。『古事記』や『風土記』など漢字表記による口頭伝承の記録においては、地の文と歌とに共通し連続する修辞はほとんどみられない。とはいえ、そこにも、口頭の発想や表現を基としながら、すでに「音」と「訓」にわたる文字表記と密接に関わることば遊びの前史があった。その表現史を再考するためには、『万葉集』の戯訓や、枕詞や序詞の同音繰り返しと、散文における掛詞的表現の展開などを媒介として検討を深めるべきであろう。ここでは、『竹取物語』における平安朝「かな」物語の始発の位相を確かめる視点から、その一端を見通したにすぎない。

『古事記』などでは、口頭言語による表現と漢字表記との落差が、その独自なクレオール的混成表現をもたらしていた。それは、コトとしての「事」と「言」とを一致させるべく、表記の次元での苦肉の策からもたらされたものともみられ、口頭伝承としての発想が基底にある。『古事記』などが神話的事実として語るのとは異なって、『竹取物語』のことば遊びは、かな文字による虚構の表現として意識的になされたものであり、語源譚パロディというゆえんである。

それでは、金関が概観していたような、『古事記』から『竹取物語』までの中間過程において、漢字表記時代の「口合」的な表現はなぜ衰微したのか。それは、こうした言語遊戯が、本来は音声言語による伝承の発想や表現の方法だったからであり、漢字による歴史や散文叙述の方法から排除されていったからであろう。これと並行して、歌の修辞は、枕詞から序詞を経て、掛詞や縁語の技法を急速に発展させてきた。その始源はやはり口頭言語の修辞であったが、歌が「かな」文字で書かれることによって、『古今集』の歌に代表されるような、掛詞や縁語による豊かな連辞と範列の複線表現、リゾーム構造の意味の流れが可能になった。『竹取物語』は、そのような歌の修辞法を地の文の語りにも取り込み、それを古伝承の地名起源譚や語源譚のパロディの手法とみごとに結合している。

一見すると『竹取物語』が古代伝承の残滓のように示している語源譚の要素は、それがことば遊びの詩的言語による異化の表現方法として歌の修辞と共通することにより、その後の物語文芸の表現を拓く転換点であった。そこでは、神話における隠喩としての一対一対応による意味の限定とは異なり、換喩による複線の意味の流出とゆらぎを遊戯化しているが、かな文字による掛詞や縁語ばかりでなく、漢字による意味連想をも継承していた。

その後の物語の表現史が、引き歌など歌ことばによる地の文の修辞を洗練させ、語源譚パロディの要素を表層から急激に排除していったのは確かである。とはいえ、『竹取物語』にも色濃い漢文訓読的な表現を含め、和漢の心的遠近法を基底としながら、掛詞や縁語による歌ことばの修辞と語りの地の文との相関における、同化とともに異化の表現機能に注目することによって、新たな詩的言語の表現史がみえてくる。

第3章　漢詩文と月——竹取物語における引用と変換

一　漢武帝内伝と竹取物語

『竹取物語』をはじめとする平安朝の物語文芸は、かな文字による表現によって、それ以前の漢字・漢文表記による作品とはまったく異質な、新たな文学史的位相を拓くことができた。こうした視点から、『竹取物語』の原漢文説、あるいは中国の民話として伝えられた『斑竹姑娘』の原型作品にせよ、『漢武帝内伝』にせよ、漢文作品の「翻案」といった見解を認めることはできない。とはいえ、より多声的な引用関連のひとつの要素としてならば、あえて「翻案」を仮定してみることによる研究と批評もまた重要な課題である。その変換の過程にこそ、文芸としての意味を読み取ることができる。

渡辺秀夫は、「神仙譚という範型、類型にすくいとられて成立してくる初期の物語文学の一面」を明らかにするために、『漢武帝内伝』を「仙伝の典型の一つ」として捉え、これを『竹取物語』と対照して、次のような要素の類同を示している。

①（神仙を求める武帝の宮に）あらかじめ告知された月日（七夕の夜）に天上より仙人が来臨する⟷かぐや姫の

もとに、まえもって宣告された八月十五夜に天上界より天人の迎えが臨降する。

②西王母より授かった仙桃の実を残し、これを地上に植えようとするが、三千年に一度実るという異郷の霊物と諭され断念する↔かぐや姫は不死薬を翁に与えようとして天人より禁止される。

③共に、人間の住む地上界を汚濁の悪所とする。

④共に、光彩に満ちあふれた中を、群仙に囲まれた天人が降臨する。

⑤武帝は、西王母より僊書を授かるが、仙才の骨法を欠くゆえに、のちに焼失する↔帝はかぐや姫を通じて不死薬を授かるが、富士山にてこれを焼却させる。

ここに指摘されているのが、かぐや姫の昇天場面とそれ以後に関わることは注目すべきだが、渡辺は全体の話型についての対応も、次のように図示している。

(異界)	(仲介者＝仙人)	(獲得の目的物)	(地上界)
元始天尊	←西王母 ——	不老不死	→漢武帝
月の都の王	←竹取翁 ——	かぐや姫＝不死薬	→帝

また、五人の求婚者に対する難題、つまり仏の御石の鉢、蓬莱の玉の枝、火鼠の皮衣、龍の頸の玉、燕の子安貝についても、「すべて異界の霊物」とされている。[1]

『竹取物語』の成立の過程に、神仙譚的な発想が強く作用していることは確かである。渡辺も跡づけているように、『竹取物語』の作者とみなされている文人つまり男性知識人たちの知の系譜には、九世紀後半から十世紀にかけて、儒学による経学的なタテマエの深層に、神仙的な怪異への興味が強くみられる。六朝志怪や唐宋伝奇の類を読み耽り、日本の伝承説話をもそれらの発想や文体によって書き記していた。それら私的な文芸の行為が、かな文による物語の創作へと通底することが重要である。

紀長谷雄『紀家怪異実録』や三善清行『善家秘記』は散逸していて現存しないが、それらの断片や、都良香による『道場法師伝』や『富士山記』、そして紀長谷雄『白箸翁』(『本朝文粋』巻九)などによって、『竹取物語』前史というべき「伝」や「記」による神仙的発想による漢文表現の情況をうかがうことができる。

『富士山記』はとくに、『竹取物語』とも直接に関連する主要な要素を含んでいる。「直《ただ》ニ聳エテ天ニ属《つづ》ク」山としての富士山は、『竹取物語』の帝が「いづれの山か天に近き」と問い、その山頂で不死の薬と手紙とを焼くゆえんなのだし、『富士山記』には「常ニ煙火ヲ見ル」とも記している。さらにまた、「神仙ノ遊萃スル所」である根拠として、山の峰から落ちて来た「珠玉」に小さな「孔《あな》」があったこと、貞観十七年(八七五)の祭りの昼間、快晴の山頂に「白衣ノ美女二人」が空中で舞ったことなどを、古老の伝として記す。富士山を「登之而不死」(淮南子)といわれた崑崙山に見立てているともみられるが、『竹取物語』における「不死の薬」に対する否定的な態度とは、当然のことながら異質である。そのうえで、『富士山記』には、山頂の「池ヲ匝《めぐ》リテ竹生フ、青紺柔愞《じゅうぜん》ナリ」と、「竹」との関わりが表現されていることも興味深い。

小南一郎によれば、中国の古代神話における西王母は、月神としての性格を多分にもっていた。月の兎が餅をついているという伝承は日本的な歪曲で、不死の霊薬を調合しているというのが原型である。そこから嫦娥(姮娥)奔月の神話が派生したとみられており、それについてはのちにふれるが、小南が『漢武帝内伝』と「神女降臨譚」との関連について次のように発言していることは、渡辺秀夫の前記の指摘の背景となっている。

　未婚のまま死んだ女性は、完全に成人した者たちとは別に、女性ばかりの世界に集められる。そこで大地母神たる西王母が擬制的な母親となって彼女たちを養い育てる。やがて西王母の命令で現世の男性のもとに配され、一定期間(談生の例によれば三年間)その男性と夫婦生活を続けることができれば、彼女は、再び現世に生れかわることができた。(2)

「談生の例」というのは『捜神記』巻十六の再生譚で、夫婦になった女が「三年間は自分を火《あかり》で照らしてはならない」と言い、子どももできたが、二年目でがまんできなくなって照らして見ると、女の腰から下は枯骨で、約束を破ったことを知った女は去ったという、グロテスクな悲劇の再生譚である。鶴女房などの「羽衣型」の民話にも〈見るな〉というモチーフがあるが、ここではイザナキが黄泉の国を訪れてイザナミの屍を見たというタブー侵犯との共通性が強い。「三年」という数字が『竹取物語』と共通する聖数であることも注目される。

『漢武帝内伝』と神女降臨譚との重なりをふまえることによって、渡辺が指摘した『竹取物語』との構造的な共通性もまた、より明確になる。「漢の武帝は神女の訪問を受ける若者であり、上元夫人は降臨する神女なのである」と、小南はいう。あらためて前掲の渡辺による対応図式に即して考えてみれば、かぐや姫は上元夫人ということになる。竹取の翁を仲介者としてみれば、西王母に対応させることも可能であろうが、『竹取物語』の翁の人物像に仙人の面影はない。かぐや姫が月へと去ったあと、「なにせむにか命も惜しからむ。誰がためにか。何事も用もなし」と不死の薬も食わずに病み臥した人間としての姿と、西王母神話との決定的な差異を重く捉えたいのである。

二　神仙譚から羽衣型の物語へ

『竹取物語』の話型からみた基本構造は、異界から現世を訪れた女主人公が、現世の生活で養父に富をもたらしたあと異界へ帰るという「羽衣型」の中に、五人の男たちの難題求婚譚と帝の求婚譚とを組み込んだものとしてある。『近江国風土記』逸文とみられる伊香小江《いかごのをうみ》の羽衣伝承や、『丹後国風土記』逸文の奈具の天女の伝承をその原型とみて、それらとの比較による「かな物語」文芸としての差異を、これまでに論者も検討してきた(3)。

他方で、かぐや姫が「羽衣型」の天人女房的な性格をもつから昇天したとみる通説に対して、君島久子は、やはり嫦娥など月に昇る中国の女神の伝承が投影しているという。中国の場合も日本の口頭伝承においても、「羽衣説話」(天人女房)では、かぐや姫のように、夜に昇天する天女はあまり例がなく、もちろん月へは昇らないのであ

り、その理由が中国では「天女の現身はあきらかに鳥」だからであると君島は説いている。(4)

それでは、かぐや姫が「羽衣」を着て昇天することをどう位置づけるのか。君島は、かぐや姫の羽衣が「心異《こと》になる」ものではあっても飛翔と変身の機能がないとして、仙人が登仙するときの「羽衣《うい》」だという。さらにまた、『金玉鳳凰』所収の『斑竹姑娘』をはじめとする、中国から東南アジアにかけての竹中生誕伝承のヒロインが発見者と結婚し、その多くは昇天していないことと対比している。

つまり、『竹取物語』のかぐや姫の昇天は、「羽衣説話」によるのではなく、物語作者の自由領域で、そこに作用したのが、中国に二千年来伝えられてきた嫦娥など月に昇る女神の文献伝承であるというのである。八月十五夜に月の女神を祭ったり歌垣を行う民間習俗が中国とその周辺に多いことを、かぐや姫の昇天が日本の民間伝承や習俗によるものではないことの傍証としている。

中国の文献例や民間伝承との比較から、かぐや姫が八月十五夜に月へ昇ったことを、日本古来の羽衣説話や民俗によるものではなく、『竹取物語』の作者が中国の文献によった創作だとみる君島の見解は、渡辺秀夫らが『漢武帝内伝』をはじめとする道教系の神仙譚との関連を重視する視点と共通している。また、小南一郎によれば、嫦娥月奔の伝承も西王母の神話から派生したものであった。

研究史をふりかえれば、『竹取物語』が「羽衣説話」の古伝承を不変領域の外枠とし、五人の貴公子による難題求婚譚が作者の自由領域であるという柳田国男以来の通説は、『斑竹姑娘』の紹介によって、一九七〇年代に大きく揺らいだのであった。これに対しては、『斑竹姑娘』と同じような古い文献がみあたらないことから、『斑竹姑娘』の方が『竹取物語』を採り入れて成立したという反論が多くなされ、決着はつけがたい。(5)

しかしながら、かぐや姫が月へ昇るのは「飛車《とぶくるま》」によるのであり、「羽衣《はごろも》」が「羽衣《うい》」であることを認めつつも、日本の「羽衣型」の古伝承を基底として『竹取物語』が成立したという見解を改める必要はない。まして漢文作品の「翻案」といった見解を認めるわけにはいかない。君島が「羽衣説話」というのは民間伝承の話型と要素から限定したものであり、論者のいう「羽衣型」はより一般化した構造的な用語である。『漢武帝内伝』なども、天人を主体とする「羽衣型」と武帝を主体とする「浦島型」との複合とみなしうるのである。

初期物語文芸が生成する過程にもどっていえば、日本の羽衣伝承を神仙譚的な漢文作品を媒介として捉え直し、かな文字により表現することによって『竹取物語』は成立したということである。かつて、『斑竹姑娘』のような先行漢文作品の存在を仮に認めたとして、『竹取物語』の主題的な表現とその独創性、「物語のいできはじめのおや」としての意義は変わらないと論じた見解の通りである(6)。

ここで『竹取物語』と漢詩文という視点が重要なのは、初期物語の生成における「和漢の心的遠近法」を確認するためである。漢詩文の「翻案」とみるのではなく、口頭や文献による内外(和漢)の古伝承の引用と変換によって、かな文字表現による「作り物語」という新たなジャンルが生成することを確かめたいのである。これまで紹介し検討してきた論は「羽衣型」の外枠と帝の求婚に関するものであったが、五人の求婚者に対する難題として要求された物品も、その多くは神仙譚的な漢文世界の知の伝統と繋がるものであった。これまでの諸注釈や先行研究により引用関連として指摘されてきた文献について、幅広く概観しておくことにしたい。

「仏の御石の鉢」は、『南山住持観応伝』によれば、釈迦が成道したときに四天王から得た石鉢で、その没後は鷲山に安置して白毫光をもつという。『大唐西域記』では波刺斯国の王宮にあるとし、『水経注』では西域に現存して青紺の色に光るという。『高僧法顕伝』では雑色で黒が多く光沢があると記す。かぐや姫もその真偽を「光」があるかどうかで確かめ、「置く露の光をだにぞやどさまし」と歌う。『水経注』の注を手掛かりにして連想すれば、波斯国(ペルシャ)のガラス(瑠璃・玻璃)に通じる(7)。正倉院に現存するカット・グラスなど、シルクロードによる文物の交流が、こうした素材の原型にあるとみれば、西欧中世のアーサー王伝説における聖杯とも連想を繋ぐ可能性がある。

「蓬萊」の「玉の枝」は『列子』にいう「珠玕の樹」が典拠とされてきたが、『淮南子』(巻四・地形訓)の「崑嵜」の玉樹の類の表現によるという可能性がある。(8)平安朝に流行した作り物や絵画を含め、くらもちの皇子の偽りの訪問譚にも、仙山や漢文的な知が示されていることについては、次章で詳説する。

「火鼠の皮衣」は、『和名抄』が『神異記』を引用し、その毛を織って布とし、汚れたら火で焼くと清潔になるという。契沖『河社』は『呉録』を引き、「日南の北景県に火鼠が有り、毛を取って布とし、焼くと精《しろし》、火浣布と名づく」という。『随書』西域伝に「火鼠毛」とあり、『後漢書』大秦国の条の「黄金塗火浣布」、『三国史』魏書の「火浣布」と同じく、石綿(アスベスト)製の布の神話化とみられる。『竹取物語』では、唐船の貿易商の王慶が、天竺の長者あたりから求めようと言い、天竺の聖が中国にもち渡って西の山寺にあるのを買い取ったという。この「西」は西域で、シルクロード経由で中国にもたらされた品物という意識であろう。『竹取物語』では結局は贋物であったが、毛の末が金色に光っていたというのは、「火浣布」一般ではない宝物とみられる。

「龍の頸に五色に光る珠」は、『荘子』に「千金の珠」が「驪龍の頷下」にあると記す。龍が珠をもつことは、古来彫像や絵画に多く描かれているが、「五色」というのは『荘子』などの文献にみえず、祥瑞としての五色の雲など結合した発想である。中世のものだが、『篁山竹林寺縁起』には、八千代という女性が「五色の玉」を授かる夢を見て篁と交接し、小野篁となる男児を産んだという。龍は水を象徴する神獣であり、『竹取物語』の大伴大納言は海に出て龍退治を試みて失敗した。雷や暴風は龍の怒りによるものとされ、龍退治の伝説は世界中に遍在している。宝珠としての「玉」の神話も、『古事記』などの山幸彦のシホミツ玉とシホヒル玉、『法華経』提婆達多品の仏が龍女から龍宮の無価《むげ》の宝珠を得る話など多くある。

「燕《つばくらめ》」の「子安貝」は、他の四つが神話や伝説に典拠をもつのに対して、ナンセンスなパロディであるというのが論者の見解である。その発想の基底には民俗伝承があり、燕は多産とみなされ、子安貝は安産のお守りとして用いられて、そのかたちが女性器に似ている。『竹取物語』では、宮中の大炊寮という神聖な建物が舞台となっており、石上の中納言は、日本全国の竈の神を象徴する八島の鼎に落下して腰の骨を折った。くらつまろという翁が、燕は子を産むときに尾をささげて七度めぐるというのも、『日本書紀』一書にイザナキとイザナミが鶺鴒が首と尾を振るのを見て性交を知ったということ、また柱めぐりによる性交によったパロディ表現とみられる。

最後を除いて、『竹取物語』の求婚者たちの難題物は異界の宝物であり、「光」をその特徴としているのは、かぐや姫の光り輝く異界の本性と象徴的に結びついている。もし求婚者たちがそれらを探索する異界や異郷への旅に出ていたら、神仙の世界や仏典をふまえた壮大な「浦島型」の物語が組み込まれることになったはずである。『からもり』や『はこやのとじ』には、あるいは、そうした要素があったのかもしれない。

三　八月十五夜の月と漢文世界

『古事記』や『日本書紀』に「月読命《つきよみのみこと》」という月の神が登場するが、日の神としてのアマテラスの弟とされながらも影は薄く、その役割は海の神とされながらも反抗し天を追放されて出雲に下ったスサノヲに吸収されている感が強い。『万葉集』にみられる「月読壮士《つくよみをとこ》」や「月人壮士《つきひとをとこ》」を詠んだ歌や、月の「変若水《をちみづ》」を詠んでいるものも、民俗信仰を基底にしているにせよ、月と不老不死や再生の思想とを結合した、前述のような中国の神仙的な発想に学んだきらいが強い。それらにはしかし、なぜか月と女性との結びつきがみられない[9]。あるいは、やはりアマテラスという日の神を女性とし、月の神を男とする神話的な発想が作用しているのであろうか。

八月十五夜の観月の宴、中秋の名月をめでることは、日本の文献では島田忠臣『田氏家集』が初出とみられ、『菅家文草』（菅原道真）によれば、貞観六年（八六四）以降に、菅家では門弟を集めて観月の詩宴を催していた。和歌に詠まれた初例は、『源公忠朝臣集』にみえる「延喜五年八月十五日」の、「いにしへもあらじとぞ思ふ秋の夜の月のためしは今宵なりけり」で、これが内裏における観月の宴の始めとみられている。日本文芸における八月十五夜の月の美の表現は、中国の漢詩文を起源としていた。

ところで、西王母は月神としての性格をもつが、『漢武帝内伝』で降臨するのは七夕の夜であり、八月十五夜ではない。君島久子は八月十五夜に月の女神が降臨するという中国の民間伝承の事例をあげているが、『竹取物語』に影響を与えた文献というわけではない。嫦娥月奔の故事を記す『淮南子』が読まれていた可能性は大きいが、それを『竹取物語』の話型や構造の原型とはいいがたく、「玉の枝」などにまつわる部分的な表現の要素《モチーフ》にとどまる。そして何よりも、『漢武帝内伝』にせよ嫦娥月奔の故事にせよ、月と不死に関する女神の神話や伝説ではあっても、『竹取物語』のような「月の顔見るは忌むこと」というタブー性と、美しい天人たちの住む世界という観念との両義性《アンビヴァレンス》を示してはいない。

『竹取物語』の月をめぐる吉と凶、美と不幸との両義性の起源は、民俗的な心意伝承として日本にも古来からあったと考えることはできるが、その表現史として捉えるかぎり、唐代の漢詩文を媒介にして成立した可能性が強い。宋の朱弁は『曲洧旧聞《きょくいきゅうぶん》』に「中秋に月を翫ぶは何れの時より起こるかを知らず。古人の賦詩を考ふれば、則ち杜子美に始まる」と記しているという(10)。杜甫や李白などの盛唐の詩に月の美を詠むことが始まったことはそれとして、それらの詩が平安朝の日本文芸に与えた影響の痕跡はほとんどみられない。平安朝の文人たちが圧倒的に享受したのは、中唐の白居易による『白氏文集』であり、「三五夜中新月の色　二千里外故人の心」といった詩句をはじめ、その影響の大きさは、『和漢朗詠集』『枕草子』『源氏物語』など、どれほど強調してもしすぎることはない。

唐代には観月の風習が盛んで、中秋の夜に月宮に遊ぶという故事もめだって多くなるという。君島久子は、『開元天宝遺事』『竜城録』『唐逸志』『明皇雑録』『集異記』から例をあげている。それらの中に、玄宗が八月十五夜に道士に伴われて月宮に遊び、仙女たちの舞を見て、帰ってから「霓裳羽衣の曲」を作ったという伝承がある。あるいはまた、玄宗は楊貴妃とともに中秋の夕べに太液池に臨んで月を観たが不満で、翌年のために百尺台を築かせたという。「霓裳羽衣の曲」は『長恨歌』において楊貴妃との歓楽の時を象徴する舞曲であった。『長恨歌』では、楊貴妃を失った玄宗の悲傷をあらわす表現にも、「行宮に月を見れば心を傷ましむる色」とあった。『長恨歌』と『竹取物語』そして『源氏物語』とを繋ぐ引用関連の道筋も、こうした八月十五夜の「月」と神仙譚的な「羽衣」との結合によってみえてくる。(11)

「月の顔見るは忌むこと」という『竹取物語』の表現が、日本古来の民俗伝承によるのか、白居易などの漢詩文によるのかということも、議論の分かれてきたところである。『後撰集』や『源氏物語』宿木巻にも、同じ発想が示されており、白居易の「月明に対して往事を思ふこと莫かれ。君が顔色を損じ君が年を減ぜん」をその起源とみる説が有力である。在原業平の「おほかたは月をもめでじこれぞこの積もれば人の老いとなるもの」(『古今集』、『伊勢物語』八八段、『古今六帖』、『業平集』)が同じ発想で、小野小町の「ひとり寝のわびしきままに起き居つつ月をあはれと忌みぞかねつる」(『小町集』)も、『後撰集』(六八五)では「月をあはれといふは忌むなりといふ人のありければ」という詞書とともに「読み人しらず」とする歌で、同じ系譜にある。何も『白氏文集』に平安朝の月の文芸をすべて結びつける必要はないのだが、表現史の位相としては、漢詩文の媒介を考慮する必要がある。いずれにせよ、平安朝では八月十五夜の観月の風習よりも早く、月を忌む発想や表現が、『竹取物語』以前の歌の世界において成立していたとみられる。

『竹取物語』では、帝の求婚を拒んだあと、かぐや姫は歌の贈答によって和解し、互いの心を慰め合うようになる。その三年ほどあとの春の始めから、かぐや姫は「月のおもしろう出でたるを見て、常よりも物思ひたるさまなり」と、この物語に初めて「月」が登場する。「月の顔見るは忌むこと」と制せられても、他人のいないすきに月を見てはひどく泣き、七月十五夜には「せちに物思へる気色」がひどく、女房たちが心配して翁に告げた。「なんでふ心地すれば、かく物を思ひたるさまにて、月を見たまふぞ。うましき世に」と翁は問い、かぐや姫は「見れば、世間心細くあはれに侍る」と答えている。ここでかぐや姫は、「世間虚仮」といった仏教的な無常観による表現でごまかそうとしている。

そして、会話文によって劇的に高められていく八月十五夜の昇天までの主題的な時間の経過とともに、月を見ては嘆くかぐや姫は、ついに翁に、自分が「月の都の人」であり、十五日には迎えが来て、帰ることが避けられない事情を泣きながら告白した。

「さきざきも申さむと思ひしかども、必ず心惑《まと》はし給はむ物ぞと思ひて、今まで過ごし侍りつる也。さのみやは、とて打いで侍りぬるぞ。おのが身は、此の国の人にもあらず。月の都の人也。それをなむ、昔の契り有けるによりてなむ、此の世界にはまうで来たりける。今は帰るべきに成にければ、此の月の十五日に、かのもとの国より、むかへに人々まうで来むず。さらずまかりぬべければ、思し嘆かむが悲しき事を、此の春より思ひ嘆き侍るなり」（六六）

かぐや姫の予想通り、翁は嘆いて惑乱し、なんとか「月の都」からの迎えを阻止しようとして、これを聞いた帝も「六衛のつかさ」の軍勢二千人を派遣し、嫗が「塗籠」の内にかぐや姫を抱いて、翁はその戸を鎖して戸口で守ったが、無駄であった。

四　異界と決別する「あはれ」の主題

八月十五夜における、かぐや姫をめぐる翁や嫗たちと帝の軍勢二千人、これに対する百人ほどの月の都の天人たちとの対決は、「天人」に比べた「人」の無力を絶対的なものとして示している。

「露《つゆ》も、物、空にかけらば、ふと射殺し給へ」と言った翁は、屋の上の兵士が応じたのを頼もしがっていた。これを聞いたかぐや姫は、「鎖《さ》し籠めて、守り戦ふべきしたぐみをしたりとも、あの国の人を、え戦はぬなり。弓矢して射られじ。かく鎖し籠めてありとも、彼の国の人来《こ》ば、みな開《あ》きなむとす。あひ戦はむとすとも、かの国の人来《き》なば、猛《たけ》き心つかふ人も、よもあらじ」と、冷静にさとしている。翁はさらに、迎えに来た天人に対して、長い爪で眼を掴み潰そう、髪を取ってかなぐり落とそう、尻を掻き出して朝廷の人々に見せて恥をかかせようなど、猿《さる》楽言《ごうごと》を腹立ちまぎれにわめき立てている。かぐや姫はこれをたしなめつつ、「長き契り」がなく帰らねばならない宿命が「悲しく、堪《た》へがたく」と、人間の娘としての心情を語っている。

その中に、「彼の都の人は、いとけうらに、老いをせずなむ。思ふ事もなく侍る也」と言いつつ、そんな世界へ帰るのも嬉しくはなく、翁たちの「老いおとろへ給へるさま」を見申し上げることができないのが「恋しからめ」という発言もある。五人の求婚者たちに対する態度と比べれば、かぐや姫は、急速に人間化した感情を示しており、それは「月」を見て嘆く過程で強まったとみることができる。

子《ね》の時ごろに、家の周囲は昼よりも明るく光り、満月を十合わせたほどで、居る人の「毛の穴さへ見ゆる程」になった。「大空より、人、雲に乗りて降り来て、土より五尺ばかり上《あが》りたる程に立ち連ねたり」と天人の来訪は表現され、ここには仏教における来迎図の像を重ねて読むこともできる。内外の人々の心は「物におそはるるやう」で、かぐや姫の言った通りに戦意も喪失したという。立てる天人たちは、「装束のきよらなる事、物にも似ず。飛ぶ車ひとつ具したり。羅蓋さしたり」という様子で、「王とおぼしき人」が「宮つこまろ、まうで来《こ》」と翁を呼び出した。「物に酔ひたる心地」の翁に対して、次のように、翁がかぐや姫を得た事情を説明している。

「汝《なんぢ》、幼《おさな》き人、いささかなる功徳を翁作りけるによりて、汝が助けにとて、かた時の程とてくだししを、そこらの年ごろ、そこらの黄金《こがね》給ひて、身を変へたるがごと成にたり。かぐや姫は、罪を作り給へりければ、かく賤《いや》しきおのれがもとに、しばしおはしつるなり。罪の限り果てぬれば、かく迎ふるを、翁は泣き嘆く、あたはぬ事也。はや返し奉れ」と云ふ。

（七一～二）

翁は、かぐや姫を養育したのは「二十余年」だから「かた時」というのは不審で、「かぐや姫」という別人だろうと拒もうとする。異界との時の流れの差異は、浦島説話に典型的なように、神話的な発想においては基本であった。天人が翁を「幼き人」とよぶのは、人間への蔑視で、かぐや姫を翁が得て黄金により長者となったことも、「功徳」ゆえの因果応報として説明されている。かぐや姫の「罪」については初めて語られているが、かぐや姫が「月の都の人にて父母《ちちはは》あり。かた時の間《あひだ》とて、かの国よりまうで来《こ》しかども、かく此の国には、あまたの年を経《へ》ぬるになむありける」と、先に語っていたこととも矛盾しない。

かぐや姫の出した難題の品の初めは「仏の御石の鉢」であり、この「罪」や「功徳」という用語に、仏教が作用していることも確かであろう。天人にまつわる神仙譚と仏教的な世界観との結合は、『うつほ物語』俊蔭巻の、俊蔭による「琴《きん》」をめぐる異界訪問の物語において明確に継承されていく。

『竹取物語』のこの昇天場面で際だつのは、天人による異界の神話的な論理は明解でありつつも、それに必死に抵抗する翁のなりふりかまわぬ感情の表現と、自らの宿命を知り従いつつも、そうした人間の感情に最後まで共感を示すかぐや姫の表現である。かぐや姫は、翁たちに次のような「文」(手紙)を書き残した。

「此の国に生れぬるとならば、嘆かせ奉らぬ程まで、侍らで過ぎ別れぬる事、かへすがへす本意《ほい》なくこそ覚え侍れ。脱ぎ置く衣《きぬ》を形見と見給へ。月の出でたらむ夜は、見おこせたまへ。見捨て奉りてまかる、空よりも落ちぬべき心地する」と書き置く。　(七三～四)

この「文」も人間界での「衣」も、かぐや姫が残す「形見」であり、「月」もまた自分を偲ぶよすがとしてほしいという。ひとりの天人が、「穢《きたな》き所」(穢土)である人間界の物を食べて「御心地悪《あ》しからむ物ぞ」と、「不死の薬」をかぐや姫に勧め、かぐや姫が少し舐めて形見の衣に包もうとするのを制した。そして「天の羽衣」を着せようとしたのを、かぐや姫は着たら「心異《こと》になる」からと待たせて、帝への「文」を書いた。「遅し」という天人に、「物知らぬこと、なの給ひそ」と言ったかぐや姫は、悠然と別れを悲しむ文面をしたため、「今はとて天《あま》の羽衣着る折ぞ君を哀《あはれ》と思ひ出でける」という歌を、「壺の薬」とともに頭中将に託した。「天の羽衣」を着て翁を「いとほし、かなし」と思う感情も消えたかぐや姫は、飛ぶ車に乗って昇天した。

翁と媼は「血の涙」を流して惑い、かぐや姫がいなければ無用だと「(不死の)薬」も食わず、「病み臥《ふ》せり」という。帝もまた、「あふ事もなみだにうかぶ我が身には死なぬ薬も何にかはせむ」と、「月のいはかさ」を勅使として、「天」に近い駿河の山の頂で「御文」と「不死の薬の壺」とを並べて燃やさせたのであった。ここには、死ぬべき人間の宿命を受け入れて「不死の薬」、つまりは「天人」との決別を示す意志が示されている。

『竹取物語』は、神仙思想や古伝承による、神話や伝説の話型や素材をふんだんに引用しつつ、それらを変換してしばしばパロディ化している。それらはまた、前章で論じた語源譚パロディの表現法とも通底している。そうした手法によって、異界の存在とは別れざるをえない人間の、とりわけ「あはれ」という語に代表される感情生活を主題化した。そこには、人間感情への同化とともに、竹取の翁の猿楽言などのパロディ化した異化の表現も有効に作用している。

月の天人による人間界の相対化の基底には、神仙譚とは異質な仏教的な無常観も作用している。「月」もまた、神話や古伝承の引用と変換を内在させつつ、「あはれ」という人間の感情を起点とする、異界への心的遠近法を生成しているのであった。

第4章 〈昔〉と〈今〉の心的遠近法——初期物語における同化と異化

一 冒頭と結末の初期性

げに、『源氏』よりはさきの物語ども、『うつほ』をはじめて、あまた見て侍るこそ、皆いと見どころ少なく侍れ。古体《こたい》にし、古めかしきはことわり、言葉づかひ、歌《うた》などは、させる事なく侍るは、『万葉集』などの風情《ふぜい》に、耳《みみ》およびはべらぬなるべし。

（『無名草子』・二四三）

平安朝の物語文芸史は、『無名草子』がはやく言葉遣いや文体そして歌の質や新旧の差異としていうように、『源氏物語』の前と後とで大きく区切られる。現在でも、『源氏物語』以前に成立した作品を「前期物語」、以後の作品を「後期物語」というが、「初期物語」も「前期物語」とほぼ同意で用いられ、ここでは物語文芸の初期性といった意味で、より広くその前史をも射程に入れていく。

物語の初期性というべき語りの定型の枠は、冒頭と結末の表現様式において、かなり明確に示されている。『竹取物語』の冒頭（Ax）と結末（Ay）は次のようである。

Ax　いまはむかし、たけとりの翁といふもの有けり。　（一七）

Ay　そのけぶり、いまだ雲のなかへ立ちのぼる、とぞいひ伝へたる。（七七）

言い伝えられて来た口頭伝承を記すという語りの枠が、テクストの全体を統括している。「今は昔」という発語は、語り手と聞き手とが共有する「今」を、「昔」である物語世界内の時空と同化する機能をもっている。「けり」という来て在る伝来の継続性を示す助動詞は、物語の作中世界へと入り込み、そして語りの現在へと出てくる、同化と異化（離脱）との語りの行為の指標である。Ayの前文は、「その由承て、つは物どもあまたぐして山へのぼけるよりなん、其山を、ふじの山とは名づけける」という、「ふじの山」の地名起源譚パロディであった。『竹取物語』の各段落が、その始めと終わりに「けり」によって結ばれていることは、語りの心的遠近法の基本となっている。

冒頭では「けり」によって結ばれた四つの文のあと、「あやしがりて、よりて見るに、筒の中光りたり」と「たり」で結ばれ、その後の文は、「いとうつくしうてゐたり」、「家へもちてきぬ」、「やしなはす」、「うつくしき事、限なし」、「やしなふ」などと、作中の現在と同化して「けり」は消える。「翁、心ち悪《あ》しく、苦しき時も、この子を見れば、苦しき事もやみぬ。腹立たしき事もなぐさみけり。翁、竹をとる事、久しく成ぬ。いきほひ猛《まう》のものに成にけり」と、再び「けり」が現れるのは、物語場における対聞き手意識の作用した語りの心的遠近法の指標としてである。

『竹取物語』の場合、作中世界から離れて異化する「けり」の表現機能が、語源譚パロディと多く結合しているのが顕著な特徴である。それはまた、「作り物語」としての虚構の修辞を自覚的に表現する手法であり、古伝承の起源譚の様式によりながらも、神話や伝説とは異質な「かな」文による物語文芸の自立を示すものであった。「けり」によって枠取られた各段落の小さな物語は、物語世界内の時間にそって連鎖し、より大きな物語を生成して語られていく。そうした語りの入れ子構造の全体を枠づけるのが、『竹取物語』において意味論的には「羽衣型」の話型であり、統辞論的には「いまはむかし」で始まり「とぞいひ伝へたる」で結ばれる語りの額縁機能である。平安朝かな物語文芸の表現史の総体が、これを基本としながら、その変形による解体の過程を示している。[1] それはまた、漢字や漢文体による表現様式、さらにはその原形としての口承文芸の定型へと通じている。

「今は昔」という発端の発辞は、現存の文献としては『竹取物語』がもっとも古く、それ以前の漢文記録からの伝統を示すのは「昔」であった。『源氏物語』以前の物語の発端は、「昔」か「今は昔」のどちらかを類型としている。『伊勢物語』など歌物語系列の冒頭と結末はこうである。

Bx　むかし、男ありけり。　（『伊勢物語』五段・一一六）

By　二条の后に忍びて参りけるを、世のきこえありければ、兄《せうと》たちの守らせたまひけるとぞ。　（同・一一七）

Cx　むかし、ならの帝《みかど》に仕《つか》うまつるうねべありけり。　（『大和物語』一五〇段・三八三）

Cy　さて、この池に墓せさせたまひてなむ、かへらせおはしましけるとなむ。　（同・三八四）

Dx　いまはむかし、男二人して女一人をよばひけり。　（『平中物語』一段・四五一）

Dy　……とて、その司召《つかさめし》の直物《なほしもの》に、もとの官《つかさ》よりは、いますこしまさりたるをぞたまひける。　（同・四五六）

いずれも「けり」体を基調とするが、「昔」と「今は昔」の両方がある。Byの「とぞ」、Cyの「となむ」という伝聞様式の結末表現は、他の多くの段からみれば例外的であり、歌物語系列においては、必ずしも必要とされていない。Dyのような表現、あるいは歌や作中の現在で終わっている段も多い。By・Cyは語り手による注解に類する表現であり、『源氏物語』などの注釈書がいう「草子地」に近く、作品テクストの全体を統括する表現ではない。

作り物語系列の『うつほ物語』と『落窪物語』では、次のようになっている。

Ex　［いまはイ］むかし、式部大輔左大弁かけて、清原の大君［ありけりイ］　（『うつほ物語』俊蔭巻頭・一）

Ey　つれつれにぞ。　（同・俊蔭巻末・一二〇）

Ez　次の巻に、女大饗のありさま、大法会のことはあめりき。季英の弁の、娘に琴《きん》教へ給ふことなどの、これひとつにては多かめれば、中より分けたるなめり、と本にこそ侍るめれ。　（同・楼の上下巻末・一九一四）

Fx　いまはむかし、中納言なる人の、むすめあまた持《も》たまへるおはしき。
（『落窪物語』巻一巻頭・三）

Fy　二の巻《まき》にぞことごともあべかめるとぞある。
（同・巻一巻末・九六）

Fz　……むかしのあこき、いまは内侍のすけになるべし。典薬助《てんやくのすけ》は二百まで生《い》けるとかや。
（同・巻四巻末・二九二）

『うつほ物語』俊蔭巻の冒頭は、「いまは」という異本表記もあるが、「今は昔」ではなく「昔」の可能性が強い。藤原の君の巻頭は「昔」である。Ey俊蔭の巻末は「次々にぞ」の意であるとみられ、そう改訂するのが普通だが、原文のままでよいと思われ、予告の草子地である。長編物語としての結末にあたるEzでは、やはり予告の草子地の形式をとりつつ、「本にこそ侍るめれ」と、書かれた本文の先行を示していることが注目される。異文の多いところで、「次の巻」の内容を推測しているが、そうした次の巻があったわけではなく、物語世界内で持続するはずの事柄を示すことによって、物語テクストとしての結末を構成する手法である。「と本に」といった結末表現は、『源氏物語』の夢浮橋巻末も、やはり異文が多いものの同類である。

『落窪物語』は「今は昔」で始めながらも「き」で結んでいる。Ezの『うつほ物語』の結末にも「き」は用いられており、『竹取物語』のくらもちの皇子による偽の蓬萊訪問の語りが「き」を集中的に用いているように、伝来の「けり」に対して、「き」は過去の物語内容の事実性を強調する表現だといえる。ただし、『落窪物語』の語りにおいても「けり」体が基調である。巻一の終わりFyも予告の草子地で、読者の期待をそそっている。作品テクストの全体を結ぶFzは、木活字本が「典薬助」を「内侍のすけ」としており、そう改訂するのが通説だが、底本を尊重して、この前に死んだと記された典薬助についての異伝を伝聞形式で示したとみる説による。(2)

二　古伝承のムカシ

初期物語の冒頭表現としての「昔」と「今は昔」とには、決定的な差異はなく、あるいは交換可能であったといえるかもしれない。とはいえ、次に検討するような古伝承の記録に「今は昔」はなく、わずかな残存例から確かなことはいえないのであるが、「けり」による語りの枠との結合を含めて、『竹取物語』が創始した作り物語の指標だともみられる。

「昔」「昔者」などと表記され、ムカシと訓まれている例は、『古事記』『日本書紀』『風土記』『古語拾遺』そして『万葉集』も含めて、「非歌謡的な散文伝承」(3)にみられる。

G_x　又、昔、新羅の国王の子有り［き］。名は天之日矛と謂ふ［ひき］。是の人、参ゐ渡り来たり。参ゐ渡り来たる［りし］所以は、新羅国に一つの沼有り［き］。名は、阿具奴摩《あぐぬま》と謂ふ［ひき］。此の沼の辺に、一《ひとり》の賤しき女、昼寝せり。是に、日の耀《ひかり》、虹の如く、其の陰上《ほと》を指しき｜。（『古事記』中巻・応神天皇・二七五）

G_y　故《かれ》、其の国主の子、心奢りて妻を詈《の》るに、其の女人《をみな》が言はく、「凡そ、吾は、汝が妻と為るべき女に非ず。吾が祖《おや》の国に行かむ」といひて、即ち窃《ひそ》かに小船に乗りて、逃遁《に》げ度り来て、難波に留りき｜［此は、難波の比《ひ》売碁曾社《めごそのやしろ》に坐して、阿加流比売神《あかるひめのかみ》と謂ふぞ］。（同・二七七）

『古事記』で「昔」と記述された伝承は、この天之日矛《アメノヒホコ》説話の前半部分における一例のみである。応神天皇の時代からはずっと前の話で、神功皇后が新羅の皇子の子孫であることとの関わりで載せられている。日光感精により生まれた赤玉が美女に変じて天之日矛の妻となり、罵られて「祖《おや》の国」に小船で逃げ渡り、難波で阿加流比売神《あかるひめのかみ》となったという。「けり」体ではなく、「き」と訓むことが基本だが、ここでは「き」の読み添えが少ない新編全集の訓みによりつつ、［ ］内に「き」を訓み添える可能性を付記した。Ｇｙ末の［ ］内は割注で、それが神の起源譚として「今」に持続している伝承であることもおさえておきたい。

『日本書紀』においても「昔」による叙法は例外的であり、巻一「宝剣出現」の段の一書（第六）に、オホナムチとスクナビコナとの対話を「嘗」と記すのを「むかし」と訓む他は、次の例のみであろう。

Ｈｘ　昔、伊奘諾尊《いざなきのみこと》、此の国を目《なづ》けて曰《のたま》はく、「日本《やまと》は、浦安の国、細戈《くはしほこ》の千足《ちだ》る国、磯輪上《しわかみ》の秀真《ほつま》国」とのたまひき。……

（『日本書紀』巻三・神武天皇三十一年四月・二三七）

Ｈｙ　饒速日命《にぎはやひのみこと》、天磐船《あめのいはふね》に乗りて太虚《おほぞら》を翔行《かけめぐ》り、是の郷《くに》を睨《のぞ》みて降《あまくだ》りたまふに及至《いた》りて、故、因りて目《なづ》けて、「虚空《そら》見つ日本《やまと》の国」と曰《のたま》ひき。　（同）

神武天皇による「秋津洲《あきづしま》」の地名起源説話に続く部分で、神話としての過去の先例をイザナキまで遡るから「昔」であり、やはり「き」を基調として訓んでいる。国名の起源譚として、『古事記』とも同じくコトノモト系の叙事なのである。

『古語拾遺』にもムカシと訓むかと考えられる一例があるのだが、どう訓読すべきかよくわからないので、原文のまま記す。

Ｉｘ　一、昔在、神代大地主神、営田之日、以牛宍食田人。于時、御歳神之子、……

Ｉｙ　是、今神祇官、以白猪、白馬、白鶏、祭御歳神之縁也。　（『古語拾遺』）

御歳神《みとしのかみ》を祭る「縁《コトノモト》」の伝承で、巻末に近く、独立性の強い記述である。「今」も行われている祭式の起源としての「昔」であることは、『古事記』『日本書紀』の場合と共通している。

それにしても、これら三つの古伝承を記録した書物には、他にもコトノモト系の叙事が多いにもかかわらず、「昔」による表現が少数の例外であることを、どうみるべきであろうか。『古事記』『日本書紀』『古語拾遺』では、「昔」と書き起こさない叙事の原則の中に、ムカシと語り起こす表現が作用したためと考えれば、それが口承レベルの表現様式であろうことが、『風土記』や『万葉集』の例からうかがえる。

Ｊx　古老の曰へらく、昔、神祖《みおや》の尊、諸神たちの処に巡り行でまして、駿河の国福慈《ふじ》の岳に到りて、卒《つひ》に日暮に遇ひて、遇宿《やどり》を請欲《こ》ひたまひき。（『常陸国風土記』筑波郡・三五九）

Ｊy　是を以て、福慈の岳は、常に雪《ゆきふ》りて登臨《のぼ》ること得ず。其の筑波の岳は、往き集ひて、歌ひ舞ひ飲《さけの》み喫《ものくら》ふこと、今に至るまで絶えず［絶えざるなり］。（同・三六一〜二）

Ｋx　昔、老翁《おきな》有り［き］。号《よびな》を竹取の翁と曰ふ［ひき］。（『万葉集』巻十六・三七九一題詞）

Ｋy　すなはち竹取の翁謝《かしこ》まりて曰く、「非慮《おもはざ》る外に、偶《たまさか》に神仙に逢ひぬ。迷惑《まと》ふ心、敢へて禁《とど》むる所なし。近づき狎れぬる罪は、希《こひねが》はくは贖ふに歌を以てせむ」といふ。即ち作る歌一首［并せて短歌］（同）

Ｊは歌垣の起源譚で、やはり冒頭の「昔」と結末の「今」とが、連続的に呼応している。『常陸国風土記』には、「昔」によって語り起こされる伝承が六例あるが、「美麻貴の天皇の馭宇《あめのしたしろ》しめしし世」とか「倭武の天皇」といった時代や人物による限定、また地名が明示されており、非限定の過去ではない。この点ではＪも同じである。

「昔」を発語とする説話は、『播磨国風土記』『豊後国風土記』『肥前国風土記』にもみられるが、『出雲国風土記』にはみられない。叙事様式の差異が『風土記』でも国ごとにあるのだが、全体としては、『古事記』や『日本書紀』よりも多い。とはいえ、「昔」が叙事様式の主流というのではなく、ほとんど同意に用いられている「古《イニシヘ》」や天皇の「世」による限定も多いのである。[4]

『万葉集』の「昔」あるいは「昔者」の用例は、巻十六「由縁ある雑歌」に集中している。「由縁」もまたコトノモト系の伝承である。用例を列挙することはしないが、Ｋの竹取の翁伝承をはじめ、Ｊなどの『風土記』の叙述とは違って、時代や場所を限定することがない。「き」の有無は微妙で、訓読における読み添えは、諸注釈書によって異なっており、新編全集本の訓みでは付さないが、新大系本では付している。これに対して、古橋信孝が「昔(者)二〔人物〕一。……也」という定型をもつ『万葉集』巻十六の題詞や左注などが歌物語的な和文に通じるとして、

「昔、……けり。……なむ……ける」と訓読することを提起しているが、「けり」と訓むことの実例はなく、飛躍がある。あくまでも漢文体の訓読が基調であり、伝来を示す「けり」ではなく、「き」が漢文訓読と強く結合した古伝承の神話や伝説の事実性を示す助動詞であるということができよう。これは、平安朝かな文芸における「き」が、体験的事実の回想として多く用いられるということへと通じている。(5)

Kxの「昔」はKyが次に示す歌の現在へと連続している。Jyの歌垣がそうであるように、歌のコト（言＝事）は、「昔」から「今」へと継続している事象なのである。『万葉集』の竹取の翁の伝承歌と『竹取物語』との落差は大きいのであるが、以上に概観した語りの表現様式の差異をふまえつつ、神仙譚の漢文的表現や異郷意識の変遷といった物語内容との関連を含めて、初期物語の心的遠近法の考察を進めたい。

三　かぐやひめの物語・からもり・はこやのとじ

竹取の翁を「物語のいできはじめのおや」と呼ぶことによって、『竹取物語』を平安朝かな物語の始祖と規定したのは『源氏物語』絵合巻の語り手であった。絵合巻では、まず左方（梅壺女御）の提出した「竹取の翁」（『竹取物語』）と右方（弘徽殿女御）の「うつほの俊蔭」の物語絵とが、その優劣を競っている。

左方は「なよ竹の世々に古りにけること、をかしきふしもなけれど」と弁解しつつ、「かぐや姫のこの世の濁りにも穢れず、はるかに思ひのぼれる契たかく、神世の事なめれば、あさはかなる女、目およばぬならむかし」と言う。かぐや姫の天女としての高貴さに比べて、暗に『うつほ物語』の俊蔭女《としかげのむすめ》を「あさはかなる女」と難じたのである。これに対して右方は、次のように反論している。

かぐや姫ののぼりけむ雲井はげに及ばぬことなれば、たれも知りがたし。この世の契は竹の中に結びければ、下れる人のことこそは見ゆめれ。ひとつ家のうちは照らしけめど、ももしきのかしこき御光には並ばずなりにけり。阿部《あべ》のおほしが千々《ちぢ》の黄金《こがね》を棄てて、火鼠《ひねずみ》の思ひかた時に消えたるもいとあへなし。くらもちのみこの、まことの蓬莱の深き心も知りながら、いつはりて玉の枝にきずをつけたるをあやまちとなす。

（絵合・二・一七六）

かぐや姫の神話性を不可知のものとして、現世では身分の低い女であり、竹取の翁の家は繁栄させたが、入内しなかったことを欠点としている。五人の求婚者のうち、最初の石作の皇子と三番目の大納言大伴みゆき、そして最後の石上の中納言にはふれていないが、火鼠の皮衣と蓬莱の玉の枝の偽物による失敗も非難されている。[6]

絵合という論議の場における、為にする批判なのではあるが、右方のこの発言は、十一世紀初頭の宮廷生活における、現実的な栄華を求める価値観をよく示している。右方による「うつほの俊蔭」の評価はこうである。

「俊蔭は、はげしき浪風《かぜ》におぼほれ、知らぬ国に放たれしかど、猶さして行きける方の心ざしもかなひて、つひに人のみかどにもわが国にもありがたき才《ざえ》のほどをひろめ、名を残しける古き心を言ふに、絵のさまも唐土《もろこし》と日本《ひのもと》とをとり並べて、おもしろき事ども猶ならびなし」と言ふ。

（絵合・二・一七六〜七）

俊蔭による異郷（異界）漂流の物語も「古き心」ではあるが、漢詩文や琴《きん》の「才」を広め「名」を残したという。とはいえ、この勝負の差異は、絵合であるがゆえに、右方の絵の「おもしろき事」にあったとみられる。左方の『竹取物語』は、「絵は巨勢《こせ》の相覧《あふみ》、手は紀貫之かけり。紙屋紙に唐の綺をはいして、赤紫の表紙、紫檀の軸、世の常のよそひなり」という絵巻であった。右方のは、「白き色紙《しきし》、青き表紙、黄なる玉の軸なり。絵は常則《つねのり》、手は道《みち》風なれば、いまめかしうをかしげに、目もかかやくまで見ゆ」とあって、右が勝ったという。

次の左『伊勢物語』と右『正三位』（散逸作品）においても、「右はおもしろくにぎはしく、内《うち》わたりよりうちはじめ、近き世のありさまをかきたるは、をかしう見所まさる」とある。「古りにける」に対する「今めかし」といった、〈古〉と〈今〉との価値観の対照なのでもある。それはまた、〈古〉のクラシックな「高」さや「深」さに対する、〈今〉のモダンだが軽薄な表層文化という視点から、光源氏と頭中将の性格や趣味をその基底として、『源氏物語』の他の箇所にも示されている。(7)

現代の読者からみれば、俊蔭の異郷から異界への旅や、それによって得た琴《きん》の神秘な霊力など、『うつほ物語』の特に俊蔭巻の前半部には、神話性がみちている。けれども、それはあくまで「この世」の現実性として捉えられ、華麗な当世風の絵巻として表現されていた。話型からみるとき、『竹取物語』が異界から現世へと訪れて異界へと帰って行くかぐや姫という天女の「羽衣型」であるのに対して、現世の男である俊蔭の異界訪問の物語が「浦島型」であることが、想像力における現実性の根拠であるともみられる。

絵合そのものの評価基準や、その背後における政治性の問題はそれとして、ここには『源氏物語』の内なる物語史のまなざしが明確なのである。そして、『源氏物語』そのものの表現の過程が、引用と変換によるテクスト生成の心的遠近法として、〈古〉と〈今〉との対立を止揚していくことであった。

『源氏物語』の中には、『竹取物語』の古めかしさが、「古体(代)なる」常陸宮の姫君、末摘花の愛読する絵物語として示されてもいた。

……古りにたる御厨子《みづし》あけて、からもり、はこやのとじ、かぐや姫の物語の絵にかきたるをぞ、時々のまさぐりものにしたまふ。(蓬生・二・一三六)

古風で内向的な末摘花にふさわしい、時代遅れを象徴する絵物語が、この三つの作品であった。『竹取物語』にあたる「かぐや姫の物語」を除く『からもり』と『はこやのとじ』は、散逸して現存していないが、ほぼ同時代の最初期の作り物語とみられる。

『からもり』に関する資料としては、(イ)『うつほ物語』国譲の上巻、(ロ)『うつほ物語』楼の上下巻、(ハ)西本願寺本『伊勢集』、(ニ)『光言句義釈聴集記』にみられる断片的な記述がある。これらによれば、「からもり」は「長者」(ニ)の名で、壮麗な家の「楼」(ロ)に、姫君を隠し籠めていた(イ)。その姫君は、容貌が「みにくげ」(イ)な「かたは人」

(ロ)であったとみられている。姫君を尋ねる求婚者の男がいて、尋ねわびて臥している情景(ハ)があった。『からもり』は「唐守」と表記することが通説化しているが、「から」は「韓」かもしれず、「骸」や「穀」かとの推測もある。他に用例がなく、「もり」が「守」かどうかも不明である。「韓杜（森）」といった地名の可能性や、「迦羅」という仏教語との関係も可能性としては想定しうる。

(ロ)では、涼《すずし》が仲忠邸を「からもり」の家に見立て、「からもりが宿を見むとて玉鉾《たまぼこ》に目をつけむこそかたは人なれ」と、戯れの歌を詠んでいる。仲忠の秘蔵の娘であるいぬ宮を見せろという文脈にある。仲忠は、「九重《ここのへ》をいかでわけけむ塩つつの辛《から》き袂のくちをしき身は」と返歌している。石川徹は、この贈答歌に関して、次のように読み解いている。

> 仲忠の返歌の「九重の」の歌に見える「塩づつの」は「からき」の枕詞であり、「からき」は贈歌の「からもり」の「から」に応じ、「くちをしき」は袂の腐朽する義から「宿世拙き身」の意に掛けてある。従って、からもり物語の「からもり」が層々たる大厦高楼を構へるに足りる勢猛の者ではあるが、出自卑賤の人物である事が判り、更に「塩づつ」を、書紀に出て来る「塩土（筒トモ）の老翁」「塩椎の神」に関係づけて考へれば、八重の潮路を渡って来た帰化人とか海の仕事に従事する庶民とかが聯想され、少なくとも宮廷貴族とは人種階級の差異が考へられ、かぐや姫の場合の竹取の翁などに似てゐるといふ事にならう。(8)

また(ハ)の「からもりが道尋ねわびて、臥したる男に」という詞書の付された歌、「八重《やへ》とむる道は夢にも惑ふらし寝る魂にさへ逢ふと見えねば」からは、「この物語を絵に画いたものがあり、それに伊勢が歌をかきつけたらしく思はれる」と推測している。『長恨歌』の蓬萊のような「仙山」に「からもり」の家があったと推定していることへの疑問は残るが、神仙的な作品という可能性は大きく、『長恨歌』の屏風歌を伊勢が詠み残していることとの共通性は、興味深い指摘である。

石川は、ある男がからもり長者が楼閣に秘蔵する姫君を苦難の末に訪ねあててみたら「かたは人」だった物語とみており、容貌の醜さばかりでなく、唖者か聾者かもしれないと、『源氏物語』の末摘花や玉鬘の物語との関連から推定している。とはいえ、『うつほ物語』国譲の上巻で、いぬ宮を見たいという藤壺（あて宮）に、仲忠が「まだきよりいとみにくげなめれば、からもりがしたりけむやうにてぞよげなるや」といい、「さらば静かに、かのからもりをゐて参らせん」の「からもり」は母女一宮の比喩だが、「かたは人」はやはり娘の容貌であろう。苦難の末に醜女を得るという発想は、末摘花の物語へとつらなるパロディ的な笑話の系譜ということになる。

これに対して、奥津春男は、涼が私は「かたは人」になりたくないから、「からもりがやど」は見たくないと言ったと解釈し、「からもり」はいぬ宮だと推定しているが、次の㈡の「カラモリ長者ガ家」からみて、無理である。[9]

㈡は寛喜元年（一二二九）の明恵の講義録であり、そこに「カラモリ長者ガ家ハ法門ニ似タリ。我能ク知リタリト云テアレバ実ニ入ル、能ク知リタリト云トモ知ラズハイラルマジキ也」とある。これを紹介した奥田勲は、長者が娘を家の奥深くに隠し、「それを尋ねる男たちは、なにか難題を与えられて、それを解くことのできる者がはじめて家に入ることを許されるのであろうか」とし、『竹取物語』の原拠としてあげられている『㮈女祇域因縁経《ないによぎいきいんねんきょう》』や『奈女耆婆経《ないによぎばきよう》』の求婚譚との関係も考慮している。[10]

それは、「財富無数」の梵志居士が㮈女を「高楼」で育て、求婚した七王の一人が楼に登って宿り男児を得た話、また、須漫女と「青蓮華」から生まれた波曇女の二女が「顔容絶世」と聞いた諸王が求婚したが、「草華之中」から生まれたから凡人と違うとして結婚を拒否したという仏説である。渡来人系の長者伝承としては、『播磨国風土記』餝磨郡の「韓室《からむろ》の里」の条に、「韓室《からむろ》の首《おびと》宝等《たからら》の上祖《とほつおや》、家大《いた》く富み饒《にぎは》ひて、韓室を造りき。故れ、韓室と号《なづ》く」とあるのも想起される。要するに不明というしかないのだが、神仙譚や仏教説話、あるいは古伝承をふまえた難題求婚物語の可能性があり、そのパロディ的な位相にあるとみて、物語の舞台は日本であると考えておきたい。

『はこやのとじ』については、(a)『風葉和歌集』、(b)泉州本『伊勢物語』、(c)『河海抄』、(d)『花鳥余情』（藤袴巻）、(e)『源氏物語古註』（若紫巻）などから、登場人物やストーリー、また文体についてもある程度は推定できる。

「はこや」は『荘子』などにみえる仙山の「藐姑射」で、「とじ」は女主人の「刀自」である。女主人公の「てりみち姫」は、衣通姫《そとほりひめ》やかぐや姫と同じように、光り輝く神性を示している。その人を恋する「ふとだまの帝」と、「はこやの刀自」側による姫の争奪が描かれていたとみられる。

石川は、「はこやの刀自」を西王母に、「ふとだまの帝」を「太帝」つまり東王父に、「てりみち姫」を西王母に仕える玉女に対応させ、「よほど神仙説話臭の強い作品」とみている。ただし、「文詞はよほど日本的」で、「ふとだまの帝」も、『日本書紀』や『古語拾遺』にみえる斎部氏の祖神「太玉の命」との関係を認めて、「外来の神仙説話が、日本の古伝承に結び付けられているのであろう」とする。(11)

神仙譚や古伝承の要素はたしかに強いのであるが、そこから物語作品への変換をおさえておくことが欠かせない。

(a)に、「てりみち姫とりかへされ給てよませ給ひける　はこやのとじのふとだまの御門の御歌」(巻十四)として、次の歌が載る。

いへどいへどいふにこころはなぐさまず［でイ］こひしくのみもなりまさるかな　（九七七）

また、『実隆公記』延徳三年（一四九一）二月九日条に「箱屋刀自物語」の書写の記述があり、中世までは存在していた作品である。『荘子』（逍遥遊）に「藐姑射之山ニ神人ノ居有リ」とし、『万葉集』巻十六に、「心をし無何有《むがう》の郷《さと》に置きてあらば藐姑射の山を見まく近けむ」（三八五一）とある。この「藐姑射」は新編全集や新大系では「マコヤ」と訓んでいる。(b)には、「庭もせに生ふる麻手かつみはやすはこやのとじのさきのごとしも」という歌があり、麻姑の手（マゴノ手）との関連で、『はこやのとじ』と麻姑の神仙譚との繋がりも想定されている。(12) この見解によれば、『万葉集』の歌の「マコヤ」という訓とも結びついてくる。

(c)の注記には、「女を馬にはえのせたてまつらじ。はや舟つくるべきやうをおもほせ」（玉鬘巻）、のちにふれる「氏神のたたり」（行幸巻）といった引用がある。「速舟《はや》」による女主人公の移送といった場面があったことになり、舞台は日本国内から仙郷にわたって、「てりみち姫」をめぐる「ふとだまの帝」と「はこやの刀自」という仙女の側との、争奪の物語と推定されるゆえんである。

とはいえ、逸文とみられる(d)「うつたへに御事をいなみのいなみきこゆるにも」、(e)「からくにのうどむげのありがたき御心にもありけるかな」にしても、むしろ『竹取物語』よりも洗練された歌や和歌的修辞、敬語法によるかな文であることがうかがえる。「これは和語をもって創作されたことを意味しているのであって、初期作り物語が決して先行漢文作品のようなものの翻訳として著されたものでないことを示している」と藤井貞和はいう。[13] また、これらの文体が、枕詞や序詞を用いた修辞や韻律をもつことに注目し、「漢文の修辞的な世界」を背景としながら、「和文を以って書くことの緊張が高まり、さまざまな叙述が、例えば『古今和歌集』の勅撰が行われ、寛平から延喜にかけての国風の文運の隆盛がかつてなく見られたことと、物語文学の初期の成立とは、深いところで一致するとみるのが最も自然」だとして、『はこやのとじ』の文体をその傍証とみている。[14]

四　初期物語の修辞的変換

『からもり』や『はこやのとじ』と『竹取物語』との先後関係は不明だが、ほぼ同時期の発生期の物語とみることができる。『竹取物語』にしても、竹取の翁やかぐや姫という名、仏の御石の鉢、蓬萊の玉の枝、火鼠の皮衣、龍の首の玉、天の羽衣や不死薬といった、古伝承や神仙的な要素に関わる部分だけが断片資料として残されるのみであったら、あるいは先行漢文作品の翻訳と誤解されたかもしれない。もちろん、初期物語の源泉としての神話的な古伝承や神仙譚また仏教説話などは、テクストの引用関連や系譜学としておさえる必要がある。それによって、物語作品としての変換の位相が確かめられるからである。

『はこやのとじ』の逸文とみられる文体は、日常の会話文とみてよいかな散文(c)や歌(a)と、きわめて修辞的な和文(d)(e)の存在を示していた。これは『竹取物語』の文体とも共通するのであるが、『はこやのとじ』が枕詞や序詞による修辞を示すのに対して、第2章でみたように、『竹取物語』が掛詞や縁語の技法を語りの地の文にまで駆使していることを、より重視すべきかもしれない。『からもり』を含めた初期物語の性格を、(I)古伝承の語り、(II)漢詩文との引用関連、(III)かな文字による表現という、三つの次元の相関において、あらためて問い返すべきであると思われる。

(ハ)西本願寺本『伊勢集』「からもりが道尋ねわびて、臥したる男に」とする歌、「八重《やへ》とむる道は夢にも惑ふらし寝る魂にさへ逢ふと見えねば」の「八重とむる」は、歌ことばとしてみあたらない。スサノヲの歌とされる「八雲立つ　出雲八重垣　妻籠みに　八重垣つくる　その八重垣を」や、『万葉集』の大伴家持が「処女墓の歌に追同」して詠んだ長歌の「朝暮《あさよひ》に　満ち来る潮の　八隔《やへ》浪に　靡く珠藻の」（巻十九・四二一一）といった「八重」に通じるかもしれない。

ことに後者に関しては、高橋虫麻呂歌集による「菟原処女が墓を見る歌」に、「虚木綿《うつゆふ》の　牢《こも》りてをれば　見てしかと　いぶせむ時の　垣ほなす　人の誂《と》ふ時」と、多くの求婚者が家に籠もった処女を見たいと集まり、二人の男が争って処女は死に、あとを追って死んだという二人の男のうち千沼壮士《ちぬをとこ》が、「其の夜夢に見　取り次《つ》き　追ひ去《ゆき》ければ」（巻九・一八〇九）という。この菟原処女伝承が『からもり』と直接に関わるのではないであろうが、話型や要素の関連があると思われる。

『大和物語』（一四七段）の生田川伝承では、二人の求婚者に「水鳥を射たまへ」という難題を課したが、一人が頭の方を、一人が尾の方を射たので、悩んだ女が「生田の川は名のみなりけり」と入水自殺したという。この昔の伝承を「絵にみな書きて」温子（故后の宮）に人が奉ったので、伊勢の御息所が「男の心」で、「かげとのみ水のしたにてあひ見れど魂《たま》なきからはかひなかりけり」と詠んだという。また、他の女性たちも、「いづこにか魂をもとめむわたつみのここかしこともおもほへなくに」と、『長恨歌』をふまえて、男女それぞれの立場から詠んだりしている。『長恨歌』の屏風歌を伊勢が詠み残していることとの共通性も加えて、「からもり」の歌が物語絵による可能性があるとも考えられる。ちなみに、『大和物語』のこの段の歌には、「思ひくらぶの山」「なよ竹のたちわづらふ」といった表現もあり、一人の男が「くれ竹のよ長き」に狩衣装束を入れて塚に埋めたなど、『竹取物語』の語彙とも関わっている。

『うつほ物語』にみえる涼の歌の「玉鉾《たまぼこ》に目をつけむ」や、仲忠の「塩つつの辛《から》き袂」が『からもり』の物語内容や表現と関わるのかどうかも不明だが、「かたは人」は、生まれたばかりのいぬ宮を、仲忠が異常なまでに「人に見せたてまつり給ふな」と禁じていた場面にもみえる。左大臣の北の方が、先日仲忠が宮中にいる頃に「見にものしたりしかど、さらに見せ給はず。何しにかは。かたはやつきたる」（蔵開下巻）というのである。それが、楼の上下巻の涼の歌へと底流している。『源氏物語』玉鬘巻で、「かたちある女を集めて見む」と思う大夫監が、玉鬘のことを聞きつけて、「いみじきかたはありとも、我は見隠して持たらむ」と言うのは、醜貌とは考えにくく、それゆえ石川は聾者か唖者と推定したのだが、玉鬘が『からもり』を典拠としているかは不明で、末摘花について「あなかたはと見ゆるものは鼻なりけり」との関連をより重くみるべきであろう。

『はこやのとじ』の逸文の表現についても補足しておく。(c)『河海抄』が「はこやの刀自物語云」とする「女を馬にはえのせたてまつらじ。はや舟つくるべきやうをおもほせ」（玉鬘巻）の「はや舟」は、『河海抄』が「あしはやきを舟　万葉第七」（譬喩歌・一四〇〇）という注記とともに、『和名抄』（二十巻本）「舸　漢語抄云　波夜不祢」を引き、「高尾舟　一云戦士可乗軽舟也」というように、船尾の高い高速の舟、一説に戦闘用の軽量船である。『源氏物語』玉鬘巻では、都に逃げ帰る玉鬘の一行の乗ったのが特別に仕立てた「はやふね」であり、「ひびきの灘もなだらかに過ぎ」たところで、「海賊の舟にやあらん、小さき舟の飛ぶやうにて来る」などと言う者がいて、「海賊のひたぶるならむよりも、かの恐ろしき人の追ひ来るにや」と、大夫監かと思い怖れている。

『河海抄』が「藐姑射刀自物語にも氏神のたたりとあり」と記すのは、行幸巻の「うぢがみの御つとめ」の注で、光源氏が玉鬘の裳着（成人式）を行い尚侍として出仕させようと思う部分にある。「女は、聞こえ高く名隠したまふべきほどならぬも、人の御むすめとて籠りおはするほどは、かならずしも氏神《うぢがみ》の御つとめなどあらはならぬほどなればこそ、年月は紛れ過ぐしたまへ」と、これまで玉鬘は親もとに籠った未成人だったから氏神の勤めもなく、氏素性を隠しておけたが、今後はそうはいかないという文脈である。光源氏は、玉鬘が藤原氏である内大臣（頭中将）の実子ゆえ「春日《かすが》の神の御心たがひぬべき」ことを不安に思い、並の身分なら「氏改むること」を簡単にするのが現代風だと思いめぐらしてもいる。

「氏神」は、『万葉集』に、天平五年十一月に大伴坂上郎女が「大伴の氏神を供祭《まつ》る」時に詠んだ長歌（三七九）と反歌（三八〇）とがあるが、「木綿《ゆふ》」を手にした祭祀の様を叙しながらも、ともに「君に相《あ》はじかも」で結ばれる私的な相聞歌である。『続日本紀』光仁天皇の宝亀八年七月条には、「内大臣従二位藤原朝臣良継病めり。その氏神鹿嶋社を正三位に、香取神を正四位上に叙す」とあり、新大系『続日本紀』（五）の補注では、本来は在地の共同体信仰に根ざした氏の神祭りが、八世紀以降、次第に在地性を失い、父系出自集団へと二次的に再編成されていく中で「氏神」とその祭祀が成立したとする。それゆえ、すでに春日の地に勧進されていたとはいえ、鹿嶋と香取という本来は中臣の祖である天児屋根命とは性格を異にする両神を祭ったとみている。

「たたり」は『日本霊異記』に「漢神の祟《たたりに》依り牛を殺して祭り」（中・五）、『うつほ物語』春日詣巻には「業の尽きぬる時なん、もののたたりなどはあるものなる」という。また、『延喜式』（巻十六）「祟神を遷し却る」祝詞があり、その末尾に、「祟りたまひ健びたまふ事なくして、山川の清き地《ところ》に遷り出でまして、神ながら鎮まりませと称辞《たたへごと》を竟《を》へまつらく」という。

「はや舟」と「氏神」という『河海抄』が注に引く『はこやのとじ』の物語の語が、ともに玉鬘に関わるのは偶然かもしれないが、「てりみち姫」をめぐる「ふとだまの帝」と「はこやの刀自」の側との争奪の物語だったとすれば、それが海路をめぐって展開し、「氏神のたたり」からは、「太玉の命」を祖神とする斎部（忌部）氏などと関係した、大和を舞台とする物語の可能性が大きくなる。『竹取物語』では「さるきのみやつこ」という竹取の翁が、「みむろといむべ（斎部）のあきた」を呼んで「なよ竹のかぐや姫」と名が付けられた。「はこやの刀自」も、藐姑射という仙山に関わる西王母や麻姑に喩えられた呼称ともみられる。

(d)『花鳥余情』（藤袴巻）の注にみられる「うつたへに御事をいなみののいなみきこゆるにも」に関しては、『万葉集』に「おくれ居て吾《あれ》はや恋ひむ稲見野《いなみの》の秋はぎ見つつ去《い》なむ子故に」（巻九・一七七二）があり、大神《おおみわ》大夫が筑紫国に任じられた時に安倍大夫の作った歌だと題詞にいう。この「いなみの」は「いなむ」に掛かっているのではなく「去なむ」と関連づけるのも苦しいが、可能性はある。赤人の歌に「不欲見野《いなみの》の浅茅押しなべ」（九四〇）とあり、「印南野の浅茅が上に」（一一七九）という歌も旅の別れに関して「浅茅」に掛かるが、「いなみの」という地名の「いな」には否定的な語感がある。そこには、『播磨国風土記』にみえる大帯日子《おほたらしひこ》（景行天皇）の印南《いなみの》別嬢《わきいらつめ》への求婚の「道行《みちゆき》」伝承が、地名起源譚として作用していると思われる。その最後の部分のみ引用しておく。

ここに、比古汝茅《ひこなむち》、吉備比売に娶《あ》ひて生める児、印南の別嬢なり。この女の端正《きらきら》しきこと、当時《とき》に秀《すぐ》れたり。その時、大帯日子の天皇、この女に娶はむと欲《おもほ》して下り幸行《おはしま》しき。別嬢聞きて、すなはち件《か》の嶋に遁《に》げ度《わた》りて隠《な》び居りき。故れ、南毗都麻《なびつま》と曰ふ。（二九）

和歌において「いなみのの」が「いな」に序詞的に掛かる修辞が一般化するのは、十世紀の半ば、大中臣能宣の「をみなへし我にやどかせいなみののいなといふともここをすぎめや」（『拾遺集』巻六・三四八）以降のようである。

(e)『源氏物語古註』（若紫巻）の「からくにのうどむげのありがたき御心にもありけるかな」に関しては、『拾遺集』に、「男もちたる女をせちに懸想し侍て、ある男のつかはしける」として、「有りとてもいく世かはふるからくにのとらふすのべに身をもなげてん」（巻十九・一二二七）があり、『古今六帖』（二「とら」・九五三）にも載せるが、「からくにのうどむげ」は、歌の修辞としてはみられない。

五　トコヨと蓬莱山

『からもり』や『はこやのとじ』と直接に結びつきそうな古伝承や漢詩文はみあたらない。その主人公の名や断片的な関連資料からは、『竹取物語』との共通性もうかがわれ、神仙譚そのものというより、古伝承を媒介にして、漢文の神仙譚的な発想を加味した、パロディ的要素の強い和文作品であったと思われる。『竹取物語』と同じように、かな文字によって書かれた表現の位相が、その逸文から推定できるのであった。「てりみち姫」という名の光り輝く表象は、「衣通《そとほり》姫」など古伝承の女主人公に共通しており、いうまでもなく「かぐや姫」とも共通である。『からもり』も『はこやのとじ』も、知られる限りにおいて「羽衣型」というよりも、「浦島型」の異界訪問譚を基本構造としていたらしいが、『はこやのとじ』に「てりみち姫」の争奪の物語が展開されていたとすれば、「浦島型」と「羽衣型」とが複合しているとみられる。そもそも、「浦島型」と「羽衣型」とは鏡像関係にあった。

　古伝承の語りを漢字で表現するとき、神仙の思想や用語が重層してくることは、浦島子伝承によく示されている。漢文に習熟した筆録者が、漢字表記に伴う修辞から、いわば巧まざる虚構が生まれてくるという表現史の過程である。

『釈日本紀』に載る『丹後国風土記』逸文は、「日下部首《くさかべのおびと》等が先祖《とほつおや》」の「筒川の嶼子《しまこ》」の氏族伝承が、与謝郡日置の里、筒川村の在地伝承として根づいていたことを示している。「水江の浦の嶼子」は、独り小船で海中に釣をして、三日三夜のあいだ一匹の魚も得ず、「五色の亀」を得た。「奇異《あやし》」と思って船中に置いて寝ると、亀は美麗な女に変じた。「風流之士《みやびを》」の嶼子を恋して「風雲」に乗って来たという「女娘《をとめ》」は、「天上仙家之人」だと語り、嶼子は「神女」と知った。

女娘、曰はく「君棹廻《さをさす》べし、蓬 山《とこよのくに》に赴《ゆ》かむ」といふ。嶼子従ひ往く。女娘、眠目《ねむ》らしめ、即ち不意之間《ときのま》に、海中《わたなか》なる博大之嶋《とほしろきしま》に至りぬ。その地《つち》は玉を敷けるが如し。闕台《うてな》は瞭《あきらかには》 映え楼堂《たかどの》は玲 瓏《てりかかや》けり。目に見ず、耳に聞かず。

（四七五〜六）

「亀比売」の夫として迎えられた嶼子は、「人間《ひとのよ》と仙都《とこよ》の別《わき》を称説《と》き、人と神の偶会《たぐひ》の嘉《よしみ》を談議《かた》れり」のあと、結婚の「歓宴《うたげ》」を楽しみ「夫婦之理《みとのまぐはひ》」を成すが、三年を経て望郷の思いにとらわれた。「僕《われ》近く親故之俗《かぞいろ》を離れ遠く神仙之堺《とこよのくに》に入りぬ。恋眷《こほしき》に忍びずて、輙《すなは》ち軽慮《たはこと》を申しつ。所望《ねが》はくは暫本俗《しましもとつくに》に還り二親《かそいろ》に奉拝《あは》まくほりす」と、帰郷を願う。

女娘玉匣《たまくしげ》を取り、嶼子に授け、謂《かた》りて曰はく「君終《つひ》に賤妾《われ》を遺《す》てず、眷《かへ》り尋ねむとおもはば、匣を堅握《かた》めて、慎《ゆめ》な開き見そ」といふ。即ち相分れて舟に乗り、仍ち眠目《ねむ》らしめ、忽《たちまち》にもとつ土《くに》の筒川の郷に到りぬ。

（四七七〜八）

しかし、故郷の「人も物も」すっかり変っており、すでに「三百余歳」が過ぎていた。玉匣を撫でて神女を慕った嶼子は、約束を忘れて玉匣を開き、「即ち未瞻之間《たちまち》に芳蘭之体《よきらにのかをり》、風雲のむた翩《ひるがへ》りて蒼天《そら》に飛びゆきぬ」によって、たちまち老いて、神女との再会がかなわぬと知り泣きもだえた。

浦島子伝承は、漢詩文の修辞によりながらも、語りの在地性や担い手を明示している。後の伝承で「龍宮」と呼ばれる異界は、『風土記』では「蓬山」「仙都」「神仙」などと表記され、トコヨと訓まれている。そう訓むことの根拠は、『丹後国風土記』逸文がその終わりに付している、次のような一字一音表記の歌にあった。いまは訓み下し本文のみを引く。

ここに（嶼子）涙を拭ひて歌ひて曰ふ、

(1)トコヨべに　雲立ち渡る　水江の　浦嶋の子が　言《こと》もち渡る

神女《かみのをとめ》、遙けく飛び芳《よ》き音《こゑ》にて歌ひて曰ふ、

倭辺《やまとべ》に　風吹き上げて　雲離れ　退《そ》きをりともよ　我を忘らすな

嶼子また恋望《こほしき》に勝《あ》へず歌ひて曰ふ、

(2)子等に恋ひ　朝戸を開き　我が居れば　トコヨの浜の　波の音《と》聞こゆ

後時の人、追《お》加ひて歌ひて曰ふ、

水江の　浦嶋の子が　玉匣　開けずありせば　またも会はましを

(3)トコヨべに　雲立ち渡る　多由女　雲は継がめど　我そかなしき

(1)は「等許余」、(2)(3)では「等許与」と表記されている。『万葉集』の「水江浦嶋子」を詠んだ長歌と反歌（巻九・一七四〇〜一）では、「常代」という表記が一例、「常世」が三例みられる。(3)のみならず(1)(2)の歌も後補かもしれず、漢文体の文章そのものを必ずしも「トコヨ」と訓む必要はないが、「トコヨ」という口頭語がまずあり、それを漢字でしか表記しえない時代に、「蓬山」「仙都」「神仙」などという漢詩文的な知に基づいた意味表記、「常代」「常世」などの意味と訓の組み合わせによる表記、そして「等許余」「等許与」のような音表記とが併存している現象である。

それは、たんにどう表記するかにとどまらず、漢詩文の修辞や発想を取り込み、引用による二重化を積極的に進めて遊ぶことにより、プレ物語文芸としての和製漢文伝などの世界を生んだ。『日本書紀』雄略天皇二十二年の条には、浦島子が「蓬萊山」に至ったと記し、「語は別巻に在り」ともいう。『丹後国風土記』逸文の始めにも、伊予部馬養が記した作品のことがみえる。平安朝以後にも、『浦島子伝』『続浦島子伝』などが書かれ、お伽草子の『浦島太郎』を経て、脈々と変奏され続けている。

初期物語の表現史の位相が、かな文字による実験的な段階にあることを、あらためて強調しておきたい。『丹後国風土記』逸文の浦島子伝承は、口頭の古伝承の漢字と漢文的発想による記録であったが、『竹取物語』とともに、『からもり』『はこやのとじ』も、それら古伝承の記録とは異質な虚構のかな文芸であり、『はこやのとじ』の「藐姑射」も、漢文体と和歌や和文との差異を内包しつつ、「トコヨ」が「蓬莱山」や「仙都」であったような、古伝承の異界に由来する見立てやパロディの可能性があった。『竹取物語』の原作が漢文であり、その翻訳であるといった説は認められない(15)。もちろん、『竹取物語』のかぐや姫が、月の都の天人であったというように、神仙譚や仏典に由来する漢文的な知が引用され織り込まれていた可能性は十分にある。そうしたプレテクストを織り込みつつも、現世における人間の生活を主題としたかな文による恋物語だということである。

浦島子伝承の「神女」は「亀」であり、嶼子はそれを知りつつ恋して結婚している。美貌の女に変身していたからにせよ、その正体への異和感はいささかもない。それが神婚譚や異類婚姻譚といわれる神話が成り立つための前提であった。光に変じたかぐや姫の正体を知った帝も、恋の思いは持続しているから、物語文芸の位相においても、その発想が底流していたとはいえる。しかしながら、『竹取物語』は竹取の翁の娘としての人間界におけるかぐや姫の物語であった。異類への異和の思いはすでに生じていて、『からもり』の「かたは人」といわれる姫君も、そうした位相において考えられるし、かぐや姫は「変化の人」であるがゆえに結婚できない存在であった。

六　竹取物語の蓬莱と不死の薬

『源氏物語』絵合巻で「くらもちのみこの、まことの蓬莱の深き心も知りながら、いつはりて玉の枝にきずをつけたるをあやまちとなす」とされた「蓬莱」と、その『竹取物語』の終末部にみられる「不死の薬」について、表現史の視座から検討しておきたい。

「さをと年の二月《きさらぎ》の十日比に、難波より船にのりて、海の中に出て、行かん方も知らずおぼえしかど、思ふことならで世中に生きて何かせんと思ひしかば、ただむなしき風にまかせて歩く《ありく》」と、くらもちの皇子は偽りの異界探訪の物語を始めた。ふつう直接体験の過去を回想する助動詞といわれる「き」（し・しか）を基調とし、作中の現在時制がみられる。『竹取物語』の地の文の語りの枠が「けり」によるのと対照的に、体験による事実性の強調が、もっともらしい嘘ゆえの逆説的な表現効果をもたらしている。

さきの『丹後国風土記』逸文の新編全集の訓み下し文による引用は、例えば「女娘、眠目《ねむ》らしめ、即ち不意之間《ときのま》に、海中《わたなか》なる博大之嶋《とほしろきしま》に至りぬ」とする部分が、旧大系本では、「女娘、教えて目を眠らしめき。即ち不意の間に、海中《うみなか》の博《ひろ》く大きなる島に至りき」と訓まれている。原文は「女娘、教令眠目、即不意之間、至海中博大之嶋」である。

「き」の読み添えを極力排除しているところが新編全集の特色であるが、それでも、「ここに嶼子、神の女《をとめ》と知り懼《おそ》り疑ふ心を鎮《しづ》めき」とか、「夫婦之理《みとのまぐはひ》を成しき」、「即ち相携《たづさ》はり徘徊《たもとほ》り、相談《かた》らひ慟哀《かな》しみき」、「首を廻らして踟蹰《たたず》み涙に咽ひて徘徊《たもとほ》りき」のように、段の区切りに用いている。「き」は『古事記』の地の文の基調でもあり、「叙事文学の有する過去の時制(16)」といわれるが、漢文訓読的な文体の基調でもあった。

『竹取物語』のくらもちの皇子の体験談の、「ある時には、風につけて知らぬ国に吹寄せられて、鬼のやうなる物出来て、殺さんとしき。ある時には、来し方行するゑもしらず、海にまぎれんとしき。ある時には、かてつきて、草の根を食ひ物としき。ある時は、いはん方なくむくつけげなる物来て、食ひかからんとしき。ある時には、海の貝を取りて命をつぐ」と、「ある時には」「ある時は」とたたみかけて「き」で結ぶ表現法も漢文訓読的である。くらもちの皇子の「蓬萊」訪問譚は、当時の「蓬萊」をめぐる知の集成とみてよく、『古事記』や『風土記』のような擬漢文体の訓読的な和文というべき位相にある。

旅の空に、助け給ふべき人もなき所に、色いろの病《やまひ》をして、行く方空もおぼえず、船の行くにまかせて、海にただよひて、五百日と云ふ辰の時ばかりに、海の中に、はつかに山見ゆ。舟の内をなんせめて見る。海の上にただよへる山、いと大きにてあり。その山のさま、高くうるはし。是や、我が求むる山ならむと思ひて、さすがに恐ろしくおぼえて、山のめぐりをさしめぐらして、二、三日ばかり見歩《あり》くに、天人のよそほひしたる女、山の中より出で来て、銀《しろがね》の金鋺《かなまる》を持ちて水を汲み歩く。是を見て、船より下りて、「此の山の名を何とか申す」と問ふ。女、答へていはく、「これはほうらいの山なり」と答ふ。是を聞くに、嬉しき事限りなし。此の女、「かくの給ふは誰ぞ」と問ふ。「我が名はうかんるり」と言ひて、ふと山の中に入ぬ。

其の山、見るに、さらにのぼるべきやうなし。其の山のそばひらをめぐれば、世の中になき華の木ども立てり。金、しろがね、るりいろの水、山より流れ出たる、それには色々の玉の橋わたせり。其のあたりに、照りかかやく木ども立てり。其の中に、此の取りて持ちてまうで来たりしは、いとわろかりしかども、の給ひしにたがはましかばと、此の花を折てまうで来たる也。（三一〜二）

『山海経』は「蓬萊山、海中ニ在リ」とし、注に「宮室皆金玉ヲ以テ之ヲ為ス。鳥獣尽ク白シ。之ヲ望ムニ雲ノ渤海中ニ在ルガ如シ」と記す。『史記』封禅書は「蓬萊・方丈・瀛洲、此ノ三神山ハ、渤海中ニ在リ。蓋シ嘗テ至ル者有リ。諸仙人及ビ不死ノ薬在リ。其ノ物、禽獣尽ク曰クシテ、黄金白銀ノ宮闕ヲ為ス」という。『竹取物語』では「天人のよそほひ」をした女が現れて蓬萊の山だと告げ、「はうかんるり」か「うかんるり」か不明だが名のったという。「るり」は瑠璃であろうが、いかにも天女らしい名である。

ここに描写された蓬萊の風景と玉の枝は、『列子』に「其ノ上ノ台観ハ皆金玉、其ノ上ノ禽獣ハ皆純縞タリ、珠玕ノ樹皆叢生シ、華実ハ皆滋味有リ。之ヲ食ヒテ皆老イズ死ナズ、居ル所ノ人、皆仙聖ノ種ナリ」というのに近い。ただし、ここでも蓬萊の玉の枝は、『史記』と同じく「不死ノ薬」だといえるのであるが、『竹取物語』ではそう捉えてはおらず、そこに『淮南子』における崑崙山の表現が作用している可能性もあった。海中に聳え立つ仙山の州浜は、正倉院に「仮山」があり、十二世紀のものだが、海中で蓬萊山を背負った亀に松喰鶴を配した蒔絵の袈裟箱も東京国立博物館に現存している。(17) こうした州浜や絵による蓬萊の図像が、平安朝の人々に共有されていたはずである。そして、『竹取物語』に「不死の薬」が登場するのは、かぐや姫の昇天の場面においてである。

天人の中に、持たせたる箱あり。あまのは衣入れり。又あるは、ふしの薬入れり。ひとりの天人いふ。「壺なる御くすり奉れ。きたなき所の物きこしめしたれば、御心ちあしからん物ぞ」とて、持て寄りたれば、いささかなめ給ひて、少し、形見《かたみ》とて、脱ぎ置く衣《きぬ》に包まんとすれば、ある天人包ませず。御衣《ぞ》をとり出でて着せんとす。

（七四）

この「ふしの薬」は、壺に入り箱に収めた粉末か丸薬のようである。かぐや姫が「形見」として脱ぎ置く衣に包んで残そうとし、天人は包ませなかったとここにはあるが、このあと「あまのは衣」を着せようとするのを制止して、帝に「今はとてあまのは衣きる折ぞ」という歌を含む「御文」を書き、「壺の薬」を添えて頭中将に託した。翁と媼にも「文」と「薬」とを残したが、前章でもみたように、かぐや姫がいなければ生きていてもしかたがないと、「薬もくはず、やがて起きもあがらで、病みふせり」という。ここでの「あまのは衣」も、飛翔のためではなく、「物思ひなく」なる人間界の記憶を消し去るものであった。

帝は「天に近き」山を問い、駿河の国にあるという山の頂で、「御文、ふしの薬の壺」を並べて火をつけて燃やさせた。それが「不死」と「富士」とに関わる語源譚パロディを成して、結末の文Ay「そのけぶり、いまだ雲のなかへ立ちのぼる、とぞいひ伝へたる」によって枠づけられた語りを構成していたのである。『竹取物語』が、本来は誰かが成功するはずの難題求婚譚を逆転させ、くらもちの皇子の偽りの異界訪問の物語を表現することなどによって、言の葉を飾った「あや」（レトリック）による虚構としての物語を達成したことと、「不死の薬」への翁や帝の否定的な態度とは、人生の「あはれ」を見据えたこの物語の主題性において不可分な関係にある。

そうした物語内容の意味論と相関したものとして、Ax—Ayの冒頭と結末の表現法を捉えるべきであろう。じつは、「けり」体による語り文は、Ayの前文「その由承りて、つは物どもあまた具して山へのぼりけるよりなん、其の山をふじの山とは名づけける」で終わっている。[18]「けり」が統括するのはそこまでで、Ay「とぞいひ伝へたる」は、語り手が聞き手と共有する「今」で終わっていた。それが文字テクスト内に設定された語りの場を対象化する枠として、「昔」とは異質な「今は昔」という冒頭と呼応しているのである。
「かな」文字で書くことによる語りの場の対象化が、『竹取物語』に始まる作り物語の冒頭と結末の表現法を生み出したのだと思われる。その端緒は、やはり、くらもちの皇子の偽りの蓬萊訪問の物語の結末にみられる。

「山は限りなく面白し。世にたとふべきにあらざりしかど、此の枝を折りてしかば、さらに心もとなくて、船に乗りて、追風吹きて、四百余日になむ、まうで来にし。大願力にや、難波より、昨日なむ都にまうで来つる。さらに潮に濡れたる衣だにぬぎかへなでなん、たちまうで来つる」との給へば……　（三二）

最後の二文が「なむ……きつる」と、それまでの「き」ではなく、聞き手としての翁とかぐや姫に向けた語りの口調を強めている。これが作中世界内の物語場に示された語りの枠の姿であり、語るように書くことによる心的遠近法の表現である。『うつほ物語』の通行本文のように「むかし」を用いるにせよ、語り手が聞き手と共有する語りの場の〈今〉から物語世界内の現在へと移行することが、かな物語文芸の語りの心的遠近法の装置であるとみなすことができる。

七　喩としての蓬萊・不死薬・優曇華

母君は、「いただきの上をほうらいの山になさむと、掌《たなうら》の内に黄金《こがね》の大殿を造らんと言ふとも、忠こそが言はむことはたがへじ」と養ひ給ふほどに　（忠こそ・二〇八）

『うつほ物語』忠こそ巻の始めで、「頂の上を蓬萊の山になさむ」は「掌の内に黄金の大殿を造らん」とともに、母君が我が子を愛して不可能な願いでも叶えたいという譬喩表現である。諺のようでもあり、「蓬萊」が不可能な理想の隠喩（メタファー）として用いられた例は、内侍のかみ（初秋）巻にもある。帝が仲忠との碁で勝ち、その

「賭物《のりもの》」として、涼に命じたのと同じ〈琴《きん》〉を同じ調律（韻）で弾けと命じたとき、仲忠は次のように奏上している。

仲忠奏す、「こと仰せ言は、『身をいたづらになさん。ほうらいのあくまてここにしやくうどんげをともにまかれ』と仰せらるとも、身の耐へんに従ひて、承はらんに、さらにこの仰せ言をなむ、かかる所々に遣はさんよりも、難き仰せ言なる」と奏す。（内侍のかみ・八〇四〜五）

「ほうらい」以下の部分は本文が乱れており、原田芳起は「蓬萊・悪魔国に不死薬・優曇華を取りにまかれ」（角川文庫本）と校訂し、室城秀之『うつほ物語 全』も同じである。この表現は、吹上下巻の、神泉苑で帝が涼と仲忠とに琴を弾かせた場面の叙述と対応している。

帝「仲忠がためは、天子の位かひなしや。蓬萊のくさこくの不死のくすりの使ひとしてだにこそは、宣旨のがれがたさによりて渡れり。ともかくもあれ、仕うまつれ」と仰せらる。（吹上下・五五二）

この「くさこく」は不明だが、蓬萊と「不死のくすり」との関係は明白で、内侍のかみ巻の「しやく」を「不死薬」とみることは妥当である。「優曇華」は、吹上上巻の始めで、神南備種松という長者の豪邸と四方四季の庭園を表現した部分にも、「せんだう・うとうまじらぬばかりなり」とあり、「栴檀・優曇」とみられる。「優曇華」は『法華文句』に「優曇花者、此言霊瑞。三千年一現、現則金輪王出」とあるのをはじめ、仏典に三千年に一度咲くという霊花で、やはり得がたいものの喩である。『今昔物語集』の竹取説話の三つの難題のひとつでもあり、『竹取物語』でも「くらもちの御子は、うどんぐゑの花もちてのぼり給へり」と世間の評判になったという。『はこやのとじ』の逸文にも「からくにのうどむげのありがたき御心にもありけるかな」とあったように、蓬萊の不死薬とともに得がたい物の喩として慣用化していたとみられる。

内侍のかみ巻の、先に引いた仲忠の奏上に対する帝の発言では、蓬萊の不死薬と悪魔国の優曇華とが対になっており、それぞれに興味深い説話的な背景をうかがわせてくれる。『うつほ物語』前田家本本文では、漢語も多くは

「かな」表記しており、本文に問題も多いのだが、以下ではより多く漢字をあてた校訂本文で引用する。

上、うち笑はせ給ひて、「二なき勅使かな。さりともと蓬萊の山へ不死薬取りに渡らむことは、童男丱女《くわんによ》だに、その使に立ちて舟の中にて老い、島の浮かべども蓬萊を見ず、とこそ嘆きためれ。かの心上手《じやうず》のさる物だについに至らずなりにける蓬萊へ、今、朝臣の日の本の国より、行くらむ方も知らず、不死薬の使《つかひ》したらむこと、少しわづらはしからむ。えや求めあはざらむ。童男丱女え劣るまじかめり。今一つ、興ある丱女出で来るわづらひあらむ。これ二なき使好みなり。

（内侍のかみ・八〇五）

「童男丱女」に関する典拠は、白居易の「海漫々」という新楽府中の詩で、「仙ヲ求ムルヲ戒ムル也」と主題が明示されている。『竹取物語』で不死の薬を服用しないこととも関わるので、あえて全文の訓み下し文を引く。

海ハ漫々タリ／直下　底無ク　旁《ぼう》　辺無シ／雲濤煙浪／最モ深キ処／人ハ伝ウ　中ニ三ツノ神山有リ／山上多ク不死ノ薬ヲ生ジ／之ヲ服スレバ羽化シテ天仙ト為ルト／秦皇ト漢武ハ此ノ語ヲ信ジ／方士　年々　薬ヲ采《と》リニ去ル／蓬萊　今古　但ダ名ヲ聞クノミ／煙水茫々　覓《もと》ムル処無シ／海ハ漫々タリ／風ハ浩々タリ／眼穿タルルモ蓬萊島ヲ見ズ／蓬萊ヲ見ズンバ敢エテ帰ラズ／童男丱女　舟中ニ老ユ／徐福　文成　誑誕多ク／上元太一虚シク祈禱ス／君看ヨ　驪山ノ頂上　茂陵ノ頭《ほとり》／畢竟　悲風　蔓草ヲ吹ク／何ゾ況ンヤ玄元聖祖ノ五千言／薬ヲ言ハズ／仙ヲ言ハズ／白日ニ青天ニ昇ルヲ言ハザルヲヤ

蓬萊に不死薬を求めるような神仙の真偽や是非については、中国において古来の論議があったという。『旧唐書』にも、憲宗が「神仙の事信なるか」と問うのに対して、李藩が「古詩に云う、服食神仙を求むるも、多く薬の為に誤らる」と、白居易の「海漫々」に似た答えをしたと記すという。(19)

「不死の薬」に対する否定的な態度は、中国における神仙思想史の中に先蹤があったわけだが、平安朝の日本文芸史に決定的な影響を与えた白居易の「海漫々」が、『うつほ物語』そして『竹取物語』にも作用していると考慮すべきである。とくに『竹取物語』においては、神仙や「不死の薬」そのものの真偽を問うのではなく、その実在を認めた上で、老いと死を免れない人間の「あはれ」という感情生活を、老いず苦悩の感情の無い天人の世界と対置していることが重要である。

『うつほ物語』内侍のかみ巻では、先の引用に続いて、悪魔国に優曇華を取りに行く故事をふまえた会話がなされている。

また、悪魔国に優曇華取りに行かむに、少し身の憂へやあらむ。かれも、南天竺《なんてんじく》より金剛大士の渡りける事は、むつましきともがらを隣の国より迎へ取りて、これあひ顧みるとて、時の国母の仇《あた》をいたしてなむ、さる使には出だしたりける。それ、南天竺より渡るに、自然《じねん》に年経にたれば、忍辱《にんにく》のともがらの別れに会はずとは嘆かずや。それをいかに、朝臣の、国母の仇ありともなくて、また、さる薬要《えう》ずる后ありともなくて、にはかに親を捨てて渡らむに、少しもののわづらひあり、不孝になりなむ。身の疲れありなむ。かく二なきことよりは、ただここながら調《しら》べたる一つ弾かむことは、やすからむかし。　（内侍のかみ・八〇五～六）

ここにいう金剛大士説話の出典は未詳であるが、南天竺から金剛大士が悪魔国に優曇華を取りに渡ったのが、親しい人を隣国から迎えて大切にしたのを国母が恨み、病気の后のための薬を得るために派遣したということらしい。内侍のかみ巻の、仲忠に琴を弾かせようとする帝の喩え話、不死薬と優曇華に関する会話文の続きを、さらに引いてみる。

あるまじき使《つかひ》には進まで、ただこの琴を手一つかき鳴らして聞かせなむ、かの不死薬・優曇華に劣らざらむ。不死薬は一つ食ふとも万歳の齢《よはひ》ありといひて、かの国の帝王、さる難き使を立てて求められ、優曇華はにはかに迫《せ》むる命とどめむとてなりける。いづれもいづれも命を惜しむ薬なりけり。それを朝臣、今宵の言ひごとを、さらばとて、悪魔国・蓬萊の山まで出だし立てなむ、我少しはかなき。まづは我かく目に近く見馴らしたるを、さる心すごき使に、遙かなるほどを出だし立てて思はむになむ、少しあはれに心細からむ。また、生きて見し人もただ今ものせらるる、それが嘆き思はむを見むに、いとかひなからむ。かく言ふほどに、不死薬をも、蓬萊にも至らむと思はむほどに、ともかくもあらば、不死の薬も何にかはせむ」と仰せらる。

（内侍のかみ・八〇六〜七）

要するに帝は、蓬萊や悪魔国へ行く苦難や父母の悲しみに比べたら、琴を弾くことなど容易いではないかと誘っている。不死薬は万歳の長寿のため、優曇華は死が切迫したときの延命の、いずれも「命を惜しむ薬」だといい、その結びでは「生きて見し人」という俊蔭女（仲忠の母）の嘆きを思えば、「不死の薬も何にかはせむ」という。ここには、『竹取物語』の最後の帝の歌、「あふ事も涙にうかぶ我身にはしなぬくすりも何にかはせん」がふまえられている。

続く仲忠との会話の応酬は、故事の引用による喩と修辞が過剰で、解読がほとんど不可能でさえある。

仲忠、「さては、向かふこと難き蓬萊には侍らざりけり。ただ、不死薬なむかれ侍りにけり」と奏す。

上、「されど、今宵は、王母が家に劣らずなむありける」。

仲忠、「近き衛《まも》りに、童男丱女こそさぶらへ」と奏す。

上、「海広く、風早きを、いかで求められむとすらむ」。

仲忠、さらにえ仕うまつるまじきよしを奏し、このころの詩《うた》を作りて御覧ぜさせなどするに、

（内侍のかみ・八〇八）

仲忠が「不死薬なむかれ侍り」という「かれ」は、「枯れ」か「離れ」、あるいは室城が注でいうように、『竹取物語』をふまえた「焼かれ」の誤りであろうか。帝がこれに対して「王母が家に劣らず」というのは、仲忠の琴の演奏があれば不死薬のある西王母の家にも劣らないというのであり、仲忠は、確かに今宵「近き衛り」として帝のもとに集まった人々や后たちはすばらしい「童男丱女」だと、はぐらかしている。帝は、この「童男丱女」という語から「海漫々」の詩を引いて、やはり蓬萊への危険な旅に出て不死薬を求めるつもりかと問い、仲忠はそれでも〈琴《きん》〉を弾くことを断りつつ、その旨を「詩《うた》」を作って訴えたのであろう。

この会話の応酬において、「不死薬」は〈琴〉の演奏と等価なものとされている。そして、それが仲忠に母である俊蔭女を呼び出させる文脈にある。やがて帝は、俊蔭女に〈琴〉を弾かせることに成功し、その禄（報酬）として自分を夫として与えるのだと、俊蔭女を尚侍に任命している。その帝と俊蔭女との会話による叙述もまた、王昭君や、蔡文姫の胡茄十八拍をめぐる琴曲の故事、『長恨歌』の引用などを織り込んで、きわめてペダンティックに誇張された会話である。相撲の節会の祝祭の論理が可能にした、倒錯する言葉の世界なのであった[20]。その中に、俊蔭女をかぐや姫に喩えた『竹取物語』の引用による会話が顕在化している。

上、「……十五夜に、かならず御迎へをせむ。この調べを、かかることの違はぬほどに、かならず十五夜にと思ほしたれ」。
内侍のかみ、「それは、かぐや姫こそ候ふべかなれ」。
上、「ここにはたまはた贈りて候はむかし」。
内侍のかみ、「子安貝は、近く候はむかし」。　（内侍のかみ・八五六）

帝が八月十五夜に迎えようと言ったのに対して、俊蔭女は、それでは私ではなく、かぐや姫をお迎えになるのですねと答えた。帝は、私は「玉」をあなたに贈って婿にしていただこうと応じたと読むことができるが、「たまはた」を「玉の枝」の誤写とみたほうが、『竹取物語』をふまえた会話であることがより明確になる。俊蔭女が「子安貝」と言ったのは、仁寿殿女御などの女性の喩で、石上の中納言の難題物が女性器の隠喩であったことのパロディ表現である。あなたは身近に「子安貝」をお持ちでしょうにと、求婚を拒んだことになる。

『うつほ物語』における蓬莱と不死薬をめぐる他の記述について概観しておけば、国譲中巻には、藤壺（あて宮）が皇子を生んだ九日の産養《うぶやしない》の儀式には、右大将の仲忠が贈った蓬莱山の造り物のことがみえる。

右大将殿、大いなる海形《うみがた》をして、蓬莱の山の下の亀の腹には、かぐはしき裛衣《えひ》を入れたり。山には、黒方・侍従・香衣香《くのえかう》・合はせ薫物《たきもの》どもを土にて、小鳥・玉の枝並《な》み立ちたり。海の面《つら》に、色黒き鶴四つ、皆しとどに濡れて連なり、色はいと黒し。白きも六つ、大きさ例の鶴のほどにて、白銀《しろがね》を腹ふくらに鋳させたり。それには、麝香、よろづのありがたき薬、一腹《ひとはら》づつ入れたり。その鶴に、

薬生ふる山の麓《ふもと》に住む鶴の羽《は》を並べてもかへる雛鳥

いづくよりともなくて、夕暮れのまぎれにかき据ゑたり。（国譲中・一三九二〜三）

黒が四羽、白が六羽の鶴が実物大だというように、この造り物は大きく、蓬萊山を亀が支えているというのは『列子』などの記述に沿う。地面には各種の香が用いられ、小鳥とともに「玉の枝」のあるのが注目される。平安朝の人々の蓬萊のイメージが、文献よりは、絵やこうした造り物によってリアリティをもっていたということである。(21)

楼の上上巻では、いぬ宮が京極殿に移った場面で、仲忠が「さもまぼろしのやうにも」と言ったのに対して、忠澄が「蓬萊の山にまかりたりつるにや」と応じている。この「まぼろし」は道士、『長恨歌』で臨印の方士（道士）が蓬萊宮の楊貴妃を尋ねたことをふまえている。その『長恨歌』をプレテクストとして引用することにより始まる『源氏物語』は、「中心と周縁の文法」として作品の全体を、その引用と変換によって枠づけることとなる。(22)

そして楼の上下巻、『うつほ物語』の終章では、八月十五夜の秘琴伝授が完成し、嵯峨院や朱雀院をはじめとする人々の讃歌のあと、朱雀院には俊蔭の「もろこしの集」の色紙絵一巻四十枚、嵯峨院には高麗笛を贈った。それを見た朱雀院が、「ここにこそ、今宵の物には、不死薬をもがなと思へ」と感謝している。『うつほ物語』では俊蔭一族の漢詩文と天人に起源する〈琴〉の音楽とが「不死薬」に匹敵し、それはあくまでも現世における学芸の理念なのであった。その『うつほ物語』は『竹取物語』をプレテクストとして物語世界を構成しており、そのさらなるプレテクストとして、『からもり』や『はこやのとじ』とも共通する漢詩文や仏典による神仙的な異界の想像力が作用していたということである。

八　〈昔〉と〈今〉の心的遠近法

もとより、冒頭と結末の語りの表現様式の史的な展開と、異界観の修辞的な変換とを直結させようというわけではない。けれども、その統辞における心的遠近法と意味論的な心的遠近法とは、ともに決定的な修辞における変換を達成することによって、「物語のいできはじめのおや」としての『竹取物語』、そして『からもり』や『はこやのとじ』のような最初期の作り物語を成立させたとみられる。

語りにおける〈昔〉と〈今〉との結合術は、物語される〈昔〉における異界と現世との関係をどのように捉えて作中の現在として現前させるか、そして、その物語世界の時空をテクストの装置として設定された語り手と聞き手とが共有する〈今〉にどう帰結させるかという問題である。

神話や伝説がたてまえとする事実性（信仰的な真実性）においては、指標となる事物そのものが〈昔〉から〈今〉への連続を保障し、その起源譚として語られていた。すでに示した用例でいえば、Gy神名、Hy国名、Iy祭の祭儀、Jy歌垣などである。そこでは〈昔〉と〈今〉とが同化しており、〈昔〉の叙事の枠は「き」を基調として表現されている。神話的な事実（幻視）を現前するコトは、言と事とが理念（イデア）として一致している限り、〈昔〉と〈今〉との差異をもたらしてはならない。律令王権国家のイデオロギーとしての連続と体系化を目的とした『古事記』や『日本書紀』が、それぞれの世界観の差異を示しつつも「昔」によって語り起こす叙述を排除しているのは、その対象化つまりは異化を避けるためであろう。

『風土記』や『万葉集』で用例を増している「昔」「昔者」などのムカシを発語とする叙述様式は、口承の語りを漢文体によって書き記す対象化の過程で出現している。あるまとまった古伝承を対象化する語りの表現法で、やはり訓読による基調は「き」により、「なり」「たり」「ぬ」といった助動詞や助詞、またむきだしの動詞や形容詞による言い切りによって作中の現在を表現している。その基調は漢文訓読によるものである。ムカシを無条件に昔話的な口承の語りに由来するというより、漢文や漢字による叙事の方法との混成によって生成した表現法とみるべきであろう。Kyの竹取の翁の伝承歌をはじめ、『万葉集』巻十六に集中する伝承歌の題詞は、歌そのものの〈今〉へと帰結している。

コトノモト系の起源譚が、事物そのものの持続よりも「諺」や「歌」であるとき、その語りは初期物語の方法へと近づいている。『万葉集』巻九の高橋虫麻呂による水江浦島子の長歌では、冒頭の「春の日の霞める時に……古《いにしへ》の事そ所念《おもほゆる》」と結末の「水江の浦島の子の家地《いへどころ》見ゆ」（一七四〇）との中間に、「き」と「けり」との混在が示されている。(23) 歌い手の現在が語りの枠をなし、さらに「反歌」一首の抒情の現在によって締めくくられる構造である。

『万葉集』の浦島子伝承歌も、『丹後国風土記』の浦島子伝承も、ともに「昔」による語りの表現を採ってはいない。事実としての伝承性が強いためであろう。トコヨ（常世）が「蓬萊」と記されているのも、漢籍の知による権威が事実性として作用している。『万葉集』の浦島子伝承歌で「き」と混在して現象している「けり」は、語りの現在の意識が強く現れたものとして、まさしく〈昔〉と〈今〉とを主観的に繋ぐ心的遠近法の辞としての先駆だといえる。『万葉集』巻十六「由縁ある雑歌」の題詞や左注が「昔」や「昔者」で始まり「也」を伴うことは、初期物語の前史といえるのであるが、あくまでも漢文体であり、「かな」文字による「けり」体の和文との径庭は大きい。

この「けり」が基調となるとき、『伊勢物語』や『大和物語』のような歌物語の叙述様式へと近くなる。歌物語では、By「とぞ」やCy「となむ」のような伝聞様式で結ぶ章段よりも、歌によって終わっているものが多い。『丹後国風土記』逸文の浦島子伝承もそうであり、後人の詠歌といったかたちで、その時々の現在の歌を付加しているのでもある。

本章では、漢文世界における神仙譚との径庭を確認しつつ、トコヨ（常世）が「蓬萊」という漢語と結合し、その異界との交通が信じられているとともに、「蓬萊」が理想的だが不可能性の隠喩となり、また否定的な修辞となる表現史の過程をもたどってみた。蓬萊そのものの実在は疑わずとも、そこを訪れることの不可能性、そして否定の喩としてのありようが、初期物語の表現として示されていたのである。異界と現世との分離や対立は、現世の側に主題的な視座をおいた物語の、神話からの変換を決定的に示している。平安朝かな物語とは、現世の人間の生活を焦点化した語りなのである。

かな物語テクストの「けり」体による語りの枠は、「来あり」に由来する「けり」の伝来性によって、作中世界の〈昔〉を〈今〉に同化する表現機能をもつ。聞き手としての読者は、その想像力によって物語世界内の現在を生き、そして異化して離れることを繰り返す。その心的遠近法の指標が、「けり」や「き」、そして多くの時制に関わる、時枝文法でいうところの〈辞〉である。初期物語文芸においては、すでに「事」と「言」との差異が自覚されており、そうした「言の葉」の表現がもつ虚構化の機能を修辞的な〈あや〉として積極的に用いることによって、とりわけ『竹取物語』をはじめとする「作り物語」が生み出された。

事実と虚構とのはざま、言の葉を飾る〈あや〉としての修辞に遊ぶ物語文芸は、神話や伝説といった口頭伝承の〈もどき〉（パロディ）の位相にある。そこには、異界を起源として支えられてきた世界観の変換があった。初期物語の作者たちは、中国の漢詩文や仏教関係の書物、内外にわたる歴史書や詩文、そして口頭伝承をも規範としながら、「かな」文字により物語を書くことの試行と実験を、さまざまに繰り広げていたはずである。現世における人間の生活を焦点化した物語は、中国においてもすでに、六朝志怪を発展させた唐宋の伝奇として成立していた。そこには筆記者または語り手による語りの枠や、「草子地」というべき表現もみられるが、多くは「記」としての史実の記録の表現様式によっている。

事実の伝承性をたてまえとする歌物語の場合、作り物語よりは〈昔〉と〈今〉との断絶は少ない。そこに語られた物語内容が虚構であるか否かということではなく、たてまえとしての事実性の持続を、コトノモトとしての歌そのものが支えているからである。とはいえ、『伊勢物語』の場合には、そのゆるやかな主人公の「男」の一代記的な構成が、個別の章段をより大きな物語の話型に組み込んでいる。それは、作者層の異なる何段階かの増補によって現在の本文形態へと成長したと考えられているが、その最初から複数の作者が会した場において生成した可能性もある。(24)

平安朝においては、歌合や屏風歌など、集団的な場における歌の製作や集成がしばしば行われ、後世には物語合もある。『竹取物語』や『からもり』そして『はこやのとじ』なども、あるいはまた一人の作者によるものではなく、集団的な場において成立し、それが作者名を記さない匿名たる理由のひとつかもしれない。『うつほ物語』は、漢文的な知と和歌の才能を備えた文人たちによる共同製作の可能性が大きく、それが、たんなる伝本の乱れによるのではない、多様な文体と物語内容の矛盾や不整合を内在している原因であるとも考えられる。

第5章　うつほ物語の〈琴〉と王権

一　隠喩としての〈琴〉

『うつほ物語』は、物語の全体にわたって〈琴《きん》〉の楽の音を鳴り響かせている。[1] その中心である俊蔭一族による〈琴〉の始源を語るのが俊蔭巻であり、十六歳で遣唐使として派遣される途中で難破し、「波斯国」（ペルシア）に漂着した清原俊蔭が異国から異界へと旅をして、天人たちから〈琴〉の奏法を修得し、阿修羅たちの伐る宇宙樹というべき巨大な桐の木の一部を得て作られた神話的な起源の〈琴〉のうち、十二の〈琴〉をたずさえて帰国する過程から始まっている。最後の遣唐使は承和二年（八三二）だから、時代設定はそれ以前ということになる。

この俊蔭の漂流譚は、十世紀の平安朝における世界地理の認識と、仏教における六道輪廻の世界観とが交錯したものであるが、さらに、神仙思想（道教）や儒教、また日本の神話的な伝承要素も、〈もどき〉というべき引用と変換の手法によって混成している。そうした思想的な基盤と〈琴〉の物語との関連を問うためにも、俊蔭の異界訪問譚の概略を確かめておくことにしたい。

唐に行くはずの俊蔭の舟が「波斯国にはなたれ」て渚に打ち寄せられたとき、俊蔭は七歳から本尊として信仰していたという「観音の本誓」を念じ、「青き馬」が出現したのに乗って飛んだ。そして、「清く涼しき林の栴檀の陰に、虎の皮を敷きて」〈琴〉を弾く三人に会い、まずその奏法を伝授された。この三人には仙人の趣がある。俊蔭は日本にいたときも「心に入れしものは琴なりしを」とあって、三人の「きん」というかな表記に対して「琴」という漢字表記なので、俊蔭がそれまでに〈琴〉を習っていたのかどうかは不明である。ともかく、俊蔭はこの三人から「ひとつの手残さず習ひ」取ったという。

このあと、俊蔭は木を倒す斧の声を遙かに聞き、琴の音に通う響きを尋ねて西に向かい、三年後に巨大な桐の木を倒して割り木作る阿修羅たちと出会う。誰かと問われたとき、俊蔭は、先の〈琴〉を弾く三人に対するのと同じく、「日本国王の使、清原の俊蔭」と名のっているが、怒った阿修羅は食い殺そうとする。俊蔭は父母への「不孝」の罪のつぐないに「琴」の声を聞かせたいからと、この木の片端を求めるが、阿修羅は自分たちの滅罪のために木作るのだからと、ますます怒る。日本国王の権威も、儒教的な「孝」の論理も、阿修羅には通じない。

この危機を救ったのは、激しい雷雨となり、龍に乗った童《わらわ》が「三分の木の下の品は、日本の衆生俊蔭に施す」という金札を阿修羅に取らせたからであった。驚いた阿修羅は俊蔭を伏し拝み、「あな尊《たふと》、天女の行く末の子にこそおはしけれ」と言って、この木が「大福徳の木」であり、「下の品は声」により長き宝となると教えた。そこに「天若みこ《あめわかみこ》」が天降って〈琴〉を三十作り、音声楽とともに「天女」が下って漆を塗り、「織女《たなばた》」が緒を縒りすげて昇天した。

そこからさらに西の「栴檀の林」に移った俊蔭が、〈琴〉の音を試みると、二十八の〈琴〉は同じ音色で、あとの二つの「半ばを二つに作れるは、山崩れ、地割れ裂けて、七山一つに揺すり合ふ」という霊力を示した。「半ば」というのは、桐の巨木の中間部で、天女が阿修羅たちに「万劫の罪半ば過ぎ」たときに伐り倒して三分せよと伝えたという中で、「上《かみ》の品は、三宝より始め奉りて、忉利天まで及ぼさむ。中の品は前《さき》の親に報い、下の品をば行く末の子どもに報いむ」という「中の品」にあたる。罪を起源とした天界から人界への転生の論理と、報恩の発想がここに示されている。

その三年後に「花園」に移ってこの二つの〈琴〉を弾くと、「大空に音声楽して、紫の雲に乗れる天人」が七人天降り、俊蔭を「天の下に、琴弾きて族立つべき人」だという。天人は自分たちのことを、「昔、いささかなる犯し」があって、「ここより西、仏の御国よりは東、中なる所」に七年いて七人の子がいるから、その「極楽浄土の楽に琴を弾き合はせて遊ぶ人」から奏法を修得して帰国せよという。この霊力の強い二つの〈琴〉を「南《なん》風」と「波《は》斯《し》風」と名づけたのも、この天人の七人の子たちである。

そして、俊蔭がこの七人の天人たちの子と、「阿弥陀三昧を琴に合はせて七日七夜念じ」ていたときに、文殊を伴った仏が出現した。仏は俊蔭の宿命について、「生々世々に人の身」を受けるべき者ではないが、前世の「淫欲の罪」のために輪廻転生しているのであり、「この山の七人にあたる人を、三代の孫に得べし」と予言した。俊蔭はこの山の七人と仏たちにも〈琴〉を献上し、波斯国を経て「交易の船」で帰国したのは二十三年目であり、三十九歳になって父母はすでに没していた。

上原作和は〈琴〉の伝統について、正倉院御物「金銀平文琴」の装飾に関して、儒教的な礼楽思想から出発しながらも、竹林の七賢のような神仙的な老荘思想が作用しているという。また、「法華経変相図」における浄土思想をも含む思想的な系譜と〈琴〉との結びつきをも確認して、その〈換喩《メトニミー》〉としての伝統の中に、『うつほ物語』の〈琴〉を位置づけている。(2)『うつほ物語』における〈琴〉は、「孝」と結びついた儒学を核とする文人の、超現実的な精神の宝器としての性格を示しているが、神仙的な要素を内在させて、仏教的な輪廻転生の思想と結合し、特に「天人」の子孫としての隠喩《メタファー》であることが重要である。

俊蔭は帰国後に、その文人としての評価により、東宮学士から式部大輔兼左大弁にまで昇進するが、帝に東宮の「琴の師」となれば中納言にすると言われたとき、それを拒んで官位を辞した。その理由は、父母への不孝の原因が、遣唐使に任じた帝にあるからであるという。そこには、遣唐使に派遣されて身を滅ぼした人々や、その廃止を実現した菅原道真らの文人たちに通じる怨念が感じられる。とはいえ、それだけならば、帰国後に文人として仕え、東宮の「琴の師」となることを拒否して新築した京極邸に籠もり、一世の源氏であった妻に生まれたひとり子の女《むすめ》にのみ〈琴〉を習わせた理由とならない。

俊蔭には、自分とその一族が「天女の行く末の子」であることがもっとも重要であり、〈琴〉はその証しとしての隠喩であった。〈琴〉を修得して仏にまで対面し、秘琴を得て帰るまでの異界の旅において、「日本国王の使、清原の俊蔭」という権威など、何の役にも立たなかった。〈琴〉が父母への「孝」の心を象徴し、天皇への忠よりもまさる価値をもって、現世における出世よりも大切であったのは、俊蔭にとっての〈琴〉が、現世の王権をも超越していたからである。俊蔭一族にとっての〈琴〉は、朝廷という現世の王権をになう天皇との対立をもたらし、これを批判し相対化しうる物語の〈もどき〉の根源としてある。

とはいえ、俊蔭の子孫たちは、平安朝の貴族社会を生きるためには、現世の王権と関わって再生していく他はない。以下では、『うつほ物語』における俊蔭一族の〈琴〉がもつ超現実的な精神と霊力によって、物語社会内における現実との緊張関係の中で、音楽と響き合うことばの世界をどのように生成しているのか、そのゆらぎと裂け目に注目しつつ検討していきたい。

二　俊蔭一族と〈琴〉と貴族社会

俊蔭女《としかげのむすめ》が十二、三の年に、その「光りかがや」く美しさと心のすばらしさの評判のため、帝や東宮も求婚してきた。これに対しても、俊蔭は拒絶して、「むすめは天道にまかせたてまつる。天の掟《おきて》あらば国母婦女（夫人カ）ともなれ、掟なくは山賤《やまがつ》民子ともなれ。我乏《とも》しく貧しき身なり。いかでか高きまじらひはせさせむ」と言い、家の門を閉ざして、娘に〈琴〉をのみ習わせた。
帝は「朝廷《おほやけ》にかなふまじき者なり」と、俊蔭を治部卿兼宰相にしたという。治部卿は閑職ではあるが、雅楽寮の管轄をも含み、宰相（参議）の兼任というのは、明らかに昇進である。「朝廷にかなふまじき者」とは、服従しないが無比の才能をもつ者としての評価であろう。俊蔭女が十五歳の年に母が死に、やがて俊蔭も、京極邸の「乾《いぬゐ》の隅《すみ》」に深く掘った穴の中の、沈香の上に隠した「南風」と「波斯風」のことを遺言して死ぬ。

その二つの〈琴〉が他人に秘すべき「長き世の宝」であること、そして、「幸ひあらば、その幸ひ極めむ時、災ひ極まる身ならば、その災ひ限りになりて命極まり、また、虎・狼・熊・獣《けだもの》に交じりさすらへて、獣に身を施《せ》しつべくおぼえ、もしは、伴《とも》の兵《つはもの》に身を与へぬべく、もしは世の中にいみじきめ見給ひぬべからん時に、この琴《こと》をば掻き鳴らし給へ。もしは、子あらばその子十歳のうちに見給はむに、さとくかしこく魂ととのほり、容面《ようめい》心、人にすぐれたらば、それに預け給へ」というのが、その遺言である。

物語において、遺言や予言は実現することが原則であり、やがて俊蔭女に訪れる災いと、それを克服したあとの幸いと〈琴〉との関係も、この遺言の内容とほぼ一致している。「南風」と「波斯風」という二つの秘琴は、この遺言にもあるように、俊蔭女から息子の仲忠へ、そしてこの物語の結末である楼の上上巻では、孫娘のいぬ宮へと伝授され継承されていくはずの「長き世の宝」である。そこには、「この二つの琴《こと》の音せむ所には、娑婆世界なりとも、必ず訪《とぶら》はむ」という、天人たちの約束への、俊蔭の信頼が賭けられていた。

俊蔭女は、荒れ果てた京極邸で天涯孤独の身となり、そこを偶然に訪れた太政大臣の子である若小君がかいま見して、一夜の契りを結び、仲忠が生まれた。仲忠は母のために食べ物を得る奇蹟とも結びついた孝子であったが、困窮した母子は北山の奥深い木の「うつほ」（空洞）で暮らすようになり、動物たちに助けられながら、俊蔭女は仲忠に〈琴〉を教えた。そこに、北山に籠もった東国の反乱軍を鎮圧に来たかつての若小君、今は兼雅という大将が、仲忠と出会って俊蔭女とも再会し、妻子として貴族社会に引き取るのであった。その最初の出会いの情景、そして再会の場面においても、〈琴〉の音が響き導いている。

「琴」の音が男女の出会いや再会を導くのは、王朝物語における類型といってよいのであるが、『うつほ物語』における〈琴〉は、その奇瑞の霊力においてきわだった特性を示している。北山における兼雅との再会の前に、俊蔭女は鳥や獣をも殺し食う反乱軍を目の当たりにして、俊蔭の遺言を思い出し「南風」を弾くと、反乱軍の武士たちは崩れた山に埋もれて壊滅したのである。その「琴の声」が兼雅を北山の「うつほ」へと導いたのであった。

このあと、物語の舞台は一変して、京の都の貴族社会の現実世界を場として展開していく。以上は俊蔭巻の物語世界における〈琴〉を中心とした概略であるが、藤原の君巻に始まる、左大将正頼の娘あて宮への求婚を中心とする貴族たちと宮廷の物語においても、仲忠、そして俊蔭女の〈琴〉は、貴族たちの芸道の中で異彩を放ち、楼の上下巻におけるいぬ宮への秘琴伝授の奇瑞で頂点を迎えて終わるのである。

河合隼雄は、『うつほ物語』をめぐる論者との対談において、日本では「男―女―男」という三幅対が重要で、『うつほ物語』には、正頼―あて宮―皇子という「世俗の三幅対」と、俊蔭―俊蔭女―仲忠という「精神世界の三幅対」とがあるという(3)。二十巻にのぼる『うつほ物語』の長編的な構造は、俊蔭巻に始まる超現実性の強い俊蔭系と、現実性の色濃い藤原の君巻に始まる正頼系との複合といえるのであるが、その交点として仲忠とあて宮との恋物語があるものの、この二人は結ばれない。多くの求婚者たちの中でも、仲忠は最有力の候補であり、あて宮と〈琴〉により心を通わせ合うものの、あて宮は皇太子妃となり、多産でやがて我が子を立太子させる政治的な現実の人となる。仲忠は朱雀帝の女一宮を妻として、貴族としての地位を固めていく。『うつほ物語』からは、確かに「世俗の三幅対」と「精神世界の三幅対」との対比を読むことができるのであるが、俊蔭一族における〈琴〉の超現実性をより根源的に担っているのは、仲忠ではなく俊蔭女である。

『うつほ物語』は、きわめて雑多な小さな物語群を、俊蔭系と藤原の君系とに複合して成り立っており、その全体構造を単純化していえば、俊蔭による「浦島型」の異界訪問譚を序章として、あとは『竹取物語』の構造と要素を相似的に拡張したものだとみなしうる。『竹取物語』は、天女が現世に転生して竹取の翁の娘として生活し、八月十五夜に月の都へと天人たちに迎え取られて帰る「羽衣型」を物語の外枠とし、その内部に五人の求婚者たちと帝の求婚の物語を組み込んで成立していた。その「羽衣型」にあたる物語主人公としてのかぐや姫を俊蔭女にわりあて、そこで俊蔭一族の〈琴〉と漢詩文の伝承の物語が展開している。そしてその内部に、求婚譚の物語主人公としてのかぐや姫を原型とするあて宮求婚の物語と、正頼一族を中心とした貴族社会の物語が嵌め込まれているのである。(4)

論者の立場からは、俊蔭系の一族の四代にわたる物語が、「男―女―男―女」という、男系と女系とが交互に組み合わされた〈ひとり子〉の系譜としてあり、〈琴〉の家系として一貫しているとともに、漢詩文の家の学問からは、「女」が排除されていることに注目しておきたい。現世における俊蔭にとって本来である学問の家の仲忠への継承は、俊蔭の書物と秘宝が仲忠にもたらされる蔵開上巻に象徴的に表現されている。中納言となった仲忠は、今は廃墟のようになった京極邸の西北の隅の蔵から、累代の詩文集や歌集はもちろん、「薬師書《くすしぶみ》、陰陽師書、人相する書、孕み子生む人のこと言ひたる」書物のあることを、その目録によって俊蔭女に示した。そのとき、俊蔭女は、「あなゆゆしや。昔人は、ことさらおのれをば惑はさむとこそ思しけれ」と、俊蔭が自分の出産や苦難の克服に役立つ書物を、自分に伝えてくれなかったことを嘆いている。

これに対して仲忠は、俊蔭は賢く配慮してそうしたのであり、俊蔭女が持っていたならば「今まではありなましやは」と、残らなかったであろうと答えている。京極の蔵は、祖先の霊が守って近づく者を殺し、仲忠の他は開けられなかった。そこには香などもあり、翌年生まれるいぬ宮には、蔵の「産経《さんきょう》などいふ書ども」などから女子であると判断して容貌と心の良くなる食物を与え、その産養の儀式なども書物の作法通りに盛大に催された。仲忠は大将に昇進し、帝に父祖の詩文集を講じてもいる。

こうして、仲忠が学問の家の継承者となり、女一宮の女子を儲けて貴族社会の現実に確固たる地位を占めていくのと並行して、〈琴〉の伝授は、仲忠がその場を設定してはいるものの、その秘琴の伝授が完了する楼の上下巻においては、俊蔭女からいぬ宮へという、「女―女」関係を主としてなされるのである。とはいえ、宮廷における俊蔭女の〈琴〉もまた、貴族社会の現実と無関係ではありえなかった。そこには、物語の〈王権〉をめぐる「精神世界」と「俗世界」との矛盾と相克の相が示されている。

三　王権と夢と祝祭

『うつほ物語』において、朝廷の現実王権と俊蔭一族の〈琴〉、そして正頼一族の摂関家的な王権索求の物語とが出会うのは、祝祭の時空における男女関係としてである。

あて宮への求婚物語の中で、俊蔭巻には、兼雅邸における相撲の節会の還饗《かえりあるじ》のとき、正頼があて宮を禄として与えることを約束して、仲忠に〈琴〉を弾くことを所望した記述がある。また、吹上上巻と下巻には、神泉苑での紅葉賀の場面で、仲忠と涼とが弾いた〈琴〉の音に感動した帝が、涼にあて宮、仲忠に女一宮を禄として与えるという宣旨が下っている。他方で、嵯峨院の巻の詩宴や菊の宴巻における残菊の宴では、東宮が正頼にあて宮の入内を要請していて、結局はその通りになっている。

これらの記事を『うつほ物語』の成立過程で生じた矛盾と解釈した従来の論に対して、室城秀之は、〈琴〉にまつわり仲忠や涼にあて宮を与えるという正頼や帝の発言は、祝祭の時空における戯れであり、あて宮の入内は、正頼家の「政治的な存亡を賭けた重大な選択であった」という。藤原の君系のあて宮求婚の物語の中では、仲忠や涼も、行正・仲頼・忠こそ・藤英といった「孤の存在として学問・技芸によって成り上がってゆこうとする人々」の同類であり、正頼と妻の大宮との日常的な会話における婿の候補者としては、まったく言及されていないのである。(5)

『うつほ物語』においては、音楽や学問にまつわる祝祭の論理と、日常的な貴族生活における現実的な政治の論理とが交錯しつつも、二項対立的な差異による限界が確かにみられる。あて宮求婚譚から国譲巻における皇位継承争いへと続く藤原の君系の物語にあっては、日常的な現実の論理を、〈もどき〉の生成力を秘めた祝祭の論理がくつがえすことはない。にもかかわらず、そうした仲忠や涼の限界の中にも、〈琴〉の霊力は作用し続けている。それは、学問や音楽による超現実の精神を持続しながら、それによって政治的な現実世界における勝利をも達成していくという、俊蔭が一族に課した可能性の実現であった。

これに関する研究史をふりかえっておけば、室城は、成立過程の研究以後に、この矛盾の多い物語を「あるがままに読み解いていこうという姿勢」を示した研究として、論者（高橋亨）による旧稿を「王権物語」、三田村雅子の論を「祝祭の論理」という用語で受けとめている。そして、「琴《きん》の秘伝伝承の物語は、俊蔭一族の王権獲得の物語として一方の軸となっており、あて宮への求婚をめぐる物語は正頼家の王権獲得の物語として、前半の求婚譚のみならず、後半の立坊争いまで、一貫していま一方の軸となっていると考えるのである」という。俊蔭一族と正頼家の双方における「王権獲得の物語」は、「祝祭の論理」と不可分なものである。(6)

やはり〈王権〉を『うつほ物語』研究のキーワードとした宗雪修三は、「物語を生み出す想像力の根底にある発想の仕方」として、神南備種松という紀伊国の吹上の長者が娘を女蔵人として得た涼という帝の落胤の物語が「原型」だとする。「結論的に言えば、種松→涼の〈王権〉索求の型が差異化しながら反復されることによって、俊蔭一族の〈王権〉索求と正頼一家の〈王権〉索求とが生み出され、それぞれが独自に成長すると同時に相互に干渉し影響し合いながら主題を生成してゆくのである。つまり一方は琴の霊力によって〈王権〉をめざし、一方は絶大な財力をバックとした祝祭によって〈王権〉を自己の勢力の中にとりこめようとする」とまとめている。(7)

ここで宗雪が「原型」というのは、構造的に捉えた主題生成の図式であって、成立論として涼の物語が原型だというのではない。源涼が、嵯峨院の落胤でありながら、朝廷を怨んで山に籠もった弥行という反逆者の〈琴〉を伝承し、仲忠のライバルとして登場するのは吹上上巻においてである。涼は都の外部を始源とする〈琴〉の伝承者であり、あて宮への求婚者として仲忠の好敵手であることにおいて、確かに仲忠と共通している。しかし、帝の落胤であること、また神南備種松という辺境の長者を祖父としていることは、異界の「天人」に起源する俊蔭一族の〈琴〉とは異質なのである。宗雪がいうように、その財力は正頼一家に通じるのであって、いわば俊蔭一族と正頼一家の媒介項というべき位置にある。

この源涼の登場は、仲忠にとっては、その〈琴〉の能力の超越性をおびやかされる危機を内包していた。涼が育った吹上の種松邸は、帝の宮廷をもしのぐほどの財力を示すとともに、四方四季の神話的な異界性を示している。とはいえ、それはあくまで現世における権力基盤であった。涼が弥行から〈琴〉を伝授された熊野に対応するのは、仲忠が北山の「うつほ」で母俊蔭女から伝授されたことであり、それも共通する要素であるのだが、仲忠の貴族社会における現実基盤は、父の右大将兼雅にある。蔵開きによって俊蔭一族の漢詩文の家の後継者となるまでは、天人の末裔という俊蔭に対する予言も、いわば秘められたままである。

その仲忠と涼との〈琴〉の競演は、神泉苑における紅葉賀の宴を場として行われた。これは、大井田晴彦がいうように、「琴の家と朝廷の対立」という問題を再浮上させるものでありつつ、物語の嵯峨院を史上の嵯峨天皇の学芸において優越的なイメージと響かせている。(8) 始めに仲忠は「せた風」を、涼は「花園風」を弾くが決着せず、次には、仲忠が「南風」、涼が「すさの琴」を弾くと、天人が舞い降りたという。感激した帝が、二人に正四位と中将の官を与え、涼にあて宮、仲忠には女一宮を与えると言ったのである。ここには、現実の王権の優位とともに、涼が源氏であることの優位が示されているとみることも可能であり、仲忠を相対化して世俗化し、貴族社会の現実に組み込んでしまう危機が示されている。

こうした仲忠が、俊蔭の三代の孫として、その超現実的な霊力によって再生するのが蔵開巻であり、京極邸の蔵の霊異と出会い、「先祖の御霊」に祈ってこれを開けたことによってである。そこから得た累代の書物が、仲忠に学問の家としての自覚をうながすとともに、いぬ宮の誕生において用いられ、〈琴〉の家としての意識をも呼び起こしている。仲忠は、父兼雅の三条邸から、かつて俊蔭が娘に与えて伝授し、さらに母から北山の「うつほ」で仲忠自身が伝授された〈琴〉である「龍角風」を取り寄せて弾き、産後の女一宮の枕元に置いている。

そして、蔵の唐櫃から発見された「香」が、俊蔭女と女一宮に与えられ、書物の中にあった俊蔭の父の日記と母の歌集、俊蔭自身の詩集が、帝の要請に応じて仲忠によって講読されている。また、仲忠は、京極の地に新たな邸宅を構えて、その楼が、やがて俊蔭女がいぬ宮とともに籠もって秘琴を伝授する聖なる空間となるのである。こうして、仲忠は俊蔭一族の清原という「家」を再興した。その「家」は男系によってのみ系譜化されるものであり、漢詩文の学問を中心としたものであった。

とはいえ、仲忠の父兼雅は藤原氏である。「藤原の君」として登場する正頼は「一世の源氏」なのであって、「藤原の君」は幼名で、母が藤原氏であったとみられ、この物語には、同時代の摂関家的な政治権力を握る正頼が「一世の源氏」であるという、源氏と藤原氏との対抗関係が明白な『源氏物語』とは異なった奇妙な倒錯がある。仲忠と朱雀院の女一宮とのあいだに生まれたいぬ宮は、やがて入内することも予想されるのであるが、それが実現したとしても、藤原摂関家としての「王権」への現実的な参入にすぎない。

『うつほ物語』を「王権物語」として位置づけうるのは、『源氏物語』への展開を主とした平安朝の物語史において、たんに主人公たちが皇位継承など現実の「王権」と関わるからではない。それを〈王権〉と表記するのは、政治社会的な現実を超えた理念あるいは幻想だからであり、『うつほ物語』においては、俊蔭一族の〈琴〉と漢詩文の学問とが、現実の「王権」と関わり相克していくことが重要なのである。それは、現実の天皇の位や、娘を后として入内させ、生まれた皇子を即位させてその外戚として権力を握る、同時代の摂関政治に帰着する問題ではない。物語主人公たちの〈王権〉をめぐる象徴的な理念性と、皇位に関わる政治権力との矛盾相克の要素が、この物語に独自な〈もどき〉の手法による主題的な意味の生成力となっている。

俊蔭巻で、異界の旅から帰国した俊蔭は、帝と東宮からの求婚をも拒否して、「むすめは天道にまかせたてまつる。天の掟《おきて》あらば国母婦女（夫人カ）ともなれ」と、その運命を「天」に託して、娘にのみ〈琴〉を伝授していた。それはひとえに、東宮に〈琴〉を伝授することを拒んだからであり、そこに「天人」を始源とする俊蔭一族の〈琴〉の、現実「王権」との根源的な対立があった。仲忠の〈琴〉は、その超越性を示すものではあっても、むしろ物語内の現実「王権」と貴族社会に参与するための力であった。俊蔭一族の死と再生の物語として読むとき、ある意味でこれは当然のことであるともいえる。俊蔭女にしても、孤独な困窮の中で後の兼雅にあたる「若小君」とめぐり逢って仲忠を生み、北山の「うつほ」の生活という試練を経て、兼雅によって貴族社会に迎え取られて「北の方」としての地位を確立したのであった。

ここで強調しておきたいのは、にもかかわらず、俊蔭女によって、俊蔭一族のより根源的な〈琴〉の力が示されていることである。それは、内侍のかみ（初秋）巻において、朱雀帝が俊蔭女と交わした祝祭的なことばの時空において、〈琴〉の禄として自分を与えるとして尚侍に任命したことに示されている。同じく〈琴〉の禄として仲忠に女一宮を与えることと一連の行動ではあるが、より直接的な「王権」への参与として、「国母夫人」に匹敵する位を得たのである。それが現実的なものであるよりも、帝に対して〈琴〉の霊力の優越性を示しているところに、超現実的な〈王権〉との結合がある。(9)

そして何よりも、楼の上下巻の結末、この物語の最後が、「内侍の殿《かん》」「内侍のかみ」などと呼ばれる俊蔭女による、いぬ宮への秘琴伝授の達成として結ばれていることが象徴的なのである。仲忠もともに弾いてはいるのだが、その主役は俊蔭女といぬ宮であった。そこでは、帝や院をはじめとする現実の「王権」や政治権力につらなる男たちの〈公《おおやけ》〉は排除され、その〈琴〉の音色が喚起する奇瑞を仰ぎみるばかりである。

いぬ宮への伝授は、京極邸の東の楼で、一年をかけて、四季の自然と交感しながら催されており、十一月から翌年の二月までは、楼を降りた寝殿でも行われている。源涼も京極邸を訪れるが、兼雅はもちろん、いぬ宮の母である女一宮も、二月末から再び籠もった楼の上の秘琴伝授の場からは隔離されている。七月七日に、洗髪のためにいぬ宮は、俊蔭女とともに楼の南の浜床に降り、俊蔭女が「南風」と「波斯風」を、いぬ宮が「細緒」を、仲忠が「龍角」を弾いて、月の巡りに星が集まり、「世になう香ばしき風」が吹く奇瑞が起きた。それを見聞して宮廷に伝えたのも源涼である。そのとき、かつて孤独な俊蔭女の世話をした「さがの」という嫗の子孫も訪れ、その夜に俊蔭女は、父俊蔭の夢も見たという。

八月十五日に、いぬ宮は楼を降りて、美しく成長した姿を現した。嵯峨院と朱雀院をはじめとする人々がいぬ宮と俊蔭女の〈琴〉を聞くために京極邸に集まり、あて宮も帝の許しを得てやって来た。嵯峨院と朱雀院とのたっての要請に応じて、「内侍のかみ」俊蔭女は、「龍角風」「細緒」「波斯風」を順に弾き、天変地異の奇瑞が起こった。この〈琴〉の音は内裏にまで響き、ことに俊蔭の遺言が籠められた「波斯風」の音は人々の涙を誘い、仲忠も「親」とも思われず「気《け》恐ろしきまで悲し」く思ったという。そして、いぬ宮が弾いた「龍角」の音は、「大将の御手よりはまさりたり」と、大将仲忠自身も「あやし」と思うほどであった。仲忠が、その秘琴伝授の演出者ではありえても、俊蔭の秘琴を伝える中心は俊蔭女であった。

この八月十五夜の秘琴伝授の完成の場面では、嵯峨院が、故俊蔭が娘に遺言したのが「細緒・波斯風」だと発言するなど、「南風」に代わって「細緒」が浮上している。そこには、俊蔭女による仲忠への「龍角風」伝授をふまえて、いぬ宮への「細緒風」伝授という、〈琴〉の一族の物語としての新たな展開が示されている[10]。

この日の〈琴〉の演奏の禄として、「内侍のかみ」俊蔭女は正二位となり、俊蔭には中納言が追贈されて、京極の邸も叙爵した。仲忠が望むいぬ宮の東宮への入内も、実現の可能性が強まった。こうして迎えた八月十五日の秘琴伝授の大団円における超現実性は、俊蔭女が『竹取物語』のかぐや姫の末裔であることを、あらためて印象づけている。

『うつほ物語』における俊蔭一族の〈琴〉は、現実の「王権」と結合しつつも、これを相対化し超越する〈もどき〉の力によって、物語における幻想の〈王権〉へと通じている。俊蔭一族の「男—女—男—女」という天人に起源する「ひとり子」の物語の系譜は、『竹取物語』を承けて『源氏物語』へと通じる、物語史の生成過程においても重要な意義をもつ。

第6章　歳時と類聚――かな文芸の詩学の基底

一　類聚の時代の歳時

和漢の並立や混淆ということが、平安朝を含めた日本文化の基調であった。漢詩文を媒介にしてこそ、「やまとうた」としての和歌が成立したし、史書や漢文伝なしに物語文芸の成立もなかった。「かな」表記による日本語の表現は、口頭言語と漢字との重なりと差異（ずれ）を自覚させつつ展開し、〈同化〉とともに〈異化〉の詩学ともいうべきものを内在させていた。「文《ふみ》は　文集。文選、新賦。史記。五帝本紀。願文。表。博士の申文」と『枕草子』は記し、その筆頭の「文集」と一般化された呼称が『白氏文集』を意味することは象徴的であり、他の作品も含めて、平安朝のかな文芸の基底としての漢詩文の重要性を示している。

しかしながら、これまでの平安朝かな文芸の研究史においては、『古今集』の歌ことばの美学や詩学というべきものを起点としつつ、『源氏物語』をその到達点とする論の地平が主流として確立してきた。その成果は、美しい四季の景物と融合した心の表現が、恋や哀傷の物語を生んだと一般化されてきたが、「あはれ」や「もののあはれ」による同化（感情移入）の論による呪縛に捕らわれてはいなかったかと、あえて批判的に反省したい。

具体的には、『古今集』においては物名や誹諧の歌、掛詞や縁語における「遊戯性」といわれてきた要素を含めた詩学を考えつつ、『古今六帖』や『和漢朗詠集』をもっと重視し、また、『竹取物語』の掛詞による言語遊戯や語源譚パロディの系譜、あるいは『枕草子』における〈もどき〉の表現手法を、漢詩文の引用と変換とともに、『うつほ物語』から『源氏物語』に至る「かな文」の詩学に含めて再考すべきだということである。

『枕草子』は「集は　古万葉。古今」（六五段）とし、「古今の草子」を前にした中宮定子が、歌の上の句（本）を言って下の句（末）を女房たちに問い、多くを答えられなかったとして、「中にも古今あまた書きうつしなどする人は、みなもおぼえぬべきことぞかし」と記す。そして、村上帝の宣耀殿女御が、姫君のときから父に「御手」（書）と「琴《きん》」と「古今の二十巻」を学ぶように教えられ、それを聞いた帝が、「その月、何のをり、その人の読たる歌はいかに」と全巻にわたって夜更けまで試したところ、少しも間違えなかったというエピソードも記されている（二〇段）。

『古今集』が歌の規範として評価されていたことを示すとともに、宣耀殿女御が例外で、一般の女房たちが多くを暗記していたわけでもないことが知られる。むしろ「古万葉」とあることが特異で、『新撰万葉集』に対する『万葉集』であり、天暦五年（九五一）に村上天皇が梨壺に撰和歌所を置いて『万葉集』に訓点を施させ、『後撰集』をも撰ばせた。その寄人五人の中に、源順らとともに清少納言の父清原元輔もいた。『古今六帖』に『万葉集』と重なる歌が多く載るのも、こうした背景と関わっている。

『枕草子』は、「春は曙」に始まる初段や、二段をはじめとして、「歳時」と「類聚」の文芸の典型であるが、その跋文で、「世の中にをかしきこと、人のめでたしなど思ふべき名をえりいでて、歌などをも、木草鳥虫をも言ひ出したらばこそ、思ふほどよりはわろし、心見えなりとそしられめ、ただ心ひとつにおのづから思ふ事を、たはぶれに書きつけたれば」という。次章でみるように、和歌的な美の伝統を意識しつつ、それを異化し、ずらしていく〈もどき〉の表現にこそ、『枕草子』の独自性がある。〈もどき〉は「あはれ」による同化ではなく、異化を強く内在させた詩学の基本である。『枕草子』の表現は、歳時意識を規範としながら、その中心的な行事や和歌的なことばの美意識をずらし、変換して自在な連想へと遊んでいる。

こうした問題意識のもとに、「歳時」と「類聚」の文化現象を、和歌から物語にわたる〈かな文芸の詩学〉の基底として捉えかえし、その一端を素描していきたい。

「歳時」という用語は、『礼記』などの漢語としてあり、『芸文類聚』の分類や『荊楚歳時記』にもあって、これらの漢詩文の影響が、歌集の編纂や年中行事の意識と関わっている。(1)日本における「歳時」の部立は、現存するものでは菅原道真による『類聚国史』が初見とみられる。その歳時部一にあたる巻第七十は欠けているが、二には元日朝賀〔宴会付出〕・二宮饗宴・卯日御杖・七日節会〔青馬付出〕、三には十六日踏歌・十七日射礼〔賭射臨時射付出〕・内宴・子日曲宴、四には三月三日〔上巳付出〕・五月五日〔駒牽六日付出〕・七月七日・相撲〔臨時相撲付出〕、五には九月九日・天長節・冬至〔朔旦冬至付出〕・大儺〔土牛付〕、六には告朔・二孟・曲宴〔十六日付出〕が記され、次の巻七十六も欠けている。

『類聚国史』は宇多天皇が道真に命じて編纂させたもので、山中裕によれば、この時代は「天皇中心の生活から、天皇と貴族の身内関係が深くなり、しだいに貴族中心の生活、後宮生活の発展へと変わっていく過渡期」であった。宇多に続く醍醐・村上天皇の時代は、年中行事の「貴族化」が進んだ時代である。(2)こうした律令的な王権の再編理念に基づきつつ、摂関期に変質した年中行事や歳時意識のありようは、同時代の政治社会の現実を反映しながら、私的な表現にも作用していた。

「歳時」という用語例そのものは、平安朝中期に多くはなく、二十巻本『倭名類聚鈔』の巻一「歳時部」第四には「春」「夏」「秋」「冬」を立て、それぞれの内に、「正月　初春、二月　仲春、三月　暮春」、「四月　首夏、五月　仲夏、六月　季夏」、「七月　初秋、八月　仲秋、九月　季秋」、「十月　孟冬、十一月　仲冬、十二月　季冬」とだけ記されている。

もっとも注目すべきなのが『古今六帖』で、第一帖が「歳時部」の「春」「夏」「秋」「冬」と「天」部である。ちなみに、第二帖が「山」「田」「野」「都」「田舎」「宅」「人」「仏事」、第三帖「水」、第四帖「恋」「祝」「別」、第五帖「雑思」「服飾」「色」「錦綾」、第六帖が「草」「虫」「木」「鳥」であり、この二五項目をさらに五一六ほどの題に分類している。『古今六帖』は白居易の類書『白氏六帖』に倣い、それを媒介に源順による『和名抄』(『倭名類聚鈔』)との関係も密接になる。(3)

関連するものとして、『千載佳句』が「四時部」に立春や早春などを立て、『本朝麗藻』が四季部とみられる上巻、『和漢朗詠集』が巻上に「春」「夏」「秋」「冬」の部を立てている。また、『和漢朗詠集』の一二五項目のうち、『千載佳句』『古今六帖』と重なり合うものは、一〇四項目に及んでいる。(4)

摂関期の日本文化の特質を「類聚」として捉え、院政期以降の「集成」と対比したのは大隅和雄であり、「類聚」は律令的な「価値体系の流動化に対する危機意識のあらわれ」だとする。そして、「国史を類聚した『類聚国史』、単行の法を類聚して作られた『類聚三代格』やそのもとをなす三代の格式、貴族の生活をとりまく事象を類聚した『倭名類聚抄』や『口遊』、往生者の諸類型を列記した『日本往生極楽記』、さらには和歌を一定の部立てに類聚する勅撰和歌集もこの時期にはじまるといえようか」という。(5)

こうした傾向は、『往生要集』から法然や親鸞の著述へという浄土教の系譜とも対応して捉えられており、「この時代に固有の極めて特殊な思想表現の形式」といわれている。大隅の論は、鎌倉新仏教に向けた射程の中で「十世紀から十二世紀にかけての思想・文化の動向の底流」を探ることにあったが、ここでは、かな文芸の生成期としての十世紀における「類聚」が、「歳時」意識を内包し顕在化してきたことの意味として考えたい。

律令的な価値体系の再編とその流動化(ゆらぎ)による思想と文化の過程で、和語による表現を漢語との緊張関係のもとに類聚し、日本語によることばの世界の秩序を確かめつつ、思想のことばを生成してきたのが、歌集や物語などのかな文芸である。そうした状況における「歳時」と「類聚」は、宮廷儀式や漢文学の規範を逸脱して行き、それを〈もどく〉ことによって、歌集や物語や日記、そして後世に説話や随筆とよばれる表現の世界を生成した。

二　うつほ物語の歳時意識

物語における歳時の表現をたどるとき、『うつほ物語』で突然のように豊かな年中行事の世界が展開する。野口元大は、『竹取物語』の「唐代の新しい風流の移植」である八月十五夜は年中行事を背景として利用したわけではなく、『篁物語』も二月初午の伏見稲荷の参詣のみ、『落窪物語』は賀茂祭と司召のみを繰り返し描くことと対比して、『うつほ物語』に豊かな年中行事が表現されていることを、巻別の表にして網羅的に示している。[6]『うつほ物語』の展開が貴族社会における季節の推移によるためであるが、そこには貴族社会の風俗の反映を超えた、物語の方法としての諸相が示されている。

とはいえ、『竹取物語』の基底にも歳時意識を読むことができないわけではない。「色ごのみといはるるかぎり五人」は、かぐや姫から恋文の返事ももらえず、「わび歌」など書きつつ、「霜月・師走の降り凍り、水無月の照りはたたくにも、障らず来たり」という。「霜月・師走の降り凍り」の出典というべきものは不明だが、「水無月の照りはたたく」には、「みな月の土さへわれて照る日にも我が袖ひめやいもにあはずて」が関連歌としてある。この歌は『古今六帖』(二「みな月」・一〇二)に「人丸　或本」とし、『万葉集』(巻十・夏相聞「寄日」・一九九五)では第二句「地副割而《つちさへさけて》」、第五句「於君不相四手《きみにあはずして》」としてみられる。あるいはまた、狩の行幸のあとで帝とかぐや姫とが文を交わして、「おもしろく、木草につけても御歌をよみてつかはす」という。この歌の贈答を表現すれば歳時にそったものであろうし、それが、七月十五夜から八月十五夜へという、かぐや姫の昇天をめぐる主題的な時間表現のみごとな構成へと続くのである。

『うつほ物語』は、こうした八月十五夜を楼の上の秘琴伝授の劇的な時空として、物語の結末に継承し展開している。楼の上上巻における秘琴伝授の時空の表現の中に、仲忠が妻である女一宮に、〈琴《きん》〉の演奏の心構えを説く表現は、『枕草子』の自然観とも通じるものである。

春は霞、ほのかなる鶯の声、花の匂ひを思ひやり、夏のはじめ、深き夜のほととぎすの声、暁の空のけしき、林の中を思ひやり、秋の時雨、夜明らかなる月、思ひ思ひの虫の声、風の音、色々の紅葉の枝を別るる折のけしきを思ひ、冬の空さだめなき雲、鳥・獣《けだもの》のけしき、朝《あした》の雪の庭をながめ、高き山の頂《いただき》を思ひやり、凍《し》みたる池の下の水をあはれび、深き心高き思ひも、もろもろの事を思ひあはせ、世の中の、すべて千種《ちぐさ》にありと見ゆるもののおぼゆるもの、また時にしたがひつつ、色をとろへ、久しくなり、又むなしくなりぬるものを心に思ひ続けて、琴の音《ね》に弾き添へむと、思ひ同じくて弾きはべればこそ、琴の音、思ひ思ひにしたがひて響き、よろづの折には合ひはべれ。

（楼の上上・一七一五〜六）

「思ひやり」「けしきを思ひ」と繰り返されているように、「観想を通じて自然の本質を自己の内面に摂取しようとする志向なのであり、さらに自然の変易の基底にひそむ無常の理法に深く観入して音楽表現にもたらすことが求められている」のであった[7]。これは、同化の美学であるが、秋冬に重く傾き、それが無常観に繋がることが特徴といえるであろう。

そこには、俊蔭巻で、俊蔭が「春は花園、秋は紅葉の林」に天女が天降って来る異界の地で、阿修羅が伐る桐の木から〈琴〉を得て、「栴檀の木の木陰に、林に花を折り敷きて琴弾く人」と会い、導かれて「花の上に鳳の鳥・孔雀連れて遊ぶ所」を経て、「山・野揺すり、大空響きて、雲の色・風の声変はりて、春の花・秋の紅葉時わかず咲き交じるままに」〈琴〉を弾き遊び、仏とさえ対面した始源の物語の表現が作用している。

また、若小君との一夜の契りで懐妊した俊蔭女は、「会ふ期《ご》なき音《ね》のみ泣かれまさりて」、「風の荒く、霜・雪の降り積むままに、長き夜に、よろづのことを思ひ明かし」ていた。五歳の仲忠は、寒い雪の中の冬に、「水、鏡のごとく凍」る川から魚を得る孝子の奇蹟を示し、北山のうつほで〈琴〉を弾く母子には、「たまたま聞きつくる獣《けだもの》」が集まって「あはれびの心をなし」た猿が木の実を運び、「春はおもしろき草々の花、夏は清く涼しき陰に眺めて、花・紅葉の下に心を澄ましつつ」合奏したのであった。

こうした表現の主題的な特徴を読み取ることはそれとして、その基底となる自然観の素材は、『古今六帖』の歌題などと多くが一致し、巡環する四季の風物と同化する表現においては『古今集』的であり、また『枕草子』とも類似している。歳時に関する『枕草子』の叙述は、「春は、あけぼの」という初段から、第二段「ころは、正月、三月、四月、五月、七、八、九月、十一、二月、すべて、をりにつけつつ、ひととせながら、をかし」へと展開しているのであった。年中行事を節目とする自然と人事との交流は、自由な情景描写へと流れて中断しているが、その歳時意識の世界は、『枕草子』の全体に散りばめられている。

『うつほ物語』楼の上上下巻の秘琴伝授の時間も、まる一年の四季の循環の中で、年中行事を主として表現されている。四季の景物に思いを託して琴を演奏し、いわば宇宙の神秘と感応しようとする精神は、勅撰集としての『古今集』のような王権と貴族社会との調和の幻想と共通しつつも、〈琴〉の音楽の超現実性において対峙するものであった。宇宙や世界の森羅万象を言語化し、秩序化して支配しようとする文字権力の王権幻想は、まさしく唐土の文化に由来し、その文化圏の東端に位置していたのが、漢字文化圏としての律令国家日本であった。もちろん、それは類聚意識における規範であって、個別の歌や物語における表現は、そこから逸脱すべく揺れ動いている。

三　古今集歌の類聚世界

勅撰とは「儒教主義律令国家の理念からする文化の方向づけ」であるという増田繁夫の論を承けて、菊地靖彦は、

『古今集』が勅撰集としての「和歌」の理念を確立するために、「四季歌はその端的、典型的な部類であった」という。真名序によれば、二度の勅命による階梯があり、始めは各人が「家集」を献じ「古来旧歌」を併せて「続万葉集」と名づけ、再度の詔勅により奉った歌を「二十巻」に「部類」し撰録して、『古今和歌集』と命名した。紀貫之は前詔による「古歌奉りし時の目録の序の長歌」で、「春」「夏」「秋」「冬」「賀」「恋」「離別と羈旅」「哀傷」「雑」と、現存本の部類の基本を示している。「続万葉集」から『古今和歌集』への過程は、「よろづのことのは」としての「万葉」から、「和歌」確立のために貫之ら撰者たちの新詠を加え、「自然の推移の順に整然と配列」された「人工的な季節絵巻」を構成したのだという。(8)

この四季の部立は、宇多天皇の世に「是貞親王家歌合」「寛平御時后宮歌合」の歌をもとに、その歌意に基づく漢詩を併載した『新撰万葉集』の序文にいう「四時之歌」の部類意識による。四季の歌は「官人文芸たる漢詩の正統的な継承」でありつつ、漢詩そのものはついに季の歌を生み出すことはなかったゆえ、「漢詩を承けながら、しかも漢詩に対する対立意識が生んだ最大の成果の一つ」である。(9) 春夏秋冬の部類自体は、『万葉集』の巻八や巻十に「雑歌」や「相聞」の下位分類として「春雑歌」「秋相聞」などと補助的にみられたし、『句題和歌』や延喜五年(九〇五)の「平定文家歌合」にも春夏秋冬の部立がある。

こうして、『古今集』によって確立された「和歌」における四季の部立と表現の世界は、その歌ことばの類型的な発想を規範として、その後の平安朝かな文芸に決定的な影響をもたらした。そのこと自体に異論はない。とはいえ、松田武夫をはじめとして、時間的な推移によることばの連鎖としての構造論が緻密に展開され、それが物語研究の基底ともなっていることをふまえつつ、その基底にある歳時と類聚の部類意識に立ち帰る必要もあると思われる。(10)

また、『古今集』においても、「物名」や「誹諧」の歌、掛詞や縁語における「遊戯性」といわれてきた要素を再考し、『枕草子』や『古今六帖』さらには漢詩文と関連する文化状況をあらためて重視して、歌と物語の詩学を探究すべきだということである。

田坂順子は、『古今集』の「物名」が中国六朝の「雑名詩」の流れにつらなるという小西甚一説、日本では『経国集』の「雑名詩」を源とするという竹岡正夫説を支持し、その流れは島田忠臣『田氏家集』にもあり、『扶桑集』所収の藤原博文の詩が、延喜二年（九〇二）の醍醐天皇の出題によることを重視している。「醍醐天皇の弓場殿の試を契機とする雑名詩の詩人達への浸透と、後宴で盛行した詩歌同題の詠進」を背景として、「漢詩文に堪能な者達によって、多数の物名歌が生まれた」というのである。(11)

誹諧歌については久富木原玲の論があり、『古今集』「雑躰」の部の誹諧歌が、『万葉集』の戯笑歌の笑いによる呪的言語と共通し、「神と仏教的素材や発想との二経路及び絡まり合い」が、『後拾遺集』誹諧歌や『続詞花集』戯笑にまで尾を引き、『千載集』誹諧歌においては俊成によって釈教歌へと吸収されていく素地が作られたとみる。その過程で、次第に笑いやことば遊びによる歌が、和歌の規範的な美意識からはずれた歌として区別されるようになったとする。(12)

田中喜美春は、『古今集』で急増する「掛詞や縁語、見立て、擬人化などと称される方法はなにゆえに生じたのかと問い、是則と貫之の屏風歌の解釈を通して、「彼等の言は事と密着していた。その状態を言語として表現したのが掛詞や縁語である。同音異義の一語は、同音なるがゆえに、異義として存在している事物を有機関係をもって存在するものと認識させた。縁語は、個別に存在する事物を言葉の関連をたどり、一体的存在として認識させた。一体的存在であるゆえに言葉が関連をもつという認識がそこにある」とし、「この表現機構において、見立てや比喩、象徴という概念は通用しない」とさえいう。

そして、皇子誕生の百日の祝をめぐる『延喜御集』の伊衡と醍醐天皇の贈答歌では、「この世の存在にそなわる力を言葉によってからめとり、それによって人を生かす」ようなあり方に歌が関わり「掛詞や縁語が力を発揮した」とし、「事物との境をなくし、それと呼吸を合せるように生きてはじめて実現する認識」があればこそ、『古今

集』の両序が歌は天地を動かすと書き、これが「日本人の言語意識で書いた歌の原論」だとする。(13)

論者はあえて「見立てや比喩、象徴」といった近代的な術語を用いるが、田中のいう「言と事」とが呪術的に結合した古代的な言語意識を、十分に考慮すべきである。こうした「言と事」そして同化のための掛詞や縁語の技法は、歳時の儀礼や意識と共通する原点であろうが、他方で、『竹取物語』の「言の葉をかざれる玉の枝」に象徴されるような虚構の表現意識をも生成していたのである。同化と異化の詩学とは、表裏一体の微妙な緊張関係にある。

勅撰集の流れにしても、『後撰集』は四季の部を含めて、長い詞書をもつ男女の歌物語的な贈答歌が著しく多く、摂関家の人々の歌が多くを占め、専門歌人による屏風歌は存在しない。内容からみれば、『古今集』が超克したはずの「色ごのみの家」の領域に属する褻の歌が晴の場に公然化した趣である。それらの歌を後宮の梨壺で、『万葉集』の訓釈とともに撰集し始めたとみられている。また、『拾遺集』は退位した花山院の私撰集的な性格が強いとされており、藤原公任の『拾遺抄』の方が勅撰集と考えられていた時期もあるように、律令王権の理念による「勅撰集」という発想自体が、すぐさま内部崩壊をし始めていたとさえみられる。

『枕草子』は、「集は　古万葉。古今」といい、村上朝における宣耀殿の女御が『古今集』を暗記していたとも記していた。こうした宮廷の女性たちの世界では、洗練されたことばの規範として作用し、それが新たな歌や語り文の表現へと変換され転生して行った。そこでは、掛詞や縁語も、より自由なことば遊びたりえたのであり、『古今集』歌そのものも、こうした多様なコンテクストにおいて捉える必要がある。和漢の類聚的な書物の世界が規範として作用し、それらがあったからこそ、〈もどき〉による表現も可能だったということである。『古今集』の世界をこうした視点から捉え返せば、より日常生活に便利な歌の類聚としての『古今六帖』との共通性と差異も、あらためて逆照射されるかたちで見えてくる。

四　節日と暦月と年中行事

例えば『古今集』春歌上の六八首のうち、一九首が『古今六帖』第一帖の歳時部春および天部に、三首が第二帖、一首が第三帖、五首が第五帖、そして二六首が第六帖「草・虫・木・鳥」に入っている（重出五首）。そのうち、第一帖には『古今集』の二六番歌までが多くは連続的に集中し、二九番歌以降は第六帖に集中して多く入っている。つまり、『古今集』は春歌上の前半に歳時意識の強く現れた歌を配し、途中から「草・虫・木・鳥」という自然の景物の歌を中心にして構成したということが逆照射されるのである。

『古今集』春歌下の歌は、六六首のうち二八首が『古今六帖』第六帖、一二首が第一帖、六首が第二帖（重出二首）に対応し、『古今集』春歌下の終わりの三首は『古今六帖』第一帖にあって、やはり歳時意識による枠取りが逆照射できる。『古今六帖』の歳時は、次のように分類されている。

春　はるたつ日　むつき　ついたちのひ　のこりのゆき　ねのひ　わかな　あをむま　なかの春　やよひ　三日　はるのはて
夏　はじめの夏　ころもがへ　うづき　うのはな　神まつり　さつき　五日　あやめ草　みな月　なごしのはらえ　なつのはて
秋　あきたつ日　はつあき　たなばた　あした　はつき　十五夜　こまひき　ながつき　九日　あきのはて
冬　はつふゆ　かみな月　しも月　かぐら　しはす　仏名　うるふ月　としのくれ

ここには、節日と暦月と年中行事（節会）と景物とが混在している。言い換えれば、平安朝の中期にあって、貴族生活における和歌の歳時意識を形成していたのが、こうした節日と暦月と年中行事、そして四季を代表する自然の景物であった。[14] こうした歳時意識における複合性は、平安朝貴族たちの生活感覚の詩学であり、『古今六帖』の「歳時」の複合性は、第一帖において続く「天」の項目へと連続している。

あまのはら　てる月　はるの月　夏の月　秋の月　冬の月　ざうの月　みか月　ゆふづくよ　ありあけ　ゆふやみ　ほし　はるのかぜ　夏のかぜ　秋のかぜ　冬のかぜ　山おろし　あらし　ざうのかぜ　あめ　むらさめ　しぐれ　ゆふだち　くも　つゆ　しも　ゆき　あられ　こほり　ひ　けぶり　ちり　なる神　いなづま　かげろふ

『うつほ物語』もまた、こうした歳時や天象の世界の秩序と歌ことばを織り込んで、物語を生成している。笹淵友一は、『うつほ物語』において「季節的及び年中行事的時間性」の典型が前半の「あて宮系の巻々」だとし、「初秋と楼の上の上下」は「古典主義的時間性」を示すが、「形而上性の観念臭がかなり濃厚に残っており、それだけ時間性の二重構造を完全に一元化、内面化しえていない気味がある」という。[15]

ここでの「時間性の二重構造」とは、『竹取物語』と共通して、異界の「永遠性」と現世の「時間性」とが融合していないことである。「真の古典主義的時間性」は「時間における永遠の内在化」「永遠の肉体化、感覚化」であり、これを実現したのは、やはり『源氏物語』だと笹淵はいう。

内侍のかみ（初秋）巻の七月の初め、仁寿殿に朱雀帝と春宮、上達部や皇子たちが集まり、宴会が始まる。朱雀帝が、久しく「由あるわざ」をしていないが、「風涼しく、時もはたをかしきほど」になりゆくから、「世間のことも忘れ、心の中行くばかりのことも、この秋」にしたいと言う。春宮は、同じことなら、「出で来む節会ども」を「御時のめづらしき、累代にも」先例としたいと、「かの吹上の九日」のようになればよいとして、「年の内出で来る節会の中に、いづれ、いと切に労ある、定め申されよや」と問いかけた。「かの吹上の九日」とは、吹上下巻で嵯峨院が我が子の涼と対面して催された九月九日の重陽の宴をさす。左大将正頼は、次のように答えている。

「年の内の節会、これをいづれと労ありて、朝拝など聞こしめす時はいとおもしろく、内宴を聞こしめす時もいと労ありおもしろし。三月の節会は、花とく咲く時は、いと労あるほどなり。さて、なほ殊《こと》なる花などは咲かぬ程なれど、あやしくなまめきて、あはれに思ほゆるは、五月五日なむある。短かき夜のほどなく明くるあか月に、ほととぎすのほのかに声うちし、さみだれたる頃ほひのつとめて、あやめ所々にうちふきたる、香のほのかにしたるなむ、あやしく興《けう》まさりて思ほゆる。くだ物などの盛りにはあらぬほどなれど、わづかに時すぎたる物などのあるなむ、いと労ある。節句など聞こしめす時に、はたさらにもますものなし。七月七日、をかしうはあれど、殊なるおもしろきことはなくなむある。かれもあり様になむ。九日も、吹上を思ふたまふれば、いとこそ労あれ。それより後は、五日には劣るとなむ思ふたまへらるる」　（内侍のかみ・七五一～二）

正頼は五月五日の節会が最高だと強調している。朱雀帝は「いとよう定め給ふなり。思ひしごとなり」と共感を口にしつつも、「花橘・柑子《かうじ》などいふ物は、時過ぎて古りにたるもめづらしきも一つに交じるなむ、いとをかしき」、「節する時の騎射《まゆみ》・競馬《くらべむま》も、さらに見所なしかし」と笑って発言した。笑ったのは、朱雀帝が「この秋」に行いたく、春宮が「累代にも」したいとすでに語っていたのが相撲の節会だったからである。正頼は、これをはぐらかし、五月五日の節会にまつわる「ほととぎす」「あやめ」「くだ物」（花橘・柑子）などの私的な興趣を口にして、「騎射・競馬」という宮廷行事に由来する公的行事にも触れなかった。すでに、祭の使巻には、正頼の三条邸の馬場で、左大将兼雅が馬寮《うまづかさ》の人を引き連れて加わり催された、競馬の盛儀が描かれてもいた。

ここには、正頼のような貴族が、宮廷を離れた私邸で五月五日の節会などを華麗に行う、摂関期の状況が投影されている。これに対して相撲の節会は、天皇を中心とする王権にとって「累代の例」とすべきものであった。節会をめぐる天皇と有力貴族との政治的駆け引きを前提にして読むべき会話である。とはいえ、帝の命を承けた正頼と兼雅は、このあと左右の相撲人を集めて挑み合い、仁寿殿で催された節会は、後宮をあげての盛儀となった[16]。

正頼による節会の論が、「朝拝、内宴、三月三日、五月五日、七月七日、九月九日」と順に評しながら、五月五日を最高としつつ、「ほととぎす」や「あやめ」といった景物を挙げることは、『枕草子』と類似している。「節は、五月にしく月はなし」の段に端的に示されるように、菖蒲や薬玉を飾り、郭公《ほととぎす》の鳴く五月五日の節句がもっとも好まれているのであった。

『枕草子』に節日の中心として挙げられているのは、正月一日、三月三日、五月五日、七月七日、九月九日で（七段）、これらもまた『古今六帖』とほぼ一致している。橋本不美男は、『古今六帖』に『古今集』から『後拾遺集』までの勅撰集の詠歌の場を加えて、「いわゆる王朝貴族の季節詠の場をみてみると、季節の推移に従ってのいわゆる花鳥風月詠とともに、それ以上に宮廷生活に密着していた年中行事的場の詠歌が多かった」とする。また、貴族の生活にとって必須の調度であり「延喜期頃から季または月次《つきなみ》の屏風に発展した」やまと絵屏風の画材を、『古今六帖』の類題と比較しても、「屏風絵にあって六帖題（歳時以外を含め）にないものはほとんどない」とも指摘している。(17)

五　うつほ物語の引き歌と古今六帖

『うつほ物語』内侍のかみ巻の相撲の節の日、涼を召した朱雀帝が「例の節会に似ず、物の興思ほゆる日」だから、「累代の例」にし「古言《ふること》」にしようと、〈琴《きん》〉を弾かせるために仲忠を探す場面がある。仲忠はあて宮の局に隠れていて、女房の兵衛が「あなむくつけや。過ちしたらむ人をば、いかでか隠さむ。言ひ懸けもこそし給へ」と言う。仲忠を男女の恋の過ちを犯した人とするのは戯れであるが、この巻では、仲忠が「結ふ手もたゆく解くる下紐」と語りかけ、皇太子妃のあて宮（藤壺）が「下紐解くるは朝顔にとか言ふことある」と応じて、「あだ人」をめぐる歌の掛け合いへと展開している。

『古今集』恋一の「思ふとも恋ふとも会はむものなれや結ふ手もたゆく解くる下紐」（五〇七）と、『伊勢物語』

三七段の「我ならで下紐解くな朝顔の夕影待たぬ花にはありとも」などをふまえた、きわどい恋の会話であり、歌合戦のような贈答歌による掛け合いへと続いている。とはいえ、この二人に、『源氏物語』の光源氏と藤壺のような密通の関係は起こらない。ことばの戯れの表現機能が、そうした現実を回避させているのだといえよう。

この直前に、朱雀帝が女房の兵衛を介して仲忠を召し、仲忠が「高麗人《こまうど》などこそ、通辞《つじ》はありと言ふ」が行く気はないと言い、兵衛が「独楽《こまつぐり》」はお上手なのにと応じている。『和名抄』に「独楽　古末都玖利」とあり、「高麗《こま》人《うど》」との掛詞によることば遊びである。仲忠は「秋風は涼しく吹くを白妙の」などと、箏を掻き鳴らしている。引き歌は未詳だが、入内後も変わらないあて宮への恋心を意味するらしく、兵衛は「されば、頼み聞こゆる人もあらむかしな」と、仲忠の妻である女一宮に言いなし、仲忠は「ここならでは、いづくをか」と、あて宮への恋以外にはないと自認している。それ以下に繰り広げられる、引き歌による長いペダンティックな会話を引用する。

いらへ（兵衛）「されど、野にも山にもとこそ言ふなれ」。
中将（仲忠）「それは、嵐ならんや」。
兵衛「されど、山風とこそ聞こゆなれ」。
中将「されど、今はみな、木枯らしになりにたりや」。
兵衛「むべこそは、声の空に聞こえけれ」。
中将「まづ先に立つとてなむ」。
兵衛「春ごろより聞こえざりつる御好きぞかし。いかでならん」。
中将「秋霧の上には、いかが聞こえざらん」。
兵衛「それが晴れずのみあらんこそ見苦しけれ」。
中将「そよや、尽きせぬこそ、いとわびしけれ」。
兵衛「宿かす人はあらんを、あいなき御事なりやなどなむ」。

中将「されど、春宮よりは帰さるめるを」。
兵衛「それは、雲の上には御宿りありとてなむ」。
中将「それをまかり過ぎしは、月かげにも御らんじけむ」。
兵衛「それこそは、しら雲なれ」。（内侍のかみ・七八七～八）

この部分の引き歌ないし関連のありそうな歌として、室城秀之『うつほ物語 全』の頭注は、次の歌および出典を示している。（国歌大観の歌番号は論者が補い、改めた部分もある）。

(a) うち頼む人の心のつらければ野にも山にもいざ隠れなむ　（歌仙歌集本『素性集』）
(b) 身に寒くあらぬものからわびしきは人の心の嵐なりけり　（『後撰集』雑三・一二四六）
(c) 吹くからに秋の草木のしをるればむべ山風を嵐といふらむ　（『古今集』秋下・文屋康秀・二四九）
(d) 木枯らしの秋の初風吹きぬるをなどか雲居に雁の声せぬ　（『古今六帖』一「はつあき」・一三二）
(e) 春霞かすみて往にし雁がねは今ぞ鳴くなる秋霧の上に　（『古今集』秋上・詠み人しらず・二一〇）
(f) 雁の来る峰の朝霧晴れずのみ思ひ尽きせぬ世の中の憂さ　（『古今集』雑下・詠み人しらず・九三五）
(g) 一年に一度来ます君待てば宿貸す人もあらじとぞ思ふ　（『古今集』羈旅・紀有常・四一九）
(h) みやびをと我は聞けるを宿貸さず我を帰せりおそのみやびを　（『万葉集』巻二・石川女郎・一二六）
(i) 白雲に羽うち交はし飛ぶ雁の数さへ見ゆる秋の夜の月　（『古今集』秋上・詠み人しらず・一九一）

仲忠はあて宮への恋の思いを、秋の景物を主とした歌ことばに託して表現し、兵衛は女一宮の存在を暗示しながら牽制してやり返す。会話の表面に現れてはいないが、一連の引き歌によって「雁」が潜在し、それがあて宮の比喩となっている。個々の引き歌としては確定しがたいものが多いので、その解釈も揺れざるをえないが、ここでは、その出典の表示を問題にしてみる。

じつは、ここに『古今集』の歌として示されている五首は、すべて『古今六帖』にも採られている。(c)は一「あらし」（四三二）にあり、第二句が「秋の草木の」ではなく「なべて草木の」、(e)は六「かり」（四三五六）にあり作者名が「人丸」、(f)は一「きり」（六三四）にあり、(g)は二「大鷹狩」（一一九八）、(i)は一「秋の月」（三〇〇）にある。(d)を加えれば、『古今六帖』からの引き歌もしくは関連歌が六首となり、さらに、(a)の「野にも山にも」を含む歌として、次の二首がある。

君が名もわが名もおなじ［まだきイ］春霞野にも山にもたちみちにけり

（『古今六帖』一「霞」・六〇九。『古今集』恋三・六七五に類歌）

いとどいとどもの思ひをれば川ちどり野にも山にも泣きみだれけり

（『古今六帖』六「千鳥」・四四六一）

頭注のスペースの限界であろうが、室城が引き歌や関連歌を博捜して本文校訂し、先の『和名抄』の注記なども指摘しているだけに、あえて異を唱えたい。ここでは『古今集』よりも『古今六帖』との関連が強く、同じ問題は、『源氏物語』における引き歌の注記などでもいいうることである。『古今集』中心主義を相対化しておきたい。

室城がいうように、「会話のことばが、一義的な意味だけではなく、多様な読みの中で、ことば自体が戯れてゆき、それが物語をつき動かしてゆく」ところに内侍のかみ巻の方法があり、全体としてみれば「ことばの主催者としての帝」が中心なのではあるが、(18)歳時をめぐる祝祭的なことばの時空は、物語世界内のきわどい戯れとゆらぎを示している。

『うつほ物語』は、歳時のことばによる貴族社会の現実と、〈琴《きん》〉の奇瑞に象徴される超現実の宇宙の秩序とを両極とし、その中に多様な階層の人々の物語を組み込んだ、まさしく類聚の物語であった。あて宮求婚の物語に加わった、上野《かんずけ》の宮・三春高基・滋野真菅の三奇人をはじめとする猿楽《さるごう》わざの世界や、貧乏学生の藤英を貴族社会内に上昇させて位置づけた祝祭の論理のことばは、それが帝を頂点とする王権の体系に最終的には組み込まれていくとはいえ、豊かな異化による詩的散文の世界を生成している。(19)

その詩的散文の異化の詩学が、『枕草子』とも共通のものであることに、歳時と類聚の時代におけるかな文芸の大きな達成を読むことができる。それはまた、『古今集』や『源氏物語』における歌ことばの表現機能を、「あはれ」という同化とともに、異化の方法として読み解くことへと通底している。

第7章　〈もどき〉の文芸としての枕草子

一　「もどき」の用語例と折口学

「もどく」や「もどき」という用語例は、平安朝の中期、十世紀の後半からみられるようになる。そこには、「似せる」「まねる」とともに、「対抗する」「張り合う」、「非難する」「批判する」といった表現行為の意義がこめられている。

『うつほ物語』の俊蔭は、七歳のとき「父をもどきて高麗人《こまうど》と文《ふみ》をつくりかはし」（俊蔭巻）たという。漢学者の父と張り合って、高麗人と漢詩を作り交わしたのは、この少年の異常なまでの才知を示すものであった。たんに父の行為を真似たのではなく、これと対抗した積極的な行為である。対抗することは批判や非難へと通じ、『うつほ物語』の「あなさがな、世にもどきあらんことは聞こえじ」（内侍のかみ巻）、『源氏物語』の「何事も、人にもどきあつかはれぬ際《きは》は安げなり」（賢木巻）、「をさをさ人の上もどきたまはぬおとどの、このわたりのことは耳とどめてぞ、おとしめたまふや」（常夏巻）、「軽々しきもどき負ひぬべきが、ものの聞こえのつつましきなりとて」（浮舟巻）など、多くは周囲の人々の「もどき」を負うことを気にしている。

中世の辞書類でも、『色葉字類抄』が「嫌　モドク。反謗也」と記し、『日葡辞書』も「もどき」「もどく」を「とがめる」の意としている。そして、能の翁に対する三番叟や、里神楽の「ひょっとこ」の道化など、日本の伝統芸能では、主役をまねたり、あざけって滑稽を演ずる役を「もどき」とか「もどきの手」という。「田楽のもどきの手と云ふは、ただみだるばかりにはあらず、をとらじとふるまふよしなり」（『塵袋』十）と、真似ることにより対抗する笑いの表現機能を示している。

こうした芸能における「もどき」を核として、これを日本の文学や芸能の本性として術語化したのは、折口信夫であった。「日本芸能史序説」では、「神」に対して「一段低いでもんとかすぴりつと」が、A「反対する」という意味を一般的なものとしながら、B「説明的な演技を行ふ」ことをあげている。(1)

折口がBにあたる「説明」「翻訳」「複演出」（副演出）といった意味を強調するようになるのは、昭和三年（一九二八）にすでに発表した「翁の発生」あたりからである。(2)その転期をなすのは、大正十五年（一九二六）正月に、三河の北設楽郡で花祭り、長野県下伊那郡の新野で雪祭りを見学し、以後たびたび採訪したことであった。これらの祭りの体験をきっかけとして、延年舞や田楽能の役名としての「もどき」、春日若宮祭における「比擬開口」、さらに神楽における人長と才の男、能や狂言におけるシテとワキ、太夫と才蔵の関係、あまんじゃく・ひょっとこなどの芸能史の全般へと、いっきにキーワードとして展開した。(3)

折口学の特徴は、用例実証を超えた発生論的な視座にある。A「反対する」が原義でB「説明的な演技を行ふ」が派生とみる一方で、Bの方が古いという見解を強めている。折口が「古い」という場合、その語義の歴史ではなく、その深層の知の考古学であることに注意する必要がある。それは、「常世」といった異界からの「まれびと」論と結合しており、「神」と「精霊」（デモン・スピリット・もの）との関係において「もどき」の始源の意義を捉えたことが、まさしく折口学の特徴であった。芸能＝文学、さらには〈日本〉的な芸術の発生と本質についてのこうした考えは、繰り返し述べられており、「国文学の発生（第四稿）」の結末近くでは、次のようにいう。

山人の寿詞・海部《アマベ》の鎮詞《イハヒゴト》から、唱門師の舞曲・教化、かぶきの徒の演劇に致るまで、一貫してゐるものがある。其はいはひ詞の勢力である。われわれの国の文学はいはひ詞以前は、口を緘して語らざるしじまのあり様に這入る。此が猿楽其他の「瘂《ベシミ》の面」の由来である。其が一旦、開口すると、止めどなく人に逆ふ饒舌の形が現れた。田楽等の「もどきの面」は、此印象を残したものである。其もどきの姿こそ、我が日本文学の源であり、芸術のはじまりであった。(4)

折口の〈もどき〉論は、「神」と「精霊」との対立関係を始源としながらも、それらを担い演じ、その信仰によって生活する「人」がからんで、錯綜した両義性を示している。「いはひ詞」（寿詞・鎮詞）としての文学・芸能の発生論は、それを語り伝えた放浪の芸能者に同化してなされ、支配する「神」への抵抗としての〈もどき〉と、それに屈服して「いはひ詞」を捧げ、「神」の呪言を「副演」して翻訳し説明する〈もどき〉の機能とが、対立しつつも融合し溶化してしまうのである。

こうした折口学における〈もどき〉論については、歴史的な実証をふまえて批判し、論として再構築していく必要がある。そうした前提のもとで、それはまた折口学の特異性を超えて、〈日本〉的な引用と変換の論理として一般化できると思われる。(5)

『枕草子』（三巻本）には、「もどく」「もどき」の用例が、「もどかし」を含めて八つの段に九例みられ、ほとんどの場合、距離をもった否定的な意味性が強い。

(a)「思はん子を法師になしたらむこそ」（四段）では、験者が物のけの調伏にくたびれて眠ると「もどかる」(6)、つまり非難されるという。

(b)「菩提といふ寺に」（三一段）では、出家したから帰らないと蓮の葉に歌を書いてよこした人が「いと尊く哀だから、「さうちうが家のもどかしさ」も忘れるだろうという。湘中老人の中国故事によるかとされるが未詳であるものの、「もどかしさ」は帰りを待ちわびる家族の不安や不満であろう。(7)

(c)「七月ばかり」(三三段)は、女と男それぞれの有明の別れ、そして後朝の文をめぐる物語的な情景を描く中で、男が「こよなきなごりの御朝寝《あさい》かな」と言いつつ簾の中に入ると、女が「露よりさきなる人のもどかしさに」と答える。朝早く帰ってしまった男への未練のうらみ言である。

(d)「はづかしきもの」(一一九段)では、男心について記し、次第に批判を強めていく。「をとこは、うたて思ふさまならず、もどかしう心づきなき事などありと見れど、さしむかひたる人を、すかし頼むるこそ、いとはづかしけれ」と、面と向かった女を調子よくおだてあげる男の才能を、皮肉にほめあげている。この段の終わりの方には、「さすがに、人の上をもどき、物をいとよくいふさまよ」と、男が自分を棚にあげて他人の悪口を言うことに感心した発言もある。

(e)「よろづのことよりも」(二二〇段)の冒頭では、「わびしげなる車に、装束わるくて物見る人、いともどかし」と、祭り見物に来る貧相な人を批判している。

(f)「人の上いふを腹だつ人こそ」(二五一段)では、「わが身をばさしおきて、さばかりもどかしくいはまほしきものやはある」と、(d)と似ているが、角度を変えて弁護する発言がある。

(g)積善寺供養の長大な二五九段の中では、中宮とともに見物を許された感激を記したあと、次のように弁明している。

かかることなどぞ、みづからいふは、ふき語りなどにもあり、又君の御ためにもかるがるしう、かばかりの人を、さおぼしけんなど、おのづからもものしり、世中もどきなどする人は、あいなうぞ、かしこき御ことにかかりて、かたじけなけれど、あることは又いかがは。まことに、身のほどにすぎたることどももありぬべし。(三〇四〜五)

ここでは、清少納言の自讃談というべき「吹き語り」に中宮までも巻き込んでしまい、批判する他者が「もどきなどする人」として現れることを、中宮のために畏れ多いと言いつつ、事実だからしかたがないとひらき直っている。とはいえ、「身のほど」に過ぎた御寵愛だろうと弁明もしている。

三巻本に出てくる順に用例をたどってきた最後に、ほとんど唯一の肯定的に捉えられた「もどき」の行為として、(h)「成信の中将は」(二七三段)に、『落窪物語』に関する次のような叙述がある。

交野の少将もどきたる落窪の少将などはをかし。よべ一昨日の夜もありしかばこそ、それもをかしけれ。足あらひたるぞにくき。きたなかりけん。風などのふき、あらあらしき夜来たるは、たのもしくてうれしうもありなん。(三一六)

『落窪物語』の少将道頼は、「交野の少将」になぞらえた弁少将が女君に関心を示しているという女房の話を耳にして、たいへんな嫉妬心を示し、批判した。この少将は恋文の名手で、ねらった女性はすべて口説き落とし、帝の妻にまで手を出して窮地に追いつめられたという。ここの「もどき」は非難であるが羨望の意も潜在している。

こうした用語例のみに限定するならば、『枕草子』をとりたてて「もどき」の文芸ということもないのだが、〈もどき〉の表現機能やその主体の位相を一般化してみるとき、「をかし」を中心とした主題的な世界と密接に関わってくることが重要である。すでにみた『枕草子』における「もどき」の用語例も、心的な距離をもった対人関係や美意識、あるいは価値判断の諸相を示していた。

清少納言は「もどく」主体(d)・(e)であるとともに、験者(a)や祭り見物の貧相な人々(e)のように「もどかる」ことを恐れる存在(g)でもあった。「もどき」は、差別と被差別とのあやうい両義性をかかえた〈異化〉の表現行為である。

二　枕草子の特性と「跋文」

『枕草子』を〈もどき〉の文芸として捉えることは、折口の〈もどき〉論と直結してはいない。表現者としての清少納言がもつ芸能者的な性格についてはあとにふれるが、何よりも類聚的章段における「をかし」を中心とした表現の特性が、和歌や漢詩文による正統的な美の類型から私的な異端のまなざしへ、中心から周縁へ、さらには美から醜へと、その連想を流出させていくところに〈もどき〉の本性がある。引用と変換の表現における〈異化〉の戯れが、〈もどき〉の文芸と言うにふさわしいというのが本章の骨子である。

とはいえ、これまでの『枕草子』論において、〈もどき〉という用語は、三田村雅子によって例えば次のように用いられている。

「歌語り」を書こうとしたというよりも、「歌語り」の〈もどき〉を書こうとしたかのように、枕草子の「歌語り」は、正しい格からずり落ちた「歌語り」のパロディとなってしまっている。(8)

微妙な発言であり、清少納言は〈もどき〉を意図したのではないかもしれないが、結果的にそうなったとも読め、〈もどき〉は「パロディ」と言い換えられてもいる。これは、『枕草子』の「枕」がそもそも「歌枕」と密接な関連をもち、先行する「歌語り」から逸脱し解体させることによって独自な表現の位相が成立したという研究史をふまえたものである。「跋文」の記述がこの問題と関わるので、一連の文章を①から④に分けて検討していく。成立をめぐる資料としての真偽が問われてきた部分でもあるが、ここではこの書物の性格を示す文章として読む。(9)

①この草子、目に見え心に思ふ事を、人やは見んとする、とおもひて、つれづれなる里居のほどに、書きあつめたるを、あいなう、人のためにびんなきいひ過しもしつべき所々もあれば、よう隠しおきたりと思しを、心よ

りほかにこそ漏り出でにけれ。（三四八）

「草子」は、公的な書物が主として「巻子」であったのに対して、〈かな〉による私的な冊子本であるが、「目に見え心に思ふ事」を私的に書き集めたというのが、その内容である。(10)「つれづれなる里居」にあたるのは、本文中では一三六段や二五八段に記された長徳二年（九九六）秋の長い里住みがふさわしい。他人のためによくない「言ひ過し」もあり、隠して置いたのが意に反して流出したという対読者意識が明確で、これは以下で具体的に繰り返されている。

②宮の御前に、内の大臣の奉りたまへりけるを、「これになにを書かまし、上のおまへには、史記といふふみをなん書かせ給へる」などのたまはせしを、「枕にこそは侍らめ」と申しかば、「さは、得てよ」とてたまはせたりしを、あやしきを、こよやなにやと、つきせずおほかる紙を書きつくさんとせしに、いと物おぼえぬ事ぞおほかるや。（三四八）

執筆の契機は、中宮定子が内大臣伊周が奉った多くの紙に、何を書こうかと清少納言に問い、帝の御前では『史記』を書かせているのに対応して、「枕」がよいと言ったので下賜されたという。これが『枕草子』という書名の由来であり、なぜ「枕」かについては諸説あるが、「しきたへの枕」という歌ことば表現によるとみられる。『古今六帖』五「まくら」には、「わが恋を人しるらめやしきたへの枕のみこそしらばしるらめ」（四〇七六）をはじめ、一五首のうち六首に「しきたへの枕」という表現がみられる。この「枕」に、狭い意味での「枕詞」ではなく、より広い意味での「歌枕」の意味を含ませていることは、次の③からも推測できる。(11)

ここでは、①で他人が見ると思わずに私的に書き記したというのに対して、中宮定子から下賜された紙に書くという、少なくとも後宮文芸としての契機が記されている。真名による『史記』に対する、「あやし」く「物おぼえぬ」（わけのわからない）と反省する私的な文章であるにせよ、定子と中関白家における記録性をもった作品として、その公開は前提としてあったはずである。なお、伊周が内大臣だったのは、正暦五年（九九四）八月から長徳二年

（九九六）四月までで、長徳二年秋の「つれづれなる里居」の前に『枕草子』を書くべき紙を与えられていたと考えることも妥当性をもつ。その後の中関白家の没落が、当初に予定した『枕草子』の性格を変質させているとも考えられる。(12)

③おほかた、これは、世中にをかしきこと、人のめでたしなどおもふべき名を選りいでて、歌などをも木草鳥虫をもいひ出したらばこそ、おもふほどよりはわろし、心見えなりとそしられめ、ただ心ひとつに、おのづから思ふ事を、たはぶれに書きつけたれば、物にたちまじり、人なみなみなるべき耳をも聞くべき物かは、と思しに、はづかしきなんどもぞみる人はし給なれば、いとあやしうぞあるや。げにそもことわり、人のにくむをよしといひ、ほむるをもあしといふ人は、心のほどこそおしはからるれ。ただ人に見えけんぞねたき。

（三四八〜九）

ここではまず、世間の人が「をかし」「めでたし」などと思うはずの「名」を選び出し、「歌」や「木草鳥虫」などについて書いたら、期待に反して良くない、心の浅さが知られると謗られるだろうと、対象とする内容についていう。「名」とは、歌の素材としての歌枕をさす語である。ここでの「歌」や「木草鳥虫」も、和歌的な美の伝統の範囲内にある。それを直接に口にすることは自信がないとしつつ、文脈は屈折して、「ただ心ひとつに、おのづから思ふ事を、たはぶれに」書きつけたのだという。それが人並みの評価を得られるとも思わなかったのに、すばらしいという読者がいるようだから、自分では奇妙な感じだと、自信のほどをのぞかせる。それもすぐさま屈折して「あやし」と記し、「人のにくむをよしといひ、ほむるをもあしといふ人」と自己規定して、心の浅さを推測されるだろう、やはり他人に見せたのがまずかったと結ばれている。

ここに示された『枕草子』の内容と執筆意図についての屈折した自覚が、〈もどき〉というにふさわしいことは後述することとして、とりあえず跋文を終わりまで引いておく。

④左中将、まだ伊勢の守ときこえし時、里におはしたりしに、端のかたなりし畳をさし出でしものは、この草子

乗りて出にけり。惑ひ取りいれしかど、やがて持ておはして、いと久しくありてぞかへりたりし。それよりありきそめたるなめり、とぞ本に。（三四九）

左中将は源経房で、伊勢守だった長徳元年（九九五）正月から長徳三年正月までのあいだに、里を訪れた経房にうっかり畳（敷物）に乗せたまま「この草子」をさし出してしまい、それが自分の知らぬ間に流布したのだろうと、①でいう「心よりほかにこそ漏り出でにけれ」を説明する。とうてい信じがたい韜晦した説明であるが、論旨は一貫している。「とぞ本に」というのは、原本にそう書いてあるという意味で、物語の巻末などにもみられる筆記伝承者を装った類型表現である。経房を「左中将」と呼ぶのは、この跋文が長徳四年（九九八）十月から長保三年（一〇〇一）八月までに書かれた可能性を示し、現存本にはその後の増補も推定されている。

三　異化と戯れの言説

跋文によれば、世間で「をかし」「めでたし」という規範にするような正統的な歌枕や歌語りを記すのではなく、自分の「心ひとつ」の自由な思いを、「たはぶれ」に書きつけたのが『枕草子』だという。その表現者としての自己を、「人のにくむをよしといひ、ほむるをもあしといふ人」と規定していた。そこに「わろし、心見えなりと、そしられめ」と、他者の〈もどき〉への恐れと弁明を示しつつも、いわば異端の立場を自覚しつつ、〈異化〉しずらしていく戯れの言説なのである。

和歌的な美の規範を領導することは、当時においては藤原公任のような権威ある歌人の役割であった。清原深養父を曾祖父にもち、歌人元輔の娘である清少納言は、その心理的な重圧ゆえか、和歌は苦手だとしている。「二月つごもり比に」（一〇二段）では、「風いたう吹きて、空いみじうくろきに、雪すこし打ちりたるほど」に、主殿司《とのもづかさ》が公任の懐紙を届けて来た。そこには「すこし春ある心ちこそすれ」と書かれてあり、その上の句を付けるのに、中宮にも相談できず、一人であわてふためいている。せかされて、「空寒み花にまがへてちる雪に」と詠んだのが、のちに俊賢などから誉められたという。『白氏文集』の詩句「三時雲冷カニシテ多ク雪ヲ飛バシ、二月山寒ウシテ少シク春アリ」をふまえた連歌の贈答であるが、「とわななくわななくかきてとらせて、いかに思ふらんと侘し」と記しているのは、異常なまでの緊張ぶりである。

結果的にみれば、「香鑪峰の雪」の段と同じく、漢詩文の知をふまえた我ぼめかともみえるが、それを和歌で表現することへの恐れが示されている。相手が公任であることが特別であるにせよ、定子サロンの共同性の中で「香鑪峰の雪いかならむ」と問われて簾を上げた表現の機知に富んだ楽しさと比べて、歌による個的な表現への抵抗感が明らかである。『枕草子』の表現の世界は、公的な貴族社会との交流よりは私的な定子サロンの内なる表現、和歌や歌ことばによる表現よりは、より自由な連想による叙述へと展開している。あえていえば、表現主体としての清少納言そのものが、〈もどき〉的な存在であった。

「春は曙」と始まる初段は、四季とそれぞれの時間帯とを断定的に組み合わせ、「をかし」や「あはれ」と思う情景を、あざやかな映像として切り出している。それらは和歌的な王朝の美意識の枠内から、ゆるやかにずらされ、はみ出していく。「夏は夜」の「月」、「闇」の中の「蛍」、「雨」まではともかく、「秋は夕暮」で「雁」を際だたせるためとはいえ、「烏」を表現するのは誹諧的な逸脱である。「冬はつとめて」の結びが、昼になりぬるくゆるんだ「火桶の火もしろき灰がちになりて、わろし」であることは、世俗化して終わる〈もどき〉の方向性をよく示している。

誰もが「あはれ」とか「をかし」と思う素材ばかりでなく、「をこ」の笑いの対象や、醜悪で「にくむ」対象をも表現しているところに、『枕草子』の特徴はある。そのことに自覚的だったことは跋文にも記されていたが、次の一三四段にも明確である。

とり所なきもの　かたちにくさげに、心あしき人。みそひめのぬりたる。これ、いみじうよろづの人のにくむなる物とて、いまとどむべきにあらず。又あと火の火箸といふ事、などてか、世になきことならねど、この草子を人のみるべき物と思はざりしかば、あやしきことも、にくき事も、ただ思ふことをかかむと思ひしなり。（一八一）

「みそひめ」は姫糊らしいが、それを塗ったものがなぜ「にくむ」対象かは不明であり、「あと火の火箸」もよくわからない。それはともかく、「あやしきことも、にくき事も」、他人が見ると思わなかったから気ままに書こうと思ったという弁明が、跋文と共通している。ここでいう「人」（他人）が、中宮定子やその女房仲間、そして中関白家の親しい男たちを除く人々であろうことは、跋文における紙の入手記事からも推定できる。いわば身内と外部における読者の反応の差異が、こうした「あやし」や「にくき」事物の表現において大きいということであろう。

このことは、『枕草子』の内容と表現から、中宮定子の役割の大きさや女房サロンの文芸ゆえの共同性として、これまで指摘されてきたこととも通底している。中宮定子が問いを出し、清少納言がそれに答えて、周辺の女房たちがその意外性を楽しむ。あるいは、男たちとの対話、演技の場としての定子サロンが、『枕草子』の表現には不可欠のものであった。そこには、世間一般や定子サロンの人々が「をかし」「めでたし」と思った事象を代表して記すことと、「あやし」きことと「にくき」ことをも自由に書くことが、共同性と個に引き裂かれた矛盾をも内在していたはずである。

『枕草子』の表現の世界は、この両極のあやうい均衡の上に成立し、ある場合には破綻している。私たち現代の読者には、当時の人々に共有された美の感性や知が不明になり、あるいは、あまりに当事者的な表現であることによって、その意味が理解できないことも少なくない。『史記』と「枕」との歌ことば以外の関係があったとすれば、それも含めて、「みそひめのぬりたる」や「あと火の火箸」などもそうした例であろう。

和歌的な伝統の「名」（歌枕）を素材として、「歌」や「木草鳥虫」などについて、それらをゆるやかに異化しずらしていく類聚的な章段は、現代の読者も安心してその新趣向や意外な発想を楽しむことができるし、同時代の読者にとっても同じだったと思われる。「春は曙」もそうだが、「比は　正月。三月、四月、五月。七、八、九月。十一、二月。すべてをりにつけつつ一年《とせ》ながら、をかし」と始まる二段も、年中行事にそって、その風俗や点景の描写へと入り込んでいくのは、あたかも屏風絵や絵巻の世界内へと同化するようなものである。それらをある特定の日の出来事として記せば「日記」や「物語」となるのだが、そうせずに一般化するところに『枕草子』の特性がある。二段における正月の除目の部分はこうである。この引用文では、底本のかな表記を尊重して引いてみる。

ぢもくの比など、うちわたりいとをかし。ゆき降いみじうこほりたるに、申ぶみもてありく。四位五位、わかやかに心ちよげなるは、いとたのもしげなり。老てかしらしろきなどが、人にあないいひ、女房のつぼねなどによりて、おのが身のかしこきよしなど、心ひとつをやりてとき聞かするを、わかき人々はまねをしわらへど、いかでかしらむ。「よきにそうし給へけいし給へ」などいひても、えたるはいとよし。えず成ぬるこそいとあはれなれ。（六）

貴族社会の年中行事についての点描が、地方官の任命をめぐる悲喜こもごもの現実へと入りかけたところで終わっている。これは、「すさまじきもの」（二二段）の中で、より動的に展開する素材である。二段では、「四月。まつりの比いとをかし」以下が、和歌的な美の感覚で捉えられた自然と、その中でうごめく人々へと焦点化していく表現であるが、その引用は省略する。

跋文に触れられた「木草鳥虫」に関する章段としては、「木の花は」（三四段）が、「こきもうすきも紅梅。桜は花びらおほきに葉の色こきが、枝ほそくて咲きたる。藤の花は、しなひながく色こく咲きたるいとめでたし」と、紅梅・桜・藤の花の美の好みを簡潔に記して始まる。続く「橘」は、花と実とが朝露に濡れている鮮やかな視覚による表現と、「郭公《ほととぎす》のよすが」という和歌的な発想による表現とが組み合わされている。

そして「梨の花」は、世間では「すさまじきもの」とするが、「唐土には限なき物」とする由縁を考えてよく見ると、「花びらのはしにをかしき匂ひ」が発見できるという。ついで『長恨歌』の「梨花一枝春雨をおびたり」の引用による讃美があり、「桐の木の花」にも、やはり漢詩文の発想や「琴」に作る木としてのすばらしさが示されている。〈和〉から〈漢〉への心的遠近法の展開といえよう。その結びに置かれた「楝《あふち》」は、「木のさまにくげ」だが「いとをかし。かれがれに、さまことに咲きて、かならず五月五日にあふも、をかし」と、清少納言の「心ひとつ」の独自な美意識といえよう。「木の花は」の段に取り上げられた七種類のうち、「桐」以外は『古今六帖』六「木」の項目にある。

「草は」(六三段)も、「菖蒲《さうぶ》。菰《こも》。葵《あふひ》、いとをかし」という歌枕から、「おもだかは、名のをかしきなり」と「名」への興味へと移り、「沢瀉」という漢字表記ではなく「面高」に通じるため、「心あがりしたらんと思ふに」という。「みくり。ひるむしろ。こけ。ゆきまのわかくさ。こだに」と続くが、それらもかな表記であるため、「三《み》稜草《くり》」や「蛇床子《ひるむしろ》」といった漢字表記が作用しているかどうかは疑問である。「かたばみ」については、「綾《あや》の紋《もん》にてあるも、こと物よりはをかし」と、文様化をあげている。「あやふぐさ」は不安定な「岸《きし》の額《ひたい》」に生えていると、『和漢朗詠集』(無常)にもみえる漢詩文「身ヲ観ズレバ岸ノ額ニ根ヲ離レタル草ノゴトシ」との結合である。「いつまで草」は「はかなく哀」で、「岸の額」より崩れやすいだろうという。「ことなし草」の「をかし」、「忍ぶぐさ」の「哀」も和語からの興味で、以下「みち芝」「つばな」「よもぎ」「山すげ」「日かげ」「山あゐ」「はまゆふ」「くず」「ささ」「あをつづら」「なづな」「なへ」「あさぢ」を「をかし」と列挙している。そのあとの部分を引いておく。

蓮《はちす》は、よろづの草よりもすぐれてめでたし。妙法蓮花のたとひにも、花は仏にたてまつり、実《み》は数珠《ずず》につらぬき、念仏して、往生《わうじやう》極楽の縁とすればよ。又、花なき比、みどりなる池の水に、紅に咲たるもいとをかし。翠翁紅とも詩につくりたるにこそ。

唐葵《からあふひ》、日の影にしたがひてかたぶくこそ、草木といふべくもあらぬ心なれ。さしも草。八重葎《やへむぐら》。つき草、う

つろひやすなるこそうたてあれ。（七七）

「蓮」はまず、花を仏に奉り実を数珠にする極楽往生の縁となる草であり、池に咲く紅の花は、その美しさを漢詩にも作ると讃えられている。「翠翁紅」は『和漢朗詠集』（蓮）の「煙翠扇ヲ開ク清風ノ暁。水紅衣ヲ泛ブ白露ノ秋」により、「翠扇紅衣」の誤りかとみられている。「唐葵」はその向日性を擬人的な興味で捉えられ、「さしも草」（よもぎ）も「八重葎」も歌に詠まれる草で、「つき草」も色のあせやすさが「うたてあれ」とされるが、「世の中の人の心はつき草のうつろひやすき色にぞありける」（『古今六帖』六「草」・三八四四）などによる。

ちなみに、ここに挙げられた三二種類の植物のうち、「菰」「葵」「三稜草《みくり》」「苔」「ことなし草」「忍ぶ草」「茅花《つばな》」「蓬」「日かげ」「葛《くず》」「笹」「青つづら」「蓮」「つき草」の一四種類が『古今六帖』六「草」に立項されており、「山すげ」「山藍《あゐ》」「八重葎」を「すげ」「あゐ」「むぐら」に含め、「雪間の若草」を「はるの草」に含めれば、その半数以上が一致することとなる。

これには、次の「草の花は」（六四段）も追加しておく必要がある。「なでしこ。からのはさら也、大和のもいとめでたし。女郎花。ききやう。朝顔。かるかや。きく。つぼすみれ」と始まり、「りんだう」は他の花が霜枯れたときに「はなやかなる色あひ」で咲くのが「いとをかし」という。「かまつかの花」は「らうたげ」だが「名もうたて」だとし、「雁《かり》の来《く》る花とぞ文字《もじ》にはかきたる」というのは葉鶏頭を「雁来紅」というのにあたるかとされるが、「らうたげ」になじまず未詳である。「かにひの花」は、色は濃くないが藤の花に似て「春秋と咲がをかしき也」という。

次いで「萩」は枝たおやかに朝露に濡れて広がり伏し、「さ牡鹿《をしか》」との組み合わせも和歌的な発想、「八重山吹」もそうである。この段で、もっとも独自なのは「夕顔」を取り上げ、次のように表現したことである。

夕顔は、花の形もあさがほににて、いひつづけたるに、いとをかしかりぬべき花の姿に、実《み》のありさまこそいとくちをしけれ。などさ、はた生《お》ひいでけん。ぬかづきなどいふもののやうにだにあれかし。されどなほ、夕《ゆふ》

顔《がほ》といふ名ばかりはをかし。（七八）

夕顔はその実を食べる野菜であり、これまで和歌に詠まれることもなく、その花が朝顔に似ていることと「名」を讃えながらも、その実の大きさを残念がって「ぬかづき」（ほおづき）のようなら良いのにという。このあとに「しもつけの花。あしの花」と記し、「これに薄《すすき》をいれぬ、いみじうあやしと人いふめり」として、秋の終わりから冬の末までの穂先の美しい情景を記して、「むかし思ひいで顔《がほ》に、風になびきてかぎろひ立《た》てる、人にこそいみじうにたれ。よそふる心ありて、それをしもこそあはれと思ふべけれ」と、擬人化の発想で結んでいる。

この「草の花は」の段では、一六種類のうち一三が『古今六帖』六の「草」の項目と一致し、そこに無いのは「かまつかの花」「夕顔」「しもつけの花」の三つである。歌に詠まれる草花を基本にしているのであるが、それは『古今集』などの勅撰集の歌の美意識よりも広くより日常的であるとともに、そこにもその「名」や漢詩文との関わりによる独自の〈もどき〉の発想がみられる。そして、「夕顔」のように新たな素材の発見が、『源氏物語』における「夕顔」の物語へと展開したと考えることもできる。「薄」についての擬人的な発想は、『新撰万葉集』の歌と漢詩によって『任氏伝』と結合し、それが『うつほ物語』の若小君と俊蔭女との出会いの物語を経由して、『源氏物語』における夕顔の「あやし」き物語へという表現史の系譜については、すでに論じたことがある[13]。

「木草鳥虫」のうち「鳥」と「虫」についても簡単にふれておく。「鳥《とり》は」（三八段）では、「鸚鵡《あふむ》」という口まねする異国の鳥をまず取り上げて意表をつき、「時鳥。くひな。鴫。宮古どり。ひは。火たき」と列挙する。「山どり」は友を呼び鏡を見て鳴くのが「あはれ」、「鶴」は「めでたし」、「かしらあかき雀《すずめ》。斑鳩《いかるが》のをどり。たくみ鳥」と挙げる。「鷺」は見た目や目つきが「うたて」だが、「ゆるぎの森にひとりはねじ」と争うというのが「をかし」と、『古今六帖』六「鳥」の「たかしまやゆるきのもりのさぎすらもひとりはねじとあらそふ物を」（四四八〇）による。「水鳥」では「鴛鴦《をし》」を「哀」とし、これも『古今六帖』三「をし」の「はねのうへのしもうちはらふ人もなしをしのひとりね今朝ぞかなしき」（一四七五）による。「千鳥いとをかし」のあと、「鶯」への批判的な言説と、

「郭公《ほととぎす》」びいきの言説とが対照的に長く続き、「夜《よる》なくもの、なにもなにもめでたし。ちごどものみぞ、さしもなき」と結んでいる。この段に記された「鳥」一九種類のうち『古今六帖』六「鳥」に九つ、三「をし」にひとつがある。『古今六帖』の項目からみれば、ほぼ半数が取り上げられている。

「虫は」(四〇段)では、「鈴むし。ひぐらし。てふ。松むし。きりぎりす。はたおり。われから。ひをむし。蛍」と列挙したあとで、親に捨てられてなお「ちちよ、ちちよ」とはかなげに鳴く「みのむし」の説話的な記述により「いみじう哀也」という。また「ぬかづき虫」を道心に見立てて「あはれ」また「をかし」、「蠅《はへ》」のような「にくき物」については、その行動の観察に基づいた記述をし、「夏虫」が物語の草子の上などを飛び歩くのが「いとをかし」として、「蟻《あり》」は「いとにくけれど」水の上を歩くのが「をかしけれ」と結んでいる。

『古今六帖』六「虫」の項目の「むし」を除く十項目のうち、八項目が取り上げられており、「われから」「ひをむし」は『古今六帖』の項目にはないが和歌によく詠まれ、「みのむし」「ぬかづき虫」「蠅《はへ》」「蟻《あり》」が、『枕草子』の〈もどき〉的な性格をよく示す素材である。

四　他者の言語への異和

『枕草子』の〈もどき〉の表現の基底をなすのは、言語遊戯的な連想とともに、差別ともいうべき他者の言語への鋭い異和の感覚である。

おなじことなれども聞耳《ききみみ》ことなるもの。法師のことば。をとこのこと葉、女のことば。下衆《げす》のこと葉にはかならず文字《もじ》あまりたり。たらぬこそをかしけれ。(三段・八)

より具体的には、「ふと心おとりとかするものは」(一八六段)で、「男《おとこ》も女もことばの文字《もじ》いやしう遣《つか》ひたるこそ、よろづのことよりまさりてわろけれ。ただ文字《もじ》一に、あやしう、あてにもいやしうもなるは、いかなるにかあらむ」とする。もっとも、自分がことに優れているわけではなく、善悪の判断基準も不明だが、「心ち」にそう思うという。「いやしきことも、わろきことも」自覚していれば悪くないが、身についた言葉を「つつみなく」言うのは「あさましきわざ」である。またそうすべきではない「老いたる人」や男が、つくろったつもりで「鄙《ひな》び」ているのは「にくし」で、正しくない言葉や賤しい言葉を大人の女房が平然と口にしたのを、若い女房が、ひどく恥ずかしく消え入りそうにしているのも当然だという。そして、次のように、きわめて瑣末ともいえる例を示している。

なに事をいひても、「そのことさせんとす、いはんとす、なにとせんとす」といふ「と」文字《もじ》を失《うしな》ひて、ただ「いはむずる、里へいでんずる」などいへば、やがていとわろし。まいて、文《ふみ》に書《か》いてはいふべきにもあらず。物がたりなどこそ、あしう書《か》きなしつれば、いふかひなく、作《つく》り人さへいとほしけれ。「ひてつ車《くるま》に」といひし人もありき。「求《もと》む」といふことを「みとむ」なんどは、みないふめり。　（二八六段・二三七）

口頭言語の訛りや口癖から、手紙文や物語文についての批判を強く展開していることが注目される。渡辺実は新大系本の注で、「紫式部が日記に清少納言を批判したように、清少納言には紫式部への意識がはたらいていたのかも知れない」と記している。清少納言の紫式部への直接的な言及は無いが、物語の語り手や作中人物のことばを作者へと同一視していくこうした発言は、物語作者にとって反論の余地がある。

「文《ふみ》こと葉なめき人こそ、いとにくけれ」（二四三段）も同様で、「世《よ》をなのめに書《か》きながしたること葉の、にくきこそ」とは、男女関係に真剣でない手紙文への批判である。「さるまじき人のもとに、あまりかしこまりたる」過度の謙譲、また反対に直接に対面して「なめき」つまり失礼だったり、まして高貴な人に無礼なのを批判している。ただし、「田舎《ゐなか》びたるものなどの、さあるは烏滸《をこ》にていとよし」と、笑うべき田舎人は別である。敬語や待遇表現にも敏感で、男主人に対して使用人が失礼なのも「いとわろし」、使用人が自分の主人に敬語をつけて客に

「なにとおはする、のたまふ」と言うのも「いとにくし」で、そこに「侍《はべり》」など用いてほしいと思って聞くことが多いとする。注意できる相手には、人間関係にふさわしくなく失礼だと指摘すると、聞く人も言われた人も笑い、あまりに神経質すぎるなどとされるのもみっともないと、その体験を記している。

呼称に関しても、殿上人や宰相などの本名を遠慮なしに口にするのは良くないが、女房の侍女をも「あのおもと、君」などと呼び、そう呼ばれた人が「めづらかにうれし」と思ってほめるのもひどいとする。帝や中宮の御前の外では、殿上人や君達に対しては「官《つかさ》」だけを呼称とするべきだ。また御前で自分たち同士が「まろが」など呼び合うのも、そう言えば偉くなり言わなければみっともないというようなものではないと批判している。

こと葉なめげなる物、宮のべの祭文《さいもん》よむ人。舟こぐものども。雷《かんなり》の陣《ぢん》の舎人《とねり》。相撲《すまひ》（二三九段・二七四）

ここに挙げられているのは、差別を前提にした上での知的好奇心の対象というべき例である。

貴族生活の叙述の中では、「大進生昌《なりまさ》が家に」（五段）で、生昌が「汗衫《かざみ》」を「うはおそひ」と言い、「ちひさき」を「ちうせい」と訛って、清少納言たち女房が笑いからかったのを、中宮定子にたしなめられている。

姫宮の御かたのわらはべの装束《さうぞく》つかうまつるべきよし仰らるるに、「この衵《あこめ》のうはおそひは、何の色にかつかうまつらすべき」と申を、又わらふも理り也。「姫宮のおまへの物は、れいのやうにてはにくげにさぶらはん。ちうせい折敷《おしき》に、ちうせい高坏《たかつき》などこそよく侍らめ」と申を、「さてこそは、うはおそひきたらむわらはもまゐりよからめ」といふを、「猶れいの人のやうに、これなわらひそ。きんこうなる物を」といとほしがらせ給ふもをかし。（一一）

中宮がたしなめたのは、生昌が幼い姫宮の調度品や女童の装束を熱心に作ろうとしていたからだが、「きんこう」は「勤考」といった漢語があてはまり、あえて漢語を用いて真面目だからと言ったところに戯れを読むこともできる。生昌の出身からみて、「うはおそひ」や「ちうせい」には文章生特有のことば遣いが作用しているのかもしれない。この直前に伊周と隆家の失脚と定子の落飾という事実があり、定子は失意の中で第二子の出産のために姫宮を連れて生昌の家に移っていた。そうした状況の中での、この笑いはつかのまの安息をもたらすものであり、「をかし」と結ばれるゆえんであろう。

また、「方弘《まさひろ》はいみじう人に笑はるる物かな」（一〇四段）では、「ことばづかひなどぞあやしき」として、具体的な笑いの例がいくつか示されている。例えば、人の使者が来て、「御返ごととく」と返事を求められたとき、方弘は「あの憎《にく》のをのこや。などかうまどふ。かまどに豆《まめ》やくべたる。此殿上の墨《すみ》筆は、なにの盗《ぬす》み隠《かく》したるぞ。飯《いひ》、酒《さけ》ならばこそ、人もほしがらめ」と発言して笑われている。「かまどに豆やくべたる」は『世俗諺文』に引く曹植の故事によるらしいが、どうしてこう惑い急がせるのかと使者を罵り、返事を書くべき筆と墨がみあたらないのを誰かが盗み隠したか、飯や酒ならともかくという内容もさることながら、そのことば遣いが女房たちの笑いを誘うのである。この方弘もまた、もとは文章生なのであった。

清少納言がその言語における異和の感覚によって〈もどき〉、笑いの対象としたこれらの発言は、相手に対する興味や親しみを前提にしている場合もあるにせよ、逆転して我が身にはねかえって来るものでもあった。父の清原元輔は、梨壺の五人の一人として『後撰集』を撰び、『万葉集』に古点を付した文人受領の歌人であるが、『今昔物語集』（巻二八・六）では「馴《なれ》者の、ものをかしく言ひて人笑はするを役とする翁」だとされている。清少納言もまた、父の道化的な〈もどき〉の演技者として、『枕草子』にも記されている「猿楽《さるごう》」好きの道隆をはじめとする中関白家の女房として活躍したのだと思われる。猿楽（冗談）や笑いは「烏滸《をこ》」の文化領域にあり、それを女房サロンの世界で洗練したところに、『枕草子』の「をかし」の世界が位置している。

『枕草子』は「かな」文として書かれているが、そこには、漢字や漢語による表現との差異が自覚されてもいた。

見るにことなることなき物のもじにかきてことごとしき物　いちご。つゆくさ。水ふぶき。くも。くるみ。もんじやうはかせ。とくごふの生。皇太后権大夫。やまもも。いたどりは、まいてとらのつえとかきたるとか。つえなくともありぬべきかほつきを。

（一四七段・一九七）

これが清少納言による原表記かどうかは不明だが、「文字」に書いて大仰だというのは、漢字表記である。「覆盆子」（いちご）、「鴨頭草」（つゆくさ）、「水芰」（みずふぶき）、「蜘蛛」（くも）、「胡桃」（くるみ）、「楊梅」（やまもも）、「虎杖」（いたどり）といった植物や昆虫は、父元輔の友人である源順の編纂した『和名抄』に所載の例である。「くも」と「くるみ」の外は『古今六帖』にも立項されていない。三田村雅子は、漢字表記の権威に対して従属的に示された「和語の側からの異義申し立て、異和感の言挙げ」だとするが、[14]戯れの〈もどき〉といえよう。

これらの中に「文章博士」「得業の生」「皇太后宮権大夫」が入っているのは、「ことごとしき」文字の知を司る文人（漢学者）たちが、藤原北家による摂関政治体制に組み込まれて、その権威やプライドを失っていることの反映ともみられる。清少納言は、そうした文人受領であり歌人であり烏滸の者であった元輔の娘であると同時に、他ならぬ中関白家の道隆の娘である定子中宮に仕える女房であった。『枕草子』はその中関白家の栄光の日々の記録であるとともに、その没落をも内包しつつ、それを直接には表現しない幾重にも屈折した言説なのである。三田村は類聚的章段について、次のようにいう。

枕草子の類聚章段は、二つの対立した志向によって性格づけられる。問いから答えを模索しようとする「〜は」章段の言説と、答えにあたるものから逆転して問いを発想しようとする「〜もの」章段の表出とは、鏡に映したように対称的に枕草子の世界を構成する。「〜は」章段が中宮サロンの常識なり共通観念を尾骶骨の痕跡のように引きずって、個性的なものの見方を逸脱としてしか所有できなかったとすれば、「〜もの」章段は、その逸脱そのもの、常識や既成知識からのはみだし方そのものを問題の座に据えようとする章段であった。[15]

『枕草子』における現実を反映したとみられる「問い」と「答え」の典型は、「香鑪峰の雪いかならむ」の段などであるが、類聚的章段の様式的な発想の基盤となっていることが重要なのである。「歌枕」の位置づけにおいても同様で、歌枕名寄に近い地名を列挙しただけの章段にしても、その意図を計りがたいものもあるが、「名」や「文字」の意味性に対する興味によって方向づけられている。

淵《ふち》は　かしこふちは、いかなる底の心を見て、さる名を付けんとをかし。ないりその淵。たれにいかなる人のをしへけん。あをいろの淵こそをかしけれ。蔵《くら》人などの具《ぐ》にしつべくて。かくれの淵。いな淵。

（一四段・二〇）

「かしこ」を「賢こ」と解し、どんな「底の心」を見て付けた名かと擬人化して楽しんでいる。「ないりそ」は「な入りそ」と禁止の語法により誰が誰に教えたのかと問い、「あをいろ」は蔵人に許された禁色との結合である。「〜は」の段にも、「やまひは」（二八一段）のように、「むね。物のけ。あしのけ。はてはただそこはかとなくて物くはれぬ心ち」と始まって、王朝の美意識におけるデカダンスを経由した逸脱性を示し、物語的な情景描写へと展開する例もある。それはともかく、三田村がいうように、「〜もの」型の類聚的章段により自由な逸脱、つまり〈もどき〉の発想が強く作用していることは確かである。

五　日記的現実における表現のタブー意識

類聚的章段に『枕草子』に独自な連想による鮮やかできらめかしいことばの戯れがみられるのに対して、日記的章段では、こうした表現が抑圧されている。そこでは、中宮定子や中関白家の人々への讃美がめだって批評的な内省は弱く、当事者的な表現により、文章も鈍重でさえある。跋文の「つれづれなる里居」における『枕草子』の執筆と関わってふれた一三六段は、中関白家の没落の危機や、自分が道長方に通じたと周囲の女房たちから疎外されて里居していたことを記す珍しい段であり、その冒頭はこうである。

殿などのおはしまさでのち、世中にことといでき、さわがしうなりて、宮もまゐらせ給はず、小二条殿といふ所におはしますに、なにともなく、うたてありしかば、ひさしう里《さと》にゐたり。御前《おまへ》わたりのおぼつかなきにこそ、猶えたえてあるまじかりける。（一八五〜六）

まさしく王朝女性日記である『蜻蛉日記』などと共通する当事者的な文章で、その背景をなす具体的な出来事は、他の歴史資料を参照しなければ理解できない。「殿などのおはしまさでのち」とは、長徳元年（九九五）四月十日に関白道隆が没したあとである。「世中にことのいでき、さわがしうなりて」は、五月に関白となった道兼も死去して道長に内覧の宣旨が下り、この道長と伊周が対立し、弟の隆家と道長の従者たちが乱闘して、道長の随身が殺害されたあたりの事情を示す。長徳二年一月には、伊周・隆家の従者が花山院に矢を射かけ、母方の高階家で道長や詮子を呪詛する厭物《まじもの》が発覚したりして、四月に伊周を大宰権帥に、隆家を出雲権守として左遷し、配流する決定が下された。

「宮もまゐらせ給はず、小二条殿といふ所におはしますに」とは、中宮定子が長徳二年二月に梅壺から職御曹司に移り、三月には伯父の高階明順の二条邸に移ったことをいう。五月一日には定子が落飾（出家）して、隆家が配流先に出発、伊周も四日に出発して定子と別れた。このあいだずっと中宮定子は参内していないというのである。「なにともなく、うたてありしかば、ひさしう里《さと》にゐたり」と、清少納言は特に理由もないが厭だったので長く実家にいたというが、この段の中で、中宮に仕える女房たちが、清少納言は道長方の人と親しくし、内通していると噂したことが原因だと明かされることになる。「御前わたりのおぼつかなきにこそ、猶えたえてあるまじかりける」とは、中宮様の周囲が気がかりで、やはり長く里住みしたまま出仕しないではいられなかったと、これは再び出仕したあとからの回想の表現である。

このあと、源経房が訪れて、中宮定子の里居の様子を語り、清少納言に出仕するようにとの意向を伝えるが、女房たちが道長方への内通者と見ていることへの反撥から出仕しないままでいたとの事情が記されている。その後、何日も、いつもと違って参上せよとの仰せもなく、「心ぼそくてうちながむる」頃に、下仕えの女が手紙をもって来た。中宮の直筆かと「胸つぶれ」て急いで開けて見ると、紙には何も書いておらず、山吹の花びら一重に、「いはでおもふぞ」と書いてある。日ごろの悲嘆も慰められ、いざ返事を書こうとしたところ、この古歌の上の句が思い出せない。誰もが知っているこんな古歌を、のどもとまで思い出しながら口にできないのはどうしたことか、と言ったのを聞いて、前にいた女童が、「下ゆく水」と教えてくれた。「これに教へらるるもをかし」と、この段落は結ばれている。やはり『古今六帖』五「雑思」にある「心には下ゆく水のわきかへり言はで思ふぞ言ふにまされる」(二六四八)という古歌をめぐる小話である。

この返事のあと、少し経て中宮定子のもとに参上したこと、中宮の態度には「かはりたる御けしきもなし」と安心して、女童に歌を教えられたことを申し上げると、中宮が笑って、謎々合わせのとき、「天に張弓《はりゆみ》」という、あまりに簡単な謎に対して、「知らぬ事よ」と「猿楽」(冗談)を仕掛けたため負けてしまったという小話を呼び起こし、それが長々と記されている。その末尾に、周りの女房たちの反応への異和感のようなものは示されているが、きびしかったはずの当時の政治状況の影は、少しもない。

日記的章段とはいえ、周囲の女房たちの非難はそれとして、中宮定子と自分との関係の修復のみが中心で、山吹の花びらに「いはでおもふぞ」とだけ書いた定子の趣向や、謎々合わせの小話は、これを独立させれば、随想的章段や類聚的章段ともなりうるものである。

この段と同時期のことを記した二五八段も、やはり跋文にいう『枕草子』の成立とも関わって興味深い。そこでは、中宮の御前で、「世の中のはらだたしう、むつかしう、かたときあるべき心ちもせで、ただいづちもいづちも行きもしなばやと思ふに」など、抽象的な表現だが、きわめて不愉快な体験から、どこかへ行ってしまいたいということから始まる。そうした中で、「ただの紙の、いと白うきよげなるに、よき筆、白き色紙、陸奥紙《みちのくにがみ》」などを得たら「こよなうなぐさみ」、しばらくも生きていられるでしょう、また、「高麗縁《かうらいばし》のむしろ」で青くこまやかに厚く、黒白の縁の綾の紋があざやかなのを広げて見たら、この世も捨てることは出来ず命まで惜しくなる、と中宮に語ったことが記されている。

中宮は、「いみじくはかなきことにもなぐさむなるかな。姨捨《をばすて》山の月は、いかなる人の見けるにか」と笑いながら古歌の引用で応じている。「わが心なぐさめかねつ更級や姨捨山に照る月を見て」（『古今集』雑上、八七八。『古今六帖』一「雑の月」・三二〇）の引用である。仕える他の女房たちも、「いみじうやすき息災《そくさい》の祈りななり」などと言った。清少納言にしてみれば、中宮はともかく、他の女房たちに自分の深刻な悩みが理解されず、韜晦した表現が文字通りにしか受け止められなかったことへの不満をかみしめていた。

さてのち、ほどへて、心から思乱る事ありて、里《さと》にある比、めでたき紙《かみ》二十をつつみて給はせたり。おほせごとには、「とくまゐれ」などの給はせて、「これは、きこしめしおきたることのありしかばなむ。わろかめれば寿命経もえ書《か》くまじげにこそ」とおほせられたる、いみじうをかし。思ひわすれたりつることを、おぼしおかせ給へりけるは、猶、ただ人にてだにをかしかべし。まいて、おろかなるべきことにぞあらぬや。心もみだれて、啓《けい》すべきかたもなければ、ただ、

「かけまくもかしこき神のしるしには鶴《つる》のよはひとなりぬべきかな

あまりにや、と啓《けい》せさせ給へ」とてまゐらせつ。台盤《だいばん》所の雑仕《ざうし》ぞ御使《つかひ》には来《き》たる。青《あを》き綾《あや》の単衣《ひとへ》とらせなどして、まことに、この紙《かみ》を草子《さうし》につくりなど、もてさわぐに、むつかしきこともまぎるる心ちして、をかしと心のうちにもおぼゆ。　（二五八段・二八八）

この「心から思乱る事」による里下がりが、道長方への内通を疑われたこととみられる。清少納言の道長びいきは、道隆が関白のとき、権大納言の伊周が道隆の沓《くつ》を取ってはかせ、中宮大夫だった道長がひざまづいたという、中関白家の全盛時代を回想した一二三段からも明らかである。その末尾には、「大夫殿（道長）の居させ給へるを、返す返す聞こゆれば、「例の思ひ人」と（中宮が）笑はせ給ひし。まいて、この後の（道長全盛の）御ありさまを見たてまつらせ給はましかば、ことわりとおぼしめされなまし」と記し、中宮定子没後の回想である。

二五八段にもどれば、かつての発言を思い出して、「めでたき紙」を下賜した中宮の思いやりに感激した清少納言は、「この紙を草子」に作った。その二日ほどのちに、赤衣を着た下人が、「高麗などいときよら」な畳をもって来た。誰からの贈り物かと心安い女房に問い合わせたところ、中宮定子が秘かに下さった物と知り、「さればよ、と思ふもしるくをかしうて、文《ふみ》をかきて、又みそかに御前《おまへ》の高欄《かうらん》におかせしものは、まどひけるほどに、やがてかけ落《おと》して、御階《みはし》のしもに落ちにけり」という。

これは跋文でいう『枕草子』の流布の事情と共通しながらも、明らかに差異をも示している。どちらが事実かというよりも、定子から下賜された紙に書いたこうした積み重ねが『枕草子』を形成し、流布していったと考えられる。ここでも、一三六段と同じく、当時の社会的な状況や、清少納言の里下がりの理由は具体的には記されず、中宮の機知に富んだ趣向のすばらしさ、それに対応した清少納言の「をかし」の世界へと帰結している。

『枕草子』の日記的な現実への回想表現は、中宮や中関白家の没落や不幸に関わる事柄を、表現のタブーとすることによって成り立っている。「をかし」や「めでたし」といった肯定的な讃美に限定することにより、「あやしき」ことや「にくき」ことといった否定的な要素は排除されているのである。自身がかかえた心の苦悩も、それを解消してくれる中宮定子の讃美へと転ずるための背景なのである。異化と戯れの軽やかな言説は、タブーとされた否定的な現実を隠蔽しつつ生きるために機能しているといえよう。

六　言語連想の表層化

〈もどき〉の手法による『枕草子』の本領は、和歌的な美の伝統をゆらぎの文脈に置き、新たな視座により「をかし」を発見する肯定的な章段にもあるのだが、その独自性は、むしろ否定的な素材や対象を含むところにある。

その具体例として、「すさまじき物」（二二段）を読み、〈もどき〉の詩学というべきものの散文的な現実との結合手法とその展開を確認しておきたい。

(イ)すさまじき物　ひるほゆる犬《いぬ》。春の網代《あじろ》。三四月の紅梅《かうばい》の衣《きぬ》。牛《うし》しにたる牛飼《うしかひ》。ちごなくなりたる産屋《うぶ》。火おこさぬ炭櫃《すびつ》、地火炉《ろ》。博士《はかせ》のうちつづき女児《ご》むませたる。方違《かたたが》へにいきたるに、あるじせぬ所。まいて節分《せちぶん》などは、いとすさまじ。（二二段）

あたかも「すさまじき物」を題とした連想ゲームであり、誹諧の連歌のモチーフ集といった趣であるが、歌枕とは対極的な散文性が強い。個別の連想の論理や、文脈の飛躍や空白をたどって埋める楽しみは、読者にゆだねられている。その原形を、中宮定子の女房サロンなどの場に求めることができるのか、あるいは跋文にいうような清少納言の純粋に私的な「思ひ」の文脈なのか、いずれにせよ、この連想を共有できる読者の存在は不可欠である。時と場における異質なものの連結による〈異化〉や、期待はずれによるずれが、この段における、より具象的な描写へと、〈もどき〉の詩学を展開させている。

(ロ)人の国よりおこせたるふみの、物なき。京のをもさこそ思らめ、されどそれはゆかしきことどもをも、書きあつめ、世にある事などをも聞けば、いとよし。（二二段）

地方の受領など「人の国」の人から来た手紙に贈り物が付されていないのは「すさまじき物」だが、「京」から地方への手紙には知りたい情報が多いから「物」は不要だという。(イ)の最後の、方違えに行っても饗応してくれない所への不満から連続している。方違えは、身分の上の人が下の人の家を訪れることが多いからで、いかにも貴族的な発想による身分差別である。当時としては普通の発想だろうが、それを明快に口にしたところに独自さがあると思われ、あえていえば情報に商品価値を認めた先駆的な発言である。

『枕草子』における裁断批評のみごとさは、差別的な発想の痛快さでもある。この段では「文」（手紙）という素材繋がりで、(ハ)以下の内容の叙述へと展開している。

(ハ)とくに美しく書いてもたせた「文」の返事を心待ちにしていると、きたなげに扱われたうえ、不在とか物忌みといって従者がもち帰るのは「いと侘しくすさまじ」。

(ニ)来るはずの人に牛車を遣って待ち、来る音がして出てみると、今日は他へ行くからいらっしゃらないと、牛だけを引いて行ってしまう。

(ホ)婿の君が来ないのも「いとすさまじ」。幼児の乳母がほんの少しと外出して、呼んでも来ないと返事をよこすのは「すさまじきのみならず、いとにくくわりなし」。女を迎える男なら、まして「いかならん」。待つ人がいる所に夜が少し更けて忍びやかに門を叩くので、「胸すこしつぶれて」人を出して尋ねさせると、別人が名のりしてきたのも、「返す返すもすさまじといふはおろかなり」。

(ハ)から(ニ)は「不在」、(ニ)から(ホ)は「来ない人」として連鎖するが、一般化された諸状況が、日記的あるいは物語的な場面性を示して、次の物のけ調伏の叙述となる。

(ヘ)験者《げむざ》の物のけ調《てう》ずとて、いみじうしたりがほに、独鈷《とこ》や数珠《ずず》などもたせ、せみの声しぼりいだしてよみゐたれど、いささかさりげもなく、護法《ごほう》もつかねば、あつまりゐ念じたるに、男も女もあやしとおもふに、時のかはるまでよみ困《こう》じて、「さらにつかず。たちね」とて、数珠とり返して、「あな、いと験なしや」とうちいひて、額《ひたひ》よりかみざまにさくりあげ、あくびおのれよりうちして、よりふしぬる。（三〇）

物のけ調伏の密教による呪法は、王朝貴族たちの生活の中でも、もっとも切実で厳粛な行為であった。得意げな験者が、弟子や親族たちに呪具をもたせ、押し絞った声で真言を誦しているが、いっこうに物のけが去る気配もなく、護法童子も憑かない。護法童子は法力によって現れる鬼神で、これが物のけを調伏して、霊媒である憑巫《よりまし》に駆り移す。物のけに憑かれた病者を取り巻いて、人々がその効果を期待しているのに、いつまで経っても何の変化もなく、変だと思ううちに、験者があきらめて、あくびをして寝てしまう。

いかにも興ざめな結末で、『源氏物語』における六条御息所の物のけ調伏の劇的な表現とは対極にある。あくまでも世俗的な表層を切り出した場面で、この験者が怠慢だったわけではなく、物のけ調伏のための精神集中に疲労困憊して睡魔に襲われたのであろう。そうした事情や心の深層には触れることなく、眠気という表層だけに関わって、

(ト)いみじうねぶたしと思ふに、いとしもおぼえぬ人の、おし起こして、せめて物いふこそ、いみじうすさまじけれ。　（三〇）

と結ばれている。こうした軽さばかりが『枕草子』の世界なのではない。切実な現実を、あえて軽やかに表現することは、次の(チ)「除目《ぢもく》に司《つかさ》えぬ人の家」にみごとに示されている。長くなるので、以下では、その内容の要約と、表現の問題点のみを記す。

(チ)国司の任官を期待しながら、それがはずれた人の家。「すさまじき物」の素材のひとつを、まず表題として示したあと、きわめて現実的な情景が表現されている。一族郎党をはじめ、遠いつてを頼る人までが集まり、前祝いでにぎやかな夜も明けて、変だと思ううちに、上達部たちは会議を終えて帰宅の気配である。報告の下人がつらそうに歩いて来るのを見て、結果を聞く者もいない。嘆く者、逃げるように帰る者、他に頼る所のない従者は、来年のポストを数えて、から元気を出している。「いとをかしうすさまじげなる」泣き笑いの情景が、日記のようでありながら一般化されている。

(リ)まずまずと思って詠んだ歌を人に贈ったのに返歌がない。求婚者に対してならしかたないにせよ、それでも折々に趣ある返事をしないのはよくない。また、時めいて多忙な人に、暇な人が昔風にとりえもない歌を詠みよこしたもの。いずれも期待はずれという事で連続しながら、ミスマッチの方向にずれが大きくなる。何かの行事のための扇を、絵の心得があると思って渡したら、当日にとんでもない絵を描いてよこしたとき。

(ヌ)産養《うぶやしない》の祝いの使者などに禄を与えないこと。ちょっとした薬玉や卯槌など届けに来た者にも禄は与えるべきで、思いがけず禄を得たら使いに来たかいがあったと思うはず。必ず禄をもらえるものと期待して行ったのに

得られないのは「ことにすさまじきぞかし」。禄はご褒美で、やはり期待はずれという要素で連続している。こうした王朝の生活における「すさまじき物」の連想は、次の(ル)そして(ヲ)で結ばれるのだが、その〈落ち〉というべき方法に注目したい。不明な部分を含んでもいるので、ここは原文を引いておく。

(ル)婿どりして四五年まで産屋《うぶ》のさわぎせぬ所も、いとすさまじ。おとなる子どもあまた、ようせずは、孫《むまご》などもはひありきぬべき人の、親どち昼寝《ひるね》したる。かたはらなる子どもの心ちにも、親の昼寝したる程は、より所なくすさまじうぞあるかし。（三二一）

(ヲ)師走《しはす》のつごもりの夜、寝起《ねお》きてあぶる湯は、腹立《はらだ》たしうさへぞおぼゆる。師走のつごもりの長雨《ながあめ》。一日ばかりの精進潔斎《きうじんけさい》とやいふらむ。（三二一）

(ヌ)の「産養」から(ル)「産屋のさはぎ」つまり出産にまつわる話題が導かれ、その文脈に、成人した子どもをもつ親の「昼寝」が記されている。その「昼寝」が傍らの子どもにとって「より所なくすさまじ」とは、真昼の情交を意味していると読むべきであろう。それが(ヲ)に続く文脈から、大晦日の「寝起きてあぶる湯」も、ただの身を清める沐浴ではなく、性交のあとの沐浴という説がよい。それを大晦日の長雨という、季節はずれの天気に繋いで、一日だけの精進潔斎と軽くいなすように結んだとみられる。長雨は五月雨がその典型であり、それが「物忌み」の季節であったことは、『源氏物語』の雨夜の品定めの背景ともなっている。

この「すさまじき物」の段は、これまでみてきたように、類聚的章段の典型でありながら、その内部に随想的、あるいは日記的な記録ともいえる表現への展開を内在している。この段そのものが、『枕草子』の全体的な〈もどき〉の詩学による表現のリゾーム構造と共通する展開を示している。

『枕草子』は、ものは付けといわれるような類聚的な発想と、自由な言語連想とを根源の方法とすることによって、現実を歴史社会的な文脈から切断することにより、その体験としてあったはずの苦悩をさえ、あえて漂白して表層化した。泣くことよりは笑うことを好み、「をかし」の美学を形成したとされるゆえんである。次の二一五段などは、いわば時間を無化することによって、みごとな視像を言語化した典型である。

月のいとあかきに、川をわたれば、牛のあゆむままに、水晶《すいさう》などのわれたるやうに、水のちりたるこそをかしけれ。（二五七）

あたかも、スローモーションによる映像の世界である。言語感覚のするどいきらめきと、おしゃれなことばによる「あや」は、言葉の音と文字への自覚を伴っていた。三段などでは、他者のことばへの差別意識をあらわに示していたが、「たらぬこそをかしけれ」という未完の美学、あるいは省略の美学は、『枕草子』の書きことばの世界を支えるものでもあった。

第8章　物語を生成する「涙川」——歌ことばと語りの連関

一　抒情的散文の表現史とジャンルの交錯

平安朝の物語文芸作品は、歌物語にかぎらず、「説話」を除いて歌を伴うのが基本である。そこでは、厳密な意味では、物語を「散文」として歌の「韻文」に対立させるジャンルの区分は成り立たない。ツベタナ・クリステワによれば、「散文」と「韻文」という用語は、散文としての近代小説に韻文と同様な価値を与える効果をもっていた。しかし、長い歴史を通じて散文と韻文とを区別し、韻文の優越性を称え続けた西洋とは違い、近代以前の日本文化においては、その境目が曖昧であり、〈上品なジャンル〉(higher genres) と〈下品なジャンル〉(louer genres) の区別が存在しなかった。それゆえ、「散文」と「韻文」という用語は、日本の近代・現代文学の考察に応用できるとはいえ、伝統的な文学には当てはまらない(1)。

クリステワはまた、「lyrical prose（抒情的散文）」という用語が平安朝の物語文芸にふさわしいとし、論者もまた、〈同化〉とともに〈異化〉の表現作用を重視して、「かな文芸の詩学」や「物語の詩学」を提起してきた。とはいえ、西洋近代の文学理論を基準にして、理念型としてのジャンル区分による考察は、現在でもふつうに行われている。

例えば『日本古典文学研究史大事典』は、「時代別・ジャンル別」に項目を配置しており、中古（平安時代）は「作り物語」「歌物語」「歴史物語」「説話文学」「日記・随筆文学」「和歌」「漢詩文」「歌謡」に区分している。(2) このうち、「和歌」と「歌謡」と「漢詩」とが当時は「うた」であり、「漢文」と「日記」を除く他はすべて「ものがたり」とよばれていた。ちなみに、平安朝の「ものがたり」という語は、文芸作品から日常言語までを広く示し、正統ではない「あやしげな」語りという意味をおびていた。(3)

十世紀から十一世紀にかけて、平安朝の日本に物語というジャンル、とりわけ「作り物語」とよばれる虚構の作品群が開花して『源氏物語』が成立したことは、世界文学史上の奇蹟ともいうべきであった。それが「かな」文字による多様な表現史の蓄積によるものであり、「和漢の心的遠近法」による成果であったことを中心にして、これまで論じてきた。本章では、『源氏物語』を生成するに至る歌ことばと語りの関係について概括することとし、まずはその表現史における主要な条件をまとめてみる。

①かな文字を主として書く文芸伝統の生成。

漢字を字音表記により表音的に用いる万葉仮名の類は、六世紀の金石文などに遡るが、『万葉集』でも編纂の新しい巻ほど一字一音の表記が多い傾向がみられる。また、『古事記』『日本書紀』の歌謡や固有名詞、宣命体といわれる助辞表記にも一字一音が用いられている。平安朝における万葉仮名の類は、行書体や楷書体による「男手《おとこで》」、これが草書体となった「草《そう》」「草仮名」へと展開している。「女手《おんなで》」とよばれる「かな」（ひらがな）は、十世紀半ばからの作例が残り、その連綿体による表記史と物語文芸の成立過程とが、ほぼ対応している。『古今集』や『土佐日記』は「かな」によって表記され、『竹取物語』や『伊勢物語』も「かな」を主として書かれた。

②〈かたり〉の叙事様式に〈うた〉を含んでかな文字で書かれた「歌物語」と「日記」、そして「作り物語」の系譜の成立。

いわゆる散文的な「語り文」に「歌」や「歌ことば」を含むことが、王朝かな文芸の特質である。ことに十世紀半ばには、「歌集」(家集)と「歌物語」「日記」との交錯が強くみられ、「作り物語」的な虚構性を示すものもある。「歌語り」を集成した歌物語とみられている『大和物語』の前後に、物語的な歌集(家集)として『伊勢集』『元良親王集』『本院侍従集』『清慎公集』などがある。また、『豊蔭』(一条摂政御集)や『海人手古良集』は、虚構の主人公名による歌集(家集)である。『平中物語』『多武峰少将物語』『篁物語』は、それぞれ『貞文(平中)日記』『高光日記』『篁日記』などという別称もあって、歌物語とも日記ともみなされていた。

③漢詩文による公的性格の強い〈男〉文化に対する、私的な〈女〉文化圏、女房サロンの成立。

「かな」(仮名)が「真名」(漢字)をくずすことによって成立したように、漢詩文をくずし、〈もどく〉ことによって王朝かな文芸は成立した。その初期の作者たちは、紀貫之をはじめ男性が多く、『竹取物語』『伊勢物語』から『うつほ物語』までの物語作者は、ほぼ男とみられている。六朝志怪や唐宋伝奇などの中国小説が、説話や物語の淵源にあった。平安朝にもっとも影響を与えた外国文学作品は『白氏文集』であった。

男性作者が「女文字」である「かな」を用いたのは、その享受者が女性であることをたてまえとしていたからである。『古今集』かな序に「色ごのみの家に埋もれ木の」とあるのは、私的な和歌が恋文などの男女の交通の手段となっていたことを示す。歌物語はそうした生活を基盤として成立したが、王朝かな文芸の成立の場として、大斎院選子や中宮定子また彰子の後宮における女房サロンの果たした役割が大きい。

女房サロンにおいては、歌合を催したり、歌集の編纂、物語の享受や創作、装飾料紙や絵を含めた冊子作りなどが行われた。そこには男たちも加わって、管絃の遊びである音楽や、服飾や調度の美も競われて、洗練された恋の場でもあった。『枕草子』には、『うつほ物語』の仲忠と涼をめぐる女房たちの論争、「物語は」という段もあり、『落窪物語』についての批評もある。こうした女房たちは歌人でもあったが、男により書かれた作品の享受から創作へと転じ、やがて定子サロンにおける『枕草子』、彰子サロンにおける『源氏物語』『栄花物語』などを生んだ。

④王朝の生活と文化、またその思想を表現する伝統の蓄積。

かな文芸、ことに「抒情的散文《リリカル・プローズ》」による表現手法によって、漢詩文よりも生活実感に即した思想の表現が可能となった。「作り物語」の内容は初期の強い伝奇性から、主人公の生き方や心内表現をめぐる現実的な思考と描写を深めている。『源氏物語』から『夜の寝覚』『狭衣物語』といった女性作家の作品においてその傾向は強まり、そこには『蜻蛉日記』『和泉式部日記』など女性による日記文芸の伝統も強く作用している。

「王朝女流文学」という用語があるように、十世紀後半から十二世紀にかけて、多くの女性作家が活躍して多様な作品を残したことは、近代以前の世界の文学史において特異である。後宮は中国をはじめとして世界中にあったが、女房文芸サロンというべきものが成立しなかったためと思われる。平安朝の女性作家の多くが文人受領の娘であることも、内部からの貴族社会への批評精神と結びついている。

思想史と関連させてみれば、王朝かな文芸の興隆期が、仏教における浄土教の興隆期と重なっていることも重要である。源信のような僧と、慶滋保胤らの文人貴族とが連繋した勧学会は、白居易を理想とする仏教と儒教的政教主義との結合をめざし、花山朝の崩壊のあと、二十五三昧会のような浄土教結社へと向かった。貴族仏教といわれる仏教の内実は多様であり、密教の加持祈禱は「物のけ」調伏や病気の治癒において民間信仰とも通じ、他方で陰陽師たちや神社の神官も活動していた。そうした思想状況において、天皇や貴族たちの権力も絶対ではありえず、それらを相対化する視点が、『源氏物語』のような物語の思想として成立したことが重要である。

⑤物語テクストにおける〈語り〉の心的遠近法、作者（語り手）―作中人物―読者（聞き手）による物語場と伝承回路の設定による表現手法の成立。

「作り物語」においては特に、その物語世界を自立した現実感のあるものとして表現するために、〈語り〉の心的遠近法による物語場と伝承回路の設定によるテクストの装置が発達した。虚構の物語が現実感を読者にもたせるためには、その物語内容とともに、物語言説のリアリティが不可欠だからである。初期の物語や説話は、語り手が口頭伝承を聞いて語るという表現様式を単純に用いた。とはいえ、それらもまた、語るように書かれた作品である。

作中人物もまた物語世界内の語り手である。物語作者による〈語り〉の心的遠近法は、地の文による語り手のことばを基底として、会話文、歌、手紙（消息）文、心内語といった他者のことばを入れ子構造により複合しつつ、トポロジカルに表現していく。

『竹取物語』には、こうした基本的な表現手法が出そろっている。『うつほ物語』は、俊蔭巻の前半においては、語り手のことばと会話文による説話的な表現により、俊蔭女と若小君との出会いの情景から歌や心内語による表現性を強めている。会話文による作中人物の性格を、現実感を強く示して描き分けているのが『落窪物語』の特徴である。物語において、贈答歌は会話文の特殊な形態であり、独詠歌は心内語の一種である。『うつほ物語』においては、儀式場面を中心として唱和歌を多く列挙する傾向が著しく、その表現過程で省略の草子地も生まれている。「草子地」とは、室町期における『源氏物語』の注釈用語であるが、「作者の詞」などとも共通し、語り手が前面に出て聞き手（読者）に語りかける地の文の特殊形態である。

また、地の文における引き歌表現の技法も、王朝物語の生成の過程で洗練され、抒情的なかな文芸を成立させた。『うつほ物語』にもみられるが、『蜻蛉日記』の冒頭と巻末に駆使されている。引き歌は漢詩文や仏典の引用などと同じく、典拠による表現であり、その手法としての起源はやはり漢詩文における「典故」にある。こうした〈語り〉の心的遠近法をもっとも複雑かつ巧妙に駆使しているのが『源氏物語』であり、後期物語になると歌や心内語や引き歌による作中人物の心の表現は洗練されるが、〈語り〉の心的遠近法としては平板になることが多い。

こうしたかな文芸の表現史の総体を展望したうえで、ここでは歌ことばの修辞と語りの地の文における、同化と異化の表現機能に注目する。具体的には「涙川」という表現にまつわる歌の技法と物語の技法との結合術について、歌から歌物語へ、そして作り物語系列の作品についても検討していく。『竹取物語』にみられた語源譚パロディの要素は、それらの表層から急速に消えていくが、「あはれ」による同化とともに、掛詞や縁語による異化の手法として、抒情的散文としての物語を生成する「言の葉」の〈あや〉となっている。

二　歌の技法としての「涙川」

「涙川」「涙の川」は『万葉集』にはない表現で、『古今集』に「涙川」六例と「涙の川」二例があり、『後撰集』では「涙川」一六例と「涙の川」四例と増えるが、『拾遺集』では「涙川」五例で「涙の川」は無く、少なくなっている。また、『古今六帖』は四「恋」に「なみだがは」の項目を立て、一八首を載せている。そのうちに「涙川」が十首、「涙の川」が二首で、あと六首は「涙」にまつわる他の修辞である。(4)「涙川」「涙の川」は、十世紀半ばに特に好まれた表現であり、恋や悲しみの心によって流れ出る涙を、川に見立てた隠喩である。その修辞的な発想や趣向は『古今集』の段階ですでに完成していた。

涙川なにみなかみを尋ねけむ物思ふときのわが身なりけり　（『古今集』恋一・五一一）

涙川の水源をなぜ探し求めたりしたのか、思い悩む我が身だったのだと、身と心の内から「涙川」という言語映像が生成する過程を、外部の自然とトポロジカルに連続させて発想した読人《よみびと》しらず歌である。「物名」の部にある都良香の歌も同じような発想を示し、「流れいづる方だに見えぬ涙川おきひむときや底は知られむ」（『古今集』物名・四六六）という。「沖干《おきひ》む」に「熾火《おきび》」を隠し題とし、水源がどこかわからないほど流れ出る涙川は、涙が尽きて干上がったときに底の源がわかるだろうという。愛情の深さを喩え、香炉の熾火に恋の「思ひ」を潜在させている。掛詞による共時的な範列の隠喩と、縁語関係による換喩的な連辞との結合である。

涙を川の流れに重ねる表現は漢詩にもあり、都良香の亡き児を悲しむ詩に「涙ハ暮《ゆふべ》ノ水ニ添ヒ、流レテ逝クヲ哀シブ」（『扶桑集』哭児・五）という。王朝の漢詩人たちは、「恋慕ハコレ山　涙ハコレ河」（『新撰万葉集』上・恋・二〇四）、「一双涙滴《したた》ル黄河ノ水　願ハクハ東流シテ漢宮ニ入ルコトヲ得ム」（『千載佳句』王昭君・四四九）などと詠む。

後者は胡国にさすらった王昭君が故郷を恋慕し、黄河の水が長安に流れ込むことに回帰の思いを託している。この詩句をふまえた「王昭君」という翻案歌に、「かくばかり塞《せ》きわづらはば涙川都のかたへ流れ入らなむ」（『長方集』二一四）という歌もある。

こうした漢詩句と歌ことば表現との関連を指摘した渡辺秀夫は、「元来、川（急流・滝）は、奔騰してせきとどめえぬ激しい恋情のさまを表象」するものであり、「涙と川との観念連合は、流れと情念」と同様に詩・歌ともになじみやすく、それらを「的確に直接重ね合わせた」ものが、歌語「涙川」だったという。(5)『古今集』の例を、あと二つあげてみる。

涙川枕流るるうき寝には夢もさだかに見えずぞありける （『古今集』恋一・五二七）

篝火にあらぬわが身のなぞもかく涙の川にうきて燃ゆらむ （『古今集』恋一・五二九）

涙川には「枕」が流れたり、恋の思いに燃える「わが身」が浮いたりもする。こうした誇張表現の現実感を支えているのは、恋に悩む心の程度を、涙の量という物象が支えていることにある。こうした「涙川」の前史というべき歌なら『万葉集』にもあり、「しきたへの枕ゆくくる涙にぞ浮寝をしける恋の繁きに」（『万葉集』巻四・五〇七）と、『古今集』における「涙川」の歌の諸要素は、すでに出そろっている。とはいえ、『万葉集』には「にはたづみ流るる涙」という類型表現が三例あり、「にはたづみ」は枕詞で、激しい雨が降り庭を流れる水のような涙と、より即物的な風景映像の比喩である。「泣く涙小雨に降れば白妙の衣ひづちて」といった例もある。(6)

こうして、『万葉集』の歌では涙が雨として降って衣を濡らしたり、庭を流れたりし始め、漢詩文における詩句の発想を媒介としながら、観念的な心象風景としての「涙川」という歌ことばが、掛詞や縁語の技法によるかな文字表現としての『古今集』の世界で確立したという、おおよその経路を確かめることができる。

佐藤和喜は、和歌における五七調から七五調への変化を、「繰り返し的・空間的な表現」つまり「多声的な歌体」から、「論理的・時間的なもの」つまり「単声的な歌体」への変化として位置づけている。古代和歌の五音句による枕詞を「神の言葉」、七音句による被枕詞を「人の言葉」として規定することを始源として、これを一・二句と三・四句との構造的な対応に拡張し、さらに、『古今集』時代までの「物＋心」の表現法を、「物の表現は人から神へと向かう人の声であり、心の表現は神から人へと向かう神の声である」としている。(7)

ここで佐藤がいう「神の声」は異界の幻想へと同化した心の表現、「人の声」は現実の景物に託した表現である。また、「多声的」というのは範列的な共時性、「単声的」は連辞的な通時性というように、記号論としてより一般化して捉えておきたい。平安朝における「心物対応構造」の和歌では、心の部分よりも物の部分に類同性が多いという鈴木日出男の見解をふまえて、佐藤は、「物の表現が単一化するのも、それが人の心を指示する共同化された記号」となり、「一句から五句までが直線的につながり、人の声として単声化」されて七五調が成立したのだという。(8)こうして「歌が時間性を孕む」ことはまた、「歌から物語が展開されること」だと論じているのである。

このような表現史の展望は、「涙川」という抽象化された特殊な物象表現にもあてはまる。「涙川」や「涙の川」は、恋や悲しみの心の「あはれ」を共同化し記号化した歌ことばである。その心象風景は、もちろん「人」の心に発したものだが、幻想の景物としての異界性あるいは境界性を示している。『古今集』の歌において、それはまだ「単声化」しきってはおらず、掛詞や縁語による「多声的」な修辞がみられた。

『古今集』から追加しておけば、「早き瀬にみるめ生ひせばわが袖の涙の川に植ゑましものを」（『古今集』恋一・五三一）では、涙の川が「袖」を流れ、海草の「海松布《みるめ》」と男女が逢う意味の「見る目」が掛詞である。「世とともに流れてぞ行く涙川冬もこほらぬ水泡《みなわ》なりけり」（『古今集』恋二・五七三）では、「流れ」と「泣かれ」を掛け、「水泡」という泡立ち流れる水がはかなさを象徴して、冬も氷らないのは恋の思いの熱さゆえである。これは紀貫之の歌で、以上に引いた『古今集』の「涙川」「涙の川」の歌六首のうち、この歌と都良香の歌以外は読人しらず歌である。残りの二首については、『伊勢物語』との関連でのちにふれる。

『後撰集』には「涙川」「涙の川」の歌が急増しており、その歌の作者は『古今集』以前に遡る人も少なくないが、十世紀中葉に好まれて慣用化し、修辞的な趣向への緊張感が失われて「単声化」の度を強めるという、撰集時代の傾向を読むことができる。これはまた、晴の歌の性格の強い『古今集』に対して、より日常的な褻の歌が多い『後撰集』との質的な差異によるともいえる。そうした中で、次の二首における見立ての発想などは、『古今集』と共通する言葉のあやを示している。

消えかへりもの思ふ秋の衣こそ涙の川の紅葉なりけれ（『後撰集』秋中・三三二）

涙川身投ぐばかりの淵はあれど氷とけねばゆく方もなし（『後撰集』冬・四九四）

前の歌の作者は清少納言の曾祖父にあたる清原深養父で、紀貫之とも交流があった。漢語の「血涙」やそれを歌ことば化した「血の涙」をふまえた隠喩による歌で、「涙の川の紅葉」が「衣」を染めている。後者は『秋萩集』や『新撰万葉集』にもみられる歌で、やはり『古今集』以前だが、涙川の「淵」や「瀬」をめぐる表現が『後撰集』には多いこととの共通性を示している。これら四季の部の二首と、離別と羈旅の部にある二首を除けば、他の一六首は、すべて恋の部にある。

『後撰集』恋の部の「涙川」「涙の川」の歌は、贈答歌が多く、その中から『大和物語』五段にも登場する大輔にまつわる例を引いておく。

題しらず　橘敏仲

わび人のそほづてふなる涙川おりたちてこそ濡れわたりけれ

返し　大輔

淵瀬とも心も知らず涙川おりやたつべき袖の濡るるに

又　敏仲

心みになほおり立たむ涙川うれしき瀬にも流れあふやと（『後撰集』恋二・六一〇～二）

恋の苦しみの涙川に降り立って濡れているという男の歌を、贈答歌における典型的な修辞法によって、女が切り返している。涙川の淵なのか瀬なのか、愛情の深さもわからないから、うっかり降り立ったら泣きをみるという。七五調の「単声的」な連辞による、縁語仕立ての換喩による掛け合いとして、男はなおも期待をこめて詠み掛けている。もうひと組は、より歌物語的な贈答歌である。

もの言はむとてまかりたりけれど、先立ちて棟用《むねもち》が侍りければ、「はや帰りね」と言ひいだして侍りければ

小野道風

帰るべき方もおぼえず涙川いづれか渡る浅瀬なるらん

返し

大輔

涙川いかなる瀬より帰りけん見なるる澪《みを》もあやしかりしを

（『後撰集』恋四・八八八〜九）

前の例もそうだが、涙川の「淵」や「瀬」は愛情の深浅を示す比喩であり、そこに身を濡らす恋の交通の心象の場である。換喩的な関係は、一首の中においてよりも、贈答歌の切り返しの文脈において、より強く現れる。この贈答歌と詞書では、人物や事実の関係がよくわからないが、これを説明し解釈すれば、恋の物語が生成することとなる。

十世紀の歌の技法における「涙川」の位相をもっともよく示しているのは、『古今六帖』である。四「恋」は、「こひ」「かたこひ」「ゆめ」「おもかげ」「うたたね」「なみだがは」「うらみ」「うらみず」「ないがしろ」「ざふの思」に分類されている。何よりも、「涙川」は「恋」の歌ことばなのであり、その一八首は、「涙川」一〇首、「涙の川」二首、あと六首は「涙」にまつわる歌である。それらの中で、始めの二首（四・二〇七八〜九）は『古今集』と『伊勢物語』一〇七段の贈答歌と同じである。他にも、『古今集』とは「世とともに」（四・二〇八一、ただし第四句「水もこほらぬ」）、「はやき瀬に」（四・二〇八四）の二首が重出している。これらを除いた「涙川」「涙の川」の語をもつ八首のうちから四首を引いてみる。

涙川いかなる水か流るらむなどわが恋をけつときのなき　（四・二〇八二）

いかばかりもの思ふときの涙川からくれなゐに袖のそむらん　（四・二〇八三）

涙川うきたる泡と身をなして人のうきせを流れてをみん　（四・二〇八七）

かけていへば涙の川の瀬をはやみ心づからやまたは流れん　（四・二〇九三）

残りの四首も含めた大まかな傾向として、やはり七五調の「単声的」な性格が強く、「流れ」という語との結合が多い。「流れ」は「泣かれ」と掛詞になる発想を潜在させているが、これらの歌に、掛詞による範列的つまり「多声的」な修辞性は弱い。「涙川」は男女の恋の思いを託した心象風景として流れ続けている。また、「なみだがは」に分類されながら「涙川」「涙の川」という語をもたない六首のうち、四首が「衣」や「袖」という語と結びついている。

君恋ふる涙しなくはから衣むねのあたりは色もえなまし　つらゆき　（四・二〇八八）

身をせばみ袖よりも降る涙にはつれなき人も濡れよとぞ思ふ　あべのきよゆき　（四・二〇八九）

つつめども袖にたまらぬしら玉は人をみぬめの涙なりけり　こまち　（四・二〇九〇）

おろかなる涙ぞ袖にたまはなす我はせきあへず滝つ瀬なれば　（四・二〇九一）

作者名が記されているのは、『古今集』と重なる時代の人が多い。「袖」はまさしく「涙」が「川」として流れ出る場所（トポス）であり、〈根源的隠喩〉としての「袖の涙」の系譜につらなっている。(9)

三　物語を生成する「涙川」

『古今六帖』の「なみだがは」の最初の二首は、『古今集』に、「業平朝臣の家に侍りける女のもとに、よみてつかはしける　敏行の朝臣」（恋三・六一七）、「かの女にかはりて返しによめる　業平の朝臣」（恋三・六一八）という詞書とともに記された贈答歌である。この贈答歌が潜在している物語を、『伊勢物語』一〇七段の前半部分は、次のように表現している。

むかし、あてなる男ありけり。その男のもとなりける人を、内記にありける藤原の敏行といふ人よばひけり。されど若ければ、文もをさをさしからず、ことばもいひしらず、いはむや歌はよまざりければ、かのあるじなる人、案をかきて、かかせてやりけり。めでまどひにけり。さて男のよめる。

　つれづれのながめにまさる涙川袖のみひちてあふよしもなし

返し、例の男、女にかはりて、

　あさみこそ袖はひつらめ涙川身さへ流ると聞かば頼まむ

といへりければ、男いといたうめでて、いままで、巻きて文箱《ふばこ》に入れてありとなむいふなる。

（『伊勢物語』一〇七段）

『古今集』の詞書では、業平の家の女に敏行が求婚して贈った歌に、業平が代作して返歌したという事実関係として記している。『伊勢物語』では、主人公が「あてなる男」と抽象化されて実名はなく、女が若くて恋文や歌が不得意だったから代作して書かせ、その歌に敏行が感動して文箱に保存したと、より具体的に表現されている。語り手が「むかし」と発語し、「となむいふなる」という伝聞の形式で結んでいることも、『伊勢物語』の歌物語としての各段を構成する〈語り〉の技法である。

「涙川」をめぐる贈答歌の技法としては、敏行の贈歌が、「つれづれのながめ」よりもずっと増さる自分の涙川が、袖ばかりを濡らして恋するあなたに逢えないという嘆きを訴えている。「ながめ」は「長雨」と恋の物思いによる「眺め」との掛詞で、「つれづれ」という王朝文芸に通底する心の空虚感と結びつく表現であった。女の立場から代作された返歌は、「涙川」が浅い、つまり愛情が浅いからこそ袖が濡れるので、身までが流れると聞いたら信用しましょうと切り返している。誇張された修辞によって愛情の深さを測る、歌の技巧によるゲームであり、こうした恋の贈答歌の技法そのものが、物語として主題化されている。その物語化においては、「けり」体を基調にして出来事を連辞的に語り、何故という理由や因果関係を説明して語る言説となっている。

『伊勢物語』の一〇七段はこれで終わることなく、この結婚が成立したあとの物語を、「雨」に関する物語として展開している。

男、文おこせたり。得てのちのことなりけり。「雨のふりぬべきなむ見わづらひはべる。身さいはひあらば、この雨はふらじ」といへりければ、例の男、女にかはりてよみてやらす。

かずかずに思ひ思はず問ひがたみ身をしる雨は降りぞまされる

とよみてやれりければ、みのもかさも取りあへで、しとどに濡れてまどひ来にけり。（『伊勢物語』一〇七段）

ここでは「雨」が降るから通って行けないという男の手紙に対して、再び女の歌を代作し、その歌の力によって、男はひどく濡れながら駆けつけたという。「身をしる雨」は、男に愛されているのかいないのか問うこともできない我が身のほどを知って、「涙」が雨のように降り増さるのだと転じている。「涙川」の修辞の延長としての「身をしる雨」という表現が、この段をみごとな歌物語として成立させている。

この「かずかずに」という歌も『古今集』にあり、「藤原敏行朝臣の、業平の朝臣の家なりける女をあひしりて、文つかはせりけることばに、いままうでく、雨の降りけるをなむ見わづらひ侍るといへりけるを聞きて、かの女にかはりてよめりける」（恋四・七〇五）という詞書も、その表現も含めて類似するところがある。敏行と業平をめぐる『伊勢物語』と共通の素材が想定できるのではあるが、その表現性の差異もまた大きい。ちなみに、この歌も『古今六帖』一「雨」（四七四）に「なりひら」として採られている。

『落窪物語』はこれを、少将道頼と女君とが結ばれた、新婚三日目の夜の豪雨の場面に引用して、「雨」をもいとわずに男が通う独自な物語へと展開している。雨のために道頼が通って行けないという手紙に対し、あこきが帯刀に反撥する手紙を返し、女君の手紙には、「世にふるをうき身と思ふわが袖の濡れはじめける宵の雨かな」という歌だけが記されていた。道頼はこの歌に感動して出発を決意したが、それを知らないあこきと女君は、次のように嘆いている。

かかるままに、「あいぎやうなの雨や」と腹立てば、君、恥かしけれど、「などかくは言ふぞ」との給へば、「なほよろしう降れかし。をり憎くもおぼえ侍かな」と言へば、「降りぞまされる」と忍びやかに言はれてぞ、「いかに思ふらむ」と恥かしうて添ひ伏し給へり。（『落窪物語』巻一・四五）

この「降りぞまされる」が『伊勢物語』一〇七段の引用のキーワードである。あこきの立腹とは対照的な女君のひかえめな反応が、会話文による日常的な散文と歌ことばによる詩的言語との組み合わせによって、作中世界の現在の情景を効果的に表現している。じつはこの前に、道頼が初めて帯刀の手引きで女君のもとに通うとき、「まずかいば見（かいま見）をせさせよ」と言う道頼に、帯刀は「もの忌みの姫君」のようだったら「心劣り」するだろうと言い、道頼が「かさも取りあえで、袖をかづきて帰るばかり」と冗談を交わす場面がある。「もの忌みの姫君」は醜女を女主人公とする散逸物語とみられるが、この「かさも取りあえで」も、『伊勢物語』一〇七段による表現であろう。だとすれば、『伊勢物語』一〇七段をふまえて、逆転したパロディとする『もの忌みの姫君』という物語がすでにあり、それを再び転じて『落窪物語』が書かれていることになるが、異化による散文的な会話表現である。

世俗的な笑いによる誇張表現は『落窪物語』の特徴でもあって、新婚三日目の豪雨の中を、道頼は「大傘」に身を隠して歩いて行き、途中で雑色たちから「足白き盗人」として打ち据えられ、「糞」まみれになる。臭いから、行ったら嫌われるだろうとためらう道頼に、帯刀は「かかる雨にかくておはしましたらば、御心ざしをおぼさん人は麝香の香にもかぎなしたてまつり給てん」と言って訪れたのであった。こうして訪れた道頼と女君とは、やはり『伊勢物語』一〇七段によって、次のような連歌による会話を交わしている。

……とて、かい探り給に、袖のすこし濡れたるを、おとこ君、来ざりつるを思ひけるもあはれにて、

なにごとを思へるさまの袖ならん

とのたまへば、女君、

身をしる雨のしづくなるべし

との給へば、「こよひは身をしるならば、いとかばかりにこそ」とて臥し給ひぬ。（『落窪物語』巻一・四七）

女君の袖の涙は、日常的なことば以上の伝達機能をもって、道頼の愛情を確かなものとした。つまるところ、歌ことばの抒情による同化へと帰結しているのであるが、『古今集』から『伊勢物語』、そしておそらく『もの忌みの姫君』という散逸物語を経た『落窪物語』へと、引用と変換による〈もどき〉というべき物語の詩学は、異化の手法を強く示している。心の現在を表出する歌の技法が物語を生成し、過去の世界を現在の情景として現前する物語の技法へと組み込まれ変換されていく過程で、語り手による物語は、異化の笑いを含めた現実描写を達成している。

さらに付け加えておけば、『源氏物語』浮舟巻で、匂宮と薫との関係に追いつめられていく浮舟が、薫にあてた返歌にも、「つれづれのながめにまさる涙川」と、「身をしる雨は降りぞまされる」の両歌とを引用して織り合わせた、次のような歌がある。

つれづれと身をしる雨のをやまねば袖さへいとどみかさまさりて（浮舟・五・二三〇）

薫は浮舟のことを妻の女二宮に語り、京に新築した邸宅に迎えようとするが、すぐさま宇治にかけつけることは

しない。浮舟は自らの「涙川」の思いに耐えかねて、宇治川への入水を決意することとなった。これは、物語の主題的な方法として、歌ことばによる伝達不可能性（ディスコミュニケーション）が悲劇的な動機づけとなる例である。

十世紀における「涙川」の表現史に立ち戻ることにしたい。『伊勢物語』は、歌にまつわる小さな物語の断章を、一人の男主人公の生涯の物語の枠へと、ゆるやかな連辞構造に組み込んで成立している。『大和物語』は、これに比して範列性の強い歌物語の集成であり、統一的な主人公による大きな物語の枠をもたない。固有名詞による事実性の強い歌説話集ともみられる作品であるが、その七六段が「涙の川」の歌によって成り立っている。

桂のみこの御もとに、嘉種《よしたね》が来たりけるを、母御息所、聞きつけたまひて、門《かど》をささせたまうければ、夜ひと夜立ちわづらひて、帰るとて、「かく聞こえたまへ」とて、門のはさまよりいひ入れける。

今宵こそ涙の川に入る千鳥なきて帰ると君は知らずや　（『大和物語』七六段）

この歌をめぐる、「桂のみこ」と「嘉種」という人物関係と詠歌事情こそが、貴族社会における噂としての歌語りにおける興味の対象であった。

同じ『大和物語』一〇三段は、「平中が色このみけるさかり」の物語である。平中は武蔵守の娘を口説き落としたあと、役所の長官に伴われて逍遙したり、宇多天皇の行幸に仕えていて、後朝の文も贈らないまま日が過ぎてしまい、悲嘆した女は自分で髪を切って尼となった。平中がようやく訪れようとしたとき、丸く束ねた髪を包んだ女からの手紙が来た。そこに、「あまの川空なるものと聞きしかどわが目の前の涙なりけり」と記してあった。「天の川」に「尼」を掛け、天の川は空にあると聞いていたのに、自分の目の前の「涙」であったと、「尼」となった悲嘆を訴えたのである。「天の川」を「涙」に喩える発想には、「涙の川」が底流している。

平中は泣きながら、「世をわぶる涙ながれてはやくともあまの川にはさやはなるべき」と返歌し、女に事情を弁解したが、返事はなく、平中は後悔するばかりであった。ここでの歌は男女を結びとめる力をもたず、物語を方向づけているのは、地の文による文脈である。この物語は『平中物語』三八段にもあって、女も泣くが、平中もじつによく泣き続けている。

『平中物語』二五段では、志賀寺で歌を詠み交わした女に再会し、女が他の女から自分を中傷することばを聞いて拒むのに対して、平中は供の男に次のように言わせて、歌を贈っている。

「身もいと憂く、御心もうらめし。身も投げむとてまかりつるを、ただ一言《ひとこと》聞きおくべきことなむありける。さても、この川え渡らでなむ、帰りまうで来ぬる」とて、

身の憂きをいとひ捨てにと来つれども涙の川はわたる瀬もなし

（『平中物語』二五段）

供人に伝えさせたことばは、歌の散文的な説明となっている。「この川」が「涙の川」で、涙川を渡ることが、ここでは死を意味しており、自分の流す涙の川に溺れ死ぬという修辞的な発想に基づいている。誤解を解かなくては死ねないと訴えるが、夜明け前の道の途中のやりとりが続く中で、女は、「まことにてわたる瀬なくは涙川なかれて深きみをと頼まむ」と返歌している。「流れ」と「泣かれ」、「水脈《みを》」と「身を」とが掛詞で、「川」「流れ」「水脈」と「泣かれ」「涙」が縁語関係にある。女の歌は、仲が続くかもしれないとの期待をもたせ、物語は恋の可能性を持続している。夜が明けてきて、女は帰る家を男に知られまいとする。そこで平中が贈った歌から段末までは、「涙の色」の贈答歌で構成されている。

ことならば明かしはててよ衣でに降れる涙の色も見すべく

返し、

衣でに降れる涙の色見むと明かさばわれもあらはれねとや

といふに、いとあかくなれば、わらは一人をとどめて、「この車の入らむところ見て来《こ》」とて、男は帰りにけり。わらはは見て来ぬ。いかがなりにけむ。

（『平中物語』二五段）

「涙の色」は恋の真心のあかしとしての「血の涙」の色であり、女の返歌はなおも態度を保留している。男は童に女の家をつきとめさせたが、さてどうなったかと、語り手は作中世界から離れ、物語を中断して終わる。『平中

物語』では、二五段に続く二六段でも、「涙川」をめぐる歌ことばの物語を展開しているのだが、こちらは省略する。

『平中物語』は平中という男主人公によって物語の全体を統括しているのであるが、恋の言の葉のうつろい、心と言葉とのずれ、あるいは男女の身と心とのずれによる悲哀を表現し続けていく。それが『伊勢物語』との差異であり、「色ごのみ」のパロディとして位置づけられるゆえんである。(10)やがては、『古本説話集』などの説話にみられるように、平中が女を口説く嘘泣きの恋の手段を見破られ、硯の水に墨をすられてやりこめられる墨塗り譚という異化の物語へと展開していくことともなる。

四 「涙川」とうつほ物語の求婚譚

前節において、『落窪物語』が「涙川」をめぐる『伊勢物語』一〇七段の後半にある「身をしる雨は降りぞまされる」を引用し、これを変換して〈もどき〉というべき物語における独自な場面構成を示していることを検討した。とはいえ、作り物語における「涙川」などの歌ことばによる技法は、歌物語と違って、それ自体によって物語全体の生成や展開がもたらされるのではない。主人公たちの生涯や人物関係、また家系による長編化、話型や類型要素、先行作品や史実の引用などによる、より大きな物語の詩学や文法が、そうした歌ことばによる技法を包摂し、場面構成しているのである。こうした物語的な想像力の形成史における歌ことばの表現機能とその限界については、かつて「五月まつ花橘の香をかげば昔の人の袖の香ぞする」という伝承歌をめぐって論じたことがある。(11)ここでは『うつほ物語』と『落窪物語』を中心にして、「涙川」の表現機能についての検討をさらに進めていく。

これに先だつ『竹取物語』に「涙川」や「涙の川」という用例はないが、石作の皇子が偽物の仏の石の鉢ととももに差し出した歌は、「海山の道に心をつくし果てないしのはちの涙ながれき」であった。「ないし」に「泣き」と「石」、「鉢《はち》の涙」に「血の涙」が掛けられている。これが『竹取物語』における最初の歌であり、語源譚パロディへと連続していた。最後の歌は、「あふ事もなみだにうかぶ我が身には死なぬ薬も何にかはせん」という帝の歌であり、「なみだにうかぶ我が身」という表現は、「涙川」を潜在させている。「涙」はかぐや姫を恋する人間界の男たちの思いの表象であり、語り手による作中世界の対象化による異化（離れ）の部分に語源譚パロディの表現はあった。『落窪物語』においては、女君の抒情の歌ことばを核としながら、道頼の冗談による笑いと異化を媒介にして、雨の中を糞まみれになって通う場面を表現していた。

『うつほ物語』には「涙川」が十例、「涙の川」が七例あり、そのすべてが歌の中に用いられており、いわば歌語りとしての認定がみられる。俊蔭巻で、若小君と一夜の契りを結び、仲忠を生んだ俊蔭女は、二度と男の訪れのないまま、悲しみの生活をしている。その表現に、「かくて、泣き暮らし、嘆き明かす月日、はかなく過ぎ行く。出で来添ふ物はなくて、いささかなりし身の調度など有りしは、嫗失ひ使ひつつ、月日ふるままに、ただ涙の海をたたへてゐたり」と、地の文に「涙の海」がある。そして、幼子の仲忠が成長して、母子ともに北山の「うつほ」に移った場面に、「涙川」の最初の歌がある。

かの父の遺言したまひし琴ども皆取《と》う出て、また、弾きし琴ども、この子して運ばせて、今はもろともに行くに、よろづのこと悲しとはをろかなり。

涙川淵瀬もしらぬみどり子をしるべとたのむ我やなになり

など言ふほどに、うつほに至りぬ　（俊蔭・六九～七〇）

「涙川」と「淵瀬」との結合した歌は、『後撰集』に多くみられた修辞であるが、それを「みどり子」と繋ぐのは、この物語に即した修辞であり、「琴」と「うつほ」にまつわるより主題的な文脈は、歌の前後における語りの地の文が担っている。

「涙川」と「涙の川」という他の多くの用例は、あて宮求婚譚の贈答歌に用いられている。藤原の君巻において、あて宮十二歳で始まる初期の求婚の物語では、源宰相実忠・平中納言・兵部卿宮たちが有力であり、実の兄である侍従仲澄も特異な求婚者である。求婚者たちそれぞれの歌によって物語が構成されている中に、次のようにある。

又、宰相の君、

涙川みぎはや水にまさるらん末より滝の声もよどまぬ

又かくて、夕暮れに雨うち降りたるころ、中島に、水のたまりに、鳰《にほ》といふ鳥の、心すごく鳴きたるを聞き給て、侍従、あて宮の御方におはして、かく聞こえ給ふ。

「池水にたまもしづむは鳰鳥の思ひあまれるなみだなりけり

とは御らんずるや」ときこえ給へば、あやしうおぼして、いらへきこえ給はず。（藤原の君・一四四〜五）

これより前に、仲忠の父兼雅もあて宮への仲介を頼んで、「われひとり言ふにあかねば紅の袖も告げなむ思ふ心を」という歌を詠んだのに対して、中将祐澄が「思ふこと多かる袖の色を見てひとり頼まむことの苦しさ」と詠み、兼雅には妻が多いことへと、血の涙による修辞の意味を転じている。こうして、あて宮求婚譚をめぐる「涙川」や「涙」の修辞は、多くの求婚者たちによって用いられるのではあるが、源宰相実忠と仲澄また三の皇子《みこ》において特徴的であり、その途中から有力な求婚者となる仲忠も加えることができる。

嵯峨の院巻には、多くの求婚者たちによるあて宮への贈歌が記されているが、その中では、平中納言と源宰相実忠の歌が、「涙の川」と涙にまつわる修辞によって並んでいる。

平中納言殿よりも、

わき出づる涙の川はたぎりつつ恋死ぬべくも思《おぼ》ほゆるかな

源宰相、志賀に行ひしに詣で給へりけり。それより、おもしろき紅葉の露に濡れたるを折りて、かくなむ。

わが恋は秋の山べに満ちぬらむ袖よりほかに濡るる紅葉葉《もみぢば》

とあれど、御かへりなし。

（嵯峨の院・三〇一）

祭の使巻では、五月五日に侍従仲澄が「長く白き根」を見て、「涙川みぎはのあやめ引く時は人しれぬねのあらはるるかな」と詠みかけるが、あて宮は聞き入れず、なおも仲澄は「死ぬる身」との思いを訴えている。その後の競馬の饗宴では、やはりあて宮への求婚者たちの歌が列挙されている。その中にも、源宰相実忠の「涙川」の歌がある。

源宰相、

「沈みぬる身にこそ有けれ涙川うきても物を思ひけるかな

身のいたづらになるとも思ひ給へず、心ざしのむなしうなりぬるこそ、いみじけれ」など聞こえ給へり。あはれと見給へど御返なし。

三の皇子《みこ》

君がため軽き心もなきものを涙に浮かぶころにもあるかな

（祭の使・四〇三）

同じく祭の使巻の終わりで、月をめでつつ琴を弾く情景では、仲澄が、黒方に銀の鯉を嵌め込んで、「夜もすがら我浮かみつる涙川つきせずこひのあるぞわびしき」と、「鯉」に「恋」を掛けた歌をその鯉に書きつけて贈ったが、やはりあて宮は無言だった。その後に、源宰相実忠が、あて宮に「死ぬ死ぬ」と訴えて、「涙だに川となる身に年をへてかく水茎やいづち行くらん」と詠み、「あが君あが君、助け給へ」というのに、あて宮はその異様さに同情はするが、返事はしない。

菊の宴巻では、あて宮の東宮への入内が決定し、求婚者たちはそれぞれ悲嘆にくれて、神仏に祈願している。源宰相実忠は「淵川に入りなむ」など惑いこがれつつ、正頼邸を離れず、「草木につけつつ、涙を流して」あて宮に訴えたが、やはり返事はない。

「言の葉も涙もいまは尽きはてててただつれづれにながめをぞする

いでや、聞こえさすべきかたぞおぼえね。ここらの年ごろ思ひ給へ惑ひつるところかひなく、人づてならで夢ばかりも聞こえさせでやみぬる事。あが君や、雲居のよそにても聞こえさせてしがな。今しばしだに、いたづらになし果て給こそ」など聞こえ給つれば、御かへりもなし。（菊の宴・六一九）

求婚者たちの訴えの手紙が歌を中心にして列挙されている中で、「涙」と「涙川」は、三の皇子と藤中将仲忠にもみられる。

三の皇子《みこ》、雨の降りたるころ、御前の紅梅の匂ふ盛りに、

「紅《くれなゐ》の涙の流れたまりつつ花の袂の深くもあるかな

大空さへこそ」など聞こえ給。

頭中将（藤中将で仲忠カ）、

「涙川うきて流るる今さへや我をば人の頼まざるらむ

袖の濡るるは人のとがめらるるはや」など聞こえ給へり。（菊の宴・六二一）

三の皇子の歌は「紅の涙」つまり血の涙による修辞、また、仲忠の「涙川」の歌は『古今集』や『伊勢物語』一〇七段の「浅みこそ袖はひつらめ涙川身さへ流ると聞かば頼まむ」を引き歌とした表現である。右大将兼雅もまた、祐澄を通して「思ふことなすてふ神も色ふかき涙流せば渡りとぞなる」という歌を贈ったりしている。また、侍従の君仲澄にも「涙川」の歌がある。

恋をのみたぎりて落つる涙川身をうき舟のこがれますかな（菊の宴・六五三）

これは掛詞と縁語の駆使された歌で、「恋《こひ》」の「ひ」に「火」、「うき」に「浮き」と「憂き」、「こがれ」に「漕がれ」と「焦がれ」を掛けており、「川」「舟」「漕ぐ」と「火」「たぎる」「焦がる」が複線構造の縁語となっている。この歌はまた、嵯峨の院巻における平中納言の、「わき出づる涙の川はたぎりつつ恋死ぬべくも思《おぼ》ほゆるかな」とも類似し、『うつほ物語』における作品内引用とみなすことも可能である(12)。

こうして、失意の求婚者群像の表現に「涙川」や「涙」の修辞が機能しているのであるが、この菊の宴巻における悲劇の中心は、妻子を捨ててあて宮に求婚し続けていた源宰相実忠である。実忠の男の子である真砂子《まさご》君は、父に捨てられた悲しみのために没し、妻と袖君という女子は志賀に籠もってしまった。

実忠はあて宮付きの女房の兵衛の君に「血の涙」を流して訴え続け、「心魂を砕きて思ひ嘆くこと限りなく」、「わくがごと物思ふ人の胸の火に落つる涙の滝をますかな」と詠んで、あて宮と結婚できなければ不要だからと、沈の箱に黄金の箱を入れて贈ろうとした。兵衛の君から「こたびさへのたまはずは、やがて死ぬべし」と伝えられたあて宮は、実忠の「文の端」に、「涙をばいかが頼まんまた人の目にさへ浮きて見ゆとこそ聞け」と書きつけた。浮気な人の涙は信用できないと、きわめて形式的な返歌であるが、実忠は喜んで希望を繋ごうとした。しかし、兵衛の君から仲介は絶望的だといわれ、「死に入りて息もせず、いただきより黒き煙立ちて、青くなり赤くなりて、ただ息のみかよふ」状態となる。ようやく生き返って、兵衛の君に「白金《しろかね》の箱に黄金《こがね》千両」を入れて贈るが返され、これを七大寺をはじめとする神仏に寄進して願をかけている。その「涙」にまつわる表現がきわめて散文的に展開していることは、『うつほ物語』の説話的ともいうべき異化を含んだ文体の、一方の極に通じている。この引用では、その前田家本の表記が復元できるように、漢字をあてた部分にはルビを付しておく。

源宰《さい》相、時《とき》の変《か》はるまで思《おも》ひ入《い》りて、赤《あか》く黒《くろ》き涙《なみだ》を滝《たき》のごとく落《お》として、千両《りやう》の黄金《こがね》を三十両《りやう》づつ、白金《しろかね》の鶴《つる》の壺《つぼ》に入《い》れて、七大寺よりはじめて、香華《かうけ》所・比叡《ひえ》・高雄《たかを》に誦経《じゆきやう》す。その心ざし、ただこのことなり。「天地《ち》仏神与力《よりき》し給ば」と思《おも》ふ。源宰相、なほ、すべき方《かた》おぼえねば、比叡《ひえ》に上《のぼ》りて、あるが中《なか》に験《げん》かしこき所に、四十九所に、よき阿闍梨《あざり》四十九人を選《え》りて、阿闍梨《あざり》一人《ひとり》に伴僧《ばんそう》六人具《ぐ》して、四十九壇に聖天供《ぐ》を、布施《ふせ》・供養《くやう》豊《ゆた》かに、麗《うるは》しき絹《きぬ》を袈裟《けさ》に着《き》せつつ行《をこな》はせ、みづからは中堂《だう》に七日七夜、加持《かぢ》の潔斎《いもひ》をして、五体《たい》を投《な》げて、「この事なし給へ」と行《おこな》ひ給。

（菊の宴・六六五〜六）

このあとに、真砂子君と北の方・袖君の哀れな生活への同情が人々の歌によって描かれるが、実忠はなおもあて宮に執着し続けている。

あて宮の東宮への入内が実現したのは、あて宮巻である。源宰相実忠は「燃ゆる火も泣く音にのみぞぬるみにし涙尽きぬる今日の悲しさ」という歌を兵衛の君に託した。入内の日に、あて宮は、生きてまた対面できないだろうと涙を流す兄の侍従仲澄に対して、入内は本意ではないとし、どうして死ぬほど悲しむのか、兄の恋情を理解できずにいる。

侍従、「なほ、え侍まじきにこそ侍めれ。よろづのこと心細く悲しきこと」と聞こゆ。

あて宮、「さな思し入りそ」とて立ち給。

臥しまろび唐紅《からくれなゐ》に泣き流す涙の川にたぎる胸の火

と書きて、小さく押し揉《も》みて、御ふところに投げ入る。あて宮、「散らさじ」と思して、取りて立ち給ぬるを見るままに、絶え入りて息もせず。（あて宮・六八五）

あて宮は気絶した仲澄に同情して、「別るとも絶ゆべき物か涙川行く末もあるものと知らなむ」という歌を残している。源宰相実忠は山に籠もって穀や塩を断ち、「涙を海とたたへ、嘆きを山と生ほし」て嘆いていた。仲忠は、こう表現されている。

藤中将、「あが仏、などからく、思はぬさまにてはものし給。仲忠ら、かた時世に経《ふ》べき心ちもせねども、親に仕うまつらんと思ふ心深ければ、しばし交じらひ侍れど、かくておはするを見たてまつり侍れば、まづ悲しくなん」とて、

うち見れば涙の川と流れつつ我も淵瀬を知らぬ身なれば（あて宮・七〇二）

この仲忠の歌は、俊蔭巻で「うつほ」に移るときに俊蔭女の詠んだ、「涙川淵瀬もしらぬみどり子をしるべとたのむ我やなになり」と、明らかに呼応している。仲忠を現世に繋ぎとめているのは、ここでも母親への思いである。

そして、あて宮求婚譚における「涙の川」という最後の歌は、やはり源宰相実忠の長歌である。「かけて言へば

散りも砕くる　魂に　深き思ひの　つきしより　入り江の床《とこ》に　年を経て」と、あて宮への恋から始め、「列《つら》を並べて　住む鳥の　行方《ゆくへ》も知らず　鴛鴦《をし》の子の　立ちけむ方も　思ほえで」と、妻子を顧みなかったことを歌い、あて宮への恋の結末が、続いて次のように表現されている。

黄なる泉に　消えかへり　涙の川に　浮き寝して　今や今やと　頼み来し　君が心を限りぞと　思ひし日より　山里に　ひとり眺めて　もえわたる　深き山辺と　みつ潮は　袖の漏るまで　湛へども　みるめ求めん　かたもなし　今はかひなき　心ちして　名残《なごり》ぞ物は　悲しかりける　（あて宮・七〇六〜七）

こうした実忠の後日譚にも、「涙川」や「涙」の表現が用いられている。国譲上巻では、父太政大臣の死をきっかけに都に復帰した宰相実忠に、あて宮が「藤の花」に付けた訪いの手紙を贈り、実忠の返信の歌はこうである。

涙川たもとに淵のなかりせば沈むも知らであらむとやせし　（国譲上・一二九〇）

「淵」に「藤」を掛けて、喪にちなんだあて宮の配慮に感謝している歌であるが、恋の悲劇は、譲位をめぐる藤壺（あて宮）と実忠の政治権力における連合へと転生していく。そして国譲中巻の終わりでは、実忠は北の方と「涙」をめぐる歌を贈答し、二人の関係も少しずつ修復されていく。

北方、同じ装束いと清らにしてたてまつれ給とて、

君にとて縫ひし衣も来ぬほどに涙の色に濃くぞなりぬる

御返し、

涙にし濡れける衣《きぬ》の黒ければなほ墨染めといかが思はぬ

とて、あからさまに、小野へおはしぬ。　（国譲中・一四九〇）

こうして、あて宮求婚譚をめぐる「涙川」「涙の川」、そして「涙」にまつわる歌ことば表現は、源宰相実忠を中心として長編的な物語の展開を生成しており、妹を恋して死んだ仲澄においても効果的であった。実忠の物語は、「涙川」によりあて宮への恋の悲劇の展開を表現する典型であり、歌ことばによる同化は達成されていない。その

結末における北の方との関係の修復もまた「涙」によるものであり、その意味では、「涙川」や「涙」による歌ことば表現が、悲劇を浄化するものだともいえよう。

三の皇子《みこ》や仲忠もまた、こうした修辞と関わって表現されており、求婚者群像の歌による表現を構成しているのであるが、あて宮の偽物を奪った上野の宮はもちろん、帝に愁訴して伊豆に流された滋野真菅や、家を焼いて山に籠もった三春高基、あるいは学生から上昇した藤英などは、「涙川」「涙の川」という歌ことばとは無縁である。上野の宮と滋野真菅、三春高基という周縁世界の三奇人の物語においては、祝祭的な狂騒による猿楽的な世界、まさしく異化による〈もどき〉の極致が表現されていた。

『うつほ物語』における「涙川」は、歌ことばによる物語世界内の人物表現における中心と周縁の文法、その心的遠近法の例といえるのであるが、和歌的な抒情による同化を基底としながらも、異化の物語の詩学を内包していることをおさえておきたい。

なお、付け加えておけば、俊蔭巻やあて宮求婚譚の他にも、忠こそ巻では、北の方による継子虐めによる出奔の前の、忠こそと御息所との贈答歌に「涙の川」と「涙川」による表現がある。また、吹上の上巻にも、吹上からの帰路の唱和歌群の内に、良佐と守の主の歌に「涙の川」が用いられている。これらは恋の歌ことばではなく、その用例数からみても、『うつほ物語』における「涙川」「涙の川」の、あて宮求婚譚における主題的な技法が際だつのである。

五　「涙川」と落窪物語の継子譚

次に、『落窪物語』における「涙川」という歌ことばは、女君が継母に「酢・酒・魚などまさなくしたる部屋」

に幽閉され、典薬助という翁に犯されそうになり、その危機を脱したあと、侍女のあこきが道頼の手紙をさし入れた場面にある。

少将の文《ふみ》見たまへば、

「いかが。日のかさなるままに、いみじくなん。

君がうへ思ひやりつつ嘆くとは濡るる袖こそまづは知りけれ

いかにすべき世にかあらむ」とあり。女、いとあはれと思ふ事かぎりなし。

「おぼしやるだにさあんなり。

嘆くことひまなく落つる涙川うき身ながらもあるぞかなしき」と書きて、翁の文見ん事のゆゆしうて、「あこき返り事せよ」と書きつけてさしいでたれば、文取りて立ちぬ。

（『落窪物語』巻二・一〇八）

継子虐めされる女主人公と、これを救うべき男主人公との、恋の試練を象徴する「涙」の贈答歌である。継母の指示で典薬助は女君の部屋に侵入したが、あこきの機転で、女君は病気と偽って難をのがれ、その典薬助の「文」（手紙）を渡すことを口実にして、あこきは道頼の「文」を女君に渡すことができた。女君は典薬助の「文」は見ず、あこきに返事をまかせており、その贈答の内容が、この引用文に続いて記されている。王朝風の「あはれ」として典型的な「涙」の贈答歌と対比して、いかにも卑俗なパロディというべき「文」の内容を表現していることが、『落窪物語』の現実描写の特徴をよく示している。

あこき、翁の文を見れば、

「いともいともいとほしく、夜一夜なやませ給ひける事をなん、翁もののあしき心ちし侍る。あが君あが君、夜さりだにうれしきめ見せ給へ。御あたりに近く候はば、いのち延びて心も若く成侍りぬべし。あが君あが君、

老木《おい》ぞと人は見るともいかでなほ花咲き出て君に見馴れん

なほなほ、な憎ませ給ひそ」と言へり。あこき、いとあいなしと思ふ思ふ書く。

「いとなやましく見えさせ給ひて、御身づからはえ聞こえたまはず。

枯れ果てていまはかぎりの老木にはいつかうれしき花は咲くべき」と書きて、腹立ちやせんとおそろしけれど、おぼゆるままに取らせたれば、翁うち笑みて取りつ。（巻二・一〇九）

老木にうれしい花が咲くはずはないという皮肉に気づいて腹立つこともなく、典薬助は喜んで、この夜に期待を繋いだ。あこきは、女君の部屋の遣り戸口に大きな杉唐櫃を置いて開かないようにした。次の部分も、会話文と心内語を地の文に生き生きと組み込んだ、語りの心的遠近法による卑俗な現実描写をよく示しているので、やはり引用しておく。


北の方、かぎを典薬に取らせて、「人の寝しづまりたらん時に入り給へ」とて寝たまひぬ。みな人々しづまるをりに、典薬鍵《かぎ》を取りて、さしたる戸あく。いかならんと胸つぶる。錠《じやう》あけて遣り戸あくるに、いと固ければ、立ちゐひろろくほどに、あこき来てすこし戸を隠れて見立てるに、錠しも探れど、さしたるほどを探り当てず。「あやしくあやしく」と、「内にさしたるか。翁をかく苦しめ給ふにこそありけれ。人もみな許し給へる身なれば、え逃れさせ給はじ物を」と言へば、誰かは答《いら》へん。打ち叩き押し引けど、うち外《と》に詰めてければ、ゆるぎだにせず。

「いかにやいかにや」と、夜ふくるまで板の上にゐて、冬の夜なれば身もすくむ心地す。そのころ腹そこなひたる上に、衣《きぬ》いと薄し。板の冷えのぼりて腹ごほごほと鳴れば、翁、「あなさがな。冷えこそ過ぎにけれ」と言ふに、しひてごほめきて、びちびちと聞こゆる、いかになるにかあらんとうたがはし。かい探りて、出やするとて尻をかかへて、惑ひ出る心ちに、錠をついさして、鍵をば取りていぬ。あこき、鍵置かずなりぬるよやとあいなく憎く思へど、開かずなりぬるをかぎりなくうれしくて、遣り戸のもとに寄りて、

「ひりかけしていぬれば、よもまうで来じ。おほとのごもりね。曹司《ざうし》に帯刀《たちはき》まうで来たれる」と、「君の御返事も聞こえ侍らん」と言ひかけて、下《しも》に下《お》りぬ。（巻二・一一一〜二）

寒さで下痢を起こした典薬助は、みじめに退散した。道頼と帯刀は、中納言一家が賀茂の祭り見物に出かけた機会に、女君を救出して二条邸に連れ去ってしまう。父の中納言邸では、女君の失踪を知って大騒ぎし、継母は典薬助の滑稽な顚末を聞いて口惜しがった。女君は二条邸で、あこきや多くの女房にもかしずかれて幸福な生活に入り、道頼も中将となった。

『落窪物語』はシンデレラ型としての継子物語の原型的な構造を明確に示しているが、男主人公の道頼が通うようになるのは巻一の始めであるし、継母によるさまざまの虐めを克服して救済されるのも巻二の前半においてである。全四巻のうちのこれ以後は、道頼による継母一家への復讐の数々であり、最後は父中納言との和解による幸福な結末となっている。話型としての継子譚の枠を前提としながらも、同時代の貴族社会における現実を、あこきや帯刀のような従者たちの視点から、私的な家族生活の物語として捉え、手紙文を含む会話体を主とした現実描写の表現を達成している。

「おちくぼの君」と継母によって名づけられた女君は、その冒頭で、「わかうどほり腹の君とて、母もなき御むすめ」として登場している。「はかばかしき人もなく、乳母《めのと》もなかりけり」というのも、実母の死後は乳母が世話をするふつうの王朝物語と比べて異常である。その誕生や母の死までのいきさつが語られずに、極度に切りつめた表現となっているのは、先行作品をふまえているためと考えられ、古本『住吉物語』が現存しないために比較の対象は不明であるが、現存本『住吉物語』と比較することによっても、そうした特徴が明らかである。(13) 現存『住吉物語』の諸本は、和歌を中心とした恋物語としての流動性を示していることも、『落窪物語』の即物的なまでの生活描写によるテクストの固定性とは対照的である。

「おちくぼの君」という呼称は、「寝殿の放出《はなちいで》の、また一間《ひとま》なる落窪なる所の二間《ふたま》なる」に住ませたことによる。その位置や性格は、他に用例がなく不明である。とはいえ、巻一で、継母は、道頼がそこに忍んでいるのを知らずに、直衣が出ているのを見つけて、他人の縫い物をしていると怒った。そして、父中納言に「おちくぼの君」がという呼称で言いつけるのを聞いて、道頼はまさかそれが女君の呼称とは思わず、「人の名にいかにつけたるぞ。論なう屈したる人の名ならん。きらきらしからぬ人の名なり。北の方、さいなみだちにたり。さがなくぞおはしますべき」と女君に語る。ついで中納言までがそう呼ぶのを聞いて、女君は、「恥のかぎり言はれ、言ひつる名を我と聞かれぬる事」と思い、「ただ今死ぬる物にもがな」と泣く。道頼は「いかにげに恥かしと思ふらん」とともに泣いて、継母はもちろん父中納言までが「憎く言ひつるかな」と思い、自分が女君を幸せにしようと決意した。

「おちくぼ」がたんに部屋の名であるならば、道頼が気づかないのも不自然であるし、女の呼称としては異常な蔑意がこめられていたはずである。『調度歌合』(群書類従)には、「大つぼとおひの台」が、「壁のあなたにまなかなるおちくぼの所」にあって歌を詠んだとする。器物による恋の歌合というパロディ作品の結びの一組で、「大壺」(大便器)と「小樋の台」(小便器)であろうか。室町期の例だが、「おちくぼ」の少ない用例と尾籠な笑いが結びついたものとして付記しておく。また、西洋のシンデレラなどの継娘は、「灰」に関係するあだ名であるが、ペローの作品では継母や姉たちが「灰だらけのお尻」と呼び、ギリシアのキオス島で採集された昔話では、「灰」と「女性の性器」との合成語だという。日本語においても「くぼ」が端的に女性の性器を意味する語であったこととの関連を認めてよいと思われる。(14)

この物語に特徴的な性に関する直接的な表現や、糞にまつわるエロ・グロ・ナンセンスの笑いや誇張表現の要素も、「おちくぼ」という呼称と通底している。

『落窪物語』もまた「涙川」や「涙の川」という歌ことば表現を継承していることを確かめつつ、その抒情的な恋の表現の文脈が、その対極ともいうべき散文的な現実描写や笑いの表現と結合していること、より大きな物語の話型としての継子虐め譚との関わりを強調することとなった。『落窪物語』における「涙川」と「涙の川」のもうひとつの例は、すでに道頼による継母一家への執拗なまでの復讐の数々も終わり、父中納言が大納言に昇進したあと没して、喪に服している女君を大将道頼が訪れる場面にある。

御忌みの程はたれもたれも君たち、例ならぬ屋のみじかきに移り給て、寝殿には大徳たちいと多くこもれり。大将殿おはせぬ日なし。立ちながら対面し給ひつつ、すべきやうなど聞こえ給。女君の、御服のいと濃きに、精進《さうじ》のけに少し青みたまへるがあはれに見えたまへば、男君うち泣きて、

涙川わが涙さへ落ち添ひて君がたもとぞ淵と見えける

とのたまへば、女、

袖くたす涙の川の深ければ藤の衣と言ふにぞ有ける

など聞こえ給つつ、行帰りありありき給ふほどに、三十日の御忌み果てぬれば、「いまはかしこに渡り給ね。子どもも恋ひきこゆ」とのたまへば、「いまいくばくにもあらず。御四十九日果てて渡らん」とのたまへば、ここになん夜はおはしける。（巻四・二四三〜四）

こうした贈答歌による場面表現そのものは歌物語的であり、「男君」と「女」と呼称されている。「淵」と「藤」とを掛詞にして服喪の悲しみを表現する例は、『うつほ物語』国譲上巻にもあり、「涙川たもとに淵のなかりせば沈むも知らであらむとやせし」という実忠の歌があった。『落窪物語』では夫婦の愛情のますます深まりを示す文脈にある。

『枕草子』には「成信中将は」の段に、「交野の少将もどきたる落窪の少将などはをかし。よべ一昨日の夜もありしかばこそ、それもをかしけれ。足あらひたるぞにくき、きたなかりけん」（二七三段）と、新婚三日目の雨夜のことを評している。『源氏物語』に『落窪物語』という作品名はみられないが、蛍巻では、明石姫君のための絵物語を作成する場面で、紫上と語る光源氏が、「継母の腹きたなき昔物語も多かるを、心見えに心づきなしと思せば」と、多くあったという継子虐め物語を排除している。紫上が明石姫君にとって継母であることへの配慮であるが、紫上もまた継子であった。賢木巻では、その紫上の幸福を記して、「継母の北の方は、安からず思すべし」といい、また「物語にことさらに作り出でたるやうなる御ありさまなり」と、語り手の評言を加えている。『源氏物語』は

継子物語の話型をふまえながらも、それらを多様に変換して組み込んでいく。(15)なお、末摘花の色白の醜貌などは、『落窪物語』における「面白の駒」をふまえた表現とみられる。

六　源氏物語における「涙川」と歌ことばによる異化

『源氏物語』は古歌をはじめ、『竹取物語』『伊勢物語』『うつほ物語』などの作り物語、漢詩文や仏典や史書や日記など、多くの先行諸ジャンルの表現を交錯させて引用し織り込んで、主題的に変換した作品である。『源氏物語』にもまた「涙」にまつわる表現は大量にあるのだが、「涙川」は一例、「涙の川」は五例と、これらに限定すれば意外に少ない。

須磨巻で、朧月夜に贈った光源氏の手紙の中に、

あふ瀬なき涙の川に沈みしや流るる澪《みを》のはじめなりけむ　（須磨・二・一六）

という歌があり、あなたへの恋だけが「罪のがれがたう侍ける」と記している。朧月夜は「涙川浮かぶ水泡《みなわ》も消えぬべし流れてのちの瀬をも待たずて」と、「泣く泣く乱れ書」いている。光源氏の須磨への流離は、朧月夜との恋の露見を直接の契機としていたが、その深層には藤壺との密通と、それによって生まれた皇子を東宮（後の冷泉帝）としている〈王権〉物語的な構造があった。(16)「涙川」をめぐる朧月夜との物語は、『源氏物語』の主題的な中心からみれば、周縁的とはいわないまでも境界的である。

あとは宇治十帖にある。早蕨巻で、亡き大君を偲ぶ中君が、「中の宮は、ましてもよほさるる御涙の川に、あすの渡りもおぼえ給はず、ほれほれしげにてながめ臥し給へるに」と、匂宮に都へと迎えられる直前の思いである。これは、歌でなく地の文の表現であることが、例外的でめずらしい。この少しあとに、中君を迎えに来ていた薫が

弁の尼と対面する場面で、弁が「先に立つ涙の川に身を投げば人におくれぬ命ならまし」と、大君に続いて死ぬことを思いつつ、それも「罪深く」往生できず「深き底に沈」むと、地獄に堕ちる恐れを口にして、無常の思いをかみしめている。薫の返歌はこうであった。

身を投げむ涙の川に沈みても恋しき瀬々に忘れしもせじ　（早蕨・五・一四）

死んでも亡き大君を恋う思いは消えないだろうと言い、「涙川底の水屑《みくづ》となりはてて恋しき瀬々に流れこそすれ」（『拾遺集』源順・恋四・八七七）が引き歌かとみられている。

残るひとつが、手習巻における浮舟の歌で、小野の尼君たちに琴《きん》や琵琶を弾くことを誘われても、そんな優雅なたしなみもなく育った我が身を口惜しく思い、「手習」として書きつけた。

身を投げし涙の川のはやき瀬をしがらみかけて誰《たれ》かとどめし　（手習・五・三四〇）

浮舟が身を投げようとしたのは宇治川であったが、現実には未遂に終わり、意識不明で宇治院の巨木の下に横たわっているところを、横川僧都の一行に発見された。その浮舟が、自分が身を投げたのが、自身の悲しみの心の象徴である「涙の川」ということに注目したい。『源氏物語』の「涙川」と「涙の川」という歌ことばは、『うつほ物語』のあて宮求婚物語の例とは異なって、恋が終わったあとの人生の回想と通底している。

『源氏物語』における歌ことばと物語との関連については、第II部でその具体的な諸相について論じるが、ここでは葵巻における六条御息所の「袖ぬるる恋ぢ」という「涙川」を潜在させた歌と、光源氏による返歌との伝達不可能性（ディスコミュニケーション）の問題に触れておきたい。

うちとけぬあさぼらけに出で給御さまのをかしきにも、猶ふり離れなむ事はおぼし返さる。やむごとなき方《かた》に、いとど心ざし添ひ給べきことも出で来にたれば、ひとつ方におぼししづまり給なむを、かやうに待きこえつつあらむも心のみ尽きぬべき事、中々もの思のおどろかさるる心ちし給に、御文《ふみ》ばかりぞ暮れつ方ある。

日ごろすこしおこたるさまなりつる心ちの、にはかにいといたう苦しげに侍るを、えひき避《よ》かでなむ。

とあるを、例《れい》のことつけと見たまふ物から、

袖ぬるる恋ぢとかつはしりながら下《お》り立《た》つ田子《たご》の身づからぞうき

山の井の水もことわりに。

とぞある。御手はなほここらの人の中にすぐれたりかしと見給ひつつ、いかにぞやもある世かな、心もかたちもとりどりに、捨《す》つべくもなく、又思ひ定むべきもなきを苦しうおぼさる。御返り、いと暗うなりにたれど、

袖のみぬるるやいかに。深からぬ御事になむ。

浅《あさ》みにや人は下りたつわが方《かた》は身もそぼつまで深《ふか》き恋ぢを

おぼろけにてや、この御返りをみづから聞こえさせぬ。

などあり。（葵・二・三〇二〜三）

御息所の「袖ぬるる」の歌は、光源氏が夕暮れに手紙だけをよこしたのに対する、返事の手紙の歌としてある。光源氏の手紙は、訪れないことの弁解のみを記して、そこにあったはずの歌を記してはおらず、それとは対照的に、御息所の返信では、歌とそれに続く引き歌のみが記されている。そのために、ここでは女から先に詠んだ歌で、それに対して光源氏が切り返した贈答歌のようになっている。その御息所の絶望的なまでの愛執の心の訴えを、光源氏が重く受けとめずに切り返したことが、御息所の物のけとしての発動へと通じていく。そこには、歌ことばと地の文による語りとの表現の差異も、きわめて効果的に用いられている。

古注釈の指摘をまとめた『源氏物語引歌索引』には、「袖ぬるる」という御息所の歌について、すでに検討した『伊勢物語』一〇七段前半の①「つれづれのながめにまさる涙川袖のみぬれてあふよしもなし」と、②「あさみこそ袖はひつらめ涙川身さへ流ると聞かば頼まむ」を引く。この歌に続く「山の井の水もことわりに」の部分については、「悔しくぞ汲みそめてける浅ければ袖のみぬるる山の井の水」（『古今六帖』二「山の井」・九八七）、「山の井の浅き心も思はぬにかげばかりのみ人の見ゆらむ」（『古今集』恋五・七六四）を引いている。また、「浅みにや」とい

う光源氏の返歌についても、②と①の両歌を引いている。[17]

六条御息所の「袖ぬるる」の歌については、『細流抄』が「此物語第一の歌と云々　心はただ我身からの物おもひと也」と、高い評価を示している。袖が濡れる我が身ゆえの物思いという修辞からは、①はともかく、②の歌はふさわしくない。むしろ「山の井の水」に関する「悔しくぞ」の歌のみをここでは指摘しておくことがよいと思われる。

『細流抄』はまた、「袖のみぬるるやいかに」という光源氏のことばについて、「山の井の水などある詞によせたり。此御歌をみては伊勢物語にのみ（みの）もかさもとりあへずしとどにぬれてなどいふやうにしても行べき事也」と、やはり『伊勢物語』一〇七段の後半と関連づけている。そして、「浅みにや」について、「源の歌也。贈答の本と也。身もそほつ花鳥説いかが」とする。

ここで批判されている『花鳥余情』の説とは、「さなへとる田子は泥中のあさきにおりたつもの也。身もそうつまでは山田のそうつをぬるる心によめり。これは身もひたるばかりの恋路とよみ侍り。心詞たぐひなくおぼへ侍り」というものである。「袖ぬるる」という御息所の歌については、「恋路は泥をひぢといふにつきたる詞なり。さて袖ぬるるともいへり。田子もいやしき人なり。さなへなどとりて泥中におりたつものに、御息所の我身をたとへ給ふなり」とし、「山の井の水もことはりに」については、「山の井の水はあさき契のたとへなり。源氏の御心さしのあさきはことはりなりと、御息所の述懐したまふなり」と記している。

『細流抄』が「身もそほつ花鳥説いかが」というのは、山田の「そほつ」つまり案山子が身を濡らすことに光源氏が我が身を喩えたという解釈である。これについて論じる前に、御息所の「袖ぬるる恋ぢ」の歌が、「恋路」に「泥《ひぢ》」を掛け、自身を「田子（農婦）」に見立てて、「身づから」にも「水」を掛けて縁語仕立てにした、いわば泥沼の恋の思いを詠んだ歌であることを確かめておきたい。「此物語第一の歌と云々」と『細流抄』がいうのは、誰がなぜ歌としてそのように高い評価を与えたのかも不明だが、高貴な御息所がなりふりかまわぬ恋の深みに悶えている、物語の歌としての異様なまでの迫力がある。

これに関して高田祐彦は、『源注余滴』の指摘をふまえて、『蜻蛉日記』中巻の長歌に「五月さへ　重ねたりつる衣手は　上下分かず　くたしてき　ましてこひぢに　おりたてる　あまたの田子は　おのが世々　いかばかりかはそほちけむ」という表現があるのを引いている。安和の変のあとに、道綱母が源高明の妻愛宮に贈った長歌の一節で、「田子」は高明の子どもたち、「こひぢ」はその心情をさすが、そこに「兼家の通いが遠のいている道綱母自身の心情が滲み出ている」とする。また、『源注余滴』の引く『袖中抄』の歌が、『古今六帖』一「五月」の「五月雨に苗ひきううる田子よりも人をこひぢに我ぞぬれぬる」（八八）であり、御息所の歌との関連を確実とみている。源氏の歌については、いかにも贈答歌らしく「気持ちが浅いのはあなたの方」と切り返し、『伊勢物語』一〇七段の「浅みこそ」の歌をふまえて、「かろうじてことばの次元での対応を成立」させたものの、道綱母と比較しても、「救い」の無いまま深められてゆく御息所の「懊悩」が「生霊への道」をたどるという通りであろう。(18)

高田は、「ことばの次元での対応がなお一層二人の疎隔を促進させることになった」とも記しているが、こうした歌ことばによる表層のみで対応した贈答がもつ齟齬がもたらす恋の悲劇の先例としては、帚木巻における雨夜の品定めの頭中将の体験談も想起される。そこでは、「山がつの垣ほ荒るともをりをりにあはれはかけよなでしこの露」という女の、自分は捨てられてもいいからせめて子どもだけは愛してほしいという切実な訴えを、「撫子」の異名である「常夏」に転じて、頭中将は「咲きまじる色はいづれとわかねども猶常夏にしくものぞなき」と、子どもより母親を取ると応じた。「やまとなでしこをばさしおきて、まづ塵をだになど親の心をとる」というように、躬恒の「塵をだにすゑじとぞ思ふ咲きしより妹とわがぬる常夏の花」（『古今集』夏・一六七。『古今六帖』六・三六二五）をふまえた表現であり、「常夏」は「床」（ベッド）と掛詞となっている。女は「うちはらふ袖も露けきとこなつにあらし吹きそふ秋もきにけり」と、正妻からの圧力による恋の終わりを暗示する歌を詠んだが、その当時の頭中将には通じなかった。

そもそも、歌は日常言語による会話では表現できない思いを表現し、「あはれ」による同化を可能にするものだったが、その詩的言語の修辞ゆえの齟齬をもたらす。こうした贈答歌における齟齬や伝達不可能性（ディスコミュニケーション）が『源氏物語』を主題的に展開させていく例は、第二部から第三部にかけて、一層強まって多くなるが、第一部にもみられる。

ここでは、葵巻における六条御息所と光源氏との贈答歌の解釈を補完することを兼ねて、引き歌の検討における『古今六帖』の重要性をあらためて強調しておきたい。「袖ぬるる恋ぢ」という御息所の歌は「五月雨に苗ひきうう る」、「山の井の水」は「悔しくぞ汲みそめてける」という前述の『古今六帖』所載の歌に関わり、「つれづれのながめにまさる涙川」という歌も、『伊勢物語』を中心とすべきだが、『古今六帖』にもあった。「恋ぢ」に「濡れ」るという表現は、『古今六帖』一「五月」には、「みつね」として「五月雨にみだれそめにし我なれば人をこひぢにぬれぬ日ぞなき」（九〇）という歌も載っている。そして、『細流抄』が「身もそほつ花鳥説いかが」といった「そほつ」（案山子）の項目が『古今六帖』二にあり、次の三首がある。

そほつたつ山田のいけはいまもなを心ふかしなうきせはあれど　（二・一一三二）
秋の田にたえぬばかりぞ君こふる袖のそほつにならぬ日はなし　（二・一一三三）
あしびきの山田にたてるそほつこそをのがたのみを人にかくなれ　（二・一一三四）

光源氏は御息所の歌を切り返して、あなたは浅い所に下り立っているからでしょうが、私は身も濡れるほど深い恋路（泥）に下り立っていると返歌した。御息所が我が身を卑賤の「田子」に喩えたのをあえて無視し、「浅ければ袖のみ濡るる山の井の水」の歌も併せた切り返しであるが、ここに『花鳥余情』のように『古今六帖』の「そほつ」（案山子）の歌を重ねれば、一層軽妙な返歌として読むことができる。「そほつ」や「田子」という農耕に関わる表現を歌に詠むことは、『後撰集』や『大斎院前御集』など十世紀半ばに流行していたともみられ、そうした歌の修辞ゆえに、光源氏と六条御息所との物語における主題的な齟齬がきわだつ異化の表現なのである。(19)

これまで「涙川」という歌ことばを手掛かりにして、それが物語を生成する過程で、同化とともに異化の表現としての詩学を示していることの諸相を概括してきた。それは、『竹取物語』において、掛詞や縁語による表現を語源譚パロディとする語りの方法とは異質である。とはいえ、『竹取物語』以後の物語における語り手は、歌ことばを主人公たちの歌や会話における同化の中心としながらも、その周縁において異化の手法による現実描写を強めていた。「涙川」についていえば、『うつほ物語』の実忠の物語がその境界的性格を示し、『落窪物語』においては、会話文や地の文において異化の表現へと展開していた。会話文から地の文にわたる引き歌など、歌ことばによる修辞法の洗練は、語り手による語源譚パロディの延長線上で、同化と異化による中心と周縁の心的遠近法を織りなしている。

『源氏物語』においては、地の文における引き歌はもちろん、歌の贈答や歌ことばによる表現自体が、同化を前提としつつも、伝達不可能性や異化の表現法を物語の主題的な方法としている。作中世界の内と外とを繋ぐ語り手による地の文や草子地と、作中人物の歌を含む会話や消息文、また心内語までを連続的に表現する語りの心的遠近法が、それを達成したのだといえる。『竹取物語』における語源譚パロディとは、『源氏物語』においては古注釈がいう「作者の詞」や「草子地」にあたるものであった。

第II部　源氏物語の詩学と語りの心的遠近法

源氏物語画帖　若菜（上）

第1章　謎かけの文芸としての源氏物語

一　作者と読者、語り手と聞き手、作中人物

「ものがたり」は平安朝において、広く口頭の談話を意味する語であった。それが物語文芸や説話などの書かれた作品をも含むのは、書かれた物語もまた口承されてきたのだというたてまえとしての前提にある。表現形式から物語文芸を捉えるとき、そこには「語る」「語り伝ふ」「物語す」といった口頭表現の次元と、「書く」「作る」といった次元とが混在している。

平安朝の物語文芸、とくに「作り物語」とよばれる『竹取物語』から『源氏物語』、そして『狭衣物語』などへとつらなる系列の作品群では、書くことと虚構の意識とが明確に示され、前提となっている。それが古伝承の記録や説話とは区別される決定的な差異である。「作り物語」というジャンル呼称が用いられるのは、平安朝末期の『今鏡』からだが、書かれた虚構作品という自覚的な意識は、『源氏物語』の中で「物語のいできはじめのおや」とよばれた『竹取物語』の時点で成立していた。

『源氏物語』は、帚木巻の冒頭や夕顔巻末、そして竹河巻頭などにみられるように、虚構の「語り手」を明確に

設定している。作中世界内を生きて、「作中人物」たちを直接に見聞したり、作中世界内の噂や口頭伝承を伝えた複数の人々で、女房たちの姿を示すもの、また女房の位相からの語りとみられるものがほとんどである。これらには、書かれた物語の「読者」という位相を示すものも含まれている。(1)

これに対して、『源氏物語』よりも前の作品、『竹取物語』や『うつほ物語』や『落窪物語』では、物語テクストの表層に、『源氏物語』のような「語り手」が明示されているとはいいがたく、書く主体の方はしばしば省略の「草子地」などによって示されている。作中世界内における虚構の「語り手」群を、いわば情報ネットワークとして設定したのは、『源氏物語』に独自の手法であるといえよう。(2)しかしながら、『源氏物語』以前の作品においても、「けり」という伝来の助動詞や「とぞ」という伝聞の表現形式が示すように、口承の「語り手」は潜在しつつも前提とされていた。それゆえに「ものがたり」なのであり、語りの場における現在と作中の現在とを連続化して、語るように書くことが物語文芸の基本的な方法であった。

ほとんどの近代小説とは異なって、物語文芸の「作者」は作品テクストに署名することがなく、潜在化して隠れている。『源氏物語』も同じであり、紫式部という「作者」は「語り手」たちに転移して隠れることによって、「読者」と直接的に出会うことがない。「読者」が向き合うのは「語り手」である。

「語り手」は物語世界内の出来事を語り伝え、また「筆記者」として書き進めていく。物語世界の外部から内部へと、潜在的な「聞き手」としての「読者」を誘っていくのであり、「読者」である私たちは、読むという行為によって、物語世界内の現在へと同化していくことになる。物語世界内の出来事の時空を外部から内部へ、そして内部から外部へと往還しつつ、同化と異化（離れ）とを繰り返して進行していくのは、「語り手」による〈それから〉(and then) の論理である。(3)

物語世界内へと同化した「語り手」と「読者」とは、「作中人物」たちの心の内部にまで同化することができる。本来は異なった位相にあるさまざまの主体が、同化と異化とを連続的に繰り返す表現過程において、物語テクストが生成していく。主人公たちの成長と人物関係の、時間と空間を軸にした物語系が織り合わせられることによって、「聞き手」としての「読者」もまたテクストの生成に織り込まれていく。こうしたトポロジカルな語りが、心的遠近法の基底にある。

物語の語りは〈それから〉の論理の積み重ねとして進行するのだが、「読者」が共有する「語り手」の時空と物語世界内の「作中人物」たちの時空とは、さまざまに交錯して、多層的な物語の時空を織りなしている。そこには、〈ゆえに〉という因果関係の論理が、「語り手」の意図の有無に関わらず生じてくる。

物語の主題や意味の生成は、こうした因果関係の論理と深く関わっている。主題や意味については、それが「作者」の意図であるのか、あるいは「読者」による解釈なのかという問題が常につきまとう。「作者」中心主義の立場からは、テクストの読みを「作者」の意図へと限定し還元しようとするのだが、物語文芸の「作者」はテクスト内に不在であり、因果関係の論理を紡ぎ出すのは「語り手」や「作中人物」たちである。「読者」もまた「語り手」たちに導かれてのみ、作中の物語世界や「作中人物」たちの像や心を現前化することができるのであり、「読者」による自由で勝手な読みが無限定に許されているわけではない。

二　謎かけの手法の類型と時代准拠

『源氏物語』には、こうしたトポロジカルな語りの心的遠近法を効果的に用いて、さまざまな〈謎かけ〉の手法がはりめぐらされている。謎かけは謎解きされることを前提にしているが、『源氏物語』は単純な推理小説ではない。解かれたはずの謎が新たな謎を生み、あるいは、解かれえない謎が仕掛けられたり、謎かけによる問題の設定そのものが解体する地平にまで至って、物語が終焉していると考えることもできる。

ここでは、『源氏物語』の謎かけの方法について、「語り手」と「作中人物」と「読者」との関係からみた諸類型を、思いつくままにまず示してみる。

A　語り手→読者

B　語り手→作中人物・読者

C　語り手・読者→作中人物

D　語り手X→語り手Y・読者

E　X→語り手・作中人物・読者

この他にも設定は可能であろうが、類型の分類が目的ではない。謎かけと謎解きの、より単純な形からより複雑な形へと、『源氏物語』の進行にそって具体例を指摘できるであろうし、それを方法的な進化とみるよりは、深化というべきであろう。

きわめて概括的な展望としては、かけられた謎が解かれることをたてまえとしているのが、桐壺巻から藤裏葉巻までの第一部の物語世界であり、謎解きが新たな謎を生み、解かれない謎が提起されるのが若菜上巻から幻巻までの第二部、謎かけと謎解きの問題設定そのものが解体するのが匂宮巻から夢浮橋巻までの第三部ということになる。

A語り手→読者への謎かけの典型としては、「いづれの御時にか」という『源氏物語』の冒頭がそうである。「どの帝の御代であったか」という物語の発端は、それまでの物語文芸の「昔」や「今は昔」という定型をふまえながら、謎かけの表現形式へと決定的に変換したものである。

『源氏物語』は虚構の物語でありながらも、この発端によって、史実を引用し織り込んでいくことを方法化した。桐壺更衣と帝との悲劇の恋の物語は、『長恨歌』の引用に彩どられた、というよりもその翻案とさえいえそうな光源氏の物語の序章であるが、そこに次のような叙述がある。更衣の死後、母君の家に勅使として派遣した靫負《ゆげいの》命婦が帰参したときの、桐壺帝の様子である。

このごろ、明暮《く》れ御覧ずる長恨歌の御絵《ゑ》、亭子院のかかせ給て、伊勢、貫之に詠ませたまへる、やまと言の葉をも唐土《もろこし》の歌をも、ただそのすぢをぞ枕言《まくらごと》にせさせ給ふ。（桐壺・一・一五）

ここには、三人の実在の人物の名が記されている。「亭子院」は宇多院、「伊勢」は宇多院の后である温子の女房だが、院の愛人でもあって皇子を生んだ歌人であり、『伊勢集』には『長恨歌』の屏風絵を詠んだ歌が十首現存している。「貫之」は紀貫之であるが、『貫之集』などにも『長恨歌』の屏風歌と明示された歌はみあたらない。これだけなら、『源氏物語』が歴史的に実在した『長恨歌』の屏風絵を作中の小道具に用いたといってすますこともできるが、少し読み進めると、次のような記述もある。

そのころ、高麗人《こまうど》のまゐれるなかに、かしこき相人《さう》有けるをきこしめして、宮の中に召さんことは宇多のみかどの御いましめあれば、いみじう忍びてこの御子を鴻臚《こうろ》館につかはしたり。（桐壺・一・一九〜二〇）

「宇多のみかどの御いましめ」とは、宇多天皇が醍醐天皇に譲位する際に与えた『寛平御遺誡』をさしている。これ以下にもちりばめられた史実の引用の相互関連から、『源氏物語』の桐壺帝とその時代が、醍醐天皇とその時代に准えられているということが、次第に明確になってくる。『河海抄』などの中世の注釈書では、『源氏物語』のこうした設定を「時代准拠」と名づけ、このような枠組みは、『源氏物語』の第一部の中間あたりまでかなり強く作用していて、年中行事や風俗の描写などからも裏づけられている。こうした視点により、『源氏物語』の皇統譜を史実と対応させてみれば、次のようになる。

先　帝　→桐壺帝　→朱雀帝　→冷泉帝　→今上帝
宇多天皇→醍醐天皇→朱雀天皇→村上天皇→冷泉天皇

「いづれの御時にか」という謎かけは、こうして、桐壺帝の時代が醍醐天皇の時代と対応するという、明確な謎解きの答えを示されていることになる。桐壺帝が醍醐天皇に准えられていることは、須磨に流離して祓えをし、暴風雨と雷に襲われて窮した光源氏の前に、桐壺帝の亡霊があらわれる場面にも強く作用している。菅原道真を左遷した醍醐天皇が地獄に堕ちたという伝承が、その背景とみられるのであり、桐壺帝の亡霊自体にも道真の怨霊のような要素がみられる。

しかしながら、こうした「時代准拠」の枠組みが、けっして一義的にすべてに作用したり、『源氏物語』の世界に統一的に作用しているわけではない。「宇多のみかどの御いましめ」に関していえば、高麗の相人が正体を隠した光源氏を占う場面では、その典拠が『聖徳太子伝暦』によることが明らかで、そこでの光源氏は聖徳太子に准えられている。聖徳太子は、もちろん醍醐天皇の時代の人ではない。

光源氏が誰を准拠としているかについて、『河海抄』などの「時代准拠」説では、醍醐天皇の皇子で、西宮左大臣と呼ばれた源高明《たかあきら》をあてている。高明は才学に優れた源氏であるし、安和の変で失脚し左遷されたことなども、光源氏の須磨流離と共通するところがある。桐壺巻における光源氏の元服の描写が、高明の故事に似ているという指摘などもあり、確かに有力な准拠とみることができる。とはいえ、中世の注釈書においても、高明には多くの女性たちと関係する恋愛の要素がみられないことから、恋愛に関しては在原業平に准拠しているという説が立てられてきている。他に、光源氏のモデルとしては、菅原道真や、紫式部の同時代に近い藤原伊周に似たところがあるといった指摘が、さまざまになされてきている(4)。

要するに、「時代准拠」やその一部分としての光源氏のモデル探しにしても、単純な謎かけと謎解きによっては解決できない。謎が解かれたと思ったとたんに、新たな謎が生まれるような仕掛けがある。光源氏のモデルは特定の実在人物に還元することができず、『うつほ物語』の俊蔭一族など先行物語の主人公たちも含めた多くの引用関連から、さまざまの要素をコラージュした、まぎれもない虚構の物語主人公なのである。これは、「時代准拠」の方法の全体にもいえることであって、古今の史実の引用を織りまぜて虚構の物語世界を構築するという方法なのである。その始発における延喜・天暦聖代観を背景とした「時代准拠」の枠が、桐壺帝と醍醐天皇との時空の交錯、そして冷泉帝と光源氏の時代として仕掛けられているということであり、こうした物語の虚実を関連させる方法に

自覚的であったことは、蛍巻の物語論とよばれる光源氏の語りによく示されている。(5)

三　謎かけとしての占いによる予言と「源氏」

B語り手↓作中人物・読者への謎かけと謎解きの表現法の例としては、光源氏の運命に関する三つの占いとその予言機能をあげることができる。桐壺巻における高麗の相人による観相と、若紫巻における光源氏の夢占い、そして澪標巻の宿曜《すくよう》つまり密教占星術である。これらそれぞれに異なった方法による占いが、光源氏の生涯とその子孫にまつわる運命を予言し、次第に明確化して具体的な限定をしていく過程でもある。その始めは、すでにふれた高麗の相人による人相占いである。本章では、以下、大島本の原表記を生かした本文として引用する。

御うしろみだちてつかうまつる右大弁の子のやうに思はせてゐてたてまつるに、さう人おどろきてあまたびかたぶきあやしぶ。「国のおやと成て、帝王のかみなきくらゐにのぼるべきさうをはします人の、そなたにてみれば、みだれうれふることやあらむ。おほやけのかためと成て、天下をたすくるかたにてみれば、又そのさうたがふべし」と言ふ。（桐壺・一・二〇）

語り手も読者も光源氏の正体は知っているのだから、まずは、高麗の相人にとっての、C語り手・読者↓作中人物型の謎かけということができる。高麗の相人は、大いにいぶかりながらも、帝王相があるが即位すれば「乱れ憂ふること」があり、臣下として補佐する相でもないと発言した。これが新たな謎かけとなるのだから、先の類型に加えて、

F　作中人物X↓作中人物Y・読者

と立ててみることができる。ここでの作中人物Yにあたるのは桐壺帝で、その桐壺帝は次のように解釈し判断したと記されている。

みかど、かしこき御こころに、やまとさうをおほせて覚しよりにけるすぢなれば、いままでこの君を御子にもなさせ給はざりけるを、さう人はまことにかしこかりけりとおぼして、無品の親王の外戚のよせなきにてはただよはさじ、我が御世もいとさだめなきを、ただ人にておほやけの御うしろみをするなむ行さきもたのもしげなめることとおぼしさだめて、いよいよみちみちのざえをならはせ給ふ。きはことにかしこくて、ただ人にはいとあたらしけれど、みこと成たまひなば世のうたがひおひ給ぬべく物し給へば、すくようのかしこき道のひとにかむがへさせたまふにもおなじさまに申せば、げむじになしたてまつるべくおぼしおきてたり。

（桐壺・一・二〇～一）

高麗の相人の占いは不可解なものであったが、桐壺帝はすでに「やまとさう」（大和相）によって同様の想定をしていたため「御子」（みこ＝親王）にしないでおり、高麗の相人を讃えている。これも一見すると不可解なのだが、続く文脈に、桐壺帝の解釈を読み取ることができる。「無品の親王の外戚のよせなきにてはただよはさじ」というのが、光源氏を親王としなかった理由で、外戚のないまま、なまじ無品の親王としたら、皇位継承の可能性がないばかりか、かえって頼りなく不安定な生活になるという。現在の自分の治世も「いとさだめなき」とは、すでに光源氏の立太子をあきらめて右大臣の娘である弘徽殿腹の皇子（後の朱雀帝）を皇太子とした政治状況にある。そこで「ただ人にておほやけの御うしろみをする」、つまり臣下として朝廷の後見をすることが「行さきもたのもしげ」だと判断した。この「行さきたのもしげ」の意味内容が問題で、そこには将来の即位の可能性が秘められていると読むこともできる。

こうして儒学を中心とした諸道の「ざえ」を学ばせ、その賢明さは「ただ人」（臣下）には惜しいが、皇位継承権のある「御子」（親王）としたら世間の疑いを負うから、「すくよう」（宿曜）の賢者に占わせても同様の進言があったので「げむじ」（源氏）にすることを決意したというのである。この桐壺帝の判断には、帝王相がありつつも即位すれば国が乱れ、かといって臣下の相ではないという高麗の相人の占いの矛盾を克服する可能性がこめられていた。

『河海抄』は「さう人おどろきてあまたたびかたぶきあやしぶ」の注の始めに『三代実録』を引き、渤海国の大使が後に光孝天皇となる「公子」の即位を予言したという。光孝天皇は、ひとたび源氏に臣籍降下してから即位した先例で、その母である藤原沢子が桐壺更衣の死の表現と類似していることが注目される。あるいは、桐壺帝の判断にも、そうした可能性を読むことができよう。『河海抄』は次いで相人の占いに関する和漢の諸例をあげて、「或記」を引き、西宮左大臣源高明を相人が観て讃美しつつも、「背に苦相あり。おそらくは赴謫所給べし」と記している。他にも、『聖徳太子伝暦』や、七歳で高麗人と「文を作りかはし」た『うつほ物語』の俊蔭なども、引用関連として指摘されているところである。

「源氏」とすることが、相人の占いの謎に対する謎解きとして、はたして正解であったかどうかは不明である。「親王」としなかったことの判断の方が、この文脈において説得力をもつのだが、光源氏を「源氏」とすることによって、まさしく光源氏の物語が始動したのである。

第一部の終わり、藤裏葉巻で、光源氏は「太上天皇になずらふ御位」を得る。臣下でありながら退位した帝に准ずるという、現実にはありえなかったこの位が、高麗の相人の不可解な謎に対する語り手の答えだという見解もあるのだが、そこに至る過程で示された、若紫巻と澪標巻の占いと予言を検討しつつ、さらに考えていく。

四　若紫巻の夢解きと澪標巻の宿曜

若紫巻で、光源氏と藤壺との密通の情景が初めて表現されており、しかもそれが二度目の密通であることが暗示されたあと、藤壺は懐妊して三月になるという。その子の父は光源氏であり、手引きした王命婦は、藤壺の「なほのがれがたかりける御宿世」を「あさまし」と思う。語り手は「うち（桐壺帝）には御もののけのまぎれ」として急に気分が悪くていらっしゃったように「奏しけむかし」という。しきりに帝からの見舞いの使者が来るのを、藤壺は「空おそろしう」思い悩んだ。そのあとに、光源氏の見た異様な夢と、夢占いの者による夢解きとが記されている。

中将のきみ（光源氏）もおどろおどろしうさまことなる夢をみ給て、あはするものをめしてとはせ給へば、およびなうおぼしもかけぬすぢのことをあはせけり。「その中にたがひめありてつつしませ給ふべきことなむ侍る」といふに、わづらはしくおぼえて、「みづからの夢にはあらず。人の御事をかたるなり。この夢あふまで又人にまねぶな」との給て、心のうちにはいかなる事ならむとおぼしわたるに、この女宮の御事きき給ひて、もしさるやうもやとおぼしあはせたまふに、（若紫・一・一七八）

「およびなうおぼしもかけぬすぢ」という占いの内容は、具体的には言及されていないが、光源氏の子が即位し、光源氏が帝の父となるといったものと推測される。文脈からそう理解され、のちの物語の展開において実現することである。その過程における「つつしませ給ふべきこと」にあたるのが須磨への流離で、この時点では推測できないことであるから、B語り手→作中人物・読者への謎かけにあたり、その伏線というべきである。

「もしさるやうもや」とは、夢解きの内容を、光源氏も藤壺の懐妊を聞いて、自分の子かと思い合わせて推測したことを示す。ここでは、光源氏よりは読者のほうが、少しばかり謎の答えを先に読みうる位置にいる。

若紫巻の夢占いの内容はきわめて暗示的で、謎かけされた光源氏とともに、読者もまたその答えを求めるべく、物語世界の中に引き込まれていくことになる。このような予言の内容を、具体的に明示しているのが、澪標巻の次のような宿曜の表現である。

(a) すくえうに「御子三人、みかど、きさきかならずならびてうまれたまふべし。なかのおとりは、太政大臣にてくらゐをきはむべし」とかむがへ申たりし事、さしてかなふなめり。（澪標・二・一〇〇〜一）

この宿曜による予言が過去のものであることは「し」という助動詞によってわかるが、どの時点まで遡るのかは不明である。光源氏の子どもは三人と決定されている。「みかど」になるとされたのは、藤壺との密通によって生まれた皇子で、澪標巻のこのときはすでに即位している冷泉帝である。「きさき」になると予言されたのが、この宿曜の直前に誕生したという報告を受けた明石君腹の姫君であり、これがここでの眼目である。そして「太政大臣」となると予言された子が夕霧であることも疑いがない。

このあまりにも明確な占いによる予言もまた、この物語の主題的な展開にとって、さらに新たな謎かけ機能をもつのではあるが、澪標巻のこの宿曜に続く文章を、まずは確かめておくことにしたい。

(b) おほかた、かみなきくらゐにのぼり、よをまつりごち給ふべき事、さばかりかしこかりしあまたのさう人どものきこえあつめたるを、としごろは世のわづらはしさにみなおぼしけちつるを、たうだい（当帝＝冷泉帝）のかく位にかなひ給ぬることを、思のごとうれしとおぼす。みづからも、もてはなれ給へるすぢは、更にあるまじき事とおぼす。あまたのみこたちの中に（桐壺帝が私を）すぐれてらうたきものにおぼしたりしかど、ただ人におぼしおきてける御心を思に、すくせとほかりけり、うち（冷泉帝）のかくておはしますを、あらはに人のしる事ならねど、さうにむ（相人）のことむなしからず、と御こころのうちにおぼしけり。

（澪標・二・一〇一）

光源氏が「上なき位にのぼり、世をまつりごち給ふ」べきことを多くの相人たちが奏言していたのを、右大臣方の権勢下にあっては否定的に捉えていたという。須磨から明石への流離を終えて帰郷した光源氏は、故桐壺院の追善のための法華八講を催し、朱雀帝が譲位して冷泉帝が即位し、光源氏は内大臣となって権勢を固めつつあった。この「あまたのさう人ども」の予言の中に、高麗の相人などの桐壺帝による占いも含まれていたとすれば、いつどのようにして光源氏に伝えられたのであろうか。「上なき位にのぼり、世をまつりごち給ふ」を文字通りにとれば、それは光源氏自身が即位することと考えられ、桐壺巻における相人の予言と一致しているわけではない。光源氏もまた多くの占いによる予言を聞き集めていたということであろう。

後半の文脈では、桐壺帝が自分を格別に寵愛しながらも、「ただ人」と決めたことを思って、「宿世遠かりけり」と、光源氏は自分の運命をあらためてかみしめている。冷泉帝の即位を喜びつつも、「もて離れ給へる筋」として光源氏自身の即位をあらためて断念しているのは、そう解釈しうる予言もあったからだと思われる。冷泉帝の即位が、世の人々は知らない秘密だけれども、結局は光源氏自身についての予言の実現であり、「相人の言《こと》空しからず」というように、占いは正しかったと判断されている。この「相人の言」を澪標巻のみに限定してもよいのだが、桐壺帝による多様な占いを含んで継起的に読むことができる。

澪標巻の宿曜に関する叙述(a)(b)の文章は、次のような明石一族に関わる運命との交わりを光源氏が意識する文章(c)へと続いている。

(c)今ゆくするゐのあらましごとをおぼすに、住吉の神のしるべ、まことにかの人も世になべてならぬすくせにて、ひがひがしきおやもおよびなき心をつかふにやありけむ、さるにては、かしこきすぢにもなるべき人の、あやしきせかいにてむまれたらむは、いとほしうかたじけなくもあるべきかな、このほどすぐしてむかへてん、とおぼして、ひむがしの院いそぎつくらすべきよしもよほしおほせ給ふ。　（澪標・二・一〇一）

「かの人」明石君が生んだ娘は、「かしこきすぢ」つまり宿曜の予言に示されたように后となるべき運命にあり、その「宿世」ゆえに「ひがひがしき親」である明石入道も思いがけない野望をもって自分を婿としたのだろうと納得している。そして、こうした「宿世」を領導しているのが「住吉の神」であると自覚している。来るべき后となる人が明石という「あやしき世界」に生まれたのはいたわしくももったいなく、都に迎えようと、急いで二条東院を造らせたのである。

明石一族と光源氏の運命とは、第4章で詳しく述べるように、「住吉の神」の導きによって結ばれていた。この時点で光源氏が知っていたはずもなく、読者が知るのもずっとのちの若菜上巻のことだが、明石入道は、次のような夢の告げを信じて、一族の運命を光源氏に託していたのであった。

わがおもとむまれ給はんとせし、そのとしの二月のその夜のゆめにみしやう、身づからすみ（須弥）の山を右のてにささげたり。山の左右より、月日のひかりさやかにさしいでてよをてらす。身づからは、山のしものかげにかくれて、その光にあたらず、山をばひろき海にうかべおきて、ちひさき舟にのりて、にしのかたをさしてこぎ行となんみ侍し。（若菜上・三・二七六）

明石姫君が女御として入内し、男子を出産したあと、明石姫君の養母となった紫上と明石君との仲もむつまじく、若宮も順調に育っていることを見届けたのちの、娘への手紙の文中に記されている。「わがおもと」つまり明石君が生まれる前に得ていた夢告だという。明石巻で入道が娘への期待を光源氏に打ち明けたとき、「住吉の神」を頼み始めて一八年とあり、その九年前の若紫巻における入道の娘の噂で、すでに成人して求婚者たちがいたというのと年齢的な矛盾が指摘されてもいる。それはともかく、明石巻でも、入道は娘が「生まれし時より頼むところ」があったとし、なんとかして「都の貴《たか》き人に奉らん」と深く思っていたのだと、光源氏に語っている。その根拠が若菜上巻の手紙で明かされたこの夢告であり、住吉の神への信仰がその中心にあった。

この夢解きについて『花鳥余情』は、須弥の山を右手で捧げているのは明石君をいい、「月は中宮、日は東宮」に喩えるから、明石姫君が「中宮」に立ち、「孫に東宮を生給ふべき瑞也」という。自身はその光にあたらず、小さき舟で西をめざすのは、「栄花をむさぼるの心」が無く、「西方極楽の岸」に至ることだという。そして、この夢を明かした現在は、その実現を確信しており、この手紙の後半では、女御である姫君が「国の母」となり「願ひ満ちたまはむ世」に「住吉の御社」をはじめ願ほどきをせよと記し、自身の極楽往生をも確信している。

五　内在化した謎かけと可能態の物語

占いや予言は、超越的な存在の視点から、相人などの媒介者を通してなされている。オイディプス王の悲劇は、呪われた主人公の運命を、予言者や観衆（読者）は知りながら、本人だけは知らないまま実現していく、C語り手・読者↓作中人物型の謎かけの物語である。バーナムの森が動くとき王権が失われて破滅するというマクベスの場合は、B語り手↓作中人物・読者の型で、それが実現していく謎解きに、観衆（読者）もまた参与し巻き込まれていくのだといえよう。

ギリシア悲劇やシェイクスピアの場合と同じく、日本の古典文芸においても、占いや予言の要素（モチーフ）は実現するのが原則である。とはいえ、『源氏物語』の場合には、オイディプス王やマクベスと比較してみるとき、超越的な視点と人間の限界との劇的な対立関係が、ゆるやかに流動化し、どこか曖昧なように思われる。神観念の差異が根源にあるのであろうが、『源氏物語』の占いや予言は、絶対的な外部からの力というよりは、主人公の運命についての内在化された謎かけといった性格が強い。その根底には、神仏もまた超越的な絶対者というよりも相対化された存在であり、神仏と人間との関わりにおいても、不可知の部分が常に残されているといった考え方があるように思われる。

桐壺巻における高麗の相人の占いそのものは、矛盾を内包した不可解な両義性を示していた。それを解釈し、光源氏を「源氏」と決めたのは父の桐壺帝であった。光源氏の運命は超越的な何者かに領導されているのだが、それを決定したのは桐壺帝であるということを、澪標巻の引用文(b)で、光源氏自身が思いかみしめていた。

澪標巻の宿曜は、光源氏の御子が三人と限定し、さらに帝・后・太政大臣となるべき三人が出そろっていることにおいて、異例に具体的であった。そして、物語はその予言が実現するかたちで進行していくのだが、それ自体が新たな謎かけの表現機能を示すことになる。その典型的な例として、この予言によって、紫上には光源氏の子が生まれないことが前提とされてしまうからである。

藤壺の「ゆかり」として登場しながらも、須磨・明石から帰京したあとの光源氏にとって、その最愛の女性で実質的な正妻の位置を占めていたのが紫上であった。当然のこととして、周囲の女房たちや光源氏自身も、紫上に子どもが生まれることを期待したと記されている。そういう周囲の期待と理想性を体現しながらも、紫上に子どもが生まれないという設定に、女の人生の可能性をさまざまに探求していくこの物語の思想的な深さがあるし、新しい女性像に秘められた主題的な人生観がある。

光源氏は、明石姫君の后がねとしての条件を整えるために、姫君をあえて紫上の養女としたが、それは予言の実現のための方策であった。紫上の明石君に対する嫉妬心はそれによって和らげられたし、六条院の冬の町に象徴される明石君の耐え忍ぶ生き方も、未来の栄花に向けてのものであった。「生ける仏の御国」と讃美された六条院の女君たちの世界は、私的な恋愛生活と公的な王権や栄華とが交錯する、あやうい矛盾を内包した調和の幻想空間であった。紫上に子どもが生まれないという欠損の条件づけは、光源氏にもっとも愛される幸福の代償であり、紫上は理想の継母として生きた。

そしてなお、澪標巻における宿曜の予言には、それと裏腹に、恐るべき可能態の物語が仕掛けられていた。光源氏や紫上に同情する人々の期待通りに紫上の子が生まれ、しかも宿曜の予言がはずれないという物語の展開である。それは、紫上に何者かが密通し、生まれた子が世間では光源氏の子として育てられるというあり方、つまりは冷泉帝の場合の裏返しの設定である。冷泉帝は、光源氏と藤壺との密通によって生まれ、世間に対しては光源氏の弟とされていた。その秘密を知るのは当事者たちのごく限られた作中人物と語り手と読者であったが、そこに紫上の密通という可能態の物語が仕掛けられる余地があり、その相手は夕霧であることが、物語を注意深く読み進めることによって明らかとなる(6)。

とはいえ、夕霧による紫上との密通が、あくまで可能態にとどまり、現実態とはならないこともまた、この二人の人物像の設定からの帰結であった。その決定的な頂点をなすのが、野分巻における、夕霧が紫上を〈かいま見〉する情景であった。夕霧は紫上を見てその美しさに驚嘆し、恋の思いに捕らわれるが、その「まめ人」の性格ゆえに、思いとどまる。同じ六条院に出入りしながらも、夕霧が紫上を生前に見たのはこの一度だけであり、それは、かつて藤壺と密通した光源氏が、我が子に同様の過ちをさせないように配慮し、「まめ人」としての教育をしたからである。夕霧が再び心おきなく紫上を見つめるのは、御法巻における死に顔の美しさであった。

この可能態の物語は、若菜上巻から以降、夕霧の役割が親友の柏木へと転じ、紫上に代わって女三宮へと役割変換されることによって現実態となる。

こうして、澪標巻の宿曜もまた、明解すぎる予言の深層に、驚くべき謎かけが秘められ、物語の主題的な展開をもたらしていることになる。これは、やはりB語り手→作中人物・読者への謎かけだといえるが、すべてを作者の意識的な計画といえるかどうかはあやしい。作者もまた、主人公たちの運命に関する不可知の謎をかかえたまま、語り手に身と心を転移して物語の世界内を生きているのであり、作者は最初の読者でもあった。

六　光源氏の宿世と物のけの視点

光源氏の生涯を決定していく三つの主要な占い、特に桐壺巻における高麗の相人による不可解な謎の答えを、藤裏葉巻で太上天皇に准ずる位を得て実現したとみる通説のあることはすでにふれた。それらが単純な謎に対する答えではありえず、次々と新たな謎を生み出すことについて述べてきたが、その結末と行方とを確かめておきたい。藤裏葉巻では、翌年にあたる光源氏の四十賀の準備を、朝廷をはじめ世をあげて行っていたという記述のあとに、こう記されている。

その秋、太上天皇になずらふ御くらゐえ給うて、みふ（御封）くははり、つかさ、かうぶりなどみなそひ給ふ。かからでも世の御心にかなはぬことなけれど、なほめづらしかりけるむかしの例をあらためで、院司《じ》どもなどなり、さまことにいつくしうなりそひ給へば、うちにまゐり給べき事かたかるべきをぞ、かつはおぼしける。かくても、なをあかずみかどはおぼして、世の中をはばかりて、くらゐをえゆづりきこえぬことをなむ、朝夕の御歎きぐさなりける。（藤裏葉・三・一九二〜三）

「太上天皇になずらふ御くらゐ」は現実には先例のないもので、光源氏が臣下であることを超えている。しかしながら、その文脈は、その身分のためにかえって宮中への出入りが自由でなくなり、冷泉帝に会いにくくなったという。また、冷泉帝も、光源氏に譲位できないことを満たされぬ思いで嘆いていたと、栄華の深層における心の闇を示している。

こうした藤裏葉巻の結末を、苦難を克服した主人公による、昔物語の伝統にそった幸福な結末であるということは確かにできる。けれども、そこには充足されきったとはいえない心の翳りがあり、それが悲劇へと反転して表現されていくのが、若菜上巻以降の第二部の物語世界である。そこで、紫上と夕霧による可能態の物語もまた、女三宮と柏木との密通の物語として転生し、現実態となるのであった。

それらはしかし、あくまでも心的な悲劇なのであって、光源氏の外的世界における栄華は揺るぎない。物語の主題が、心の問題として内的に深化していくのである。若菜下巻では、その悲劇が顕在化する前に、住吉の神へのお礼参りの参詣や、六条院における女楽の華麗な叙述に先立って、次のような記事がある。

六条院はおりゐたまひぬる冷泉院の御つぎおはしまさぬを、あかず御心の内におぼす。おなじすぢなれど、思ひなやましき御事なくてすぐしたまへるばかりに、つみはかくれて、すゑの世まではえつたふまじかりける御すくせ、くちをしくさうざうしくおぼせど、人にのたまひあはせぬ事なれば、いぶせくなむ。

（若菜下・三・三一九）

冷泉帝が後継者の皇子がいないまま譲位したことは、王統の乱れが秘められたまま終わったことを意味している。次の皇太子も「おなじすぢ」つまり光源氏の血を引いた明石女御腹であるから、外戚としての光源氏の系統は続くのであるが、その直系が皇統譜から消えることを、藤壺との密通による子を即位させた罪が隠れたことの安堵とともに、残念で寂しいこととして「宿世」をかみしめる光源氏がいる。光源氏の秘められた〈王権〉は、まさしく一代限りのものであった。

そしてなお、光源氏の「宿世」による現報がこれで終わってはいなかったことを、やがて女三宮と柏木との密通によって生まれた薫を、我が子として抱きしめながら思い知らされることになる。光源氏の没後、第三部における薫の出生の秘密をめぐる物語は、謎かけの類型でいえば、C語り手・読者→作中人物型ということになるが、そこではもはや、光源氏における占いや予言のような、神仏を含めた外部からの超越的な力が劇的に作用することはない。薫に出生の秘密を告げるのは、年老いた女房であり、すでにそれを予感して仏道への思いを深めていた薫は、恋情とのはざまをたゆたうばかりである。(7)

謎かけと謎解きの方法の展開として、ここまで『源氏物語』を読み進めてきたのだが、すでにふれた以外にも、その具体例は大小さまざまに見出すことができる。

光源氏の物語に対応する、女君たちの物語の系譜の中心は〈紫のゆかり〉であるが、桐壺更衣を始源として、直接には藤壺から紫上、そして女三宮へと続くその系譜を、本人たちが意識しているわけではなく、やはりC語り手・読者→作中人物型といえよう。(8) 夕顔巻の「もの」(物のけ)の正体は、B語り手→作中人物・読者への謎かけにあたる。竹河巻の冒頭で語り手が「いづれかはまことならむ」というのは、髭黒方の女房の伝承と紫上方の女房の伝承との差異についての疑問だから、D語り手X→語り手Y・読者型にあたるといえよう。こうした類型に分類することは、読みの視点によって異なってもくるが、語りの心的遠近法の、読者をも巻き込んだ複雑な手法を確かめるために有効であろう。

すでに述べてきたように、『源氏物語』の謎かけの方法の特性は、謎解きが新たな謎を生むところにあった。その根底には、物のけの視点による語りがあり、語りの心的遠近法が作用している。物のけの視点は、超越的な絶対視点ではなく、不可知のまなざしを語り手から作中人物たちへと転移させつつ、次々と物語を転生させていく。それはまた、引用と変換による〈もどき〉の表現法とも通底している。

物のけのまなざしが生成し続けていく〈もどき〉の世界は、第二部においては紫上や光源氏をはじめとする作中人物たちが救済されうるのかという、いわば解かれない謎を生み、第三部においては、そうした謎かけの問題設定そのものが解体しているかにもみえるし、浮舟の自殺未遂の真相と、薫を含めた救済の可能性などは、EX→語り手・作中人物・読者型の謎かけとみることができよう。Xは、人々の救済の可能性を導く不可知の力で、それが神仏であるのかどうかさえも問われているように思われる。(9)

こうした謎かけの表現構造を生成する主題的な意味論として問えば、〈中有《ちゅうう》〉の思想や存在感覚の思想というべきもの、あるいは「さすらひ」の世界観や人生観がある。『源氏物語』の語り手(たち)と読者(たち)は、物のけのまなざしを共有しながら、物語世界の現在を生き続けていくしかない。

第2章 〈ゆかり〉と〈形代〉——源氏物語の統辞法

一 物語の語りと意味の統辞法

『源氏物語』の、ことに第一部では、光源氏という主人公をめぐって、多くの女性たちの物語が集積されている。行為項としての男主人公を統辞法の核にして、これと関わる多くの男女の個別の物語を数珠繋ぎの手法で編成した先行作品としては、『伊勢物語』があった。『伊勢物語』では、「むかし、男」と書き起こされる各章段の「男」が、在原業平であることをその歌や物語内容から読者に推測させながら、明らかに他の人の歌や伝承をも組み込んでいる。行為項としての「男」を抽象化することによって、その「男」の生涯という時間秩序をゆるやかに構成し、恋を主とする多くの歌物語を数珠繋ぎで構成することが可能となったのである。

『伊勢物語』は、「男」が初冠して「女はらから」を「かいま見」し、摺り衣の裾を切って歌を書き贈った「いちはやきみやび」の初段から、通行の定家本では一二五段の臨終まで、ゆるやかな一代記の時間軸によって構成されている。二条の后（高子）章段や、東下り章段などのように、連辞的にまとまった構成を示す章段群も内在してはいるが、中間部の多くは範列的であり、省略や付加、あるいは入れ替えも可能で、複時的な成立過程が推定されてきている。

歌を表現の核とする小さな物語の集としての歌物語の方法は、『大和物語』になると、宇多院の時代をめぐる歌説話集といった、中心の主人公をもたずに拡散した方向性を示している。歌の生成する場としての人間関係と、歌の修辞による物語の生成とが、古伝承をも後半部に集積した、貴族生活における歌にまつわる物語の世界を織りなしている。他方で、春夏秋冬の四季（四時）や恋の部立による分類体系の秩序の中に、歌ことばの連鎖をみごとに構成している『古今集』の方法は、『後撰集』に継承されているが、そこにもまた、『大和物語』に近い歌物語的な性格が示されている。

『大和物語』や『後撰集』が成立した十世紀半ば過ぎは、『元良親王集』や『一条摂政御集』というきわめて歌物語的な私家集の時代でもあり、元良親王と藤原伊尹《これまさ》を虚構化した「豊蔭」は、ともに「いみじき色ごのみ」と、それぞれの集中で呼ばれている。『伊勢物語』から『大和物語』へと、主人公の一代記的な連辞構造が解体して、事実性に基づく説話集的な範列構造が強まった歌物語の方向性と裏腹に、歌集のジャンル内では連辞的な〈物語〉性が強まったという、表現史の交錯を確かめておきたい。もちろん、『平中物語』のように、一人の主人公をめぐる歌物語もあり、それは『伊勢物語』のパロディ的な位相にある。(1)

ここでいう〈物語〉性とは、後に「作り物語」とよばれる作品群に代表されるような、連辞的な水平性と範列的な垂直性とを織り合わせていくテクストの方法である。そして、『古今集』が成立した十世紀初頭のほぼ同時代に、『伊勢物語』とともに『竹取物語』があった。『竹取物語』は、翁の養女として迎えとられたかぐや姫の人間としての一生を語りの時間軸として、「羽衣型」の構造を外枠とし、その内部に五人の難題求婚譚を数珠繋ぎの手法で範列的に組み込み、帝の求婚をも拒む物語のあと、八月十五夜に月の都の天人たちに伴われた昇天によって終わっていた。

主人公をめぐる一代記的な連辞構造の内部に恋の物語を範列的に組み込む手法として一般化すれば、『伊勢物語』

は『竹取物語』との共通性を示している。そして、『うつほ物語』は『竹取物語』の異界に起源する物語の構造的な枠を俊蔭一族の家系（俊蔭→俊蔭女→仲忠→いぬ宮）の物語にあてはめ、あて宮を中心とする多くの求婚者の物語を複合することによって長編化している。それもまた、一代記的な連辞構造を一族の物語へと延長し、その内部に恋の物語を範列化して組み込んだ数珠繋ぎの手法であり、『竹取物語』を相似的に拡張した引用関連にある。(2)『住吉物語』や『落窪物語』は継子譚（シンデレラ型）の話型を基本としているが、それらもまた、女主人公の家庭生活における欠損から充足へという通過儀礼《イニシエイション》の過程を一代記的な連辞法の内に複合し、さまざまな試練とその克服を範列化して組み込んだものである。付け加えれば、『落窪物語』では継子虐めに対応する復讐の範列化が重要な要素として構成されている。

　平安朝の物語史における連辞構造の展開を主として概観したのは、これらの表現史をテクストに内在させ変換することによって、『源氏物語』の表現構造もまた成立しているからである。『源氏物語』の長編的構成の手法を形態分析した福田孝は、数珠繋ぎ手法から交替法的な手法への移行、そして論理的・因果論的筋立てによる玉突き手法への変化として捉えていう。

> 予言と時間的秩序の導入、この二つが『源氏物語』始発部においての、長編的構成を可能にしている。しかし、それを除けば『源氏物語』始発部は、光源氏を、数珠繋ぎの行為項とする、ぼろ切れで織った諸断片の寄せ集めにしか過ぎない。ただし、この諸断片は、ラプソディー構造によるからこそ、多様な相のもとにおいて、幾度も己れの意味を生き直すのである。断片であって、相互依存しない共存性を保っている。最終的に六条院に集められる女君たちは、ばらばらな断片として存在するからこそ、読み手にとってプロアイレティクなコードの使用を始動させられる、興味深い記号表現として存在することになる。……（中略）……諸断片の並置が、読み手の側の意味の補塡を誘っている。それに対して、因果的構成をなす「玉突き手法」は論理的整合性をなし、論理の破綻をみせない。読み手は自由度を失ってしまう。全てが連関して、各要素は意味的固定を被って

しまっているからである。(3)

「ぼろ切れで織った諸断片の寄せ集め」とは、コラージュの手法であり、絵画的な「場面」による情景描写、また歌物語的な断章の集積である。福田は「数珠繋ぎ手法」の「ラプソディー構造」の表現効果を評価しているのだが、ここに示された形態による手法の変化は、『源氏物語』が光源氏を中心とした物語から、次第にその中心を離れて自立した作中人物たちの多元的な物語へと変化し、宇治十帖の特に浮舟の物語では思想的な主題の深化と収束がみられるという、物語内容からみた通説と対応させることができる。

「数珠繋ぎ手法」と「玉突き手法」との差異は、物語言説が因果的論理構成をしているかどうかという点にある。福田は『源氏物語』の展開におけるこの二つの手法を対立的な移行として図式化しているために、「数珠繋ぎ手法」が内在している因果性を「読み手にとってプロアイレティクなコード」と規定してしまった。他方で『源氏物語』の後半が因果的な「玉突き手法」によるというのも、図式化したときの比較の程度の問題であり、例えば浮舟の物語が「意味的固定」を被っているわけではまったくない。

ロラン・バルトは『S／Z』で「解釈論的コード」「意義特徴もしくは記号内容のコード」「象徴のコード」「プロアイレティクなコード」「文化的コード（もしくは「参照」のコード）」を示しているが、それらの区別は便宜的で明確ではなく、〈語り〉の統辞法と物語内容の意味や解釈コードとの関係が重要だと思われる。福田が「プロアイレティクなコード」というのは、バルトの次のような発言に基づくとみられる。

物語活動の原動力は、継起性と因果性との混同そのものにあり、物語のなかでは、あとからやってくるものが結果として読みとられる。してみると、物語とは、スコラ哲学が「そのものの後に、故に、そのものによって」という定式を用いて告発した論理的誤謬の組織的応用ということになろう。(4)

物語はもちろん、言語表現は本質的に継起的にしか語りえないのであり、「論理的誤謬」としてではなく修辞の文法として捉えればよい。「プロアイレティクなコード」は、『源氏物語』において、読者の次元のみならず、作中人物たちの次元、そして語り手の次元においても、効果的に作用していると思われる。

福田は、西洋における形態論的なナラトロジーを『源氏物語』にあてはめることによって、おそらく無意識のうちに固定視点からの線遠近法にとらわれている。『源氏物語』はテクスト内に幾重もの語り手と聞き手、書き手と読み手の伝達関係をトポロジカルに包摂しているのであり、「物のけ」のような語り手は、物語世界への同化と異化を繰り返し、作中人物もまた語り手となる。こうした語りの心的遠近法によって、本来は断片的であった物語や、絵画的な場面の空間が時間を内在させて結合され、さまざまの意味のコードを生成して作中人物たちの相互関連を織りなしていくのである。

福田の論による問題提起に学びながら批判してきたが、次のような指摘もある。光源氏の「すき」や「色好み」が数珠繫ぎの〈動機づけ〉になっているという記述にはさまれた補足的な文章である。

ただ、「色好み」によって導入される女君は（単なる「色好み」による場合でも）おおよそ範列的関係をなすのだが、同じ『源氏物語』に、藤壺中宮の代替物として物語言説内に取り込まれる紫の上や、夕顔の代替物として物語言説内に取り込まれる末摘花〔玉鬘の誤り＝論者注〕や、大君の代替物として物語言説内に取り込まれる中の君・浮舟といった女君が存在すること（いわゆる形代譚である）は注目してよいと思われる。彼女らは、作品内の他の女性を起源とすることで、起源となった女君と統辞関係をなす。こうした統辞的関係に基づく女性探求は、従来の数珠繫ぎ手法による物語には存在しなかったものである（こうした統辞的関係に基づいた〈動機づけ〉を用いた数珠繫ぎ手法は『源氏物語』を真似た『狭衣物語』という物語で徹底的に再利用される[5]）。『狭衣物語』についての発言は蛇足であるが、ここに指摘された〈紫のゆかり〉や〈形代〉という「統辞的関係に基づく女性探求」は、数珠繫ぎの〈動機づけ〉を超えた、『源氏物語』において中心をなす主題的な統辞法なのである。

『源氏物語』において「紫のゆかり」と本文の表現としていわれているのは、藤壺と紫上との関係のみであるが、その統辞的な関連を拡張して、桐壺更衣と女三宮をつけ加えることによって、ここでは〈紫のゆかり〉として検討していく。その発想の根底に、絵や人形と共通する物語の〈文法〉が作用している。

二　桐壺更衣と長恨歌絵の楊貴妃そして藤壺

「野分たちてにはかにはださむき夕暮の程」に、いつにもまして亡き桐壺更衣を恋しく思い出した帝は、靫負命《ゆげいの》婦を更衣の里の母のもとに遣わし、「夕月夜」のもとで悲しみにくれていた。

　かうやうのをりは、御遊《あそ》びなどせさせ給ひしに、心ことなる物の音をかきならし、はかなく聞《き》こえ出《い》づる言《こと》の葉も人よりはこと成しけはひかたちの、面影《おもかげ》につと添《そ》ひておぼさるるにも、闇《やみ》のうつつには猶おとりけり。

（桐壺・一・一〇～一一）

帝の心に焦点化した語り手の表現であり、桐壺更衣が琴の演奏や歌にすぐれ、ふるまいや容貌の美しかったことはわかるが、その「面影」がどのようであったかは定かでない。その代わりのように、桐壺巻には、『長恨歌』の引用関連による修辞がちりばめられており、楊貴妃を更衣の原像として参照するように指示する文脈がある。

　このごろ明暮《く》れ御覧ずる長恨歌の御絵《ゑ》、亭子院のかかせ給て、伊勢、貫之に詠《よ》ませたまへる、やまと言の葉をも唐土《もろこし》の歌をも、ただそのすぢをぞ枕言《まくらごと》にせさせ給ふ。

（桐壺・一・一五）

前章でもふれたように、この「長恨歌の御絵」は屏風絵として実在していた。『伊勢集』に「みかど」と「きさき」の立場からそれぞれ詠んだ十首の歌があり、そのうちの「あくるもしらで」という一首が、朝政を怠る帝の表現に引き歌となってもいる。帰参した靫負命婦から更衣の母の手紙を受け取った帝は、形見の贈り物を見て、「亡《な》き人の住《す》みか尋《たづ》ね出《い》でたりけむしるしの釵《かむざし》ならましかば」とかいなく思い、やはり『長恨歌』の後半部とは異なって冥界と交流する道士が自分にはいないことを嘆く歌を詠んでいる。

たづねゆくまぼろしもがなつてにても玉のありかをそことしるべく　（桐壺・一・一五）

「玉」は「魂」である。プレテクストとしての『長恨歌』と「まぼろし」（道士）による死後の更衣との連絡が不可能なこの物語との差異を、明確に示すものである。『長恨歌』を引用し変換する〈もどき〉の手法によって『源氏物語』は始まっていた。

絵《ゑ》にかける楊貴妃のかたちは、いみじき絵師《し》といへども、筆かぎり有ければ、いとにほひ少《すく》なし。太液芙蓉、未央柳もげに通《かよ》ひたりしかたちを、唐《から》めいたるよそひはうるはしうこそ有けめ、なつかしうらうたげ成しをおぼし出《い》づるに、花鳥《とり》の色《いろ》にも音にもよそふべき方《かた》ぞなき。朝《あさ》夕の言種《ことくさ》に、翼《はね》をならべ枝をかはさんと契らせ給ひしに、かなはざりける命《いのち》の程ぞ尽《つ》きせずうらめしき。（桐壺・一・一六～七）

桐壺更衣は絵に描かれた楊貴妃と「通ひたりしかたち」というから、「にほひ少なし」という絵の限界はあるものの容貌が似ていた。にもかかわらず、唐風に装った「うるはし」い楊貴妃との差異は「なつかしうらうたげ」という表現で示され、さらに「花鳥の色にも音にも」喩えようがないと、「雲鬢花顔」と形容され、その死後に「芙蓉ハ面《かほ》ノ如ク柳ハ眉ノ如シ」と回想された楊貴妃を〈もどく〉表現なのである。

こうした差異も容貌の類似を出発点にしており、そこには当時の絵における顔貌表現の特性が作用しているとみられる。この「長恨歌の御絵」は亭子院（宇多院）が描かせたというから、日本の絵師によるものであり、風俗は唐風でも、顔はやまと絵風の引目鉤鼻による抽象的な類型表現によるものであった可能性が十分にある。仮に唐絵であったにせよ、それがふっくらとした丸顔で、引目鉤鼻に近い表現であっただろうことも、樹下美人図や永泰公主の壁画などからみて、十分に推定できる。だからこそ、伊勢もその屏風歌において、画中の「みかど」と「きさき」に同化して歌を詠むことができた。絵の楊貴妃に感情移入して同化し、そして異化して〈もどく〉帝に焦点化した想像力の生成は、〈ゆかり〉の論理へと通底している。

「先帝の四の宮」であった藤壺が入内したのは、帝が亡き更衣を忘れられず、「さるべき人々」を参らせても「なずらひ」と思うことさえ難しいと「うとまし」く思っていたのを見かねた、内侍の典侍《すけ》の配慮によってであった。

「うせ給ひにし御息《みやす》所の御かたちに似《に》たまへる人を、三代の宮仕《みやづか》へに伝《つた》はりぬるに、え見《み》たてまつりつけぬを、后《きさい》の宮の姫宮《みや》こそいとようおぼえて生《お》ひ出でさせ給へりけれ。ありがたき御かたち人になん」と奏《そう》しけるに、まことにやと御心とまりて、ねんごろに聞《き》こえさせ給ひけり。（桐壺・一・二一～二）

母后は「あなおそろしや」と、「春宮の女御」（弘徽殿）が「いとさがな」く、「桐壺の更衣のあらはにはかなくもてなされにし例《ためし》もゆゆしう」と反対したが、その母后も亡くなった。帝は「わが女御子《みこ》たちの同《おな》じ列《つら》」に思い扱おうと「ねんごろ」に申し入れて、入内が実現した。この養女あつかいという結婚のしかたは、紫上や女三宮とも共通するものである。藤壺が桐壺更衣と似ているということは、「おぼえ」という語によって示されている。

藤壺《つぼ》と聞《き》こゆ。げに御かたちありさま、あやしきまでぞおぼえたまへる。これは人の際《きは》まさりて、思ひなしめでたく、人《ひと》もえおとしめきこえ給はねば、うけばりて飽《あ》かぬ事なし。かれは人のゆるしきこえざりしに、御心ざしあやにく成しぞかし。おぼしまぎるとはなけれど、おのづから御心うつろひて、こよなうおぼし慰《なぐさ》むやうなるもあはれなるわざ成けり。（桐壺・一・二三）

藤壺はその出生の高貴さゆえ、桐壺更衣のように他の女御や更衣たちから「おとしめ」られることもなかった。「これは」という藤壺と「かれは」という桐壺更衣とには、指示代名詞による心的遠近法が作用していて、「おのづから御心うつろひ」と語り手がいうように、帝は心慰められて藤壺へと愛情が移行した。やがて藤壺は中宮となり、寵愛されて「かかやく日の宮」と、世の人によって「光る君」と並称されたという。

このような身代わりの設定には、『長恨歌伝』が作用していると思われる。陳鴻の『長恨歌伝』では、玄宗の寵愛をうけた元献皇后と武淑妃が相次いで世を去ったのち、その代わりに高力士に捜させたのが楊貴妃だという。その美しさは「漢武帝李夫人」の如しといわれている。李夫人と楊貴妃との類同は、『長恨歌』や『李夫人』をはじめとする白居易の詩の中にはしばしばみられ、身代わりやその容貌の類似という発想を、『源氏物語』の作者が応用したことは十分に考えられる。桐壺更衣の形象に、楊貴妃に加えて李夫人の伝承が深く影響していることについても、すでにいくつかの論がある。(6)

李夫人には反魂香の故事とともに、その死を悲しんだ武帝が肖像画を描かせたという「写真」の故事があり、白居易は『李夫人』の中で「甘泉殿裏　真ヲ写サシム　丹青写シ出ダスモ竟《つい》ニ何ノ益カアル」という。これが「絵にかける楊貴妃のかたち」を見て亡き更衣を慕う桐壺帝のプレテクストとされるのであるが、『楊太真外伝』によれば、玄宗もまた「画工ニ命ジテ妃ノ形ヲ別殿ニ写シ、朝夕之ヲ視テ歔欷ス」と、楊貴妃の絵を描かせていた。亡き愛妃を偲ぶ帝王が、その肖像画を描かせておいたのを見るという類型的な発想が、李夫人から楊貴妃、そして『源氏物語』の桐壺更衣へと、引用関連の系譜を示しているわけである。李夫人と楊貴妃、まして楊貴妃と桐壺更衣とが、実際に似た容貌であるかどうかは疑わしい。共通しているのは美しい容貌であったということであり、その類似の根拠として、唐絵にせよやまと絵にせよ、美女の顔貌表現が非個性的に抽象化されていたことがある。

三　〈紫のゆかり〉

『源氏物語』が〈ゆかり〉の発想を、絵を媒介にして『長恨歌』や『白氏文集』の引用関連から学んだとして、その〈紫〉による象徴の起源は何か。伊原昭は、「源氏物語の作者は、当時最も尊貴と美とを兼ねそなえた、色の代表ともされる紫をしっかりと捉え、それを物語全体をおおう象徴として造型した」として、次のようにいう。

父帝最愛のこの更衣は、桐の花の紫によって象徴されていると思われる。この更衣に似ているといわれ更衣亡きあと入内したのが藤壺で、これまた藤の花の紫によって象徴される。……（中略）……この藤壺の形代が紫

の上である。(7)

とはいえ、『源氏物語』では、桐壺更衣も藤壺も紫上も、桐や藤や紫草のような花や植物に直接に喩えられたり、「紫」の色彩によってその人物像の情景が彩られることは、ほとんどない。(8) 桐壺も藤壺も、それぞれ淑景舎と飛香舎という殿舎の別称であり、中庭(壺)に桐と藤が植えられていたことによる。紫上は、のちに検討するように、根を染料とする紫草にまつわる歌ゆえに「紫のゆかり」なのだが、その人物像と強く結びついているのは桜である。末摘花は例外として、朝顔姫君や夕顔にしても、花や植物の喩は、女君たちと一対一対応する固定的な象徴や隠喩《メタファー》ではなく、連辞的な換喩《メトニミー》の性格を強く示している。

『長恨歌』にも亡き楊貴妃を哀傷する表現の中に「秋雨梧桐葉落ツル時」と桐はあるが、楊貴妃その人は「芙蓉」や「柳」の喩による印象が強い。桐は和歌に詠まれることもほとんどなかったが、漢詩文を経由して、『枕草子』「木の花は」の段において、すでに「紫」の花の美しさを讃えられていた。

桐の木の花、紫に咲たるは、なほをかしきに、葉のひろごりざまぞうたてこちたけれど、こと木どもとひとしう言ふべきにもあらず。唐土《もろこし》にことごとしき名つきたる鳥の、選《え》りてこれにのみゐるらん、いみじう心こと也。まいて琴に作りて、さまざまなる音《ね》の出《い》で来《く》るなどは、をかしなど世の常に言ふべくやはある。いみじうこそめでたけれ。

(三四段・五一〜二)

桐は「唐土」を象徴して鳳凰と結びつき、「琴《こと》」を作る木であった。その中でも〈琴《きん》〉の異界に由来する霊力を始源とした物語が『うつほ物語』である。ちなみに、この段には、「藤の花は、しなひ長く色濃く咲たるいとめでたし」ともあり、梨の花に関して「梨花一枝春雨を帯びたり」と『長恨歌』を引用している。新間一美は、桐壺巻と『長恨歌』関連の桐にまつわる漢詩文の伝統をくまなく探って、次のようにいう。

「桐」は「秋の悲哀」を象徴もするが、「春」に咲く「紫」の花でもある。「淑景」は「春」の「光」であり、その名を持つ殿舎は内裏の東北に位置するため、黄帝の東園に擬せられて「桐」が栽えられた。五行思想では東は正に「春」に当るのである。

従って、巻名の「桐壺」を、「桐」の栽えられている「淑景」の名を持つ殿舎、という点から考えるならば、「紫」「春」「光」などの要素がその巻名中に含まれていることになる。桐壺・藤壺・紫上と連なる「紫のゆかり」「春の女」の構想、ひいては「春」を中心とする六条院の四季構想、光源氏と藤壺に付与された基本概念である「光」、これらは皆「桐壺」という巻名に胚胎していると考えられるのである。

「桐壺」の「壺」は「蓬壺」につながる神仙世界の意である。「桐壺」や宮中は神仙世界であり、そこの住人は尽く神仙であるはずである。「紫」や「光」は神仙を意味する語でもあった。「物語の祖《おや》」と呼ばれた『竹取物語』の神仙的世界を源氏物語はこの点で受けついでいると言えよう。[9]

新間はまた、『長恨歌伝』によれば、蓬萊山で方士が初めて仙女となった楊貴妃を発見したとき、「紫絹」(紫のあやぎぬ)を被《き》ていたことも指摘している。絵の中の仙女としての楊貴妃が「紫」の着衣で描かれた可能性もある。とはいえ、ここに引用した新間の見解は、漢詩文に由来する神仙的な原像であって、人間界の物語としての『源氏物語』と直結することはできない。例えば「桐壺」を「紫」「春」「光」として「紫のゆかり」や六条院構想にまで結びつけているのだが、六条院の春の町は東南であり、東北は夏の町、藤壺の飛香舎は西あるいは西北にあたる。

ここでは「桐壺」が『長恨歌』関連の漢詩文による神仙的な原像として、「紫」と繋がることの確認に限定しておきたい。それが桐の花の紫の美しさを記した『枕草子』と通底する。『源氏物語』の作者は、おそらく『枕草子』をも意識しながら、「桐」と「藤」の花の「紫」を、桐壺更衣と藤壺中宮の殿舎そして呼称と重ね、その原拠としての『長恨歌』とその関連の漢詩文や絵を捉えていたとみられる。

若紫巻で、北山の僧都の僧坊にいた少女をかいま見し発見したことが、光源氏による後の紫上との出会いであった。光源氏は藤壺に似たその少女に魅せられ、それが巻名の由来ともなる歌は、まだ幼いからと求婚を認めない尼君に贈ったものである。その過程を示す文章を、［ ］内にその文脈と表現の位相を付記して抄出してみる。

(a)つらつきいとらうたげにて、眉《まゆ》のわたりうちけぶり、いはけなくかいやりたるひたひつき、髪《かむ》ざしいみじううつくし。ねびゆかむさまゆかしき人かな、と目《め》とまり給。さるは、かぎりなう心をつくしきこゆる人にいとよう似《に》たてまつれるがまもらるるなりけり、と思《おも》ふにも涙《なみだ》ぞ落《お》つる。［かいま見の場面。光源氏に同化した心内語］

（若紫・一・一五八）

(b)あはれなる人を見《み》つるかな、かかればこのすき者《もの》どもはかかる歩《あり》きをのみして、よくさるまじき人をも見《み》つくるなりけり、たまさかに立《た》ち出《い》づるだにかく思ひのほかなることを見《み》るよ、とをかしうおぼす。さても、いとうつくしかりつる児《ちご》かな、なに人ならむ、かの人の御かはりに、明《あ》け暮《く》れの慰《なぐさ》めにも見《み》ばや、と思《おも》ふ心深《ふか》うつきぬ。［かいま見の後、雨夜の品定めの回想。光源氏の心内語］　（一・一六〇）

(c)さらば、その子《こ》なりけり、とおぼしあはせつ。親王《みこ》の御筋《すぢ》にてかの人にも通《かよ》ひきこえたるにや、といとどあはれに見《み》まほし。人のほどもあてにをかしう、中なかのさかしら心なく、うち語《かた》らひて心のままに教《をし》へ生《お》ほし立《た》てて見《み》ばや、とおぼす。［僧都から少女の素性を聞き、藤壺の姪と知る。光源氏の心内語］　（一・一六二〜三）

(d)「あはれにうけたまはる御ありさまを、かの過《す》ぎ給にけむ御かはりにおぼしないてむや。いふかひなきほどの齢《よはひ》にてむつましかるべき人にも立《た》ちおくれ侍りにければ、あやしう浮《う》きたるやうにて年《とし》月をこそ重《かさ》ね侍れ。同《おな》じさまにものし給ふなるを、たぐひになさせ給へといと聞《き》こえまほしきを、かかるをり侍りがたくてなむおぼされん所をも憚《はばか》らずうち出《い》で侍りぬる」と聞《き》こえたまへば、［尼君に少女と自分の境遇の共通性を語り、亡き母の代わりに思ってほしいと求婚する。光源氏の会話文］　（一・一六六）

(e)この若草《わかくさ》の生《お》ひ出《い》でむほどのなほゆかしきを、似《に》げないほどと思《おも》へりしもことわりぞかし、言《い》ひ寄《よ》りがたき事にもあるかな、いかにかまへて、ただ心やすく迎《むか》へとりて明《あ》け暮《く》れの慰《なぐさ》めに見《み》ん、兵部卿の宮はいとあてになまめい給へれど、にほひやかになどもあらぬを、いかでかの一族《ひとぞう》におぼえ給らむ、ひとつ后腹《きさきばら》なればにや、などおぼす。ゆかりいとむつましきに、いかでか、と深《ふか》うおぼゆ。［北山から帰京して葵上との対面の後。光源氏

の心内語］

(f)秋の夕はまして心の暇《いとま》なく、おぼし乱《みだ》るる人の御あたりに心をかけて、あながちなる、ゆかりも尋《たづ》ねまほしき心もまさり給ふなるべし。「消《き》えむ空なき」とありし夕おぼし出《い》でられて、恋《こひ》しくも、又見《み》ばおとりやせむ、とさすがにあやふし。（一・一七三）

手につみていつしかも見《み》む紫《むらさき》の根《ね》にかよひける野辺《のべ》の若《わか》草［藤壺との密通場面の後、帰京した尼君らと対面し、自宅での思い。語り手の地の文から光源氏の心内語と歌への移行］（一・一八二）

(a)から(f)へと、光源氏の心内語を中心にして、藤壺に「似たてまつれる」少女を「御かはり」として結婚したいと思った理由が、藤壺の姪である「ゆかり」という語で現実化に向かう過程を確かめることができる。北山の僧坊でのかいま見の場面では、(a)のあとには、自分の亡きあとの少女を案じる尼君と、それに対する女房との歌が記されていた。

(尼君) おひたたむありかも知《し》らぬ若《わか》草をおくらす露ぞ消《き》えんそらなき

(女房) 初《はつ》草の生《お》ひ行するゑも知《し》らぬ間《ま》にいかでか露の消《き》えんとすらむ（一・一五九）

少女を「若草」と「初草」に喩えたこの贈答歌を承けて、尼君と対面して求婚し、幼すぎると断られた(d)の前には、この贈答を立ち聞きした光源氏による次の歌がある。

初《はつ》草の若葉《わかば》のうへを見《み》つるより旅寝《たびね》の袖も露ぞかわかぬ（一・一六四）

尼君はかいま見されていたことを知らないから、「かの若草をいかで聞い給へることぞ」と心乱れて対応している。それが(e)の「この若草」へと続き、(f)における光源氏の歌で、藤壺の「ゆかり」は「紫の根」に通じた「若草」として表象されている。

(b)の前半部分には、帚木巻の雨夜の品定めで「すき者ども」が語った、「さびしくあばれたらむ葎《むぐら》の門」に意外にも「らうたげならむ人」がいるという解釈コードが作用している。光源氏にとって、夕顔との出会いはその実現であったし、のちの末摘花の物語はそのパロディである。そうした発想は、『うつほ物語』における俊蔭女と若小君の物語など、〈かいま見〉による恋物語の発端として類型化していた。帚木三帖の物語は、空蟬や夕顔などと光源氏との独立性の強い物語を、数珠繋ぎによって構成したといえるものだが、その深層には藤壺への恋情が表現されていた。この若紫巻に始まる紫上との物語も、そうした物語のひとつとして始まりながら、藤壺の「ゆかり」として位置づけられることが、長編的な動機づけとして決定的に違うのである。

引用文が長くなるので省略したが、(d)と(e)との中間には、「若草」の少女（紫上）が光源氏を「めでたき人」と見て雛遊びや絵に描いていたこと、「絵にかきたるものの姫君」のような葵上と光源氏がなじめずにいたという表現もある。これらの統辞的な〈文法〉との関連については、のちにあらためて扱う。

そして、(f)の前に、藤壺との密通の情景が初めて表現され、それが二度目の密会であったこと、藤壺が懐妊し、それが自分の子であることを、光源氏が「おどろおどろしうさまことなる夢」によって知ったという叙述がある。その「ゆかり」の少女を異常なまでに恋慕する動機づけである。(d)で光源氏が尼君に語っているように、幼くして母と死別した少女の境遇は、光源氏自身ときわめてよく似ている。それを「たぐひ」として、母の「御かはり」に思ってほしいと言うことは、結婚には幼なすぎるという尼君の反対を承けて、親子でも夫婦でもない紫の君との、初期の奇妙な生活を導くこととなる。

(a)から(f)まで、季節は春から秋へとうつろっていた。(f)の光源氏による独詠歌「手につみていつしかも見む紫の根にかよひける野辺の若草」は、「紫のひともとゆゑに武蔵野の草はみながらあはれとぞ見る」（『古今集』雑上・八六七。『古今六帖』五・三五〇〇に類歌）という歌を原拠としている。紫草の喩は「根」が「ひともと」（一本）に通じ、「君こそは、さいへど紫のゆゑこよなからず」という朝顔巻の表現も、藤壺の「ゆかり」としての紫上を示している。しかしながら、胡蝶巻では、蛍宮が玉鬘を自分の姪だと思って、「紫のゆゑに心をしめたればふちに身をなげむ名やは惜しき」という。竹河巻では、藤侍従が「紫の色はかよへど藤の花心にえこそかからざりけれ」、弟である自分でも玉鬘の大君と意のままに付き合うことができないと歌っている。ここでは「紫の色」が「藤の花」であるが、いずれも血縁関係を意味しており、必ずしも紫色の表象とは限らない。

東屋巻では、浮舟の母が中君に対して、「ひともとゆゑにこそはとかたじけなけれど、あはれになむ思ひたまへらるる御心深さなる」と、やはりこの歌を引いて言うが、それも異腹の血縁関係を意味して、大君の「形代」として薫に愛される浮舟を示すものである。

さきに引いた伊原昭が、藤壺の「形代」が紫上だというように、「ゆかり」と「形代」という語はあいまいに混用されることも多いが、その根拠もなしとしない。「形代」という語は宇治十帖でしか用いられていないが、身代わりという意味においては「ゆかり」と共通性をもっている。

四　絵と雛遊びと「紫のゆかり」

若紫巻で、のちに紫上となる少女は、北山で見た光源氏を「めでたき人かな」と思い、あどけない人形遊びや絵に、美しい光源氏の像を作り描いた。

ひいな遊《あそ》びにも、絵かい給ふにも、源氏のきみと作《つく》り出《い》でて、きよらなる衣着《きぬき》せかしづき給ふ。（若紫・一・一七二）

藤壺の「ゆかり」として少女を引き取ろうとする光源氏は、結婚には幼なすぎると応じない祖母の尼君や僧都を説得し続けた。そんなある夜、訪れた光源氏は、寝室にまで強引に入り込み、「いざたまへよ。をかしき絵など多く、雛《ひひな》あそびなどするところに」と、「若君」の機嫌をとって口説いた。美しい絵や人形遊びによって姫君を誘惑することは、「若君」紫上ばかりでなく、王朝の姫君に対して共通する手段であった。『落窪物語』では、女君の侍女あこきが帯刀に、少将道頼を姫君に通わせる条件として、「ありとのたまひし絵、かならず持ておはせ」という。かつて帯刀は、道頼の妹の女御のもとには絵が多くあるから、通うようになったら見せようと言った。その約束を実現するために「絵一巻《ひとまき》おろしたまはらむ」と帯刀が道頼に申し入れると、道頼は「白き色紙に小指さして、口すくめたる形」を描き、「つれなきを憂しと思へる人はよにゐみせじとこそ思ひ顔なれ」と、「笑みせじ」と「絵見せじ」との掛詞の歌を詠み添えて戯れている。「いづこ、絵は」とあこきは問うが、戯画の他は無く、落窪の女君は「絵や聞こえつる」（絵をおねだりしたのか）と尋ねている。期待した絵は絵巻物で、絵師による彩色の作り絵であろう。

やがて、光源氏は実父である兵部卿宮の先を越して、「若君」を二条院の西の対に連れて来てしまう。「御かたちはさし離れて見しよりもきよらにて、なつかしううち語らひつつ、をかしき絵、あそび物ども取りに遣はして見せたてまつり、御心につく事どもをし給」と、そこで約束を果たしている。そして光源氏が東の対に渡ったとき、少女は庭の木立や池を見て、「霜枯れの前栽、絵にかけるやうにおもしろく」と思い、「御屏風どもなどいとをかしき絵を見つつ慰めておはするもはかなしや」と語り手はいう。

光源氏がこの少女を紫上へと教育していく始めもまた、「手習」と「絵」によるのであった。そのまま手本にしようとする書にも、〈紫のゆかり〉関連の歌が記されていた。

「武蔵野《むさしの》といへばかこたれぬ」と紫《むらさき》の紙《かみ》に書《か》い給へる、墨《すみ》つきのいとことなるを取《と》りて見《み》ゐたまへり。すこしちひさくて、

ねはみねどあはれとぞおもふむさしのの露わけわぶる草のゆかりを

とあり。（若紫・一・一九六）

「いで君も書い給へ」と誘うが「まだようは書かず」とためらい、催促されてようやく横を向いて「書きそこなひつ」と恥じて隠したのを見ると、

かこつべきゆゑをしらねばおぼつかないかなる草のゆかりなるらん

と、いと若《わか》けれど生《お》ひさき見《み》えてふくよかに書《か》い給へり。故尼君《こあまぎみ》のにぞ似《に》たりける。いまめかしき手本習《てほんなら》はばいとよう書《か》いたまひてむ、と見《み》給。ひひな（雛）などわざと屋《や》ども作《つく》りつづけて、もろともに遊《あそ》びつつ、こよなきもの思のまぎらはしなり。（若紫・一・一九六）

「武蔵野といへばかこたれぬ」は、『古今六帖』にみえる「知らねども武蔵野と言へばかこたれぬよしやさこそは紫のゆゑ」（五「むらさき」・三五〇七）という歌である。先に引いた「紫のひともとゆゑに武蔵野の」という歌と響き合って、光源氏は〈紫のゆかり〉ゆえに引かれる思いを手習に託している。「根は見ねど」と「寝はみねど」とを掛けた光源氏の歌は、それを直接に表現したものだが、もちろん「若君」にその意味は解らない。「いかなる草のゆかりなるらん」とは、すなおに応じて問いかけた返歌となっている。この光源氏の歌には、次のような歌が先行する類歌として指摘されている。

武蔵野に色やかよへる藤の花若紫に染めて見ゆらむ（『亭子院歌合』二九）

武蔵野は袖ひつばかり分けしかど若紫はたづねわびにき（『後撰集』雑二・八六五）

これらの歌は「若紫」という語をもち、その関連で想起されるのが『伊勢物語』の初段である。初冠して「いとなまめいたる女はらから」を「かいま見」した男は、「しのぶずりの狩衣」の裾を切って、「かすが野の若紫のすり衣しのぶの乱れかぎりしられず」という歌を贈っていた。「いちはやきみやび」といわれるこうした恋の惑乱は、光源氏の藤壺への恋慕と密通、そしてその「ゆかり」としての少女への「かいま見」と恋に通底している。この歌はすでに、『源氏物語』においても帚木巻の冒頭で、葵上との不和を案じて「しのぶの乱れや」という表現に引き歌とされていた。

「かの紫のゆかり尋ねとり給ひて」と、「紫のゆかり」という語が用いられているのは末摘花巻である。そして「紫の君」と初めて呼ばれるのも、末摘花巻の終わりである。そこでは、末摘花の赤鼻を思い出しつつ、「例の、もろともに雛遊びし給」として、次のように記している。

> 絵《ゑ》などかきて、色どり給。よろづにをかしうすさび散《ち》らし給けり。われもかき添《そ》へ給ふ。髪《かみ》いと長《なが》き女をかき給ひて、鼻《はな》に紅《べに》をつけて見《み》給ふに、絵《かた》にかきても見《み》まうきさましたり。
> （末摘花・一・二三四）

光源氏は、鏡に映る自分の顔の鼻を赤く塗って、私がこんな「かたは」になったらどうかと戯れ、「紫の君」は真顔で心配した。いかにも無邪気な情景だが、絵や雛遊びの文脈において、末摘花の「赤」と対照して「紫のゆかり」や「紫の君」という呼称が顕在化していることに注目したい。

これらの雛遊びの「雛」はドールハウスのようなものであり、紅葉賀巻の正月の情景に詳しく描かれている。「三尺の御厨子ひとよろひに、品々しつらひ据ゑて、又小さき屋ども作り集めてたてまつり給へるを、所せきまで遊びひろげ」ていたという。年末の追儺をするといって「いぬき」が壊してしまったから直しているのだと言い、参内する光源氏を見送るために、「姫君も立ち出でて見たてまつり給て、雛の中の源氏の君つくろひ立てて、内にまゐらせなどし給」とある。この雛屋は二条院のミニチュアで、そこにあった光源氏の人形を参内させていたという[10]。そこでは少納言が「十にあまりぬる人は、雛遊びは忌み侍ものを」とたしなめ、夫をおもちなのだからと自覚をうながしている。

いかにも幼い「姫君」の模擬夫婦の遊びの情景であるが、王朝の姫君たちは、人形に感情移入するこうした遊びを通して空想の夫婦劇を演じ、成人していった。ここでの「姫君」は、まだ人形と等価なのであるが、やがて葵巻で光源氏と新枕を交わして「女君」となり、須磨・明石巻における試練を経て成熟し、藤壺の身代わりとしての「紫のゆかり」から自立して「紫の上」となるのであった。

五　女三宮と「紫のゆかり」幻想の破綻

朱雀院の病が重くなり、出家を決意して女三宮の将来を憂うることから、『源氏物語』の第二部、若菜上巻が始まる。

> 御子《こ》たちは、春宮をおきたてまつりて、女宮たちなん四ところおはしましける。その中に、藤壺《ふぢつぼ》ときこえしは、先帝の源氏にぞおはしましける、まだ坊ときこえさせし時まゐり給て、高《たか》き位《くらゐ》にも定《さだ》まり給べかりし人の、取《と》り立《た》てたる御後見《うしろみ》もおはせず、母方《ははかた》もその筋《すぢ》となく物はかなき更衣腹《かういばら》にてものし給ければ、御まじらひの程も心ぼそげにて、大后《おほきさい》の内侍督をまゐらせたてまつり給て、かたはらに並《なら》ぶ人なくもてなしきこえなどせし程に、けおされて、みかども御心の中にいとほしき物には思きこえさせ給ながら、おりさせ給にしかば、かひなくくちをしくて、世の中をうらみたるやうにて亡《う》せ給にし、その御腹《はら》の女三宮を、あまたの御中にすぐれてかなしき物に思かしづききこえ給。その程、御年《とし》十三四ばかりおはす。いまはと背《そむ》き捨《す》て、山籠《ごも》りしなん後の世に立《た》ちとまりて、たれを頼《たの》む陰《かげ》にて物し給はんとすらむと、ただこの御事をうしろめたくおぼし嘆《なげ》くに、
>
> （若菜上・三・二〇六～七）

ここで初めて紹介された女三宮は、その母「藤壺」の生涯の要約から語り起こされている。この「藤壺」は「先帝の源氏」だから、藤壺中宮や紫上の父である式部卿宮とは異腹の姉妹である。そして、「後見」もなく「物はかなき更衣腹」であり、「御まじらひの程も心ぼそげ」で、弘徽殿大后が参内させた「内侍督」（朧月夜）に圧倒されて「世の中をうらみたるやう」に亡くなったというのは、光源氏の母桐壺更衣との共通性を思わせる。その皇女である女三宮を朱雀院は寵愛し、出家後の「頼む陰」を捜しているというのは、かつての光源氏とも似ている。

長い会話文による女三宮の婿選びの逡巡の過程で、いわば消去法によって光源氏に後見を託すことになるのだが、その中に、「ただ人はかぎりあるを、猶しかおぼし立つことならば、かの六条院にこそ親ざまに譲りきこえさせ給はめ」という「春(東)宮」の発言がある。

朱雀院の内意を伝えられて光源氏は冷泉帝を推薦して辞退するが、自分の養女である秋好中宮など「やんごとなき」前々からの人々がいても支障にはならず、必ずしも最後に入内した人が疎略に扱われるわけではないという発言は、「入道の宮」藤壺と「この御子の御母女御」との血縁に帰結している。

「……故《こ》院の御時に、大后《おほきさき》の、坊《ばう》のはじめの女御にて、いきまき給しかど、むげの末《すゑ》にまゐり給へりし入道の宮に、しばしはおされ給にきかし。この御子《みこ》の御母《はは》女御こそは、かの宮の御はらからにものしたまひけめ。かたちも、さしつぎにはいとよしと言《い》はれ給し人なりしかば、いづ方《かた》につけても、この姫《ひめ》宮、おしなべての際《きは》にはよもおはせじを」などいぶかしくは思きこえ給べし。（若菜上・三・二二三〜四）

語り手が「いぶかしくは」というように、曖昧ながらも、光源氏は藤壺中宮と異母姉妹の皇女に興味を示している。それは、女三宮の裳着が行われ、出家した朱雀院を見舞った光源氏が、女三宮の「後見」を承諾することになる会話の場面で、やはり語り手が、「御心のうちにも、さすがにゆかしき御ありさまなれば、おぼし過《す》ぐしがたくて」と表現していることからも明白である。「権中納言」夕霧が太政大臣に先んじられて雲居雁の婿となっているのがねたましいという朱雀院に対して、光源氏は、夕霧は「何事もまだ浅くて、たより少なく」と否定し、「かたじけなくとも深き心にて後見」申し上げるが、朱雀院の「おはします御陰」には代われず、「ただ行先みじかくて、仕うまつりさす」かと心苦しいと言いつつ承諾したのであった。

東宮は「ただ人はかぎりあるを」と太上天皇に准じた位を得ている「六条院」を推薦したのであったが、「朱雀院の姫宮、六条院へ渡り給」と表現されるこの結婚は、「御車寄せたる所に、院渡り給て、おろしたてまつり給」など通例と異なり、「ただ人におはすれば、よろづの事かぎりありて」、入内とも似ず「婿の大君」というのとも違って、「めづらしき御仲のあはひどもになん」と表現されている。

そして、新婚の「三日がほど、かの院よりも、あるじの院方よりも、いかめしくめづらしきみやびを尽くし給」中で、「対の上」（紫上）は平静を装って「らうたげ」にふるまい、光源氏は若き日の紫上と女三宮とを比較して失望する。

姫宮《ひめ》は、げにまだいとちひさくかたなりにおはするうちにも、いといはけなきけしきして、ひたみちに若《わか》び給へり。かの紫《むらさき》のゆかり尋《たづ》ねとり給へりしをりおぼし出《い》づるに、かれはされて言《い》ふかひありしを、これはいといはけなくのみ見《み》え給へば、よかめり、にくげにおし立《た》ちたることなどはあるまじかめり、とおぼす物から、いとあまり物のはえなき御さまかなと見《み》たてまつり給。

（若菜上・三・二四六）

『源氏物語』における「紫のゆかり」という用語例は、末摘花巻とこの若菜上巻の二例であり、いずれも光源氏の視点から藤壺の血縁にあり身代わりとしての紫上を指すものである。とはいえ、ここでは、若き日の紫上の機知に富んだ魅力と対比して、ただ幼くのみ見える女三宮を「物のはえなき」と思うのであった。こうした光源氏の意識の深層に、女三宮もまた藤壺の姪として魅力ある女性のはずだという、〈紫のゆかり〉の発想が作用していたと考えることは、光源氏がその血縁関係を意識して結婚を承諾したという前述の経緯からも可能であろう。

この結婚によって、紫上の苦悩が始まり、やがて発病して、それが柏木による女三宮との密通、そして後の薫の出生の物語へと展開していく。ここでは、紫上の女三宮に対する、従姉妹としての血縁意識に限定しておさえたい。紫上が初めて女三宮と対面したのは、「桐壺の御方」また「東宮の御方」と呼ばれて、懐妊のために六条院に里下がりした養女の明石姫君と対面したあとである。

いと幼《をさな》げにのみ見《み》え給へば、心やすくて、おとなおとなしく親《おや》めきたるさまに、むかしの御筋《すぢ》をも尋《たづ》ねきこえ給ふ。

（若菜上・三・二六〇）

紫上の目にも女三宮が「幼げ」に見えたのは、十二歳で懐妊した明石姫君が「いとうつくしげにおとなびまさり」との対比もあろうが、その幼さに安心して親めいた様子で「むかしの御筋」つまり従姉妹としての血縁を語ったのである。中納言の乳母にも、「おなじかざしを尋ねきこゆれば、かたじけなけれど、分かぬさまに聞こえさすれど、ついでなくて侍つるを」と、血縁もあり今後は交流したいと言う。また、朱雀院からの「御消息」にも触れ、やすらかにおとなびたるけはひにて、宮にも御心につき給べく、絵《ゑ》などの事、ひひなの捨《す》てがたきさま、若《わか》やかにきこえ給へば、げにいと若《わか》く心よげなる人かなと、幼《をさな》き御心ちにはうちとけ給へり。

（若菜上・三・二六〇～一）

と、絵や雛の話題によって、女三宮も紫上にうちとけた。朱雀院の「御消息」というのは、「幼き人の、心ちなきさまにて移ろひものすらむを、罪なくおぼしゆるして、後見たまへ。尋ね給べきゆゑもやあらむとぞ」と、やはり血縁にふれて協力を依頼したものであった。

紫上はこうして女三宮とはうちとけたが、光源氏との心の乖離はどうしようもなく深まっていた。女三宮との対面に出向く自分を、「われより上の人やはあるべき」と自負しつつも、「身のほどなるものはかなきさま」と後見なく光源氏に引き取られた経緯を回想し、「うちながめ給」のであった。そして、「手習などするにも、おのづから古ことも、もの思はしき筋にのみ書かるるを、さらば我身には思ふことありけり、と身ながらぞおぼし知らるる」と、手習い歌によって悩みを自覚している。それを見つけた光源氏との関係は、こう表現されている。

うちとけたりつる御手習《てならひ》を硯《すずり》の下《した》にさし入《い》れ給へれど、見《み》つけ給ひて、ひき返《かへ》し見《み》給。手《て》などのいとわざとも上手と見《み》えで、らうらうじくうつくしげに書《か》き給へり。

身にちかく秋やきぬらん見《み》るままに青葉《あを》の山もうつろひにけり

とある所に目《め》とどめ給て、

水鳥の青葉《あを》は色《いろ》もかはらぬを萩の下《した》こそけしきことなれ

など書《か》き添《そ》へつつすさび給。事《こと》にふれて、心ぐるしき御けしきの、下《した》にはおのづから漏《も》りつつ見《み》ゆるを、事《こと》なく消《け》ち給へるもありがたく、あはれにおぼさる。
(若菜上・三・二五九)

そもそも「手習」は絵や雛と同じく、光源氏が自ら手本を与えて「若紫」の少女に教えたものであった。光源氏は手習の古歌に混じった紫上の憂愁の思いを知り、その返歌を書き添えて、その悲しみを表に出さない紫上のすばらしさをあらためて感じた。しかしながら、紫上に苦悩を自覚させた手習歌の心は、もはやそこに書き添えた光源氏の歌によって癒されるものではなかった。光源氏はそれに気づかず、第二部の物語は、心の齟齬による悲劇へと展開していく。

六　浮舟と人形《ひとかた》

宇治十帖の物語では、薫という男の人形愛願望や絵物語的な恋の幻想が、女君たちの現実の生の可能性とのくいちがいをいっそう深めていく。橋姫巻で、宇治の大君と中君との姉妹を〈かいま見〉した薫は、「昔物語」の世界に引き込まれるようにして、「俗聖《ぞくひじり》」としてあこがれた八宮に仏道を学ぶ道心から、恋の物語主人公へと移行している。

昔物語《むかしがたり》などに語《かた》り伝《つた》へて、若《わか》き女房などの読《よ》むをも聞《き》くに、かならずかやうの事を言《い》ひたる、さしもあらざりけむと、にくくおしはかるるを、げにあはれなる物の隈《くま》ありぬべき世なりけり、と心移《うつ》りぬべし。
(橋姫・四・三一五)

この〈かいま見〉の情景は、徳川・五島本『源氏物語絵巻』をはじめ、多くの源氏絵となっている、きわめて絵画的な場面である。やがて薫は大君に求婚し、大君は自分の代わりに妹の中君と結婚させようとする。薫は自分の代わりに匂宮を中君の部屋に導き入れ、そうすれば大君が自分と結婚するだろうと考えたのだが、大君は信じていた薫に裏切られたと失望し、薫の愛情は受け入れるが、結婚はかたくなに拒んだまま死んでしまう。中君のもとで亡き大君への断ち切れぬ思いを語る薫は、こんなことなら中君と結婚しておけばよかったと後悔し、しばしば対面して中君に言い寄り、匂宮も二人の仲を疑うようになる。

宿木巻で、薫の態度に悩んだ中君は、自分を頼って来ていた異母妹の浮舟のことを口にした。そのきっかけとなるのは、引き歌や故事による、きわめて修辞的な会話なのであるが、そこに「人形」と「絵」のことが出てくる。

(薫)「かぎりだにある」など忍びやかにうち誦《ずむ》じて、「思うたまへわびにて侍り。おとなしの里求《さともと》めまほしきを、かの山里《ざと》のわたりに、わざと寺《てら》などはなくとも、むかしおぼゆる人形《かた》をもつくり、絵《ゑ》にもかきとりて、おこなひ侍らむとなん思う給へなりにたる」との給へば、

(中君)「あはれなる御願《ねが》ひに、又うたて御手洗川近《みたらしがはちか》き心地する人形《かた》こそ、思ひやりいとほしくはべれ。黄金求《こがねもと》むる絵師《ゑし》もこそなど、うしろめたくぞ侍や」との給へば、

(薫)「そよ。その匠《たくみ》も絵師《ゑし》も、いかでか心にはかなふべきわざならん。近《ちか》き世に花降《ふ》らせたる匠《たくみ》も侍りけるを、さやうならむ変《へ》化の人もがな」と、とざまかうざまに忘ん方《かた》なきよしを、嘆《なげ》き給ふけしきの心ふかげなるもいとほしくて、いますこし近《ちか》くすべり寄《よ》りて、

(中君)「人形《かた》のついでに、いとあやしく思ひ寄《よ》るまじき事をこそ思ひ出《い》ではべれ」との給ふけはひのすこしなつかしきも、とうれしくあはれにて、

(薫)「何事にか」と言《い》ふままに、き丁の下《した》より手《て》をとらふれば、いとうるさく思ひならるれど、いかさまにして、かかる心をやめて、なだらかにあらんと思《おも》へば、この近《ちか》き人の思《おも》はんことのあいなくて、さりげなくもてなし給へり。　(宿木・五・八二〜三)

薫が誦じたのは、「恋ひわびぬねをだに泣かん声立てていづれなるらむ音無しの里」(『古今六帖』二「さと」・一二九六)という歌で、忘れえぬ大君の「人形」を作り「絵」にも描いて供養したいという。これらは仏像や仏画の代

わりということだが、当時の現実にそうした作例があったのか、戯れの発言であるのかはわからない。浮舟の物語にとって重要なのは、それを承けた中君が「うたて御手洗川近き心地する人形」と、祓えで罪や穢れを背負って流される「人形《ひとかた》」へと意味を転じて発想したことである。

「恋せじと御手洗川にせしみそぎ神はうけずもなりにけるかな」という歌は『古今集』（恋一・五〇一）にもあるが、ここでのプレテクストとしては、このままでは帝に寵愛される女への恋に身を滅ぼすから何とか忘れようと「恋せじといふ祓へ」をしたが、ますます思いがつのったという、『伊勢物語』六五段がふさわしい。

薫が「寺」でなくともと大君の「人形」や「絵」を話題にしたのに対して、中君は、祓えで流される「人形」によっても姉を忘れられないでしょうと、しゃれた会話で応じたにすぎない。けれども、その「人形のついで」として浮舟が紹介されたことは、流離《さすらい》の女君としての浮舟の悲劇を、その深層において宿命づけるものとなる。

中君は、「年比は、世にやあらむとも知らざりつる人の、この夏ごろ、とほき所よりものして尋ね出でたりしを」と、浮舟のことをほのめかして薫に語り、「あやしきまでむかし人の御けはひに通ひたりしかば、あはれにおぼえなりにしか」と、あなたが「形見」と思う自分よりは大君と不思議なほどよく似ていると語る。薫はやがて弁の尼から「かの形代のこと」を聞き、八宮に認知されない子として、常陸介の後妻となった母に伴われて東国に行き、帰京して中君のもとに身を寄せたことを知って、仲介を頼んだ。「人形《ひとかた》」と「形代《かたしろ》」とは通用する語であった。

この「人形」と「形代」をめぐる会話は、東屋巻の歌の贈答としても繰り返されている。

見し人《みし人》の形代《かたしろ》ならば身にそへて恋しき瀬々《せぜ》のなで物にせむ

と、例のたはぶれに言《い》ひなして、紛《まぎら》はしたまふ。

「みそぎ川瀬々《せぜ》にいださんなで物を身にそふ影とたれか頼《たの》まん

引く手《ひて》あまたに、とかや。いとほしくぞ侍や」とのたまへば、　（東屋・五・一五〇）

中君が「引く手あまたに」というのは、「大幣《おほぬさ》の引く手あまたになりぬれば思へどえこそ頼まざりけれ」という

『古今集』（恋四・七〇六）にある歌だが、ここも『伊勢物語』四七段の、男を「あだなり」と聞いて贈った歌によるとみられる。そして「なで物」が人々の身をなでて罪と穢れを移し、水に流す人形（形代）であった。

こうして、薫にとっては大君の身代わりとして通い始めた浮舟に、中君の夫である匂宮も恋慕して通うこととなる。「浮舟」という呼称そのものが象徴的で、これは、橘の小島をめぐる舟中で匂宮の歌に返歌した、浮舟自身の歌ことばによる。

たち花の小島の色はかはらじをこのうき舟ぞゆくへ知られぬ　（浮舟・五・二二三）

「浮き」は「憂き」と掛詞であり、やがて浮舟は薫と匂宮との三角関係により、宇治川への入水未遂へと追いつめられていく。まさしく祓えの「人形」、そして『大祓詞』でそれを象徴して担うハヤサスラヒメのような、流離《さすらい》の女君なのである。そもそも、『源氏物語』の「宇治」という地名そのものが、喜撰法師の「世を宇治山と人はいふなり」という歌を原像として「憂し」の意を内在させ、川と霧に象徴される、流離と惑いの主題的な時空であった。(11)

中君の会話の修辞にもどれば、「人形」と対の「絵」に関しては、「黄金求むる絵師もこそ」と、絵師に賄賂を払わなかったために辺境に流離した王昭君の故事で承けている。薫が「絵」に描かせたいと言ったことに関しては、『河海抄』が李夫人の故事をあげ、それを原拠とみてよいのだが、桐壺巻で帝が『長恨歌』の絵を見て亡き更衣を哀傷し、その引用関連に『李夫人』も含まれていたことの〈もどき〉としての反復でもある。「世を海中《うみなか》にも、魂《たま》のありか尋ねには、心のかぎり進みぬべきを」と、薫もまた『長恨歌』を引用して、「人形の願ひ」を実現する「山里の本尊」としての浮舟のことを中君に問いかけていた。

そもそも、宇治十帖の大君から「形代」としての中君への物語、そして「人形」としての浮舟の物語もまた、〈紫のゆかり〉の変形であった。その始発において、薫が「昔物語」の世界など信じていなかったのに、「げにあはれなる物の隈」があったと思う橋姫巻の〈かいま見〉場面自体が、雨夜の品定めの物語に導かれて、空蟬や夕顔や末摘花、そして「紫のゆかり」の姫君を発見した光源氏の〈もどき〉といえなくもない。

「人形のついで」として浮舟が登場したとき、すでに悲劇の物語が潜在していたというのは、読者による解釈コードとしてばかりでなく、テクスト内に明確に指示された統辞法である。浮舟の失踪のあと、蜻蛉巻で、匂宮との関係を知った薫は、「いみじう憂き水の契りかな」と、宇治川のほとりに浮舟を住まわせたことを後悔している。そして、次のように、薫自身が、かつて通った「宇治」（憂し）という里の名さえうとましく、宿木巻の「人形のついで」という発言の不吉さを回想している。

年《とし》ごろ、あはれと思そめたりし方《かた》にて、荒《あら》き山路を行《ゆ》き帰《かへ》りしも、いまはまた心うくて、この里《さと》の名をだにえ聞《き》くまじき心地し給。宮の上《うへ》ののたまひはじめし、人形《ひとかた》とつけそめたりしさへゆゆしう、ただわがあやまちに失《うしな》ひつる人なりと思もてゆくには……（蜻蛉・五・二八九）

このように、『源氏物語』には、語り手ばかりでなく、作中人物による解釈コードの類も張りめぐらされている。浮舟はまた、紫上と同じく「手習」によって自閉した心を表現するという特性を示しており、蘇生して横川僧都の妹尼のもとに住む手習巻に多くみられるが、匂宮の恋の情熱に引き込まれていく浮舟巻にも、「手習」と「絵」に関わる叙述がある。

硯引《すずりひ》き寄《よ》せて、手習《てならひ》などし給。いとをかしげに書《か》きすさび、絵《ゑ》などを見《み》所多《おほ》くかき給へれば、若《わか》き心ちには、思《おも》ひも移《うつ》りぬべし。「心よりほかに、え見《み》ざらむほどは、これを見《み》たまへよ」とて、いとをかしげなる男《をとこ》女もろともに添《そ》ひ臥《ふ》したる絵《かた》をかき給て、「常《つね》にかくてあらばや」などの給も、涙落《なみだお》ちぬ。（浮舟・五・二一〇）

匂宮は「手習」をしつつ、男女同衾の墨絵を描き、逢えないときはこれを見よ、いつもこうしていたいと語った。いかにも匂宮らしい直情性が、薫とは対照的である。かつて若紫の少女と雛遊びをし、赤鼻の絵で戯れた光源氏とは違って、男女の性愛を象徴する絵なのだが、蛍巻の物語論をはさむ六条院の女たちが「絵物語」に熱中する文脈の中で、光源氏が「いざ、たぐひなき物語にして、世に伝へさせん」と玉鬘を口説いたことに通じる。

そこでは、かつて筑紫に流離して大夫監に言い寄られ、都に逃げ帰った玉鬘が、我が身の体験を『住吉物語』の姫君に「なづらへ」て回想していた。田舎育ちの玉鬘は、絵や物語とは無縁な少女時代を過ごし、その物珍しさもあって、朝晩夢中に「書き読み営」んでいた。東国育ちの菅原孝標女が帰京して物語に夢中になったという『更級日記』の記述が想起されるところでもあるが、『源氏物語』の東屋巻では、浮舟が玉鬘との共通性を示している。浮舟は中君のもとで、女房に本文を読ませながら絵を見て享受しており、徳川・五島本『源氏物語絵巻』に絵画化されている場面である。

絵《ゑ》など取《と》り出《い》でさせて、右近に言《こと》葉読《よ》ませて見《み》給ふに、向《む》かひてものはぢもえしあへ給はず、心に入《い》れて見《み》給へる火影《ほかげ》、さらにここと見《み》ゆる所なく、こまかにをかしげなり。（東屋・五・一六四）

これは、匂宮が浮舟をみつけて強引に言い寄ったが女房たちが阻み、それを知った中君が浮舟を慰める情景にある。このあと、母中将の君が三条の小家に移した所へ、薫が初めて通うこととなった。そのあとの浮舟と匂宮の逢瀬における「手習」の贈答歌を、もうひとつ引いておく。

「峰《みね》の雪《ゆき》みぎはの氷《こほり》ふみわけて君《きみ》にぞまどふ道《みち》はまどはず
木幡《こはた》の里《さと》に馬《むま》はあれど」など、あやしき硯《すずり》召《め》し出《い》でて、手習《てなら》ひ給。
降《ふ》りみだれみぎはにこほる雪《ゆき》よりも中空《なかぞら》にてぞわれは消《け》ぬべき
と書《か》き消《け》ちたり。この「中空《ぞら》」をとがめ給。げににくくも書きてけるかなと、はづかしくて引《ひ》き破《や》りつ。（浮舟・五・二二五）

匂宮が「中空」という浮舟の歌ことばを咎めたのは、薫と自分とのあいだと解したからであろうが、浮舟の根源的な不安と流離の存在感覚を理解してはいない。かつて、若菜上巻で紫上の手習の歌に書き添えた光源氏が、その心の齟齬を埋められなかったことと響き合う。

「紫のゆかり」としての紫上は、「ゆかり」を超えて自立したあげくに、女三宮と光源氏との結婚を契機に、孤独の思いをかみしめてその生涯を終えた。そしてまた、女三宮もまた、新たな〈紫のゆかり〉としての期待を抱かせて登場しながらも、光源氏に幻滅をもたらして、柏木との密通事件が起こった。大君の「形代」として薫と関係をもった浮舟は、女の生き方の可能性を問いかけた紫上の物語の主題性を、より根源的に、その極限まで追いつめたものといえよう。

七　〈ゆかり〉と〈形代〉の統辞法と主題性の展開

光源氏の〈光〉の象徴性は、欠けてもまた満ち、やがて雲に隠れる月光の美であった。〈薫〉と〈匂〉とは、その美の感覚を、視覚に重ねて漂い出る嗅覚へと転調させている。匂宮は明石中宮腹の光源氏の孫として〈ゆかり〉だが、女三宮と柏木との密通によって生まれた薫と光源氏とには、血縁の繋がりはない。にもかかわらず、光源氏は薫を我が子として育て、世間もそう認めていた。光源氏は薫の誕生を、藤壺との密通によって生まれた冷泉帝の因果応報として受けとめ、甘受するしかない。光源氏の権力と栄華を支えたものは、この秘密の我が子の存在を核とするものであった。〈紫のゆかり〉の系譜は、それを支えた女性たちの系譜であるとともに、その虚構性を照射するものであった。

出生の秘密の罪をかかえた薫は、母の女三宮が〈紫のゆかり〉という光源氏の幻想を破滅させたことを継起として、自己同一性《アイデンティティ》を確立しえないまま惑いの時空を流離することにおいて、浮舟と同じような〈人形〉であり〈形代〉であったともいえよう。そこには、出生の秘密をおぼろげに予感し、冷泉院から「俗聖」宇治八宮を紹介されて仏道にあこがれた薫が、「昔物語」的世界の恋へととらわれて惑い続けるという、皮肉な主題的展開がある。その薫の恋の対象が、大君から中君そして浮舟へという〈形代〉の恋の系譜の物語であった。

『源氏物語』における用語例に限定する限り、「紫のゆかり」の二例が藤壺と紫上との関係を示すものであったように、「形代」という三例は、すべて大君の身代わりとしての浮舟を示している。浮舟は八宮に認知されなかったとはいえ、大君と中君にとっての異母妹であり、血縁を基とした〈ゆかり〉ということもできる。とはいえ、中君が薫に浮舟を紹介するときに、同母姉妹である自分よりも大君に似ていると言うのは、事実かどうかは別として、似ているという、〈紫のゆかり〉として桐壺更衣と藤壺にも拡張した論理との共通性を示すものである。

そして、「形代」に特徴的なのは、それが「人形《ひとかた》」に喩えられた、祓えで罪や穢れを託して流される存在だったことである。そうした「人形」としての象徴性を主題的に背負った浮舟の物語が、『源氏物語』最後の女主人公の物語である。それが、かつて須磨に流離して祓えで危機に瀕した光源氏が、我が身を「人形」に見立てていたこととも響き合うことが重要である。

光源氏にとって、〈紫のゆかり〉の理想性は女三宮によって否定され、それはまた紫上の光源氏との心の齟齬を露呈するものでもあった。紫上が「紫のゆかり」であることを自覚したかどうかは不明だが、若紫巻の手習で、「かこつべきゆゑを知らねばおぼつかないかなる草のゆかりなるらん」と無邪気に返歌したことが、「身に近く秋やきぬらん見るままに青葉の山もうつろひにけり」という、若菜上巻の手習歌と呼応している。

光源氏の手本によって修得した紫上の筆跡は、光源氏と同化して似ていたはずである。その教養や人格形成そのものが、光源氏の好みによって成り立ち、〈紫のゆかり〉の理想性を成り立たせていた。その紫上が、いわば自立することによって悲劇へと転じていた。

浮舟もまた、大君の「人形」としての薫の期待を裏切って、自立した生の可能性を出家によって探ろうとしている。行為項としての光源氏や薫といった男主人公により、形態的には数珠繋ぎされて物語を構成する女君たちが、『源氏物語』ではそれぞれに自立した生の可能性を探る物語の様相を深めている。若菜上巻以降の第二部で、紫上のあと、落葉宮と夕霧の物語などによって相対化が強まり、宇治十帖の物語では、薫も匂宮も女君たちの物語を統

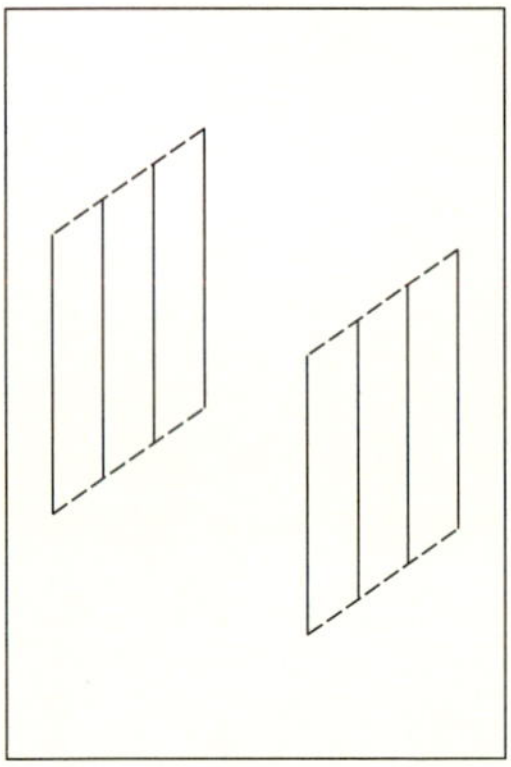

図《モデル》I

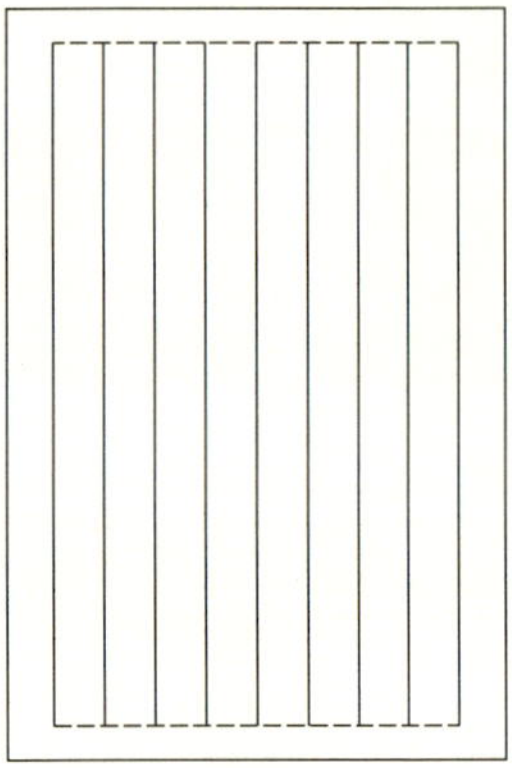

図《モデル》II

（石川九楊『文字の現在 書の現在』芸術新聞社，1990年より）

図3　ちらし書きの様式モデル

括することができない。〈ゆかり〉と〈形代〉による物語は、「反復」や「差延化」による「脱構築」を進め、そして「中心＝一義性」を喪失していく物語なのだと、抽象化して捉えることができる。(12)

ここではそれを、『源氏物語』の内なる絵や人形、また手習にまつわる想像力のありかたと具体的に関連づけることによって、意味論的な統辞法としての、主題的な連鎖と転調をたどってきた。そこに作用する語りの心的遠近法による引用と変換の手法を、〈もどき〉という用語で示したのであるが、それはまた、日本文化の特徴ともいえる〈ちらし〉や〈くずし〉、あるいは〈うつろい〉の表現法とも通底している。

石川九楊は、中国にはみられない「散らし書き」の書の様式を、①行頭行末の斜行、②行間隔の不定配置、③複数行を単位とする群塊化《ブロック》と群塊《ブロック》相互の間隔によって成立しているとする。そして、様式モデルの「図《モデル》I」を「日本の文化芸術と深い関わりをもつ美の様式」だとし、「図《モデル》II」と対置している。(13)

図《モデル》Iは、石川もいうように、『源氏物語絵巻』などの構成原理であり、「斜め上」の視座により、図《モデル》IIを〈くずす〉ことによって成立する。楷書体の正視字形に対して、ひらがなの「横向き、斜め向き」の原理であり、平安朝では、「唐土《もろこし》」に対する「やまと」、「公」に対する「私」、「男」に対する「女」の文化の領域において強く示される傾向である。これは、〈もどき〉の原理であり、これまで検討してきた〈ゆかり〉や〈形代〉の論理の基底をなすものである。

『源氏物語』は、和漢の先行作品の引用と変換、そして自己対象化による主題的な反復と差延化を表現しつつ、心的遠近法による作中世界への同化と異化とを、〈もどき〉の連辞法によって達成した。その過程で語り手や作中人物たちの心内における因果性の発見や認識が表現されていたのである。そこでは、作品テクストの内と外との境界も開かれた連続性をもち、範列構造の垂直性による引用や象徴のコードも、〈くずし〉や〈ちらし〉によって連辞化され、換喩化されているのである。

第3章　光源氏の物語と呼称の心的遠近法

一　主人公の機能と物語の生成

『源氏物語』は光源氏とその末裔の物語として構成され、第三部の匂宮巻から夢浮橋巻の終焉に至るまで、光源氏はその始源であり続けている。〈ひかる〉から〈にほふ〉と〈かをる〉へという男主人公のうつろいと分化は、この物語の主題的な展開と密接に関わっている。

とはいえ、『源氏物語』五十四帖の物語世界は、ひとつの統合的なテクストとして捉えるとき、じつに多様な物語内容を包摂している。ことに、第一部の前半、光源氏の三十歳の物語の空白を挟んだ関屋巻あたりまでは、さまざまの女主人公たちをめぐる短編物語の集積といった要素が強い。そのために、かつて和辻哲郎に始まり、阿部秋生、玉上琢彌、そして武田宗俊に代表される成立・構想論が活発に展開されたのであった(1)。

これに対して、成立・構想論を構造や表現の論として捉えかえすべきだというのが論者の立場であり、その後の研究史もまたそうした方向性を強く示してきた(2)。光源氏が主人公であるということは、語り手（たち）のまなざしが主たる対象を光源氏として焦点化しつつ、他の作中人物たちとの関係を統合して表現していくということである。

前章でふれたように、西洋のナラトロジーによって『源氏物語』を論じた福田孝は、主人公をめぐる物語の長編化の方法について、少女巻冒頭の朝顔姫君と光源氏の交友までは『伊勢物語』『平中物語』と同様に、「光源氏という固定人物による数珠繋ぎ手法（バルトのいうラプソディー構造）」に従って物語言説がまとめあげられているとする。[3]

こうした「数珠繋ぎ手法」と、成立論の出発点となり多く語られてきた光源氏の「性格的不統一」とが関連しており、福田によれば「挿話を繋ぎ留めれば十分な行為項」として主人公の機能がある。また、『源氏物語』の「前半部を秩序立てているのは年立［時間軸］であって事件相互の因果的関連でない」として、『伊勢物語』や『うつほ物語』などと共通の「すき」や「色好み」だけが〈構成的動機づけ〉なのだという。このような視点による論の射程は、『源氏物語』が六条院に集めた女性たちの範列化によって「交替法的な手法」へと移行し、やがて論理的・因果的筋立てによる「玉突き手法」へと形式変化するという把握へと展開している。従来の研究史においては、古伝承や古物語の型や様式から出発した『源氏物語』が、次第に文体の自立を獲得し、作中人物たちの内的自立を表現することによって、光源氏を中心とする六条院世界が主題的に解体すると論じられてきた。その主題論的な価値評価や意味性を排除することによって、ディスクールを形態分析した論である。

これに対しては、西洋的な「因果的関連」を論の前提とするあまり、物語の「継起性」による意味生成の表現効果を軽視しすぎていると批判できる。この背景には、西洋文学の「プロット」という概念に比べて、日本文学における「筋」が「集《コレクション》」的な継起性を強く示しているという、文化的な差異があるともいえよう。[4]さらにいえば、文学的な表現が、語ることや書くことによる時間的な継起性によるという、東西の文化的な差異を超えた〈詩学〉の問題である。

文学的な表現、とりわけ物語においては、「継起性と因果性との混同」そのものが「活動の原動力」となっていることを、[5]より積極的に評価していく必要がある。『源氏物語』の第一部の前半においても、光源氏を行為項とした数珠繋ぎの手法だけではなく、「継起性と因果性」とを結合するさまざまの表現手法を認めることができる。それらは、語りの形態と意味とが結合した、テクストの主題的な引用関連によって手法化され、論理的・因果的筋立てによる「玉突き手法」を、第二部から第三部の宇治十帖の物語において、より強く顕在化していくことになる。

すでに引用したように、福田は前半の光源氏について、「すき」や「色好み」だけが〈構成的動機づけ〉なのだとしていたが、これも研究史の通説をふまえたものであり、光源氏の「性格的不統一」を、物語主人公の古代的特性や、先行物語の類型要素から説明することに通じている。序章第二節でふれたように、「色ごのみ」は、折口信夫によれば、古代的な神や天皇が、諸国の巫女を宮廷に集める祭政に起源をもつ結婚の形態で、多くの女性たちと関係を結ぶ光源氏は、その美的な伝統の極致なのであった。こうした理念としての「色ごのみ」は、〈恋〉と〈王権〉の要素へと解析することができ、平安朝における用語例に基づいていえば、容姿の美しい主人公たちの多情な恋愛のみでなく、和歌や音楽など芸能の力が不可欠であった。

『伊勢物語』は典型的な数珠繋ぎの手法により、短い歌物語の断章を「むかし、男」と抽象化された主人公のもとに集積した、『源氏物語』のプレテクストである。その「男」の原型に在原業平の伝承があって、その歌や行為を中心にして虚実を織りまぜ、「男」の元服から死までの、ゆるやかな一代記を構成している。そして、何よりも多くの女性たちとの恋の交渉が語られ、その中には二条の后高子や、斎宮との禁忌を犯す恋の関係や、東下りの流離とともに、鄙の女たちとの恋も含まれている。『伊勢物語』は、挿話を繋ぎとめる行為項としての主人公やディスクールの形態のみならず、〈恋〉と〈王権〉とが関わる主題性においても、藤壺との密通の物語や〈紫のゆかり〉の物語なども、『源氏物語』における直接的な引用関連を含めて重要なプレテクストのひとつである。

本章では以下、光源氏の物語の「継起性と因果性」との結合について、第一部の前半部を中心にして、その呼称の心的遠近法に基づいて検討していく。

二　恋と王権の物語の序章

光源氏は「世になくきよらなる玉のをのこ御子」として生まれた。語り手はその理由を「さきの世にも御ちぎりやふかかりけむ」と、桐壺更衣と帝とが前世における深い宿縁で結ばれた故かと推量し、比類なく美しい皇子の誕生がその証しとみなされる。父帝は急いで参内させ、「めづらかなるちごの御かたち」を見て、第一皇子が右大臣の女御腹で疑いなき「儲《まうけ》の君」（世継ぎ）と世の人がかしづいていたが、「この御にほひ」に並ぶべくもなかったので、「この君」を「わたくし物」として寵愛したという。

それとともに、桐壺更衣への寵愛もまさり、「この御子」が生まれたあとは特別の配慮をしたので、「坊にもようせずはこの御子のゐたまふべきなめり」と、「一の御子の女御」（弘徽殿女御）は立太子の可能性をも疑ったという。そして、こうした帝の寵愛が母更衣への他の女御・更衣たちの嫉妬をかきたて、虐めを誘うという悪循環を招いた。とはいえ、その偏愛を上達部・上人なども非難して、「楊貴妃のためし」とまで言われつつも、更衣の父の大納言は没しており、光源氏は後見する外戚のない、政治的には孤立した皇子であった。

「この御子」三歳の年に、袴着の儀式が「一の宮」（第一皇子）に劣らず盛大に催され、それにつけても「世のそしり」が多かったが、「この御子」のすくすく成長する「御かたち、心ばへ」の特異さから非難しきれず、「物の心」のわかる人は「かかる人も世に出でおはする物也けり」と瞠目したという。その年の夏に、更衣の病が重くなり、母君は泣きながら奏上して御子もともに宮中を退出させ、そのまま更衣は没した。

「野分たちてにはかにはださむき夕暮」に、帝は靫負命婦を使者として母の実家に派遣し、しみじみとした会話の中で、「若宮のいとおぼつかなく露けき中にすぐし給ふも心ぐるし」いから、一緒に参内せよという帝のことばが伝えられる。手紙の文面にも「いはけなき人」をともに育てられない不安を記し、「むかしの形見になずらへて」ともに参内せよとあった。更衣の母を招きつつも、その主旨が「若宮」にあることは、

宮城野のつゆふきむすぶ風の音にこはぎが本を思ひこそやれ　（桐壺・一・一二）

という帝の歌にも明らかである。更衣の母もそれは承知していて、自身の参内はできないと辞しつつ、「若みやはいかにおもほししるにか、まゐり給はんことをのみなんおぼしいそぐめれば、ことわりにかなしう」などと奏上することを命婦に依頼している。そこの地の文には「みやはおほとのごもりにけり」という。その後で更衣の母が命婦に語った、故大納言の遺言によって更衣を「宮仕へ」させたが、「人げなきはぢ」を隠しつつ交際して「人のそねみ」を多く負い、「横さまなるやう」にて死んだのは「わりなき心の闇」というのは、帝に対してもうらめしい真情の吐露である。

帝は、前章でふれたように、「長恨歌の御絵」を見て、伊勢や貫之による屏風歌などもその詩句とともに口ずさみ、寝ないで命婦の報告を待ちうけていた。更衣の母の手紙は、「いともかしこきはおき所も侍らず」と感謝しつつも、「かかる仰せ言につけてもかきくらす乱りごこちになむ」と、惑乱の思いを隠さず、次のように返歌していた。

あらきかぜふせぎしかげの枯しより小萩がうへぞしづこころなき　（桐壺・一・一六）

やはり「小萩」つまり若宮を心配しているのだが、「荒き風ふせぎし陰」が枯れてしまったというのは更衣のことで、帝の庇護への信頼は記されていない。それが、「などやうに乱りがはしきを、心をさめざりける程と御覧じゆるすべし」という、語り手による評言のゆえんである。帝に対しては明らかに失礼な文面なのだが、帝は涙ながらに更衣との出会いからの年月を回想し、こう発言している。

「故大納言のゆいごむあやまたず宮づかへのほいふかく物したりしよろこびは、かひあるさまにとこそ思ひわたりつれ。いふかひなしや」とうちのたまはせて、いとあはれにおぼしやる。「かくてもおのづから若みやな

どおひ出たまはば、さるべきついでも有なん。いのちながくとこそ思ひねんぜめ」などのたまはす。
（桐壺・一・一六）

更衣を「かひあるさま」というのは、女御にすることなどであろうが、それもかなわぬ今後は、「若みや」が成長したらしかるべき機会もあろうから長生きせよと、更衣の母への伝言である。それが具体的に何を意味するのかは不明であるが、立太子そして天皇に即位するというのが、摂関政治あるいは国母政治といわれる同時代の現実の政治状況からみればほぼ不可能ではあるが、物語世界内における最大限の可能性だと想定される。

更衣との最後の別れの情景においても、「かぎりとてわかるるみちのかなしきにいかまほしきはいのちなりけり」という最初の歌とともに、「いとかく思ひたまへましかば」と息も絶えだえに、「きこえまほしげなることはありげなれど」と表現されていた。この世になお生きたいと執着を残した更衣の願いは何であったのか。これも語られてはいないが、「御子」のことだと帝も推測したにちがいない。「故大納言の遺言」は更衣の入内であったが、そもそも外戚のない娘をあえて入内させた故大納言と、それを願った桐壺帝との共通の意図は何であったのか。桐壺帝と故大納言の子孫への期待をめぐる物語前史が謎かけされているのであり、それは因果的な関連を潜在させている。

更衣の死を悲しむ帝の表現は、『長恨歌』の引用による修辞に濃く彩どられているのだが、その『長恨歌』の悲恋が政治権力闘争を背景としていたように、『源氏物語』もまた〈恋〉の悲劇とうらはらに〈王権〉と政治権力に関わる物語として始発している。より象徴的にいえば、〈光〉と〈闇〉との両義性をテクストに織り込んでいく物語のこうした手法自体を、『源氏物語』は白居易の諷喩詩から学んだとみられる。『長恨歌』は政争を背景として死んだ楊貴妃への哀傷を美しく描き、他方で、白居易は『上陽白髪人』において、他ならぬ楊貴妃のために無惨な一生をすごした女を表現していた。『長恨歌』をプレテクストとして引用することにより、その共通性を動機づけとしながらも、差延化によって『源氏物語』テクストの世界が生成している。

他方で、「野分たちて」に始まる、亡き更衣の母と靫負命婦との会話の部分は、歌ことばによる哀傷の表現法により、『長恨歌』を引用した修辞がみられない。『長恨歌』の引用による表現は、帝の側からの表現、またそうした帝の態度を批判的に見る宮廷人からの表現ではあっても、更衣の母や更衣自身の内的な表現ではなかった。そこに〈和漢の心的遠近法〉というべきものが作用している。(6)

「あくるもしらで」と伊勢が詠んだ『長恨歌』の屏風歌を口ずさみ、「猶朝まつりごとはおこたらせ給ぬ」といった帝を、近侍する人々が嘆き非難して、「人のみかどのためしまで引いで、ささめき嘆きけり」というのも、『長恨歌』をふまえた危惧であった。その直後に、こう記されている。

月日へて、若みやまゐり給ぬ。いとどこの世の物ならず、きよらにおよすげたまへれば、いとゆゆしうおぼしたり。あくるとしの春、坊さだまり給にも、いと引越さまほしうおぼせど、御うしろみすべき人もなく、又世のうけひくまじきこと成ければ、なかなかあやふくおぼしはばかりて、色にもいださせ給はず成ぬるを、「さばかりおぼしたれど、かぎりこそ有けれ」と世人もきこえ、女御も御心おちゐ給ぬ。(桐壺・一・一八)

結局は、皇太子の立坊のとき、この「若みや」に逆転させたいという思いは帝にあったものの、後見もなく世間が承知するはずもないと、気色にも出さず、弘徽殿女御腹の第一皇子に定まった。「かの御おば北のかた」(更衣母)も悲嘆のまま亡き更衣のあとを追うように没し、「御子」は六歳になる年であり、今度は事情を知って「恋ひ泣」いた。今は宮中にばかりいて、七歳で「読書始《ふみはじめ》」させると、「世にしらずさとうかしこく」いらしたので、帝は「あまりおそろしき」まで御覧になり、弘徽殿などにもお渡りになる「御供」として「御簾《みす》の内」にまでお入れになった。その優美さを弘徽殿女御さえ拒めず、「なまめかしうはづかしげ」であったから、「いとをかしう打とけぬ遊びぐさ」と誰もが思っていた。「わざとの御がくもんはさる物にて、琴、笛の音にも雲居をひびかし、すべて言ひつづけばことことしううたて」となるような、才芸に秀でた御様子だったという。

このあとに、第1章で論じた高麗の相人の占いと、それを解釈した桐壺帝が「源氏」に決定したという叙述がある。桐壺帝には、光源氏を皇位継承者としたい意志があった。それが『長恨歌』の引用によらない歌ことばの抒情の表現の中にあることによって、『長恨歌』が潜在する国家が争乱に陥る凶相を、あたかも隠そうとするかのようである。にもかかわらず、その結果は光源氏の立太子そして即位の不可能性を指示してしまっている。高麗の相人の占いにある「乱れ憂ふること」は、『長恨歌』と同じような国が乱れる「乱憂」であり、それはまた、『聖徳太子伝暦』における聖徳太子の超世俗性と、それゆえの一族の悲劇へと通底しているとみることもできる。[7]

ここまでの光源氏の呼称は「御子《みこ》」であり、更衣の死とそれを悲嘆する文脈において「若みや」「みや」が用いられていたが、それは参内するまでの私的な呼称というべきもので、高麗の相人の場面では「御子」が用いられている。とはいえ、帝が「大和相」を勘案して、「いままでこの君を御子にもなさせ給はざりけるを」という部分は重要で、ここでは「無品の親王の外戚のよせなきにてはただよはさじ」というように、この「御子」は「親王」の意味である。「みこ（親王）と成たまひなば世のうたがひおひ給ぬべく物し給へば」と、宿曜の占いも勘案して「源氏《げむじ》」としたのであった。

これまで大島本の表記によって「御子」としてきたが、新編全集本などが「皇子」という表記で記すのは、この「親王」との区別を明確にするためであろう。桐壺帝が「親王」にせず「源氏」とした「御子」（皇子）の物語の始源には、祖父である故大納言の遺言があり、それに従って入内した更衣の死の無念があり、その負性をどのように回復していくかということが、父である桐壺帝の配慮にゆだねられていた。

三　「ひかる君」の物語の生成

光源氏の物語をその呼称からみるとき、「御子《みこ》」を基調として「若みや」「みや」と呼ばれる七歳までの時期は、いわばその序章であり、「源氏」に臣籍降下したことから、光源氏の物語が始まる。そして、「うせ給ひにし御息《みやす》所の御かたちに似《に》たまへる人」として、「先帝の四の宮」が「藤壺」として入内したことと結合して、「源氏の君」そして「光る君」の物語を生成していく。

げむじの君は（帝の）御あたりさりたまはぬを、ましてしげく渡らせたまふ御かたはえはぢあへたまはず。いづれの御かたも、我人におとらんとおぼいたるやはある、とりどりにいとめでたけれど、うちおとなびたまへるに、（藤壺は）いとわかううつくしげにて、せちにかくれ給へど、（光源氏は）をのづから漏《も》り見たてまつる。母みやす所もかげだにおぼえ給はぬを、「いとよう似たまへり」と内侍のすけのきこえけるを、わかき御心ちにいと哀と思ひきこえ給て、常にまゐらまほしく、なづさい見たてまつらばやとおぼえたまふ。（桐壺・一・二二～三）

「源氏の君」となっても、帝は藤壺のもとまで連れて渡り、その若く美しい姿をも「見」た光源氏に、面影さえ記憶にない母によく似ていると典侍《ないしのすけ》が語ったこともあり、「哀《あはれ》」と思い、親しく見申し上げたいと思うようになったという。「なづさひ見」るとは、やがて密通へと繋がる微妙な表現である。桐壺帝も藤壺に亡き母更衣との類似を語り、「なめしとおぼさでらうたくし給へ」と光源氏と親しくするように勧めていた。そして、藤壺と光源氏とを並び称して讃える次のような叙述がある。

世にたぐひなしと見たてまつりたまひ、名たかうおはする宮《みや》の御かたちにも、猶にほはしさはたとへん方なくうつくしげなるを、世の人《ひと》とひかるきみときこゆ。藤つぼならびたまひて、御おぼえもとりどりなれば、かかやく日の宮ときこゆ。（桐壺・一・二三）

「光る君」と「かかやく日の宮」とは、帝に寵愛される童姿の光源氏と后とを「世の人」が併称したのである。「日の宮」は「妃の宮」でもと皇女ゆえの呼称だろうが、帝を中心にした王権の理想性を象徴するような聖家族の印象がある。源氏となって皇位継承権を放棄した光源氏と、帝の寵妃とが並び称されるところに、現実を超えた〈王権〉幻想の物語が暗示されているといえよう。主人公光源氏の成長を年代記的に語るとともに、高麗の相人による予言の謎かけ機能を媒介として、因果性との結合が暗示され、その象徴が一対の〈光〉なのであった。
「この君」は「童すがた」を惜しまれつつも「十二にて御元服」し、左大臣を「引き入れ」の加冠役として、同時にその「御子（皇女）腹」の娘と結婚した。東宮からも入内の希望があったのを、あえて「この君」と結婚させたのは、東宮の外戚である右大臣方と対抗するための、桐壺帝と左大臣方との連合による政略結婚である。「女ぎみはすこし過ぐしたまへる程」と年上であり（後の紅葉賀巻によれば四歳年上）、光源氏が「いと若うおはすれば、似げなうはづかし」と思っていた。この結婚により、女君の「母宮」が「内のひとつ后腹」つまり桐壺帝と同腹であったので、左大臣の威光が増さり、「東宮の御祖父《おほぢ》」で将来世の中を治めるはずの右大臣の勢いが圧倒された。左大臣には「御こども」が多く、やはり宮腹の蔵人の少将（後の頭中将）を右大臣の「四の君」と結婚させて、政治的な均衡がはかられた。

源氏の君は上の常にめしまつはせば、心やすく里住《さとず》みもえし給はず。心のうちにはただ藤壺の御ありさまをたぐひなしと思ひきこえて、さやうならん人をこそ見め、似る人なくもおはしけるかな、大殿《おほいとの》の君いとをかしげにかしづかれたる人とは見ゆれど、心にもつかずおぼえ給て、をさなきほどの心ひとつにかかりて、いと苦しきまでぞおはしける。（桐壺・一・二六〜七）

ここでは、光源氏がはっきりと藤壺のような人と結婚したいと願い、左大臣の娘に対しては気に入らないと思って悩んだという。「大人」になってからは、かつてのように「御簾のうち」に帝がお入れになるはずもなく、管弦の遊びの「琴、笛の音」に思いを通わせ、「ほのかなる御声」を慰めとして、内裏での生活ばかりを好んだ。内裏での「曹司《ざうし》」としては淑景舎（桐壺）を用いて、「母御息所」の女房たちが仕えていた。「里の殿」は宣旨によって「めでたく」改築し、「かかる所に思ふやうならん人をすゑて住まばや」とばかり嘆かしく思っており、その理想の女性が藤壺であることはいうまでもない。桐壺巻は、次のような文章で結ばれている。

ひかる君と言ふ名は高麗人《こまうど》のめできこえてつけたてまつりける、とぞ言ひ伝へたるとなむ。（桐壺・一・二八）

「ひかる君」の命名の起源伝承のようにして終わるのは、神名や地名起源の古伝承、また『竹取物語』の段末とも響き合う伝聞形式による結末であるが、「言ひ伝へたる」に「となむ」を加えて、二重の伝承あるいは書承を暗示する方法である。先に「世の人」が「光る君」と言い「かかやく日の宮」と並び称したという叙述を、さらに高麗の相人にまで遡らせるのは、たんなる命名伝承の異伝ではなく、王権に関わる物語の展開を動機づけるものである。

光源氏が「世になくきよらなる玉のをの子御子」として生まれ、参内したが皇太子にすることを帝があきらめた場面の引用文中にも、「いとどこの世の物ならず、きよらにおよすげたまへれば、いとゆゆしうおぼしたり」とあった。「きよら」は高貴な主人公の美しさを形容する語であるが、「ゆゆし」という不吉なまでの美しさは、現世を超越して、異界に起源する物語主人公の特性である。『竹取物語』のかぐや姫、そして『うつほ物語』の俊蔭一族やあて宮につらなる系譜である。かぐや姫は、天人によれば、月の都で犯した罪のために地上へと流離した天女であり、俊蔭も波斯国から阿修羅の世界、また天人に琴を学び仏と対面する旅をして、天人の子孫であることを告げられていた。「変化のもの」とよばれるそれら先行物語主人公たちの系譜に、光源氏も確かに位置している。

光源氏の〈光〉の表象は、アマテラスという「日」(太陽)の神を始祖とする王権の中心ではなく、夜に満ち欠けして輝く「月」を原型としている。「かかやく日の宮」と呼ばれた藤壺、また冷泉帝、そして明石一族が「日」の光として表象されて王権の中枢に位置するのに対して、いわば闇の〈王権〉としての「月」であるところに、物語主人公としての光源氏の位相がある。(8) その原像として『竹取物語』のかぐや姫があり、さらに神話的な原像へと遡れば、アマテラスに対抗して天上から追放されたスサノヲや、『大祓詞』で人々の罪や穢れを引き受けて根の国・底の国を流離するハヤサスラヒメ、そして祓えで流される「人形《ひとかた》」そのものへと通じている。

光源氏は人間として地上で犯した罪を、心の闇に封じこめてしたたかに生きていくことになるが、『源氏物語』の女主人公たちは、人生そのものが流離であることの意味を主題的な連環によって深め、その最後に浮舟がいて、もっとも明確にその原像との関わりを示すこととなる。折口信夫が「貴種流離譚」として日本文学の発想の類型として捉えたことを、「月」の光を原像とする物語主人公たちの系譜において捉え返す必要がある。

異界に起源をもつ平安朝の物語の主人公たちの神性は、しだいに現実化して〈王統のひとり子〉として生まれ、光り輝く美貌とともに、特異な才芸の能力を示している。『源氏物語』では「この世の物ならず」と形容されてはいても、現世のことしか語ってはいない。高麗の相人の観相に始まり、若紫巻の夢占い、澪標巻の宿曜へと、光源氏の運命を領導していく予言にしても、アプリオリな運命や異界の起源そのものを語ってはいない。光源氏の異界性は、あくまでも物語世界内において不可知な力による領導を暗示するものであり、第1章でも論じたように、高麗の相人の占いを解釈し、光源氏の現世における運命を定めたのは桐壺帝である。

桐壺更衣と帝の物語のプレテクストが『長恨歌』であったのに対して、光源氏の物語の発端におけるプレテクストとしては、『うつほ物語』がもっとも重要である。『うつほ物語』の俊蔭巻の始めには、①俊蔭が七歳で高麗人と漢詩文を作り交わし、②十二歳で元服したことが記されている。また、藤原の君巻の始めには、正頼が、③一世の源氏であること、④相人による予言があること、⑤大臣のひとり娘と初冠の夜に結婚したという記述がある。この両者の要素を合成すれば、『源氏物語』における光源氏の元服前後の基本的な骨組みができあがる。これらの類型的な要素を含めて、〈王権物語的構造〉ということができるのだが、もとより、それらは現実の王権からは疎外された幻想として位置している物語主人公の構成要素である(9)。

四　帚木三帖の表層と深層

帚木巻は、光源氏十二歳の記述から、ほぼ四年の空白のあと、十七歳と推定されている夏の物語として始まる。

それは、桐壺巻を承けてはいるものの、空蟬巻、夕顔巻とともに、光源氏が忍び隠していた恋の物語を「もの言ひさがな」く語り伝えた異伝のように叙述されている。帚木巻の冒頭Aと夕顔巻の巻末Bとは、次のような屈折した語り手の弁明によって呼応している。

Aひかる源氏名のみことことしう、いひけたれたまふとが多《おほ》かなるに、いとど、かかるすきごとどもを末《すゑ》の世にも聞《き》き伝《つた》へて、かろびたる名をやながさむと忍《しの》び給ける隠《かく》ろへごとをさへ語《かた》り伝《つた》へけむ人のもの言《い》ひさがなさよ。さるは、いといたく世をはばかりまめだち給けるほど、なよびかにをかしきことはなくて、交野《かたの》の少将には笑《わら》はれ給けむかし。　（帚木・一・三二）

Bかやうのくだくだしき事は、あながちに隠《かく》ろへ忍《しの》び給しもいとほしくて、みな漏《も》らしとどめたるを、「など、みかどの御子《こ》ならんからに、見《み》ん人さへかたほならず物ほめがちなる」と、作《つく》りごとめきてとりなす人ものし給ければなん。あまりもの言《い》ひさがなき罪《つみ》さりどころなく。　（夕顔・一・一四六）

ここに示された語りの表現構造は、帚木巻の冒頭Aの語り手が自分より以前の「語り伝へけむ人」の「もの言ひさがなさ」をいい、責任転嫁するのに対して、夕顔巻末Bでは、光源氏に近侍した「見ん人」の立場から自身の「もの言ひさがなき罪」を弁明している。こうしたところに、重層的な語りのトポロジー構造がみられ、Bでは光源氏のことを「見ん人」までが「物ほめがち」だと「作りごとめきてとりなす人」という、聞き手ないし読者への言及がある。

「ひかる源氏」と呼称された「みかどの御子」の物語であることは、「ひかる君」という命名伝承で結ばれた桐壺巻を確かに承けているのだが、その名のみが大げさで、非難されるべき「とが」つまり欠点も多いというのにと、その「すきごと」「かろびたる名」「隠ろへごと」を口さがなく伝えたのが、帚木・空蟬・夕顔の三帖である。帚木巻の冒頭Aに続いて、語り手は、直接に見聞した光源氏の「中将」時代の過去を回想して、助動詞「し」「しか」（き）を用いて語っている。

まだ中将などにものし給しときは、内にのみさぶらひようし給て、大殿にはたえだえまかで給ふ。しのぶの乱《みだ》れやと疑《うたが》ひきこゆる事もありしかど、さしもあだめきめなれたるうちつけのすきずきしさなどはこのましからぬ御本上にて、まれには、あながちにひきたがへ、心づくしなることを御心におぼしとどむるくせなむあやにくにて、さるまじき御ふるまひもうちまじりける。

（帚木・一・三二）

ここでは、「中将」時代の光源氏も、桐壺巻の終わりに記されていたように、「大殿」の姫君（葵上）とは不仲で、「しのぶの乱れ」と『伊勢物語』の初段を引用して、人目を忍ぶ恋をしているのかと疑うこともあったが、そうした「あだめき」ありふれたその場かぎりの恋などは好まない「本上」（本性）で、まれにはそれに反して「心づくし」の恋にとらわれる「くせ」（癖）がおありだったという。以下に、親しい友である左大臣家の「宮腹《ばら》の中将」との恋文をきっかけとした女性論議である雨夜の品定めと、それに触発された空蟬とのままならぬ恋、そして夕顔とのあやしい恋の秘密が表現されていくのであった。それが、光源氏の「隠ろへごと」の直接的な内実ではある。

とはいえ、それらは光源氏の恋の物語にとって周縁的な出来事であった。桐壺巻が「光る君」と「かかやく日の宮」とを併称し、光源氏の藤壺への恋情を指示していたように、「しのぶの乱れ」の中核には藤壺への禁じられた恋があることを読者は知っている。それをあえて韜晦した語り手の口上である。そのことは、Aで「交野の少将」と比較し、「なよびかにをかしきこと」はなく笑われるだろうという部分にも含意されている。

「交野の少将」は散逸物語の主人公であるが、『落窪物語』で女君に弁少将が関心を示していることを知った少将道頼が嫉妬して、「文《ふみ》だに持て来そめなば、限りぞ。かれは、いとあやしき人の癖にて、文ひとくだりやりつるが、はづるるやうなければ、人の妻《め》、帝の御妻も持たるぞかし。さて身いたづらになりたるやうなるぞかし」という。ここに「あやしき人の癖」という用語のあることに注目したい。「京のうちに女といふ限りは、交野の少将めで惑はぬなきこそ、いとうらやましけれ」と、「色ごのみ」とよばれた道頼さえかなわない恋の達人である。恋文によって女性を口説き、人妻や「帝の御妻」までと通じて罰せられたらしい。そのすべての要素は、やがて光源氏が体現していく特性でもあり、雨夜の品定めも恋文談議を導入部として、「癖」という用語も交野の少将と共通している。

雨夜の品定めによって、それまでは未知であった「中の品」の女に興味をかきたてられた光源氏は、左大臣邸から紀伊守の家に方違えして、そこに先客として泊まっていた伊予介の後妻であった空蟬との恋におちる。夕顔との恋も、始めは五条の小家での出会いから、女房クラスの低い身分かと危ぶみつつ、その正体を隠した交わりで、やがて雨夜の品定めで頭中将の語った「撫子・常夏」の女かと思いながらも、その正体を知るのは、「なにがしの院」で「もの」に取り憑かれて夕顔が死んだあとのことである。

こうした帚木三帖の物語の表現には、その表層には明示されていないものの、藤壺への光源氏の秘められた思いが、しばしば暗示されている。そもそも、雨夜の品定めそのものが、妻として理想の女性はいないという正妻論を中心として、葵上に不満をもつ光源氏への教訓を意図してなされていた。一般論、譬喩論、体験談という三段構成のうち、一般論のまとめの部分で、頭中将が、「わがいもうとの姫君（葵上）はこの定めにかなひ給へりと思へば、君（光源氏）のうちねぶりてことばまぜ給はぬを、さうざうしく心やまし」と思う部分がある。雨夜の品定めは、光源氏に中の品の女性への好奇心をかきたてたが、その背後には、上の品の女性たちとの物語世界が前提とされているのである。

光源氏を除く三人の男たちの体験談が終わり、左馬頭が総括したあとの部分には、

……といふにも、君は人ひとりの御ありさまを心のうちに思《おも》ひつづけ給。これにたらず又さしすぎたる事なくものし給けるかな、とありがたきにもいとど胸《むね》ふたがる。（帚木・一・六〇）

この「人ひとり」が藤壺である。また、紀伊守の家に方違えして、隔てられた寝殿の西面で空蟬の女房たちが自分の噂をするのを立ち聞きしたとき、まず心配したのも藤壺への思いが世間の噂となることであった。

うちささめき言《い》ふことどもを聞き給へば、わが御うへなるべし、「いといたうまめだちて、まだきにやむごと

なきよすが（正妻）定まり給へるこそさうざうしかむめれ」「されど、さるべきくまにはよくこそ隠れあり給ふなれ」など言ふにも、おぼす事のみ心にかかり給へば、まづ胸つぶれて、かやうのつゐでにも人の言ひもらさむを聞きつけたらむときなどおぼえ給。

（帚木・一・六三）

この「おぼす事」も藤壺のことであるが、女房たちの噂は、「式部卿の宮の姫君に朝顔たてまつり給し歌」などを、まちがえて語っていたので安心したという。

夕顔巻は「六条わたりの御しのびありきのころ」と始まり、夕顔との出会いのあと、空蟬や軒端荻とのその後の関係をはさんで、「六条わたり」の女との「霧のいと深き朝」の別れの情景が表現されている。そして、正体を隠したまま夕顔との情交が深まり、「なにがしの院」で、「六条わたりにもいかに思みだれたまふらん、うらみられんに苦しうことわりなり」と思って夕顔と寝た宵過ぎに、「御まくらがみにいとをかしげなる女」が坐って、「をのがいとめでたしと見たてまつるをば尋ね思ほさで、かくことなることなき人をゐておはしてときめかし給こそいとめざましくつらけれ」と語り、夕顔は「もの」に襲われて死んだ。「もの」の正体はそれとして、ここにのちに明らかになる六条御息所という上の品の女の像が投影していることは確かである。

そして、夕顔の死を現実のものとして惑乱しながら惟光を待つあいだ、長い夜が明けようとしていた。そこに次のような光源氏の心内が表現されている。

からうして鳥のこゑはるかに聞こゆるに、命《いのち》をかけて何《なに》の契《ちぎ》りにかかるめをみるらむ、我心ながら、かかるすぢにおほけなくあるまじき心のむくいに、かく来《き》しかた行《ゆ》くさきのためしとなりぬべきことはあるなめり、忍《しの》ぶとも世にあること隠《かく》れなくて、内《うち》にきこしめさむをはじめて、人の思いはん事、よからぬ童《わらは》べの口《くち》ずさびになるべきなめり、ありありてをこがましき名をとるべきかな、とおぼしめぐらす。

（夕顔・一・一二六）

ここでは、直接的には夕顔との異常な恋の結末が、帝にも知られ、世間の噂として広まることを恐れているのだが、「おほけなくあるまじき心のむくい」というのは、やはり藤壺への恋情である。帚木三帖の、直接的には空蟬や軒端荻や夕顔との恋の「隠ろへごと」の背後に、藤壺や六条御息所という上の品の女性たちとの恋があった。あえていえば、とりわけ禁じられた藤壺との恋を表現する異伝として、これら中の品の女性たちとの恋を「ものいひさがなく」表現する手法なのである。そこには、語り手による藤壺に関する表現のタブー意識が作用している。

帚木・空蟬・夕顔の三帖における、光源氏に対する語り手の呼称が明示されるときは「君」がほとんどであり、空蟬や夕顔は「女」がふつうである。光源氏の私的な「隠ろへごと」の世界を焦点化した物語ゆえであり、「たまふ」「のたまふ」といった尊敬語表現により、いわゆる主語としての呼称は明示されないのが基調である。

五　外的な呼称と内的な呼称と無呼称

若紫巻から末摘花巻にかけても、語り手による呼称の原則は同じだが、北山で後に紫上となる「女子《をむなご》」を光源氏がかいま見した直後に、僧都が尼君にその来訪を告げる場面では「源氏の中将」と呼び、また「この世にののしり給ふひかる源氏」と、帚木冒頭の語り手と同様の呼称を用いている。光源氏の社会的な位相を示すという意味での外的な呼称である。

吉岡曠は、若紫巻から賢木巻までの光源氏の呼称の種類と頻度数をあげ、A＝君グループ、B＝官職名グループ、C＝源氏グループ、D＝男・男君グループに大別している。Dグループの「男」は「男女の濡れ場で用いられる呼称」で、Cの「源氏グループ」は「私人として捉えた呼称」だとする。そしてAグループの「君」は「私的場面での呼称」であり、Bグループの「官職名」は「公的場面での呼称」と、「一応分類しうるかもしれない」とする。

とはいえ、「中将の君」はすべて「藤壺との秘事に関わる記事の中」にあり、葵上や六条御息所らとの交渉も光源氏にとっては私事のはずだが、「大将の君」や「大将殿」が多く用いられていることから、「君」呼称と「官職」呼称との使い分けの基準を「場面の公私や人物関係の公私にのみ帰するのは当を得ない」とする。これについては、上の品の女性たちとの恋が、私事に止まらない公的な性格をもつという語り手の意識ゆえと考えられる。吉岡が「呼称と語り手の視点を結びつけることで、呼称の問題ははじめて表現の問題と結びつく」という通りである[10]。ここでは、語り手による作中人物への焦点化を基準にして、内的呼称と外的呼称という用語により、その無呼称を内的焦点化として〈同化〉の指標とし、物語の文脈と、その主題的な意味と関わる呼称の心的遠近法を読み進めることとしたい。

藤壺との情交が初めて直接的に表現されているのは若紫巻であるが、その前に、僧都が「世のつねなき御ものがたり、のちの世の事」など説法したのを聞いて、「わが罪のほどおそろしう、あぢきなきことに心をしめて、生けるかぎりこれを思ひなやむべきなめり。まして後の世のいみじかるべき」ことを思い続けて出家生活にあこがれつつも、昼間にかいま見した少女を恋しく思い出している。その子が、「限りなう心をつくしきこゆる人」つまり藤壺によく似ていたからである。

「大殿」から「頭中将」「左中弁」などが迎えに来た宴では、語り手も「源氏の君」が悩ましく岩に寄りかかる「たぐひなくゆゆしき御ありさま」を讃え、尼君たちも「この世のものともおぼえたまはず」といい、「この若君」(紫上)は雛遊びにも絵を描くにも「源氏の君」と作って美しい衣を着せていたという。

そして、藤壺との密通の場面は、「藤壺の宮、なやみ給ふことありて、まかで給へり」という叙述から始まる。続く文章は、光源氏に焦点化した叙述であり、やはりその主体としての呼称は明示されていない。いわば内的焦点化に向かう無呼称である。

上《うへ》のおぼつかながり嘆《なげ》ききこえ給ふ御けしきも、いといとほしう見《み》たてまつりながら、かかるをりだにと心もあくがれまどひて、いづくにもいづくにも参《ま》うで給はず。内《うち》にても里《さと》にても、昼《ひる》はつれづれとながめくらして、暮《く》るれば王《わう》命婦を責《せ》めありき給。いかがたばかりけむ、いとわりなくて見《み》たてまつるほどさへうつつとはおぼ

えぬぞわびしきや。　　　　　　　　　　　　　　　　　　　　　　　　　　（若紫・一・一七五～六）

語り手は光源氏の行為に「給《たまふ》」を付して対象化しているが、「いかがたばかりけむ」は、「たばかり給ひけむ」ではなく、「給」がつかないことによって「いとわりなくて」（無理に）という批評的な言辞とともに光源氏の心と二重化し、「うつつとはおぼえぬぞわびしきや」は、同化した光源氏の心内語となって結ばれている。語り手が作中人物と同化していく過程を示す『源氏物語』の心的遠近法に特徴的な表現である。続く文章は、その主体を藤壺へと転じるために「宮も」と始まるが、「いみじき御けしきなるものから」を結節点として、その後半はやはり光源氏の心内にほぼ同化している。

宮もあさましかりしをおぼし出《い》づるだに世《よ》とともの御もの思《おも》ひなるを、さてだにやみなむ、と深《ふか》うおぼしたるに、いとうくて、いみじき御けしきなるものから、なつかしうらうたげに、さりとてうちとけず心《こころ》ふかうはづかしげなる御もてなしなどのなほ人に似させ給はぬを、などかなのめなることだにうちまじり給はざりけむ、とつらうさへぞおぼさるる。　　　　　　　　　　　　　　　　　　　　　　　　（若紫・一・一七六）

「見《み》ても又逢《あ》ふ夜まれなる夢のうちにやがてまぎるるわが身ともがな」という光源氏と、「世語《よがた》りに人や伝《つた》へんたぐひなくうき身を覚《さ》めぬ夢になしても」という藤壺の贈答歌による恋の情景の表現にも、二人の呼称は記されず無呼称である。夢のような現実の思い乱れた別れのあと、「宮も」に対して「中将の君」もと、語り手が光源氏の外的な呼称を記すのは、「おどろおどろしうさま異《こと》なる夢」とその夢解きの記述においてであり、それが秘密の私事とはいえ、「宮」と「中将の君」の密通と懐妊という社会的な意味をもつからである。帝は宮中の「御あそび」に「源氏の君」を召し、「宮もさすがなる事ども」を思い悩んだと語り手は記す。物語は私的な恋の秘め事から、王権の秘密によって公的な世界へと通じていくことになり、その主題性が語り手の呼称に反映している。

ここでは、「宮もあさましかりしをおぼし出づるだに」という引用文の前半において、藤壺がそれまで書かれることのなかった過去を回想し、作中人物の心内表現として記されていることにも注目したい。のちに澪標巻で光源氏自身が予言を回想して「宿世遠かりけり」と解釈するように、作中人物による回想や解釈による表現も、『源氏物語』においては効果的な手法なのであり、「回想の話型」である[11]。読者が物語の継起性と因果性とを混同して結合するのは、物語テクスト内の表現装置にそった読みだといえる。

紅葉賀と花宴との二巻は、宮中における華やかな賀宴を背景にして、帝のもとでの光源氏の晴れ姿の美しさと、藤壺とを並べて称賛しつつ、二人が抱えた心の闇を対位法的に表現している。〈光〉が〈闇〉と裏腹であり、〈恋〉が〈王権〉と両義的に結合されたこの物語の主題性を象徴的に示している。紅葉賀巻は、朱雀院への行幸を前にした試楽を、「藤壺」に見せようと桐壺帝が催させたことから始まる。そこで青海波を舞った光源氏を、語り手は「源氏の中将」と呼ぶ。その二人のより私的な関係を叙述するときには、藤壺は「宮」、光源氏は「中将の君」と呼ばれる。帝は試楽における「源氏の御夕影」の美しさを「ゆゆしう」思って御誦経を寺々で催させ、「源氏の中将」は「正三位」となった。

幼い紫上とくつろぐ光源氏は「男君」という内的な呼称により、出産直前の藤壺の悩みを耳にした光源氏は「中将の君」、帝が皇子を寵愛しながら光源氏を立坊させえなかったことを「あかず口惜しう」思うところでは、やはり「源氏の君」が用いられている。源典侍との関係とそれを頭中将がおどす笑話的なエピソードでは、語り手により「源氏の君」「中将」「君」、源典侍は「女」とも呼ばれて、内的な呼称と外的な呼称が混在している。

そして、藤壺が立后し、「源氏の君」は「宰相」となった。藤壺の参内の供としての光源氏は「宰相の君」と呼ばれ、成長するにつれて光源氏と「見たてまつり分きがたげ」に似ている「みこ」(御子・皇子)を、「月日の光の空に通ひたるやう」と「世人《よひと》」も思ったと、紅葉賀巻は結ばれている。

花宴巻の冒頭、南殿における桜の花の宴で作文する光源氏は、その始めに「宰相の中将」と呼ばれる。「后(藤壺)、東宮」、「弘徽殿の女御、中宮(藤壺)」、そして「親王《みこ》たち、上達部」と並称された、公の場の外的な呼称である。あとは、「源氏」「源氏の君」がふつうである。官位の昇進につれて、光源氏の公的な呼称が多くなり、まれに「この君」という内的な呼称が用いられたりする。

葵巻は「世の中変りてのち」と、桐壺帝の譲位から始まる。桐壺院は、「ただ春宮をぞいと恋しう思ひきこへ給。御後見《うしろみ》のなきをうしろめたう思ひきこえて、大将の君によろづ聞こえつけ給ふも、かたはらいたきものからうれしとおぼす」とあるように、光源氏は「大将の君」（右大将）に昇進して、後に冷泉帝となる藤壺腹の「春宮」の後見となっている。そこでは、「まことや、かの六条のみやす所の御はらの前坊のひめ君、斎宮にゐ給にしかば、大将の御心ばへもいと頼《たの》もしげなきを、をさなき御有さまのうしろめたさにことつけて下《くだ》りやしなまし、とかねてよりおぼしけり」と、斎宮の母と決まった六条御息所と「大将」光源氏との微妙な関係が浮上している。

この新斎宮の御禊の日に、光源氏の晴れ姿をめぐる祭見物の、六条御息所と葵上方との車争いが発端となり、葵上の若君（夕霧）出産における御息所の生霊事件、そして葵上の死へと展開していく。そこでの語り手による光源氏の呼称は、「大将の君」「大将」「大将殿」であり、葵上を追悼する情景では「大将の君」「君」、紫上との新枕の場面では「君」が用いられている。

続く賢木巻の始めも「大将の君」、野宮における六条御息所との別れの情景では「大将殿」「大将」、歌の贈答場面に光源氏の呼称はなく、御息所は「女」である。御息所が斎宮に伴って伊勢へ出発するときは「大将の君」で、桐壺院が重病となり朱雀帝に遺言する場面では「春宮」と「大将」のことが中心であった。桐壺院の崩御のあと、「宮」（藤壺）は三条宮に移ることになり、「兵部卿宮」が迎えに来て「大将殿」も参上した。寂しい新年を迎え、「左の大殿《おほいどの》」も不遇をかこち、「大将」がまめやかに訪れた。「帝《みかど》」は「院」の遺言に背くまいと思ったが若くまた性格が弱く、「母后、祖父大臣《おほぢおとど》」が権力の中心となる情況下で、「大将」光源氏は「尚侍《かむ》の君」朧月夜と密会した。

さらに、「この大将の君」を頼りとする藤壺の寝所に侵入して恋情を訴える場面では、「男も、ここら世をもてしづめたまふ御心みな乱れて」と、「男」と内的に呼称されている。「宮」（藤壺）は「春宮」を守るために出家を決意し、「大将の君」は思いもよらないまま、雲林院に詣でて朝顔の斎院と贈答し、二条院に帰って「女君」（紫上）

の「ねびまさり」たる成熟を実感した。

光源氏が参内して朱雀帝と「むかしいまの御物語」をしたあと、「大宮」弘徽殿大后の兄弟の子の頭弁が、「白虹日を貫けり。太子畏《お》ぢたり」と、「大将」光源氏に謀叛の心ありと痛烈な皮肉をあびせた。法華八講の果ての日に「中宮」藤壺は突然に出家し、「大将」は悲嘆のうちに三条の宮に参上して別れを惜しんでいる。正月の「司召《つかさめし》」では「この宮の人」つまり藤壺方の人々、また「この殿の人々」つまり「大将」光源氏方の人々も冷遇され、「左大臣《ひだりのおとど》」も辞任して、右大臣の一族のみが栄える世となった。「三位の中将」(頭中将)と「大将殿」は学問と遊びに憂き心を慰めていたが、「尚侍《かむ》の君」朧月夜と密会した現場を父「大臣《おとど》」(右大臣)に発見されて、「大将もいとけしからぬ御心《みこころ》なりけり」と、光源氏は政治的な窮地に追いつめられる。私的な情事が公的な物語社会の文脈にさらされることが、呼称の心的遠近法によって表現されている。

花散里巻における「大将殿」光源氏は、五月雨の晴れ間に、麗景殿の女御と桐壺院を偲んだ橘と時鳥の歌を贈答する。そして、「御おとうとの三の君」(花散里)との短い間奏曲をはさんで、須磨巻における光源氏は、人生の大きな転機へと進んでいく。

六　無位無官の無呼称と復権

光源氏の須磨への退去は、朧月夜との密会が露見し、弘徽殿大后の逆鱗にふれたことが直接のきっかけであるが、その深層には東宮(春宮)の出生の秘密があり、右大臣一族と左大臣家と連携した光源氏との、政治権力闘争が物語社会の背景としてあった。光源氏の物語、ことに上の品の女性たちとの物語において、〈恋〉は〈王権〉や政治権力闘争と密接に関連している。それは「大将」(右大将)という語り手を主とした光源氏の呼称からも明らかであるが、須磨巻では、語り手によるそうした呼称が消え、わずかに「君」という内的な呼称が用いられている。須磨巻の冒頭は、緊迫した政治状況の中で、須磨への下向を考えつつ思い悩む光源氏の心内とほぼ同化した語り手の表現として始まる。

世中いとわづらはしくはしたなきことのみまされば、せめて知《し》らず顔《がほ》にあり経《へ》ても、これよりまさることもやとおぼしなりぬ。かの須磨《すま》は、むかしこそ人の住《す》みかなどもありけれ、いまはいと里離《さとばな》れ心すごくて、海人《あま》の家《いへ》だにまれになど聞《き》き給へど、人しげくひたたけたらむ住《す》まひはいと本意《ほい》なかるべし、さりとてみやこを遠《とほ》ざからんも古里《ふるさと》おぼつかなかるべきを、人わるくぞおぼし乱《みだ》るる。（須磨・二・四）

「おぼし」という敬意を含む動詞が用いられてはいるが、「給」は中間の一例のみで、思い悩む光源氏の心内に焦点化した無呼称による叙述である。すでに都を離れることは決意しているのだが、いざとなると「ひめ君」紫上や花散里そして「入道の宮」藤壺のことが気がかりだと続き、「三月はつかあまりのほどになむ、みやこを離《はな》れ給ひける」と記したあとに、その二、三日前に、夜に隠れて「大殿《おほいとの》」左大臣邸を訪れたこと、二条院での紫上との別離、花散里邸への訪問、旅立ちの準備、朧月夜との贈答、藤壺の宮への参上と故桐壺院の山陵への参拝など、〈錯時法〉というべき叙述が延々と続く。すでに光源氏は官位を剝奪されており、冒頭の「これよりまさることもや」という危機感が流罪の決定を意味することとは、左大臣との次のような会話文に明らかである。

「とあることもかかる事も、さきの世《よ》の報《むく》いにこそ侍なれば、いひもてゆけば、ただ身づからのおこたりになむ侍。さしてかく官爵をとられず、あさはかなることにかかづらひてだに、おほやけのかしこまりなる人のうつしざまにて世中にあり経《ふ》るは、咎重《とがおも》きわざに人の国《くに》にもし侍なるを、とほく放《はな》ちつかはすべきさだめなども侍るなるは、さまことなる罪《つみ》に当《あ》たるべきにこそ侍るなれ。にごりなき心にまかせてつれなく過《す》ぐし侍らむもいとはばかり多《おほ》く、これより大《おほ》きなる恥《はぢ》にのぞまぬさきに世をのがれなむと思《おも》う給へたちぬる」など、こまやかに聞《き》こえ給。むかしの御ものがたり、院の御事、おぼしのたまはせし御心ばへなど聞《き》こえいで給て、御なほ

しの袖《そで》もえ引《ひ》きはなちたまはぬに、君もえ心づよくもてなし給はず。（須磨・二・七）

自分のように官爵を剝奪されずとも、朝廷の勘気を被ったまま世の交わりを続けるのは、異国でも咎が重いとされ、「遠く放ち遣すべき定め」つまり流罪もありうるから、無実ではあってもこれ以上の「大きなる恥」に臨む前に「世をのがれ」ようと、光源氏はいう。つまりは、流罪の前に亡命しようというのである。須磨は畿内の西における極限であり、都と畿外との境界の地であった。(12)

無位無官の光源氏であったが、須磨巻では、「入道の宮」藤壺との対面の場面で、語り手は一度だけ「宮」に対して「大将」と呼ぶ。東宮をともに守らねばならぬ秘められた公の文脈ゆえであり、このあと、光源氏は桐壺院の御陵に参拝している。

「須磨《すま》には、いとど心づくしの秋風に、海《うみ》はすこし遠《とほ》けれど、行平《ゆきひら》の中納言の、関《せき》ふきこゆるといひけん浦波《うらなみ》、よるよるはげにいと近《ちか》く聞《き》こえて、またなくあはれなるものは、かかる所の秋なりけり」と始まる、光源氏の須磨の侘び住まいの表現もまた、歌ことばの修辞や漢詩文の引用によって、光源氏に焦点化した抒情的散文である。「わが身だにあさましき宿世《すくせ》とおぼゆる住まひ」であり、七、八人の近親の従者たちとの、謹慎生活であった。

そうした状況の中で、「父入道」である明石入道が、「母君」に「源氏のひかる君」に「吾子《あこ》」を奉ろうと言い、母の反対を押し切った。そこでは「この君」とも呼ぶ。また、今は「宰相」となった「大殿の三位中将」（頭中将）が須磨を訪れて歌を贈答する情景では、「あるじの君」である。

そして三月の上巳の日、陰陽師を召した海岸の祓えでは、「舟にことごとしき人形《ひとかた》のせて流す」のを見て、光源氏は我が身を「人形」に喩えて、「しらざりしおほうみのはらにながれきてひとかたにやはものはかなしき」という歌を詠んだ。そしてさらに、「やほよろづ神もあはれとおもふらむをかせるつみのそれとなければ」と詠んだとき、突然の暴風雨に襲われ、雷が落ちかかる。世が尽きるかと思い惑ったそこでは、「君はのどやかに経うち誦《ず》じておはす」と、覚悟をきめたかのように平静である。そして、その暁方の次のような文章が、須磨巻の終わりとなる。

君《きみ》もいささか寝入《ねい》り給へれば、そのさまとも見《み》えぬ人来《き》て、「など、宮より召しあるにはまゐり給はぬ」とて、たどりありくと見《み》るに、おどろきて、さは海《うみ》のなかの竜王の、いといたうものめでするものにて、見入《みい》れたるなりけり、とおぼすに、いとものむつかしう、この住《す》まひたへがたくおぼしなりぬ。（須磨・二・四五〜六）

明石巻もまた、「なほ雨風やまず、神なりしづまらで日ごろになりぬ」と、この風雨が続いたことを記したあと、光源氏の心内語へと焦点化して始まる。

いとど物わびしき事かずしらず、来《き》しかた行さきかなしき御ありさまに、心づようしもえおぼしなさず、いかにせまし、かかりとて都に帰らんことも、まだ世《よ》にゆるされもなくては、人笑《わら》はれなることこそまさらめ、猶これより深《ふか》き山をもとめてやあと絶《た》えなまし、とおぼすにも、浪風《かぜ》にさわがれてなど、人の言《い》ひ伝《つた》へん事、後の世までいとかろがろしき名やながしはてん、とおぼしみだる。（明石・二・五二）

この末尾は、「かかるすきごとどもを末の世にも聞き伝へて、かろびたる名をやながさむ」という帚木巻頭の表現と類似しているが、それが恋の浮名であったのに対して、ここでは勅許なく帰京するか山奥に出家するかという両極端に思い乱れる、処世への社会的な評価である。さらに激しい高潮の襲来と落雷に死ぬかと惑う従者に対して、「君は御心をしづめて」住吉の神に大願を立てたと語り手はいう。このあたりの呼称も「君」である。供人たちと「仏神を念じ」たものの、雷はついに廊を焼き、ようやく静まったとき、光源氏は夢で「故院」（桐壺院）の亡霊と対面し、「住吉の神のみちびき給ままには、はや舟出《ふなで》してこの浦を去りね」と指示された。

そこへ明石の浦から入道の迎えが来て、光源氏は明石へと移った。桐壺院の霊は、都にも出現して朱雀帝を睨み、光源氏に関することを多く語ったという。都の情勢を日時を遡って語るその場面での呼称は、主題的な物語内容と関わり、例外的に公的な性格を強く示している。

三月十三日、神鳴《かみな》りひらめき、雨風さわがしき夜、みかどの御夢に、院の御門、御まへの御階《みはし》のもとに立《た》たせ

> 給て、御けしきいとあしうて、にらみきこえさせ給を、かしこまりておはします。聞《き》こえさせ給ことも多《おほ》かり。源氏の御事なりけんかし。（明石・二・七三）

恐ろしくもいたわしくも思った朱雀帝は、「后」（弘徽殿大后）に相談したが、母后は「思なし」だろうと亡霊を否定し、朱雀帝は目を患った。「なほ此源氏の君、まことにをかしなきにてかく沈《しづ》むならば、かならずこの報《むく》いありなんとなむおぼえ侍。いまは猶もとの位《くらゐ》をもたまひてむ」と朱雀帝は語り、「后」は、そんなことをしたら軽率な処分だという「世のもどき」（世間の非難）を受けるとして、「罪におぢて都を去《さ》りし人を、三年《ねん》をだに過《す》ぐさず赦《ゆる》されむことは、世《よ》の人もいかが言《い》ひ伝《つた》へ侍らん」と諌めたが、帝の病状はますます悪化した。

明石における「君」光源氏は、入道の娘と結婚し、それを「二条の君」紫上にもほのめかし、悲嘆する紫上を語り手は「女」とも呼んでいる。年が変わり、朱雀帝は二歳の我が子を皇太子と決めて譲位することを決意し、ついに光源氏に対する赦免の宣旨を発した。都におけるそうした王権と政治の文脈に関わる表現は、やはり外的な呼称を伴い、あたかも歴史物語の叙述に近いものである。

> 年かはりぬ。内に御薬《くすり》のことありて、世中さまざまにののしる。当代《たうだい》の御子《こ》は、右大臣のむすめ、承香殿の女御の御腹《はら》にをとこ御子《みこ》生《む》まれ給へる、二になり給へば、いといはけなし。春宮にこそは譲《ゆづ》りきこえ給はめ、おほやけの御後見《うしろみ》をし、世をまつりごつべき人をおぼしめぐらすに、この源氏のかく沈《しづ》み給こと、いとあたらしうあるまじきことなれば、つひに后の御諌《いさ》めをそむきて、赦《ゆる》され給べき定《さだ》め出《い》で来《き》ぬ。去年《こぞ》より、后も御物のけ悩《なや》み給ひ、さまざまの物のさとししきり、さわがしきを、いみじき御つつしみどもをし給しるしにや、よろしうおはしましける御目《め》の悩《なや》みさへ、この比おもくならせ給て、物心ぼそくおぼされければ、七月二十よ日の程に、又かさねて、京へ帰《かへ》り給べき宣旨くだる。（明石・二・八〇〜八一）

「この源氏」光源氏は「おほやけの御後見」つまり冷泉帝の後見として「世をまつりごつべき人」とみなされ、赦免された。その動機づけとして、桐壺院の亡霊の発言と睨まれたことによる朱雀院の眼病のみならず、天変地異や弘徽殿大后が「物のけ」に憑かれていたことがあった。光源氏を須磨に導き、明石入道の娘と結婚させた霊力の中心は住吉の神とされていたが、そうした神仏や霊力など異界の力を総動員して、光源氏は朝廷に権力者として復帰することとなる。

それを裏返していえば、せっかく光源氏を婿とした明石入道とその娘は、別れの涙にくれることとなる。「京よりも御むかへに人々まゐり、心地よげなるを、あるじの入道、涙にくれて、月もたちぬ」と八月になり、明石君と別れを惜しんで〈琴《きん》〉の琴を弾く光源氏の美しさを表現する場面では、「をとこの御かたちありさま」と、「男」と呼ばれている。そして、帰京の途中、光源氏は難波で祓えをし、住吉にも願ほどきをする旨の使者を送った。そこでも「君」と呼ばれ、二条院で迎えたのは「女君」紫上であった。

ほどもなく、もとの御位あらたまりて、数よりほかの権大納言になり給。つぎつぎの人も、さるべきかぎりはもとの官《つかさ》返し給はり、世にゆるさるるほど、枯《か》れたりし木の春にあへる心ちして、いとめでたげなり。

（明石・二・八八）

光源氏は権大納言となり、供人たちもそれぞれに復権して、さらなる栄華の物語へと転調していく。

七　光源氏の栄華と宿世

澪標巻の始めで、「帝」（朱雀）に召されたときは「源氏の君」、十一歳の「春宮」（冷泉）の元服では「源氏の大納言」、そして譲位によって、「源氏の大納言、内大臣になり給ひぬ」と、光源氏は急激に昇進し、その呼称も公的なものとなる。そして、権中納言となった宰相中将（頭中将）が子だくさんなのを、「源氏のおとど」はうらやんだという。その後に、御子三人という宿曜の予言が位置するのであり、それは帝と后そして太政大臣の父となり、栄華を確立するというものであると同時に、父桐壺帝が自分を寵愛しながらも、「ただ人に思しおきてける御心を思ふに、宿世遠かりけり」と、即位できない我が身の限界をかみしめるものであった。

澪標巻では「おとど（大臣）」という呼称がふつうで、住吉に参詣した「かの明石の人」が盛大な光源氏の参詣に出会って尋ねたところ、「はかなきほどの下衆《げす》」までが「内大臣殿の御願はたしに詣《まう》で給ふを、しらぬ人もありけり」と笑ったという。明石君は「身のほど」の思いをかみしめるが、その参詣を光源氏が知らなかったという叙述では、「君はゆめにもしり給はず」と、「君」という内的な呼称が例外的に用いられている。

続く蓬生巻と関屋巻は、帚木・空蟬・夕顔の三巻、そして末摘花巻を承けた私的な「隠ろへごと」の物語の世界であるから、そこに「おとど」や「内大臣殿」といった呼称はみられない。光源氏に焦点化した無呼称を原則とした叙述であり、末摘花を手厚く庇護したという部分に、「君はいにしへにもまさりたる御いきほひのほどにて」と「君」が用いられている。関屋巻の始めでは、石山に願ほどきに詣でる光源氏を「この殿」「殿」と呼び、「この君」「女君」と呼ばれる空蟬との偶然の出会いを淡々と記している。

絵合巻でも「殿」「大殿」「おとど」「内のおとど」、松風巻でも「内の大殿」「殿」「大殿」「おとど」と語り手は光源氏を呼ぶが、やはり無呼称の表現も多い。

薄雲巻の始めで、明石君を二条東院に迎えたいという部分では「君も」と語り、「若君」や「女君」に対する私的な物語の位相である。それが一転するのは、「そのころ、太政大臣《おほきおとど》亡せ給ぬ」という叙述からで、「源氏のおとどもいとくちをしく」と表現されている。その年は天変地異の凶兆がしきりで、「内のおとどのみなむ、御心のうちにわづらはしくおぼし知《し》らるる事ありける」と、その原因が藤壺との秘密の子である冷泉帝の即位にあるかと恐れている。まさしく、政権や王権の危機に関わる文脈で、さらに、「入道后《きさい》の宮」藤壺の病の悪化とその死へと続く部分でも、「源氏のおとど」「おとど」という呼称が用いられている。

そして、藤壺の中陰の法要のあと、夜居の僧都が冷泉帝に出生の秘密を語る表現には、「ただいま世をまつりごち給おとど」「おとど」という光源氏への呼称が繰り返されている。思い悩んだ冷泉帝が、光源氏に譲位をほのめかした文脈においても「おとど」である。その秋の司召で光源氏が「太政大臣」になることが内定したのであるが、帝は譲位の意向をもらし、「おとど」は「いとまばゆく恐ろしう」思って、「さらにあるまじきよし」を返答している。

「故院の御心ざし、あまたの御子《みこ》たちの御中に、とりわきておぼしめしながら、位《くらゐ》を譲《ゆづ》らせ給はむ事をおぼしめし寄《よ》らずなりにけり。何《なに》か、その御心あらためて、をよばぬ際《きは》にはのぼり侍らむ。ただもとの御おきてのままに、おほやけに仕《つか》うまつりて、いますこしの齢《よはひ》かさなり侍りなば、のどかなるおこなひに籠《こも》り侍りなむと思ひ給ふる」と、つねの御言《こと》の葉《は》に変《か》はらず奏《そう》し給へば、いとくちをしうなむおぼしける。（薄雲・二・二三八）

故桐壺院の「もとの御おきて」に従うことを理由にあげて拒み、冷泉帝に臣下として仕えたあと、出家生活に入りたいという。このときは「御位添《くらゐそ》ひて、牛車《うしぐるま》ゆるされ」たのみに止まり、即位の可能性を残す「親王《みこ》」にもならなかった。そこには、父桐壺帝によって決定された我が身の宿命についての諦観があると同時に、「後見」として冷泉朝を支えなければならないという自覚が示されている。そして、「権中納言、大納言になりて右大将かけ給へるを、いまひとときはあがりなむに、なに事もゆづりてむ」と、かつての頭中将を後継者として意識した表現の背後には、権力者としてのしたたかな計算を読むことも可能である。「太政大臣」という名誉職ではなく、太政官を把握した「内大臣」であることが、最強の「後見」たることに有効だからである(13)。

朝顔巻では、やはり「おとど」と呼ばれる光源氏の朝顔の姫君との交渉が語られている。そして、「おとど、太政大臣にあがり給て、大将、内大臣になり給ぬ」と、光源氏が太政大臣となり、かつての頭中将に内大臣を譲ったのは、養女としていた梅壺女御（秋好中宮）が立后した少女巻である。それによって、光源氏は帝の秘められた実父、世間に対しては弟である帝の「後見」のみならず、中宮の父たる外戚としての地位も確立した。

少女巻頭の朝顔の姫君との交渉では「大殿」と呼ばれ、女五宮は「このおとど」と朝顔の姫君に光源氏のことを語り、この巻では「大殿」「おとど」「殿」と外的な呼称が多い。作中人物による呼称も同様だが、「おほきおとど」というのは、朱雀院への行幸に召されて参上した部分だけである。そして、この巻の終わりで、六条院の完成が記されている。

八月にぞ、六条院つくりはてて渡《わた》り給。未申《ひつじさる》の町《まち》は、中宮の御古《ふる》宮なれば、やがておはしますべし。辰巳《たつみ》は、殿のおはすべき町《まち》なり。丑寅《うしとら》は、東《ひんがし》の院に住《す》み給対《たい》の御方《かた》、戌亥《いぬゐ》の町《まち》は、明石《あかし》の御方《かた》とおぼしおきてさせ給へり。

(少女・二・三二三)

「殿」と呼ばれる光源氏が住む東南の春の町を中心として、西南の秋の町が「中宮」、東北の夏の町が二条東院に住む「対の御方」(花散里)、そして西北の冬の町が「明石の御方」の住むために造営されたのであった。

この六条院の春の町には光源氏とともに紫上が住み、初音巻では「生ける仏の御国」と讃美されている。そしてそれは、四方四季の神話空間を原像として、光源氏の潜在〈王権〉を象徴する「みやび」の時空とみなされてもきたのだが、あくまで擬似〈王権〉による〈もどき〉の世界であり、境界性のゆらぎを内在していた。秋好中宮が母の六条御息所から伝領した土地を核として形成されたのは、物のけと化して見守る六条御息所への鎮魂の場であり、光源氏の罪を根源に秘めた冷泉王権を支える「殿」の時空だった。

以後の物語の展開における光源氏の呼称の推移をたどることはしないが、公私にわたりつつもその官職や社会的な位相と不可分であることを通観しておく。

玉鬘巻では「大殿」「おとどの君」「殿」「大臣」「光源氏」と多様だが、初音巻では「おとどの君」「おとど」「殿」、胡蝶巻では「おとどの君」「あるじのおとど」「おとど」「殿」、蛍巻では「おとど」「殿」「おとどの君」、常夏巻では「おとど」「おほきおとど」、篝火巻では「源氏のおとど」、野分巻では「おとど」「殿」と、「おとど」を主として呼ばれている。

行幸巻では「源氏のおとど」「おとど」「おとどの君」「おほきおとど」に「六条院」「六条のおとど」「六条殿」

が加わり、また「殿」「あるじのおとど」「大きおとど」と、外的呼称が多様にみられる。そして、藤袴巻では「おとど」「殿」「おとどの君」「六条のおとど」、真木柱巻では「おとど」「おとどの君」「六条殿」「おほきおとど」「大殿」「殿」である。

こうした玉鬘十帖のあと、梅枝巻では「おとど」「大殿」「殿」となり、藤裏葉巻で「六条の院」「おとど」「父おとど」「六条のおとど」「あるじの院」「あるじ」と、「院」という呼称がみられるようになるが、それは「太上天皇になずらふ御位」を得る前からの呼称である。

第二部では、若菜上巻が「六条院」「院」「御前」「六条のおとど」「あるじの院」「おとど」「おとどの君」、若菜下巻が「おとど」「六条院」「あるじの院」「おとどの君」「院」、柏木巻が「院」「おとど」「あるじの院」「おとどの君」「六条院」、横笛巻が「六条の院」「院」「おとどの君」「おとど」、鈴虫巻が「おとどの君」「院」「六条の院」、夕霧巻では「六条の院」「院」、御法巻では「院」、幻巻では無呼称である。

ことに、幻巻に呼称がないのは、光源氏に焦点化して、紫上を哀傷する月次の景物に託した歌の表現による手法と関わっている。その心内に同化した無呼称の心的遠近法が重要なことは、他の巻においても同じである。そして、作中人物による心内語や述懐は、語り手の無呼称により自立した表現として、『源氏物語』の主題性をもっとも強くになう表現法なのであった。

八　呼称の心的遠近法と継起性と因果性との結合

幻巻の春の寒夜に、光源氏は女房たちに次のような述懐をしている。

「この世につけては、あかず思《おも》ふべきことをさをさあるまじう、高《たか》き身には生《う》まれながら、又、人よりことにくちをしき契にもありけるかなと思《おも》ふこと絶《た》えず、世のはかなくうきを知《し》らすべく仏《ほとけ》などのおきて給へる身《み》なるべし。それをしひて知《し》らぬ顔《がほ》にながらふれば、かくいまはの夕ちかき末《すゑ》にいみじき事《こと》のとぢめを見《み》つるに、宿世《すくせ》の程も、みづからの心の際《きは》も残《のこ》りなく見《み》はてて心やすきに、いまなん露の絆《ほだし》なくなりにたるを、これかれ、かくてありしよりけに目馴《めな》らす人々の、いまはとて行《ゆ》き別《わか》れんほどこそ、いまひと際《きは》の心乱《こころみだ》れぬべけれ。いとはかなしかし。わろかりける心の程かな」とて、御目《め》おしのごひ隠《かく》し給に、まぎれずやがてこぼるる御涙を見《み》たてまつる人々、ましてせきとめむ方《かた》なし。

（幻・四・一八九）

紫上に先立たれた悲しみの中で、「高き身」に生まれた世俗の栄華にもかかわらず、他の人よりも憂愁に満ちたままならぬ生涯であったと述懐している。若菜下巻で光源氏が紫上に語った述懐とも共通し、それを承けた紫上が、またすでに薄雲巻でも藤壺が同じような述懐をしている。それらを詳細に読みたどった阿部秋生は、平安貴族社会の権門の人々の栄華に内在していた「意識の底の憂愁」を、『源氏物語』の作者が捉えたものとみている。[14]

ここでは、それを現世の無常を知らせるべく「仏などのおきて給へる身」と考え、これまで遅延してきた出家へと向かう文脈にあるが、「宿世の程」も「みづからの心の際」も見果てたと語りつつ、なおも女房との離別に心を乱している。ここで話しかけている女房の中納言の君や中将の君も、性的な関係をもつ召人である。光源氏が死の二、三年前に嵯峨院で出家したとは、ずっとのちに宿木巻における薫のことばから窺われることだが、それが光源氏の理想としてきた出家であったかは疑わしい。光源氏の物語は、その出家も死も描くことなく幻巻で終焉している。

すでに薄雲巻で冷泉帝が、実父であることを知って譲位を口にしたとき、それを否定した光源氏は、父桐壺院によって定められた宿命だと認識していた。その叙述と共通する表現は、賢木巻で重病の桐壺院が朱雀帝に語った遺言にもあった。

よわき御心ちにも、春宮の御事をかへすかへす聞《き》こえさせ給て、つぎには大将の御事、「侍つる世に変《か》はらず、大小のことを隔《へだ》てず、なにごとも御後見《うしろみ》とおぼせ。齢《よはひ》のほどよりは、世《よ》をまつりごたむにも、おさおさはばかりあるまじうなむ見給《み》ふる。かならず世中たもつべき相ある人なり。さるによりて、わづらはしさに親王《みこ》にもなさず、ただ人にておほやけの御後見《うしろみ》をせさせむと思給へしなり。その心違《たが》へさせ給な」と、あはれなる御遺《ゆい》言《ごむ》ども多《おほ》かりけれど、女のまねぶべきことにしあらねば、この片《かた》はしだにかたはらいたし。

（賢木・一・三五一）

語り手が「女」であることを明示して遠慮がちに語られており、ここの「春宮」は後の冷泉帝、「大将」が光源氏である。桐壺院が朱雀帝の「後見」としても大切にせよと言ったのに反して、須磨流離へと展開する文脈にあった。「世中たもつべき相」というのは高麗の相人の占いによった発言であるが、それを「ただ人」（臣下）として朝廷の「後見」をする意味だと解釈したのは桐壺帝である。こうした桐壺帝の光源氏に対する処遇は、紅葉賀巻における、冷泉帝となる皇子の誕生の場面にも記されていた。

あさましきまで紛《まぎ》れどころなき御顔《かほ》つきを、おぼし寄《よ》らぬ事にしあれば、また並《なら》びなきどちは、げに通《かよ》ひ給へるにこそはと思《おも》ほしけり。いみじう思《おも》ほしかしづく事かぎりなし。源氏《じ》の君をかぎりなきものにおぼしめしながら、世《よ》の人のゆるしきこゆまじかりしによりて、坊《ばう》にも据《す》ゑたてまつらずなりにしを、あかずくちをしう、ただ人にてかたじけなき御ありさまかたちに、ねびもておはするを御覧《らむ》ずるままに、心ぐるしくおぼしめすを、かうやむ事なき御腹《はら》に同《おな》じ光《ひかり》にてさし出《い》で給へれば、疵《きず》なき玉《たま》とおぼしかしづくに、宮はいかなるにつけても、胸《むね》のひまなくやすからずものを思《おも》ほす。（紅葉賀・一・二五二〜三）

驚くほどに光源氏と同じ顔立ちの皇子を、桐壺帝は密通のことなど思いもよらないから、比類ない者同士が似ているのだろうと鍾愛している。そして、「源氏の君」を寵愛しながらも「世の人」が許さなかったので、「坊」（東宮）にもできなかったことを不満に思い、「ただ人」（臣下）としてはもったいなく光源氏が成長するのを心苦しく思っていた。そんなときに、高貴な藤壺腹に光源氏と「同じ光」に生まれた皇子を、桐壺帝が「疵なき玉」と愛育するのを見て、罪の意識をかかえた「宮」（藤壺）は心乱れたという。

ここには、桐壺巻に語られた経緯をふまえて、密通の事実を知らない帝が、光源氏を「ただ人」とした代償のように、後の冷泉帝を寵愛したことが語られている。この皇子を皇太子としたのは桐壺帝であり、賢木巻の遺言は、その「後見」としての光源氏を守ろうとするものである。明石巻では、その死後に亡霊となって発動して光源氏を導き、また朱雀帝を叱責して遺言を守らせたのであった。

光源氏の生涯を直接に領導したのは桐壺帝である。しかし、その桐壺帝もまた不可知の運命に領導されていた。桐壺帝による高麗の相人などの予言の解釈は、光源氏自身の若紫巻の夢解き、また澪標巻の宿曜の回想などによって、玉突き的な因果関係の物語を生成していた。それらは、語り手（たち）のことばを基底として、作中人物たちの会話文や心内語を生成し、その関係性としての物語世界を構築している。光源氏という物語主人公は、語り手によって焦点化された物語における継起性の中心であることから、聞き手としての読者をも巻き込んだ因果性の中心をも構成している。そこに、光源氏自身による解釈や述懐が作用しているのであった。

光源氏をめぐる呼称の心的遠近法は、「光る君」「光源氏」といった若き日の象徴性による数珠繋ぎの物語の中心から、理想の帝王としての資質をもちながらも、帝になれない宿命を背負った光源氏の栄華と心の闇の物語として、「おとど」そして「院」としての生涯の指標を示している。そこでは、官位に基づいた外的な呼称が、その一代記の継起性を構成しているのであるが、「君」や「男」といった私的で内的な呼称も効果的に作用し、何よりも無呼称による内的焦点化の表現にこそ、心的遠近法のもっとも重要な主題的方法がある。

第4章　明石入道の「夢」と心的遠近法

一　明石入道の「夢」

『源氏物語』における明石入道とその子孫の物語は、「夢」を根源としている。若菜上巻で、入道は「思ひ離るる世のとぢめ」と俗世を捨てる決意をして、長い手紙を「御方」明石君に送っている。人づてに「若君」明石姫君が「春宮にまゐり給て、おとこ宮」が生まれたと聞いたことを感謝し、自身は「かくつたなき山伏の身」だから、今さらに「この世の栄え」を思うのではなく、「過ぎにし方の年ごろ、心ぎたなく、六時の勤めにも、ただ御ことを心にかけて、蓮《はちす》の上の露の願ひ」をさしおいて仏に念じ申し上げた結果だという。そして、「わがおもと」明石君が生まれようとした年の二月の夜の夢の内容が、次のように記されている。第1章にも引いた部分だが、ここでは漢字を多くあてて表記する。

身づから須弥《すみ》の山を右の手《て》に捧《ささ》げたり、山の左右より、月日の光《ひかり》さやかにさし出《い》でて世《よ》を照《て》らす、身づからは、山の下《しも》の陰《かげ》に隠《かく》れて、その光にあたらず、山をば広《ひろ》き海に浮《う》かべおきて、ちひさき舟に乗《の》りて、西《にし》の方《かた》をさして漕《こ》ぎ行となん見《み》侍し。

（若菜上・三・二七六）

夢の覚めた朝から、「数ならぬ身」に「頼むところ」が出来たけれども、どうしてそのような「いかめしきこと」を期待できるのかと思い、懐妊以来、「俗の方の書《ふみ》」や「内教の心」を探ると、「夢を信ずべきこと」が多くあったという。「賤しき懐《ふところ》のうち」にも大切にお育てしたが、「力およばぬ身」に思いかねて、「かかる道」播磨に来たという。この経緯についてはのちに検討するが、この夢の実現のために明石で願を立てた住吉の神に関して、願ほどきのお礼参りをするようにと記している。

またこの国のことに沈《しづ》み侍て、老の波《なみ》にさらにたち返《かへ》らじと思ひとぢめて、この浦《うら》に年《とし》ごろ侍しほども、わが君を頼《たの》むことに思きこえ侍しかばなむ、心ひとつに多《おほ》くの願を立《た》てはべりし。その返《かへ》り申たひらかに、思のごと時にあひ給。若君《わかぎみ》国《くに》の母《はは》となり給て、願《ねが》ひ満《み》ち給はん世《よ》に、住吉《すみよし》の御社《みやしろ》をはじめ、果《は》たし申給へ。

（若菜上・三・二七七）

もはや夢の実現は疑いなく、明石女御が国母になることは「近き世」にかなうから、自分の「遙かに西の方、十万億の国へだてたる九品の上の望み」も疑いなく、今はただ「迎ふる蓮《はちす》」を待つほど、往生の夕べまで「水草清き山の末」で勤行しようと「まかり入りぬる」と書いたのである。「ひかりいでんあか月ちかくなりにけりいまぞみしよの夢がたりする」という歌と月日も記してあった。追伸には、命日を知ろうとするな、喪服を着る必要もなく、私を「変化の物」と思って「功徳」を作り、極楽浄土で再会しようという。

この夢は、『花鳥余情』が『過去現在因果経』の「五種ノ奇夢」をふまえつつ解釈しているように、須弥山が明石君、月が明石女御、日がその子である皇太子を象徴していて、入道自身は現世で外戚となる栄華をむさぼること無く、極楽浄土に往生する意味だと読みうる。明石入道も俗書（外典）や仏書（内典）を探索したというから、同じような結論を得ていたはずである。明石女御の皇子誕生を聞いて、「若君」がやがて「国の母」になるという夢占いの中心部分の成就を確信したのが、この手紙の現在である。入道は、それと裏腹の自らの往生というもうひとつの占いに賭けて、世俗を断ち切った勤行のために山深く入った。「まかり入りぬる」という完了形に決意の固さがうかがわれる。

明石入道はなぜ〈明石〉という土地で「夢」に賭けねばならなかったのか。光源氏が須磨から明石へと移る意味との相関で、〈王権〉論を基底にして、大嘗祭や八十島祭などの王権儀礼、住吉信仰、四方四季を原型とする六条院と龍宮信仰との関係などが、さまざまに論じられてきている。(1)

須磨は畿内であり、明石は畿外であるという差異が重要で、律令制においては五位以上の官人や王孫が許可なく畿外に出ることは禁じられていた。叛逆をも意味する明石の地へと光源氏を導いたのは、桐壺帝の霊を媒介にした「住吉の神」であった。逆にいえば、「住吉の神」を媒介とする〈王権〉に関わる論理が、〈周縁〉化した光源氏と明石一族とを繋ぐものであったということである。

光源氏は、須磨巻末から明石巻頭へと続く、上巳の祓えに始まる暴風雨と落雷の中で、住吉の神に大願を立てていた。

> 君は御心を静《しづ》めて、何《なに》ばかりのあやまちにてか、この渚《なぎさ》に命をばきはめん、と強《つよ》うおぼしなせど、いと物さわがしければ、色々の幣帛《みてぐら》ささげさせ給て、「住吉の神、近《ちか》き境《さかひ》をしづめ守《まも》り給。まことに迹《あと》を垂《た》れ給神ならば、助《たす》け給へ」と、多《おほ》くの大願を立《た》て給。　(明石・二・五四)

光源氏の夢に現れた桐壺帝の亡霊も、「住吉の神のみちびき給ままに、はや舟出して、この浦を去りね」と語った。明石入道の夢に「さまことなる物」が現れて、舟を準備して三月十三日に雨風が止んだら須磨の浦に寄せよと告げたというのも、住吉の神の導きだと考えられる。入道はそれを良清を通して光源氏に伝えたが、その発言の中にも、「人の御かどにも、夢を信じて国を助くるたぐひ多う侍けるを」と、夢を信じるべきことが語られている。「住吉の神」が光源氏と明石入道の娘とを〈明石〉の地で結んだのであり、入道の手紙に、明石女御が「国の母」となって願いが満ちた世に「住吉の御社」などに願ほどきするようにと記したことは、若菜下巻において実現している。光源氏が帰京した澪標巻にも、願ほどきの住吉詣における光源氏と明石君の一行との出会いが描かれ、そこに明石君の「身のほど」や「宿世」意識の限界が表現されていることは、都では実現しえない両者の関係を逆照射している。

他方で、「この入道の沈淪の軌跡のうちにこそ、時代の歴史社会的現実が典型的に集約」されていたとする藤原克己は、「没落貴族の野望」とか「家の再興の物語」といったステレオタイプ化した読みを批判している。入道は「家に余財を残さぬ清廉高潔な政治家」であり、致富の現実は「物語的な空想性」であるとして、今西祐一郎による明石一族の「栄華」はなく「幸ひ人」の域にとどまるという見解を支持して、「幸ひ人」という表現のパロディ性を重視している。『宇津保』の俊蔭の俤とともに、一種古撲で厳めしい風貌を添えていたところの龍宮神話や住吉信仰にしても、結局のところ、そのような〝道具立て〟として以上の意味を発展させる余地は無かった」と読むのである。(2)

こうした見解の差異は、〈明石〉の物語において動員された夢や神仏の霊力、また神話的想像力に関する象徴記号論的な読みと、〈都〉における歴史社会的な現実を重視した読みとの差異である。貴族社会における光源氏の物語にとっての〈周縁〉ないし〈外部〉性が、明石入道の物語には強く示されており、それが明石入道が自身を貴族社会から排除せざるをえない理由であった。それは他方で、〈都〉において〈王権〉に繋がる女系としての明石一族の物語の始源にあるが、そうした神話性と現実性とが正反対のベクトルを示していることが重要である。

ここでは、東原伸明が「〈明石〉は〈畿外〉という外部性を抱え込んだ〈境界〉としてあり、同時に〈龍宮〉という外部性を抱え込んだ〈境界〉としても存していた」(3)とする〈龍宮〉にあたる部分を、住吉信仰などを含んだ〈異界〉の力を信じる想像力として一般化してみる。その〈異界〉や〈外部〉性と関わる物語の表現を、「呼称の心的遠近法」を手掛かりにして検討していきたい。

二　「前の守新発意」の外部性

明石入道は、「前《さき》の守《かみ》新《し》発意《ぼち》」「入道」「父入道」「父君」「明石の入道」「あるじの入道」「明石」などと文脈に応じて呼ばれている。その始めは、若紫巻の北山で、播磨守の子である良清が光源氏に語った「播磨の明石の浦」の美しさに関する噂の中にある。

かの国《くに》の前《さき》の守《かみ》新《し》発意《ぼち》の、むすめかしづきたる家《いへ》いとたしかし。大臣の後《のち》にて出《い》で立《た》ちもすべかりける人の、世《よ》のひがものにてまじらひもせず、近衛の中将を捨《す》てて申給はれりける司《つかさ》なれど、かの国《くに》の人にもすこしあなづられて、「何《なに》の面目《めいもく》にてか又みやこにも帰《かへ》らん」と言《い》ひて頭《かしら》もおろし侍りにけるを、すこし奥《おく》まりたる山住《ず》みもせでさる海《うみ》づらに出《い》でゐたる、ひがひがしきやうなれど、げに、かの国《くに》のうちにさも人の籠《こも》りゐぬべき所々はありながら、深《ふか》き里《さと》は人離《ばな》れ、心すごく、若《わか》き妻子《さいし》の思《おも》ひわびぬべきにより、かつは心をやれる住《す》まひになん侍る。

（若紫・一・一五四〜五）

大臣の子孫で出世できるはずの人が、「世のひがもの」で貴族社会の交際もせず、「近衛の中将」という従四位下相当の中央官を捨てて播磨守（従五位上相当）となったが、播磨の国の人にも軽んじられ、都に帰る面目もないと出家したというのが、良清の認識である。先の入道の明石君生誕の「夢」をめぐる手紙の言説とは、明らかに差異があるが、それは入道の秘密であり、世間では良清のように受けとめていたことになる。明石入道にしてみれば、娘を都で養育していたら子孫が「国の母」となる可能性は無く、大国として収入の多い播磨守になって機会を待つことが、「夢」を実現する手段であった。

良清の関心は入道の「むすめ」にあって、「すこし奥まりたる山住み」もせず、「若き妻子」とともに海岸の「心をやれる住まひ」にいると語る。良清が先ごろ寄ってみたら、「京にてこそ所得ぬやうなりけれ、そこらはるかにいかめしう占めて造れるさま、さは言へど、国の司にてしをきける事なれば、残りの齢《よはひ》ゆたかに経《ふ》べき心がまへも二なくしたりけり。後の世の勤めもいとよくして、なかなか法師《ほうし》まさりしたる人になん侍りける」と続いて言い、光源氏は「さて、そのむすめは」と問いかけた。

「前の守新発意」という呼称は、明石巻で、小舟に乗った入道が須磨の渚まで光源氏を迎えに来たときの、入道の従者の会話文にも用いられている。

渚《なぎさ》にちいさやかなる舟よせて、人二三人ばかり、この旅の御宿《やど》りをさしてまゐる。「なに人ならむ」と問へば、「明石の浦より、前《さき》の守新発意《かみしぼち》の、御舟《ふね》よそひてまいれる也。源少納言さぶらひ給はば、対面《たいめ》して、事の心とり申さん」と言《い》ふ。（明石・二・五七〜八）

「源少納言」良清は驚いて、「入道」は播磨の国の知人で年ごろ親しかったが、「私にいささかあひ恨むること」があって、とくに手紙も交わさず久しくなっているのに、この高波の中を何事かと不審に思った。「君」（光源氏）は故桐壺院の「御夢」なども思い合わせて、すぐに会わせた。この直前の暴風雨と高潮に打ちひしがれた光源氏が、「海にます神のたすけにかからずは潮《しほ》のやをあひにさすらへなまし」と詠んでまどろんだときの夢に、「故院」が生前のままの姿で立ち、「住吉の神のみちびき給ままに、はや舟出して、この浦を去りね」と語ったからである。その夢における桐壺院の霊の発言も引いておく。「かしこき御影」にお別れして以来、悲しいことばかり多いから、「いまはこの渚に身をや捨て侍なまし」と弱気な光源氏に対する発言である。

「いとあるまじきこと。これはただいささかなる物の報《むく》いなり。我は位にありし時、あやまつことなかりしかど、おのづから犯《をか》しありければ、その罪《つみ》をふる程、暇《いとま》なくて、この世をかへり見《み》ざりつれど、いみじき愁《うれ》へに沈《しづ》むを見《み》るに、耐《た》へがたくて、海《うみ》に入《い》り、渚《なぎさ》に上《のぼ》り、いたくこうじにたれど、かかるついでに内裏に奏《そう》すべきことのあるによりなむ、急《いそ》ぎのぼりぬる」とて立《た》ち去《さ》り給ぬ。（明石・二・五六〜七）

この「いささかなる物の報い」は光源氏の苦境の原因であるが、桐壺院の霊が藤壺との密通を知っての発言かどうかは謎である。桐壺帝が自身について、在位中の治世に誤りは無かったが「おのづから犯し」があった罪の償いをしていたというのは、天皇であったがゆえの罪で、仏道をおろそかにせざるをえなかった報いであろう。(4) そして「内裏」つまり朱雀帝に奏すべきことがあると語るのは、光源氏の復権を説く文脈にあるから、これらすべてが〈王権〉に関わることは確かである。桐壺帝は死後に霊となってからも、光源氏の運命を領導している。

この桐壺院の荒ぶる霊の発動には、菅原道真の天神としての怨霊と醍醐天皇の堕地獄説話、また唐代伝奇『柳毅伝』における赤龍としての銭塘君などが、プレテクストとして作用していると考えられる。ことに『柳毅伝』は、龍王である洞庭君が娘の婿として柳毅を望むことなど、明石入道とその娘の〈龍宮〉性とも共通するものとして興味深い。(5)

それにしても、「前の守新発意」という呼称の「前の守」はともかく、「新発意」というのは、若紫巻からすでに九年を経て、いささか奇妙である。ここでの良清は「入道」、このあとの地の文でも「入道」あるいは「明石の入道」と呼んでいる。入道の従者の挨拶で良清を「源少納言」と呼ぶのと対で、家司クラスによる呼称とみてよいが、若紫巻の良清による噂話を喚起する特殊な記号性を読みたいのである。それと呼応するようにして、若紫巻で良清が語った入道の経歴や豊かな経済力と信仰、娘の結婚についての異常な「心高さ」などの物語内容は、この明石巻をはじめ、松風巻や、若菜上巻における入道の手紙における回想とも共通している。

若紫巻で良清は、「代々の国の司など」が明石入道の娘に格別に心遣いして求婚しても、まったく承知せず、「もし我に後れてその心ざし遂げず、この思ひおきつる宿世たがはば、海に入りね」と常に遺言しているとも語っていた。そこで光源氏の供人たちは、「海竜王の后になるべきいつきむすめななり。心高さ苦しや」と笑った。「海に入りね」から連想された「海竜王の后」という誇張表現が、神話的な〈外部〉にまつわる読みを呼び起こすのではあるが、物語世界内における現実次元での物語内容は、そうした解釈コードとは別に一貫している。明石巻で入道が娘のことを光源氏に打ち明ける場面にも、自分が死んだら「波の中にもまじり失せね、となん掟《おき》てはべる」というところがある。

前に「播磨の守の子」であった良清は、「少納言」になったあとも、入道が拒み続けた受領層の求婚者たちの一人にすぎなかった。明石巻で入道が対面を申し入れたときに、良清が「私にいささかあひ恨むること」があったというのは、須磨巻で、「かの入道のむすめを思ひ出でて文《ふみ》などやりけれど、返り事もせず」であるのに、入道が対面を申し込んで来たのを、行って空しく帰ったら「をこ」だろうと思い屈して行かなかった事情をさしている。明石入道は良清を、光源氏を娘の婿とするための仲介と考えていたのである。

そもそも、〈明石〉にまつわる最初の物語が、北山という都からみれば〈周縁〉の場で、「絵」にまつわる「ひとの国」の噂話として、「わらは病み」という心身の異常にとらわれた光源氏にもたらされていた。明石入道の物語の位相を考えていくためには、物語内容の〈周縁〉性や〈外部〉性とともに、それが誰を語り手として、どのように物語世界の文脈に取り込まれ、新たな物語を生成しているのかを検討する必要がある。「前の守新発意」という呼称は、〈須磨〉という畿内における〈周縁〉の地で異化され、危機に瀕している光源氏を〈明石〉という〈外部〉へと導く記号であった。

三　異界としての〈明石〉の内部化

須磨巻で、良清が明石入道との関係に齟齬をきたした経緯を記した直後に、入道が妻に、須磨に来ている光源氏と娘とを結婚させようと話しかける場面がある。この会話場面で明石一族の物語は、それまでの〈周縁〉における他者の声による〈外部〉から、〈明石〉の側からの内的な遠近法へと変換して表現されている。

世に知《し》らず心たかく思《おも》へるに、国《くに》の内は守《かみ》のゆかりのみこそは、かしこき事にすめれど、ひがめる心はさらにさも思《おも》はで、年《とし》月を経《へ》けるに、この君かくておはすと聞《き》きて、母君《ははぎみ》に語《かた》らふやう、「桐壺《きりつぼ》の更衣の御腹《はら》の源氏のひかる君こそ、おほやけの御かしこまりにて、須磨《すま》の浦《うら》にものし給なれ。吾子《あこ》の御宿世《すくせ》にて、おぼえぬことのあるなり。いかでかかるついでに、この君にをたてまつらむ」と言《い》ふ。

（須磨・二・三九）

語り手は、異常に「心たかく」思って国司の縁者である良清を婿とは考えない入道を、「ひがめる心」ゆえと距離をもって対象化している。「おぼえぬこと」は、若菜上巻であかす「夢」であるが、この時点では「母君」（妻）にも明かしていない。「桐壺の更衣」という呼称は、この他には、桐壺巻で内侍の典侍《すけ》が「うせ給ひにし御息所」の容貌と似ているのが「后の宮の姫宮」だと帝に奏し、帝が入内を申し入れたときの「母后」のことばにある、「あなおそろしや、春宮の女御のいとさがなくて、桐壺の更衣のあらはにはかなくもてなされにしためしもゆゆしう」という一例のみである。「源氏のひかる君」という呼称そのものは他に無く、「世の人」がそう呼び、また「高麗人」が名づけたとする「ひかる君」という呼称も、前章でも引用したように、桐壺巻の二例のみである。いずれも、作中世界の〈周縁〉や〈外部〉に関わる表現であった。「母君」は、「源氏のひかる君」に娘を奉ろうというのには、強く反対している。

母《はは》、「あなかたはや。京の人の語《かた》るを聞《き》けば、やむごとなき御妻《め》どもいと多《おほ》く持《も》ち給ひて、そのあまり、忍《しの》びしのびみかどの御妻《め》さへあやまち給ひて、かくもさわがれ給ふなる人は、まさにかくあやしき山がつを心とどめ給てむや」と言《い》ふ。腹立《はらだ》ちて、「え知《し》りたまはじ。思《おも》ふ心ことなり。さる心をし給へ。ついでして、ここにもおはしまさせむ」と心をやりて言《い》ふも、かたくなしく見《み》ゆ。まばゆきまでしつらひかしづきけり。

（須磨・二・三九）

京の人の噂として、光源氏には「やむごとなき御妻」が多く、さらに「みかどの御妻さへあやまち」というのは朧月夜との関係だが、そんな光源氏が「あやしき山がつ」に心をとめるはずがないとは、〈女〉そして「母」の立場からの常識的な判断である。これは、藤壺の母后が、入内による娘の不幸を恐れた事情と似たところがある。

腹を立てた入道が、あなたの知りえない「思ふ心」が特別にあるとするのは、やはり「夢」を信じる故だが、霊夢は実現しないうちに他人に語ってはいけないという信仰が作用している。母君はさらに、どうして「もののはじめ」に「罪に当たりて流されておはしたらむ人」を考えるのかと問い、入道の反論はこうである。

「罪《つみ》に当《あ》たる事は、唐土《もろこし》にもわがみかどにも、かく世にすぐれ、何事《なに》も人にことになりぬる人のかならずある事なり。いかにものし給君ぞ。故母御息《こははみやす》所は、おのがをぢにものし給ひし按察大納言のむすめなり。いとかうざくなる名《な》をとりて、宮仕《みやづか》へに出《い》だしたまへりしに、国王《こくわう》すぐれて時《とき》めかし給事ならびなかりけるほどに、人のそねみおもくて亡《う》せ給にしかど、此君のとまり給へる、いとめでたしかし。女は心たかくつかふべきものなり。おのれかかるゐ中人なりとて、おぼし捨《す》てじ」など言《い》ひゐたり。（須磨・二・四〇）

これが、「故母御息所」（桐壺更衣）の父「按察大納言」を「をぢ」（叔父）とする、明石入道という偏屈な〈男〉の捉えた「源氏のひかる君」の物語である。「罪に当たる事」は、卓越した人の必然であり、「唐土」にも「わがみかど」にもある事例だと強弁されている。明石入道の物語社会内の歴史意識は、挫折したとはいえ、叔父の按察大納言が桐壺更衣に託した〈王権〉へと参入する夢を、「源氏のひかる君」を媒介にして、「吾子」に託しなおすことであった。ここには、帝の外戚として権力を掌握している弘徽殿大后の父右大臣家に対抗しようとする、「大臣」の末裔としての明石入道の意志がある。とはいえ、それは摂関家的な外戚ではありえない敗者が、文字通りの「夢」に賭けた決断であった。

入道の会話文の呼称として、桐壺帝を「国王」と呼んでいることも注目される。須磨巻までに、桐壺帝は「うへ」「みかど」「うち」「院」「院の上」「故院」と呼ばれてきたが、「国王」というのはこの一例のみで、あとにも無い。ちなみに「帝王」は二例あり、明石巻で、高潮と落雷の中で光源氏が「住吉の神」に大願をかけ、「仏神」を念じた願文に「帝王の深き宮に養はれ給て、色々の楽しみに驕り給しかど」と弁明するところと、若菜上巻で、朱雀院が女三宮の婿の候補者を評する中で、やはり光源氏のことを、「帝王の限りなくかなしき物にしたまひ」と表現している。桐壺帝を「国王」や「帝王」と呼ぶのは、特殊な漢語的表現であり、いずれも、光源氏を寵愛したという文脈にある。「帝王」という用例は、「ひかる君」と名づけた高麗の相人の予言に、「国の親となりて、帝王の上なき位にのぼるべき相」と占うところにもある。

入道の発言に続いて、語り手は、この娘（明石君）は優れた容貌ではないが、「なつかしうあてはかに、心ばせあるさま」は「やむごとなき人」に劣らないとする。そして、我が身の境遇を「くちをしきもの」と思い知った娘もまた、「高き人」は自分を物の数にも思わないだろうが、身分相応の結婚などすまい、長生きして両親に先立たれたら、「尼にもなりなむ、海の底にも入なむ」などと思っていたと語っている。入道は「夢」の実現に向けて、娘にも住吉の神を信仰させていた。

父君《ちちぎみ》、ところせく思《おも》ひかしづきて、年《とし》に二度《ふたたび》、住吉《すみよし》に詣《まう》でさせけり。神の御験《しるし》をぞ、人知《ひとし》れず頼《たの》み思《おも》ひける。
（須磨・二・四〇〜一）

明石入道による一族の歴史意識にとって、「源氏のひかる君」は、まさしく桐壺巻の宮廷社会へと遡源する存在であった。光源氏の〈王権〉幻想の始まりをなす「按察大納言」を叔父とする血縁が呼び起こされることによって、『源氏物語』の時間と空間は、奇妙なひずみを生じている。先に「前の守新発意」という呼称に関してふれたように、若紫巻と明石巻とのあいだに流れているはずの九年という時間は、〈京〉と〈明石〉という異質な空間と組み合わされることによって、ほとんど無化されている。

若紫巻ですでに成人し、しかも「代々の国の司など」の求婚を拒否していたはずの娘は、少しもその魅力を失うことなく、光源氏の前に現れる。ここには、『竹取物語』に端的に示されているように、平安朝の物語が〈異界〉と関わるときに、奇妙な時空のひずみを生じる現象と共通の性格を読むことができる。そして、『うつほ物語』の俊蔭女が、〈異界〉を起源とする〈琴《きん》〉の霊力を根拠として、いつまでもその美貌と魅力を保ち続けた「変化のもの」の系譜に、明石君もまた位置づけられる。明石一族は「琵琶」と「箏」を伝承する音楽の家でもあり、光源氏は明石君と別れるときの形見として〈琴〉をも残している。

あるいはまた、〈明石〉をめぐる物語の神仏の霊験や漢文的な表現は、『竹取物語』や『うつほ物語』に似て古風なところがあり、明石入道には特に〈周縁〉性と〈をこ〉の要素が強くみられて、それらが和漢の心的遠近法による光源氏の〈死と再生〉の物語を生成しているのである。(6)

四　明石入道の物語の多声法

明石入道に関する主要な物語の言説を、物語の連辞的な場面展開にそって、どこで誰がどのような表現様式で語ったのかという、語りの主体に注目して、あらためて整理してみる。［　］内には、光源氏の年齢と官位を記す。

A　若紫巻における「北山」での、良清が語った噂［光源氏十八歳、中将］

B　須磨巻と明石巻における「明石」での、入道の会話文と地の文の語りにおける描写［光源氏二十六〜二十七歳、大将］

C　松風巻における「明石」での、明石君と尼君を「大堰」に送り出す入道の準備と、別れのことば［光源氏三十一歳、内大臣］

D　若菜上巻における「六条院西北の町」での、入道の手紙と願文、使者の大徳による「深き山」入りの報告［光源氏四十一歳、准太上天皇］

E　若菜下巻における「住吉」詣での、入道への追想［光源氏四十六歳、准太上天皇］

明石入道の物語は、Aにおいて、典型的な外部からの噂、外的な遠近法で語られていた。BそしてCの明石という土地における語り手も、〈明石〉の内からの遠近法によってのみ語っているのではない。明石巻の、光源氏と娘との結婚を願う会話場面の結びで、「数しらぬ事ども聞こえ尽くしたれど、うるさしや。ひがことどもに書きなしたれば、いとどをこにかたくなしき入道の心ばへもあらはれぬべかめり」と、書き手としての語り手は、入道への心的な距離を、草子地であらためて明示している。

Dの手紙で初めて明かされた「夢」の予言によって、それまでは妻にも秘密にしていた娘の結婚についての考えが根拠づけられ、「をこにかたくなし」く「ひがもの」ともいわれた入道の人生が謎解きされたことになる。その物語内容の特異性が、「夢」を根拠とした一点透視図法のように単純化されたわけだが、その語りの心的遠近法は、錯時法や多様な表現様式によって、光源氏の物語世界に組み込まれつつも〈異化〉をもたらし、多声法による主題的な変換を生成していく。

B「むすめ」について明石入道が光源氏に語った「問はず語り」は、「わが君」(光源氏)が「かうおぼえなき世界」に仮にも移り来られたのは、「年ごろ老い法師の祈り申侍る神仏のあはれび」のためかと、光源氏との出会いの因果関係を説明し始める。その理由として、「住吉の神を頼みはじめたてまつりて、この十八年」になり、「女の童いときなう侍しより、思ふ心」があり、毎年の春秋に必ず「かの御社」に参詣したという。「ひるよるの六時の勤め」にも「みづからの蓮の上の願ひ」をさしおいて、ただ娘の「高き本意かなへたまへ」と念じていたとして、家系の没落と娘による再興の願いを語っている。

「さきの世の契り」がつたなくて「くちをしき山がつ」とはなったが、親は「大臣の位」を保っていた。自分はこのような「ゐなかの民」となり、子孫の身分が次々に劣って行ったらどうなるかと悲しく思ったが、娘は「生まれしときより頼むところ」があった。なんとか都の「高き人」に奉ろうと思う心が深く、身分ゆえに「あまたの人のそねみ」を負い、つらい思いもしたが苦しみとは思わない。そして、命がけで「せばき衣」にも娘を育て、このまま「見捨て」ることになったら「浪のなかにもまじり失せね」と言い含めたのだと、泣きながら語った。

ここに語られている物語内容は、A若紫巻の良清の噂話を承け、Bではこの前に位置する須磨巻における「母君」（妻）との会話や、それに続く地の文に住吉信仰の記述もあるが、根拠となる「夢」が隠されているために、解りにくい文脈となっている。Dの入道の手紙によって、すべてが明解になる表現なのである。住吉の神を頼み始めて一八年で、「女の童」の幼時から毎年二度参詣したというのは、すべてが住吉の神の導きで、明石君が十八歳とも思われかねない口ぶりであるが、結婚を意識してからの参詣であろう。[7]

ここでは、「住吉の神」を強調することによって、光源氏の流離と因果関係で結ぶことが、「ひがもの」であり「をこにかたくなしき入道」の言説を根拠づけるものとなっている。光源氏は、入道の「問はず語り」に応じて、自らの流離の逆境も「浅からぬ先の世の契り」ゆえと思い、明石君との結婚を受け入れた。

君も物をさまざまおぼしつづくるをりからは、うち涙ぐみつつ聞《き》こしめす。「横《よこ》さまの罪《つみ》に当《あ》たりて、思ひかけぬ世界《せかい》にただよふも、何《なに》の罪《つみ》にかとおぼつかなく思ひつる、こよひの御物語《がた》りに聞《き》きあはすれば、げに浅《あさ》からぬ先《さき》の世の契《ちぎ》りにこそは、と哀になむ。などかは、かくさだかに思ひ知《し》り給けることを、いままでは告《つ》げ給はざりつらむ。都離《はな》れし時より、世の常《つね》なきもあぢきなう、行《おこな》ひよりほかの事なくて月日を経《ふ》るに、心もみなくづほれにけり。かかる人物し給とはほの聞《き》きながら、いたづら人をばゆゆしき物にこそ思《おも》ひ捨《す》て給らめ、と思ひ屈《く》しつるを、さらば導《みちび》き給べきにこそあなれ。心ぼそきひとり寝《ね》の慰《なぐさ》めにも」などの給を、限《かぎ》りなくうれしと思へり。（明石・二・六九）

光源氏が「前の守新発意」の婿となるためには、不当な「横さまの罪」に当たって「思ひかけぬ世界」に流離した理由が、前世からの因縁としてあったという、光源氏自身を納得させる論理が必要であった。それが「住吉の神」の導きによることは、故桐壺院の亡霊の発言とも符合するものであった。明石入道の物語の側の論理と、光源氏の物語の側の論理とを結合するために、「住吉の神」のような〈異界〉の霊力が、物語の論理として必要だったということである。

C松風巻における明石君と母尼君とが京の大堰へ出発する朝、入道の別離のことばとしての人生の回想もまた長文である。そこでは、明石君と光源氏とのあいだに生まれた「若君」（明石姫君）が、やはり隠されている入道の「夢」の実現へと一歩近づいている。ここでは、その期待ゆえか、異様に長い一文の中で、挫折しかけ屈曲した心の内面が表現されている。長くなるので要約しておく。

都での栄達をあきらめて「世中を捨て」、明石のような「人の国」に下ったのは「ただ君（明石君）の御ため」で、思うように「御かしづき」できるかと決意した。しかし、「身のつたなかりける際」を思い知ることが多く、また都に帰っても、「古受領の沈めるたぐひ」で「貧しき家の蓬葎《よもぎむぐら》」の元の有様も変わらないから、「公私にをこがましき名」を広め「親の御亡き影」を辱めることがつらく、そのまま出家し「世を捨てつる門出」であったと、人にも知られた。出家はよく決断したと思うが、「君」が次第に「おとなび」ものが解るにつれて、どうしてこのような「くちをしき世界」に「錦を隠し」申したかと、「心の闇」が晴れず嘆くままに「仏神」を頼んだ。私の「つたなき身」に引かれて（明石君が）「山がつの庵」に埋没なさることはないだろうと、「思ふ心ひとつ」を頼みとしてきたのである。光源氏との縁という思いがけず「うれしき事ども」を体験してからも、かえって「身のほど」を悲しく嘆いたが、「若君」がお生まれになった「御宿世」が頼もしい。とはいえ、「かかる渚」で月日を過ごしなさるのも「かたじけな」く、前世からの「契」も格別と思い、「見たてまつらざらむ心まどひ」は鎮めがたいが、私の身には「長く世を捨て」た心があり、「君たちは世を照らし給ふべき光」が明確にある。一時は私のような「山がつの心」を乱しなさる「御契」はあっても、「天に生まるる人」（天人）が「あやしき三つの道」（三悪道）に帰る一時に思い喩えて、今日は長くお別れする。

以上の内容が一文で表現されているのである。このあとに「命つきぬと聞こしめすとも、後のことおぼしいとなむな。さらぬ別れに御心うごかし給ふな」と、対照的に短い二文で「言い放たれ」、今後は死ぬまで「若君」のことを「六時の勤めにも猶心きたなく」祈りそうだと泣いた。これらが、AからDへと、遠く巻を隔てつつ、その物語内容の繰り返しによって、秘められた入道の「夢」を謎解きする多元構造の物語を生成している。

それは、光源氏における桐壺巻の高麗の相人による観相、若紫巻の夢告、澪標巻における宿曜と、次第に具体的に限定されていく予言の謎かけと謎解きによる表現機能とは、根本的に異なっている。核となる明石入道が唯一絶対のものとして信じた「夢」が、入道だけの秘密として、暗示されつつも読者にも明かされず、引き延ばされた錯時法的な手法のためである。

『源氏物語』においては、占いや夢による〈異界〉からの神話的な霊力は、作中人物たちを不可知の世界から領導するものではあるが、それが絶対なのではない。子孫が〈王権〉に参与し、自分が極楽往生するという「夢」を根拠としつつも、物語社会内の現実では矛盾や齟齬をかかえて、それを克服していかなければならない負性を、明石入道自身もCの回想で示していた。それが、物語社会の現実からは、入道が「をこにかたくなし」く「ひがもの」と表現されたゆえんである。

五　光源氏の物語における明石一族

冷泉帝が譲位し、明石女御腹の皇子が立太子したのは、若菜下巻においてであり、Dの入道の手紙と山入りから五年後のことである。物語の叙述には四年の空白があり、十月二十日に光源氏による盛大な願ほどきの住吉詣が行われた。

Eはこの部分にあたるのだが、そこでは明石入道に関する表現が、物語の表層から消し去られていることが特徴である。長大で華麗な住吉社頭における東遊《あづまあそび》や神楽による宴遊の叙述の前と後に、入道に関する叙述がさりげなく配されている。

住吉《すみよし》の御願かつがつ果《は》たし給はむとて、春宮の女御の御祈《いの》りに詣《ま》でたまはんとて、かの箱《はこ》あけて御覧ずれば、さまざまのいかめしきことども多《おほ》かり。年《とし》ごとの春秋の神楽《かぐら》に、かならず長《なが》き世の祈《いの》りを加《くは》へたる願《ぐわん》ども、げにかかる御いきほひならでは、果《は》たし給べきことども思ひおきてざりけり。ただ走《はし》り書《か》きたるおもむきの、才々《ざえざえ》しくはかばかしく、仏《ほとけ》神も聞《き》き入《い》れ給べき言《こと》の葉《は》明《あき》らかなり。いかでさる山伏《やまぶし》の聖《ひじり》心に、かかることどもを思ひ寄《よ》りけむと、あはれにおほけなくも御覧《らむ》ず。さるべきにて、しばしかりそめに身をやつしける、むかしの世のおこなひ人にやありけむ、などおぼしめぐらすに、いとどかるがるしくもおぼされざりけり。

（若菜下・三・三二一）

「春宮の女御」（明石女御）が住吉の願ほどきを前に開けて見た「かの箱」は、D明石入道の手紙に添えて、明石君に託された多くの願文であった。入道が才の限り仏神も聞き入れるべく言葉を尽くした願文を目のあたりにし、明石女御は自分が国母となることを願った祖父の「山伏の聖心」が、仮に身をやつした昔の世の行者のものかと思う。記憶のない祖父の一族への執念に触れて、敬意を感じているのだが、引用文はこう続いている。

このたびは、この心をばあらはしたまはず、ただ院の御物詣《ものまう》でにて出《い》で立《た》ち給。

今回は六条院光源氏の住吉詣であり、明石入道の願文は明石女御のもとに秘められたままである。その理由は二つ考えられる。ひとつは、入道自身が自分を排除して願った通り、女系の一族とその子孫が、光源氏の栄華に組み込まれ一体化しているからである。もうひとつは、厳密にいえば、明石女御が皇太子妃として皇子を生んだとはいえ、国母となるという入道の「夢」は、未だ実現されていないからである。

その後の経緯をたどってみれば、明石女御は御法巻で「中宮」と呼ばれ、宇治十帖に入ってから、総角巻では、帝や中宮が三宮である匂宮を将来は東宮にと考えていると記されているが、それも宇治の浮舟のもとへと忍び歩きする匂宮を諫めて自重を求める文脈にある。『源氏物語』において、明石入道の「夢」の予言が完全に実現したかどうかは、ついに記されておらず、入道が極楽往生できたかについても同じである。

光源氏は、「浦づたひのものさわがしかりし程」つまり須磨から明石への流離のときに立てた多くの願については、すでに澪標巻の住吉詣で願ほどきを終えていたが、その後の栄華を体験したことにも「神の御助け」を忘れがたく、「対の上」紫上を伴って催したのである。澪標巻の住吉詣では、明石君も「内大臣」光源氏の盛大な催しに遭遇し、その身分差を思い知らされて「くちをしき身」を思い嘆いていた。光源氏から京に迎えようという連絡を受けても、「島漕ぎ離れ、中空《なかぞら》に心細きことやあらむ」と悩み、入道も、京に「出だし放たむ」も気がかりだし、かといって明石に「埋もれ過ぐさむ」も以前より「心づくし」にためらっていた。

C松風巻で大堰に上京した明石君は、娘をその将来のために二条院の紫上の養女として渡し、その後に六条院の西北の冬の町に入るが、身の程をわきまえた生き方に徹していた。藤裏葉巻における明石女御の入内の際も、紫上が母として付き添い、後見として晴れて親子の対面をしたのは、三日目のことである。光源氏にとっては、外戚としての権力基盤を明石女御によって固めつつ、養母の紫上と実母明石君との調和を保つことが必要であり、明石君はその期待にみごとに応えていた。

Eの住吉詣では、「女御殿」（明石女御）と「対の上」（紫上）とが同じ牛車に乗っている。次の車に「明石の御方」と「尼君」とが「忍びて」と、やはり控えめに参加している。光源氏は十月十日の「松の下紅葉」の社頭で、華麗に催された東遊の楽と舞を見ながら、昔を回想し、明石尼君と歌を詠み交わしている。

おとど、むかしのことおぼし出《い》でられ、中比沈《しづ》み給し世のありさまも、目《め》の前《まへ》のやうにおぼさるるに、その世《よ》のこと、うち乱《みだ》れ語《かた》り給べき人もなければ、致仕のおとどをぞ恋《こひ》しく思ひきこえ給ける。入《い》りたまひて、二の車《くるま》に忍《しの》びて、

たれか又心をしりて住吉の神世をへたる松にこととふ

御畳紙《たたむがみ》に書《か》きたまへり。尼《あま》君うちしほたる。かかる世《よ》を見《み》るにつけても、かの浦《うら》にて、いまはと別《わか》れ給しほど、女御の君のおはせしありさまなど思ひ出《い》づるも、いとかたじけなかりける身の宿世《すくせ》の程を思ふ。世《よ》を背《そむ》き

給し人も恋しく、さまざまに物がなしきを、かつはゆゆしと言忌《こといみ》して、

すみのえをいけるかひあるなぎさとは年ふるあまもけふやしるらん

おそくは便《びむ》なからむと、ただうち思《おも》ひけるままなりけり。

むかしこそまづわすられね住吉の神のしるしをみるにつけても

とひとりごちけり。（若菜下・三・三二四〜五）

光源氏は須磨から明石への沈淪の時代を回想しているが、その世のことをうち解けて語り合う人もなく、「致仕のおとど」（頭中将）を恋しく思っている。「二の車」に忍んで歌を贈ったのは、その過去を共有する心を託したのだが、答えたのは明石君ではなく尼君であった。感涙にむせぶ尼君は、一族の繁栄につけても、夫と別れた日の幼かった「女御の君」のことを思い、ありがたい「身の宿世」と裏腹に「世を背き給し人」である夫を恋しく悲しく思うが、不吉なことは避けようと「言忌」して、めでたい感謝の返歌をしている。その後の独り言の歌は、夫と過ごした「むかし」への思いである。

光源氏は明石入道のことを直接には口にせず、明石君のことが表現されていないのも、ここでの特徴である。夜を徹しての神楽における唱和の歌も、「対の上」（紫上）、「女御の君」（明石女御）、そして紫上の女房である「中務の君」の三首が記されるのみで、「次々数知らず多かりけるを、何せむにかは聞きおかむ」と、語り手は草子地で省略したという。ここでの主役は、明石女御と紫上なのである。そして、この住吉詣は、次のように結ばれている。

かかる御ありさまをも、かの入道の、聞《き》かず見《み》ぬ世にかけ離《はな》れたうべるのみなん、飽《あ》かざりける。かたきことなりかし、まじらはましも見《み》ぐるしくや。世中の人、これをためしにて、心たかくなりぬべきころなめり。よろづのことにつけて、めであさみ、世の言種《ことくさ》にて、「あかしのあま君」とぞ、幸《さいは》ひ人に言《い》ひける。かの致仕《ちじ》の大殿の近江《あふみ》の君《きみ》は双六《すごろくう》打つ時のことばにも、「あかしのあま君、あかしのあま君」とぞ、賽《さい》はこひける。（若菜下・三・三二七）

ここの最初の二文は、明石君や尼君と同化した語り手の表現であり、「かの入道」がこのような一族の繁栄を見聞できないことを不満に思いつつも、ここに参加していても見苦しいと語る。その後に、世間の人が「幸い人」の典型として「あかしのあま君」と口にし、近江君が賽を投げる呪文にしたというのは、パロディ表現による結びである。

六　明石入道の始祖神話と現実

D若菜上巻の明石入道の特異な「消息」は、「若君」の皇子出産を聞いて、一族の〈王権〉にまつわる始祖神話としての「夢」を開示したものであった。とはいえ、それは女系に託した一族の内部に秘められたものである。その手紙は「わがおもと」「わが君」と私的に呼びかける明石君あてであり、光源氏についての言及は無い。明石入道の視点による〈外部〉からの文字は、それを現実化する一族の女たちによって、光源氏の物語と〈同化〉して補完するとともに、〈異化〉するものであったことも重要である。

明石入道の「夢」は、六条院における明石一族の女たちの物語のみならず、光源氏の物語をも領導していた〈異界〉の力をあらためて想起させる。その「夢」にまつわる手紙は、次のような歌で結ばれていた。

ひかりいでんあか月ちかくなりにけりいまぞみしよの夢がたりする　（若菜上・三・二七七）

この「ひかり」は一族の国母の誕生を象徴するものであるとともに、その光に当たらずに自身が往生することの象徴として表現されていた。この手紙の月日を記したあと、追伸で、自分の命日を知るな、喪服にもなるなと記し、「変化の物」と思って「老法師」のために「功徳」を作れ、現世の楽しみに添えて「後の世」を忘れず極楽に至れば必ず「対面」できるから、「娑婆のほかの岸」で早く会おうと遺言している。

入道は、この手紙の時点で人間としての人生に決着をつけ、いわば即身成仏に准じて一族の始祖たる神話を完成しようとしている。尼君への手紙に多くは書かず、「この月の十四日」に「草の庵」を離れて「深き山」に入ったと完了形で記す。「かひなき身」は熊、狼にも施そう、あなたはなお「思しやうなる御世」を待ち、「明らかなる所」（極楽）で会えるだろうとだけあった。

尼君は入道の使者の大徳に事情を問い、この手紙を書いた三日後に「かの絶えたる峰」に「僧一人、童二人」だけを供に移ったと聞く。また、年ごろ勤行の合間に弾いていた「琴《きん》の御琴、琵琶」を演奏して「仏」にお別れし「御堂に施入」したこと、他の物も多くは寺に奉り、残りを六十余人の親しい「御弟子」に処分し、なお残った物を「京の御料」として尼君たちに贈ったのだと聞いた。

ここでは、あらためて入道の財力に驚かされる。若紫巻で、良清は「国の司」としての財力をいい、余生を豊かに過ごす準備をしていたとするが、国司の収入だけではあるまい。現地の人々との不和があり、任期後も帰京せずに〈明石〉の海岸に残ったのは、沈淪の意識とは別に、その後の蓄財と関係していたかもしれない。あるいは、「住吉の神」は海上交通の神でもあり、その交易によるのであろうか。『うつほ物語』には吹上に神南備種松という辺境の長者がいて、『源氏物語』では玉鬘に求婚した大夫監もまた北九州の豪族であった。後世では、やはり播磨守を経たと『平家物語』に記し、日宋貿易による富を得た平清盛も想起される。物語の神話的な空想と歴史社会的な背景との交錯が考えられるのではあるが、『源氏物語』には明石入道の財源を証し立てるような痕跡はない。

明石入道が〈琴《きん》〉の琴の伝承者であったらしいことも注目されるのだが、「琵琶」は明石君に伝承しているものの、〈琴〉は伝えていない。明石の地に渡った四月の夕月夜、光源氏が海の彼方に淡路島を見て〈琴〉を弾いたとき、入道はかつての宮中における管絃を想起し、岡辺の家に「琵琶、箏の琴」を取りに行かせて、「琵琶の法師」になって弾いた。箏の演奏もみごとで、「なにがし、延喜の御手より弾き伝へたること三代」になるとして、「あやしうまねぶ者」がいると娘を紹介し、「自然《じねん》にかの前大王の御手」に通じているとする。娘について光源氏の興味を喚起する文脈であるにせよ、入道は〈琴〉を弾いてはいない。次章でみるように、『源氏物語』の他の例では〈琴〉を弾くのは王族に限られているが、明石入道の父「大臣」の系譜は不明である。

明石入道が〈琴〉と琵琶とを御堂に施入したという徴証は、その実態が不明な財力とともに、〈明石〉という時空が〈異界〉性と関わる、物語の伝統と結びつけて考えることがもっとも妥当であろう。『うつほ物語』では、吹上で神南備種松に育てられた源涼は、俊蔭一族と張り合う〈琴〉の伝承者であった。そしてまた、まさしく〈異界〉を流離して天人の〈琴〉を伝承した俊蔭は、都にありながらも京極邸に自閉して、〈琴〉を伝承した娘の将来を天道にまかせたのであった。これらのプレテクストの〈琴〉を箏や琵琶へと変換すれば、明石入道が我が身を〈異界〉ないし〈周縁〉へと排除して、子孫の繁栄に賭けた物語史の系譜がみえてくる。

入道の「消息」が届いたとき、明石の「御方」（明石君）は「南のおとど」にいたが、それを聞いて冬の町にもどり、尼君と悲しみをともにした。本人が見る前に手紙の文面が記されているところに、〈外部〉性を読むことができる。明石君は、「この御夢語り」を一方では「行く先頼もしく」思いつつ、「ひが心」で我が身を「あくがらし」なさったと思い悩んだのは、「かくはかなき夢」に頼みをかけて、「心たかく」いたためだと思い合わせた。尼君は明石君の「御徳」を喜び、入道と「同じ蓮」に往生する期待をかけつつも、現世での離別を嘆いた。明石の「御方」も、「人にすぐれん行先」など何とも思わないと、「数ならぬ身」の悲しみの中に、無常の世の父の死を想って嘆いている。

明石の「御方」は「御前」（明石女御）に参り、入道の願文の入った「文箱《ふばこ》」を託し、自分も出家したいから「対の上」（紫上）の御心を大切にするようにと語る。明石君は、その母の役を紫上に譲り、親しくてもよいはずの「御前」にもうちとけることなく、常に遠慮していた。

明石女御の目に、入道の「文の言葉」は、「いとうたてこはく、にくげなるさま」であった。陸奥国紙で年経て黄ばみ厚肥えた五、六枚の、それでも香が深く染みた紙に書いてあった。「いとあはれ」と「あてになまめかし」

く女御は涙を流したのではあるが、祖父の入道は、まったく異質な世界の人であった。光源氏と紫上のもとで后がねとして教育された明石女御は、その呼称においても、じつは「明石」の名を冠して呼ばれてはいない。「若君」「君」「姫君」などと呼ばれたあと、六条院では、春の町における紫上の養女の春宮妃として入内した「御方」であり、「桐壺の御方」「淑景舎」「女御の君」「春宮の御方」「御息所」と、その呼称から〈明石〉を消し去られた光源氏の娘なのである。

「姫宮」（女三宮）方にいた光源氏が、そこに渡って来て、やがて隠さずに置いた「ありつる箱」を見つけた。光源氏が「懸想人《けさう》」が「長歌《ながうた》」を詠んで封じ込めたようだなどと疑うのも煩わしく、明石君は、「かの明石の岩屋より、忍びてはべし御祈りの巻数、又まだしき願など」を女御に託す事情を語った。光源氏は入道の道心を讃え、今は「鳥の音きこえぬ山」に遁世したと聞いて、「遺言」であろうと同情して涙ぐむ。そして明石君は、「この夢語り」も光源氏に思い当たることがあるかと、「あやしき梵字とかいふやうなる跡」の手紙をも見せた。

これが、明石一族に秘められてあるべき手紙と願文を、光源氏が見るに至ったいきさつである。光源氏は次のように語っているが、そこには『源氏物語』における〈男〉の視点と、〈女〉のまなざしとの落差が示されている。

「手《て》いとかしこく、猶ほれぼれしからずこそあるべけれ。手《て》などもすべて何《なに》ごとも、わざと有職《いうそく》にしつべかりける人の、ただこの世経《よふ》るかたの心おきてこそ少《すく》なかりけれ。かの先祖《せんぞ》のおとどは、いとかしこくありがたき心ざしを尽《つ》くして、おほやけに仕《つか》うまつり給ける程に、もののたがひめありて、その報《むく》いにかく末《すゑ》はなきなりなど人言《い》ふめりしを、女子の方《かた》につけたれど、かくていと嗣《つぎ》なしと言《い》ふべきにはあらぬも、そこらのおこなひのしるしにこそはあらめ」など、涙おしのごひ給つつ、この夢のわたりに目《め》とどめ給ふ。

（若菜上・三・二八七）

ここでは、「先祖のおとど」の「もののたがひめ」がいわれ、その内実は不明だが、それが入道の人生にも作用し、「その報い」として「末はなき」と、男系としての家の断絶が語られている。しかしながら、「女子の方」につけてではあるが、こうして「嗣なしと言ふべきにはあらぬ」と、その子孫の繁栄が入道の信仰の結果だというのである。そして「夢」の件に目をとめて、自分との宿縁をあらためて思い、須磨から明石へと流離したのも、入道一人のためであったと解釈している。この部分は光源氏の心内語である。

あやしく、ひがひがしく、すずろに高《たか》き心ざしありと、人もとがめ、又われながらも、さるまじきふるまひを、仮《かり》にてもするかなと思しことは、この君の生《む》まれ給し時に、契ふかく思しりにしかど、目《め》の前《まへ》に見《み》えぬあなたの事は、おぼつかなくこそ思わたりつれ、さらば、かかる頼《たの》みありて、あながちには望《のぞ》みしなりけり、横《よこ》さまにいみじき目《め》をみ、ただよひしも、この人ひとりのためにこそありけれ、いかなる願をか心に起《お》こしけむ、とゆかしければ、心のうちにをがみて取《と》り給つ。（若菜上・三・二八七）

入道には異様にかたくなで「高き心ざし」があると他人も咎め、自分も紫上を悲しませてまで明石君と結婚した異常なふるまいだと思っていた。これは、「この君」（明石女御）が生まれたときに、前世からの深い「契」があるのを思い知ったが、それ以前からの宿縁が入道の「夢」にあったからだと、光源氏はここで納得している。とはいえ、それは明石入道の「夢」が光源氏に所有されたことでもあり、その実現のために、光源氏は紫上のすばらしさを称揚し、明石君は、あらためて我が身のほどの限界を思う。光源氏は入道の願文に添えて、自身の願文もあると明石女御に語っているが、若菜下巻で女御の生んだ皇子が立太子したEの住吉詣においても、入道の願文が女御のもとに秘められたままであることは、すでに検討した通りである。そこでも、女御と同車していたのは紫上であり、実母である明石君の影は薄い。

明石君が、中宮となった娘の母として、そして孫である皇子や皇女たちの後見として中心的な役割を演じるのは、紫上と光源氏とが没したあとの物語社会においてであった。匂宮巻では、明石一族の子孫の繁栄が、次のように語られている。

二条院とて造《つく》りみがき、六条の院の春のおとどとて世にののしる玉の台《うてな》も、ただひとりの御末のため成けりと

見《み》えて、明石の御方は、あまたの宮たちの御後見《うしろみ》をしつつ、あつかひきこえ給へり。（匂宮・四・二一四）

明石入道の〈王権〉に賭けた「夢」は、確かに実現に向かっている。その「夢」が記された手紙を見た光源氏も、須磨から明石への流離の苦難も、入道との出会いのためであったと解釈していた。しかしながら、光源氏の流離の背景には、直接的には朧月夜との関係をめぐる右大臣家との政治的な抗争があったし、その深層には、藤壺との密通とそれによって生まれた東宮（冷泉帝）を守りぬくという、〈罪〉と裏腹の〈王権〉物語の主題性があった。

光源氏にとって、明石一族との「宿世」による結合は、〈他者〉の物語との関係性において自身の物語が成り立っていることの証しであった。物語が複数の作中人物たちの関係性によって成り立っているからには、ある意味で当然ではあるが、主人公の物語と脇役の物語とは対等ではない。明石入道の「夢」の物語は、このあと物語の表層から排除され、祭り上げられていく。それを象徴的に示すのが、すでにふれたE若菜下巻における、盛大な住吉詣であった。

若菜下巻の文脈をたどれば、住吉詣についで、朱雀院五十賀のための六条院女楽の、華麗な調和の幻想が表現されているものの、紫上の発病と、柏木による女三宮との密通へと続いて、光源氏の物語の主題的な世界は、心的に暗転する。作中人物たちのそれぞれは、光源氏という中心の求心力から逸脱して、多声法の物語を顕在化していくのである。主題的な語りの心的遠近法は、光源氏の〈王権〉索求の物語を終焉させるとともに、それとも相互補完的であった明石一族の〈王権〉物語をも、主題的な〈周縁〉へと反転させていく。

明石入道は、「夢」を信じて、〈明石〉という〈外部〉にとどまり、自らを排除することによって、明石君と「若君」とを、光源氏を介して物語社会の〈中心〉へと送り込むことに成功した。にもかかわらず、若菜上巻以降の『源氏物語』の主題性は、身の程をわきまえて最終的には確たる地位を固めた明石君と、その子孫の繁栄とは別にある。そして、明石入道その人の物語は、光源氏の物語にとって対極というべき結末を示し、現世の栄華とその完成としての出家と往生を願う光源氏の物語を、〈外部〉から逆照射し続けている。

光源氏は、幻巻までの生前の物語において、その出家自体は語られず、まして往生したかどうかが語られることはない。往生を確信して山に隠れた明石入道もまた、往生できたかどうかは不明であり、尼君や明石君と極楽の蓮の上で再会できたかどうかについても語らない。第三部の物語において、宇治八宮とその娘である大君と中君、そして浮舟の物語へと展開するとき、出家や仏教による救済の問題が深く主題化してくるのであるが、そこで明石中宮の第三皇子である匂宮が果たす役割は、現世的な恋への執着に限られている。女君たちの生き方の可能性を深化していく物語に、より主題的に関わるのは、女三宮と柏木との密通によって生まれた薫である。

明石入道の「夢」に関して付け加えておけば、『源氏物語』において、入道の往生が語られないのと同じように、明石中宮の皇子の即位により「国の母」となること自体も、語られていないことに意味があると思われる。それは、光源氏の澪標巻で語られた宿曜の予言においても、夕霧が太政大臣となると予言されながら、その可能性は強くとも、物語世界内で実現してはいないこととも共通する。

そこには、占いや予言が神仏といった〈異界〉の力、「宿世」として作中人物たちを領導するものでありながらも、あくまでも解釈による可能性であり、最終的には不可知であるという思想があった。それを実現するかどうかは、それぞれの作中人物たちの生き方であり、『源氏物語』は〈異界〉の力を意識しつつも、あくまでも人間界の物語として主題的に表現されている。

第5章　源氏物語の〈琴〉の音

一　語りと声と音楽

『源氏物語』の文体の印象を「聴覚的」と名づけ、「潜在的な sonorité」を想定する必要があると説いたのは石田穣二だった。場面描写における距離感のリアリティが、作中人物の「耳の感覚」によって再現され、「声に媒介されて、鮮やかな視覚的イメージが浮ぶ」のであり、「風景が、いはば内面からの肉付けによって生き動く」。こうした「リアリズムの象徴的性格」は「すぐれて女性的」な精神の産物であり、「いはば歴史を受胎する受胎の仕方、精神の抵抗の抵抗の仕方、時代に生きる生き方の姿を、我々は源氏物語自体に導かれつつ見究めなくてはならない」とも、石田は述べていた(1)。

石田のいう「潜在的な sonorité」とは、物語の語りが内在する声や音の響きだといえよう。それは、ナラトロジーが物語内容の記号学的な類型化に始まり、しだいにその伝達機能や、語り行為の形態分析へと重点を移し、ついには物語内容（イストワール）との関連を排除する傾向を強めた方向性からみれば、未分化な身体的構造として生成するテクストの現場へと立ち帰ることである。

書かれた語りのテクストとして現象している『源氏物語』において、肉化されて生成する声や音は、文字に秘められている。その作者による自筆本は残されていないが、古写本が圧倒的に「かな」文字を用い、漢字表記がごく限られた少数であって、漢語もまた多く「かな」によって表記されていることは、あらためて注目すべき事実である。和歌の改行を除けば、段落分けも句読点も会話記号の類もなく、濁点も付さないのが平安朝の物語の原則であった。それらに代わって、「かな」文字は連綿体によってゆるやかな文節を構成し、「給」「侍」や「御」「物」「身」「心」「又」、また官職名などの限られた漢字との組み合わせが、読みの分節機能を指示するものであった。

音読にせよ黙読にせよ、読むことによって文字に秘められた聴覚映像が喚起され、視覚映像や、時には嗅覚や味覚や触覚の印象も導かれて来るのだから、読むことは演じることである。演じることによって、文字による表象の時空が生成し、その〈聞き／語る〉行為や〈読み／書く〉行為の伝達回路そのものを、『源氏物語』はテクスト内の装置として内在している。

『源氏物語』の語りの主体は、「物のけ」のように、作中人物の外部から心内へと転移してその声や視覚を現象したり、そこから離れて他の作中人物へと転移することもあって、同化と異化の〈心的遠近法〉を生成している。ここには、こうした論者の出発点というべき、語りの入れ子構造と歴史叙述の方法に関する、かつての論をあらためて引いておく。

女房などの登場人物として実体化されて作中世界に登場する語り手、半実体化されて現われる直接見聞者としての語り手、それを伝聞して書く作者、これらの語り手・作者の重層化は、時空を連続させて登場人物たちの心と読者の心とをつなぎ、読者をも表現の内部に組みこむ方法となっている。口承レベルの〈語り〉を伝える表現形式を基底としながら、歴史家の記録採録の方法と同じたてまえを強調することによって成り立っている表現法なのである。そこには、執拗なまでに、この物語が「そらごと」ではないという、虚構の事実化への意志が示されている。(2)

これは、物語文学は女房が音読し、享受者としての姫君は絵を見ながら聞くのが本来であったという、玉上琢彌の「物語音読論」(3)を批判的に継承した見解である。こうした『源氏物語』の語りの方法と、石田による「聴覚的」印象の文体論とは、どのように結びつくのであろうか。それが、平安朝の文化や文芸の一般へと解消できないことについては、石田が『源氏物語』と対比して、『枕草子』が「音楽的なるものとは本質的に無縁」であり、「文体に音がない」ということから明らかである。例えば、音楽を素材としている『枕草子』の次のような文章があげられている。

吹くものは、横笛いみじうをかし。遠うより聞ゆるが近うなりもてゆくも、いとをかし。近かりつるが、はるかに聞えて、いとほのかなるも、いとをかし。（前田家本）

横笛の音の遠近を素材としてはいても、「風景が、いはば内面からの肉付けによって生き動く」文体ではないということである。「いとをかし」と、具体的な場面を抽象化して切断するところに『枕草子』の美学がある。

石田によれば、「耳の感覚」という観点から、『源氏物語』と『枕草子』との文芸的性格の差異を先行して示唆したのは、山田孝雄『源氏物語の音楽』(4)だけだったという。同書は『源氏物語』の音楽に関する記事を分類して整理し、その素材から延喜・天暦時代准拠説を確認するなど、作品の特質を探った音楽関連の研究の古典であり出発点である。その後に、物語の表現機能としての音楽や楽器がもつ、主題的な意味についての研究をまとめた中川正美『源氏物語と音楽』がある。また、三田村雅子も、登場人物たちの心とそれをとりまく音との関連を論じている(5)。

とはいえ、いわば音楽としての『源氏物語』の研究は、石田のあとどれだけ深められたのか、心もとない。『源氏物語』は平曲や説経節のような語り物ではないから、楽器の伴奏とともに語られたわけではない。けれども、物語が広くアジアや中東のシャーマンや専業的な語り手によって弦楽器と結びついて語られた事例についての、次のような発言は、『源氏物語』にもあてはまるように思われる。

語りとは何か、とその形態を問うよりも、言葉の霊力でもって過去の人とできごと、あるいはもはや現《うつ》しみで

ない者たちを再出現させることのできる表現様式の一つ、とでもその働きから規定するほうが適当であろう。(6)

『うつほ物語』の俊蔭一族の〈琴《きん》〉の音は、まさしく天上界に通じる霊力を発動し、貴族社会における俊蔭女や仲忠の繁栄の原動力であった。弦楽器の総称が平安朝では「こと（琴）」であり、それが言葉の「こと（言）」と通底する上代からの記憶も息づいている。平安朝の物語文芸では、ことに恋の物語において、歌の贈答は「こと（言）」の霊力によって心と心とを結合するものであった。歌ことばも音楽を内在していたのであり、それと同じく心の交通の媒体（メディア）として、琴や笛の音も機能していた。『源氏物語』の桐壺巻の終わりでは、大人になった光源氏を帝が以前のようには藤壺の御簾の中に入れなかったので、

御遊《あそ》びの折々、琴《こと》笛の音に聞《き》こえかよひ、ほのかなる御声をなぐさめにて、内住《うちず》みのみこのましうおぼえ給。（桐壺・一・二七）

という。ここでは藤壺の「琴」の音に、光源氏は「笛」を合奏しつつ思いを通わせている。『源氏物語』の作中人物たちが奏でる音楽もまた、会話や歌の贈答とともに、物語の語りの声と共鳴している。

とはいえ、『源氏物語』の歌や歌ことばが同化のみならず異化の表現機能をも示しているように、音楽の表現もまた、物語の主題的な展開とともに振幅し、大きく変質している。光源氏は音楽の力においても卓越していたが、若菜巻あたりを大きな転換期として、公的な宴遊の音楽が欠落し、「楽の音が響かない場面が意味を持ってせり出して」くるし、男君と「合はせ」る音楽から「合はざる」音楽への移行があり、女君たちの悲しみの生が綴られていく。浮舟は合奏を拒否する女性であり、最初から演奏しない葵上をはじめ、藤壺・紫上・女三宮・雲居雁・宇治大君なども、最後には男君と「掻き合はせ」なくなると指摘されている。(7)

二　歴史語りの知の遠近法

光源氏の才芸は、漢詩文を別とすれば、第一に〈琴《きん》〉を弾くこと、次には横笛・琵琶・箏の琴を修得したことだと、絵合巻で、故桐壺院のことばとして蛍兵部卿宮が伝えている。光源氏による須磨の絵日記により絵合の勝負が決着したあとの宴での発言にあり、余技だったはずの絵の才能を讃えている文脈にある。この前に、光源氏は、桐壺院が漢詩文にあまり深入りすると不幸になると忠告し、他の才芸を教えたというから、〈琴〉などは桐壺院が伝授したとみられる。絵は、貴族の教養としては音楽に比べたら低くみられていた当時にあって、父帝の教育方針からはずれた私的な趣味で、須磨への流離によって上達したという。

『源氏物語』における絵合という宮廷行事は、史実に先行したものであり、村上天皇時代の天暦内裏詩合や歌合に准拠したものだと、古注釈以来指摘されている。第1章でみたように、延喜・天暦時代准拠説によれば、『源氏物語』の皇統譜と史実とは、次のような対応関係にある。

先　帝　→桐壺帝　→朱雀帝　→冷泉帝　→今上帝
宇多天皇→醍醐天皇→朱雀天皇→村上天皇→冷泉天皇

光源氏が後見した養女である梅壺女御（後の秋好中宮）の左方の提出作品が〈古〉、権中納言（かつての頭中将）が支援する娘の弘徽殿女御の右方が〈今〉という対比も、醍醐天皇時代の延喜と、村上天皇時代の天暦とに対応している。物語絵合の最初は、左方が巨勢相覧《こせのおうみ》の絵と紀貫之の書による「竹取の翁」（『竹取物語』）、右方は飛鳥部常則《あすかべのつねのり》の絵と小野道風の書による「うつほの俊蔭」（『うつほ物語』俊蔭巻）の争いであった。このあと、「伊勢物語」対「正三位」と続くのだが、こちらもそれぞれ、延喜と天暦の聖代とみなされた時代を代表する絵師と書家による名品であろう。

物語の絵合は決着せず、後日に冷泉帝の前であらためて催された。そこでは四季の月次絵《つきなみえ》が中心で、右方はやはり新作とみられる。左方は、朱雀院が梅壺女御に贈った節会の絵巻と、最後に光源氏の須磨の絵日記とを出した。朱雀院が贈ったのは、宮中の節会を昔の名人が描き「延喜の御手づから事の心書かせたまへる巻」に加えて、かつて梅壺が斎宮として下向する日の大極殿の儀式を巨勢公茂《きんもち》に描かせたものだった。延喜時代の宮廷画のきわめつけというべき作に、恋の私情をこめた絵を天暦の名人に描き加えさせながらも、「紙絵は限りありて、山水のゆたかなる心ばへを見せつくさぬ」という理由で、右方の華麗な新作に勝つことはできずにもちこされた。

左方の勝ちを決したのは、光源氏が「心の限り思ひ澄まして静かに描《か》」いた須磨の絵と書とが、人々に過去を想起させ、感動の涙をさそったからである。そこに、梅壺の女御をめぐっても、王権を体得した朱雀院が、女性関係や才芸において弟の光源氏にかなわないことが示されている。帝よりも、皇位に即けなかった光源氏の、〈色ごのみ〉の力による潜在〈王権〉の優位を語るこの物語の一例とみなされている。

ここでは、延喜・天暦時代准拠説にぴったり適合しながらも、史実と物語世界内の過去と現在との二重化による接合が、聖代観からの奇妙なよじれ、あるいは逸脱を示していることに注目したい。そこには、専門家の才芸よりも貴人の趣味を重んじ、〈公〉よりも〈私〉の表現に価値をおくという美の感覚が作用し、それが『源氏物語』の芸能観を全体に貫いている発想でもある。光源氏の須磨の絵日記は、海辺の風景の絵に、書は草体に「かな」を書きまぜたもので、歌も含んでいた。

あるいはこの絵日記には、一人淋しく〈琴〉を弾く光源氏の、須磨巻における次のような情景が含まれていたかと思われる。「須磨には、いとど心づくしの秋風に、海はすこし遠けれど、行平の中納言の、関吹き越ゆると言ひけん浦波、よるよるはげにいと近く聞こえて、またなくあはれなるものは、かかる所の秋なりけり」に続く、古くから名文とされてきた一節の中にある。

御前にいと人少《ずく》なにて、うち休《やす》みわたれるに、ひとり目《め》をさまして枕《まくら》をそばだてて四方《よも》の嵐《あらし》を聞《き》き給に、波《なみ》ただここもとに立《た》ちくる心ちして、涙落《お》つともおぼえぬに枕浮《う》くばかりになりにけり。琴をすこし掻《か》き鳴《な》らし給へるが、我ながらいとすごう聞《き》こゆれば、弾《ひ》きさし給て、

恋わびてなく音《ね》にまがふ浦波《うらなみ》は思《おも》ふかたより風や吹《ふ》くらん

（須磨・二・三一）

「枕をそばだてて」は白居易が香鑪峰の麓に草堂を作って詠んだ詩の引用であり、光源氏が「さるべき書《ふみ》ども、文集など入りたる箱」とともに「琴《きん》一つ」をもって須磨へと下ったのも、白居易の流離に我が身をなぞらえたからである。白居易と光源氏とのあいだに、菅原道真が両者を媒介する引用関連としても表現されていて、これも延喜准拠説と関わるのであるが、須磨の物語の時空に響く音楽は、ぞっとするほどに淋しい孤り琴の音であった。

光源氏は〈琴〉を桐壺帝から相伝したとみられるが、具体的に描かれてはいない。桐壺巻で、絵合巻の蛍兵部卿宮の発言に対応するのは、「わざとの御学問はさるものにて、琴笛の音にも雲居をひびかし」という部分であり、高麗の相人の占いにより源氏となるあたりでは、「いよいよ道々の才《ざえ》を習はさせたまふ」とある。

須磨巻より前に、光源氏が〈琴〉を弾くのは、若紫巻での北山からの帰途にあたり、迎えの頭中将らとの遊宴の場面である。

頭中将、懐《ふところ》なりける笛《ふえ》取《と》り出《い》でて、吹《ふ》きすましたり。弁の君《きみ》、扇《あふぎ》はかなう打《う》ち鳴《な》らして「豊浦《とよら》の寺の西《にし》なるや」と歌《うた》ふ。人よりはことなる君《きみ》たちを、源氏の君いといたううちなやみて岩《いは》に寄《よ》りゐたまへるは、たぐひなくゆゆしき御ありさまにぞ何《なに》事にも目《め》移《うつ》るまじかりける。例《れい》の、篳篥《ひちりき》吹《ふ》く随身《ずいじむ》、笙《さう》の笛《ふえ》持《も》たせたるすき者《もの》などあり。僧都《そうづ》、琴《きむ》をみづからもてまゐりて、「これ、ただ御手《て》ひとつあそばして、同《おな》じうは山の鳥もおどろかし侍らむ」とせちに聞《き》こえ給へば、「乱《みだ》り心ちいと耐《た》へがたきものを」と聞《き》こえ給へど、げにくからず掻《か》き鳴《な》らして、みな立《た》ち給ぬ。

（若紫・一・一七〇）

頭中将の笛、随身の篳篥、すき者の笙もあるが、光源氏の〈琴〉は、病気を理由にした少しだけの独奏であろう。

『うつほ物語』における俊蔭一族の〈琴〉のように天変地異の奇瑞を呼び起こしたり、『狭衣物語』の大将の笛の音で天稚御子が降臨して天上に迎えようとすることもない。けれども、法師や童べも感涙にむせび、尼君たちは「この世のもの」とは思えないと語りあった。僧都は、いったいどんな前世の因縁で、このような美しさのまま「いとむつかしき日本《ひのもと》の末の世」にお生まれになったのかと、悲しみの涙を流している。

『源氏物語』の〈琴〉などの楽器の演奏は、超現実的な奇瑞を起こさないことに特徴があるといわれているが[8]、ここの光源氏は、現世化した異界性のぎりぎりの境界にあるともいえよう。それが「たぐひなくゆゆしき」美しさであり、僧都のいう辺土の末法意識と関わっているのである。そこには、『聖徳太子伝暦』による聖徳太子像の引用も作用している。僧都は聖徳太子が百済から得た玉で飾った「金剛子の数珠」を、その国の「唐めいた」箱とともに「透きたる袋に入れて、五葉の枝」に付け、「紺瑠璃の壺」に入れた薬とともに、光源氏に贈っていた。仏教的な理想性をも体現した皇子でありながら、もはやその能力を十分には発揮しえない辺土日本の末法に生まれた悲劇を悲しんでいるのである。

絵合巻においては、延喜・天暦准拠説からの奇妙なよじれ、あるいは逸脱がみられた。そこに読むことのできる聖代観の限界は、こうした仏教による末法思想に関わるものでもあろう。それはまた、光源氏の須磨の絵日記に代表されるように、光源氏の才芸が桐壺帝の教育から逸脱した〈私〉の領域にあり、作中世界の現在における新たな価値を探る方向性と関わると思われる。光源氏が須磨に持参した〈琴〉の原拠は、『白氏文集』という漢詩文の世界にあったが、たとえそれらが理念にすぎなかったとはいえ、もはや「君子左琴」や神仙の楽の音が正統に評価される〈聖代〉ではありえない、物語世界内の現実が意識されているのである。

こうした問題を、史実を引用し〈もどく〉ことにより語りの伝承世界を形成し、物語世界内の人々の現在の生活を描き出していく〈心的遠近法〉として捉えたいのである。史実と伝承とを含む通時的な物語の時間軸と、その時々の物語世界内の場面を生き生きと描き出す文章のリアリティとの相関、始めに引用した石田のことばでは「歴史を受胎する受胎の仕方」を問うということである。〈琴〉は、そうした歴史語りの知の遠近法の、始源の結び目を表象する楽器のように思われる。

三　〈琴〉と幻想〈王権〉

藤岡作太郎は『国文学全史』（平安朝篇）に、「藤氏一門が道長を中心として栄華を極めたる時、五十四帖は光源氏を中心としたる当代貴族が栄華の蓄音機なり、寛弘宮廷のパノラマなり」と記し、「表に現在の社会を描写して、裏に自家の理想を含蓄せしむ」ゆえに、「写実小説」であるとともに「理想小説」だとした。(9) これを「姑息なる一種の妥協」としてするどく批判したのが山田孝雄『源氏物語の音楽』であり、音楽の関連記事を総検討して、それが一条朝のものではなく、延喜天暦にあてはまる「時代物」であることを結論とした。その有力な例証のひとつが、一条朝にはすでに宴遊の記録から消えた〈琴〉を、『源氏物語』の作中人物たちが演奏していることである。(10)

中国から伝来した七絃の〈琴〉は、君子がその身から離さず高潔を保ち、雅正の音によって理想の政治を行うよすがとして、「君子左琴」という儒教的な徳治主義のイデオロギーを伴っていた。史書や古記録によれば、〈琴〉の奏者は、醍醐天皇や克明親王・長明親王・重明親王など、皇統の人々に限られている。山田は関連を示唆しただけだが、『源氏物語』の中の奏者たちも皇統に限られ、天皇親政と結びついた延喜・天暦聖代観との符合が、その後に通説化したのである。〈琴〉は、光源氏の王者性、潜在〈王権〉を象徴する楽器とみられている。

けれども、すでにふれたように、『源氏物語』は、当時の文人など非摂関家の人々がしばしば口にした延喜・天暦聖代観を引用の枠組みに示しながらも、そこからの逸脱をも主題化していた。〈琴〉の音楽も、もはや儒教的な徳治主義や王権の理念を実現するものではありえず、失われた過去の理想を呼び起こすにすぎない。失われた幻想の〈王権〉を象徴する楽器なのである。

光源氏が末摘花に心引かれたのも、父の常陸宮から〈琴〉を伝承していたと考えたためと思われる。末摘花の〈琴〉は未熟で、仲介した女房の演出にみごとに騙されたのだが、雨夜の品定めに導かれ、荒れて淋しい屋敷に意外にもすばらしい姫君がいるという「昔物語」の類型を想起したあげくのパロディである。『うつほ物語』の俊蔭巻の、俊蔭女と若小君との出会いがそうした〈琴〉による「昔物語」の典型で、『源氏物語』では〈琴〉に関わるとき、『うつほ物語』が強く作用している。

須磨では、五節君が光源氏の〈琴〉の音を風の彼方に耳にして悲しみ、冬の雪の空を眺めて光源氏が〈琴〉を弾きすさび、良清に歌わせ、惟光に横笛を吹かせる場面もあった。明石に渡った光源氏も、久しぶりに〈琴〉を弾き、明石君の箏と合奏している。光源氏は再会までの形見として明石君のもとに〈琴〉を残し、松風巻では明石君が淋しさを慰めるために爪弾いてみたりもするが、やがて再会した光源氏がその〈琴〉を弾く場面がある。絵合巻の以前において、〈琴〉は失われた過去や、周縁的な異郷性と強く結びついている。

絵合巻では、先の蛍兵部卿宮と光源氏との会話のあと、二十日余りの有明の月のもとで、書司《ふんのつかさ》の琴を召し出でて、合奏が行われた。和琴が権中納言（頭中将）、蛍兵部卿宮が箏、光源氏が〈琴〉、琵琶は少将命婦で、殿上人の優れた人々を召して拍子を取らせた。光源氏は須磨の絵日記を藤壺に贈り、藤壺との密通は深層に秘められたまま、冷泉帝の治世は、あたかも天暦の聖代のように表現されている。

さるべき節会《せちゑ》どもにも、この御時《とき》よりと、末《すゑ》の人の言《い》ひ伝《つた》ふべき例《れい》を添《そ》へむとおぼし、私《わたくし》ざまのかかるはかなき御あそびもめづらしき筋《すぢ》にせさせ給て、いみじき盛《さか》りの御世なり。（絵合・二・一八四）

その一方で、光源氏は世の無常を想い、冷泉帝が成人したら出家したいと、嵯峨の山里に御堂を造らせた。昔の例からみても、若くして高位高官に昇り、世に抜きん出た人の栄華は長続きしない、苦難に沈む須磨流離の体験の代償として今まで生き長らえて来たのであり、来世のための勤行をして栄華と寿命を保ちたいと願うのであった。

やがて完成して「生ける仏の御国」と讃えられた六条院の栄華の光と影、そこに鳴り響く音楽の諸相については省略するが、第一部の六条院において、とりたてて〈琴〉が重要な役割を果たしてはいない。光源氏が太上天皇に准ずる位を得た藤裏葉巻の六条院行幸のあと、朱雀院の病状の悪化から第二部の若菜上巻は始まり、女三宮が光源氏と結婚した。若菜下巻では、朱雀院が往生の絆《ほだ》しとなる女三宮に対面することを願い、光源氏は正月に五十賀の宴を催して迎えようと計画し、舞人や楽人を選び、「道々の物の師」たちはひっぱりだこの活況を呈している。

絵合がそうであったように、〈公〉よりは〈私〉の才芸が優位にあるのが『源氏物語』の原則であった。まして今回は、光源氏の私邸である六条院における朱雀院五十賀のために、女三宮の〈琴《きん》〉を中心とした女楽が準備されることとなる。

宮は、もとより琴の御琴《こと》をなむ習《なら》ひ給ひけるを、いと若《わか》くて、院にもひき別《わか》れたてまつりたまひしかば、おぼつかなくおぼして、「まゐりたまはむついでに、かの御琴《こと》の音《ね》なむ聞《き》かまほしき。さりとも琴ばかりは弾《ひ》き取《と》り給へらむ」としりう言《ごと》に聞《き》こえ給けるを、内にも聞《き》こしめして、「げにさりともけはひことならむかし。院の御前《まへ》にて、手《て》尽《つ》くし給はむついでに、まゐり来《き》て聞《き》かばや」などのたまはせけるを、おとどの君は伝《つた》へ聞《き》き給て……

（若菜下・三・三三〇～一）

女三宮はもとより〈琴〉を習ってはいたが、若くして自分と別れたので不安だと、朱雀院は自分が手ほどきした〈琴〉を、光源氏のもとでどれほど上達したのか聞きたいと語った。「しりう言」とあるように、そこには光源氏の女三宮に対する愛情の薄さへの非難もこめられており、女三宮の兄である今上帝も、ともに行幸して聞きたいと言った。それを伝え聞いた光源氏は、しかるべき機会には女三宮に教えて上達してはいるが、まだ「物深き手」には及ばないのを聞かれてはよくないと、あわてて熱心に教えた。音律の異なった曲を二つ三つ、趣のある「大曲《たいごく》」で、四季に応じて変化する響きを、寒暖にあわせて調えて弾くといった秘曲ばかりを伝授して、頼りない女三宮も上達した。

秋が管弦にふさわしい季節だということは、若紫巻の七月に「御遊びもやうやうをかしき空なれば」とあり、常夏巻で光源氏が玉鬘の和琴（大和琴）を弾いて聞かせる場面でも、「秋の夜の月影涼しきほど、いと奥深くはあらで、虫の声に掻き鳴らし合はせたるほど、け近くいまめかしきものの音なり」と記されている。夕霧の反論は、光源氏による春の女楽の趣向を讃えるものであった。光源氏は、春秋の定め（論議）は古来決しがたいもので、「末の世に下れる人」が明らかにすることはできないが、「ものの調べ、曲のものども」（調子や楽曲）が「律をば次のもの」とするのは、その通りだろうと、夕霧に賛成している。春は「呂」、秋は「律」の旋法に対応していた。ここに「末の世」意識の作用していることが、以下においても重要である。

このあと、夕霧は女楽の演奏を讃える文脈の中で、当代の名手として「衛門督（柏木）の和琴」「（蛍）兵部卿宮の琵琶」をあげ、「和琴はかの大臣（前太政大臣＝頭中将）」が優れていたが、紫上の演奏はそれに匹敵すると讃えている。夕霧にとっては紫上への恋慕が底流していた。謙遜しつつも「げにけしうはあらぬ弟子どもなりかし」と満足した光源氏は、明石君の琵琶を讃え、その後で〈琴〉に関して特に長い発言をしている。

何事も才芸を習い学ぶと際限の無いことがわかり、「習ひ取」ることは困難だが、「たどり深き人」は今の世にほとんどいないから、その「片はし」だけを身につけて満足してもよいわけだが、「琴なむ猶わづらはしく手触れにくき物はありける」と、光源氏は〈琴〉が特に難しいとしている。それに続く発言を、便宜上A～Dに分けて検討する。

A この琴《こと》は、まことに跡《あと》のままに尋《たづ》ね取《と》りたるむかしの人は、天地をなびかし、鬼神《おに》の心をやはらげ、よろづの物《もの》の音《ね》のうちに従《したが》ひて、かなしび深《ふか》きものもよろこびに変《か》はり、いやしく貧《まづ》しき物も、高《たか》き世に改《あらた》まり、宝《たから》にあづかり、世にゆるさるるたぐひ多《おほ》かりけり。　（若菜下・三・三四三）

〈琴〉を真の奏法のまま修得した昔の人は、天地や鬼神を感動させ、貧賤の者も高貴で富を得た類が多かったとまずいう。『古今集』かな序と真名序が想起されるが、ここではその原拠である『詩経』大序の「天地ヲ動カシ鬼神ヲ感ゼシムルハ、詩ヨリ近キハナシ」による。〈琴〉の本源は古代中国にあり、詩学と音楽論とは共通の基盤にあるのだが、ここではそれを現世における栄達と結びつけているところに特徴がある。

B この国《くに》に弾《ひ》き伝《つた》ふるはじめつ方《かた》まで、深《ふか》くこの事を心得《え》たる人は、多《おほ》くの年《とし》を知《し》らぬ国《くに》に過《す》ごし、身をなきになして、この琴《こと》をまねび取《と》らむとまどひてだに、し得《う》るはかたくなむありける。げにはた、明《あき》らかに空《そら》の月星《ほし》を動《うご》かし、時ならぬ霜雪《しもゆき》を降《ふ》らせ、雲雷《くもいかづち》をさわがしたるためし、上《あ》がりたる世にはありけり。

（若菜下・三・三四三〜四）

この日本に伝来した当初は、深く〈琴《きん》〉を修得した人も「知らぬ国」（異国）で苦行し、空の月や星を動かし、時ならぬ霜や雪を降らせる奇瑞も、「上がりたる世」にはあったという。ここには、『うつほ物語』の俊蔭とその一族による秘琴の奇蹟が念頭にあるとみられる。そして、光源氏がそれとは異なった「世の末」の伝承者であるという、次の記述に注目したい。

C かく限《かぎ》りなき物にて、そのままに習《なら》ひ取《と》る人のありがたく、世の末《すゑ》なればにや、いづこのそのかみの片《かた》はしにかはあらむ。されど、なほかの鬼神《おに》の耳《みみ》とどめ、かたぶきそめにける物なればにや、なまなまにまねびて、思かなはぬたぐひありけるのち、これを弾《ひ》く人よからずとかいふ難《なむ》をつけて、うるさきままに、いまはをさをさ伝《つた》ふる人なしとか。いとくちをしき事にこそあれ。琴《きん》の音《ね》を離《はな》れては、何《なに》ごとをか物《もの》をととのへ知《し》るしるべとはせむ。げによろづのこと衰《おとろ》ふるさまはやすくなりゆく世の中に、ひとり出《い》で離《はな》れて、心を立《た》てて、唐土高麗《もろこしこま》とこの世にまどひありき、親子《おやこ》を離《はな》れむことは、世中にひがめる物になりぬべし。

（若菜下・三・三四四）

ここの文脈は屈折していて、「世の末」だからか正統な伝承者は無く、昔の片鱗さえ残されていないと語りつつ、なお鬼神さえ聞き入ったものだからか、中途半端に学んで挫折した類のあったあと、〈琴〉を弾く人は不幸になるという非難をして、今はほとんど伝える人もないというのは残念だと語る。そして、すべてのことが衰えゆく世の中で、独りこの国を出て志を立てても、唐土・高麗と現世に惑い歩き、親子が離別するのでは、世の中の「ひがめる物」となるだろうと続いている。

こうした伝承は他にもあったかもしれないが、後半はやはり『うつほ物語』の俊蔭を思わせる。『うつほ物語』ではBで「上がりたる世」にあげられた奇瑞を示し、一族の苦難の後に、幸福な結末を〈琴〉の奇瑞でも達成していて、Aでいう栄達の要素もある。それとCでいう不幸とが矛盾しているのではなく、〈琴〉の理念と「世の末」の現実との相克を表現した作品が『うつほ物語』だったと考えればよい。ここで重要なのは、光源氏が〈琴〉が本来もつ礼楽の理想や奇瑞が「世の末」の現在には失われているという、下降史観である。にもかかわらず、光源氏は自分が〈琴〉を学んで来た経緯と意義についてこう語っている。

Dなどか、なのめにて、なほこの道《みち》を通《かよ》はし知《し》るばかりの端《はし》をば知《し》りおかざらむ。調《しら》べひとつに手を弾《ひ》き尽《つ》くさんことだに、はかりもなき物なり。いはむや、多《おほ》くの調《しら》べ、わづらはしき曲多《ごくおほ》かるを、心に入《い》りし盛《さか》りには、世にありとあり、ここに伝《つた》はりたる譜《ふ》といふもののかぎりを、あまねく見合《みあ》はせて、のちのちは師とすべき人もなくてなむ、好《この》み習《なら》ひしかど、猶上《あ》がりての人には当《あ》たるべくもあらじをや。ましてこののちと言《い》ひては、伝《つた》はるべき末《すゑ》もなき、いとあはれになむ」などのたまへば、大将、げにいとくちをしくはづかし、とおぼす。

（若菜下・三・三四四〜五）

〈琴〉は調子のひとつさえ弾きこなすことは困難で、まして多くの調子やめんどうな曲が多いから、熱中した盛りには、この国に伝わった楽譜をすべて見合わせ、のちには師も無く独学したが、昔の人に匹敵するはずもなく、伝わる子孫もないのが悲しいと語っている。夕霧が残念で恥ずかしいと思ったのは、自分がその伝承者ではありえなかったからである。光源氏は、明石女御の皇子の中に、思うように成長なさる人がいて、そこまで生き長らえていたら伝授しようといい、「二宮」にその才能がありそうだと語ったので、明石女御は面目を得て涙ぐんだという。この「二宮」はのちの式部卿宮であるが、〈琴〉を弾いてはいない。河内本系や明融本では「三宮」としていて、それなら匂宮であるが、匂宮も琵琶や横笛の音楽に優れてはいても〈琴〉を弾いたとは記されていない。

宿木巻では、藤壺にいた女二宮のもとで藤の花の宴が催され、そこでは右大臣の夕霧が、「故六条の院の御手づから書き給て、入道の宮にたてまつらせ給ひし琴《きん》の譜二巻、五葉の枝につけたるを、おとど取り給て奏し給」と、光源氏が女三宮に与えた自筆の琴譜を今上帝に奏上している。そのときの演奏は、夕霧が和琴、匂宮が琵琶、薫が柏木伝来の笛（横笛）であって、やはり〈琴〉の演奏はみられない。

光源氏の発言にもどれば、〈琴〉と桐壺帝との関係も触れられていないし、独学であることを強調している。六条院の女楽の場面にありながらも、女三宮への伝承は後継者に含まれていないことも注目すべきである。光源氏の〈琴〉は、孤立した一代限りのものであることが強調されている。

鈴木日出男は、「冷泉帝の皇統の断絶とともに、聖代を証す光源氏の技芸は彼の主宰する六条院世界に封じこめられてしまうのであろう」とし、「伝承の古代として共感され育まれてきた」光源氏の「〈いろごのみ〉の美質」を基盤として、光源氏に天地・鬼神をも動かす力があったという。「桐壺帝から光源氏へと継承されてきた聖代の美質は、いまや六条院の女たちの私的な美質として保たれているにすぎない」ともされている(12)。

あえて異を唱えておけば、ここでの〈琴〉に関する光源氏の発言は、聖代観に直接に繋がるのではなく、「末の世」と「世の末」における限界を示すものだということである。それは、『うつほ物語』の〈琴〉の物語が内在させていた不幸から幸福までの両極性を、末世の意識のもとに捉え返し、批判することによって自覚されている。

五　調和の幻想

六条院の女楽のあとに、光源氏も加わり、女君たちは楽器を取り替えて、うちとけた合奏が行われている。明石女御が箏を紫上に譲り、和琴を光源氏、〈琴〉はやはり女三宮で、「葛城」などの催馬楽を光源氏がすばらしい声で歌った。その呂の調べは春の調子であったが、やがて調弦のあと律へと転じている。そこでは、女三宮が、光源氏の教えの通りにみごとに弾いて、光源氏も満足している。

返《かへ》り声《ごゑ》にみな調《しら》べ変《か》はりて、律《りち》の掻《か》き合《あ》はせども、なつかしくいまめきたるに、琴《きん》は胡笳の調《しら》べ、あまたの手のなかに、心とどめてかならず弾《ひ》き給べき五六のはちを、いとおもしろく澄《す》まして弾《ひ》き給。さらにかたほならず、いとよく澄《す》みて聞《き》こゆ。春秋よろづの物《もの》に通《かよ》へる調《しら》べにて、通《かよ》はしわたしつつ弾《ひ》き給心しらひ、教《をし》へきこえ給さまたがへず、いとよくわきまへたまへるを、いとうつくしく面立《おもだ》たしく思ひきこえ給。

（若菜下・三・三四五〜六）

「胡笳の調べ」を「五箇《ごか》の調べ」とする注釈書も多く、『原中最秘抄』以来の古注は両説を示し、山田孝雄も判断を保留していた。それが、『うつほ物語』内侍のかみ（初秋）巻にみられる「胡笳の音」と同じく、『琴論』の「胡笳明君三十六拍」によるものだということを、上原作和が論じている。王昭君が胡の国に渡った悲しみを歌う「胡笳の調べ」説に賛成ではあるが、王昭君が匈奴の因習によって父王の没後にその子に嫁ぐ「母子相姦」の主題へと直結して、それが「柏木物語の導火線」となるという論には従いがたい[13]。

上原もいうように、日本における王昭君説話の受容は、「不運の旅立ちと異郷の死」を主題とするものであり、須磨巻における冬の月のもと、光源氏が弾いたとみられる「あはれなる手」も「胡笳の調べ」であったとみられる。

むかし胡の国《くに》に遣《つか》はしけむ女をおぼしやりて、ましていかなりけん、この世にわが思きこゆる人などをさやうに放《はな》ちやりたらむことなど思《おも》ふも、あらむことのやうにゆゆしうて、「霜の後《のち》の夢」と誦《ず》じ給ふ。月いと明《あ》かうさし入《い》りて、はかなき旅《たび》の御座所《おまし》、奥《おく》まで隈《くま》なし。

（須磨・二・三八）

光源氏は、自分の弾く〈琴〉の曲から王昭君を想いやり、まして藤壺までが辺土に流離することとさえあるかと「ゆゆし」く思い、大江朝綱『王昭君』の中の一句を口ずさんでいる。大江朝綱の詩句は『和漢朗詠集』に収められ、絵師に賄賂を贈らなかったために辺土に流離したことを嘆くもので、「胡角一声霜ノ後ノ夢　漢宮万里月ノ前ノ腸」と続く引用句が、都を遠く離れた流離の旅の地で見る「月」を導いている。

光源氏が我が身の流離を悲嘆することから、王昭君の故事を媒介にして藤壺へと思い及ぶ深層には、密通によって生まれた東宮（後の冷泉帝）を守ることと裏腹の罪の意識がある。絵合巻には、「長恨歌、王昭君などやうなる絵は、おもしろくあはれなれど、ことの忌みあるはこたみはたてまつらじと選りとどめ給ふ」という叙述もあって、『長恨歌』とともに『王昭君』も「ことの忌み」が意識される作品ではあった。六条院の女楽のあとのうちとけた演奏における女三宮の「胡笳の調べ」は、みごとな演奏であったが、その呂から律への転調が、秋から冬への悲劇の音を潜在させていたと読むことはできると思われる。

女楽の終わったすぐあとに紫上が発病したため、六条院における朱雀院五十賀の宴は延期された。柏木が女三宮のもとに忍んで密通したのが四月十余日で、六条御息所の物のけが発動し、紫上死去の噂が立って、罪におののく柏木も弔問に訪れている。紫上が蘇生して小康を得たのが五月、光源氏は女三宮のもとに隠された柏木の恋文を発見して密通を知り、秋の予定の賀宴はさらに十月に延期されていた。とはいえ、女三宮が懐妊の七箇月目にひどく体調を悪くして、これもまた延期されている。ついに、十二月十余日と定めて、盛大な試楽（リハーサル）が催され、その華麗な雅楽のあとの宴席で、「さかさまに行かぬ年月よ。老いはえのがれぬわざ也」という、酔いにまぎらわせた光源氏の自嘲による皮肉なことばと眼差しによって、柏木は死の病の床に就いた。

　御賀は、二十五日になりにけり。かかる時のやむごとなき上達部《かむだちめ》の重《おも》くわづらひたまふに、親《おや》はらから、あまたの人々、さる高《たか》き御仲《なか》らひの嘆《なげ》きしほれ給へるころほひにて、ものすさまじきやうなれど、つぎつぎにとどこほりつる事だにあるを、さてやむまじき事なれば、いかでかはおぼしとどまらむ。女宮の御心の内をぞ、いとほしく思ひきこえさせ給。（若菜下・三・四〇七〜八）

女三宮主宰の朱雀院五十賀の宴は、年末の二十五日にかろうじて催されたという。光源氏が音楽の才能を見込んでいた「やむごとなき上達部」柏木は不在で、親兄弟たちが嘆く頃だが、中止するわけにもいかず、光源氏は女三宮の心中を気の毒に思ったという。賀宴は行われたというだけで、雅楽と舞の華麗さや宴の遊びのことは、何ひとつ記されていない。若菜下巻は、このあとに、「例《れい》の五十寺の御誦《ず》経、又かのおはします御寺《てら》にも、摩訶毘盧遮那《まかびるさな》の」と、朱雀院のいる西山の寺で催された、五十賀にちなんだ誦経のことを短く記して終わっている。

女楽における光源氏の〈琴〉の伝授は、六条院の物語の悲劇、主題的な解体をせき止めることはできなかった。奇瑞はおろか、礼楽思想の力も聖代観の面影も、若菜以降の第二部の物語では、超越的な霊力を発揮することができない。代わりに浮上して来るのは、光源氏という中心を離れた男と女との対関係のきしみにおける、それぞれの心の声である。

『源氏物語』の文体が音楽的であるのは、その世界内に和歌や歌謡を含めたさまざまの音楽が響いているからだけではない。そうした物語内容を語る声こそが、歴史をふまえた物語の生成の現場を織りなす、多声法による引用と変換の心的遠近法によるためである。

第6章　源氏物語における横笛の時空

一　音楽と「あそび」

平安朝の物語、とりわけ『源氏物語』の世界には、楽の音が響き渡っている。それは、たんに典雅な王朝貴族たちの生活風俗の反映としてではない。「あそび」といえば詩歌管弦の音楽というのが古文常識となっているが、その始源は、日常に対する非日常、俗に対する聖なる行為であった。

中川正美は、上代から中世までの「あそび」「あそぶ」の用法を検討し、その意味内容が「音楽」に偏っているのは、平安朝中期以降の作り物語に顕著な特徴であるという。また、『源氏物語』における主要な音楽の記述を分類し、(イ)人物の楽才、(ロ)宴遊、(ハ)伝授（a肉親間・b夫婦間）、(ニ)男女の交情（c女の琴・d男の笛琴）、(ホ)一人琴（e気散じ・f追慕）とする。「あそび」「あそぶ」は、この中の(ロ)宴遊にしかみられず、「心楽しさを表す」語であるとしている。(1)

また、『源氏物語』では音楽記述における大きな変化が若菜巻あたりで起こり、「個性の自在な発揮を多とする和琴を人間性に根ざす楽器として取り上げ、琴に並べ、琴を凌駕する位置を与えたのは、源氏の王権に翳りが見え始めた時期、すなわち若菜巻以降、源氏が栄華に達した後の内面を描き出した時期」であったとする。ここで和琴に対する「琴」とは〈琴《きん》〉である。また、「公私の二重構造」を成す音楽記述のうち、「公的な音楽記述である宴遊が栄華への道から逆にその欠落を語って内面の凋落をあらわし始める」のも若菜巻で、そこで「合はざる」楽が明確なかたちを取り、「女の物語が構想され始め、それを受けて楽の音がさまざまに響く場面とともに、楽の音が響かない場面が意味を持ってせり出してきた」とする。『源氏物語』の音楽は、その主題的な展開において、宴遊の空間を共有する心楽しい「あそび」ではなくなったということである。

こうした中川の論が、『源氏物語』において若菜巻を転換点としていることは、従来の主題論と一致したものだといえる。中川がここで「源氏の王権」という「王権」は、あくまで象徴的な意味であり、それと〈琴〉とが結合している。前章でみたように、若菜下巻の六条院の女楽のために、光源氏は女三宮に〈琴〉を伝授していた。その女楽で紫上の弾いた和琴が讃えられていること、他の物語と比べて『源氏物語』では現代風の楽器として高く評価されていることから、中川は和琴が〈琴〉を凌駕したとするが、それは、あくまでも物語の主題性が〈女〉たちの私的な領域へと転化したことを示すのであり、〈琴〉が光源氏の〈王権〉を象徴する楽器であることの意味は変わらない。

それでは、心楽しい「あそび」ではなくなった『源氏物語』の音楽は、いったいどのような時空を物語にもたらしているのか。物語世界内の現実の王権を象徴する君臣の和楽、あるいは、それを〈もどき〉つつ理想化された光源氏の幻想〈王権〉を象徴する六条院の楽の音が、ともに主題的に解体したあとに響く『源氏物語』の音楽とは何か。そこには、聖なる場（トポス）の幻想へと同化することがもはや不可能になり、異化のゆらぎと裂け目が露呈した楽の音が響いている。

ここでは、女三宮と密通して、のちの薫を残して死んだ柏木ゆかりの横笛の物語を読み進めていく。それは、中川の分類でいえば、(ハ)伝授（a肉親間・b夫婦間）と、(ニ)男女の交情（c女の琴・d男の笛琴）の問題とが交錯する物語である。小嶋菜温子によれば、「血統・血脈の喩」としての「笛もまた、相伝のプロットにおいて、王権の論理の媒体」となり、光源氏から柏木へと「皇権の磁場が拡大」され、「幻の血脈」によって、光源氏・柏木そして薫が系譜化されている。そこでは、次の三つの「笛竹」の歌が、「王権の重みを帯びる血の主題が喩的に籠められ」た相互関連において捉えられている。(2)

A　いにしへをふきつたへたるふえ竹にさへづる鳥のねさへかはらぬ　（少女・二・三一九）

B　鶯のねぐらのえだもなびくまでなほふきとほせよはの笛竹　（梅枝・三・一五八）

C　笛たけにふきよる風のことならばすゑのよながきねにつたへなむ　（横笛・四・五八）

Aは、少女巻の朱雀院行幸における舞楽の宴の場で、「春鶯囀舞ふほどに、むかしの花宴のほどおぼし出で」て、朱雀院が「又さばかりの事見てんや」と発言したのを承け、光源氏と朱雀院についで蛍兵部卿宮が詠んだ祝賀の歌である。このあとには冷泉帝が唱和している。この歌の「いにしへ」は桐壺院の時代を聖代として、その花宴と変わらぬ春鶯囀の舞楽を、今も「笛竹」の楽が吹き伝えているというのであり、「さへづる鳥のね」が春鶯囀である。

Bの歌は、梅枝巻の六条院における薫物《たきもの》合のあとの宴で、蛍兵部卿宮と光源氏についで、当時は頭中将であった柏木が詠んだ。夕霧が横笛をみごとに吹き、「をりにあひたる調子、雲井とほるばかり吹き立てたり」というのを讃えている。ついで夕霧、そして柏木の弟の弁少将が唱和し、明石姫君の春宮入内を前にした、六条院を言祝ぐ文脈にある。柏木はこの宴の「御遊び」で和琴をみごとに弾き、「はなやかに掻き立てたるほど、いとおもしろく聞こゆ」と表現されている。

Cが、ここで問題にする柏木の亡霊による歌である。Bの歌が光源氏に信頼され協調した栄光の時を象徴しているのに対して、それらの「あそび」の場の唱和歌とは対照的に、孤独に思いを訴える独詠歌である。「王権の論理」をどこまで抽象的に拡張して捉えるかによって議論は分かれるであろうが、柏木の残した横笛は、血の系譜による伝承を希求しているとはいえ、もはや「王権」とは異質である。小嶋によって示された「笛竹」の三つの歌は、

『源氏物語』の主題的な変換をこそ、象徴的に示している。

以下では、それを検証していくとともに、楽器やその演奏形態と、奏でる人の心的な時間と空間、その音色が自然や社会の環境とどのように関連して表現されているのかに注目したい。そして、宴遊の「あそび」を離れた『源氏物語』の音楽がもつ感情の伝達機能、ことばの〈あそび〉としての修辞と関わることが重要である。

二　琴と言《こと》

横笛巻で、夕霧は柏木の遺愛の笛を、一条宮で柏木の妻であった落葉宮の母御息所から贈られている。その直前に、やはり柏木の遺愛の和琴をめぐって、夕霧の落葉宮への恋にまつわる琴の物語がある。柏木はこれまで、父から伝承した和琴の名手として登場してはいたが、笛に関する記述はなされていない。和琴から横笛へという楽器に象徴された変換の意味を、物語の音楽の流れにそって読みたどってみる。

「秋の夕のものあはれなる」ときに、夕霧が一条宮を訪れると、「うちとけ、しめやかに御琴どもなど弾き給ふほど」のようだった。南の廂に案内され、いつもの通り御息所が夕霧と応対した。「むかしの物語」を語り合い、「前栽の花ども、虫の音しげき野辺とみだれたる夕映え」を見渡しつつ、夕霧が「和琴」を引き寄せると、「律」に調弦され弾き込まれてあり、落葉宮の「人香《ひとが》にしみてなつかしう」思われた。

夕霧は、落葉宮への恋情にとらわれて和琴を掻き鳴らす。それは「故君」つまり亡き柏木が「常に弾き給ひし琴」であった。夕霧は、「いとめづらかなる音《ね》に掻き鳴らし給し」柏木の音色がこの琴に籠もっているのを、落葉宮の演奏で聞きたいと願う。御息所は、柏木が没して「琴の緒絶えにしのち」に、落葉宮が「むかしの御童《わらは》遊びのなごり」さえ思い出さず、かつて朱雀院の御前で女宮たちそれぞれが弾いたときによい評価を得たのに、今は茫然として夫を思い出すつらい糸口と思うようだと答えている。
「琴の緒絶えにしのち」は、「なき人は訪れもせで琴の緒をたちし月日ぞ帰りきにける」という、藤原道綱母の歌を引き歌としている。(3) 落葉宮にとって、幸福だったとはいえない柏木との夫婦関係を繋ぐものが「琴」（和琴）なのであった。御息所は逆に、夕霧に、「声に伝はることもやと聞き分くばかり鳴らさせ給へ」と、悲しみにくれる落葉宮の心を明るくするように、柏木の音色を伝えてほしいと願う。「声に伝はる」とは、琴という楽器に、それを愛好した人の音色が止まっているという発想である。(4)
夕霧は「しか伝はる中の緒」は格別でしょうからと、なおも落葉宮の演奏を求めるが、無理強いはしない。「中の緒」は和琴の第二絃だと『河海抄』は指摘するが、『細流抄』が「夫妻の御中なれば何としてか、宮の御事の音にこそつたはるべけれと也」と記すように、夫婦の仲という意味がこめられている。(5)「月さし出でて曇りなき空に、翼《はね》うちかはす雁《かりがね》も列《つら》を離《はな》れぬ」を見て、夕霧は、落葉宮が比翼の雁の音をうらやましく聞いていると思い、落葉宮は部屋の奥深くで「箏の琴」をほのかに掻き鳴らしていた。夕霧は満たされぬ思いで「琵琶」を取り寄せ、「いとなつかしき音《ね》に想夫恋」を弾いて、落葉宮のことばを乞い、歌を詠みかけた。

ことにいでていはぬもいふにまさるとは人にはぢたるけしきをぞみる　（横笛・四・五五）

「こと」は「言」と「琴」との掛詞である。この歌は「心には下行く水のわきかへり言はで思ふぞ言ふにまされる」（『古今六帖』五「いはでおもふ」・二六四八）をふまえ、人をはばかって心を表現なさらないのも、言うにまさると心をお察し申し上げますという。落葉宮は「想夫恋」の終わりの部分を少しだけ弾いて返歌している。

ふかきよのあはればかりはききわけどことよりがほにえやはひきける　（横笛・四・五五）

深い夜の悲しい風情だけは聞き分けますが、なびき寄るように弾くことはできませんと、夕霧に対して否定的に応じたもので、「想夫恋」をあえて弾いたのも、夕霧の恋情を拒む意図によるものであろう。この歌の下の句は、他本では多く「ことよりほかにえやはいひける」であり、それならば、琴を弾くより他に申し上げようはありませんとなり、やはり否定的に応じたことになる。それは「うらめしきまでおぼゆれど」という夕霧の反応からもわかるのだが、「想夫恋」を弾いた琴が柏木遺愛の和琴であることが、「古き人の心しめて弾き伝へける、おなじ調べのものといへど」と、ためらわせたのである。にもかかわらず、「あはれに心すごきものの片はし」を弾いて終わったことが、夕霧に「この御琴どもの調べ変へず待たせたまはんや」との未練を掻き立てていた。

「琴」の音による意味の伝達の曖昧性が、亡き柏木の遺愛の和琴と「想夫恋」をめぐって、歌ことばの修辞による「言《こと》」の多義的な解釈の可能性を残すことへと波及している。それは、一条御息所がいる場での、直接的な表現を隠した修辞的な会話だからでもある。落葉宮の夕霧の恋情への否定的な態度はそれとして、結果的に夕霧の琵琶に和琴で応じてしまったこと、また返歌していることが、夕霧にとっては「むかしの咎め」と柏木を意識して退出しつつも、期待を強めるものとなっている。こうして、落葉宮と夕霧、そして一条御息所との心の齟齬をめぐる物語が、「琴」と「言」との意味伝達の曖昧性や多義性を手法化しつつ生成していく。音楽による心の交流は、愛し合い求め合うときにのみ有効なのであった。

三　和琴から横笛へ

横笛巻の前述の場面にすぐ続いて、落葉宮の母御息所と夕霧との会話があり、そこで夕霧は柏木の遺愛の笛を贈られている。

「こよひの御すきには、人ゆるしきこえつべくなむありける。そこはかとなきいにしへ語《がた》りにのみ紛《まぎら》はさせ給て、玉《たま》の緒《を》にせむ心ちもし侍らぬ、残《のこ》り多《おほ》くなん」とて、御おくり物に笛《ふえ》を添《そ》へたてまつり給ふ。

（横笛・四・五六）

御息所が「こよひの御すき」というのは、「すきずきしさをさまざまにひき出《い》でても御覧《らむ》ぜられぬかな」という夕霧のことばを承け、亡き柏木もその風流を許すだろうというのだが、御息所は夕霧の落葉宮への恋情に気がついてはいない。柏木を追悼する昔語りのみにまぎれて、「玉の緒にせむ心ち」もしないとは、やはり夕霧の会話文にあった「中の緒はことにこそは」を承け、「片糸をこなたかなたに縒りかけてあはずは何を玉の緒にせむ」（『古今集』恋一・四八三。『古今六帖』五「玉の緒」・二六四八）が引き歌とみられる。「玉の緒」は掛詞で「魂の緒」の意を含み、命が延びるほどまで、夕霧が柏木遺愛の和琴を弾かずに残念だというのだが、引き歌の恋の文脈が御息所の意図を超えて作用した可能性もある。夕霧が意識した落葉宮と柏木との「中の緒」も、琴にちなむ用語でありながら、意味作用の微妙な不響和音を発していた。

この横笛にこそ柏木の「古きこと」が伝わると、御息所が次に語るのは、夕霧が先に和琴に柏木の思いが籠もっているだろうと言ったのを承けた表現である。

「これになむまことに古《ふる》きことも伝《つた》はるべく聞《き》きおき侍しを、かかる蓬生《よもぎふ》に埋《うづ》もるるもあはれに見《み》給ふるを、御前駆《さき》にきほはん声《こゑ》なむよそながらもいぶかしう侍る」と聞《き》こえ給へば、「似《に》つかはしからぬ随身《ずいじん》にこそは侍べけれ」とて見《み》給ふに、これもげに世《よ》とともに身に添《そ》へてもて遊《あそ》びつつ、「身づからもさらにこれが音《ね》の限《かぎ》りはえ吹《ふ》きとほさず、思《おも》はん人にいかで伝《つた》へてしがな」と、おりおり聞《き》こえごち給しを思ひ出《い》で給ふに、今すこしあはれ多《おほ》く添《そ》ひて、心みに吹《ふ》き鳴《な》らす。（横笛・四・五六）

「こと」の掛詞は「琴」と「言」から、「事」と「言」へと連続して変換している。柏木遺愛の楽器が、和琴から横笛へと変わったためであるが、それが御息所のことばの中で、笛の音を随身の声に喩える発想へと展開していく。夕霧は、自分はこの笛に似つかわしくない「随身」だと卑下し、『細流抄』は「さきの声との給ふにつきて随身といへり。身にしたがふべきもいかがと也」と注記している。(6)「御前駆《さき》」を「随身」と言い換え「身にしたがう」という語感が重要で、夕霧は笛を見て、生前の柏木が「身にそへて」持ち演奏しつつ、自分もこの笛の音を吹きこなすことはできず、「思はん人」になんとか伝えたいと語っていたことを思い出した。夕霧は感慨ぶかい思いで、柏木遺愛の横笛を吹いてみた。

盤渉調《ばんしきでう》のなからばかり吹《ふ》きさして、「むかしをしのぶひとりごとは、さても罪《つみ》ゆるされ侍りけり。これはまばゆくなむ」とて、出《い》で給ふに、

露しげきむぐらのやどにいにしへの秋にかはらぬむしのこゑかな

と聞《き》こえ出《い》だしたまへり。

よこぶえのしらべはことにかはらぬをむなしくなりしねこそつきせね

出《い》でがてにやすらひ給ふに、夜もいたくふけにけり。

（横笛・四・五六〜七）

「盤渉調」は短調のレクイエムのように、夕霧の心に柏木の声をあらためて呼び起こす。昔を偲ぶ「独り琴」（独り言）は「罪ゆるされ」ても、この横笛は「まばゆく」と夕霧がいうのは、柏木が伝えたいと語った「思はん人」が自分ではないからである。

御息所は夕霧の吹いた笛の音を「虫の声」に喩えた歌を詠み、「いにしへの秋」と変わらないとするのは、柏木の生前の時を現在の「露しげき葎の宿」と対比した表現である。「露しげき」は悲しみの涙の象徴表現であり、そこに鳴く「虫の声」は、ここでは笛の音だが、自分たちの泣き声の喩でもある。夕霧の訪れた一条宮は、その始めに「前栽の花ども、虫の音《ね》しげき野辺とみだれたる夕映えを見わたし給」と表現されていた。

さらに遡れば、柏木巻で、夕霧が初めて柏木の死を悼んで一条宮を訪れたのは初夏の四月であったが、そこにも類似の表現があった。

前栽《せんざい》に心入《い》れてつくろひ給しも、心にまかせて茂《しげ》りあひ、一むら薄《すすき》も頼《たの》もしげに広《ひろ》ごりて、虫の音《むしね》添《そ》はん秋思《おも》ひやらるるより、いとものあはれに露けくて分け入《わい》り給。

（柏木・四・三九）

これらに共通する引き歌として、「君が植ゑしひとむら薄虫の音のしげき野辺ともなりにけるかな」（『古今集』

哀傷・八三五。『古今六帖』六「すすき」・三七〇四）がある。詩的言語による連関と、その多義性ゆえの変換や意味のゆらぎを、ここにも読むことができる。御息所が夕霧の落葉宮への恋情を知らないまま、柏木遺愛の横笛を贈り、前のような歌を詠んだことは、その意図を超えて、夕霧を柏木に代わる婿とする文脈を喚起してしまう。

夕霧の「よこぶえの」という返歌もまた、その解釈が揺れているところである。「横笛の調べ」がことに変わらないというのは、その笛に籠もった柏木の音色が止まっているからであろう。「むなしくなりし音」を、亡き柏木の音色ととるか、故人を偲んで泣く自分たちの声ととるかという解釈の差異がある。(7)後者のほうが、上の句と下の句との対照が明確になるが、柏木の笛の音と多義的に重なるともいえる。夕霧が吹く横笛の音に、柏木の笛の音色、虫の声、残された人々の泣き声が同化しつつ、ゆらぎと差異を含む文脈である。ためらいつつ、夜更けに夕霧は帰宅した。

四　嫉妬と亡霊の歌

夕霧が帰宅してみると、妻の雲居雁や女房たちはすでに寝ていた。夕霧は落葉宮に恋心をいだくゆえに、かくもねんごろに訪れるのだと、誰かが告げ口したので、雲居雁は「なま憎くて」、「入り給ふをも聞く聞く寝たるやうにてものし給なるべし」と、語り手は草子地でいう。

夕霧は落葉宮への思いを反芻しながら、「妹《いも》と我《われ》といるさの山の」と、美しい声で催馬楽を歌い、妻の部屋に入って共寝したいとほのめかすが、反応はない。どうしてこのように鎖し固めているのか、ああうっとうしい、「こよひの月を見ぬ里も有けり」と嘆いた。格子を上げさせ、御簾を巻き上げて端近くで横になり、月を一緒に見ようと妻に語りかけるが、雲居雁は不機嫌で返事もしない。子どもたちがあどけなく寝ぼけている気配があちこちにして、女房たちも中にこもって寝ている。いかにも凡俗な我が家の現実と、一条宮の風雅との差異を思いかみしめ、夕霧は柏木遺愛の笛を吹いた。

この笛《ふえ》をうち吹《ふ》き給ひつつ、いかになごりもながめ給らん、御琴《こと》どもは調《しら》べ変《か》はらず遊《あそ》びたまふらむかし、宮す所も、和琴《わごん》の上手《ず》ぞかし、など思《おも》ひやりて臥《ふ》し給へり。いかなれば故君《こぎみ》、ただ大方《おほかた》の心ばへはやむごとなくもてなしきこえながら、いと深《ふか》きけしきなかりけむ、とそれにつけてもいといぶかしうおぼゆ。

（横笛・四・五八）

なぜ故君（柏木）は落葉宮をうわべで厚遇しながら、深い愛情がなかったのかと、夕霧は不審に思う。容貌が見劣りするのはお気の毒だが、世間で高貴だと聞く人にはかならずあることだなどと思うにつけ、自分たちの夫婦仲の、感情をあらわにした嫉妬などもない馴れ初めからの年月を数えて、雲居雁がこのように「押したちておごり」慣れているのも当然だと思う。そして、夕霧の夢に柏木の亡霊が現れて歌を詠んだ。

すこし寝《ね》入《い》り給へる夢に、彼衛門督《ゑもんのかみ》、ただありしさまの袿姿《うちきすがた》にて、かたはらにゐて、此笛《ふえ》を取《と》りて見《み》る。夢《ゆめ》のうちにも亡《な》き人のわづらはしうこの声《こゑ》を尋《たづ》ねて来《き》たる、と思《おも》ふに、

「笛たけにふきよる風のことならばすゑのよながきねにつたへなむ

思《おも》ふ方異《かたこと》に侍りき」と言《い》ふを、問《と》はんと思《おも》ふほどに、若《わか》君の寝《ね》おびれて泣《な》き給ふ御声《こゑ》に覚給ぬ。

（横笛・四・五八〜九）

夢に亡霊が現れるのは、往生できずに中有をさ迷っているからで、須磨巻の桐壺帝の亡霊や、のちには宇治八宮の霊が中君の夢に現れている。いわゆる遊離魂の信仰で、物のけと同類である。柏木の霊が詠んだ歌は、この笛を吹く人は、できることなら子孫であってほしいとの意味を示しているが、難解な歌である。

『弄花抄』は「風とはいきにてふく故也。みな風也。ことならばとは、音律は皆声の調に付て吹侍る事也。そのごとくならば、我つたへんと思ふ薫に伝へよと也」と注している。[8] この注も難解だが、笛竹は息で吹くものだから

その息を「風」と表現し、笛の音律はことばを語るように「声の調《しらべ》」によって吹くから、子孫の薫に伝えてほしいと解しているのであろう。「ことならば」の「こと」を「言」と掛詞、「竹」の縁語として、「世」の掛詞である「節《よ》」、「音《ね》」の掛詞「根」を響かせた歌であることが、子孫に伝えるという意味を導いている。

この歌の引き歌としては、「おひそむるねよりぞしるき笛竹の末の世ながくならむ物とは」が、『紫明抄』を始めとして指摘されている。これは『拾遺集』(賀・二九七)所載の大中臣能宣の歌で、「天暦御時、清慎公御ふえたてまつるとてよませ侍ければ」という詞書がある。小嶋菜温子は「永遠の繁栄を予祝される、村上聖代の喩」であるとして、「ふえたけのもとのふるねはかはるともおのがよよにはをらずもあらなむ」という源高明の歌も『西宮左大臣集』から引いている。この歌は『後撰集』(恋五・九五四)では第五句が「ならずもあらなん」だが、これも「笛竹」の音の「不変性」を前提にしていて、「時間というテーマを内実」とする喩である。(9)

小嶋はこうした「笛竹」表現の伝統を、最初にあげた少女巻と梅枝巻の歌と重ねて、「相伝のプロットにおいて、王権の論理の媒体」とみるのである。そこには、若菜下巻で退位する冷泉帝に後継の皇子がいないことを、光源氏が「末の世まではえ伝ふまじかりける御宿世」と慨嘆する「末の世」意識との共通性も含まれている。しかしながら、若菜下巻のこの引用文は、「おなじ筋なれど、思ひなやましき御事なくて過ぐしたまへるばかりに、罪は隠れて」に続くものであった。明石女御腹の新東宮が、同じく自分の血統であるとはいえ、冷泉帝が出生の秘密を知りながらも、我が罪は隠されたまま直系の皇統が途絶えることを、両義的な思いでかみしめた述懐である。

柏木の場合、夕霧はなぜ落葉宮への愛情が薄かったのかと不審に思っているが、藤壺女御腹の女三宮に比べれば劣り腹だという意識が作用していた。女三宮への恋が、強烈な皇女コンプレックスによることは確かであるが、それは「血の幻想」ではあっても、「王権の論理」を逸脱するものであった。こうした主題的な変換の文脈こそが重要なのである。

「思ふかた異に侍りき」と伝える柏木の真意を尋ねようとしたとき、「若君」の泣き声で夕霧は目が覚めた。幼児の夜泣きはひどく、乳を吐いたりして大騒ぎとなり、雲居雁も「耳はさみ」して世話をし、「いとよく肥えて、つぶつぶとをかしげなる胸」を開けて出ない乳を含ませている。夕霧がどうしたのかと問うと、魔よけの「散米《うちまき》」などで乱りがわしく、「夢のあはれもまぎれぬべし」と語り手はいう。

雲居雁は、あなたが気取って外出し、夜更けの月をめでて格子を上げたから「物のけ」が入って来たのだろうと非難した。「物のけのしるべ」とは異なことと反撥しつつも、夕霧は、多くの子の親となって思慮深くなったと、いやみで応じている。若君の夜泣きが止まないまま夜が明けた。

夕霧は夢を思い出し、この「笛」が「わづらはし」いと思い、柏木が執着していた「行くべき方」は自分ではない、「女の御伝へはかひなきをや、いかが思ひつらん」と、心内語の表現が続く。笛は男の楽器であり、この世では些細なことも、臨終のときに「一念のうらめしき」、あるいは「あはれ」と思う執着心にとらわれて「長き夜の闇にもまどふ」というから、何事にも「執《しふ》」は止めるまいなどと思い続けて、愛宕《をたぎ》で誦経させた。〈中有〉に迷う柏木の亡霊を供養し、左大臣家の菩提寺らしい「かの心よせの寺」でも読経させ、この笛を奉納しようかとも思うが、一条御息所が柏木の「ゆゑふかき物」として下さったのを、すぐに「仏の道」にさし上げるのも尊いながらかいがないと、六条院に参上した。

五　柏木の笛の行方

夕霧が六条院を訪れると、光源氏は明石女御のもとにいて、三歳ほどの三宮（匂宮）が可愛く戯れかかって抱かれ、二宮が若君（薫）と遊んでいた。走りまわる子どもたちの情景が明るく描かれ、夕霧の視点から薫が、「いみじう白く光りうつくし」く「つぶつぶときよら」で、思いなしか柏木よりも目つきが「今すこし強うかどある」ようだが、目尻の合わせめが「をかしうかをれる」様子が似ていると表現されている。自分が疑っている通り、ひょっとして薫が柏木の密通による子であるなら、父大臣がせめて形見の子がいたらと嘆いているのを慰められるのにと思うが、確証はない。

そして、西の対の紫上方で、夕霧は光源氏に一条宮を訪れたいきさつを語った。光源氏は落葉宮が「想夫恋」を弾くべきではなかったとし、夕霧の恋をたしなめる。他人への諭しはもっともだが、ご自身の「すき」はどうなのかと、内心で反撥した夕霧は、落葉宮を弁護して自分の誠実さを訴えたあと、「かの夢語り」を伝えた。光源氏はすぐには何も言わずに聞きつつ、思い当たることもあり、その笛は六条院で預かるべきものだとして、笛の由来を語っている。

「その笛《ふえ》はここに見《み》るべきゆゑある物なり。かれは陽成《やうぜい》院の御笛《ふえ》なり。それを、故式部《こしきぶ》卿の宮のいみじきものにし給けるを、かの衛門督《ゑもんのかみ》は童《わらは》よりいとことなる音《ね》を吹《ふ》き出《い》でしに感《かん》じて、かの宮の萩《はぎ》の宴《えん》せられける日、おくり物に取《と》らせ給へるなり。女の心は深《ふか》くもたどり知《し》らず、しかものしたるななり」などの給て、末《すゑ》の世《よ》の伝《つた》へ、またいづ方《かた》にとかは思ひまがへん、さやうに思《おも》ふなりけんかし、などおぼして、この君《きみ》もいといたり深《ふか》き人なれば、思ひ寄《よ》ることあらむかし、とおぼす。（横笛・四・六四～五）

陽成院から故式部卿宮へ、そして柏木へというのが、光源氏が語るこの笛の伝承経路である。それがなぜ「ここ」六条院で預かるべきこととなるのか。薫に伝えるべきだというのが真相で、光源氏は夕霧が気づいているかとも思うが、直接に語った理由は別であろう。古注釈で説かれているように、「故式部卿の宮」は陽成院の弟で「糸竹之長者」とされた貞保親王とみられる。史実としての貞保親王の「萩の宴」のことは不明だが、この式部卿宮を桐壺帝の弟である朝顔斎院の父に擬したというのが『河海抄』の説である。『花鳥余情』は紫上の父だとするが、『細流抄』が反論しているように、この時点でまだ紫上の父は没してはいない。[10] 確定しがたいが、本来は王統に伝えられた笛だから、自分が預かるべきだという理屈であろうか。

こうして、柏木の遺愛の笛は、光源氏を経て、柏木の亡霊の望み通り薫に伝えられることとなった。成長した「源中将」の薫が笛に熟達していたことは、匂宮巻で、匂宮に対抗して「御あそびなどにもきしろふ物の音を吹きたて」とあることに示されている。宇治十帖において、薫とこの横笛との関連が明記されているのは宿木巻であるが、その前に、椎本巻で、初瀬詣の帰途に宇治八宮邸の対岸に中宿りした匂宮一行の楽の音の中で、八宮が耳をとめた笛の音が薫のものだと暗示する表現がある。

「笛《ふえ》をいとをかしうも吹《ふ》きとほしたなるかな。たれならん、むかしの六条院の御笛《ふえ》の音《ね》聞《き》きしは、いとをかしげにあい行づきたる音にこそ吹給しか。これは澄《す》みのぼりて、ことことしき気《け》の添《そ》ひたるは、致仕《ちじ》のおとどの御族《ぞう》の笛《ふえ》の音にこそ似《に》たなれ」などひとりごちおはす。（椎本・四・三四一）

光源氏の笛の音とは違う致仕大臣の一族の音に似ていることの意味はもちろん、その笛を対岸で吹いているのが誰であるかも、八宮は知らない。これが柏木遺愛の笛であったかどうかも不明だが、ここでは語り手が読者に向けた、薫の出生の秘密に関わる象徴コードとして笛の音が響いている。

楽器の音色は、血統によって継承されると信じられていた。にもかかわらず、竹河巻では、玉鬘が薫の和琴の音が「故致仕のおとどの御爪おと」に似ているという世間の評判を口にして、演奏させて父を思い出し、故柏木とそっくりだと感涙を流しつつも、自分の甥であると気づくことはない。玉鬘は「おほかた、この君（薫）は、あやしう故大納言（柏木）の御ありさまにいとようおぼえ、琴の音など、ただそれとこそおぼえつれ」と言うのではあるが、語り手は、「とて泣き給も、古めい給しるしの涙もろさにや」と結んで終わっている。竹河巻の語り手が、冒頭で髭黒方の「悪御達」の「問はず語り」だとされているように、薫の出生の秘密を知らない語り手によって、読者に暗示された危機ははぐらかされ、回避されるという表現構造がある。

宿木巻で薫が柏木遺愛の笛を吹くのは、亡き大君を忘れられずに中君に執着し続ける薫が、女二宮を妻として三条宮へ迎える前日に、帝が渡った宮中の藤壺で盛大な「藤の花の宴」が催された場面である。

上《うへ》の御あそびに、宮の御方より御琴《こと》ども、笛など出《い》ださせ給へば、おとどをはじめたてまつりて、御前《おまへ》にとりつつまゐり給。故六条の院の御手《て》づから書《か》き給て、入道の宮にたてまつらせ給ひし琴《きん》の譜《ふ》二巻、五葉《ごえふ》の枝につけたるを、おとど取《と》り給て奏《そう》し給。次々《つぎつぎ》に、箏《さう》の御琴《こと》、琵琶《びは》、和琴《ごん》など、朱雀院《すざくゐん》の物《もの》どもなりけり。笛はかの夢《ゆめ》に伝《つた》へし、いにしへの形見《かたみ》のを、又なきものの音なりとめでさせ給ければ、このをりのきよらより、又は、いつかははえばえしきついでのあらむとおぼして、取《と》う出《で》給へるなめり。おとど和琴《わごん》、三宮琵琶《びは》など、とりどりに給。大将の御笛《ふえ》は、けふぞ世《よ》になき音《ね》のかぎりは吹たて給ける。殿上人の中《なか》にも、唱歌《しやうが》につきなからぬどもは召《め》し出《い》でて、おもしろくあそぶ。（宿木・五・一〇五～六）

今上帝の王権の清雅を象徴する藤の花の宴で、薫が伝承した柏木遺愛の笛は、他ならぬ薫によってみごとに奏でられた。その笛を、今上帝はすでに聞いていた。ここには、光源氏が女三宮のために書き写した琴《きん》の譜が「おとど」夕霧によって献上されていたり、朱雀院伝来の箏・琵琶・和琴の名器が用いられたりしている。朱雀院系の今上帝の王権の盛儀に、夕霧とともに薫も参列し、これ以上に晴れがましい機会があろうかと、笛の音の限りを吹き立てたのであった。

宇治十帖の物語においても、確かに宮中では「王権」を讃える「あそび」が持続し、そこに柏木遺愛の横笛を吹く薫も参加していた。けれども、それが薫をめぐる物語の主題的な中心ではありえないことが、こうした宇治十帖においては例外的な音楽表現によって逆照射されてくる。この夜、薫は今上帝の女二宮の婿として栄光の中心にあったが、その豪華な儀式と裏腹に亡き大君を思い、やがて浮舟との恋の物語へと展開していく。宇治十帖の物語にあっては、都を〈中心〉とし宇治を〈周縁〉とする基本構造が、その主題性において逆転している。

柏木から血縁によって伝えられた薫の笛は、宇治の大君と中君、そして浮舟の物語世界とは対極にある都の世界に封じ込められたというべきである。薫は、宇治の女君たちと、私的な合奏によって心を通わすこともない。

六　詩的言語の同化と異化

柏木の遺愛の笛をめぐる横笛巻の文脈にもどる。そこには、和琴から横笛への連続と変換、夕霧の落葉宮への恋、柏木の亡霊の歌が示す笛の伝承者としての薫と出生の秘密、一条宮の風雅と雲居雁と夕霧による家庭の凡俗との対比などが、交錯しつつ表現されていた。その表現の過程における、掛詞や縁語による詩的言語の同化と異化にも、すでに注目してきた。

「ふえ」（笛）、「たけ」（竹）、「こと」（琴／言／事／異）、「よ」（世／節／夜）、「ね」（音／根／寝）などの縁語関係や掛詞の修辞にこだわってみるとき、夕霧が一条宮を訪問する前に描かれている、新春の六条院で薫が筍にむしゃぶりつく情景も、笛の伝承の物語と密接な関係をもってくる。そこには、夕霧の幼児が「物のけ」を感じてか夜泣きするのとは、一見すると対照的に、薫や六条院の無邪気で美しい子どもたちが表現されている。

御歯《は》の生《お》ひ出《い》づるに、食《く》ひ当《あ》てむとて、筍《たかうな》をつと握《にぎ》り持《も》ちて、雫《しづく》もよよと食《く》ひ濡《ぬ》らし給へば、「いとねぢけたる色ごのみかな」とて、

　うきふしもわすれずながらくれ竹のこはすてがたき物にぞありける

と率《ゐ》て放《はな》ちて、の給かくれど、うち笑《わら》ひて何《なに》とも思《おも》ひたらず。いとそそかしう這《は》ひ下《お》りさわぎ給。月日に添《そ》へて、此君のうつくしうゆゆしきまで生《お》ひまさり給に、まことに、この憂《う》き節《ふし》みなおぼし忘《わす》れぬべし。此人の出《い》でものし給べき契にてさる思《おも》ひの外のこともあるにこそはありけめ、のがれがたかなるわざぞかし、とすこしはおぼしなほさる。身づからの御宿世《すくせ》もなほ飽《あ》かぬこと多《おほ》かり。あまたつどへ給へるなかにも、此宮こそはかたほなる思《おも》ひまじらず、人の御有さまも思《おも》ふに飽《あ》かぬところなくて物し給ふべきを、かく思《おも》はざりし

さまにて見《み》たてまつること、とおぼすにつけてなむ、過《す》ぎにし罪《つみ》ゆるしがたく、猶くちをしかりける。
（横笛・四・五二～三）

無邪気な薫を見ながら、この子が生まれるべき「契《ちぎり》」があって、女三宮と柏木との密通もあったのかと思いつつ、光源氏は屈折した思いで自身の「宿世」をかみしめている。「ねぢけたる色ごのみ」とは、筍を衣を重ね着た女体に見立て、両親の密通による子であることを意識した発言である。光源氏の歌は、「うきふし」の「ふし」が「節」と掛けられ、「くれ竹のこは」に「竹のこ」を物名として詠み込み、これはの意味の「こは」と「子」も掛詞であり、全体が「竹」と縁語関係の修辞である。「今さらに何おひ出づらむ竹の子の憂き節しげきよとは知らずや」という凡河内躬恒の歌が引き歌として指摘されている（『古今集』雑下・九五七。『古今六帖』六「竹」四一二〇）。薫を「此君《このきみ》」と呼ぶのも、『晋書』などで竹を愛した王子猶に由来する表現であろうが、竹林の隠者とは異質なアイロニーが底流している。また、「ゆゆしきまで生ひまさり」という表現には、『竹取物語』のかぐや姫の成長を重ねていると読むこともできる。

こうした修辞的な連想は、当時の詩的言語の表現として慣用化しており、無意識の領域に属するものもある。けれども、密通による不義の子薫のあどけない可愛さゆえに「憂き節」を忘れようとしつつ、母である「此宮」（女三宮）の尼姿に「過ぎにし罪」を許しがたく悔やむ光源氏の心の振幅を表現するために、歌から地の文にわたる同化と異化との掛詞や縁語による表現が不可欠なのであった。

「筍《たかうな》」に戯れる幼児の薫は、光源氏の歌によって「憂き節」の記憶を伴う「竹の子」に見立てられていた。和琴を媒介にした柏木遺愛の「笛」は、竹を素材とした「声」の伝承の物語を生成している。「竹」にまつわる詩的言語の修辞は、夕霧が一条御息所から柏木の横笛を託された情景では、楽の音と自然の環境とが同化した抒情的な語り文の基底に、そうした作中人物の心の齟齬を相対化した異化の表現を内包していた。『源氏物語』の第二部の物語世界では、個々に孤立したこうした作中人物たちの心とことばを多声法によって表現し、その関係性を指示するのが楽の音や歌ことばの修辞なのである。

一条御息所は、夕霧が吹いた柏木遺愛の笛の音を、悲しみの涙を象徴する「虫の声」に喩えていた。横笛巻の次は鈴虫巻であり、そこでは、六条院で出家生活をしている女三宮の御殿の前庭を、秋の野の風情に造り変えて虫たちを放っている。八月十五夜に女三宮を訪れた光源氏は〈琴〉を弾き、蛍兵部卿宮や夕霧がそこに加わって、「虫の音の定め」が始まり、やがて「鈴虫の宴」の「御あそび」が始まる。

「御琴《こと》どもの声々掻き合はせて、おもしろきほど」に、光源氏は、月見る宵はいつも「ものあはれ」だが、今夜の「新たなる月の色」には「わが世の外《ほか》まで」思い流されると、「三五夜中新月ノ色　二千里ノ外故人ノ心」という白居易の詩句により、風雅の人であった柏木を偲んでいる。

故権大納言、何《なに》の折々にも、亡《な》きにつけていとどしのばるること多《おほ》く、公《おほやけ》私《わたくし》、物の折ふしのにほひ失《う》せたる心ちこそすれ。花鳥《とり》の色にも音《ね》にも思ひわきまへ、言《い》ふかひある方《かた》のいとうるさかりし物を」などの給ひ出《い》でて、身づからも掻《か》き合《あ》はせ給。御琴《こと》の音《ね》にも、袖濡《ぬ》らし給つ。（鈴虫・四・七七～八）

御簾の内の女三宮も柏木の話題に耳をとどめて聞いているだろうと、心の一方では思いながら、このような「御あそび」のときにはまず恋しく帝も柏木を思い出したと回想して、「鈴虫の宴」で夜を明かそうと言ったのである。そこに冷泉院からの消息があり、人々は冷泉院に参上して詩歌の宴となった。語り手は多くを語らず、秋好中宮が母六条御息所の供養のために出家したいと言うのを光源氏がいさめる場面で、鈴虫巻は短く終わっている。光源氏の管絃の「あそび」は、これが最後の記述である。

「御あそび」の無いことが、このあとも語り手によって繰り返し言及され、以後の『源氏物語』は、自然界の音や色や香の方により深く関わりつつ、死者の鎮魂と来世の時空へと想像力の世界を延ばしていく。薫に伝わった柏木遺愛の笛のその後の記述については、断片的ではあるがすでに触れた。その物語の詩学と音楽との関係は、個別に解体した作中人物たちの心を語る方法の中に解消している。もはや音楽が物語主人公たちの心を同化させ繋ぎとめることはなく、音楽に関する歌ことばによる詩的言語の修辞もまた同様である。その先駆的な転換点に、横笛巻は位置しているのであった。

第7章　源氏物語の歳時意識

一　六条院の四季

『源氏物語』に「歳時」という用語はないが、日本文化に特徴的な「風土」論や「自然観」として、また「年中行事」と関わりつつ、多くの論の前提として論じられてきている。小町谷照彦「源氏物語歳時事典」が『源氏物語事典』にあり、鈴木日出男『源氏物語歳時記』などもあるように、『源氏物語』の世界は、豊かな「歳時」の世界を織りなしている。それらにおいては、作中に表現された植物や動物や景物が、歌ことばの伝統をふまえた物語世界内の文脈で捉えられ、四季の推移にそった物語の諸相が記述されている。(1)

こうした成果をふまえつつも、『源氏物語』以前の「歳時」と「類聚」との密接な関係を基本とし、『枕草子』や『うつほ物語』を中心として、その〈同化〉ばかりでなく〈異化〉の詩学をも重視して、第Ⅰ部第6章で論じた。それは、『古今集』の四季の部立の歌を規範とし、その延長線上で『源氏物語』を捉える「もののあはれ」論以来の研究史を、あえて相対化しようという試みである。「あはれ」や「もののあはれ」論に帰結するような〈同化〉の視点による『源氏物語』論の地平を、〈物語の詩学〉の立場から再考することが、本章の目的である。『源氏物語』が『古今集』四季の部の歌群のような、洗練された歌ことばによる美意識の伝統を凝縮した典型とみなされている、六条院の物語世界の検討から始めたい。

少女巻で、光源氏は六条院を造営し、(a)南東の春の町に紫上、(b)西南の秋の町に秋好（梅壺）中宮、(c)北東の夏の町に花散里、(d)西北の冬の町に明石君が、それぞれ女主人として移り住むことになる。四季の庭の美意識に基づいた植物尽くしといった感があるのだが、その人工の庭である前栽には、それぞれの女主人の特性との関わりも示されている。ここでは大島本の原表記を生かして引用する。

(a)みなみのひんがしは、山たかく、春の花の木かずをつくしてうゑ、池のさまおもしろくすぐれて、おまへちかきせんざい、五えふ、こうばい、さくら、ふぢ、やまぶき、いはつつじなどやうの春のもてあそびをわざとはうゑで、秋のせんざいをばむらむらほのかにまぜたり。

(b)中宮の御まちをば、もとの山に、もみぢのいろこかるべきうゑ木どもをそへて、いづみの水とほくすまし、やり水のおとまさるべきいはほたてくはへ、たきおとして、秋の野をはるかにつくりたる、そのころにあひて、さかりにさきみだれたり。さがの大ゐのわたりの野山むとくにけおされたる秋なり。

(c)きたのひんがしは、すずしげなるいづみありて、なつのかげによれり。まへちかきせんざい、くれたけ、した風すずしかるべく、こだかきもりのやうなる木どもこぶかくおもしろく、やまざとめきて、うの花のかきねことさらにしわたして、むかしおぼゆる花たちばな、なでしこ、さうび、くたになどやうの花くさぐさをうゑて、春秋の木草、そのなかにうちまぜたり。ひんがしおもては、わけてむまばのおとどつくり、らちゆひて、さ月の御あそびどころにて、水のほとりにさうぶうゑしげらせて、むかひにみまやして、世になき上めどもをととのへたてさせ給へり。

(d)にしのまちは、きたおもてつきわけて、みくらまちなり。へだてのかきに松の木しげく、ゆきをもてあそばんたよりによせたり。冬のはじめのあさしもむすぶべき菊のまがき、われはがほなるははそはら、をさをさなも

しらぬみ山木どものこぶかきなどをうつしうゑたり。（少女・二・三二三～四）

こうした四季の町を物語の場として『源氏物語』の世界は展開して行くのだが、光源氏の住む春の町の前栽には、五葉、紅梅、桜、藤、山吹、岩躑躅という植物名を列挙しながらも、ことさらに春の植物を植えずに、秋の前栽を混ぜたという。秋の町では、嵯峨の大堰あたりの野山よりも優る秋の美が強調されている。夏の町では、涼しい泉や木陰とともに、呉竹、卯の花、そして花橘、撫子、薔薇、くたにの花に春秋の木草を混ぜ、東側の馬場は五月の競馬の節会空間として、水辺に菖蒲が植えられている。冬の町は御倉町とされ、松と雪、菊と霜の組み合わせ、そして柞《ははそ》と名も知らぬ深山木が木深く植えられている。

この六条院の叙述の順序が「春」「秋」「夏」「冬」であるように、「春」と「秋」とを重視するのは和歌集の伝統をふまえたものであり、そこで紫上と秋好中宮との春秋論争が展開するのも、この時代の歳時意識を象徴するものであった。

なが月になれば、もみぢむらむら色づきて、宮のおまへえもいはずおもしろし。風うち吹たる夕ぐれに、御はこのふたに、いろいろの花もみぢをこきまぜて、こなたにたてまつらせ給へり。おほきやかなるわらはの、こきあこめ、しをんのおりものかさねて、あかくちばのうすもののかざみいといたうなれて、らう、わたどののそりはしをわたりてまゐる。うるはしきぎしきなれど、わらはのをかしきをなん、えおぼしすてざりける。さる所にさぶらひなれたれば、もてなしありさまほかのにはにず、このましうをかし。御せうそこには、

（中宮）心から春まつそのはわがやどの紅葉を風のつてにだにみよ

わかき人々、御つかひもてはやすさまどもをかし。御返は、この御はこのふたにこけしき、いはほなどの心ばへして、五えふのえだに、

（紫上）風にちる紅葉はかろし春の色をいはねの松にかけてこそみめ

このいはねのまつも、こまかにみれば、えならぬつくりごとどもなりけり。（少女・二・三二五～六）

ここでは秋の「紅葉」が主役であるが、秋好中宮の手紙（消息）を入れた「御箱の蓋」の中の色々の「花紅葉」の自然、それをもつ女童の装束の色目、そして紫上がこの箱の蓋に苔を敷き作り物の五葉を入れて返した「岩根の松」に注意しておきたい。

光源氏は紫上に、「この紅葉の御消息《せうそこ》、いとねたげなめり。春の花盛《ざか》りに、この御いらへは聞《き》こえ給へ。このころ紅葉を言《い》ひくたさむは、竜田姫《たつたひめ》の思《おも》はんこともあるを、さし退《しぞ》きて、花のかげに立《た》ち隠《かく》れてこそ強《つよ》き言《こと》は出《い》で来《こ》め」と、春になってから反論するようにと挑発した。そして、紫上による華麗でみごとな反撃は、胡蝶巻の中宮の季の御読経の始めに、鳥と蝶との舞楽の装束による、八人の女童たちを舟で池づたいに渡らせた情景として描かれている。紫上の消息の歌と、それに続く部分を引く。

　はなぞののこてふをさへやしたくさに秋まつむしはうとくみるらむ

宮、かの紅葉の御かへりなりけりと、ほほゑみて御らむず。きのふの女ばうたちも「げに春のいろは、えおとさせ給まじかりけり」と、はなにおれつつきこえあへり。うぐひすのうららかなるねに、とりのがくはなやかにききわたされて、いけのみづとりもそこはかとなくさへづりわたるに、きふになりはつるほどあかずおもしろし。てふはましてはかなきさまにとびたちて、やまぶきのませのもとに、さきこぼれたる花のかげにまひいづる。（胡蝶・二・四〇五）

四季の自然の植物や景物が、儀式の場の装束の襲ねの色目や、舞楽の趣向に彩どられることによって、『源氏物語』の歳時の表現は、物語の主題的な展開を織りなしていく。これに対する秋好中宮の返歌は、「胡蝶《こてふ》にも誘《さそ》はれなまし心《こころ》ありて八重《やへ》山吹《ぶき》をへだてざりせば」というものであったが、ここでは明らかに紫上の勝ちといえる。

春と秋のいずれが優っているかという春秋論争は『万葉集』の時代へと遡るが、十世紀の平安朝では、歌合をはじめとして、女房たちの論議の格好の題材であった。『古今集』四季の部立も春と秋とが二巻である。『源氏物語』はそれらを前提とし、「生ける仏の御国」とさえ呼ばれる光源氏の六条院の栄華を象徴しながらも、その神話的な四方四季の円環をなす調和は、やがて主題的に崩壊していく。その主題的な解体はあくまで心的世界における現象であり、それをもたらしたのは、『古今集』的な四季の〈うつろひ〉の時間というよりも、光源氏に対する女君たちの心の葛藤と齟齬によるものであった。六条院における四季の景物の表現は、隠喩《メタファー》でありながらも、そこに生きる人々の換喩《メトニミー》的な連関による意味を生成してゆく。

少女巻に続く玉鬘巻では、筑紫に流離し数奇な運命をたどって帰京した夕顔の遺児玉鬘も六条院の夏の町に入り、花散里に預けられている。その年末には、光源氏が四季の町のそれぞれの女君にふさわしい正月の装束を選んで贈っている。太政大臣となった光源氏三十五歳のことである。

明けた正月の六条院の行事を中心にして叙述されているのが初音巻で、元日の春の町の紫上の御殿が「生ける仏の御国」と讃えられている。二日には臨時客の盛宴があり、上達部や親王たちが参集し、玉鬘を意識して気もそぞろの若い男も多い。今年は男踏歌があるというので、その見物に六条院の女君たちは春の町に集まり、玉鬘も明石姫君や紫上と挨拶を交わした。男踏歌は十四日に催され、清涼殿に帝が出御して舞人や歌人が踏歌や祝詞を奏上したあと、宮中を出て貴族の邸宅や京の各所を巡り、饗応や管絃を伴う儀式であったが、史実としては永観元年（九八三）に中止されており、『源氏物語』の執筆よりも二十年ほど前に途絶えた儀式である。六条院は宮中にも匹敵する年中行事の空間であった。

以下、初音巻から胡蝶・蛍・常夏・篝火・野分、そして行幸巻の始めにおける十二月の大原野行幸まで、六条院の一年をめぐる歳時にそって物語が展開している。胡蝶巻は、三月末の春の町における船楽で始まっている。池に浮かべた龍頭鷁首の船に楽人たちを乗せ、夜を徹して華麗な遊宴が繰り広げられ、そこに参集した親王や上達部の中に、玉鬘に思いを寄せる蛍兵部卿宮や、実の妹とは知らぬ柏木がいた。その翌日から、宮中から退下していた秋好中宮の季の御読経が催され、童女たちによる鳥の楽（迦陵頻伽）と胡蝶の舞を背景にして、すでにふれた紫上と秋好中宮との春秋争いが行われたのであった。

蛍巻の名の由来は、五月雨の頃、光源氏が包み隠した蛍を放って玉鬘の姿を映し出し、兵部卿宮がますます魅せられた情景による。菖蒲《あやめ》や薬玉で飾られた五月五日の端午の節には、花散里の夏の町の馬場で、宮中から流れ集った左中将夕霧をはじめとする、近衛府の官人たちによる競射が行われた。ここにも親王や上達部たちが集い、六条院の女たちも見物して、後宴では「打毬楽《たぎうらく》、落蹲《らくそむ》など遊びて、勝ち負けの乱声《らざう》」で大騒ぎし、舎人たちの禄も配られて深夜に解散した。蛍巻には、明石姫君のための「絵物語」の書写をきっかけとして、物語に熱中する玉鬘をからかった光源氏との会話で構成された物語論もあるが、これは女君たちの私領域に属していた。

常夏巻では、内大臣と対立したままの光源氏が釣殿で納涼し、玉鬘に和琴を教えながら、恋心を抱きつつ亡き母夕顔のことを語り、やがては実父内大臣に会わせようという。また、それを知らない内大臣が玉鬘に対抗して引き取った近江君のことが、滑稽に語られている。篝火巻では、琴を枕にして玉鬘に添い臥す光源氏が、庭先の篝火の煙に恋心を託し、夕霧を尋ねて来た柏木たちを招いて、琴笛の合奏をしている。野分巻は、台風一過の六条院を夕霧が見まわり、紫上、そして玉鬘と戯れる光源氏をかいま見したことが中心で、そこにも、とりたてて宴や儀式は表現されていない。六条院を巡り歩いて女君たちをかいま見した夕霧が、明石姫君を訪れたとき、「見つる花の顔どもも、思ひくらべまほしうて」と思い、「かの見つるさきざきの、桜、山吹といはば、これは藤の花とやいふべからむ、木高き木より咲きかかりて、風になびきたるにほひは、かくぞあるかし、と思ひよそへらる」と表現されている。ここでは「桜」が紫上、「山吹」が玉鬘、そして「藤」が明石姫君の隠喩である。

紫上は、若紫巻における山桜の美しい北山での登場以来、御法巻で後の匂宮に庭の桜を私と思って偲んでほしいと遺言するまで、まさしく春の女君であった。しかしながら、六条院の春の町の女主人として光源氏とともに幸福な生活をしていたのも、若菜上巻における女三宮の登場までであり、その後半生は心の悲劇へと暗転せざるをえない。紫上が発病し、女三宮と柏木との密通へと六条院の物語が急展開していく直前に、六条院では女楽が催され、光源氏はみごとな演奏をした女君たちを花に喩えている。

女三宮は「二月の中の十日ばかりの青柳の、わづかにしだりはじめたらむ心ちして、鶯の羽風にも乱れぬべくあえか」であり、明石女御は「よく咲きこぼれたる藤の花の、夏にかかりてかたはらに並ぶ花なき朝ぼらけの心ち」、そして紫上は、やはり桜に喩えられている。(2)

むらさきのうへは、えびぞめにやあらむ、色こきこうちき、うすすはうのほそながに御ぐしのたまれるほど、こちたくゆるらかに、おほきさなどよきほどにやうだいあらまほしく、あたりににほひみちたる心ちして、花といはばさくらにたとへても、なほものよりすぐれたるけはひことに物し給。（若菜下・三・三三九）

外見が桜のようだったのではない。その服装は「葡萄染」や「薄蘇枋」であり、紫がかった暗めの赤色である。「桜の細長」を着ていたのは女三宮であり、紫上はその人物像そのものが「桜」のようだった。ちなみに、明石君は「五月まつ花橘、花も実も具して押し折れるかをりおぼゆ」と表現されている。こうして光源氏の眼に映った、あらまほしき六条院の調和の幻想は、まさしくその最後の光芒であった。そして、女君たちの花の喩もまた、対応関係の固定した隠喩や寓喩《アレゴリー》ではなく、ゆらぎをもって差異化する換喩であった。

『源氏物語』の歳時をめぐる表現は、たしかに『古今集』以来の歌ことばの伝統と美意識に彩られ、四季の自然と響き合う人事、年中行事や儀式や遊びの中での貴族生活を、美しい物語の和文として表現している。とはいえ、その物語の時空は、作中人物たちをめぐる主題的な展開と不可分な、詩的言語による表現である。

光源氏の物語としての最後をなす幻巻も、新年から年末に至る一年の歳時にそって、紫上を哀傷する歌と歌ことばによって綴られているが、そこでは死に向かう光源氏の老いの時間が主題的にせり出している。美しい四季の自然や年中行事が表現されているにせよ、そうであるがゆえに、時間とともに老いやがて死を迎える人生の意味が、そこに逆照射されている。その人生の悲哀を含めて「もののあはれ」というにせよ、『源氏物語』の詩学は、そうした〈同化〉のみならず〈異化〉の表現をも組み込んだ差延化の方法を示している。

二　古今集とことばの秩序の自立

『源氏物語』における「歳時」意識の問題から研究史を捉えかえすために、秋山虔「源氏物語の自然と人間」という論文を再検討したい。(3)「物語文学とは何であるか」と問うことから、『源氏物語』の「文学的位相」を考えて「文体の自立」を論じ、そののちの主題的な表現論を導いた、論者にとっても出発点となった論文だからである。この論における「歳時意識」という用語は周辺的なのであるが、秋山はまず、『徒然草』の「折りふしのうつり変るこそ」という段や、本居宣長『玉の小櫛』以来の「自然」という問題から、近代の岡崎義恵、島津久基、窪田敏夫、森岡常夫らの研究を顧みたあと、「源氏以前の物語と源氏物語とははっきりちがう」という認識から出発している。

いったい四季の変化に富んだ農耕国である日本における人間の生活が自然の運行のリズムによって動かされていくことは当然であるが、そうした農業生産と縁を断った平安京の貴族たちには、代りに歳時の意識や年中行事が生活の目盛りとして厳在したことは改めていうまでもない。自然と人為との相互滲透という独自な環境の形成については、高木市之助氏の『日本文学の環境』(昭一三)における、平安文学の環境「みやこ」の追求によって問題の急所がおさえられているといえよう。したがって散文でかかれる物語文学の世界に、自然が、具体的には季節として、人生と不可分の関係で登場しないはずがないのである。(傍線は論者、以下同じ)

こうした前提のもとで、『源氏物語』の若紫巻の北山における表現と、その源泉として島津久基が指摘した『うつほ物語』国譲下巻の情景描写とを比較し、その差異を論じている。『うつほ物語』では「客観的な背景がそうなっているというだけ」なのに対し、『源氏物語』には「自然というかたちをとって、主人公の情意を客観化する過

レオパルディ　カンティ　脇　功／柱本元彦訳
恋愛結婚の成立　前野みち子著
天ハ自ラ助クルモノヲ助ク　平川祐弘著
踊る身体の詩学　山口庸子著
西洋近現代史研究入門〔第3版〕　望田幸男他編
帝国のはざまで　シュミット著　糟谷憲一他訳
共和主義の思想空間　田中秀夫／山脇直司編
福澤諭吉　国家理性と文明の道徳　西村　稔著
子育ての変貌と次世代育成支援　原田正文著
シリーズ現代中国経済【全8巻】完結！
企業の成長と金融制度　今井健一／渡邉真理子著
新版　経済思想史　大田／鈴木／高／八木編
税と正義　マーフィー／ネーゲル著　伊藤恭彦訳
ファミリービジネス論　末廣　昭著
免疫実験法ハンドブック　中島　泉編
サナギから蛾へ　石崎宏矩著

刊行案内

＊
2006.5
〜
2006.12
＊
名古屋大学出版会

■お求めの小会の出版物が書店にない場合でも、その書店に御注文くだされればお手に入ります。
■小会に直接御注文の場合は、左記へお電話でお問い合わせ下さい。宅配もできます（代引、送料２００円）。
■表示価格は税別です。
■小会の刊行物は、http://www.unp.or.jp でも御案内しております。

◎平成17年度櫻田會特別功労賞　新版　現代中国政治（毛里和子著）２８００円
◎第59回中日文化賞　名古屋大学出版会

〒464-0814　名古屋市千種区不老町一名大内　電話〇五二(七八一)五三五三／FAX〇五二(七八一)〇六九七／E-mail: info@unp.nagoya-u.ac.jp

ジャコモ・レオパルディ著　脇　功／柱本元彦訳

レオパルディ　カンティ

A5判・628頁・8000円

今はや心よ黙せ……。ニーチェからカルヴィーノまで、また漱石から三島まで、多くの魂を共振させた近代イタリア最大の詩人レオパルディ。西洋文学の深い流れを汲んだ「思索する詩人」が、ペシミズムの極限に見出した世界とは。その詩と散文の代表作を、彫琢された日本語で見事に再現。

4-8158-0538-5

前野みち子著

恋愛結婚の成立

—近世ヨーロッパにおける女性観の変容—

A5判・428頁・5600円

中世・ルネサンス時代には相容れないとされた恋愛と結婚を、直線的に結びつける眼差しが、近世都市社会の成立過程で誕生した。本書はこの眼差しが発展するあり様を、ラブレターを描き込んだオランダ風俗画、〈毀れ瓶〉の民衆歌、人生段階図など幅広い資料から領域横断的に跡づける。

4-8158-0546-6

平川祐弘著

天ハ自ラ助クルモノヲ助ク

—中村正直と『西国立志編』—

四六判・406頁・3800円

明治最大のベストセラーとして日本産業化の国民的教科書となった『西国立志編』——近代日本の社会と文化に与えた巨大な影響を、翻訳者中村正直を軸に、丹念に跡づけるとともに、イタリア・中国などとの比較を通して、思想が文化の境を越えて運動する姿を立体的に描きだした労作。

4-8158-0547-4

山口庸子著

踊る身体の詩学

—モデルネの舞踊表象—

A5判・390頁・5200円

新しく、根源的なもののイメージとしてのダンス。——ダンカンやヴィグマンら舞踊家たちと、ニーチェはじめ文学者たちとの交点で、言語と身体、全体性や聖性をめぐる想像力の爆発的展開を捉え、二〇世紀に芸術や運動の一大結節点となった「踊る身体」の宇宙論的表象を読み解く。

4-8158-0550-4

望田幸男／野村達朗／藤本和貴夫／川北稔／若尾祐司／阿河雄二郎編

西洋近現代史研究入門［第3版］

四六判・546頁・3200円

最新の研究成果を織り込んだ好評の第3版。「周辺」地域を含めた諸国の政治・社会史から家族・女性史、民衆の生活・文化史に至る西洋近現代史研究の基本視角、その主要問題群、代表的文献を案内したベーシックな研究入門。新たな論点や文献を加えた、学生・関連領域研究者必携の一冊。

8158-0542-3

アンドレ・シュミット著　糟谷憲一／並木真人／月脚達彦／林雄介訳

帝国のはざまで

—朝鮮近代とナショナリズム 1895-1919—

A5判・336頁・4800円

日清戦争から大韓帝国への移行、植民地化へと至る時代の朝鮮ナショナリズムの勃興を、民族主義と植民地主義の交差する地点から捉え、歴史や国境、「文明化」などをめぐる激しい葛藤を浮かび上がらせる。ナショナル・アイデンティティの形成とその今日に及ぶ影響を捉えた画期的研究。

4-8158-0549-0

田中秀夫／山脇直司編

共和主義の思想空間

—シヴィック・ヒューマニズムの可能性—

A5判・576頁・9500円

能動的な市民参加による政治社会はいかにして可能なのか。ポーコックをはじめ近年大きな盛り上がりを見せた共和主義研究を参照点に、英米とヨーロッパにおける近代共和主義の多様な展開を跡づけるとともに、公共哲学としての現代的可能性を探った、わが国初の本格的共同研究。

4-8158-0541-5

西村　稔著

福澤諭吉　国家理性と文明の道徳

A5判・360頁・6000円

市民的自由主義者から帝国主義者にわたる従来の「政治的」福澤像を精算、状況的方法と文明論的方法を二つながらに駆使して実践的な言葉を紡ぎ出し続けた巨大な知性の全体像を、「国家」「文明」「道徳」を軸に描き、「賢慮の人」としての福澤を定位した力作。福澤の重厚な批評性が甦る。

4-8158-0551-2

原田正文著

子育ての変貌と次世代育成支援

—兵庫レポートにみる子育て現場と子ども虐待予防—

B5判・386頁・5600円

世界的にも稀な大規模で信頼性の高い子育て実態調査の結果を、過去の調査と比較しつつ丹念に分析。ここ二十数年間での子育ての急速な変貌とその課題を明らかにする。精神科思春期臨床の視点やストレス理論、心の発達理論なども踏まえ、母親に必要な支援および子ども虐待の予防策を探る。

4-8158-0543-1

今井健一／渡邉真理子著

企業の成長と金融制度

シリーズ現代中国経済4

四六判・360頁・2800円

工業化の担い手としての企業に焦点を当て、公企業主体の工業化から九〇年代末以降の民営化推進にいたる企業制度発展のダイナミズムを分析するとともに、企業金融（ミクロ）から金融調節手段（マクロ）まで、従来否定されてきた金融機能が再生する過程を見通しよく整理した待望の一冊。

4-8158-0444-3

大田一廣／鈴木信雄／高哲男／八木紀一郎編

新版 経済思想史
—社会認識の諸類型—

A5判・364頁・2800円

ヒュームからサミュエルソン、ガルブレイス、センまで、二五人の代表的経済学者の経済・社会認識の歩みをその人物・思想・理論から平易に解説した好評テキストの新版。限界革命以前・以後の展開を辿るとともに、経済学における社会認識・思想の規定的役割に迫った最良の経済思想入門。

4-8158-0540-7

L・マーフィー／T・ネーゲル著　伊藤恭彦訳

税と正義

A5判・266頁・4500円

「税は公平であるべきだ」と多くの人が言う。しかし、その意味をきちんと考えることは実は難しい。本書は、現代正義論の観点から、これまでの租税理論を根本的に再検討したうえで、課税ベース、累進性、相続、差別といった具体的論点に説きおよび、アメリカで大きな反響を呼んだ話題作。

4-8158-0548-2

末廣　昭著

ファミリービジネス論
—後発工業化の担い手—

A5判・380頁・4600円

ファミリービジネスは遅れた企業形態なのか？アジアやラテンアメリカの経験をふまえ、タイにおける豊富な事例に基づきながら、「進化するファミリービジネス」の論理を明らかにし、グローバル化時代における淘汰・生き残りの分岐点と、今後の行方を示した画期的論考。

4-8158-0553-9

中島　泉編

免疫実験法ハンドブック

B5判・376頁・7600円

免疫学の歴史と主要概念を総覧するとともに、実験に必要な基礎的技法から、発展と生命科学への応用、臨床までの手技を、現場で実地に活用できるよう具体的に詳述。基礎医学研究に携わる全ての学生・研究者、臨床現場で免疫学的知見を必要とする医師・臨床検査技師などに必携の書。

4-8158-0536-9

石崎宏矩著

サナギから蛾へ
—カイコの脳ホルモンを究める—

四六判・254頁・3200円

昆虫が変態する謎を追って、延べ三千万個の蛾の頭をすり潰し、数々の苦難の末に、カイコの変態を司るホルモンの本体をついに突き止めた一人の科学者と、彼とともに研究に携わった多くの人々——その解明にいたる道筋を、昆虫内分泌学の知見とともに記した波瀾万丈の科学ドキュメント。

-8158-0545-8

程」があり、「物語の世界の文脈のなかに、自然が人間と同次元同等の資格をもってせり出しているという特質」があるという。ここには、主体としての人間と客体としての自然という二元論から、主体と客体との合一や逆転へという自然観と主体論が、『源氏物語』に託して語られている。

この前には、宣長の「心に思ふ事ある時は、ことに空の気色木草の色も、あはれをもよほすくさはひとなるわざなり」という文が引かれており、「もののあはれ」という感情移入の論に連続したもので、それがのちに問題とする『古今集』歌との関連を重視することへと通じている。『源氏物語』と対比された『うつほ物語』についての発言はこうである。

宇津保の場合、自然なり季節なりは、いかにこまやかであっても背景であるにつきるであろう。人物の行為や心理がそこに描き語られていく客観的な場面であり舞台である。いいかえれば平安貴族社会の人々にとって自明の通念である歳時意識として超越的に流れていく時間帯であり、そのなかに、それに対応して人々の交渉や事件の経過が載せられていくという仕組みにほかならない。

問題を先鋭化して提起するための比較であるから、『うつほ物語』の側から反論する余地はある。とはいえ、『源氏物語』の作中人物たちに内在化した「自然」の特質は、その「本性」や「文学史的位相」を考えるために重要で、「物語の文章の生理が何事をか説明したり描写したりするのではなく、それ自体が自立する生命体である」というのが秋山の論旨である。

さらに、その先の問題を考える手掛かりとして、風巻景次郎が、『源氏物語』は「聞き手と語り手とに共同につくり出される雰囲気を奪われた芸術の起死回生の秘術」を成し遂げ、それは西洋の十九世紀以来の小説の「描写」とは違い、「心理描写の抒情調」にあるという発言(4)を引用している。この「抒情調」の根拠を、秋山は「自然から剥離された精神の自己回復の運動の証」としての『古今集』四季歌として捉えている。その「文化史側面」についての記述の内にも、「歳時意識」についての言及がある。

たとえば、日本古来の農耕生活の折目であったところの年中行事と中国から移入した年中行事とが交々按配され、あるいは重なりあいながら、宮廷行事として定着して行き、貴族生活のリズムの目盛りである歳時意識を血肉化していく過程や、絵画史の上で追求されている唐絵から倭絵を創出する複雑な過程などは、それがそのまま平安京という宮廷都市の、しだいに限定的固定的な「みやこ」として貴族たちの生活の本拠となってくる状況に対応しつつ、文学の問題と内的に相かかわるのである。

つまりは、生の「自然」から乖離した平安京の貴族文化において、年中行事や「歳時意識」による〈文化〉としての〈自然〉の回復と新たな創造が問題なのである。こうした次元ならば、『源氏物語』以前の『竹取物語』や『うつほ物語』にも深く関わっている。「歳時意識を血肉化していく過程」として、『竹取物語』のかぐや姫が月へと昇天し、『うつほ物語』では俊蔭一族の秘琴伝授が完成する、八月十五夜を物語の主題的な頂点とする表現も成立していた。それが神話的な超現実性の強い物語内容として異質だとすれば、『うつほ物語』には、貴族生活における多くの節会などが、物語の主題的な展開の場として表現されている。おそらく、そうした過程を意識しつつも、『源氏物語』における決定的な変換を意味づけるために、もどかしさを振り切るような性急な調子で、秋山は続けて次のように記している。

とにかく私は自然の喪失を、言葉の秩序の世界に恢復していく作業として古今集文学の風体の確立をとらえたいのである。歌枕の成立、擬人法、見立てを旨とする発想、縁語、掛詞、序詞の技法……、これらを言語遊戯として割りきることの無意味はいうまでもない。その意味で正岡子規以来の短歌文学観の有効射程外に問題は大きく横たわっているのであるといえよう。そこでは、歌の詠み手は、歌の方法の裏に姿をかくしてしまう。歌のかたちそのもののなかに溶解してしまう。要するに自立する言葉の秩序に確保される意味がすべてとなるのであるが、そのような風体に、おのずからその風体の成立を必然化したところの精神の形姿が宿るのである。言葉の秩序の自立とはそういう意味であると解されねばならないだろう。

「言葉の秩序の自立」を『古今集』歌の本質としておさえ、その水準を物語文学において達成したのが『源氏物語』だということが、この論文の骨子である。(5) それは、「作品から作品へあるいは作家から作家へと連続の相」をたどったり、「系譜的に、諸ジャンルの展開の相を時間的に追求する」文学史への批判でもある。たんに『源氏物語』には『古今集』からの引き歌が多いといった「現象的」なことからではなく、「言葉による自然の恢復という姿勢、方法」をもつ「古今集の遺産を源氏物語は、その成立の場において奪取している」というのである。

秋山がいうように、歌枕の成立や擬人法また見立ての発想、掛詞や縁語や序詞による技法などを、たんなる「言語遊戯」と捉えてはならない。しかしながら、それは『古今集』歌の特徴のみではない。『竹取物語』の語源譚パロディによる虚構の方法をはじめとして、歌の技法と物語の技法との「言語遊戯」をも含めたより広汎で積極的な関係を、かな文字表現による〈物語の詩学〉として捉えることが本論の立場である。

にもかかわらず『源氏物語』において初めて達成されたと秋山がこだわるのは、「締めつけられおし歪み、生きることの絶望につらぬかれて、それでも生きていかねばならない作者が、実人生から断絶したといってよい最大限のあらまほしき虚構の人生に生命を転封し拡充」した「絶望の文学」ゆえであるという。それが「歌の詠み手」が「歌のかたちそのもののなかに溶解」する『古今集』歌の位相と等価に捉えられている。明らかに作家論が基底にあるのだが、これを〈語り〉の方法の問題として捉え返すことができる。

宮廷都市文化における「自然」の喪失を前提とし、記号化された〈自然〉に対する「歳時意識」を共有しつつも、実人生への絶望を虚構の物語世界の可能性へと賭けた作家精神の、表現レベルにおける〈同化〉の程度の差異が、『源氏物語』とそれ以前の物語とを分かつということになる。こうした『源氏物語』に固有な文学的達成の問題と、その前提としての「歳時意識」との相関を、あらためて「言葉の秩序」の問題、つまりは〈物語の詩学〉として再考する必要がある。

その手掛かりを、『源氏物語』は「聞き手と語り手とに共同につくり出される雰囲気を奪われた芸術の起死回生の秘術」という、秋山論文に引用された風巻景次郎の視点に得ることができる。それは、物語テクストにおける〈語り〉の表現法としてその後に探求されてきた課題に通じており、『源氏物語』は、それ以前の物語における口承文芸の表現様式をふまえて〈語るように書く〉伝統を継承しつつも、その〈語り〉の表現構造を〈書く〉ことに内在化した〈心的遠近法〉を達成しているからである。

『源氏物語』が「抒情的散文」として特徴づけられるのは、物語の場面描写の中心に和歌による作中人物の心情を表現するとともに、引き歌により地の文に歌ことばを織りまぜた表現法によるところが大きい。その前提に「歳時」意識があった。さらにいえば、〈同化〉と〈異化〉との表現過程を連続的に差異化していく〈語り〉の心的遠近法による、主題的な達成の問題なのである。

三 「をり」の意識

「歳時」の発想の体系化について、鈴木日出男は次のように発言している。

『古今集』以後、こうした折の概念とともに類型的な歌言葉が発達してきた。その個々の歌言葉の類型的な連想性が具体的にどんなものであるかは、すでに『古今集』じたいの用法から帰納されもするのだが、後にはそうした歌言葉を体系的に整理する編者も現れるようになる。今日残されているなかで最も古いのが、『古今六帖』である。……(中略)……こうして『古今六帖』は、十世紀末ごろまでの歌言葉のあり方を総合して、当時の作歌の手引書として成立したとみられる。作歌のための歌言葉への関心は以後ますます強まり、十一世紀以後の歌論歌学のなかで体系化されてもいく。能因の『能因歌枕』もその典型的な一つであった。ちなみに、この伝統は後世の俳諧にまで流通し、ついには俳諧歳時記へとたどりつくことになる。右の『古今六帖』は、

和歌における歳時記の一種とも目される。(6)

『古今六帖』は、『万葉集』から『後撰集』にわたる時代の四五〇〇首以上の和歌を分類した類題和歌集で、「作歌の手引書」のみならず、物語作者にとっても有効であった。『源氏物語』の引き歌の出典としての可能性を、量的にみてもっとも多く示しているのは、その重複歌を含めれば、『古今集』ではなく『古今六帖』である。(7)とはいえ、その成立年代や編者が不明であり、引用の原拠としての確証もないために、『古今六帖』はこれまで不当に軽視されてきた。

第I部第6章でみたように、「歳時部」には、「はるたつ日」などの節日と、「むつき」「ついたちのひ」などの暦月や暦日、「ねのひ」などの年中行事、また「のこりのゆき」などの景物とが混在して、春夏秋冬に分類されている。平安朝中期の貴族生活において、和歌の「歳時意識」を形成していたのが、節日と歴月や暦日と年中行事、そして四季を代表する景物であった。

『古今六帖』の節日とみられる分類用語に対応する『源氏物語』の表現を、『源氏物語大成』の索引により展望してみると、「はるたつ日」「なかの春」「はるのはて」「はじめの夏」「なつのはて」「あきたつ日」「はつあき」「はつふゆ」「うるふ月」などの、四季を区切る表現がなく、年中行事である節会の表現が多くみられる。

春では、「ねのひ」三例、「わかな」九例、「あをむま」二例。夏では、「ころもがへ」八例、「神まつり」が「まつり」「かものまつり」を併せて九例、「なごしのはらえ」は「はらへ」として一二例。秋では、「たなばた」五例、「十五夜」四例があるが、「こまひき」は『源氏物語』にみられない。冬では、「かぐら」三例、「仏名」一例、「としのくれ」四例がある。「ついたちのひ(正月)」や「(三月)三日」、「(五月)五日」、「(九月)九日」なども節日だが、表現が多様であるため、「むつき」「やよひ」「うづき」「さつき」「みな月」「はつき」「ながつき」「かみな月」「しも月」「しはす」という月名とともに、用例数は数えていない。景物としては、「うのはな」二例、「あやめ草」二例が『源氏物語』にもあるが、春の「のこりのゆき」はない。

『古今集』の四季部においては、年中行事そのものは七夕以外に詠まれておらず、年中行事が勅撰集の題材となるのは『拾遺集』以後で、『和漢朗詠集』にもみられ、その過程には月次屏風歌とともに『古今六帖』が大きく関わっている。(8) 『源氏物語』における年中行事の表現にも、こうした『古今六帖』と関わる歳時意識が大きく作用しており、『うつほ物語』との差異も、その主題的な表現法の違いというべきであろう。

『源氏物語』は、物語世界内の人間関係と、自然の景物や年中行事とを主題的な表現法として結合し、歌ことばの表現を効果的に用いているのだが、〈同化〉の表現とともに〈異化〉の表現にも自覚的である。帚木巻の雨夜の品定めにおける左馬頭は、「歌よむと思へる人の、やがて歌にまつはれ、をかしきふる事をもはじめより取りこみつつ、すさまじきをりをり詠みかけたるこそものしき事なれ」と発言している。歌の得意な女が、「をり」をわきまえない風流心で詠みかけることを戒め、返歌しないと「なさけなし」だし、返歌できない男は「はしたなからん」として、次のような具体例をあげている。

　さるべき節会《せちゑ》など、五月の節《せち》に急《いそ》ぎ参《まゐ》る朝《あした》、なにのあやめも思《おも》ひしづめられぬに、えならぬ根《ね》を引《ひ》きかけ、九日の宴《えん》に、まづかたき詩の心を思めぐらし暇《いとま》なきをりに、菊《きく》の露をかこち寄《よ》せなどやうの、つきなきいとなみにあはせ、さならでも、おのづから、げにのちに思《おも》へばをかしくもあはれにもあべかりける事の、そのをりにつきなく目《め》にとまらぬなどを、おしはからず詠《よ》み出《い》でたる、中々心おくれて見《み》ゆ。（帚木・一・六〇）

貴族社会において、女が男に歌を詠みかける典型的な時が「さるべき節会」であり、五月五日の「あやめ（菖蒲）」と九月九日の「菊の露」が例にあげられている。そしてまた、絵合巻では、「節会」と「御あそび」の理想性について、次のように語られている。

　さるべき節会《せちゑ》どもにも、この御時《とき》よりと、末《すゑ》の人の言《い》ひ伝《つた》ふべき例《れい》を添《そ》へむとおぼし、私《わたくし》ざまのかかるはかなき御あそびもめづらしき筋《すぢ》にせさせ給て、いみじき盛《さか》りの御世なり。（絵合・二・一八四）

光源氏は、冷泉帝の時代から新たな年中行事の例が始まったと後世に伝えたいと思うと同時に、二条院における私的な「はかなき御あそび」も新しい趣向で催し、それが「いみじき盛りの御世」の証だと、語り手が讃美している。『類聚国史』歳時部は節会などの年中行事を中心に編集されていたし、『古今六帖』は節日と暦日と節会や景物とを混在させて春夏秋冬の歳時部を構成していた。宮廷における年中行事は、律令王権の中核をなすものであったが、宇多天皇から醍醐天皇、そして村上天皇の時代へと、年中行事そのものが「貴族化」して、摂関期には大きく変質していた。(9)

『源氏物語』の節会や年中行事も、こうした歴史的な背景をふまえて表現されており、「いみじき盛りの御世」とは、絵合の行事を村上天皇の天徳内裏詩合と歌合に准拠した聖代観へと通じている。とはいえ、『源氏物語』の設定した「絵合」は、それ以前の宮廷行事としてはみられず、貴族の私邸において催された記録もない。「内《うち》わたりも、節会どものひま」な三月に、初めは藤壺のもとで、のちには冷泉帝のもとで催された、宮中における盛大ではあるが「はかなき御あそび」なのである。(10)

そもそも、延喜・天暦聖代観の根底には、文人たちが活躍しうる公私にわたる行事が盛んに催されたことがあり、『河海抄』は「例ハ聖代ヨリ始マルモノナリ」と記している。『源氏物語』の世界では、桐壺帝が醍醐天皇に准拠しており、絵合巻における光源氏にとっては、藤壺との密通による我が子冷泉帝の時代をも、学芸の才を発揮した紅葉賀巻や花宴巻のような栄光の聖代へと復帰させようという試みである。私邸の「はかなき御あそび」も宮廷行事と通じる時代であり、鈴木によれば、「現実の醍醐・村上、あるいは一条朝における行事の貴族化」が、「本来は政教的な理念をはらんでいる詩文」さえも「和歌的なものに傾斜し、趣味化」して『和漢朗詠集』などを生み、和歌はもちろん漢詩までもが、「季節の景物」をふんだんに取りこめながら「歳時意識を強め」ていた。(11)

『源氏物語』の絵合巻において、朱雀帝が梅壺（秋好中宮）に贈った年中行事絵巻は、次のようなものであった。

年《とし》のうちの節会《せちゑ》どものおもしろく興《きよう》あるを、むかしの上手《ず》どものとりどりにかけるに、延喜《えむぎ》の御手《て》づから事のこころかかせ給へるに、又わが御世《よ》の事もかかせ給へる巻《まき》に、かの斎宮の下《くだ》り給し日《ひ》の大極殿《ごくでん》の儀式《ぎしき》、御心に

> しみておぼしければ、かくべきやうくはしく仰《おほ》せられて、公茂《きむもち》が仕《つか》うまつれるがいといみじきをたてまつらせ給へり。艶《えん》に透《す》きたる沈《ぢむ》の箱《はこ》に、おなじき心葉《ば》のさまなどいといまめかし。
> （絵合・二・一七八～九）

毎年の節会の趣ある情景を、昔の名人の絵師たちにとりどりに描かせ、醍醐天皇自筆の詞書を付した絵巻がまずあった。朱雀院は、それに加えて「わが御世の事」を描いた巻を新作し、梅壺がかつて斎宮として伊勢に下る「大極殿の儀式」の様を、当代の絵師である巨勢公茂に指示して描かせた。透かし彫りの沈香の箱に「おなじき心葉」を付けたというのは、絵合巻の始めで入内した梅壺に贈った「櫛の箱」に付けた「心葉」と同じである。先にそれに付けた歌と、今度は「大極殿の儀式」の絵に添えた歌とで、恋の未練を繰り返しているのであった。

梅壺は「昔の御髪ざしの端」を少し折り添えて返歌し、恋の禁忌を前提にした懐旧の思いを朱雀院と共有している。とはいえ、この年中行事と節会の絵巻は、絵合の勝敗を決するものとはなりえなかった。それは醍醐天皇ゆかりの名品とともに朱雀院の王権を象徴するものではあっても、光源氏に対する私次元の恋の敗者としての未練を表現する文脈にある。この絵合の勝敗を決したのは、光源氏の「須磨の巻」という絵日記であり、それが『源氏物語』の、〈私〉の世界が〈公〉を〈異化〉し、浸食していく主題性をよく示している。

『源氏物語』において、節会や行事の表現は、王権を中心とした〈公〉の管理を離れて、作中人物たちの心情を主題的に表現する〈私〉の素材や背景ともなっている。その〈公〉と〈私〉の世界とが交錯する振幅を主題化しているところに、『源氏物語』の歳時意識をふまえた表現の醍醐味がある。『源氏物語』の冷泉王朝における絵合では、梅壺の義父としての光源氏と、弘徽殿女御の父としての権中納言（頭中将）との政治権力闘争が背景としてある。そこには、王権の闇に秘められた藤壺と光源氏との密通関係が強く作用しており、前例のない華やかな宮中における〈私〉というべき行事が、物語世界内の政治関係をもみごとに表現しているのであった。

節会などの年中行事が宮廷や貴族生活の公的な世界とより強く結びついているのに対して、暦日の推移に伴った四季の景物に対する意識は、やはり歌ことばにより記号化されながら、洗練された貴族の、より私的な言語生活を形成している。そこでも、人の心と景物とが照応し合う時節としての「をり」が重要であった。『古今集』四季の部が規範を形成し、『古今六帖』が体系化して、『枕草子』がそれらを前提として〈もどき〉の表現を達成しているのも、こうした「をり」の文芸意識によるものである。

「折と歌言葉は、他者と自己を言葉の次元でつなぎとめる通達の媒となったり、あるいは自己の心を客体的なかたちとして表出する契機たりえたりした」と鈴木は記し、『源氏物語』の賢木巻における朧月夜と光源氏との贈答歌の情景を例示している[12]。右大臣家との政治的な対立に追いつめられ、頭弁に叛逆の意をこめた漢籍の朗誦で皮肉られて、「御心の鬼に、世の中わづらはしう」思う光源氏が、朧月夜との交渉も途絶えていた頃のことである。「初時雨《はつしぐれ》いつしかとけしきだつ」頃に、朧月夜から、「木がらしのふくにつけつつ待《ま》ちしまにおぼつかなさのころもへにけり」という歌が贈られて来た。光源氏も「をりもあはれに」と感動を深め、御厨子から「唐の紙」を選んで、筆にも気配りして返事を書いた。「聞こえさせてもかひなきもの懲《ご》りにこそ、むげにくづほれにけれ。身のみものうきほどに」と、落胆して久しく手紙も贈らなかったことを弁解し、

あひみずてしのぶるころの涙《なみだ》をもなべての空《そら》の時雨《しぐれ》とやみる　(賢木・一・三七五)

という歌に、「心のかよふならば、いかにながめの空ものわすれし侍らむ」などと、こまやかに書き添えた。「時雨」という「をり」が、女からの贈答による心の交流を可能にしている、危機的な状況の中での〈同化〉の典型的な例である。

「初時雨いつしかとけしきだつ」という擬人法の表現が、そうした時節に「いかが思しけん」と語り手に承けられ、朧月夜の「木がらし」の歌へと続いている。「木枯は、木葉をふきやる物なる故にその便に、源氏君のおとづれの言の葉を待しよし也」と、『玉の小櫛』(七)で宣長が指摘するように、ことばを「言の葉」と表記して「葉」に喩える発想が前提にある。「をりもあはれ」と人目を忍んで恋情を伝えた朧月夜に感応して、光源氏は返歌している。「身のみものうきほどに」の引き歌として、「数ならぬ身のみもの憂く思ほえて待たるるまでもなりにけるか

な」（後撰集・雑四・一二六〇）があり、その下の句の意味をこめて、朧月夜の歌の「待ちしまに」に応じてもいる。

この光源氏の歌において、「初時雨《はつしぐれ》いつしかとけしきだつ」という地の文の表現が、「なべての空《そら》の時雨《しぐれ》」と承けられ、これは歌の贈答としては朧月夜の歌の「木がらし」を言い換えたものだが、歌の詩学において「時雨」は「涙」と結合し、続く手紙文の「ながめの空」の「長雨」と「眺め」との掛詞へと繋がる。「なべての空の時雨」ではなく、あなたと会えない私の涙と見てくださり、「心のかよふ」ものなら悲しみも忘れるというのである。

引き裂かれた恋人どうしが、こうした「をり」の「あはれ」に感応した歌ことばによって心の連帯を可能にしていると、確かにいえる。ここでは、こうした「をり」の「あはれ」の感覚とともに、歌ことばの修辞による詩学を共有することが前提であることに注目しておきたい。

四　〈異化〉の物語と「をり」の美学

賢木巻の朧月夜の「木がらし」の歌と関連して、帚木巻の雨夜の品定めにもどり、左馬頭が語った体験談の、「をり」の「あはれ」をみごとに演じて風流だが浮気な女の歌、

木がらしに吹あはすめる笛《ふえ》のねをひきとどむべきことのはぞなき　（帚木・一・五二）

を想起したい。ここでの「言の葉」は「琴」と掛けられている。雨夜の品定めは〈物語の中の物語〉であり、『源氏物語』の序章としての〈メタ物語〉の性格を示している。前節で引いた左馬頭の「をり」をめぐる発言の前提として、神無月の月の夜に同行した殿上人の笛とみごとに琴を掻き合わせ、贈答歌を交わしたこの女との、若き日の恋の体験があった。

あるいはまた、頭中将の語った、後の夕顔にあたる女との別離の体験談では、女が「山がつの垣《かき》ほ荒《あ》るともをり

をりにあはれはかけよなでしこの露」と、自分はどうなってもいいからせめて子どもだけは愛してほしいと切実に訴えたのに対して、「咲《さ》きまじる色はいづれとわかねども猶常夏にしくものぞなき」と答えたディスコミュニケーションの贈答歌が示されていた。頭中将は、「撫子」の異名の「常夏」によって、「床」つまり寝台の連想により君を愛していると返歌した。平常時ならばそれでよい詩的言語による性愛の戯れの会話が、その紋切り型の修辞によって悲劇をもたらした物語である。女が「うちはらふ袖も露けきとこなつにあらし吹きそふ秋もきにけり」と、正妻からの圧力を暗示した歌も伝達不能であり、女は後の玉鬘にあたる子とともに姿を消した。

雨夜の品定めにおけるこの二つの挿話は、本来は〈同化〉をもたらすはずの歌ことばの「あはれ」による表現が、時には誤解による〈異化〉の作用をもたらすことを示している。これに対して、藤式部丞の語った博士の娘の物語では、ことばの表現による〈異化〉効果そのものが主題化されている。

「月ごろ風病《ふびやう》重《おも》きに耐《た》へかねて、極熱《ごくねち》の草薬《さうやく》を服《ぶく》して、いと臭《くさ》きによりなんえ対面《たいめむ》たまはらぬ。目《ま》のあたりならずとも、さるべからん雑事《ざふじ》らはうけ給はらむ」　（帚木・一・五八）

という漢語にみちた会話文を典型として、贈答歌もまた戯笑歌というべき〈異化〉の笑いをさそう。藤式部丞が「極熱の草薬」である「ひる」（蒜＝ニンニク）の臭さに逃げ出しながら、「ささがにのふるまひしるき夕暮《ゆふぐ》れにひるますぐせと言《い》ふがあやなさ」と歌ったのに、すかさず応じた女は、「あふことの夜をしへだてぬ中ならばひるまもなにかまばゆからまし」と返歌した。この贈答歌の「ひるま」では、「蒜」の臭気のする間と「昼間」とが掛詞である。

『源氏物語』の第一部において、こうした直接的な〈異化〉の表現は、他に近江君にまつわる表現など、あくまでも周縁的であるが、和歌的な美意識による「あはれ」の詩学を前提としながらも、それを共有できないところに笑いを露呈させる末摘花の物語もある。大輔命婦という「色このめる若人」から、故常陸の親王《みこ》が晩年に儲けてかわいがった娘が、淋しく暮らしていると聞いた光源氏は、「あはれのことや」と、「おぼろ月夜」に忍んで訪れた。

「十六夜《いさよひ》の月をかしきほど」に、ほのかに「琴《きむ》」の音を耳にした光源氏は、大輔命婦のみごとな演出によって、「昔物語にもあはれなる事どももありけれ」などと空想をふくらませた。その光源氏のあとをつけた頭中将がおどし戯れ、二人は競い合って恋文を贈ったが、返事はなくいらだっていた。

……あまりうたてもあるかな、さやうなる住《す》まひする人は、もの思ひ知《し》りたるけしき、はかなき木草《くさ》、空《そら》のけしきにつけてもとりなしなどして、心ばせおしはかるるをりをりあらむこそあはれなるべけれ、おもしとても、いとかうあまり埋《う》もれたらむは心づきなくわるびたり、と中将はまいて心いられしけり。
（末摘花・一・二一二）

光源氏たちが期待する蓬生の宿に住む「あはれ」な「昔物語」の姫君は、「はかなき木草、空のけしき」のような四季の景物に託して返歌してくれるはずだった。「こめかしうおほどか」な性格ゆえかと思いつつ、若紫巻に記された「わらはやみ」や藤壺との密通ゆえの懊悩のうちに、「春夏すぎぬ」と時は流れた。「秋のころほひ」、前年の夕顔とのあやしい悲恋を「砧《きぬた》の音」とともに回想しつつ、「負けてはやまじ」の自尊心から、あらためて命婦に手引きをうながした。光源氏が末摘花を訪れたのは、まさしく恋の始めにふさわしい「をり」である。

八月二十よ日、よひ過《す》ぐるまで待《ま》たるる月の心もとなきに、星《ほし》の光《ひかり》ばかりさやけく、松《まつ》の梢《こずゑ》吹く風の音《おと》心ぼそくて、いにしへの事語《かた》り出《い》でてうち泣《な》きなどし給。いとよきをりかなと思ひて、御消息《せうそこ》や聞《き》こえつらむ、例《れい》のいと忍《しの》びておはしたり。
（末摘花・一・二一四）

末摘花も「をり」に感応する「あはれ」を知る女ではあった。命婦にそそのかされて、月のもとで「琴《きむ》」をほのかに弾き、光源氏は間近く恋の思いを訴えるが、やはり返事はない。末摘花の特異さは、こうした恋の会話の〈文法〉を身につけていなかったことにある。沈黙にいらだち、いやならいっそ拒絶してほしいと訴える光源氏の、次のような歌は異例である。

「いくそたび君がしじまに負《ま》けぬらんものな言《い》ひそといはぬたのみに

のたまひも捨《す》ててよかし。玉《たま》だすき苦《くる》し」との給ふ。　　（末摘花・一・二一七）

「しじま」は沈黙であるが、『原中最秘抄』によれば、四大寺の僧たちが「八講論談」の論争をするとき、判者が磬を打って勝負を決したあと、双方に不満があっても「無言《しじま》」でいなければいけないという。『大斎院前御集』にも、「かねの音にものは言はじと思へども君にまけぬるしじまなりける」（三一九）という歌がある。仏教の専門語のパロディ的な引用だとすれば、三周説法の論議の場になぞらえた雨夜の品定めと共通することになる。

「玉だすき苦し」という表現の引き歌は、「ことならば思はずとやは言ひはてぬなぞ世の中の玉だすきなる」という『古今集』雑体歌（一〇三七）によるとされるが、初句を「思はずは」とする歌が『古今六帖』五「たまだすき」四首の始め（三二一六）にある。襷《たすき》は肩の左右どちらにも掛けることから、どっちつかずの状態を「玉だすき」というらしい。このときは、見かねた乳母子の侍従が、「かねつきてとぢめむことはさすがにてこたへまうきぞかつはあやなき」と応じた。この「かね」が八講論談を終わらせる「磬」で、若く軽薄な声とともに、いかにも即妙の知が立った返歌であることが、「重りか」な姫君と対照的であることに、光源氏は異和を感じている。

光源氏はさらに、「いはぬをもいふにまさると知《し》りながらおしこめたるは苦《くる》しかりけり」と訴えたが、本人からの反応は無かった。この歌は『古今六帖』五「いはでおもふ」（二六四八）の、「心には下行く水のわきかへり言はで思ふぞ言ふにまされる」をふまえている。もの言わぬ「しじま」の姫君と光源氏は、ことばの交流のないまま肉体の契りを交わした。光源氏は、未だ男女関係を知らず「かしづかれ」たためと思いつつも、不可解で「なまいとほし」と苦渋の思いで夜深く帰宅する。

夜ごとに三日間は通う結婚の礼儀を示す気持ちもなく、せめて後朝の文をと思いつつ夕方になり、悲嘆する末摘花のもとには、やっと「夕霧《ゆふぎり》のはるるけしきもまだ見《み》ぬにいぶせさそふるよひの雨《あめ》かな」という光源氏の歌が届いた。なかなか返事をしない末摘花に、侍従が教えせき立てて、「はれぬ夜《よ》の月まつ里《さと》を思《おも》ひやれおなじ心にながめせずとも」と、初めて自筆の手紙が届いた。年経て白く変色した紫の紙に「文字強」い筆跡で、中昔の流儀で各行の上下を揃えたその書風に、光源氏は「見るかひなう」とうち置いている。
光源氏は幻滅しつつも、「心ながく見はててむ」と思い、朱雀院の行幸の準備のあと、時々通うようになった。やがて「雪の光」の朝に見た末摘花の赤鼻の醜貌の描写などのあと、年末には、「からころも君がこころのつらければたもとはかくぞそぼちつつのみ」と、「陸奥国紙《みちのくにがみ》の厚肥《あつご》えたる」に香を深く焚きしめた手紙の歌と、古い衣箱が贈られて来た。中には「今様色」の薄紅だが古めかしい直衣があり、光源氏は手習のすさびに、「なつかしき色ともなしになににこのすゑつむ花を袖《そで》にふれけむ」と、後悔と自嘲めいた歌を記している。

末摘花の物語や近江君の物語、あるいは筑紫の玉鬘における大夫監などの物語の歌も、意図せざる戯笑歌の様相を示している。そして、それらの〈周縁〉的な物語に共通する〈異化〉の表現法は、この物語の終末をなす浮舟の物語では、散文的な地の文による義父の常陸介や横川僧都の母尼などの世界として、より大きくせり出して来る。〈物語の詩学〉として一般化していえば、作中人物たちの身分や特性に応じた〈中心と周縁の文法〉が、〈周縁〉をより主題化した心的遠近法として作用しているのである。

本居宣長も、雨夜の品定めにおける博士の娘の会話文の漢語についての注で、「女のいふべき詞にあらざるを、此女はすべて、せうそこ文にも、かんなといふものかきまぜず、といへるたぐひにて、つねの物いひも、こはごはしくさかしだちたるさまを、ことさらにかく書る也。此物語すべて、ほうしの詞儒者の詞など、おのおのその心ばへを書り、心をつくべし」(『玉の小櫛』六)という。物語の詩学としての〈語り〉の多声法についての具体的な指摘であるが、それは作中人物の階層による会話文の差異に限らず、「をり」と「あはれ」の美学をふまえた〈語り〉の表現法の全体に作用している。

五　花と紅葉

『源氏物語』の「歳時意識」としては周縁的な〈異化〉の要素を強調したので、〈中心〉的な部分に戻り、「紅葉賀」と「花宴」という二つの儀式の表現を検討してみる。そこでは、桐壺帝の治世における光源氏の〈光と闇〉による主題的な世界を、その晴れ姿の栄光と藤壺との密通による心の闇として、美しくも両義的に表現している。

紅葉賀巻は「朱雀院の行幸は神な月の十日あまりなり」と始まり、光源氏が頭中将と舞った青海波のことが、朱雀院行幸の試楽と当日とにわたって語られている。光源氏十八歳の十月、桐壺帝が清涼殿の前庭で試楽を特別に行わせたのは、藤壺に観せるためであった。

源氏中将は青海波《せいがいは》をぞ舞《ま》ひたまひける。片手《かたて》には大殿《との》の頭《とう》の中将、かたち用意《ようい》人にはことなるを、立《た》ちならびては、なほ花のかたはらの深山《みやま》木なり。入がたの日影《ひかげ》さやかにさしたるに、楽《がく》の声《こゑ》まさり、もののおもしろきほどに、同《おな》じ舞《まひ》の足踏《あしぶ》み、おももち、世《よ》に見《み》えぬさまなり。詠《えい》などし給へるは、これや仏《ほとけ》の御迦陵頻伽《かれうびんが》の声《こゑ》ならむと聞《き》こゆ。おもしろくあはれなるに、みかど涙《なみだ》をのごひ給ひ、上達部《かむだちめ》、親王《みこ》たちもみな泣《な》きたまひぬ。詠《えい》果《は》てて袖《そで》うちなほしたまへるに、待《ま》ちとりたる楽《がく》のにぎはしきに、顔《かほ》の色《いろ》あひまさりて、常《つね》よりも光《ひか》ると見《み》え給。　（紅葉賀・一・二四〇）

この宮中の劇空間は、桐壺帝が主催者で藤壺が主賓客、主役が光源氏で脇役が頭中将、弘徽殿女御や上達部・親王・殿上人や女房たちを観客として成り立っている。容貌やふるまいが他人よりは抜きん出ている頭中将も、光源氏と並んでは「花のかたはらの深山木」のようだと語り手はいう。光源氏を「花」に喩えるのは、あでやかな容姿の抽象化された形容であるが、紅葉の季節における「桜」の心象を喚起している。

夕日に照らされ、楽の音に彩られた光源氏の足拍子や顔だちは、この世を超越していた。仏の世界の迦陵頻伽の声かと聞こえたという光源氏の「詠《えい》」とは、舞楽の途中で楽が止み、舞人が字音のまま詩句を吟詠することである。青海波の詠は小野篁の作と伝え、『河海抄』によれば、「桂殿初歳ヲ迎ヘ、桐楼早年ニ媚ブ。花ヲ剪ル梅樹ノ下、蝶燕画梁ノ辺」というのであり、その「花」は梅である。しかしながら、中国の詩文の影響下にあった「花」が「梅」を代表としていたのに対して、平安朝中期以降の和歌における「花」が「桜」へと変化したのと対応して、「花紅葉」という春と秋とを一対で捉える発想が成立し、『源氏物語』の「紅葉賀」も桜の「花宴」と一対なのであった。

『うつほ物語』俊蔭巻の西方浄土に向けた旅の描写の中にも、「花の露紅葉のしづくをなめてあり経るに」、「春は花園、秋は紅葉の林に、天女下りましまして遊び給ふ所」、「春の花秋の紅葉時分かず咲き交じる」などの表現がある。蓮の花園の「花」も、「紅葉」と組み合わされると「桜」のように思われてくる。天人や天女と交流しうる世界の表現であったが、最後の例は、仏と対面する〈四方四季〉の世界であった。光源氏の「詠」が仏の世界の「迦陵頻伽の声」に喩えられているのも、そうした発想の内にある。

光源氏について、こうした仏教的な理念を起源とする「花」と、現実世界の「桜」との中間において讃美し位置づける例は、すでに若紫巻にあった。「京の花ざかりはみなすぎ」て「山のさくらはまださかり」の三月末の北山における、光源氏と僧都や聖との別れの宴の場面である。光源氏は、「いまこの花のをりすぐさずまゐり来む」として、「宮人に行てかたらむ山ざくら風よりさきに来ても見るべく」と詠んだ。その「御もてなし、声《こわ》づかひさへ目もあや」であったのに対して、僧都と聖は、次のように唱和した。

　　優曇華《うどむげ》の花まちえたる心ちしてみ山桜《ざくら》に目こそうつらね

と聞《き》こえたまへば、ほほゑみて、「時ありてひとたび開《ひら》くなるはかたかなるものを」との給ふ。聖《ひじり》、御かはらけ給て、

おく山の松の戸ぼそをまれに明てまだ見《み》ぬ花の顔《かほ》を見るかな
とうち泣《な》きて見《み》たてまつる。（若紫・一・一六八）

光源氏を三千年に一度咲くという「優曇華の花」に喩えた僧都は、聖徳太子ゆかりの数珠を、聖は御守りの独鈷を贈り物とした。光源氏をこうした超現実の「花」に見立てる発想を確かめて、紅葉賀巻の文脈にもどる。

光源氏の晴れ姿に、桐壺帝そして上達部や殿上人たちは涙を流し、光源氏の顔はいつもよりも「光る」と見えた。弘徽殿女御さえその美貌を認めざるをえないが、「うたてゆゆし」とことさらに不吉に言いなして、若い女房たちに聞きとがめられている。藤壺は帝に対する「おほけなき心」なしに見ることができたらと、「夢」のような光源氏との密通の現実をかみしめている。華麗に舞う「花」のような光源氏をとりまく人々のそれぞれに、秘められた心の劇が進行している。『源氏物語』においては、こうした「歳時」の場が、〈光〉の深層に〈闇〉の世界を交錯させる主題的な時空となっている。試楽の翌朝に、光源氏は「もの思ふにたち舞ふべくもあらぬ身の袖うちふりし心知りきや」という歌を贈り、藤壺は「から人の袖ふることはとほけれど立ちゐにつけてあはれとは見き」と心を通わせて応じている。

朱雀院行幸の当日の「木高《こだか》き紅葉《もみぢ》のかげ」で催された舞楽の記述でも、光源氏は楽の音と松風、そして色とりどりに散りかう紅葉の中から、「青海波《せいがいは》のかかやきいでたるさま、いとおそろしきまで見ゆ。かざしの紅葉いたう散りすぎて、顔のにほひにけおされたる心ちすれば、御前《おまへ》なる菊を折て左大将さしかへ給」と表現されている。やがて藤壺は後に冷泉帝となる皇子を生み、光源氏ともども罪の意識に苦悩する。それとは裏腹に桐壺帝の寵愛はますます厚く、藤壺が弘徽殿女御を越えて立后し、美しく生い立つ皇子は、光源氏と並んで「月日のひかりの空にかよひたるやう」に世間の人々も思ったと、この巻は結ばれている。

紅葉賀巻の秋とは対照的に、「きさらぎの二十日《はつか》あまり」の南殿（紫宸殿）の「さくらの宴」から始まる花宴巻もまた、光源氏の詩や舞の晴れ姿を表現している。「源氏の御もみぢの賀のをり」を思い出した東宮に催促されて、

「春の鶯さへづるといふ舞」を少し舞った光源氏の姿は似るものなく、夜になって詩を披講するときも、講師は光源氏の詩を、感涙にむせびつつ、句ごとに声高く誦じあげた。その末尾にも、桐壺帝と光源氏と藤壺との、栄華の極みにおける心の〈闇〉の世界が表現されている。

かうやうのをりにも、まづこの君をひかりにしたまへれば、みかどもいかでかおろかにおぼされん、中宮、御目《め》のとまるにつけて、春宮の女御のあながちににくみ給らむもあやしう、わがかう思《おも》ふも心うしとぞ、みづからおぼし返《かへ》されける。

おほかたに花のすがたを見《み》ましかば露も心のおかれましやは

御心のうちなりけんこと、いかで漏《も》りにけむ。（花宴・一・二七五〜六）

「まづこの君をひかり」としたから、帝もどうしておろそかに思われようかと語り手はいい、中宮（藤壺）は「春宮の女御」（弘徽殿）が光源氏をしいて憎むのも「あやし」と思う一方で、自分が光源氏に心引かれるのも「心憂し」と反省したという。「おほかたに花のすがたを見ましかば」という藤壺の歌が、「御心のうち」であったはずなのに、なぜ外に漏れたのかと、語り手は草子地でいぶかって結んでいる。

藤壺の歌は、ふつうの人のように「花」のような光源氏の姿を見ることができたら、露ほどの気兼ねもなく讃美できるのにという、反実仮想の心内歌である。『源氏物語』では、このような作中人物の秘められた心の内をはじめ、会話や手紙文による心の交流、そしてそれを取り巻く情景に至るまで、重層化された〈語り〉の心的遠近法によって表現していくのであり、そこに「歳時」や自然の景物の主題的な内面化が生じている。

この直後に、藤壺を求めた光源氏が、偶然に出会い契りを交わしたのが弘徽殿女御の妹の朧月夜であり、それが、やがて光源氏を須磨への退去に追いつめていく直接的な原因となる。

六　「かり」の物語の詩学

須磨に流離した光源氏の侘び住まいの表現の中に、「雁」が秋と春との二度にわたって登場している。「いとど心づくしの秋風」が吹き、「枕をそばだてて四方《よも》の嵐《あらし》を聞き給に、波ただここもとに立ちくる心ちして、涙おつともおぼえぬに枕浮くばかりになりにけり」といった最初の頃は、「琴」や「手習」や「絵」によって「つれづれ」をなぐさめる生活であった。「前栽《せむざい》の花色々咲き乱れ、おもしろき夕暮れ」に、海を見ながら、「釈迦牟尼仏弟子」と名のって経を読んだあとに、「雁」をめぐる供人たちとの唱和歌がある。ここではまた、大島本の原表記を生かして引用する。

おきよりふねどものうたひののしりてこぎゆくなどもきこゆ。ほのかに、ただちひさきとりのうかべるとみやらるるも心ぼそげなるに、かりのつらねてなく声、かぢのおとにまがへるを、うちながめ給ひて、涙こぼるるをかきはらひたまへる御てつき、くろき御ずずにはえ給へる、ふるさとの女こひしき人々、心みなぐさみにけり。

　はつかりはこひしき人のつらなれやたびのそらとぶこゑのかなしき

との給へば、よしきよ、

　かきつらねむかしのことぞおもほゆるかりはそのよの友ならねども

民部大輔、

　こころからとこよをすててなくかりをくものよそにもおもひけるかな

さきの右近のぞう、

「とこよいでてたびのそらなるかりがねもつらにおくれぬほどぞなぐさむ
ともまどはしては、いかに侍らまし」といふ。　（須磨・二・三二〜三）

沖を歌い騒いで漕ぎ行く「船ども」を「小さき鳥」と見立て、「雁のつらねて鳴く声」が「楫の音」のようだと聞いて、光源氏は望郷の涙を流している。先の「枕をそばだてて」の部分とともに、雁の声を楫の音と聞くのは『白氏文集』による表現である。光源氏の「初雁は恋しき人のつらなれや」という歌は、秋に初めて渡来した「初雁」を恋しい都にいる人の仲間かと、悲しみを共感して歌う。良清の歌は、「つら」（列、仲間）を「つらね」と動詞化して、雁は「その世の友」ではないが、次々と幸福だった「昔のこと」が思い出されるという。いずれも、都と隔てられた須磨にある「旅」の境遇を、過去との対比で表現している。「雁」は隔てられた時空を媒介する渡り鳥として共感を誘いながらも、それゆえ流離の悲しみを誘う。

民部大輔（惟光）と前右近将監の歌とは、ともに雁を「常世」から飛来した鳥とする古来の発想によっている。惟光は自分の意志で常世（故郷）を捨てて旅する雁を、かつてはよそ事と思っていたが、今は都を離れた自分と重なるという。前右近将監の歌では、「つら」から離れることの不安と悲しみを歌い、このあとで語り手は、親よりは「源氏の君」（光源氏）を選んで内心のつらさを隠した人だと説明している。

雁と「常世」との結合は、前に古来と記したが、文献によるかぎり平安朝に入ってからのものである。『続日本後紀』所載の仁明天皇四十賀を祝う興福寺の僧が献上した長歌の中に、「常世雁率ひ連ねて　さ牡鹿の膝折り返し」とある。また「常世へと帰る雁がね何なれや都を雲のよそにのみ聞く」という『斎宮女御集』（一九二）の歌でも、雁の故郷を「常世」と表現している。そして「いにしへの常世の国や変はりにし唐土ばかり遠く見ゆるは」という『後拾遺集』（雑二・九三三）の清原元輔の歌では、かつて共寝した閨をなつかしんで、「常世」と「床」（寝所）とを掛けている。惟光たちの歌の「常世」にも、女たちと離れた旅寝のわびしさの思いが「床」と掛けられている。(13)

この唱和歌に続く「月のいとはなやかにさし出でたるに、こよひは十五夜なりけり、とおぼし出でて、殿上の御あそび恋しく、所々ながめ給らむかし」という文章で、光源氏は「月の顔」を見つめ、「二千里外故人心」と、やはり『白氏文集』の詩句を朗誦している。すでに『千載佳句』に採られ『和漢朗詠集』にも収める「三五夜中新月ノ色、二千里外故人ノ心」という対句の発想から、光源氏は「見るほどぞしばしなぐさむめぐりあはん月のみやこははるかなれども」と歌った。この「月の都」は、『竹取物語』のかぐや姫の本地をさす語でもあるが、「雁」をめぐる唱和歌でいう「常世」に重ねられた故郷としての京の都である。

光源氏は親しく語り合った朱雀帝が故桐壺院に似ていたことを回想し、「恩賜の御衣はいまここにあり」とも朗誦した。これまた有名な、大宰府に左遷された菅原道真の「去年ノ今夜清涼ニ侍ス　秋思ノ詩篇独リ腸ヲ断ツ　恩賜ノ御衣ハ今此ニ在リ　捧ゲ持シテ毎日余香ヲ拝ス」(『菅家後集』「九月十日」)の一節である。

そもそも須磨巻の表現においては、光源氏自身が左遷による流離の先例としての白居易と菅原道真とを意識し、『白氏文集』や『菅家文草』『菅家後集』の詩句の引用が、あちこちにちりばめられている。そうした流離の旅の悲しみの核に、歌による表現が位置しているわけである。こうした表現の構造が〈和漢の心的遠近法〉の典型的な情景描写なのである。須磨は「唐めいたる」と表現され、白居易の草庵生活を描いたかと思われる東寺旧蔵の「山水屏風」のような絵画的な情景と、『白氏文集』の詩句の引用を外枠としながら、道真による和製漢文を媒介として、歌を核とする和文による表現が、作中人物たちの内的な心情を表現している。和と漢との〈中心と周縁の文法〉でもあった。(14)

須磨巻における「雁」をめぐるもうひとつの情景は、宰相中将(頭中将)が我が身の危険をも顧みず、須磨の光源氏を訪ねた場面にある。春がめぐり来て、「植ゑしわか木のさくらほのかに咲きそめて、空のけしきうららか」なとき、光源氏は思い出に涙しつつ、京を離れた折の女性たちとの別れの思いをかみしめていた。「南殿のさくら盛りになりぬらん」と、先年の「花の宴」で我が詩句を朱雀帝が朗誦した栄光を思い、「いつとなく大宮人の恋しきにさくらかざししけふも来にけり」と独詠したあとのことである。

そこで須磨を訪れた宰相中将の視点から、「住まひ給へるさま、言はむかたなく唐めいたり。所のさま、絵にかきたらむやうなるに、竹あめる垣しわたして、石のはし、松のはしら、おろそかなるものからめづらかにをかし」とあるのが、『白氏文集』の香鑪峰下の新草堂を詠んだ詩によるものであった。久しぶりにつかの間の旧交をあたためた二人は、「酔《ゑひ》の悲しび涙そそく春の盃《さかづき》の裏《うち》」と、これまた『白氏文集』による、白居易と元稹との友情になぞらえた詩句をともに誦し、別れを惜しんだ。

あさぼらけのそらに、雁つれてわたる。あるじのきみ、

ふるさとをいづれのはるかゆきてみんうらやましきはかへるかりがね

宰相さらに立いでん心ちせで、

あかなくにかりのとこよをたちわかれ花のみやこにみちやまどはむ

（須磨・二・四三）

光源氏の「ふるさとを」の歌は、菅原道真が大宰府で帰京できない悲しみを詠んだ『菅家後集』所載の七言絶句「旅ノ雁ヲ聞ク」により、「我ハ遷客《せんかく》為リ汝ハ来賓　共ニ是レ蕭々《せうせう》トシテ旅漂ノ身　枕ヲ欹《そばだ》テテ帰去ノ日ヲ思量スルニ　我ハ何レノ歳トカ知ラン汝ハ明春」である。「枕ヲ欹テテ」は『白氏文集』による表現で、先の光源氏の生活にも引用されており、道真も流謫の我が身を白居易になぞらえていた。白居易は山居の生活を仏への信仰と詩酒琴の風雅でしのぎ、やがて政治家として復活したが、道真は憤怒の思いで没して怨霊と化した。こうした引用関連において光源氏の「雁」の歌を捉えるとき、望郷の抒情歌というのみならず、光源氏の政治的状況における不安の文脈が強く浮上してくる。

宰相中将の歌は、自分を「花の都」に帰る「雁」になぞらえつつ、光源氏のいる須磨を「常世」として立ち去りがたいとする。光源氏に対する思いやりがこめられ、「雁の常世」には「仮の」が掛けられている。光源氏の住居を仙郷に喩えつつ、あくまで「仮」だから帰京できるという意をこめたのである。ツベタナ・クリステワは、次の二首の『古今集』歌における「雁の涙」に、「メタ詩的レベル」における〈仮の涙〉すなわち「隠喩」の意味作用

を読むことができるという。(15)

なきわたる雁の涙やおちつらむ物思ふ宿の萩のうへのつゆ　（秋上・二二一）

秋の夜の露をばつゆとおきながら雁の涙や野べを染むらむ　（秋下・二五八）

とはいえ、それはあくまで「メタ詩的レベル」の読みであり、修辞として顕在化してはいないから、通行の注釈書において掛詞として指摘されてはいない。『古今集』歌の中で、「雁」と「仮」とを掛詞として解釈されているのは、次の歌である。

人を思ふ心はかりにあらねども雲居にのみもなきわたるかな　（恋二・五八五）

「雁」と「仮」とを掛ける発想は、『古今集』歌の内にさほど明確ではない。これは『古今六帖』六「鳥」の「かり」に二八首を集めているのにおいても同じである。それに対して、『源氏物語』では「雁」にまつわる八箇所のうち三つまでが「仮」との掛詞の発想を示している。その基底には、雁の鳴き声を「かり」と聞く歌の伝統が作用している。『古今六帖』には、次の歌が含まれている。

ひたすらに我がきかなくに雲わけてかりぞかりぞとつげわたるらん　（六「かり」・四三七五）

『後撰集』秋下には、この類歌を含む三首が「かり」という鳴き声を歌い、これらでは「仮」との掛詞とみることができる。

ゆきかへりここもかしこも旅なれや来る秋ごとにかりかりと鳴く　（三六二）

秋ごとに来れど帰ればたのまぬを声にたてつつかりとのみなく　（三六三）

ひたすらにわが思はなくにをのれさへかりかりとのみなき渡るらん　（三六四）

「かり」という鳴き声から、空を旅する雁が「仮」の住みかにあると連想することは自然である。雁という鳥の名が鳴き声に由来するというのは、『万葉集』の「ぬばたまの夜渡る雁はおほほしく幾夜を経てかおのが名をのる」（巻十・二一四三）にもみられるが、その鳴き声を直接に詠んだ歌を載せるのは、勅撰集の中では『後撰集』のみである。[16]

こうした歌の伝統を前提にしつつも、『源氏物語』における「雁」と「仮」との〈物語の詩学〉の先駆として注目すべきなのは、やはり『うつほ物語』である。菊の宴巻で、あて宮の求婚者たちが、春宮への入内が決定的だと知って悲嘆し、中でも、妻子を捨ててまで結婚を願った源宰相実忠と北の方との贈答歌の部分である。

……透箱《すきばこ》四つに、平杯《ひらつき》据ゑて、紅葉おりしきて、松の子くだもの盛りて、くさびらなどして、尾花色の強飯《こはいひ》など参るほどに、かり鳴きて渡る。北の方、かはらけに、かく書きて出だし給、

　あき山に紅葉と散れる旅人をさらにもかりと告げて行くかな

源宰相、

　旅といへどかりも紅葉も秋山をわすれてすぐす時はなきかな

北の方、

　あきはてて落つる紅葉と大空にかりてふ音《ね》をば聞くかひもなし

など言へど、気色もみせず。（菊の宴・六七五）

鳴き渡る雁を見て、北の方は杯に、自分たち夫婦を紅葉のようにはかなく散る「旅人」に喩え、「かり」という鳴き声に「仮」の世のむなしさを掛けた歌を記した。「あき山」の「秋」には「飽き」が掛けられている。『古今六帖』六「かり」には、「秋の山霧たちわけてくる雁の千代にかはらず声きこゆなり」（貫之四首のうち、四三六三）のような例もあり、源宰相の歌は、妻を忘れたときはないとも読めるのだが、文脈からは、この「秋山」は心奪われているあて宮を忘れることはないの意となる。再度の北の方の歌は、「飽き」を顕在化させて、繰り返し「雁」の声に夫婦の破局を「仮」の世のむなしさと掛けて訴えるが、源宰相の反応はなかった。

ちなみに、『大和物語』一三七段にも「かりにのみ来る君待つとふりいでつつ鳴くしが山は秋ぞ悲しき」という歌があり、この「かり」は「狩」と「仮」、「鹿」と「志賀」も掛詞で、「狩」と「鹿」が縁語である。また、雉・

雁・鴨を詠み込んだ「いなやきじ人にならせるかりごろもわが身にふればうきかもぞふる」という、隠し題の物名歌による一六七段もあり、「きじ」が「着じ」と「雉」、「かり」は「狩」と「雁」、「かも」が「香も」と「鴨」との掛詞である。これを、本妻の衣を借りて新しい妻のもとで「着破」ったあと、雉・雁・鴨を加えて返した男への本妻の歌としていることも、『源氏物語』以前における言語遊戯的な〈物語の詩学〉が高度に展開していた例として付け加えておく。

七　「かり」の物語の詩学（続）

『源氏物語』の幻巻は、亡き紫上を哀傷する光源氏の歌を中心にして、初春から年末までの歳時の移り変わりにそって表現されている。その春の終わりに、光源氏は明石君と語りあったが心なぐさまず、帰った翌朝に歌を交わしている。

さても又、れいの御おこなひに、夜なかになりてぞ、ひるのおましにいとかりそめによりふし給。つとめて、御ふみたてまつり給に、

なくなくもかへりにしかなかりの世はいづこもつひのとこよならぬに

よべの御ありさまはうらめしげなりしかど、いとかくあらぬさまにおぼしほれたる御けしきの心ぐるしさに、身のうへはさしおかれて涙ぐまれたまふ。

かりがゐしなはしろ水のたえしよりうつりし花のかげをだにみず　（幻・四・一九七）

光源氏の歌は「泣く」と「鳴く」、「仮」と「雁」とを掛けており、紫上の不在を嘆きつつ、「とこよ」（常世）に「床」も掛けられている。明石君の返歌は、光源氏を「雁」と「うつりし花」に喩え、紫上を「苗代水」に喩えた

もので、光源氏に同情しつつも自分のもとに泊まらなかった不満をさりげなくこめている。光源氏は、明石君が和解しつつも紫上に心を許しきっていなかったことを、あらためて思う。幻巻にはまた、秋に来る雁に託した光源氏の心の表現が、春の歳時と呼応するようにしてある。

神無月には、おほかたも時雨がちなる比、いとどながめ給て、ゆふぐれの空のけしきも、えもいはぬ心ぼそさに、「ふりしかど」とひとりごちおはす。雲ゐをわたる雁のつばさもうらやましくまぼられ給ふ。

おほぞらをかよふまぼろし夢にだにみえこぬ玉（魂）のゆくへたづねよ

なにごとにつけても、まぎれずのみ月日にそへておぼさる。（幻・四・二〇三）

「雁のつばさ」が羨ましいのは、雁のように常世と往復できたら、紫上と逢えるからである。続く歌では、「雁」を「まぼろし」と表現し、桐壺巻で亡き更衣を偲んで帝の詠んだ、「たづねゆくまぼろしもがなつてにても玉（魂）のありかをそことしるべく」と呼応している。ともに『長恨歌』をふまえ、「まぼろし」は楊貴妃を蓬萊に尋ねあてた道士（シャーマン）を意味している。「雲居をわたる雁のつばさ」に『長恨歌』の「比翼の鳥」の連想もあるかもしれないが、その不可能性とともに、道士のような使者も無く、夢にさえ現れない紫上がどこにいるかわからない悲嘆の表現である。「雁」はここでは、光源氏の哀傷の歌への指標として、〈同化〉よりは〈異化〉の詩学の要素を強く示している。

『源氏物語』におけるこうした主題的な表現機能を高度に示す〈物語の詩学〉からみれば、『うつほ物語』の「雁」の歌をめぐる表現法は、たしかに単純かつ素朴である。藤原の君巻で、十二歳で裳着をしたあて宮に、宰相の実忠は「めづらしく出できたる雁のこ（卵）」に歌を書いて贈っている。

「かひのうちに命こめたる雁《かり》のこは君がやどにてかへさざるらん

とて、日ごろは」とて……（中略）……兵衛たまはりて、あて宮に、「すもりになりはじむるかりのこ、御らんぜよ」とて奉《たてまつ》れば、あて宮「くるしげなる御ものねがひかな」との給。（藤原の君・一三〇～一）

いかにも即物的であるが、こうした恋にまつわる機知の発想によって、〈物語の詩学〉というべき伝統が形成されてきていた。『伊勢物語』十段では、武蔵国の入間の郡、みよしのの里の女に求婚した男に対して、女が歌を詠みかけている。

みよしののたのむの雁もひたぶるに君がかたにぞよると鳴くなる

むこがね、返し、

わが方によると鳴くなるみよしののたのむの雁をいつか忘れむ

となむ。人の国にても、なほかかることなむやまざりける。

この贈答歌は『古今六帖』六「かり」にも並んで収められており（四三八〇・四三八一）、逆にいえば、それぞれの歌は物語を内在していた。また、『伊勢物語』四五段から、自分を恋していたと言わずに死んだ女を哀傷した物語の後半を引いておく。

時は六月《みなづき》のつごもり、いと暑きころほひに、宵は遊びをりて、夜ふけて、やや涼しき風吹きけり。蛍たかく飛びあがる。この男、見ふせりて、

ゆくほたる雲の上までいぬべくは秋風吹くと雁につげこせ

暮れがたき夏のひぐらしながむればそのこととなくものぞ悲しき

「ゆくほたる」の歌は『後撰集』（秋上・二五二）にも業平歌として収める。夏の終わりに、死んだ女の魂を象徴する「蛍」を詠みつつ、「雲の上」には「秋風」が吹くと「雁」に伝えよと転じたところに、歳時のうつろいを詠んだ詩的表現の妙がある。あるいは、六八段では、「住吉の浜とよめ」といわれた男が、「雁鳴きて菊の花咲く秋はあれど春のうみべにすみよしのはま」と詠んで感動を誘い、他の人々は詠まなかったというのも、上の句の「雁」と「菊」による秋から、春の住吉へと転じた修辞のみごとさゆえである。

『伊勢物語』に「雁の子」を詠んだ段はないが、五〇段には、「鳥の子を十づつ十はかさぬとも思はぬ人を思ふも

のかは」があり、『古今六帖』四「雑の思」には紀友則による下の句を「人の心をいかがたのまむ」とする連作のひとつとして、「かりのこをとをづつとをはかさぬとも」(二一九七)とする類歌がある。「雁」とは記されていないが、「巣守《すもり》」の歌の贈答があるのは『大和物語』九四段で、亡き中務宮の北の方の「ちひさき君たち」をめぐって、姉の御息所が「なき人の巣守にだにもなるべきをいまはとかへる今日の悲しさ」と詠み、父宮は「巣守にと思ふ心はとどむれどかひあるべくもなしとこそ聞け」と返歌している。「かへる」が「帰る」と「孵る」、「かひ」が「甲斐」と「卵」との掛詞で、ともに「巣守」の縁語である。

『源氏物語』の橋姫巻では、「春のうららかなる日かげに、池の水鳥どもの、羽うちかはしつつ、おのがじしさへづる声などを、常ははかなきことに見たまひしかども、つがひ離れぬをうらやましくながめ」る八宮が、姫君たちに琴を教えつつ、「うちすててつがひさりにし水鳥のかりのこの世にたちおくれけん」と詠んでいる。この「水鳥」は鴛鴦とみられるが、「かりのこの世」は「雁の子」と「仮のこの世」との掛詞である。「ひめ君」(大君)は「いかでかく巣立ちけるぞと思ふにもうき水鳥の契をぞしる」、「わか君」(中君)は「なくなくも羽うち着する君なくは我ぞ巣守になりははてまし」と詠んだ。

『うつほ物語』にもどって、あて宮が東宮に入内したあと、二月十日の宮中における庚申の夜の唱和歌群を引いておく。あて宮巻にあり、『うつほ物語』に特有の歌の列挙で長くなるが、これもまた『源氏物語』に至る表現史の過程として重要である。

内にも宮にも殿上人あつまりて、儺打《だ》ちあそびするに、声いと近き御つぼねなれば、宮(東宮)わたり給へるに、あて宮起きゐ給へり。「あな寝《い》ざとや」などの給程に、かり多くつれてわたる。宮「このかりはいづちぞや」との給。中将仲忠、

つれてゆくかりがねきけばあかでのみ春の宮より帰るとぞきく

宮の御、

あかでのみ別るるかりのたむけには花の錦もとぢられぬかな
左大将、
青柳のいとま惜しとて鶯のかりのたむけもとぢずやあるらむ
源中将、
帰り行くかりの羽風にちる花をおのがたむけの錦とや見ん
中将実頼、
ふるさとへ翼やすめず飛ぶかりもこよひはここを過ぎず鳴也
左兵衛佐、
しら雲のかりのたむけの錦とや山の羽風に織りみだるらん
左近中将、
ほころびて別るるかりのふるさとは今や縫ふらん天の羽衣
中将祐澄、
花を折る春はへぬれど鳴くかりの帰れる数をしる人のなき
左衛門佐、
鳴くかりにうかべる雲のゆきかひていづくに待つとちぎり置きけむ
などこれかれの給て、あくるつとめて、女のよそひかづく。（あて宮・六九七〜九）

春に帰る雁を見て、東宮は「この雁」はどこへ行くのかと尋ね、仲忠の歌は「春の宮」つまり東宮のもとから「飽かで」帰る自分たちに喩えている。この「飽かで」にはあて宮への思いが根底にある。東宮は別れを惜しむ「雁」のための「手向け」として「花の錦」を綴じるいとまもないと応じた。この「雁の手向け」を主題として以下の唱和歌が展開している。あて宮への求婚者たちが、あて宮を東宮に譲ってあきらめ、結果的には東宮を言祝ぐものとなる。東宮は翌朝になって「女の装ひ」を「手向け」として贈った。
この「雁の手向け」という表現は、『新撰万葉集』にある「はる霞たちて雲路に鳴きかえる雁のたむけと花の散るかも」（上・二七）が、おそらく唯一の先行歌である。こうした、作中の行事の風俗を写しただけにみえるような表現が、『うつほ物語』の特徴なのではあるが、それが物語の主題的な方法として、あて宮求婚譚の締めくくりをなしている。

『源氏物語』における「雁」の初出は、夕顔巻の「八月十五夜、くまなき月かげ、ひま多かる板屋のこりなく漏《も》り来て」と、光源氏が五条の夕顔の小家に宿った情景描写の中にある。隣家の唐臼を踏む音が枕上にうるさく聞こえ、庶民生活の煩雑な様を、これまた漢詩文の引用によって表現した部分である。

白妙《しろたへ》の衣うつ砧《きぬた》の音《おと》もかすかにこなたかなた聞きわたされ、空《そら》とぶかりのこゑ、とりあつめて忍《しの》びがたきこと多《おほ》かり。（夕顔・一・一二六）

『白氏文集』巻十九「聞夜砧」には、「誰ガ家ノ思婦カ秋帛ヲ擣ツ　月苦《さや》カニ風凄ジクシテ砧杵《くんしょ》悲シメリ　八月九月正ニ長キ夜　千声万声了《や》ム時無シ」とあり、『和漢朗詠集』巻上「擣衣」に二つの聯句の順を逆にして収めている。同じ『白氏文集』巻六十六「酬夢得霜夜対月見懐」は冬の夜景であるが、「月ハ新霜ノ色ヲ帯ビ　碪《きぬた》ハ遠雁ノ声ニ和ス」とある。『和漢朗詠集』には、劉元叔「妾薄命」と題する詩の「月ハ新霜ノ色ヲ帯ビ　碪ハ遠雁ノ声ニ和ス」という聯句も、白詩の次に載せている。平安朝における漢詩文の知識として、これら「月」と遠く隔たった、夫を思う女が衣を擣つ「砧（碪）」の音と「雁」との組み合わせが類型化しており、『源氏物語』はそれをふまえた表現なのである。須磨巻の例と同じく、貴族社会の中心からみた周縁の世界を、漢詩文の引用により表現する〈和漢の心的遠近法〉が作用している。

『源氏物語』における「雁」の表現にまつわる概括を続ければ、少女巻では、同じ大宮邸に住みながらも仲をさかれた夕霧と雲居雁の悲嘆が、次のように叙述されている。

いと心ぼそくおぼえて、障子《さうじ》に寄《よ》りかかりてゐ給《たま》へるに、女君も目《め》を覚《さ》まして、風の音《おと》の竹《たけ》に待《ま》ちとられてうちそよめくに、かりのなきわたるこゑのほのかに聞《き》こゆるに、をさなき心ちにも、とかくおぼし乱《みだ》るるにや、「雲ゐのかりも我ごとや」とひとりごち給ふけはひ、若《わか》うらうたげなり。……（中略）……乳母《めのと》たちなど近《ちか》く臥《ふ》して、うちみじろくも苦《くる》しければ、かたみに音《おと》もせず。

さ夜中にともよびわたるかりがねにうたてふきそふ荻のうはかぜ
（少女・二・三〇二）

「雁の鳴きわたる声」の前に「風の音の竹に待ちとられてうちそよめくに」とあるのは、『白氏文集』巻十九の律詩「駕部呉郎中七兄ニ贈ル」のうち、「風ノ竹ニ生ズル夜窓間ニ臥シ」により、これと対句の「月ノ松ヲ照ス時台上ヲ行ク」とともに『和漢朗詠集』にも収めるが、『源氏物語』では和語化された表現となっている。また、元の詩は四月に独居する閑雅の思いで『和漢朗詠集』も夏部に収めているが、『源氏物語』では秋である。断章取義というべき引用であるが、秋の夜の竹を吹く風の音と「月」との組み合わせが、「雁」の声を呼び起こしたのである。「雲居の雁も我がごとや」と口ずさんだことから、この人を雲居雁と呼ぶのだが、この引き歌や「雲居の雁」という歌ことばは、現存の歌集などにはみあたらない。藤原定家の『源氏物語奥入』が、「霧深き雲居の雁もわがごとや晴れせず物の悲しかるらむ」という歌を記しており、これが引き歌とすれば、下の句にある心境の表現としてふさわしい。

地の文の「雁の鳴きわたる声」また「雲居の雁も我がごとや」と呼応しているのが、夕霧による「さ夜中に」という歌であり、ここでは「友呼びわたる雁がね」と「荻の上風」とが組み合わされている。「荻の上風」は『義孝集』の「秋はなほ夕まぐれこそただならね荻の上風萩の下露」（四）によると指摘されているが、『古今六帖』六の雁の歌群には、「蘆辺なる荻の葉そよぎ秋風のふきくるなへに雁鳴きわたる」（四三五八）が「荻」と「秋風」また「雁」を結ぶ歌としてある。また、引用文の歌に続いては、「身にしみけるかな」という夕霧の心中が表現されており、これは『古今六帖』一「あきの風」の「吹きくれば身にもしみける秋風を色なきものと思ひけるかな」（四二三）によるとみられる。

常夏巻では、玉鬘に対抗させるために近江君を引き取った内大臣（頭中将）のことを、弁少将に問いただした光源氏が、「いと多かめるつらに離れたらむおくるるかりを、しひて尋ね給ふがふくつけきぞ」と批判している。内大臣には多くの子どもがいるのに、列から離れて取り残されたような劣り腹の娘を、無理に捜し出したのは欲が深すぎるというのである。『紫式部集』の「いづかたの雲路ときかば尋ねましつら離れけん雁がゆくへを」（三九）という歌、あるいは、須磨巻における前右近将監の「常世いでて旅の空なるかりがねもつらにおくれぬほどぞなぐさむ」が、類似の表現として想起される。

光源氏による内大臣批判の発言は、「らうがはしく、とかくまぎれ給ふめりしほどに、底清く澄まぬ水に宿る月は、曇りなきやうのいかでかあらむ」と結ばれている。「底清く澄まぬ水に宿る月」とは、劣り腹の情人に生まれた娘の意であり、そんな子がすばらしいはずがないという皮肉である。これも含めて、歌ことばが散文的なアイロニーの修辞として機能していることが、まさしく〈異化〉による物語の詩学を示している。

横笛巻の「秋の夕のものあはれなる」折りには、夕霧が一条宮に柏木の未亡人である落葉宮を訪れている。「前栽の花ども、虫の音しげき野辺と乱れたる夕ばえ」を見渡す夕霧のまなざしは、いかにも「あはれ」で、一条御息所の前で柏木遺愛の和琴を弾き、さらに奥の落葉宮と「想夫恋」を弾き交わす場面の導入部は、こう表現されている。

　月さし出《い》でて曇《くも》りなき空に、はねうちかはすかりがねもつらをはなれぬ、うらやましく聞《き》き給ふらんかし。風はださむく、ものあはれなるに誘《さそ》はれて、箏《さう》の琴《こと》をいとほのかに掻《か》き鳴《な》らし給へるも奥深《おくふか》き声《こゑ》なるに、いとど心とまりはてて、中々に思《おも》ほゆれば、琵琶《びは》を取《と》り寄《よ》せて、いとなつかしき音《ね》に想夫恋《さうふれん》を弾《ひ》き給。

（横笛・四・五五）

「羽うち交はす雁がね」の引き歌としては、「白雲に羽うちかはし飛ぶ雁のかずさへ見ゆる秋の夜の月」という

『古今集』歌（秋上・一九二）が指摘されているが、『古今六帖』一「秋の月」（三〇〇）にも収められている。ここに『長恨歌』の「比翼の鳥」の連想を読むことも自然であり、それが落葉宮が「想夫恋」を夕霧と合奏することへと繫がる。いかにも「ものあはれ」な〈同化〉の詩学というにふさわしい情景描写なのであるが、その物語の主題的な文脈からみれば、あやにくな恋の物語の始まりとして〈異化〉の表現構造に組み込まれていくのであった。(17)

『源氏物語』における「雁」の表現の最後は、椎本巻にある。宇治八宮が山寺で没したあと、「明けぬ夜の心ちながら、九月にもなりぬ。野山のけしき、まして袖のしぐれをもよほしがちに、ともすればあらそひ落つる木の葉の音も、水のひびきも、涙の滝も、ひとつもののやうにくれまどひて」と、いかにも自然と人事とが〈同化〉したみごとな歳時表現が続く。こうした情景の中で、薫が宇治を訪れ、大君と歌を交わしたあと、弁の尼と対面して帰京する部分に、次のように記されている。

「いたく暮《く》れはべりぬ」と申せば、ながめさして立《た》ち給に、かりなきてわたる。

秋ぎりのはれぬ雲ゐにいとどしくこのよをかりといひしらすらむ　（椎本・四・三六四）

ここでも明確に「雁」は「仮」と掛詞になっている。薫にとって、「雁」は仏教的な無常観による「仮の世」の思いを呼び起こすものであった。それは、父八宮の死を悲しむ大君への強い共感により、いっそう強められた連想である。ここの引き歌としては、『古今集』（雑下・九三五）の「雁の来る峰の朝霧晴れずのみ思ひつきせぬ世の中のうさ」が指摘されているが、やはり『古今六帖』一「霧」（六三四）にも収められている歌である。

そもそも薫は、八宮に仏道の教えをこうために宇治へと通い始め、そして恋におちたのであった。こうした宇治の物語の主題的な文脈の中で、やはりこの薫の歌の「雁」と「仮」との掛詞による修辞も、〈異化〉によるアイロニーの文脈へと組み込まれていく。

第8章　〈反悲劇〉としての薫の物語

一　薫の理想化と悲恋の享受

『源氏物語』の薫の、大君そして中君を介して浮舟へと変転していく恋の物語は、「悲恋」とみなすことができる。そこに匂宮が関わることによって、宇治の〈ゆかり〉の女君たちの物語は、やがて典型的な三角関係の恋物語として浮舟を追いつめていく。

「悲恋」や恋の「悲劇」とは、薫や浮舟といった作中人物たちの体験であるとともに、それを見聞して伝える語り手や聞き手、あるいは作者と読者との関係における解釈の問題である。ここでは、『源氏物語』の薫の物語が、「悲恋」ではあっても「悲劇」とはいえないという観点から、その意味を考察してみる。

近代の読者には薫の優柔不断な性格や俗物性に対して批判的な見方が多いが、『更級日記』や『無名草子』を読むと、薫を理想的な男と受けとめる王朝女性たちの発言に出会う。『更級日記』の作者は、若き日に、光源氏のような男を年に一度でいいから自分のもとに通わせたいと思い、薫が浮舟にしたように、「山里にかくし据ゑられて、花、紅葉、月、雪をながめて、いと心ぼそげにて、めでたからむ御文《ふみ》などを、時々待ち見などこそせめ」とばかり思い続けていたという。しかしながら、その願望は実現せず、後年に反省して、「光源氏ばかりの人は、この世におはしけりやは。薫大将の宇治にかくし据ゑたまふべきもなき世なり」と記すのであった。

『無名草子』の語り手の女たちもまた、「薫大将、はじめより終はりまで、さらでもと思ふふし一つ見えず、返す返すめでたき人なんめり」という。たとえ光源氏の子であったとしても、母女三宮の頼りなさを思うと不思議だとし、紫上腹ならばさもありなんなどと発言して、「すべて、物語の中にも、まして現《うつつ》の人の中にも、昔も今も、かばかりの人はありがたくこそ」と絶讃している。

さすがに、これには疑問を呈する女房もいて、「け近くまめまめしげなる」つまり親しく熱心に魅了する点では劣っていたから、「浮舟の君」や「巣守《すもり》の中の君」(中君)は匂宮よりも「思ひおとし」ていたのが残念だと発言する。これについての反論は、それは薫大将の欠点ではなく、「女の、せめて色なる心のさま」が良くないのだと浮舟を批判し、中君は「匂ふ桜に薫る梅」と両者を讃えていたとしている。

『更級日記』の作者と『無名草子』の女房たちとでは、同じく薫を理想化しているとはいえ、浮舟の捉え方が異なるし、『無名草子』には薫についての異論も示され、また光源氏についても批判的である。若き日に現実の男にはありえない光源氏や薫にあこがれた『更級日記』の作者は、夕顔や浮舟に我が身を同化し、物語に魅了されたために神仏への信仰をおろそかにしたと後悔しているが、とりたてて「悲劇」ということもない。物語を恋した女のロマネスクを、日記という回想の自伝物語でいとおしむ、むしろ健全な精神の産物であろう。『更級日記』から学ぶべきなのは、近代の読者には仏道と恋のはざまを迷い漂う優柔不断とみえる薫が、理想的な男と思われた王朝後期の心性である。それは、王朝貴族社会の女性文化が円熟し、翳りを深めつつある時代に、末法思想のもとで極楽浄土への救済を願い信じようとする心と無関係ではないはずである。

すでに戦乱を経て武者の時代が到来し、王朝の〈女〉文化を失われた過去として憧憬する『無名草子』の、薫に関連する記述をたどれば、大君、中君、浮舟それぞれについての評言が、次のように表現されている。

「宇治の姉宮」大君については、「返す返すいみじけれ」と特異で印象深い女性の例に加えている。その死の場面を「あはれに悲しけれな」と語るところは具体的で、夫ではないために喪服を着ることのできない薫が、女房たちの喪服姿を見て、「くれなゐに落つる涙のかひなきは形見の色を染めぬなりけり」と詠み、向かいの寺の鐘の音に「今日も暮れぬ」と「あはれ」に思い続け、もしや生き返るかとむなしい期待をしている総角巻の情景を引く。また、東屋巻の宇治に新築した御堂を訪れて大君を偲ぶ場面で、遣水のほとりの岩に腰掛けた薫が立ち去りがたく、「絶え果てぬ清水《しみづ》になどか亡き人の面影《おもかげ》をだにとどめざりけむ」と歌ったことが、「あはれにうらやましけれ」というのである。大君に同化した女の立場から、薫のような恋人をもってこそ「死なむ命もいみじからめ」というのであった。

「宇治の中の宮」中君に関しては、宿木巻で夫の匂宮が不在の夜、薫が亡き大君を偲びつつ、中君をかき抱いたが懐妊していると知って激情を抑えた情景を、やはり歌を中心にして記している。「いたづらに分けつる道の露しげみ昔おぼゆる秋の空かな」と、薫は橋姫巻の昔を回想した歌を翌朝に贈り、匂宮は薫の移り香をとがめて二人の関係を疑う。中君が答えないので、匂宮は「また人もなれける袖の移り香を我が身にしめて恨みつるかな」と嫉妬した。中君は「見慣れぬる中のころもと頼めしをかばかりにてやかけ離れなむ」と、この香だけで慣れ親しんだ夫婦の仲が終わるのでしょうかと泣いた。これを語る『無名草子』の女房は、「返す返すいとほしけれ」と中君に同情している。この前の「いとほしき人」の段でも、匂宮が夕霧の婿になって、中君が「もの思はしげなるがいとほしき」とし、まして「かばかりにてやかけ離れなむ」などと歌うところは、読むたびに涙もとまらないと発言している。

浮舟については、「手習ひの君、これこそ憎きものとも言ひつべき人」と、ここでもきびしく語り始めるが、入水を決意した場面で、浮舟が我が身を思い乱れて、「鐘のおとの絶ゆる響きに音《ね》を添へて我が世尽きぬと君につたへよ」と詠み、「身を捨てたる」ことが「いとほしけれ」と同情している。また、薫が匂宮との関係を聞きつけて、「波越ゆるころとも知らで末の松待つらむとのみ思ひけるかな」と手紙をよこしたのに対して、届け先違いでしょ

う と返したのは「心まさりすれ」と、嘘までついた浮舟の気性の強さは肯定的に認めている。いずれも浮舟巻の歌にまつわる叙述で、「いとほしき人」の段にある。

『無名草子』は、仏教的な末世感の漂う幻想的な邸宅の場で、百歳を超えたもと女房の尼を聞き手とした、複数の女房たちによる〈女〉の物語であり、その評論の声も様々に響き合っている。先に引いた薫の女性に対する態度に欠点があるのではないかという異論も、大枠としての薫の全面肯定と、浮舟に対する批判の文脈の中で、少数意見によるゆらぎとして重要である。『無名草子』は『浜松中納言物語』についての条でも、その主人公の心くばりや容姿のすばらしさが、「薫大将のたぐひになりぬべく、めでたくこそあれ」としている。

『源氏物語』の薫は、平安朝後期物語の男主人公たちの理念型として、その後に受容されていった。すでに王朝貴族たちの政治権力の実体が失われた時代にあって、光源氏のように帝の秘められた父であり、摂関家的な外戚の権力をも併せもった物語主人公は、もはや王朝〈女〉文化の現実とは遠いものであった。『源氏物語』が宇治十帖において、物語の主題的な中心を〈都〉ではなく〈宇治〉へと変換して始まったことは、〈恋〉と〈王権〉や政治権力とが裏腹のダイナミズムをもって始まった第一部の光源氏の物語が、第二部では女主人公たちの身と心をめぐる生き方の物語へと焦点化して多元化し、第三部の特に宇治十帖においては、〈恋〉と仏教による〈救済〉の可能性を問うことへと主題的に変換したことを意味している。(1)

『源氏物語』の書かれたあと、院政期から武士の時代にかけて、王朝文化のジェンダー変換が急速に進み、〈女〉文化が和歌の世界を核として〈男〉文化に組み込まれる様相が強まっていた。『無名草子』はそうした時代に、その回復を求めつつも、現実としては失われた王朝〈女〉文化を憧憬し、その中心に『源氏物語』を置いたのである。『源氏物語』をはじめとする「作り物語」が王朝〈女〉文化の中心となったのは、その多くが女性作家によるものであったとともに、虚構の物語こそが否定的な現実を克服すべき可能性をもつ、空想の〈歴史〉であったからに他ならない。(2)

そうした時代の精神情況と薫を理想化して捉えることとが関係しており、現実の社会が王朝女性たちにとって〈悲劇〉的であるからこそ、〈悲劇〉としての読みは回避されたのだと思われる。以下では、『無名草子』の女たちが捉えた「めでたき」男としての薫と、「あはれ」で「いとほし」い女君たちの悲恋が、〈悲劇〉として受容されないことの起源を、『源氏物語』の主題的な表現の展開そのものに即して考えてみたい。そこには、『更級日記』や『無名草子』における読みとは違った意味での、『源氏物語』そのものの〈反悲劇〉性があり、それは語りの心的遠近法とも不可分であるといえる。

二　反悲劇としての源氏物語

アリストテレスが『詩学』で定義したギリシアの〈悲劇〉では、英雄というべき主人公が破滅することによって、壮大で厳粛なカタルシス（浄化）が観客にもたらされる。日常生活で鬱積した不安や恐怖、あるいは邪悪な感情が、カタルシスによって高級な情緒へと洗練されて変化するのである。ソフォクレスの悲劇『オイディプス王』の結末では、父を殺し母と交わるという呪われた予言の謎を解いて、自分を追いつめたオイディプスが、自らの両眼を刺して盲目となり、神々の敵として追放されるのだが、決然と自分の意志を貫き通している。オイディプスはひ弱な運命論者ではなく、敢然として神々に立ち向かう人間として表現されている。そこに〈悲劇〉としての力が生成し、カタルシスの効果がもたらされる。

『源氏物語』の光源氏の物語もまた、父桐壺帝と義母藤壺中宮との関係を中心として、主人公の運命を領導する予言や、密通による王権のタブー侵犯など、オイディプス王の悲劇とよく似た要素を示している。しかしながら、その類似ゆえに成り立つ比較によって、より本質的な差異が明らかになってくる。

光源氏は、自らの宿命を、父桐壺帝とその判断を通した異界の超越的な力による「宿世」と受けとめているが、現実レベルでも、心のレベルでも、父の桐壺帝を殺して王となることはしていない。「オイディプス・コンプレックス」という精神分析学の用語を創ったのはジグムント・フロイトであり、その心的な父殺しによって男児が自立するという意味において、藤壺との密通を解釈することは不可能ではないが、悲劇的な対立は回避されている。『源氏物語』の世界は、オイディプス王の悲劇や、特にフロイトのオイディプス・コンプレックスが強い家父長性を基盤としていることとは異質である。

藤壺との密通によって生まれた皇子が冷泉帝として即位するという設定は、「もののまぎれ」として秘密が守り通されて、光源氏は破滅するどころか、それによって物語世界内の権力と栄華が完成していくという、まさしく逆のベクトルを示している。その秘密が政敵である弘徽殿大后の右大臣方に知られたら破滅するという、〈悲劇〉の可能性を極限まで示しながらも、それを逆転して超現実的な理想を実現するという意味で、〈反悲劇〉ということができる。

〈悲劇〉という用語は、なにもアリストテレスの概念に限る必要はない。『悲劇の誕生』でニーチェは、ギリシア悲劇が合唱隊から発生したとして、「死の恐怖」をディオニソス的な忘我の音楽によって克服し慰めるのが〈悲劇〉だとした。鎮魂の音楽や語りの芸能は日本の伝統としてもあり、『平家物語』の原型をなす平家語りなどの軍記語り、また謡曲や説経浄瑠璃を〈悲劇〉とみなすことも可能である。もっと日常的な日本語の用法として、女三宮との密通を光源氏に知られて死んでいった柏木の〈悲劇〉、あるいは、晩年の紫上の〈悲劇〉といわれることはよくあるし、やはり晩年の光源氏の孤独な心情を〈悲劇〉ということもできる。そうした意味での〈悲劇〉は、「あはれ」や「いとほし」という『無名草子』の用語に近いものである。

とはいえ、ここでは『源氏物語』をあえてアリストテレス流の〈悲劇〉と対比して〈反悲劇〉とみることによって、光源氏の物語と比較しても、さらにその〈反悲劇〉性を明確に強めている薫の「悲恋」の物語としての特性を意味づけてみたい。

匂宮巻は、光源氏亡きあとの後継者として、冷泉院、匂宮、薫の三人に言及することから始まっている。

ひかり隠《かく》れ給にし後、かの御影にたちつぎ給べき人、そこらの御末々《すゑずゑ》にありがたかりけり。おりゐの御門をかけたてまつらんはかたじけなし。当代《たうだい》の三宮、そのおなじおとどにて生《お》ひ出《い》で給し宮の若君《わかぎみ》と、此二所なんとりどりにきよらなる御名とり給て、げにいとなべてならぬ御有さまどもなれど、いとまばゆき際《きは》にはおはせざるべし。ただ世《よ》の常《つね》の人ざまに、めでたくあてになまめかしくおはするをもととして、さる御仲《なか》らひに、人の思きこえたるもてなし有さまも、いにしへの御ひびきけはひよりも、ややたちまさり給へるおぼえからなむ、かたへはこよなういつくしかりける。

（匂宮・四・二一二）

光源氏が物語世界の中心をなす「ひかり」であったことが強調され、「かの御影」を継ぐ人が多くの「御末々」にいなかったとは、夕霧の息子たちをまず意識した発言である。次いで、譲位した冷泉院にいいおよぶのは畏れ多いと、その出生の秘密を知っている語り手が、表現のタブーとして語らないことを読者に確かめている。そして、今上帝の三宮である匂宮と、同じく六条院で育った女三宮腹の薫とが、世間では美しいとの名声を得ながらも、光源氏ほどの「まばゆき際」ではないと紹介される。ただし、世間の普通の人としては「めでたくあてになまめかし」く、光源氏の子孫としての世間の評判は、昔の光源氏よりもやや増さっていて、一方ではこの上なく立派であったと、微妙な言い回しである。

それは、この語り手が、薫の出生の秘密を知っていることを暗示した表現だからである。にもかかわらず、それを知らない世間の人々は、匂宮と薫とを光源氏の後継者として讃美していると語る。冷泉院の出生の秘密についてのタブー意識は、第三部における光源氏の後継者としての物語主人公から外すことであり、ここにも〈反悲劇〉性を認めることができる。これはすでに、第一部の薄雲巻における藤壺の没後、夜居の僧の密奏によって実の父が光源氏であることを知り、冷泉帝が光源氏に譲位しようとして諫止された時点で決定していたといえる。冷泉帝は幼時から光源氏と容貌の似ていることがしばしば語られ、それを口にもした桐壺帝に、光源氏や藤壺は内心で罪の意識におののきながらも、その秘密が露見することはなかった。

もちろん、朧月夜との恋を直接の契機として、弘徽殿大后方が光源氏を須磨流離へと追いつめていたように、この秘密が世間に知れていたら、光源氏も藤壺も、そして冷泉帝も、すべて破滅する〈悲劇〉が展開したはずであった。宇治十帖の始めの橋姫巻で語られるところによれば、冷泉院の東宮時代に、弘徽殿方が廃太子を策謀して八宮をかつぎ出そうとし、失敗したのだと、新たな事実が示されている。光源氏が須磨流離を体験していた頃にあたり、危機は王権をめぐる深刻な権力闘争としてあったことになるが、須磨巻では暗示に止まり、これまでの光源氏の物語において具体的に語られることは無かった。〈悲劇〉は弘徽殿方に利用されただけで捨てられた八宮の側に起こっていた。それが、橋姫巻で新たに登場する八宮と姫君たちの物語前史として語られているところに、やはり〈反悲劇〉的な物語の語りの心的遠近法が認められるのである。

橋姫巻から始まる宇治十帖の物語が、この語られざる〈悲劇〉の主人公である八宮と、その大君と中君、そして浮舟をめぐる、薫と匂宮との相関性の物語として展開していくことが重要なのだが、ここでは、匂宮巻の、出生の秘密を抱えた薫の特性と、物語の主題的な動機づけについて、しばらく読み進めてみる。

三　薫の反オイディプス性

薫は「幼な心ちにほの聞き給しこと」が折々に不審で不安だと思い続けていたが、「問べき人もなし」であった。母の女三宮には、自分のほんとうの父が誰なのかを問うどころか、感づいていることさえ知られないようにと気遣っている。ずっと気になりながら成長し、「なにの契にて、かうやすからぬ思そひたる身」となったのかと、その因果を仏教的な「契り」として発想している。「善巧太子《ぜんげう》」が自身に問うたという「悟り」をも得たいとした、ひとり言の歌が詠まれている。

おぼつかな誰にとはましいかにしてはじめもはても知《し》らぬ我身ぞ　（匂宮・四・二一七）

いずれも『法華文句』による表現とみられ、「答《いら》ふべき人もなし」と、語り手は歌に続けて付け加えている。「善巧太子」は釈迦の前身のことらしく、河内本系には「瞿夷《くい》太子」という異文があり、こちらは釈迦の子の羅睺羅《らごら》が母の胎内に六年いて実子かどうか疑われたという故事に繋がる。(3)

とはいえ、薫は積極的に父を確認しようとはせず、それが仏教に親しむ契機となってはいても、「悟り」を得るための努力もしていない。「はじめもはても知らぬ我身」という歌のように、存在の不安とゆらぎの中に自己を宙づりにしてしまっている。これは、のちに橋姫巻で、弁尼という「答ふべき人」を得たときの、その秘密を抱え込んだまま、何ひとつ劇的な反応を示さない態度へと通じている。

匂宮巻では、こうした薫の特性を語る前に、貴族社会内の寵児であることが語られている。「二品宮の若君」という呼称で、薫は女三宮の子であることがまず提示され、「院」光源氏の意向で「冷泉院の御門」が特に大切に世話をし、その「后の宮」秋好中宮も、皇子たちが無く淋しかったので、うれしい後見として薫を頼りにしていたという。元服なども冷泉院で行った。十四歳の二月に侍従、その秋に右近中将となり、皇族なみの恩賜の加階さえ、「いづこの心もとなきにか、急ぎ加へて」成長なさったと、語り手は説明している。

異常なまでの昇進をした薫の、親代わりである冷泉院が、それを依頼した光源氏から薫の出生の秘密を耳にしていたかどうかも不明だが、親たちの密通の罪を宿命としている者どうしの、連帯感を暗示するような語り口である。少なくとも破滅の危機をかかえていた光源氏から冷泉院へと、反オイディプス性が強まっていき、冷泉院から薫へという〈罪の子〉の系譜は、さらに反英雄的な世俗性を強めている。世俗の栄華とうらはらに心の内に根源的な負性による憂愁を抱えた主人公として、この物語の主題的な意味で、薫は光源氏の子であり、冷泉院の系譜を継いでいるとみることができる。

薫が冷泉院と違うのは、冷泉院には秘められて世間に秘密であるとはいえ、光源氏という実父が確かに存在していたのに対して、〈父〉の存在感がゆらぎ、不在の状態に宙づりにされていることである。〈父〉の欠落が、それを埋めて余りある現実の栄達をもたらしつつ、〈母〉女三宮との奇妙に親和した関係を強めている。フロイト的な読みをすれば、近親相姦願望ともいえるように親密な母子関係をもちながらも、出家した母との関係で、薫の物語は性的な欲望を抑圧しつつ、仏教的な救済願望に方向づけられて始まっている。

こうしたオイディプス・コンプレックスとの差異を捉えるために、古澤平作が提起し、小此木敬吾が一般化しようとしている「阿闍世コンプレックス」という概念が、『観無量寿経』という浄土教典を基盤とした精神分析理論であるがゆえに、より有効であるかもしれない。「母親殺しと未生怨」が阿闍世コンプレックスの独自性であるとされるが、その「未生怨」とは、阿闍世（善見）の名に含まれた意味で、「生まれる以前から父に怨みを抱く者」というオイディプスにも通じる解釈がなされ、オイディプスの「腫れた足」とも類似した「指折れ」の意味もあるのだという。小此木は、それが「日本的マゾヒズム」であることに差異があり、「その献身と自己犠牲とゆるしによって自発的な罪悪感を相手に引き起こし、この情緒に訴えていつの間にか相手を支配し、人を動かしていく日本的な支配原理」によるとする。(4)

小此木の論に基づいて「母子関係」を強調する論点としては、「未生怨は実は甘えの一つの手段」であり、「阿闍世コンプレックスは甘えとゆるしの提供者としての理想化された母との同一化を促進する側面」をもつというまとめがわかり易い。(5)「阿闍世コンプレックス」の原拠とする仏典や定義は揺れており、それはオイディプス・コンプレックスの変異型ともみられるし、「母子関係」や「母性」中心の「甘え」の日本文化論へと解消されかねないものでもある。とはいえ、オイディプス・コンプレックスに組み込まれた父子関係を中心とする父権的な「王権論」を相対化する視点として有効であろう。そして、薫論にとって特に示唆的な意味をもつのは、そこにも冷泉王朝と同じく「具体的に母子の葛藤がつよくえがかれるというわけでない(6)」ということである。

「おぼつかな誰にとはまし」という歌に続く文で、薫は何かにつけて「わが身につつがある心ち」がして、「ただならず物嘆かしく」想像をめぐらし、女三宮が美しい盛りに出家したのも、「道心」よりは意に反した「事の乱れ」だと思う。知る人はいるはずだが、「つつしむべき事」だから自分には知らせる人もないのだろうと思ったあと、こう続く。

明くれ勤《つと》め給やうなめれど、はかなくおほどき給へる女の御悟《さと》りのほどに、蓮《はちす》の露も明《あき》らかに、玉と磨《みが》き給はんこともかたし、五つのなにがしも猶うしろめたきを、われ、此み心ちを、おなじうは後の世をだに、と思《おも》ふ。かの過《す》ぎ給ひけんもやすからぬ思にむすぼほれてや、などおしはかるに、世をかへても対面《たいめむ》せまほしき心つきて、元服は物うがり給けれど、すまひはてず、おのづから世中にもてなされて、まばゆきまではなやかなる御身の飾《かざ》りも心につかずのみ、思しづまり給へり。（匂宮・四・二一七）

薫の目に映る女三宮は、その仏道修行によっても極楽往生はむずかしく、自分が来世での救済を手助けしたいと思う。「五つのなにがし」は五障で、女には往生を妨げる障害が男に増してあると、『法華経』などに説かれた仏教の通念である。次いで「かの過ぎ給ひけん」とおぼめかした表現で語られているのが、薫の実父柏木のことで、その人が往生できずに中有をさ迷っていると思いながら、来世で会いたいと思い、元服をいやがったが断りきれず、華やかな境遇にもかかわらず、沈鬱な思いでいたという。

薫がほんとうの父がすでに死んでいることを知り、その父が往生できずにいると考えつつ来世で会おうと思うのは、どういう理屈であろうか。元服したくなかったのは出家を考えたからであり、出家して実父を供養し往生させたあと、極楽で再会したいということであろう。母女三宮を往生させるためにも、出家することがいちばん確かな道だというのが、当時の発想だったはずである。

引用文の途中から、「われ……と思ふ」という薫に焦点化し同化した表現に、「給」という敬語が付き、距離をもって離れる語りの心的遠近法にも注意したい。アリストテレス流の〈悲劇〉が起こらないのは、来世での〈救済〉を求める物語の主題的な意味づけとともに、読者を巻き込んだアイロニカルな語りの方法によるからである。

匂宮巻の始めは、こうして、現世の栄華と裏腹の異和の感覚による薫の憂愁を、物語社会内に位置づけていく。そのためには、冷泉院の寵愛とめざましい昇進に加えて、今上帝も妹の女三宮の縁から、またその「后の宮」明石中宮も支援したという。「右大臣」夕霧も、わが子よりも大切にしたというわけで、薫には現世における敵対者がいない。そのことを、あらためて確認するように、語り手は光源氏と対比して、次のようにいう。

むかし、光君と聞《き》こえしは、さる又なき御おぼえながら、そねみ給人うち添《そ》ひ、母《はは》方の御後見《うしろみ》なくなど有しに、御心《こころ》ざま物深《ふか》く、世中をおぼしなだらめし程に、並《なら》びなき御光をまばゆからずもてしづめ給ひ、つひにさるいみじき世の乱《みだ》れも出《い》で来《き》ぬべかりし事をも、ことなく過《す》ぐし給て、後の世の御勤《つと》めもおくらかし給はず、よろづさりげなくて、久《ひさ》しくのどけき御心おきてにこそありしか、此君は、まだしきに世のおぼえいと過《す》ぎて、思あがりたる事こよなくなどぞものし給ふ。げにさるべくて、いとこの世の人とはつくり出《い》でざりける、仮《かり》に宿《やど》れるか、とも見《み》ゆること添《そ》ひ給へり。顔《かほ》かたちも、そこはかと、いづこなむすぐれたる、あなきよらと見《み》ゆる所もなきが、ただいとなまめかしうはづかしげに、心の奥多《おくおほ》かりげなるけはひの、人に似《に》ぬなりけり。

（匂宮・四・二一八）

匂宮巻の語り手が要約する光源氏の生涯は、桐壺帝の寵愛がありながら弘徽殿方に嫉妬され、母方の後見のないきびしい状況の中で、慎重に身を処して須磨流離の危機をもしのぎ、極楽往生のための仏道修行も時期を失せず、さりげなく穏やかな心くばりをしたというものである。ここでは、須磨流離の危機を、「いみじき世の乱れ」が起こりかねない事態であったのを、無事に過ごしたと表現していることが注目される。須磨巻では、政治的な危機を示しつつも、恋物語としての抒情的な表現を表層としていたのに対して、天下の大乱になりかねない政治闘争の時期であったという、橋姫巻で八宮が巻き込まれたという廃太子事件に通じる認識なのである。

これは、第一部の物語内容と矛盾するというのではなく、恋物語の深層にあった権力闘争という視点からの要約である。さらに、晩年の光源氏が「後の世の御つとめ」も適切に行ったというのは、第二部の最後の幻巻には記されていないその後の事実である。光源氏が出家したことは十分に想定されるが、その希望を若き日からしばしば述べつつも、ついにそれを記さないところに、生前の光源氏の物語における主題的な意味があった。

それに比べて、薫は、若き日から現世での貴族生活は充足し、高い気位をもち、仏菩薩の化身かとみえたと語る。ただし、容貌は特に「きよら」と見えるところもないものの、優美で立派であり、心の奥深さが特別であったと表現している。この物語の主題が、貴族社会の権力や栄華の表現ではなく、薫によって仏道による救済の可能性の問題と関わることが示されるのであるが、薫は出家しないまま惑い続けていく。

四　香の境界性

前節の引用文に続く文章に、薫の特異な体臭のことが記されている。本来ならば仏菩薩の聖痕であるはずの〈香〉が、修辞的な美文によって表現されているところに、パロディ性を読むことができる。

> 香のかうばしさぞ、此世の匂《にほ》ひならず、あやしきまで、うちふるまひ給へるあたり、遠く隔《へだ》たるほどのおひ風に、まことに百歩《ぶ》のほかもかをりぬべき心ちしける。たれも、さばかりになりぬる御有さまの、いとやつればみただありなるやはあるべき、さまざまに、我、人にまさらんとつくろひ用意《ようい》すべかめるを、かくかたはなるまで、うち忍《しの》び立《た》ち寄《よ》らむものの隈《くま》も、しるきほのめきの隠《かく》れ有まじきにうるさがりて、をさをさ取《と》りもつけ給はねど、あまたの御唐櫃《からひつ》に埋《うづ》もれたる香の香《か》どもも、此君のはいふよしもなき匂《にほ》ひを加《くは》へ、御前《おまへ》の花の木も、はかなく袖ふれ給ふ梅《むめ》の香は、春雨《さめ》の雫《しづく》にも濡《ぬ》れ、身にしむる人多《おほ》く、秋の野に主《ぬし》なき藤袴《ふぢばかま》も、もとのかを

りは隠《かく》れて、なつかしきおひ風ことに、をりなしからなむまさりける。　（匂宮・四・二一八〜九）

薫の体臭のすばらしさは、どんな香よりも強く、女性のもとへの忍び歩きもできないほどだったとされている。「百歩のほかもかをりぬべき」とは「百歩《ひやくぶ》の衣香《ゑかう》」に基づいた表現で、鈴虫巻で、光源氏が女三宮の持仏供養のために焚いた名香の「唐の百歩の衣香」を想起させる。それは、柏木との密通を清算するために出家した女三宮を六条院に繋ぎとめるために、白檀の阿弥陀仏と脇士の菩薩とともに、光源氏が盛大に催した調和の幻想を象徴するものであった。薫の体臭は、仏菩薩の化身どころか、光源氏の〈光〉が隠蔽し続けてきた、〈闇〉に起源する〈罪〉のアイロニカルな象徴であると思われる。

こうした負性の〈香〉は、母胎に入るまでの欲界中有の身である乾闥婆（ガンダルヴァ）と関係していると考えられる。乾闥婆は香を食物とし、『法華文句』（二下）によれば、その身から香を出し、天帝の俗楽の神でもある。『倶舎論』では、「中有」の身から人間として誕生するときに、業力の眼根によって「父母の交会」を見て「倒心」を起こし、男ならば「母を縁じて男欲」を起こし、女ならば「父を縁じて女欲」を起こすのだという。そして、健達縛（乾闥婆）の「愛」と「恚」（怒）の二種の「倒心」を例示している。これが、クラインの早期オイディプス・コンプレックス論と類似しているという小此木は、阿闍世の「未生怨」と結び付けている(7)。

そうした仏典における、生誕以前の「中有」にまつわる〈香〉の表徴が作用しているとすれば、薫の芳香は、出生の秘密に関わるものであり、聖俗にまたがる愛憎の両義性を示すものである。それとは無関係に、ひたすら現実的な美の快楽原則から、これに対抗しようとしたのが匂宮であった。匂宮は香をさまざまに調合して挑むが、それだけはかなわない。薫の超現実の匂いは、現世への異和を表象するものであり、薫自身がこれをもてあまし、女性関係に積極的な匂宮とは対照的に、召人との情交はしても結婚には消極的であった。

匂宮・紅梅・竹河という三帖の物語において、この匂宮の薫への対抗心が、直接的な恋の三角関係の物語へと展開することはない。夕霧は匂宮と薫とを娘たちの婿にと望んでいるが、匂宮は冷泉院の女一宮を思っている（匂宮巻）。故柏木の弟である按察大納言は真木柱腹の中君と匂宮との結婚を望むが、匂宮は乗り気ではなく、真木柱は「八の宮の姫君」を愛して宇治に通うという匂宮の「あだあだしさ」を心配している（紅梅巻）。そして、鬚黒亡きあとの玉鬘は、大君をいまだに自分を思う冷泉院と結婚させ、中君を今上帝の尚侍とした。夕霧の子である蔵人少将の失意とともに、薫もまた秘かに玉鬘の大君への思慕の情をつのらせていた（竹河巻）。この三帖は、光源氏の物語への反歌のようにして、光源氏の遺光を偲びつつ、その末裔たちの都世界のままならぬ恋物語を語っている。

宇治十帖に入ってから、大君と中君をめぐる薫の物語、中君そして浮舟をめぐる薫と匂宮との恋の三角関係の物語が追いつめられていくのだが、橋姫巻のその始発に、この〈香〉をめぐる匂宮の対抗心があったとする。俗聖《ぞくひじり》といわれた宇治八宮のもとに、仏道を学びに通い始めた薫は、かいま見を契機として、大君を恋するようになる。宇治はまた、薫にとって、自分に出生の秘密を告げた弁の尼のいる宿命の地でもあった（橋姫巻）。仏道から恋へという、仏教からみれば逆転した発想の物語が進行して行き、それは「世づかぬ」薫と宇治の姫君たちにとって、ありうべき新しい男女関係の可能性を探るものであった。八宮は薫に姫君たちの後見を託して没した（椎本巻）。

大君との結婚を望んだ薫に対して、大君は自分が母代わりとして中君と薫とを結婚させようとする。薫は自分と偽って匂宮を中君の寝所に導き、二人の結婚は成立するが、信頼していた薫に裏切られた大君は、薫との結婚を承服しないまま、肉体関係のない恋人として、薫に看取られながら死んでいく。残された薫は、どうせこうなるのなら中君と結婚しておけばよかったと、大君を偲びつつ中君にせまり、中君が自分よりも姉によく似た腹違いの妹として、薫に紹介したのが浮舟である。薫が大君の「人形《ひとかた》」を作って拝もうかと発言したのを承けて、中君が祓えの「人形」のようで不吉だと言いつつ紹介したところに、やがて匂宮と薫との三角関係に追いつめられて入水を決意する、浮舟の運命が暗示されていた。

ここには、欲望が自発的なものではなく、第三者の欲望を模倣することによって生まれるとした、ルネ・ジラールの「欲望の三角形」理論があてはまる。神田龍身によれば、匂宮と薫との関係は、女を競っているというよりも、女を手に入れることで相手を屈服させることが目的というべき男色関係を秘かに含んでいる(8)。薫の身体から発する匂いを模倣したのは匂宮であり、その意味で匂宮の薫りは偽物だったが、大君を欺いて中君と契るためには有効であった。他方で薫は、たとえ無意識にせよ、匂宮に対抗し挑発することによって、匂宮の恋の欲望を模倣し、女を恋する男となった。

薫にとっての〈悲劇〉は、いわば偽物の恋する男でありながら、それに無自覚なまま自分の誠実さの優位を信じ続けたところにある。薫の美しい体臭は、「中有」に起源するとみられる仏道と現世の栄華や恋との狭間にある異和の象徴であり、パロディ記号ともいいうるものであった。それが、物語の男の理想性として後の読者に受けとめられたのは、光源氏のような男がもはやありえないという、女たちの発想と関わっている。薫の問題は、読者である王朝後期の女性たちの問題でもあった。

すでに円熟し、崩壊へと向かいつつある王朝貴族社会の、女たちによる男女関係の幸福幻想の中で、他方では仏道による来世での救済願望が強まり、にもかかわらず末法の世という意識ゆえに、その困難さが実感されていた。あえていえば、現実社会そのものが「中有」の様相を強めていたのである。

『源氏物語』はこうした状況の中で、どのような女の生き方が可能かを探求し続けていくのだが、ここではそうした女主人公たちと関わる薫の像をもう少したどって、その恋物語の〈反悲劇〉性が、語りのパロディ的な表現法と不可分であることを確かめたい。

五　語りのパロディ性と〈反悲劇〉

三田村雅子は、「ずらし」と「揺れ」の中で続編(第三部)の物語が始まり、「〈匂ひ〉は人物を特定するどころか、さまざまな人物と誤って結び付けられる浮遊する記号として、独自の意味を生成している」という。例えば、橋姫巻で宇治へ馬に乗って向かう薫が、露深い夜明け前の道をお忍びで行くのにも関わらず、「隠れなき御匂ひぞ風に従ひて、主《ぬし》知らぬ香《か》とおどろく寝覚めの家々ありける」と、「戯画化」されていることをはじめ、その体臭の染み移った衣を下げ渡された宿直人が、不似合いな香を洗い落とそうとしてもだめなので持て余したという「喜劇」は、「香を有効に生かしきれない薫のパロディ」だとする。[9]

あえて言い換えれば、宿直人の表現は、〈反悲劇〉としてすでにパロディ化されている薫の、歪んだ鏡像としてのパロディである。さらに、そうした薫の宇治への道行きが、匂宮巻における体臭の表現と同じく、引き歌による修辞的な美文によって織りなされているのである。[10] 膠着した人間関係を表現する宇治十帖の物語にあっては、歌ことばによる同化と異化との両義性が、微妙に作用している。そして、匂いがもたらす誤解のひとつが、総角巻で薫にせまられた大君が、やっとなだめて帰らせたにもかかわらず、中君は姉の身体に染み込んだ薫の移り香のために、情事があったと思う場面である。当然のこととして、周りの女房たちや薫の供人も誤解していた。語りの心的遠近法は作中人物たちを相対化し、異化の距離を示している。とはいえ、その前の性関係を抑圧した朝の情景は、みごとに美しい文章で表現されている。

はかなく明《あ》け方《がた》になりにけり。御供《とも》の人々起《お》きてこわづくり、馬《むま》どものいばゆるおとも、旅《たび》の宿《やど》りのあるやうなど人の語《かた》るをおぼしやられて、をかしくおぼさる。ひかり見《み》えつる方《かた》の障子《さうじ》をおしあけ給て、空《そら》のあはれなるを、もろともに見《み》給ふ。女もすこしゐざり出《い》で給へるに、ほどもなき軒《のき》の近《ちか》さなれば、しのぶの露もやうやうひかり見えもて行。かたみにいと艶《えむ》なるさまかたちどもを、「何《なに》とはなくて、ただかやうに月をも花をもおなじ心にもてあそび、はかなき世のありさまを聞《き》こえあはせてなむ過《す》ぐさまほしき」と、いとなつかしきさまして語《かた》らひきこえ給へば、やうやうおそろしさも慰《なぐさ》みて、「かういとはしたなからで、もの隔《へだ》てなど聞《き》こえば、まことに心の隔《へだ》てはさらにあるまじくなむ」といらへ給ふ。（総角・四・三九三〜四）

大君を「女も」と呼ぶなど、後朝の典型的な表現によっているのだが、注意深く読めば、「旅の宿」で女と一夜を過ごした朝の体験を語った他の男を模倣して「をかし」と思い、肉体関係はなくとも「おなじ心」で月や花を楽しみ、無常な世について語り合いたいという薫と、やっと身の危機を逃れたと「おそろしさ」を静めて答えた大君との、共感の内にある齟齬を読むことができる。始めに引いた『更級日記』の作者は、この情景を浮舟の物語と重ねて理想化しているらしい。

「馬どものいばゆるおと」は、このあとで鶏の声をめぐる贈答歌を交わすことも含めて、白居易の「晨鶏再ビ鳴イテ残月没ス。征馬連《しきり》ニ嘶ツテ行人出ヅ」（『白氏文集』十二・生離別）による。夕顔巻で、光源氏が五条の夕顔の小家で迎えた朝の月下の砧《きぬた》の音や雁の声が、やはり白居易の詩句によっていたことを想起させるが、もちろんこちらは偽の後朝の情景である。続く場面から、鶏鳴による贈答の歌だけを引いてみる。

（薫）　山ざとのあはれしらるるこゑごゑにとりあつめたるあさぼらけかな

（大君）　鳥のねもきこえぬ山とおもひしを世のうきことはたづねきにけり　（総角・四・三九五）

「女君」と称せられる大君の歌は、薫の歌を切り返す作法により、贈答が成立しているからには恋の関係が成り立っているという物語の常識が、ここには通用しない。かといって、文字通りに大君が薫を拒否しているのでもない。独詠歌のような二人の歌による齟齬の上に、奇妙な共生の関係が成り立っている。こうした関係は、『無名草子』が「あはれ」と共感した発言で記す、大君の死の場面まで続くことになる。

中君と薫との関係で、『無名草子』が「いとほし」というのは、薫の移り香のために、匂宮が二人の情交を疑った場面であった。『更級日記』の作者が浮舟にあこがれた、宇治に隠し据えられた場面とは、東屋の巻末あたりの情景をさすのであろうが、そこでの薫は、あくまで大君の「形代《かたしろ》」たりうるかどうかを疑いつつ、浮舟を見ていた。ひどく「つつましげ」で「はぢたる」浮舟の様子を、ものたりなく思いつつも、頼りないほうが大君の理想に近づけるべく教育するのによいし、田舎びた下品な個性があったら「形代」としては役立たずだと考えたりもしている。

そして、琴を教えようとして、琴《きん》や箏はだめでも、「我つまといふ琴」（和琴）は弾くでしょうと発言したとき、浮舟が「そのやまとことば」さえ不似合いな育ち方をしたから、まして和琴はできませんと答えたのを聞いて、薫は「言《こと》」と「琴」とを掛詞にした応答の機知は悪くないと思う。

琴を弾かせるのは止めて、薫は「楚王の台《たい》の上《うへ》の夜の琴の声」と誦じたが、それを承ける文章は、「かの弓《ゆみ》をのみ引《ひ》くあたりにならひて、いとめでたく思ふやうなりと、侍従も聞《き》きゐたりけり」と続く。東国の武人のあたりで育ったから、この詩句の不吉な意味も解らずに、浮舟は朗詠のすばらしさだけを思っているようだと、女房の侍従が聞いていたと語るのであり、浮舟の心は表現されていない。

この詩句は、楚の襄王が蘭台のほとりで夜琴を弾じたという故事（『文選』風賦）によるのだが、『和漢朗詠集』（上・雪・尊敬）では、この前句に「班女ガ閨ノ中ノ秋ノ扇ノ色」とあって、漢の武帝の寵妃が他の女に寵を奪われ、その身を、夏の白絹の扇が秋に捨てられるのに喩えて嘆いた故事（『文選』怨歌行）と結びつくから不吉なのである。「さるは、扇《あふぎ》の色も心おきつべき閨《ねや》のいにしへをば知《し》らねば、ひとへにめできこゆるぞ、おくれたるなめるかし」と、語り手も侍従の判断を支持するようにして、浮舟の知識のなさを推測している。そして、薫もまた、事もあろうに不吉な詩句を口にしてしまったと気づいたという。

そこへ弁の尼が、箱の蓋に紅葉や蔦を敷き、くだものを載せて届けてきた。その敷いた紙に書かれた歌を「くまなき月」の光で見た薫が、特に返歌というわけでもなく口ずさんだのを、「侍従なむ伝へけるとぞ」というのが、東屋巻の終わりである。語りの視点は、語り手さえも相対化して、脇役の女房たちの判断や行為が、その心を表現されない浮舟を取り巻き、その運命に作用していくことが、物語の主題的な方法なのである。

薫によって宇治に隠し据えられた浮舟の生活は、『更級日記』の作者があこがれたような、「花、紅葉、雪、月」を眺めて「心ぼそげ」に「めでたからむ御文」を待つものとは違っていた。続く浮舟巻では、なおも中君に執着して浮舟を訪れない薫ではなく、匂宮が浮舟の行方を知って宇治を訪れ、宿命的な三角関係の恋物語へと展開していく。匂宮は、薫の声をまねて女房を騙して部屋に入り、灯を消させた暗闇の中で「香のかうばしき」ことも劣らず、浮舟が「あらぬ人」と知ったときには、すでに遅かった。

これ以後の浮舟の物語の行方については、ここでは論じない。浮舟が入水を決意して自殺未遂のまま横川僧都の一行に救われて出家し、薫が再会を望んだのを拒んだまま、『源氏物語』は夢浮橋巻で、途絶えるようにして終わる。それを浮舟にとっての〈悲劇〉ということはできても、薫にとっては〈悲劇〉として完結していない。なぜならば、薫はついに浮舟の心ばかりか、事態の真相をなんら捉えられないまま、惑い続けているからである。薫が浮舟に贈った『源氏物語』の最後の歌はこうである。

法の師《し》とたづぬる道《みち》をしるべにて思《おも》はぬ山にふみまどふかな　（夢浮橋・五・四〇五）

現世を惑い続ける末法の世を実感していた『無名草子』の老尼や語り手の女房たちにとっては、こうした薫の姿のほうが、女を権力で支配したり、仏による救済や悟りをおしつける男よりは、「あはれ」という共感をもち得たのであろう。『源氏物語』に示されたアイロニーやパロディ性による表現を、『更級日記』や『無名草子』の作者たちが読み誤ったというのではなく、そこに託された王朝〈女〉文化への切実な夢を受け止めるべきであろう。『源氏物語』がそれを先取りしていたとすれば、現世そのものが〈中有〉であり、流離《さすらい》こそが人生であるという思想が通底し、薫においてもっとも強く主題化されているからだと思われる。

第9章　愛執の罪——源氏物語の仏教

一　横川僧都の手紙

第1章で論じたように、『源氏物語』は謎かけと謎解きを方法的な手法としており、それは語り手と作中人物たちとの関係であるとともに、作者と読者とが組み込まれた関係でもあった。かけられた謎は、解かれたかと思うと新たな謎を生み、それらが主題的な物語世界を生成し、そこには語りの心的遠近法が作用していた。

光源氏という中心を失った第三部の物語世界は、薫と匂宮という二人の男主人公をめぐる、宇治の大君と中君、そして浮舟を中心とする物語へと展開していくが、その語りの方法もまた、周縁的なものが露呈した多元的な語りへと変質している。もちろん、光源氏の物語もまた、それと関わる女君たちの心内の語りを主として相対化の度合いを強め、若菜巻以降の第二部では、その主題的な齟齬と自立の様相が増大していた。宇治十帖ではさらに、薫と匂宮、そして前半部分では宇治の大君と中君、後半部分では浮舟との人物関係へと絞られることによって、物語内容の主題的な中心性は凝縮されたのだが、語りの方法は、それまで周縁的であった女房や従者たちまでが語り手として表層化するなど、語る主体の多元的な分裂の様相を強く示しているということである。

浮舟の物語は、物語内容としては薫と匂宮との三角関係を解消できずに自殺未遂した浮舟が、横川僧都とその母や妹尼に生命を救われたが、出家により魂が救済されて生きることが可能かという主題に凝縮されている。にもかかわらず、浮舟と薫と横川僧都など、作中人物たち相互の意志疎通は成り立たないことが際だち、その結末が謎かけとして読者の読みにゆだねられて、夢浮橋巻は中断するかのように終っている。ここでは、「愛執の罪」と浮舟の還俗という仏教に関わる問題をめぐって、作中人物たち相互の意志の伝達不可能性（ディスコミュニケーション）と、物語の主題的な終焉について論じたい。

夢浮橋巻の終わり近くで、薫から浮舟との関係を聞き知った横川僧都は、浮舟に贈った手紙の中で、

> 御心ざし深《ふか》かりける御仲を背《そむ》き給ひて、あやしき山がつの中に出家し給へること、かへりては、仏の責《せ》めそふべきこととなるをなむ、うけたまはり驚《おどろ》き侍る。いかがはせむ、もとの御契《ちぎ》りあやまち給はで、愛執《あいしふ》の罪《つみ》を晴《は》るかしきこえ給て、一日の出家の功徳《くどく》ははかりなきものなれば、なほ頼《たの》ませ給へとなむ。（夢浮橋・五・四〇二）

という。その解釈が、僧都の浮舟に対する、還俗勧奨説と非勧奨説とに対立して議論されてきたところである。

これを文字通りに読めば、沙弥尼戒を授けた浮舟の還俗を勧奨しているとみられるのであり、古注釈ではほとんど問題にされず、『岷江入楚』の「箋」つまり三条西実枝説で「もとのごとくの契になり」というし、現在でも勧奨説が圧倒的に多い。とはいえ、非勧奨説の論拠も無視できないものがあり、両義的な読みの可能性が仕掛けられているとの説も提起されている。[1]

僧都は、薫の愛情が深い仲であったのに反して浮舟が背き、「あやしき山がつ」の小野で出家したことを、かえって仏に責められるべきことという。夫とみた薫や母中将の君の許可を得ていなかったことが事後に判明したのであり、貴族における出家と、より民衆に近い層の人々の出家との差異が前提にされているともみられる。

『源氏物語』における光源氏の出家は、人生の最終的な完成としての理想性を求めるものであったがゆえに、幻巻までにおいて実現することがなかった。薫もまた、若き日から道心にあこがれ、俗聖とよばれた宇治八宮のもと

に通い始めて、あやにくな恋にとらわれる結果となった。こうした貴族の男に対して、藤壺や女三宮は、光源氏の意に反して決然と出家していた。とはいえ、それは「あやしき山がつ」の中の出家などではなく、貴族社会と決別するものでもなかった。晩年の紫上は出家を願いつつも、かろうじて在家戒の五戒を認められた臨終まで、光源氏によって許されなかった。『源氏物語』の貴族社会における男の出家と女の出家とは、その関係性に基づいた差異を示してもいる。

「もとの御契り」とは、浮舟が薫と結ばれるべき前世からの宿縁をいうのであろう。出家させた僧都との宿縁という説も還俗非勧奨説の読みとしてあるのだが、ここでは出家の主体をあくまで浮舟としており、自分が出家させたことについて直接にはふれていない。あくまで事情を知らなかったゆえに出家させてしまったのであり、還俗もしかたないという、薫の要請に基づいた苦渋の発言である。「一日の出家の功徳」を信頼しなさいと言いつつ、還俗を勧めることへのためらいを読むことができる。僧都自身が仏教的な立場から還俗を勧奨しているのでないことは確かである。

「愛執の罪」は薫の浮舟への愛執による迷妄の罪であり、それを晴らすことを浮舟に求めている。この発言における僧都はあくまで媒介者であって、薫という貴族の男の「愛執の罪」の救済を中心としている。浮舟は手紙の使者たる異父弟の小君との対面をもしぶり、会いたいのは母だけで、「この僧都ののたまへる人」などには知られたくなく、僧都の妹尼に「ひがこと」として拒絶してほしいという。妹尼は、それはできないと語る中で、僧都の実直な性格と薫の高貴さをいう。浮舟の強情さにあわてつつ対面した妹尼に、小君は薫の手紙を渡して浮舟の返事を請い、「ありしながらの御手」を見て心乱れながらも、浮舟は拒絶したままで、小君は空しく薫のもとに帰った。

浮舟が薫の「愛執の罪」を晴らすべきだという論理は、仏教の男性中心主義によるものとも、「代受苦」のスケープゴート的な民俗心性による話型ともみられている。そもそも、浮舟は大君の「形代《かたしろ》」として、中君の薫に対する会話の修辞において、祓えで人々の罪や穢れを背負って川に流される「人形《ひとかた》」に喩えられて物語に登場したのであった。その神話的な原像が『大祓詞』に登場する「代受苦」の女神ハヤサスラヒメである。「宇治」という宇治十帖の物語の時空そのものが、「憂し」と掛詞による作中人物たちの心的な流離の主題性のもとに設定されており、その最後の女主人公が、匂宮と詠み交わした歌の表現としてみずからを「浮舟」に喩えた女性なのであった。(2)

浮舟は、その登場の始めから、流離と「代受苦」の表象をになっていた。それはまた、宇治の大君や中君の身代わりの「人形」としてのみならず、藤壺や紫上、そして落葉宮など、この物語が主題的に反復し深化してきた貴族社会における女の生の苦悩と可能性を継承し凝縮した存在でもある。

そうした『源氏物語』の女性の生き方をめぐる物語の極北に、宇治八宮の娘とはいえ認知されず、八宮の召人であり常陸介の後妻となった母中将君の娘として、貴族社会からひとたびは排除され逸脱した浮舟の独自性がある。その浮舟が、まさしく貴族社会の中心にある薫と匂宮との三角関係の恋に巻き込まれ、入水による自殺未遂のあげく、横川僧都とその家族に生命を救われたのであった。

その心の救済が可能かという主題的な展開の終わりに、「愛執の罪」をめぐる僧都の発言が位置している。それはまた、同じく横川僧都とよばれた、同時代の実在の僧である源信を想起させることによって、仏教による女人救済の可能性を問うこととともなっている。こうした問題意識のもとに、あくまでも『源氏物語』の主題的な文脈における、浮舟と薫と横川僧都との意識の齟齬をめぐる、出家と〈罪〉と〈救済〉の問題として読む必要がある。

二　罪と出家

『源氏物語』において、出家は無条件に肯定されてはおらず、その理想としての実現の困難さは、すでにふれたように、光源氏において典型的である。光源氏は、若くから出家を願望しつつ、現世へのすべての執着や「ほだし」を解消したあとの、人生の完成としての出家を願望するゆえに、幻巻の終わりまで、ついに出家したとは書かれていない。これに対して、多くの女性たちは出家しているが、光源氏はそれを積極的に肯定することなく、理想化されてもいない。

帚木巻にはすでに、左馬頭が若き日には感動したが今は醒めて「いと軽々しくことさらびたること」と語る、物語の女の典型に関する小話があった。愛情の深い男を残して「逃げ隠れて、人をまどはし心をも見む」とするうちに、「長き世のもの思ひ」になる。「心深しや」などほめられて、「あはれ」が進み尼になり、出家を決意したときは「いと心澄めるやう」で俗世をふりかえらないが、知人が見舞いに訪れ、嫌いになったわけでもない男が聞きつけて涙を落とすと、召使いや古御達などが出家を惜しみ、自身も額髪をかきさぐって心細くべそをかく。涙をこらえきれず、悔しいことも多いだろうから、「仏もなかなか心ぎたなし」と御覧になるだろうし、「濁りにしめるほどよりも、なま浮かびにては、かへりて悪しき道にも漂ひぬべくぞおぼゆる」と左馬頭は語っていた。

愛情のもつれから出家した女の生道心を揶揄する、こうした男の側からのまなざしは、浮舟に対しても作用するものであろう。僧都の妹尼たちも、出家を惜しむ古御達と同様の位相にあるといえる。ただし、浮舟は、薫と俗世への執着を、母への思いを別にしてきっぱりと拒絶している。そして、薫の要請をうけて、浮舟を出家させた僧都自身が還俗を媒介すると読みうる発言をしているところに、『源氏物語』の始めと終りとを対比して浮上する主題的な問題がある。

左馬頭が語る出家した女の「なま浮かび」は、女自身の現世への執着の罪であるが、浮舟は薫の「愛執の罪」を救済することを求められている。「愛執」という語は、『源氏物語』ではこの一例で、明らかに薫のものだが、恋愛に執することは相関的であり、仏教では生来罪深い存在とみられていた女もまた、「罪」を不可避に内在するということであろう。

そもそも「愛執」という語は、『源氏物語』以前には仏典を含めて用例を見出だしがたい。『今昔物語集』（巻十三・四二）に、極楽往生したと思われた六波羅の僧の講仙が「霊人」に憑いて、橘の木を護り愛した「愛執ノ過《とが》」ゆえ「小蛇」に生まれたという。結語にも「由無キ事ニ依テ愛執ヲ発ス」とみえる。この原話が『法華験記』（上・三七）にあるが、そこでは「愛護の執心」である。

『源氏物語』には「執」ならば四例あり、いずれも第二部のもので、男女ともに用いられている。[3]若菜下巻で、光源氏のもとに現れた六条御息所の死霊が、「なほみづからつらしと思ひきこえし心の執なむとまるものなりける」という。恋の苦悩が原因で「物のけ」となって往生できず、中有をさ迷い続けて醜悪な幻影をさらす六条御息所の死霊は、まさしく「愛執の罪」の意味内容を「執」と表現されているといえよう。

柏木巻では、柏木が自分に取り憑いたという占いの「女の執」が、女三宮のものなら嬉しいのにと小侍従にいう。横笛巻では、柏木の遺愛の笛を預かった夕霧が、夢に柏木の霊を見て、ささいなことでも、臨終に「一念の恨めしきにも、もしあはれとも思ふにまつはれてこそは、長き夜の闇にもまどふわざなれ、かかればこそは、何ごとにも執はとどめじと思ふ世なれ」という。いずれも、死後にこの世に執着を残して往生できない霊にまつわる用例であり、男女の愛執についてであることが、『今昔物語集』とは異なる特徴である。

もう一例は、幻巻の光源氏が明石君に語ることばの中の、「人をあはれと心とどめむは、いとわろかべきことと、いにしへより思ひえて、すべていかなる方にも、この世に執とまるべきことなくと心づかひをせしに」と、女性への執着を反省して語るところにある。とはいえ、光源氏も、薫もまた、「愛執」の絆しを切り捨てることができなかった。

御法巻で、死を覚悟しながらも光源氏に出家を許されない紫上は、夫の許可なく出家することを思いとどまり、我が身の「罪」を意識している。光源氏の側からすれば、紫上と一蓮托生の「契」を交わし、現世での出家による別離を覚悟したことはあったが、紫上の重い病ゆえに臨終を見取れぬことへのためらいがあったためだと表現されている。

さるは、わが御心にも、しかおぼしそめたる筋《すぢ》なれば、かくねんごろに思給へるついでにもよほされて、おなじ道《みち》にも入《い》りなんとおぼせど、一《ひと》たび家を出で給なば、仮《かり》にもこの世をかへりみんとはおぼしおきてず、後の世にはおなじ蓮《はちす》の座《ざ》をも分けん、と契かはしきこえ給て、頼《たの》みをかけ給御中なれど、ここながら勤《つと》め給はんほどは、おなじ山なりとも峰《みね》を隔《へだ》てて、あひ見《み》たてまつらぬ住《す》みかにかけ離《はな》れなん事をのみおぼしまうけたるに、かくいと頼《たの》もしげなきさまになやみあつい給へば、いと心ぐるしき御ありさまを、いまはと行《ゆ》き離《はな》れんきざみには捨《す》てがたく、中々山水の住《す》みか濁《にご》りぬべくおぼしとどこほるほどに、ただうち浅《あさ》へたる思《おも》ひのままの道心起《お》こす人々にはこよなうおくれ給ぬべかめり。御ゆるしなくて、心ひとつにおぼし立《た》たむもさまあしく本意《ほい》なきやうなれば、このことによりてぞ女君はうらめしく思きこえ給ける。我御身をも罪《つみ》かろかるまじきにやとうしろめたくおぼされけり。　（御法・四・一六二～三）

「ただうち浅へたる思ひのままの道心」により出家した女性への批判があるのは、女三宮などに対するものである。光源氏ゆえに出家できないことを「うらめしく」思いながらも、自認する紫上の「罪」とは、女ゆえのものか、結果的に現世に執着するゆえであろうか。四十三歳で没した紫上の美しい死に顔を、夕霧は「飽かずうつくしげに、めでたうきよらに見ゆる御顔のあたらしさに」と見つめている。

この部分について藤原克己は、「往生伝には、夫妻で出家修道し、共に往生した例も見られるから（『後拾遺往生伝』巻中）、『源氏物語』の愛執＝罪障観には、往生伝などよりはるかに厳しいものがあるといえよう」としている。[4]

浮舟の出家もまた「ただうち浅へたる思ひのままの道心」ということになるのであろうか。光源氏にとっての理想の出家の厳しさと異なって、ここでは横川僧都という高徳の仏者の発言であるから、その意味もまた異なるものがある。そして、老いと死を意識して四十三歳ほどで没した紫上と、未だ若く、自殺未遂はしているが二十三歳前後かとみられる浮舟との差異もあるであろう。ちなみに、御法巻の光源氏は五十一歳、夢浮橋巻の薫は二十八歳である。そしてまた、正妻としての女三宮と光源氏との結婚によって、我が身の不安定さを思い知らされたとはいえ、光源氏に最愛の妻として扱われた紫上に比べて、浮舟は薫に妻として扱われていたとはいえない。

薫は、召人である小宰相から、浮舟が生存して横川僧都のもとで出家していることを聞いた。明石中宮はわが子の匂宮が薫から浮舟を奪ったことの責任を感じて、小宰相の口から浮舟の生存を薫に伝えさせたのだが、薫は中宮が匂宮と結託して、自分には黙っているのではないかと邪推した。自分が身分の低い女に執着するのも世間体が悪いし、匂宮が知ったら浮舟の「思ひ入りにけん道」（道心）を乱すだろうから、来世で語り合う機会をまって、「わがものにとり返し見んの心はまたつかはじ」と、ひとたびはあきらめようとしつつ思い乱れている。その明石中宮の真意を確かめようと対面し、中宮が匂宮には伝えないことを知って、横川僧都との対面を決意する。しかし、なおも浮舟が尼姿の人々の中にあっても「うきこと」、つまり他の男ができたと耳にしたらなどと思い乱れてもいる。

これが手習巻の末尾なのだが、夢浮橋巻の末尾の「人の隠しするゑたるにやあらん」と同じく、浮舟の内実とは無縁のひとりよがりの迷妄にとらわれている薫の心を、語り手は皮肉に強調している。夢浮橋巻の始めで、薫から「知るべきひと」浮舟を受戒させた事情を問われて、僧都は「かくまでのたまふは、軽々しくは思されざりける人」と思い、「法師といひながら、心もなく」出家させてしまったと後悔して、事の経緯を語った。

冷静を装いつつ「夢の心地してあさまし」く思い涙ぐむ薫の様子に、僧都は、「過ちしたる心地して罪深ければ」と思い、「高き家の子」だろうにどうしてこれほど落ちぶれたのかと尋ねた。薫は、「なまわかむどほりなどいふべき筋」と答え、失踪し「身を投げたるにや」と、「母なる人なんいみじく恋ひ悲しぶ」ことを強調している。「便なきしるべ」とお思いでも、坂本に降りて対話の仲介をしてほしいと願う薫を、僧都は「いとあはれ」と思う。浮舟が「かたちを変へ、世を背」いたとはいえ、「髪、髭をそりたる法師」でさえ「あやしき心」（淫欲）が失せない者もいるようだから、まして「女の御身」の浮舟が薫と会って、戒律を守れるはずがないと思う。そして、「いとほしく、罪得ぬべきわざにもあるかな」と、出家した浮舟を破戒者とすることを愛惜し、その手引きをする自分の罪に心乱れたという。

僧都は、こうした薫に浮舟への「愛執」をみたはずである。

薫は、供としていた浮舟の異父弟である小君を使者として、自分が訪れる旨の手紙を託してほしいという。僧都は「なにがし、このしるべにて、かならず罪得はべりなん」と、仲介を断ろうとするが、薫は、自分は道心が厚く、「心の中は聖《ひじり》に劣りはべらぬものを」と、罪を得ることなどするはずもなく、「いとほしき親の思ひなど」を伝えたいだけだという。僧都は小君に紹介状を与え、薫は横川を下ったが、その帰途の小野で、尼君や妹尼は「大将殿」薫の行列の噂をし、浮舟は聞き知った随身の声を耳に、「月日の過ぎゆくままに、昔のことのかく思ひ忘れぬも、今は何にすべきことぞと心憂ければ、阿弥陀仏に思ひ紛らはして」無言であったという。

三　僧都の「あはれ」

小君に託した僧都の手紙に「愛執の罪をはるかしきこえ給て」の文面があったのだが、小君の到着する前に、小野には僧都から浮舟に事情を説明するために三日後に行くという手紙が届き、この順序の逆転のために、母尼と妹尼は混乱し、浮舟は事態を予知した。こうした行き違いも、語りの心的遠近法における作中人物たち相互の齟齬をもたらし、伝達と了解の不可能性の物語を生成しているのだが、横川僧都の像に問題を絞ろう。

『源氏物語』には多くの僧が登場しているが、横川僧都は、その主題的な中心性をになっていること、また近代人からみて、慈愛にあふれた人物像の内面が表現されていることにおいて特異である。若紫巻の北山には、山に籠もって貴族社会との接触を断ち、その密教的な験力によって光源氏の「わらは病み」を治した聖《ひじり》と、貴族的な優美さを備えた僧都とがいたが、横川僧都は、その両面の要素を身につけている。「戒律一辺倒、罪深い存在である女性の悲しみの声や願いに耳を貸さない小野の律師や宇治の阿闍梨などとは異なる僧侶像」であり、「〈聖性〉と〈俗性〉の両面がアナモルフォーズする、複雑で新しい僧侶像[5]」といわれる通りであろう。

はやくは『河海抄』が指摘しているように、「横川僧都」という呼称、また『今昔物語集』（巻一五・三九）の説話がいうように、母を大切にして慈悲深く、妹尼との家族構成からも、源信を想起することは同時代の読者にとって当然であったと思われる。源信は『往生要集』の編述によって日本における浄土教の教理を確立し、現存しないが『勧女往生義』を著して女人往生を説いたともいわれる。『源氏物語』における横川僧都は、あくまでも物語内の人物として読まれなければならないが、同時代の実在の僧と交錯する読みが、意図的に仕掛けられていることは確かである。それは、『源氏物語』が主題的に深化してきた問題である女性の魂の救済が、仏教によって可能かという問いとなる。

そもそも、手習巻の始めで、横川僧都の一行が宇治院の背後の森のような木の下に、意識不明の浮舟を発見したのは、初瀬詣での帰途の老いた母が急病だと聞いて、「山籠りの本意深く、今年は出でじ」と思っていたのを変更したゆえであった。「白き物」を発見して「狐の変化」かと騒ぐ弟子に対して、「真言を読み印を作」って「これは人なり」と言い、なおも「穢らひ」を恐れる弟子たちを制して、小野まで連れ帰って妹尼に介抱させた。

二箇月後に妹尼からの要請で再び山を下り、意識不明のままの浮舟について、「さるべき契りありてこそは、我しも見つけけめ」と、その美貌を「功徳の報い」とみつつ修法を始めた。朝廷の召しにさえ従わずに山籠もりしていたのにと、世間の評判や「仏法の瑕《きず》」を恐れて反対する弟子に対して、きっぱりとこう断言している。

「いであなかま、大徳《とこ》たち、われ無慚《むざん》の法師《ほふし》にて、忌《い》むことの中に破《やぶ》る戒《かい》は多《おほ》からめど、女の筋《すぢ》につけて、まだ譏《そし》りとらず、あやまつことなし。六十にあまりて、今さらに人のもどき負《お》はむは、さるべきにこそはあらめ」　（手習・五・三三四〜五）

自分は「無慚の法師」で破る戒は多いだろうが、「女の筋」に関しては未だ世間の非難も受けず「過つこと」が無い。六十歳をすぎて人の非難を受けたら、それも運命だという。その僧都の「物のけ」調伏によって出現したのという。

は、「いささかなる世に恨みをとどめ」て往生できず、中有を彷徨っている「昔は、行ひせし法師」の霊であった

「よき女のあまた住みたまひし所に住みつきて、かたへは失ひてしに」とは、宇治八宮邸に住んで、大君を死なせたというのであった。大君の臨終に「物のけ」が憑いていたという記述はなく、読者にとっては意外な自白である。そして浮舟に関しては、「この人は、心と世を恨みたまひて、我いかで死なんといふことを、夜昼のたまひしに頼りを得て、いと暗き夜、独りものしたまひしをとりてしなり。されど観音とざまかうざまにはぐくみたまひければ、この僧都に負けたてまつりぬ。今はまかりなん」という。自死を願った浮舟を取り殺すまでに至らなかったのは、浮舟が信仰していた観音の守護と、僧都の法力ゆえだという。これもまた、大君の場合と同じく、死にむかう心の動きが十分に表現されていたことからすれば、いかにも唐突である。

とはいえ、これもまた多元的に語りの主体が分裂し錯綜する解釈コードのひとつであり、近代の心理小説とは異なった物語の方法の一面であろう。この法師の「物のけ」を、僧都の潜在的な欲望の発動とみて、「いわば僧都自身が、自らの内面の闇から引きずり出したものであるのかもしれない」(6)という読みも可能かもしれない。こうした解釈は、すでに藤本勝義によって示され、今井久代は、横川僧都の「高僧とも俗物とも見える二面性」が「女犯とも見まごう浮舟への深い憐憫」を抱えるのも、「救われがたい女人の救済のむずかしさそのもの」であり、「男と女の身を抱える者の救いというものを物語は真正面から見据えている」のだろうと読み解いている。(7)

藤原は、こうした最近の研究史をふまえた今井論文の読みに「深い共感と同時に違和感を抱く」として、「われ無慚の法師にて」以下の僧都の発言を、やはり「断固として強くすがすがしい言葉」であり、「僧都の人間性は、ロマネスクな水準で、もっと単純に肯定すべきものなのではないか」としている。また、僧都の「俗物性」を云々する議論は、「かの横川恵心院の源信僧都に重ね合わせようとする先入観に禍されている」(8)ところがあるとして、「源信は加持祈禱のような事相面には関心が薄く、むしろ批判的であった」と指摘している。

『源氏物語』の横川僧都は、明らかに源信と交錯させつつも、あくまでも物語の独自な僧都像へと変換されている。そしてまた、その「人間像」が単独では完結せず、「男と女の身を抱える者の救い」という物語の主題的な人物関係の中で、相対化されていることが重要であろう。その「救い」はまた、源信を中心とした浄土教の、来世における極楽往生ではなく、あくまでも現世における「救い」の可能性であった。

浮舟の生存が薫に知られるきっかけとなったのは、女一宮の病に対する加持祈禱のあいまの宵居のとき、僧都が明石中宮に「御もののけの執念きこと」など語るついでに、「いとあやしう、稀有」のこととして浮舟を発見したいきさつを語ったのを、薫の召人である小宰相が耳にしたことにある。泣く泣くの「出家の本意」を受けて出家させたが、妹尼に恨まれていること、「容貌《かたち》はいとうるはしくけうら」で「何人にかはべりけん」という。そこに「ものよく言ふ僧都にて」とあるのは、たんに巧妙な話術だったというのではなく、余計なおしゃべりに対する語り手の批評を読み取ることができる。

ほんとうに高貴な人ならば世に知られぬはずもなく、「田舎人のむすめも、さるさましたるこそははべらめ。竜の中より仏生まれたまはずはこそはべらめ、ただ人にては、いと罪軽きさまの人になんはべりける」と、変成男子の竜女成仏を例にして、前世の功徳により美しく生まれた「ただ人」かとみるのであった。

破戒僧の「物のけ」の調伏にもどれば、意識を回復した浮舟は、「尼になしたまひてよ。さてのみなん生くべきやうもあるべき」と出家を願うが、妹尼が反対し、その場ではかたちばかりの五戒を受けさせて終わった。そのあとで、妹尼の亡き娘の婿の中将が小野を訪れて浮舟に心を動かし、妹尼もまた結婚を勧めた。浮舟は小野でもまた男女関係の世界の煩わしさから逃れるようにして、妹尼の留守中に立ち寄った僧都に懇願し、ついに出家したのであった。その過程でも、僧都は、まだ若く将来もあるのに、どれほど真剣かと問い、「かへりて罪あることなり。思ひたちて、心を起こしたまふほどは強く思せど、年月経れば、女の御身といふもの、いとたいだいしきものになん」という。けれども、「法師にて聞こえ返すべきことならず」と、後日に延ばそうとしつつ、浮舟の懇願に押し切られて出家させたのであった。

夢浮橋巻で、浮舟は横川僧都の手紙を持参した小君との対面をも拒み、母のことを思い心乱れるが、薫の手紙に対しては、やはり思い乱れつつも、人違いでしょうと拒み通す。「さまざまに罪重き御心をば、僧都に思ひゆるしきこえて」と、薫は手紙の中で、匂宮と通じ死のうとして失踪した浮舟の「罪」を僧都に免じて許し、今はせめて「あさましかりし世の夢語り」だけでもと自制と譲歩の意志を示し、なおかつ「人目はいかに」と世間をはばかるのであった。そこに示された歌、

法の師《し》とたづぬる道《みち》をしるべにて思《おも》はぬ山にふみまどふかな　（夢浮橋・五・四〇五）

は、「俗聖」とあこがれた宇治八宮に仏法を学ぼうとして、恋の惑いに捕われ続けている薫の心をよく示している。その薫に「愛執の罪」の自覚はなく、むなしく帰った小君をみて、誰か男が浮舟を「隠しすゑたるにやあらん」などと、救いようのない邪推をしたというところで、『源氏物語』は終わっている。

四　〈中有〉の思想

『源氏物語』は浮舟の物語の終わりで、異性関係に追いつめられた女が、出家によって生きることが可能か、さらにいえば、仏教によって救済されうるかという問いを発し、その答えを保留して終わっている。『源氏物語』における仏教観は、その信仰による救済を希求しながらも、きわめて厳しいことが特徴である。ことに、極楽往生を至上の目的とする浄土教の盛んになった同時代を反映していながらも、例えば宇治の阿闍梨の導きによって、娘たちと隔絶して臨終の行儀を守った八宮さえ、極楽往生はできずに中有をさまよっている。『往生伝』の記された時代に、『源氏物語』の作中人物たちは、誰ひとり往生できたとは書かれていないのである。

「往生の成否といったことは、この物語の真の関心事ではなかったと言ってよいと思われる」とする藤原は、八宮の物語も、結果的に『往生要集』の「臨終行儀」や二十五三昧会の作法と合致しただけで、「はじめから恩愛不能断の物語として構想されていることは明らか」だとする。そして、白居易もまた「恩愛のかなしみとその断ちがたさを繰り返し歌った詩人」であり、「女子には結婚の心配がつきまとうこと」もしばしば歌っており、そうした白詩も「発想や表現の源泉の一つ」と推測し指摘している(9)。

『源氏物語』もまた、「恩愛のかなしみとその断ちがたさ」を繰り返し語り続けてきたことは確かである。とはいえ、『長恨歌』をふまえたこの物語の序章としての桐壺更衣と帝の関係から、晩年の紫上と光源氏、そして夢浮橋巻における浮舟と薫の物語へと、出家を含めた現世における「女」の生と救済の可能性が、さまざまにその物語社会内の男女の関係性と主題性を組み換えつつ問われ続けてきた。

『源氏物語』の世界においては、美や栄華や富や幸福といった〈光〉が、罪や苦悩や老いといった〈闇〉と裏腹であり、〈恋〉の「あはれ」もまた、王権や政治や宗教といった〈権力〉やイデオロギーとの相克において表現されている。第一部においては、臣籍降下した光源氏の、藤壺との密通によって生まれた皇子が冷泉帝として即位することを核として、光源氏の〈恋〉による幻想の〈王権〉達成の物語が展開した。紫上は、藤壺の〈紫のゆかり〉として登場しながら、葵上の亡きあとに妻としての地位と内実を獲得して、六条院の春の町の女主人となった。

その紫上の境遇としての「身」と「心」は、第二部における光源氏と女三宮との結婚によって暗転し、出家を願いつつも光源氏との恩愛ゆえに許されないまま、「罪」を意識しながらも美しく死んだ。女三宮と柏木との密通によってのちの薫が生まれたことは、仏教的にいえば因果応報であり、光源氏もまた「愛執の罪」を抱えていたが、「老い」を意識しつつもその理想性を保ち、光源氏の物語は終わっていた。女三宮は父朱雀院によって出家し、柏木は没して、その未亡人である落葉宮と夕霧の物語もまた、「女」の生き方の困難さを示していた。

匂宮・紅梅・竹河の三帖は、光源氏亡きあとの後継者である匂宮と薫をめぐる「都」の物語であるが、その貴族社会の寵児であることの人間関係を描いたまま停滞し、橋姫巻以下の宇治十帖において、「宇治」を舞台として据え直すことによって、「女」の生き方をめぐる主題性が明確に展開した。「宇治」は「憂し」という思いを象徴する川辺の地であり、流離と罪と救済の主題に通じる物語の時空であった。そこでは、匂宮の〈恋〉は、もはや光源氏のような〈王権〉や政治権力に関わるダイナミズムをもっては表現されず、いわばたんなる「すき」(好色)である。薫は出生の秘密に関わる存在の不安を抱えたまま、「道心」から〈恋〉へのあやにくな道を彷徨し続けている。

こうした第三部における、宇治の大君と中君そして浮舟の物語へと展開する女君たちの主題的な系譜については、第一部と第二部とも関わらせて、〈ゆかり〉と〈形代〉の統辞法を中心にして、第2章ですでに論じた浮舟が祓えの「人形《ひとかた》」に喩えられて登場していたことが、入水とも関わるその後の物語の展開を暗示するものであった。

毎年の六月と十二月の宮中や、平安朝の社会で広く用いられていた『大祓詞』には、「人形」に移された人々の罪や穢れを、山の源流から海底に運び消滅させる四人の神が表現されている。「高山・短《ひき》山の末より、さくなだりに落ちたぎつ速川の瀬に坐す瀬織つひめといふ神」が「大海の原に持ち出でなむ」というのが最初で、「かく持ち出で往なば、荒塩の塩の八百道の、八塩道の塩の八百会に坐す速開つひめといふ神、持ちかか呑みてむ」が二番目、「かくかか呑みては、気吹戸に坐す気吹戸主といふ神、根の国・底の国に気吹き放ちてむ」が三番目、そして最後が、「かく気吹き放ちては、根の国・底の国に坐す速さすらひめといふ神、持ちさすらひ失ひてむ」とある。

特に最後の「速さすらひめ」は「さすらひ」(流離)の女神で、浮舟に通じる代受苦を担って、人々の罪や穢れを消滅させている。とはいえ、それが神話的な原像ではあっても、浮舟は生身の女性であり、代受苦の女神ではなかった。

『源氏物語』における『大祓詞』のより直接的な引用関連としては、須磨巻の三月初旬の巳の日に、光源氏が陰陽師を召して祓えをし、「舟にことことしき人形のせて流す」のを見て、我が身になぞらえ、「知らざりし大海《おほうみ》の原に流れきてひとかたにやはものは悲しき」という歌を詠んでいる。そして、さらに、「やほよろづ神もあはれと思ふらむ犯せる罪のそれとなければ」と詠んだとき、突然の暴風雨となり、高潮を恐れる窮地に至った。明石巻に入って暴風雨が治まったとき、「海にます神のたすけにかからずは潮のやほあひにさすらへなまし」と歌ったのも、もちろん『大祓詞』による表現である。

また、橋姫巻で薫が宇治へと馬に乗り通って行く情景には、「入りもてゆくままに霧ふたがりて、道も見えぬしげきの中を分け給ふに」という表現があり、露の「繁き野中」という歌語によるのではなく、『大祓詞』の「彼方《をちかた》の繁木がもとを」によっている。これはたんなる修辞の典拠の問題ではなく、それが、流離と罪を主題とする「宇治」という物語の時空へと通底している。(10)

このような『源氏物語』の罪と流離をめぐる思想は、仏教とも深く関わるのではあるが、『大祓詞』のような原神道というべき民俗信仰と、より深い基層において通じている。より正確には、大文字の「思想」(イデオロギー)としての仏教や神道的な民俗思想との葛藤を含みながら、現世において流離する作中人物たちの、生の可能性が探求され続けてきたというべきであろう。

こうした意味で、『源氏物語』の物語としての思想を〈中有〉の思想と名づけておきたい。「中有」とは、仏教では死後の四十九日にあたる現世と来世との境界の時空であり、「物のけ」はまさしく「中有」を彷徨しているのだが、現世における人生そのものが〈中有〉なのだとみなしてのことである。

浮舟の物語と「愛執の罪」をめぐる問題は、光源氏とその末裔の薫と匂宮をめぐる男と女との「恩愛」の物語を経て、それを断ち切る可能性を示していた。とはいえ、人生は流離であるという〈中有〉の思想を基底として、欣求浄土という仏法の世界とも対峙し、穢土を生きる現実の課題としてあるように思われる。「男と女の身を抱える者の救い」という物語の課題は、女はその存在自体が罪深いという当時の仏法においては、けっして対等ではありえず、結果的にせよ還俗を勧める横川僧都は、やはり薫という男の側に与している。男たちとの関係を心から排除した浮舟が、最後になつかしく想起しているのは母であった。

第III部　物語論の生成と〈女〉文化の行方

源氏物語画帖　浮舟

第1章　物語論の生成としての源氏物語

一　「もののあはれ」論の位相

此物語のおほむね、むかしより、説どもあれども、みな物語といふもののこころばへを、たづねずして、ただよのつねの儒仏などの書のおもむきをもて、論ぜられたるは、作りぬしの本意《ホイ》にあらず、たまたまかの儒仏などの書と、おのづからは似たるこころ、合へる趣もあれども、そをとらへて、すべてをいふべきにはあらず、大かたの趣は、かのたぐひとは、いたく異《コト》なるものにて、すべて物語は、又別《コト》に物がたりの一つの趣のあることにして……

（『玉の小櫛』一・大むね・一八三）

本居宣長が、それまでの儒教や仏教による『源氏物語』解釈を批判して提起した「もののあはれ」論は、現在も通俗化した意味においてにせよ、その影響力を持続している。坪内逍遙が「小説の主脳は人情なり」として西洋と同質の近代文学への志向を宣言し、そこに宣長の『玉の小櫛』を長々と引用したのをはじめ、近代の「小説」と古典的な「物語」とを架橋する文学観の根底をなしてきたのが「もののあはれ」論であった[1]。

もちろん、宣長の「もののあはれ」論の歴史的な限定や、用語例からの帰納の方法についての批判など、さまざまの議論がなされてきている。(2) いまあらためて本章の出発点とするのは、蛍巻の物語論を中心とした『源氏物語』解釈の方法の是非である。始めの引用文が示すように、『湖月抄』に集成された『源氏物語』古注釈の流れは、儒仏イデオロギーによるものとして、宣長によって根本的に批判されていた。これに対する再批判や再評価のいくつかを検討することで、まず問題の所在を明らかにしておきたい。

淵江文也は、近代における文芸作品「鑑賞」の中軸が「情趣の把握」であり、その文芸理論の早い樹立として『玉の小櫛』をまず評価する。しかし、平安時代に「抒情」を中心とする「和歌」を聖別しようとした『古今集』序の作者が援用したのも「古典的」な「文学」概念に近いもので、蛍巻の物語論の作者はましてそうだとみている。そして、光源氏の「談義」は「やはり儒林老荘の風雅の文学や史書や仏者の教説が持つところの、既に認められている有用性の方へ物語を引きよせ言いなす」ことにより、「物語の聖別を試みている」のだとする。したがって、宣長の「源氏物語もののあはれ」論は、「文学評論として劃期的な卓説」だが「蛍巻の物語論を自説証明の根拠とすべきではなかった」のであり、「蛍巻の物語談義は古典的な文学性に同調し、それを援用」していると、宣長を批判している。この「古典的」な「文学」とは、『懐風藻』序文などにみられる中国風の士大夫の「文学」理念で、西洋の「クラシックス」の概念とも相似だとする。(3)

阿部秋生は、「もののあはれ」「あはれ」の意味の規定のしかたにもよるが、「必ずしも間違ってゐるわけではない」と、「宣長の功績」を評価しつつも、『源氏物語』の「作品全体を覆ひつくしうるわけではない」として、『玉の小櫛』の総論は、『源氏物語』の「本旨を論証したものとしては、論理性に欠けてゐるところがあり、かなり不安定な主張」だとする。『源氏物語』即ち「もののあはれ」という図式を鵜呑みにはできず、『源氏物語』の本意は物語を通して求めるよりほかなく、「心にこめがたくて物語を通して語りたいことがある」とみている。(4)

宣長の「もののあはれ」論を評価しながらも、その論拠とされた中心部分である蛍巻の物語論の解釈から批判するのは、奇妙なことだが、その原因はやはり宣長の論の構造そのものにある。それは、『古事記伝』などの方法と通底する宣長における古代志向の学が、復古の心にのめりこみつつ対自化せざるをえない、近世における思想の格闘から生み出された矛盾的な構造である。

西洋の批評家との比較により、「宣長学の構造」を「実験」的に論じたジョン・ボチャラリは、「原始的」と「現代的」という矛盾した印象について、『古事記』の神話を素朴に受容したこと、『言』と『事』との関係の概念、彼の認識の概念など」は原始的、「文献学の帰納的方法、文学を文学として——道徳的考察に適用せず——取り扱ったということなど」は現代的にみえるとする。とはいえ、宣長における「文献学の帰納的方法」そのものが矛盾を内包していたのであった。ボチャラリは宣長の「もののあはれ」論とT・S・エリオットの〈objective correlative〉の概念とを比較している。「歌論は宣長の文学に対する根本的な見方を含み、物語論もこの背景から生じる」ことをおさえた上で、「物に感ずる」あるいは「ものを経験する」ことにおいて「一種の客観性」がみられる点で共通しつつも、エリオットが文学と文学的経験に限定するのに対して、宣長が「すべての経験に対する態度」とすることに違いがあるとする。そして、宣長が「儒仏などの書」と異なる「もののあはれ」論として提起する、次のような〈non-moral〉な発言にふれている。[5]

> ……物語書にても、又よしとしわろしとする事の中に、よのつねの儒仏の善悪とは、かはれることもあるぞかし。然らば物語にて、人の心しわざのよきあしきは、いかなるぞといふに、大かた物のあはれをしり、なさけ有て、よの中の人の情《ココロ》にかなへるを、よしとし、物のあはれをしらず、なさけなくて、よの人のこころにかなはざるを、わろしとはせり。
>
> （『玉の小櫛』一・大むね・一九八）

もし儒仏の「善悪」からみたら、光源氏が空蝉や朧月夜、また藤壺中宮などに恋したのは「不義悪行」であるにもかかわらず、「むねとよき人の本《ホン》」として、作者は光源氏を描いていると宣長はいう。こうした「もののあはれ」を根本要素として強調しつつ、ボチャラリは、これを宣長の「詞《コトバ》」と「文《アヤ》」の技巧を重視し、「意《ココロ》」よりも「詞《コトバ》」に気を配る方がよいとまで示唆する発言と関連づけている。宣長が歌と文学一般を「想像構造」（imaginative structure）として捉えたとし、「文学そのものの中から生まれる」物語論としていることを高く評価するのである。とはいえ、宣長は、これを「文学」に限定した「自己完結性の世界」として自立させたのみならず、「文学批評学」を逸脱した世界観へと一般化している。

また、杉戸清彬によれば、宣長は多くの例を『源氏物語』の中から出しながら、その個々の例を分析し総合して「美的理念として定立」させたのではなく、「もののあはれをしる」という方向へ行った。「もののあはれ」という言葉を「美的情趣」と捉えて「総合的に見渡していく作業」を追求してきた近代の多くの「もののあはれ」論は、この点で批判されるべきであるとしている(6)。

宣長の思想としての固有の問題はそれとして、蛍巻の物語論から導き出される『源氏物語』の「本意」は、「もののあはれ」とどのように関わり、また淵江のいう古典的な「文学」とどう関わっているのであろうか。宣長が中世源氏学における儒仏イデオロギーによる解釈を批判する以前に、「源氏見ざる歌よみは遺恨の事也」という藤原俊成の『六百番歌合』にみられる和歌の伝統があった。「あはれ」という心の表現としての和歌と物語とを本質的に同じとみる考え方が宣長に継承されていたことは、「歌は物のあはれをしるよりいでくるものなり」という『石上私淑言』によっても明らかである。それは、たんに和歌的抒情によって物語を享受するのみでなく、道徳を超えた「ありのまま」の状態を肯定するゆえに、和歌的な抒情を変質させる可逆性をも内在していたはずである。

「原始的」（古代的）と「現代的」（近代的）という矛盾した印象は、『源氏物語』の内なる物語論にもあてはまる。『源氏物語』の作中人物たちが物語について語り合うことの意味は何であるのか。物語の内なる物語論が生成する表現過程として、儒仏イデオロギーとの関連をも再検討して考察することが、以下での課題となる。

二　蛍巻の物語論の表現構造

蛍巻の物語論の特性は、作中人物たちの対話をとおして、作中世界内において生成していることにある。対象とする本文の範囲を、直接的な物語論よりも少し広げて、AからHの八つの段に分け、その内容を要約すると次のようになる。

A　五月雨の頃、六条院の女君たちが絵物語を書き楽しんでいる。
B　明石君が姫君に絵物語を奉る。
C　玉鬘が自分を『住吉物語』の姫君と比べて回想する。
D　光源氏が玉鬘に物語の「そらごと」性について戯評する。
　ⅰその否定的な部分
　ⅱその肯定的な部分
E　光源氏による物語虚構論の展開。
　ⅰ虚実論的な部分
　ⅱ方便論的な部分
F　光源氏が玉鬘に物語にことよせて言い寄る。
G　紫上が自分を『くまの物語』の女君と比べて回想する。
H　光源氏が紫上に明石姫君に与える物語について注意する。

これによって捉えられる物語の文脈における物語論の表現構造は、三段階を示す架上の構造というべき底上げを示している（図4）。AB—GHは、その基底部にあたり、物語内容としての現実世界に直接に連続している。C—Fは中間部で、養女に恋して戯れかかる光源氏を表現することによって、「物語」よりも奇なる現実という物語の二重化による倒錯が示されている。Cでは玉鬘が自分を「物語」主人公になぞらえており、女君による物語の主体的な享受が、それに関わる男君による物語本質論へと上昇する媒介部である。Fは男君による「物語」の主体的な享受として、作中世界内の虚構から現実への方向性を示す。つまり、物語論としての中核部がDとEなのである。

　この物語論は、これまで『源氏物語』作者である紫式部の物語論としても読まれてきた。ことにDとEの光源氏による発言を、『源氏物語』作者の物語観と直結することはできないが、結論を先取りしていえば、こうした架上の表現構造をおさえることによって、物語作者の方法的な自覚として読むことが可能となる。

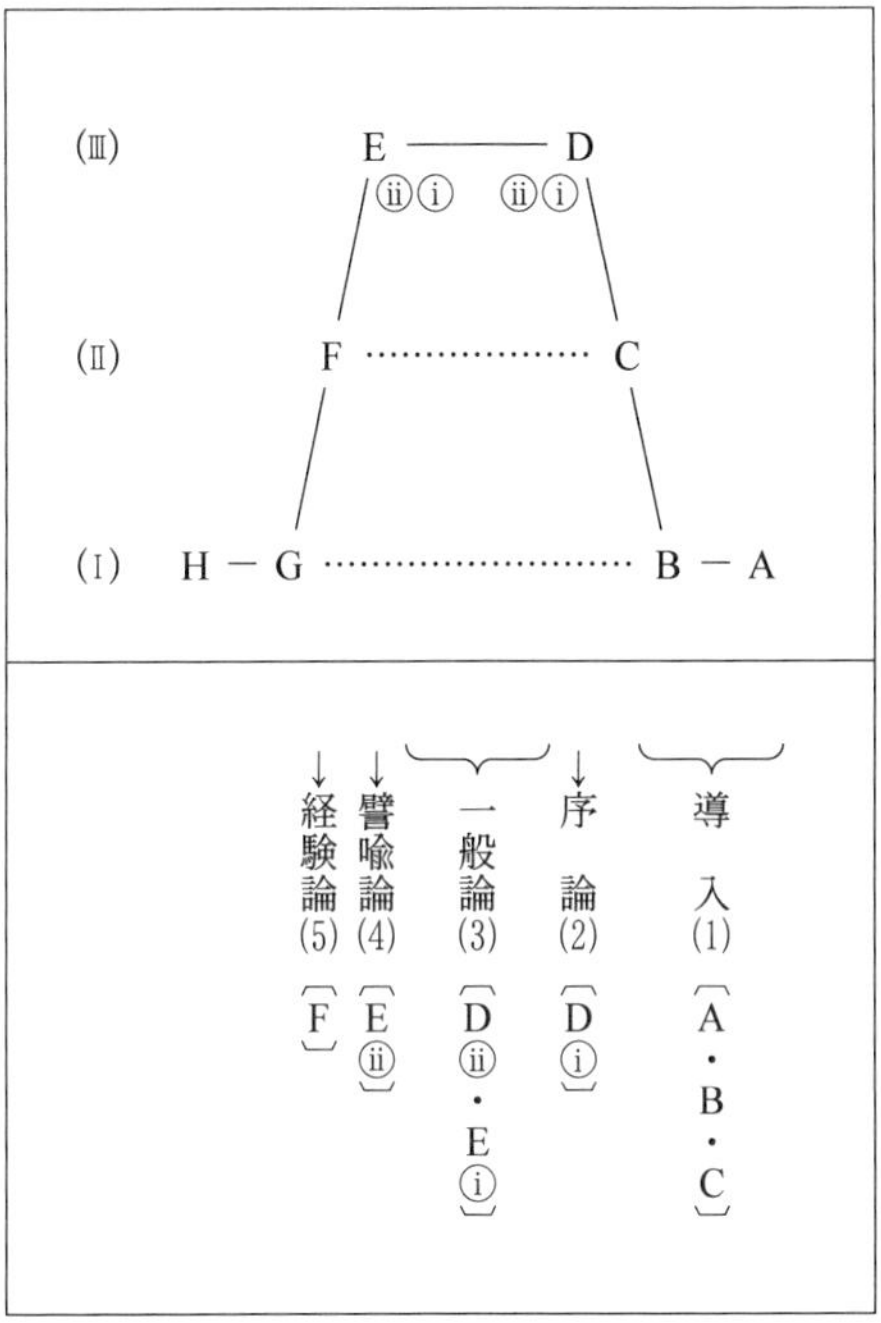

図4　蛍巻の物語論の表現構造

　『源氏物語』には、物語論のみならず、音楽論や書論、また絵画論や香道論といった評論的な記述が含まれるが、それらはすべて、光源氏をはじめとする作中人物たちの会話文として表現されている。作中人物による長い会話文によって作者の評論がなされることは、第5章で論じるように、後世の『大鏡』や『無名草子』とも共通する、「語りの場」の表現史の伝統へと通じている。

　この三層による架上の構造を、より一般化すれば、(Ⅰ)物語の現実的な享受とその効用、(Ⅱ)物語の主体的な享受と作中人物の行為、(Ⅲ)物語本質論ということになる。蛍巻の物語論の構造については、帚木巻の雨夜の品定めと同じように、『法華経』の三周説法の型をふまえているという論が阿部にあるので、その対応区分を、図の下に示し、記号を対応させておく。

阿部による三周説法との関連説とは、次のようなものである。

「雨夜の品定」ほどに整然としてはゐないが、論者（光源氏）の一般論と譬喩論と経験談——いはゆる三周説法の型を踏まへて論じてゐることにおいては、「雨夜の品定」と同様である。（時期を「なかあめはれまなきころ」とあった「雨夜の品定」同様に、五月雨の頃にとってゐるのも、意識的な設定なのであらうか。）ここでは、論者（教主）が光源氏で、聞手（対告衆）が玉鬘なので、経験談の部分が、過去の経験ではなく、その物語理論を実践しようとする形になってゐるところが違ってゐる。[7]

この論と、前述したような表現構造の捉え方とは、特に対立したり矛盾するわけではない。ここで三周説法の型にあてはめられているのは、一般論［D(ii)・E(i)］、譬喩論［E(ii)］、経験談［F］の部分であり、それも雨夜の品定めほど整然としてはいない。論理的な叙述における発想の枠としての影響であり、かなり変形した〈もどき〉といえよう。『花鳥余情』が帚木巻の「万の事によそへておぼせ」の注で解説している、三周説法の表現法が「物語の作りざまにあひにたる」というのは、法理を次の三段階として説くことであった。

(イ)　直にとく（直叙＝一般論）

(ロ)　たとへをかりていふ（譬喩＝譬喩論）

(ハ)　過にしかたの因縁をとく（体験＝経験談）

これを、修辞法の表現類型として一般化して捉えることが可能である。阿部は「三周説法」が『法華経』の「解釈学的構造論における術語」であることを、天台教学の内において検証し、「かうした術語やその内容は、説経所や法華八講での説経（説法ではない）の中では聞くことのできない」専門的な知識だとする。それを『源氏物語』の作者がどのようにして身につけたのかという興味はそれとして、こうした論理の枠を、雨夜の品定めとも共通する「ながあめれいの年よりもいたくして、晴るる方なくつれづれ」な時節に設定していることに注目したい。これは、物忌みや庚申といった民俗信仰と結合した「場の物語」の時空であり、その表現法として、『源氏物語』は「三周説法」の修辞法を〈もどき〉の詩学によって用いている。(8)

雨夜の品定めにおける「対告衆」(聞き手)としての光源氏の反応をたどれば、それは明白である。そこでは、語り手である頭中将や左馬頭の意図とは別に、光源氏にとっては未知であった中の品の女に対する興味がかき立てられ、空蟬や夕顔との恋の物語へと展開していく。光源氏は居眠りし、妻とすべき女の条件を語る左馬頭を揶揄してもいる「ふまじめなあるいは非積極的な対告衆」(9)であった。譬喩論の終わりの部分には、「法《のり》の師の世のことわり説き聞かせむ所の心ちするもかつはをかしけれど、かかるついではおのおのむつ言《ごと》もえ忍びとどめずなんありける」と記され、説法を意識させながらも「むつ言」という性の語らいの体験談へと展開するのであった。

『花鳥余情』は、もちろんこうした〈もどき〉やパロディといった発想を示すのではなく、雨夜の品定めが三周説法の論法によることの意味を、「世俗文字の業、狂言綺語の誤をあらためて、讃仏乗の因転法輪の縁とせる心なり」と、いかにも中世的な狂言綺語観によって示している。しかしながらそれは、宣長が批判するような儒仏イデオロギーによる牽強付会の説として文字通りに読むべきではなく、詩文や和歌そして物語をも正当化しようとする文芸の、修辞としての伝統によるものであった。

「物語の作りざま」と『花鳥余情』も記すことから、これを〈物語の詩学〉として読み換えて学びうるのであるし、『河海抄』なども含めた中世源氏学の注釈書の類からは、『源氏物語』そのものが内在している儒教や仏教に関連する知識や表現法を知ることができる。『源氏物語』が書かれた時代においては、宣長が排除しようとした「漢意《カラゴコロ》」を前提とした表現が、中世とは異なった意味で前提とされているのであり、「狂言綺語観」もまた『源氏物語』以前の「文学」状況と密接に関わるものであった。(10)

宣長が蛍巻の物語論に関連する用語例の解釈を、「もののあはれをしる」論へと付会していった具体例については、先に引いた淵江や阿部などの論にほぼ検討し尽くされている。それには触れず、以下では、すでに図示した表現構造をふまえて、『源氏物語』そのものの文脈とテクストの引用関連を考察していく。

三　蛍巻の物語論の基底

『源氏物語』の作中世界内において「物語」の一般的な享受と効用を示す(I)基底部におけるAB―GHは、六条院の女君たちの生活にとっての物語作品の位置と役割を、作中人物それぞれの境遇や性格と結びつけて表現している。物語論としては導入部にあたるABが、(II)物語の主体的な享受と作中人物の行為を示すCFへと展開していくので、そうした方向性を基軸にして読み進めていく。

A長雨《ながあめ》例《れい》の年《とし》よりもいたくして、晴《は》るる方《かた》なくつれづれなれば、御方々、絵物語《ゑものがたり》などのすさびにて明《あ》かし暮《く》らし給ふ。（蛍・二・四三七）

平安朝の女性たちにとって、物語が「つれづれなぐさむもの」であったことは、『枕草子』に記すところでもあり、「つれづれ」という生活における空白感情を慰める「すさび」こそが、物語の心的な始源における機能であった。「源氏物語の発生的場面ともいうべき、雨夜のしな定めの箇所が、(五月の)長雨に降りこめられた物忌の夜、モノガタリを語りあかすことで恐怖の時間を越えていくという基本の構造を提示している」(11)のと同じように、古代的な心意による物語発生の場面を対象化しつつ、物語論が生成し始める。もっとも始源的な物語の季節が夏、とりわけ五月雨の「つれづれ」の時空である(12)。

そして、帚木巻の雨夜の品定めは〈男〉たちによる物語の生成の場であったが、蛍巻の物語論の基底は、〈女〉たちによる物語享受の場としてある。男たちの物語が女の品定めとして始まり、仏法の談義もどきの体験談、また志怪や伝奇へと通じる漢文的な発想を示していたのに対して、ここでは、「絵物語」という絵を伴って書かれた作品である。

B明石《あかし》の御方《かた》は、さやうのことをもよしありてしなし給て、姫《ひめ》君の御方にたてまつり給ふ。（蛍・二・四三七）

娘を養女として紫上に託した明石君は、物語の書写や絵にも長けていて、姫君のために草子を作り、自らの心の慰めともしていた。後のGでは、明石姫君の依頼にかこつけて物語を楽しむ紫上が描かれ、Hには教育の立場から物語に言及する光源氏の発言が記されていて、このBに照応する結びとなっている。そしてCは、玉鬘が物語に夢中になっている様子の表現である。

C西《にし》の対《たい》にはましてめづらしくおぼえ給ことの筋《すぢ》なれば、明《あ》け暮《く》れ書《か》き読《よ》みいとなみおはす。つきなからぬ若人《わか》あまたあり。さまざまにめづらかなる人の上《うへ》などを、まことにやいつはりにや、言《い》ひ集《あつ》めたる中にも、わがありさまのやうなるはなかりけりと見《み》たまふ。

住吉《すみよし》の姫《ひめ》君のさしあたりけむをりはさるものにて、いまの世《よ》のおぼえもなほ心ことなめるに、主計《かぞへ》の頭《かみ》がほとほとしかりけむなどぞ、かの監《げむ》がゆゆしさをおぼしなずらへ給ふ。（蛍・二・四三七）

田舎育ちの若い女君が、入手困難な物語をどれほど希求して夢中になったのかは、『更級日記』の作者の例も、少し後の現実としてある。玉鬘は少女時代の空白を埋めるかのように、六条院の女君たちの誰よりも、昼も夜も熱中して物語を書き写し、また読み耽っていた。そして「まことにやいつはりにや」と、その真偽は別として、自分が物語の女主人公たちに比べても数奇な生き方をして来たと思い、『住吉物語』の姫君と自分の体験とを比較している。

「住吉の姫君のさしあたりけむをり」とは、『住吉物語』の姫君が物語の中で主計頭という老人に犯されかけた事件を示し、「いまの世のおぼえ」は幸福な結末を迎えた作中の現在であるから、それを筑紫で大夫監に強引に言い寄られて都に逃げ帰った自分の、現在の不安定な境遇に思い「なずらへ」ている。これは、物語世界と現実とを連続的に捉えて混同しているともみられ、そこからDにおける光源氏のからかいも出てくる。

現存の『住吉物語』は鎌倉期以降の改作であり、不明な点も多いが、継子虐めの物語としての基本構造は同じで、ことに前半は似ていると考えられている(13)。のちに検討するHでも明らかなように、継子物語である『住吉物語』の女君が自分に近いと思う玉鬘の、現在の位相の危うさが、物語の虚実をめぐる主題を露呈させてくる。「作者、紫式部がこの巻を書く時に、実はこういったまま子いじめの物語のきまりきったプロットを頭に置いて書いた」ということになり、「主計頭はすなわち大夫の監のモデル」で、「これは、作者の種明かしでもある」と玉上琢彌は指摘している(14)。作中人物たちの意識を通して、先行「物語」作品の引用関連を想起させ、対自化する作者の表現法と物語論とが関係している。

(Ⅲ)の物語本質論にあたるDEについては、のちに詳しく検討することとして、次に、そこから物語世界内の文脈へと戻るFをおさえておく。

F 「さてかかる古《ふる》事の中に、まろがやうにじほふなる痴者《しれもの》の物語はありや。いみじくけどほき、ものの姫《ひめ》君も、御心のやうにつれなく、そらおぼめきしたるは世《よ》にあらじな。いざ、たぐひなき物語《ものがたり》にして、世に伝《つた》へさせん」と、さし寄《よ》りて聞《き》こえ給へば、顔《かほ》をひき入《い》れて、「さらずとも、かくめづらかなる事は、世語《よがた》りにこそはなり侍ぬべかめれ」とのたまへば、「めづらかにやおぼえ給。げにこそまたなき心ちすれ」とて寄《よ》りゐたまへるさま、いとあざれたり。

「思ひあまりむかしのあとをたづぬれど親《おや》にそむける子《こ》ぞたぐひなき

不孝《ふけう》なるは、仏《ほとけ》の道《みち》にもいみじくこそ言《い》ひたれ」とのたまへど、顔《かほ》ももたげ給はねば、御髪《ぐし》をかきやりつつ、いみじくうらみ給へば、からうして、

ふるきあとをたづぬれどげになかりけりこの世《よ》にかかる親《おや》の心は

と聞《き》こえ給も、心はづかしければ、いといたくも乱《みだ》れ給はず。

かくしていかなるべき御ありさまならむ。　（蛍・二・四四〇）

光源氏が物語にかこつけて玉鬘に言い寄る行為と発言は、女たちが感情移入により主体的な物語享受をしているのに対して、男による物語への関わり方をよく示している。玉鬘の読み耽っていた物語草子を「古事《ふるごと》」といい、そこに自分のような「じほふなる痴者《しれもの》の物語」はあるかと、戯れかかっている。「じほふ」は「実法」で、まじめなという意であり、「痴者《しれもの》の物語」とは、帚木巻の雨夜の品定めで、頭中将がのちの夕顔にあたる女との恋の離別を、「なにがしは痴者《しれもの》の物語《がた》りをせむ」と語る部分に用いられた語である。「しれもの」とは内気で現実的な才覚に欠けた夕顔をさすという解釈もあるが、頭中将の卑下だという宣長説（『玉の小櫛』）をとりたい。

「山がつの垣ほ荒るともをりをりにあはれはかけよなでしこの露」と詠み、頭中将の正妻からの嫉妬により身を隠す前に、せめて娘（撫子）にだけは「あはれ」をかけてほしいという女の願いも、若い頭中将には通じなかった。「いともの思ひ顔にて、荒れたる家の露しげきをながめて虫の音にきほへるけしき、昔物語めきておぼえ侍し」と、頭中将は自分を「昔物語」の作中人物に見立てて回想し、その「昔物語」のような現実をさすらう女を捜し得ないままであった。

夕顔巻における光源氏は、その「撫子」の歌を詠んだ夕顔とめぐり逢い、「なにがしの院」での恋の夜に「もの」（物のけ）に取り殺されて失ったあと、初瀬で右近が再会した夕顔の遺児である玉鬘を、六条院に迎えたのであった。そのかつての「撫子」に向かって、光源氏は「まろがやうに実法なる痴者」という倒錯したアイロニーの表現をしている。帚木巻の冒頭で、「いといたく世をはばかり、まめだち給ける」ために「交野の少将には笑はれ給けむかし」と語り手に評された光源氏は、雨夜の品定めの物語に学んで、中の品の空蟬や、始めは下の品かとも思った夕顔との恋の体験も重ねて、恋にも政治にもしたたかな三十六歳の「おとど」太政大臣となっていた。

「いざ、たぐひなき物語にして、世に伝へさせん」と光源氏は玉鬘にせまり、玉鬘は「かくめづらかなる事」が「世語り」として広まることを恐れて答えた。光源氏にとって、養女を口説くことは、類なく珍しいゆえに快楽をもたらす「古事《ふるごと》」ならぬ現実の物語行為であった。この引用文Fの後半に記されている贈答歌による表現と、とりわけ「不孝なるは、仏の道にもいみじくこそ言ひたれ」と、儒仏イデオロギーをもどいて戯れる光源氏の発言は、物語論の基底をなす調子である。

「世語り」に関しては、若紫巻における光源氏との密会の情景に詠まれた藤壺の歌が、ここでの光源氏の発言とは対極の位相にある。

世語《よがた》りに人や伝《つた》へんたぐひなくうき身を覚《さ》めぬ夢になしても（若紫・一・一七六）

この前に、光源氏は「見《み》ても又逢《あ》ふ夜まれなる夢のうちにやがてまぎるるわが身ともがな」と歌っていた。「いざ、たぐひなき物語にして、世に伝へさせん」とは反対に、絶望的な思いを抱えながらも、秘められ続けねばならない密通の主題的な世界を、『源氏物語』はその中核としていた。帚木六帖からこの蛍巻を含む玉鬘十帖の系列の物語は、紫上系の巻々とは異質な、開かれた物語世界なのである。薄雲巻の夜居の僧による冷泉帝への密奏などを介して、藤壺が恐れた「世語り」も、「女房たちの『昔語り』」の場を、物語自体の語り場面としている[15]のではあるが、それが弘徽殿女御や右大臣方などの政敵に知られて、藤壺や光源氏が破滅する危機は回避されている。

玉鬘の物語が特異なのは、物語の内なる物語に登場して行方不明になっていた女の子が、まさしく物語的な流離のあと、光源氏の物語行為によって物語世界内の現実に組み込まれる過程を表現されていることにある。光源氏が「いみじくけどほき、ものの姫君」も、あなたのようにつれなく知らぬふりをしている人はないだろうと語る、その「ものの姫君」とは、物語作品の姫君である。「もの」が直接に「物語」を意味するだけではなく、「いみじくけどほき」と形容されるのは、『竹取物語』のかぐや姫や『うつほ物語』のあて宮が「変化のもの」であるような異界性に起源している。Hにも「みそか心つきたるもののむすめ」とあるが、そこでは恋物語の姫君といった語感である。

絵合巻では、「物語の出できはじめのおやなる竹取の翁」に「うつほの俊蔭」を合わせて争ったとき、「神世」の女としてのかぐや姫の超現実的な美質に対して、「この世」では「下れる人」という反論も記し、『源氏物語』はすでに、物語史というべき発想を対象化して示していた。先に「痴者《しれもの》の物語」として雨夜の品定めで頭中将が語った物語を引いたが、その結びに「これこそのたまへるはかなきためしなめれ」というのは、左馬頭が少年のころ「女房などの物語読みしを聞きて」感動したことへの反省としての発言を承けてであった。「先行物語のはらんだイメージを背景として左の馬頭の批評(16)」が行われ、こうした書き方により、『源氏物語』作者は「昔物語」を対象化しつつ、新たな物語を生成していくのである。

「女房などの物語読みしを聞きて」これを批評した左馬頭の女性論がなされ、これが作用して頭中将の「はかなきためし」としての「痴者《しれもの》の物語」がなされ、それが光源氏と夕顔の物語へ、さらに玉鬘を恋する物語へと連鎖し重層して、蛍巻の物語論が主題的に析出されたのである。『源氏物語』は内なる物語史を批評的に対象化しつつ、その往還運動の中から、物語世界内の現実を表現している。

G　紫《むらさき》の上《うへ》も、姫《ひめ》君の御あつらへにことつけて、物語《がたり》は捨《す》てがたくおぼしたり。くまの物語《ものがたり》の絵《ゑ》にてあるを、「いとよくかきたる絵《ゑ》かな」とて御覧《ごらむ》ず。ちひさき女君の何《なに》心もなくて昼寝《ひるね》したまへる所を、むかしのありさまおぼし出《い》でて、女君は見《み》たまふ。

「かかる童《わらは》どちだに、いかにされたりけり。まろこそなほためしにしつべく、心のどけさは人に似ざりけれ」と聞《き》こえ出《い》で給へり。げにたぐひ多《おほ》からぬ事どもは、好《この》み集《あつ》め給へりけりかし。

（蛍・二・四四〇～一）

「紫の上も」とあるのは、明石姫君の注文にかこつけてというので、構造としてBに対応するが、物語の「ちひさき女君」と自分の過去を重ねて回想しているのは、C玉鬘の主体的な享受に連なるものである。紫上もまた典型的に物語的な存在であったといえる。「くまのの物語」は、河内本系の多くで「こまのの物語」としており、『枕草子』が「物語は」の段にあげ、また「成信の中将は」の段には、「こま野の物語は、なにばかりをかしき事もなく、言葉も古めき、見所多からぬも、月に昔を思ひいでて、虫ばみたる蝙蝠《かはほり》取り出でて、『もとみしこまに』と言ひて尋ねたるが、あはれなるなり」（二七三段）と評されている作品と同じとみられている。ただし、Gで紫上が見ている絵の場面とは異なり、詳細は不明である。

光源氏が「こんな子供どうしでさえ、なんと色めいているのだろう。私こそ、やはり世の例にすべきほど、他の男とは違ってのんびりしていた」と戯れているのも、Fで玉鬘に「まろがやうにじほふなる痴者《しれもの》の物語はありや」と戯れたのと同類である。このアイロニカルな調子は、「いとあざれたり」という語り手による評言、また、「かくしていかなるべき御ありさまならむ」という草子地がFにあり、ここGでも、「たぐひ多からぬ事ども」を「好み集め」たという皮肉な草子地で結ばれている。次のHでは、光源氏の明石姫君に対する教育方針と物語との関連が、やはり紫上と関わって表現されており、①から④へと区分しつつ引用しておく。

H①「姫《ひめ》君の御前《まへ》にて、この世《よ》馴《な》れたる物語《ものがたり》などな読《よ》み聞《き》かせ給ひそ。みそか心つきたるもののむすめなどは、をかしとにはあらねど、かかる事、世《よ》にはありけりと見馴《みな》れ給はむぞゆゆしきや」とのたまふもこよなしと、対《たい》の御方聞《き》き給はば、心おき給ひつべくなむ。

②上《うへ》、「心あさげなる人まねどもは、見《み》るにもかたはらいたくこそ。うつほの藤原《ふぢはら》君のむすめこそ、いと重《おも》りかにはかばかしき人にて、あやまちなかめれど、すくよかに言《い》ひ出《い》でたる事もしわざも、女しき所なかめるぞひとやうなめる」とのたまへば、

③「うつつの人もさぞあるべかめる。人々《ひとびと》しく立《た》てたるおもむき異《こと》にて、よきほどに構《かま》へぬや。よしなからぬ親《おや》の心とどめて生《お》ほしたてたる人の、こめかしきを生《い》けるしるしにて、おくれたる事多《おほ》かるは、何《なに》わざしてかしづきしぞと、親《おや》のしわざさへ思《おも》ひやらるるこそいとほしけれ。げにさ言《い》へど、その人のけはひよと見《み》えたるは、かひあり、面立《おもだ》たしかし。言葉《ことば》のかぎりまばゆくほめおきたるに、し出《い》でたるわざ、言《い》ひ出《い》でたることの中《なか》に、げにと見《み》え聞《き》こゆる事なき、いと見《み》おとりするわざなり。すべて、よからぬ人に、いかで人《ひと》ほめさせじ」など、ただこの姫《ひめ》君の点《てむ》つかれ給ふまじくとよろづにおぼしのたまふ。

④まま母《はは》の腹《はら》きたなき昔物語《むかしものがたり》も多《おほ》かるを、此比、心見《み》えに心づきなしとおぼせば、いみじく選《え》りつつなむ、書《か》きととのへさせ、絵《ゑ》などにもかかせ給ひける。

（蛍・二・四四一〜二）

①で光源氏は、明石姫君に「世馴れたる物語」つまり恋物語など見せて悪影響があったら大変だと、紫上に注意している。それについて、「対の御方」玉鬘がこれを聞いたら、自分に対する扱いとの差異が「こよなし」と心外にお思いだろうと、やはり語り手の評言がある。

②で紫上は、あさはかに物語の恋愛を真似るのはよくないとして、『うつほ物語』の「藤原の君のむすめ」あて宮をあげ、「重りかにはかばかしき人」で「あやまち」は無いようだが、「すくよか」つまりそっけないほどに実直な物言いやふるまいが女らしくないと批判している。あて宮を例に出したのは、皇太子妃として入内したことが明石姫君と共通するからで、恋物語の女君の情趣を弁護する発言である。少女のときに光源氏に迎えられ、いわば光源氏にとっての理想の女性として育てられてきた紫上の見解であるところに、やはり異義申し立てとしての重みがある。

これを承けた光源氏の発言③は、現実の女性もそうだとし、人それぞれに主義が異なるので「よきほど」にふるまうのはむずかしいとする。おっとりしただけが取りえの出来の悪い娘をもった親は気の毒で、しかし、さすがにその人の娘だと思われるのは育てがいがあると、親としての常識論で歯切れが悪い。つまらぬ人には娘をほめさすまいと、ただ明石姫君の欠点を非難されないように后がね教育を考える光源氏が、やはり皮肉なまなざしにより表現されている。

そして④、「まま母の腹きたなき昔物語」も多かったのを、明石姫君が継母である紫上をそのように誤解するのもよくないから、厳しく選別して、清書したり絵にも描かせたと結ばれている。明石姫君にまつわる六条院の女君たちの、物語に熱中する現実生活から、物語の本質論へと架上した物語論義は、こうして物語世界内の現実における文脈に引き戻されている。

それにしても、「世馴れたる」恋物語や継子虐めの物語を禁じ、『うつほ物語』のあて宮にも批判的な紫上の意見も含めたら、どれほどの物語が明石姫君のために書写されえたのかは疑問である。『三宝絵』は恋物語とともに、「木草山川鳥獣モノ魚虫ナド名付タル」異類譚も示しているが、そうした作品とも思われず、「いみじく選りつつなむ、書きととのへさせ」には、削除や改作の行為まで含まれていたかと考えられる。

光源氏による玉鬘に対する恋の実践というべき物語行為と、明石姫君に対する父親としての対極的な物語観のはざまの文脈にあって、光源氏による物語本質論とみなされるDEに戻り、次に詳細な検討をしてみたい。

四　物語言語の虚構論

D①殿《との》も、こなたかなたにかかるものどもの散《ち》りつつ、御目《め》に離《はな》れねば、「あなむつかし。女こそものうるさがらず、人に欺《あざむ》かれむと生《む》まれたるものなれ。ここらのなかに、まことはいと少《すく》なからむを、かつ知《し》る知《し》る、かかるすずろ事に心を移《うつ》し、はかられ給ひて、暑《あつ》かはしきさみだれの、髪《かみ》の乱《みだ》るるも知《し》らで書《か》き給ふよ」とて、笑《わら》ひ給ものから、（蛍・二・四三八）

Cで「まことにやいつはりにや」と、物語の姫君を我が身になぞらえて読み耽っていた玉鬘を訪れ、光源氏がからかった発言である。「女」はめんどうがりもせず、人に「欺かれ」ようと生まれたものだという揶揄から、物語文芸が〈女〉の文化領域にあったことをまず確認できる。「欺かれ」「はかられ」るための、「まこと」の少ない「すずろ事」（いいかげんな話）という否定性が、光源氏という〈男〉から提起されたのである。ここには、『源氏物語』以前の物語作品の多くが、男性作者によって女性読者のために書かれていたという背景もある。

これと関連して、『蜻蛉日記』の冒頭における、「世の中におほかる古物語のはしなどを見れば、世におほかるそらごとだにあり、人にもあらぬ身の上まで日記して、めづらしきさまにもありなむ、天下の人の、品たかきやと、問はむためしにもせよかし」という表現が注目される。これは単純に「古物語」の「そらごと」を否定して事実としての「日記」を対置したのではなく、「古物語」では慰めきれない心を、「物語」を媒介にして「日記」として表現することの宣言である。野村精一は、「この源氏のことばは、そっくりそのまま『蜻蛉日記』冒頭の作者に対する批判ともなっている」とする。(17)

とはいえ、『源氏物語』にとって『蜻蛉日記』の存在は、その引き歌をはじめ、「古物語」の「そらごと」とは異質な、新たな物語による可能性を拓くものであった。(18) 光源氏による批判は、『源氏物語』以前の物語にあてはまるものにせよ、それに感情移入して読む玉鬘のような女性にとっての物語の魅力を、光源氏も認め、続けてこういう。

D②また、「かかる世《よ》の古《ふる》事ならでは、げに何《なに》をか紛《まぎ》るることなきつれづれを慰《なぐさ》めまし。さてもこのいつはりどもの中《なか》に、(イ)げにさもあらむとあはれを見《み》せ、つきづきしくつづけたる、はた、はかなしごとと知《し》りながら、いたづらに心動《うご》き、らうたげなる姫《ひめ》君のもの思《おも》へる見《み》るに、かた心つくかし。(ロ)またいとあるまじき事かなと見《み》る見《み》る、おどろおどろしくとりなしけるが目《め》おどろきて、静《しづ》かにまた聞《き》くたびぞ、にくけれどふとをかしきふしあらはなるなどもあるべし。(ハ)このごろをさなき人の、女房《ばう》などに時々読《よ》まするを立《た》ち聞《き》けば、ものよく言《い》ふ者《もの》の世《よ》にあるべきかな。そらごとをよくし馴《な》れたる口《くち》つきよりぞ言《い》ひ出《い》だすらむとおぼゆれど、さしもあらじや」とのたまへば、　（蛍・二・四三八）

ここで物語は、「世の古事」「いつはり」と言い換えられ、「はかなしごと」「あるまじき事」「そらごと」と等置されている。「いつはり」は「まこと」に対立して言葉を前提とした語であり、「そらごと」は現実の事実の有無を前提とした語であると、阿部が指摘している。(19)

玉鬘が「まこと」「いつはり」に関わらず物語のことばに同化しているのに対して、光源氏は物語が「いつはり」であることを自明としつつ、それを事実無根の「そらごと」ではないかと問いかけたところが、問題提起の挑発となっている。光源氏によれば、物語作者は「ものよく言ふ者」であり、それを「そらごとをよくし馴れたる口つき」と言い換えてはいるが、「いつはり」に〈女〉たちが夢中になる理由への理解は示している。

それが(イ)の、ほんとうにそうだろうと「あはれ」をみせる情的な真実感であり、また「つきづきしくつづけたる」ことばの表現効果である。「らうたげなる姫君のもの思へる」というのが、「世の古事」としての物語の「あはれ」を示す典型的な情景であり、一方で「はかなしごと」と知りながらも「かた心」つくと、半分は共感するという。それが「かた心」(片心)であるところが、玉鬘をはじめとする〈女〉とは異なる〈男〉の覚めた物語観である。

(イ)が恋物語の抒情的な要素であるのに対して、(ロ)は物語の伝奇的要素への言及で、非現実的な「あるまじき事」であっても、「おどろおどろしく」誇張した表現に当座は目を引かれて、冷静に再度聞けばよくないが、「をかしきこと」「あらは」(目立つ)なることもあるようだと、即興性における興味が二次的ながら認められている。ここに「あるまじき事」の具体的な内容は記されていないが、雨夜の品定めにおける左馬頭の芸能の比喩のうち、絵師の評価との共通性がある。そこでは、「おどろおどろしく作りたる物」として、「人の見およばぬ蓬萊の山、荒海の怒れる魚の姿、から国のはげしき獣《けだもの》のかたち、目に見えぬ鬼の顔」が例示されていた。それよりも、「世の常の山のたたずまひ、水の流れ、目に近き人の家居ありさま」などの日常の情景を描くことにおいて、絵師の力量の差が出るというのであった。

蓬生巻で、末摘花は「はかなき古歌《ふるうた》、物語などやうのすさび事」で「つれづれ」をまぎらわし、「古りにたる御厨子」を開けて「からもり、はこやのとじ、かぐや姫の物語の絵にかきたる」を「時々のまさぐりもの」にしていた。これらが伝奇的な要素を強く残す「世の古事」(昔物語)の具体例であり、しかも「絵」を伴っていた。

こうした伝奇性が古めかしいものとして批判されていた『源氏物語』世界内における物語享受の状況は、絵合巻にも明らかである。光源氏のみならず、『源氏物語』作者が超克すべき対象は、『うつほ物語』のような「今めかしき」物語であった。雨夜の品定めの絵画論は物語論にも通底しており、「その理想に近い作品の形として描かれたのが源氏自身の手になる須磨、明石の日記絵であった」という指摘もある。[20] それは、「草の手にかなの所々に書きまぜて、まほのくはしき日記にはあらず、あはれなる歌などもまじれる」ものであり、『源氏物語』の内なるプレ物語として、『蜻蛉日記』的な表現へと架橋する表現史の過程を示してもいる。

D②の光源氏の発言には、物語の音読による享受も示されていて、(ハ)「をさなき人の、女房などに時々読ますを立ち聞けば」は、(ロ)「静かにまた聞く」と対応し、その一方で(ロ)は「見る見る」「目おどろき」と表現してもいる。宣長は「見るといひきくといふは、みづから見ると、人によませてきくことにて、同じこと也」(『玉の小櫛』一)と記すが、そこには、物語は〈女〉の読むもので〈男〉はそれを「立ち聞」くというたてまえが作用している。宣長もそれを指摘しつつ、事実としては「男もつねによめる」のであり「下ノ心、卑下なり」と、作者の卑下とみている。雨夜の品定めで左馬頭も「童《わらは》に侍しとき、女房などの物語読みしを聞きて」と発言していた。[21]

「そらごとをよくし馴れたる口つきよりぞ言ひ出だすらむとおぼゆれど、さしもあらじや」と、光源氏の玉鬘への揶揄による挑発は、「さしもあらじや」という文末の「や」によって、屈折した反転の文脈を示唆している。「ものよく言ふ者」は、物語作者であるとともに、女を口説く男であり、光源氏が玉鬘に対してまさしくそうした関わりを示していることについては、すでにFを先取りして検討した。

D③「げにいつはり馴《な》れたる人や、さまざまにさも酌《く》み侍らむ。ただいとまことのこととこそ思う給へられけれ」とて、硯《すずり》をおしやり給へば、(蛍・二・四三八)

玉鬘の反応は、硯を押しやって物語の書写を止める行為を含めて、皮肉な反撥を明確に示している。「いつはり馴れた人」であるあなたは虚実について判断できるでしょうが、私は「まこと」とばかり思っていましたとは、「まことにやいつはりにや」という前述の表現と違っており、この反応が、光源氏を次のように極端な物語肯定の発言へと導いている。

D④「骨《こち》なくも聞《き》こえおとしてけるかな。神代《よ》より世にあることを記《しる》しおきけるなり。日本紀などはただかたそばぞかし。これらにこそ道《みち》々しくくはしき事はあらめ」とて笑《わら》ひ給ふ。（蛍・二・四三八〜九）

「とて笑ひ給ふ」は、D①末の「とて、笑ひ給ものから」がD②の光源氏の発言を呼び起こしたように、作者の論の地平を可能にする語り手による韜晦の表現である。淵江は、「士大夫的には軽視されている物語も、斯うも言えるではないかという、作者の肚裏に内々抱懐している意見を、公卿の第一人者光源氏の口を藉りて、それも作者の性として気恥かしいので、先ずは稍誇張的に冗談めかして此の立言を打出した」のだとしている。(22)

「日本紀（原文「記」）」は『紫式部日記』の「日本紀の御局」という呼称とも関わって諸説あるが、『日本書紀』に限定すべきではない官製国史の総称とみられる。そして、この部分もまた、雨夜の品定めにおける左馬頭の女性論のまとめの表現と類似している。

「すべて男も女も、わろものはわづかに知《し》れる方《かた》の事を残《のこ》りなく見《み》せ尽《つ》くさむと思《おも》へるこそいとほしけれ。三史五経、道《みち》々しき方《かた》を、明《あき》らかに悟《さと》り明《あ》かさんこそ愛敬《あいぎやう》なからめ、などかは女と言《い》はんからに、世にある事の公　私《おほやけわたくし》につけて、むげに知《し》らずいたらずしもあらむ。わざと習《なら》ひまねばねど、すこしもかどあらむ人の、耳《みみ》にも目《め》にもとまる事自然《じねん》に多《おほ》かるべし。（帚木・一・五九）

「日本紀など」が「ただかたそば」つまり一面にすぎないというのは、「世にある事の公」のみを記しているからで、「私」まで記した物語には及ばないという論理である。女であっても、「世にある事の公私」に関して、才知のある人は「耳にも目にもとまる事」が多いだろうと、左馬頭は発言していた。「神代より世にあることを記しおきける」とは、「礼楽、詩歌の起源を説明するときの常套文句で、物語の起源の説明に、それを援用した」と藤井が指摘する通りである。(23)『源氏物語』が物語史というべき発想を内在していたことも明白で、絵合巻の記述では『竹取物語』のことを「神世の事なめれば」と表現している。

それにしても、物語にこそ「道々しくくはしき事」があるだろうという表現は、「くはしき」はよいとして、

「道々し」とはアイロニーによる誇張表現である。雨夜の品定めで「三史五経」こそ「道々しき方」を記した正統な書物であるというような通念に対して、戯れの誇張表現とはいえ、儒教的な「道」そのものの理念を覆す可能性をも孕んでおり、「〈歴史離れ〉の意識的な企ての自負」を読むことができる。[24]

五　物語の修辞論と史書と仏典

光源氏による続いての発言Eは、物語の修辞法を史実や仏典との共通性と差異として示したもので、「物語をいとわざとのことにのたまひなしつ」と語り手が結ぶように、注目すべき多くの論点を含んでいる。一文ごとに引用関連を中心とした検討を進めていく。

E①「その人の上《うへ》とて、ありのままに言《い》ひ出《い》づる事こそなけれ、よきもあしきも世に経《ふ》る人のありさまの、見《み》るにも飽《あ》かず聞《き》くにもあまることを、後の世にも言《い》ひ伝《つた》へさせまほしきふしぶしを、心にこめがたくて言《い》ひおきはじめたるなり。（蛍・二・四三九）

すでに引いた『蜻蛉日記』の冒頭は、「かくありし時すぎて、世の中に、いとものはかなく、とにもかくにもつかで、世にふる人ありけり」と始まっていた。「世にふる人」という語が共通し、この後で「天下の人の、品たかきやと、問はむためしにもせよかし」という執筆動機も、「後の世にも言ひ伝へさせまほしきふしぶし」を記すことと類似している。

この部分はまた、「世の中にある人、ことわざ繁きものなれば、心に思ふことを、見るもの聞くものにつけて、言ひ出せるなり」という『古今集』「かな序」との類似が指摘されていて、「かな序」の影響は蛍巻の物語論の全体に及んでもいる。[25] しかしながら、その比較によってきわだつのは、和歌とは異なった物語の表現意識である。植物生成の比喩により、事物にふれて人の心から生成した言の葉が和歌であると「かな序」が記すのに対して、物語は「心にこめがたくて」言い伝えられたという。「見るにも飽かず聞くにもあまること」という物語と、「見るもの聞くものにつけて」という和歌表現との差異も大きい。

『古今集』「かな序」は、律令国家の文学として「やまとうた」の正統性を宣言するために、中国の詩論を典拠として引いていた。しかしながら、平安朝において、それと同等に物語を正統化することは不可能であった。そうした状況を逆手に取り、「日本紀」に対するのと同じく〈もどき〉の手法を取ることが、可能かつ有効な物語論の方法なのである。

先にD④の部分で、帚木巻の雨夜の品定めにおける左馬頭の女性論を引用した。その後半の結びに、「すべて心に知れらむ事をも知らず顔にもてなし、言はまほしからむ事をも一つ二つのふしは過ぐすべくなんあべかりける」とあり、それと共通する発想が『紫式部日記』にもみられる。それらを現実的な処世訓としてではなく、物語作者の表現意識の屈折を示すものとして、E①に繋いで考えることもできると思われる。

『徒然草』「折りふしのうつり変るこそ」の段が「思ふこと言わぬは腹ふくるるわざ」と引き、『大鏡』の序文にみえる、「おぼしきことといはぬは、げにぞはらふくるる心ちしける。かかればこそ、むかしの人は、ものいはまほしくなれば、あなをほりてはいひいれ侍りけめ」は、直接には言えない事実を知りつつ、沈黙を守ることの耐えがたさを述べた故事である。その源泉かとみられる「王様の耳は驢馬の耳」という伝説は、オヴィディウス『メタモルフォセス』へと遡る。(26)『源氏物語』の物語論における「見るにも飽かず聞くにもあまること」という表現意識の屈折は、これに通じているといえよう。

「その人の上とて、ありのままに言ひ出づる事こそなけれ」という表現は、のちに『河海抄』などが展開する「准拠」論に通じるものがある。『河海抄』は次のように、延喜・天暦を時代准拠の枠として、史実との関係を強調している。

作物《ツクリ》がたりのならひ、大綱《カウ》は其人のおもかげあれども、行迹にをきては、あながちに事ごとにかれを摸する事なし。漢朝の書籍、春秋史記などいふ実録《ジツロク》にも、少々の異同はある歟。仍、桐壺帝冷泉院を延喜天暦になずらへたてまつりながら、或は唐ノ玄宗のふるきためしをひき、或秦始皇のかくれたる例をうつせり。又、天慶御門は相続の皇胤おはしまさね共、此物語には朱雀院の御子今上冷泉院の御後なし〔或説云此条有ト作者之意趣《イシュ》歟云々〕。光源氏をも、安和の左相に比すといへども、好色のかたは、道の先達なるがゆへに、在中将の風をまねびて、五条二条の后を薄雲女院朧月夜の尚侍によそへ、或はかたのの少将のそしりを思へり。又、太上天皇の尊号も、漢家には太公の旧躅《キウチヨク》、本朝には草壁皇子《クサカベ》等の先蹤を摸する歟。是、作物語の習ヒ也。初にいづれの御時にかとて、分明に書あらはさざるも此故なり。さりながら、したには延喜の御時といふ心を含めり。

『河海抄』は「作物がたり」の方法としての、史実の寄せ木細工（ブリコラージュ）的な引用をいう。光源氏は西宮左大臣源高明（安和の左相）によっているという説に対して、左遷の事は似ているが「好色の先達」としてはふさわしくないという反論があり、それに答えた説である。つまり、光源氏のモデルを源高明に限定する必要はなく、「好色」の面については在原業平によると考えればよいとして、「延喜天暦」の時代准拠を大枠としつつ、古今和漢に渡る引用の織物とみている。(27)

『河海抄』の引用文中に「漢朝の書籍、春秋史記などいふ実録にも、少々の異同はある歟」とするのも、「実録」から物語へという発生論の視点に立つとき、有効な手掛かりとなる。物語の発生を「氏族伝承の分解」の過程において捉えた風巻景次郎は、『日本書紀』の「一書」を「神々に触れる部分の寸断されたもの」とみて、『釈日本紀』巻一に引く「弘仁私記序」に注目している。「異端小説、怪力乱神、為備多聞、莫不該博也」と記し、その「怪力乱神」の注にはすべて「人皇紀」の例を引くことを指摘して、『続日本紀』以後になると「神怪の記事は極度に減少する」と指摘している。(28)

『日本紀弘仁私記』序文の割注では、「異端小説」について、「一書乃或説ヲ異端ト為シ、反語乃諺ヲ曰ク小説ト為ス也」として、「怪、異也」「力、多力也」「乱、乱逆也」「神、鬼神也」のそれぞれに、風巻がいうような例を示している。これによれば、「一書」と「或説」が「異端」にあたり、『河海抄』がいう「実録」にも「少々の異同」があるとする記述が、『日本書紀』では大きかった。それは、D④における「神代より世にあることを記しおきけるななり」とも関連している。律令国家の基礎をなした経学的な合理精神が、「異端小説、怪力乱神」にあたる部分を、モノガタリ言語として排除する傾向を、六国史においてはその後に強めたのである。「小説」については問題が残るが、藤井の論がある。(29)

「怪力乱神ヲ語ラズ」とは『論語』述而編にみられる語であるが、『日本紀弘仁私記』序文の「怪」「力」「乱」「神」それぞれの例は、後世の説話集にも採録されたものがある。「力」のうち、小子部スガルが雷を捕らえた話は『日本霊異記』に、「乱」の蘇我入鹿による叛乱は『三宝絵』『今昔物語集』巻四に、「神」のうち一言主神と雄略天皇の話も『日本霊異記』『三宝絵』『今昔物語集』巻三に、それぞれ採られている。風巻がいうように、これらを含む用例が神代から引かれていないのは、「人」の世の「怪力乱神」が問題だからである。神話的な想像力が現実意識の中で「怪異」や「鬼神」の業として作用する次元で、信仰喪失と裏腹に発生するモノガタリ言語の位相があった。(30)

平安朝において、「怪異」は六朝志怪や唐宋伝奇の類が流行し、『善家秘記』『紀家怪異実録』などが編まれもした。それらの怪異譚が仏法と結合して『日本霊異記』のようなものが生まれたのである。「多力」は『道場法師伝』の系譜における力女の物語など、『今昔物語集』巻二十三ではひとつの主題をなしている。「乱逆」には『将門記』などがあり、『今昔物語集』巻二十九の「悪行」の類へ、「鬼神」は「怪異」と分けがたいが、正体や素性の確かな神としての「神祇」や「神仙」については『本朝神仙伝』などが想起される。

これらは今日の「説話」にあたるモノガタリで、その発生と「実録」との関係を概観することとなったが、蛍巻の物語論が提起しているのは、そうした物語史をふまえたうえで、その宿命を引き受けつつ、新たな物語としての

『源氏物語』の方法を主張することであった。

E②よきさまに言《い》ふとては、よき事のかぎり選《え》り出《い》でて、人に従《したが》はむとては、又あしきさまのめづらしき事をとり集《あつ》めたる、みなかたがたにつけたるこの世《よ》の外《ほか》のことならずかし。

（蛍・二・四三九）

E①にも「よきもあしきも」とあった。読者（聞き手）の興味を引くためといいながら、ことさらに「あしき」に言及するのは、歌論や詩論との対比において、物語論としての特性に通じている。「和歌《やまとうた》」においては、その正統化のために徳用が説かれていた。『古今集』かな序では、「力をも入れずして天地《あめつち》を動かし、目に見えぬ鬼神《おにがみ》をもあはれと思はせ、男女《をとこをんな》の中をも和《やは》らげ、猛《たけ》き武士《もののふ》の心をも慰むるは歌なり」という。真名序では、「天地ヲ動カシ、鬼神ヲ感ゼシメ、人倫ヲ化シ、夫婦ヲ和グルコト、和歌ヨリ宜シキハ莫シ」とする部分である。これが『詩経』大序に基づき、その詩序が「先王」の事業とするのを「和歌そのものの効用にしてしまった」と、小沢正夫は指摘している。(31)

だからこそ、かな序は、今の世の中の歌を、「あだなる歌、はかなき言《こと》」とし、「色好みの家に埋れ木の」と嘆き、真名序は、「浮詞」「艶流」として「好色ノ家」と「乞食ノ客」の手段になったとしている。物語は、まさしくそうした言語領域にしかありえなかったのであり、かな序の表現をふまえながらも、物語論が「よきもあしきも」と「あしき」を加えるゆえんである。E②では、それを誇張の表現法として、「よきさま」だけを言うのと、「あしきさまのめづらしき事」を集めるという、両極の手法があるとしながらも、根本では「この世の外のこと」ではないとする。

これは、D②の「あはれを見せ、つきづきしくつづけたる」と、「おどろおどろしくとりなしける」に対応し、それは『三宝絵』序文が示す恋物語と異類譚との、物語史における二傾向に遡りうる発想であったが、ここでは、『源氏物語』における誇張の修辞学へと移行して捉えるべきであろう。帚木巻頭と呼応する夕顔巻末の語り手は、光源氏が「隠ろへ忍び給し」「くだくだしき事」を語った理由として、「見ん人さへかたほならず物ほめがちなる」

と「作りごとめきて取りなす人」がいたからと弁解している。また、雨夜の品定めの体験談の最後をなす、藤式部丞の「かしこき女の例」たる博士の娘の物語は、聞き手から「あさまし」と思われ「そらごと」と非難されたが、「これよりめづらしき事はさぶらひなんや」と開き直っていた。まさしく「人に従はむとては、又あしきさまのめづらしき事をとり集め」た物語だといえる。

藤式部丞の博士の娘の物語は、「いづこのさる女かあるべき。おいらかに鬼とこそ向かひゐたらめ」と爪弾きされたが、それが現実をふまえた誇張であるのか、「怪力乱神」の領域の「そらごと」であるのか、その虚実の境界はあいまいである。それはまた物語そのものの本質であり、「よき事のかぎり」を「選り出で」といい、「めづらしき事」を「とり集め」という蛍巻の物語論の表現は、街談巷説を採録する史官の方法にも通じるもので、やはり儒教的な文学観を意識した発言であり、一般的なデフォルメ論ではない。

E③人のみかどのさえ、つくりやう変《か》はる。おなじ大和《やまと》の国《くに》のことなれば、むかしいまのに変《か》はるべし。

（蛍・二・四三九）

本文の異同もあり、難解な部分で、河内本系の多くでは「人の帝のさえ作りやは変れる」とあり、反語による強調がわかりやすいかにみえるが、後半が「昔今のには変るなるべし」などとあり、文意が整合しない。「さえ」を「さへ」と改訂する説もあるが、大島本などの通りに解釈すれば、「才《ざえ》」で漢詩文のことであろう。外国（中国）の漢詩文においても、「作り様」つまり表現様式に差異があるというので、前文でいう日本の物語における修辞的な誇張表現の差異を、より一般化したとみられる。これと対句のようにして、同じ日本の物語においてみると、昔と今とでは「作り様」が変化しているだろう、と解釈しておく。[32]

「唐《から》のうた」に対する「やまとうた」を主張し、「いにしへ」と「いま」とを対句的に発想して、その歴史をたどっていたのも『古今集』かな序である。「そもそも、歌のさま六つなり。唐のうたにもかくぞあるべき」と倒錯した記述もあり、中国の詩論を日本の歌にあてはめるのは、『歌経標式』に先例がある。『歌経標式』も序文で「六体」に言及し、「上古」と「近代」とを対比的に発想しているが、これも『文選』序文や『毛詩正義』また『詩品』などの文学史観の影響下にあったためである。(33)

『歌経標式』の「古事」はいわゆる枕詞にあてはめられ、「新意」に対する典故の表現論であるところに、『古今集』序文との違いがある。これは、『文心雕龍』に、「事類なる者は、蓋し文章の外、事に拠って以て義を類し、古《いにしへ》を援《と》って以って今を証する者なり(34)」というのにあたる。この典故（典拠）の表現法は、『源氏物語』においても高度に駆使され、引き歌の技法などは、物語文として洗練されたその応用である。『文心雕龍』では、時代と文学を論じた「時序」の冒頭においても、「時運は交《こも》ごも移り、質文は代《よ》よ変ず。古今の情理は、言う可きが如きか」と、その時代による変化を記している。『源氏物語』では、絵合の物語絵においても、『竹取物語』や『伊勢物語』の〈古〉と『うつほ物語』俊蔭巻や『正三位』の〈今〉との対比が示されていた。

「人のみかどの才、作りやう変はる。おなじ大和の国のことなれば、昔今のに変はるべし」は、こうした詩学や歌学の発想を根底にして、表現の様式と時代による変化を、物語の表現史にもあてはめたと考えられる。その「作りやう」の変化や差異は、E②の「よき」と「あしき」との誇張による修辞法とも関わるものであり、『文心雕龍』はまた、その誇張の効用についても「夸《か》飾」（第三十七章）にいう。「故に天地自《よ》り以降、声貌に予入するは、文辞の被《おお》う所、夸《か》飾恒《つね》に存す」と、『尚書』と『詩経』の誇張表現を分析して、誇大な描写も事実をゆがめるものではないことを強調している。それが奇をてらって人目を引くための誇張に陥るのは、宋玉・景差以後であり、漢の賦家たちに至ってこの傾向が強まったと批判している。その行きすぎた例にあげられている揚雄「甘泉賦」や司馬相如「上林賦」などの美文が、『文選』の文学として、平安朝の文人たちの規範としてあったことも注目される。

ここでは蛍巻の物語論が、『文心雕龍』の直接的な影響下にあったというのではなく、その発想の根底にある詩文論や歌学を確かめてきたのである。岡田喜久男は、『歌経標式』の「六体」を「六義」と同一とみる小島憲之説に対して、『文心雕龍』の「六観」の影響下になった「彼独自の発明になる文学創作原理」だとする。また、歌の起源論を詩学書の影響とのみ結論づけることは疑問だとして、「神代より……」という詩句が『万葉集』において定型的表現となっているなどの例をあげ、「物事の原初から説き起こす形式は古代文学に多く、偏に尚古思想、伝統尊重によるものである」と指摘している。[35]

『源氏物語』における物語史の発想も、こうした伝承のカタリ意識を基底にしているのであるが、それを物語論として意識化する過程で、中国詩学の受容も重要だということである。『文心雕龍』に関してもうひとつ付け加えておけば、その誇張表現の効用を説く文辞の中に、「瞽を披《ひら》いて聾を駭《おどろ》かす」という表現があり、『聾瞽指帰』という若き空海の教戒小説に通じる。その典故は『文選』(巻三十四)枚乗「七発」とみられているが、『聾瞽指帰』には兎の角・亀の毛・蛭の牙というナンセンスな人物名をはじめ、後の『新猿楽記』や『玉造小町壮衰書』などにも通じる誇張表現がある。

そうした猿楽精神による文学伝統の、〈男〉の漢詩文から〈女〉のかな物語への表現史的な転移もまた、物語の詩学にとって重要な要素である。[36] 散逸した初期物語のうち、『伊賀の専女』『からもり』『舎人の閨』などは滑稽譚の要素が強く窺われる。『源氏物語』においては、雨夜の品定めにおける博士の娘の物語や、末摘花の醜貌の描写、源典侍や近江君の物語などに、誇張表現による滑稽譚の要素が強くみられる。「ものいひさがなき」物語としての帚木六帖から玉鬘十帖への物語系列の基調には、こうした伝統が強く作用している。

E④深《ふか》きこと浅《あさ》き事のけぢめこそあらめ、ひたふるにそら事と言《い》ひはてむも、ことの心たがひてなむありける。

(蛍・二・四三九)

士大夫の「文学」たる史書や漢詩文は「深きこと」、物語は「浅き事」という差はあっても、物語を「そら事」と言い切るのは「ことの心」(本質)を見誤るものだとする。ただし、物語を史書と通じるものとし、漢詩文や和歌の修辞法や表現史との共通性に言及して来た文脈からすれば、もはや単純な「そらごと」論を超克した、物語における表現の諸相についての確認とも読みうる。とはいえ、どれほどに物語を権威化する誇張表現によっても、

「つれづれ」を慰める遊戯としての物語そのものの負性は底流し続けている。

ここでまたE①へと遡るが、『細流抄』は「その人の上とて」の注で、これら一連の光源氏の発言を、紫式部による『源氏物語』の創作意図を示すものとして、『荘子』の「寓言」との類似を指摘している。「源の詞也。下は紫式部此物語を作せる大意をあげていへり。荘子寓言のごとし。寓言者、以己之言借他人之名以定也と注せり」と記すのである。(37)『荘子』の「寓言」は「外に籍《か》りて之を論ず」る修辞法である。

『源氏物語』の作者が『荘子』を意識していたかどうかは不明であり、『源氏物語』にみられる『荘子』を典拠とした表現の九箇所も、すべて「寿則多辱」（いのち長ければ辱多し）の引用にすぎない。(38)しかしながら、『史記』（老子・韓非子列伝）における荘子の「寓言」についての評価で、「皆空語無事実。然善属書離辞、指事類情、用剽剝儒墨」（空想の対話であって事実ではない。けれども文辞をつづり、比喩をつかうのにたくみであって、それによって儒家や墨家の力をそいだ）(39)という記述などは、『源氏物語』の作者が目にしていたはずである。

蛍巻の物語論では、「皆空語無事実」というのではなく、淵江が指摘するように、「史の『実』に対する物語の『虚』的構造が虚偽そのものではなくて、個別的委細の具象を通じてその奥に虚構的真実を志す為の典型化であること」を主張している。その意味からも、淵江がE②の「よき」「あしき」、またE③の「人のみかどの才《ざえ》」に関する部分を、『史記』の「太史公自序」による発想としたことも重要である。(40)

「太史公自序」で司馬遷は、孔子が、「空言」（理論的判断）で記そうとしたが「行事」（実行された事）で表した方が深く適切で著明なのに及ばないとしたとするのを始め、『易』『礼』『書』『詩』『楽』『春秋』の長所と効用を列挙している。これは、「人のみかどの才、作りやう変はる」の具体例である。このうち『春秋』は「是と非を弁別」し「正義をのべる」、また「善行をとりあげ悪行をおとしめ」るとしている。そのあとで、司馬遷は、自分の方法は「故事を述べ、世々の伝えを整える」のであって、「作る」のではなく、『春秋』に比べられるのは間違いだと記している。これが伯夷列伝にいう「天道是か非か」という世界観に通じることが注目される。

E①の「よきもあしきも」という表現は、『春秋』のような道徳観による勧善懲悪による史観ではなく、『史記』の世界観と表現の方法にきわめて近い。『源氏物語』における『史記』の影響は明らかであり、蛍巻の物語論もまた、『史記』に学んだとみることができる。とはいえ、『源氏物語』は「物語」であって史書ではない。後に「作り物語」と呼ばれる虚構性は、『荘子』の「寓言」とは明らかに異なるものの、その関連もまた無視はできない。

『細流抄』をはじめとする注釈書のみならず、近世の論者や作家もまた、『源氏物語』を「寓言」の書とみなして評価している。清田儋叟の『孔雀楼筆記』に、「吾国ノ寓言ノ書、予ガ見ル所ニテハ、源氏物語ヲ第一トスベシ。所謂カノ心匠甚スグル」とある。[41] あるいはまた、上田秋成を中心とした物語「寓言」論とその文学状況については、中村幸彦、中村博保、中野三敏などに論があり、[42] 宣長の「もののあはれ」論批判と「寓言」論との関わりも興味深いのであるが、いまは蛍巻の物語論に即して読み進めるほかはない。

「寓言」論を直接にひきあいに出すことはないまま、さらに飛躍して、論理的にはそれとも類似する仏教の「方便」などの論理が光源氏の口にされているところが、この物語論の特徴である。

E⑤仏《ほとけ》のいとうるはしき心にて説《と》きおき給へる御法も、方便《はうべむ》といふ事ありて、悟《さと》りなき者《もの》は、ここかしこ違《たが》ふ疑《うたが》ひをおきつべくなん、方等経《はうどう》の中に多《おほ》かれど、言《い》ひもてゆけば、一《ひと》つ旨《むね》にありて、菩提《ぼだい》と煩悩《ぼむなう》との隔《へだ》たりなむ、この人のよきあしきばかりの事は変《か》はりける。よく言《い》へば、すべて何《なに》事もむなしからずなりぬや」と、物《もの》語《がたり》をいとわざとのことにのたまひなしつ。　（蛍・二・四三九〜四〇）

『河海抄』はこの部分についての注で、「煩悩即菩提生死即涅槃（妙楽尺）」と記したあとに、「案之、此物語一部の大意、作者已証のおもむき是にみえたり」として、「方便」「方等経」「煩悩即菩提」について説明している。まず、「方便とは法花已前諸経なり」と、『法華経』以前の諸経が「方便」であるとする。これは、『花鳥余情』も同じで、「しばらく天台宗の義によらば、法花を真実にさだむるにつきて、尓前の諸経をば皆方便といへり」としている。しかしながら、『源氏物語』における「方便」の用例の意義は、蛍巻の他に、宿木巻と蜻蛉巻にあって、これとは異なっている。

宿木巻では、薫が亡き八宮の旧邸を解体して山寺の横に堂を建てようと語り、阿闍梨が「いともかしこく尊き御心なり」と感謝して、「むかし、別れを悲しびて、骨《かばね》をつつみてあまたの年頸《くび》にかけて侍ける人も、仏の御方便《はうべん》にてなん、かの骨《かばね》の嚢《ふくろ》を捨てて、つひに聖《ひじり》の道にも入り侍にける」（五・八八）という。また、蜻蛉巻では、浮舟の死を使者から聞かされて思い乱れた薫の心中において、「さま異《こと》に心ざしたりし身の、思のほかにかく例の人にてながらふるを、仏《ほとけ》などのにくしと見給にや、人の心を起こさせむとて、仏のし給方便《はうべむ》は、慈悲をも隠して、かやうにこそはあなれ、と思つづけ給つつ、おこなひをのみし給」（五・二七五）とある。

岩瀬法雲によれば、これらは『法華経』如来寿量品による。特に蜻蛉巻の例は、「医の善き方便を以て、狂子を治せんが為の故に、実には在れども、而も死すと言ふに、よく虚妄を説くものなきが如く」と対応するとみている。「仏から言えば、頸にかけさせていたことが悟に導く方便であったように、寝殿を見るつらさが寺を造って道に入れる方便だった」と、宿木巻の例を説明している。また、蛍巻については、「一つ旨にありて」が「皆為一仏乗故」（方便品）の、「すべて何事もむなしからずなりぬや」が「皆実不虚」（寿量品）の訳語だと指摘している。[43]

「方等経」について、『河海抄』は「方等部の諸大乗」を指すというのであるが、たんに大乗教典の総称ではなく、「五時八経」の天台智顗の教判知識をふまえた「方等時」の教典で、「対機説法」という相手の機に応じた化益だと、淵江が解説している。[44]『花鳥余情』が「方便」について次のように説明しているのも、雨夜の品定めが「三周説法」という「対機説法」によるのと同様に、これに通じている。

> おほよそ仏の方便は、いかにも衆生の機をかかみて説給へり。ゆへになきことをもありといひ、又ある事をもなしとの給ふ。ここにいへることかしこには又かはる。いづれをまことと決定しがたし。所詮は衆生の万機をとゝのへ、空有の二執をはなれてつゐに一実道に帰せしめて、ひとつむねにおさむるなり。三界唯一心々外無別法の道理なり。

「煩悩即菩提」について、『河海抄』は「さとれるは菩提となりまとへるは煩悩となる也。此等心也」と記す。しかしながら、『源氏物語』における「一つ旨にありて、菩提と煩悩との隔たりなむ、この人のよきあしきばかりの事は変はりける」を、天台本覚思想でいう「煩悩即菩提」と直結できるかどうかは問題である。紫式部と同時代である源信の『往生要集』は、相対的二元論を立場とする浄土念仏思想を説くが、絶対的一元論の天台本覚思想を示す「本覚」の語が一箇所だがみられ、「生死即涅槃、煩悩即菩提」を主張していることが、仏教史においても大きな問題となっている(45)。

『源氏物語』の仏教思想もまた浄土教的な性格を強く示しており、やはり「対機説法」と同じような発想で、相対的な差異観のもとに仏法が「一つ旨」に帰するように、「よきあしき」の差異を相対化しているとみられる。それが「方便」という修辞法と結びつく所以であろう。次に引く『花鳥余情』のように、修辞的な比喩で説くのがよいと思われる。

煩悩と菩提とは、たとへば水と氷とのごとし。水と氷とはただ一性なり。まよへば菩提の水氷となり、さとれば煩悩の氷水となるがごとし。またく各別のものにあらず。善悪不二邪正一如の理なれば、しばらくよきあしきばかりのかはりめなり。

こうして、物語の人物表現における「よきあしき」の修辞法は、「よく言へば、すべて何事もむなしからずなりぬや」と、再びアイロニカルな誇張表現として結ばれ、それを語り手が草子地的な表現で承けて、「物語をいとわざとのことにのたまひなしつ」と結んでいる。そして、それがFの、「さてかかる古事の中に、まろがやうにじほふなる痴者《しれもの》の物語はありや」という、玉鬘に戯れかかって口説く光源氏の、男による物語世界の行為へと連続しているのである。

六　物語の思想へ

「日本紀などはただかたそばぞかし」という物語観が、史書の方法を根拠としつつも、寓言論ではなく仏教の「方便」論の〈もどき〉として展開されたことは、浄土教の確立期における物語の虚構の詩学というにふさわしい。論理的な発想の規範を史書や仏説、また歌論や詩文論の引用によりつつも、そのパロディ的な表現であることが、物語作品の負の位相を明確に示していた。それは物語の限界を示すものであるとともに、それゆえ儒仏イデオロギーの思考の枠をはみ出す、生活感情や思想を表現するものであった。

平安朝において、物語論は「論」として自立しうるものではなく、物語行為の内に生成し、対自化しつつ表現する場の物語であることが、『源氏物語』における物語論の達成である。蛍巻の基底部の表現の構造は、帚木六帖や玉鬘十帖へと通底し、さらには『源氏物語』の全体を支える物語の思想となっている。その始発には場の物語としての雨夜の品定めがあり、帚木巻頭と夕顔巻末において呼応する語り手によれば、「もの言ひさがなき」物語の手法である。すでにふれたように、そこでは史家の方法に擬しながら、「作り事」ではないことを示すために、光源氏の「すき事」「隠ろへごと」「くだくだしき事」をあえて語り記したのだと弁明している。

夕顔巻末の語り手が享受者から受けたという「見ん人さへかたほならず物ほめがちなる」という非難は、蛍巻の物語論における「よきさまに言ふとては、よき事のかぎり選り出でて」にあたり、桐壺巻やいわゆる紫上系の上の品の物語にその傾向が強い。また、「すき事」「隠ろへごと」「くだくだしき事」を語ることは、「人に従はむとては、又あしきさまのめづらしき事をとり集めたる」表現法にあたる。

「もの言ひさがなき」物語としての表現は、藤裏葉巻の「ものいひさがなき御達」や、横笛巻の「ものいひさがなき女房」などにより伝承された「世がたり」を書き記すことによって、『源氏物語』の全体に「あしきさまのめづらしき事」をも書くことを可能にした。鬚黒方の「悪御達《わるごたち》」の「問はず語り」による「ひが事」も混じるかという竹河巻頭では、紫上方の伝承との差異について「いづれかはまことならむ」と、その語りの伝承構造を多元的に示している。

そうした中で、「あしきさまのめづらしき事」の誇張表現の修辞として際だつ末摘花の描写を、あらためて引いてみる。

まづ居丈《ゐだけ》の高く、を背長《せなが》に見《み》え給ふに、さればよと胸《むね》つぶれぬ。うちつぎて、あなかたはと見《み》ゆるものは鼻《はな》なりけり。ふと目《め》ぞとまる。普賢菩薩《ふげんぼさつ》の乗物《のりもの》とおぼゆ。あさましう高《たか》うのびらかに、先《さき》の方《かた》少《すこ》し垂《た》りて色《いろ》づきたる事、ことのほかにうたてあり。色《いろ》は雪《ゆき》はづかしく白《しろ》うてさ青《を》に、額《ひたひ》つきこよなうはれたるに、なほ下《しも》がちなる面《おも》やうは、大方《おほかた》おどろおどろしう長《なが》きなるべし。痩《や》せたまへる事、いとほしげにさらぼひて、肩《かた》のほどなどは、痛《いた》げなるまで衣《きぬ》の上《うへ》まで見《み》ゆ。何《なに》に残《のこ》りなう見《み》あらはしつらむと思ものから、めづらしきさまのしたれば、さすがにうち見《み》やられ給ふ。

（末摘花・一・二二四）

こうした、「かたは」で「あさましう」「うたて」「おどろおどろしう」と表現される烏滸《をこ》の笑いの誇張表現は、猿楽精神による漢文作品からかな文芸へと、物語史が転換する表現の位相にある。(46)『源氏物語』における〈異化〉の詩学による修辞法のひとつの極致である。その古風で醜貌な姫君の誇張表現に、「普賢菩薩の乗物」つまり仏画における象の表象が用いられている。この少しあとには、「もの言ひさがなき」ことの弁明を伴って、次のように記されている。

着《き》たまへるものどもをさへ言《い》ひ立《た》つるも、もの言《い》ひさがなきやうなれど、昔物語《むかしものがたり》にも人の御装束《さうぞく》をこそまづ言《い》ひためれ。聴《ゆる》し色《いろ》のわりなう上白《うはじら》みたる一襲《ひとかさね》、なごりなう黒き袿《うちき》重《かさ》ねて、表着《うはぎ》には黒貂《ふるき》の皮衣《かはぎぬ》、いときよらにかうばしきを着《き》給へり。古体《こたい》のゆゑづきたる御装束《さうぞく》なれど……

（末摘花・一・二二五）

「昔物語」が装束描写を言い立てているからと、ここでも異様に古めかしい末摘花の姿を表現している。これが口実であることは、若菜上巻の光源氏四十賀の饗宴の記述に、「昔物語にも、物得させたるをかしきこと」に数え続けているようだが、「いとうるさくて」と禄の記述を省略すると語ることからもわかる。『源氏物語』において「昔物語」という用語例は必ずしも古い作品のみでなく、行事における歌や禄の列挙などは『うつほ物語』にも著しく、あえて『うつほ物語』のような直近の物語をも「昔物語」とすることによって、『源氏物語』は自身の物語としての方法を差異化している。末摘花の場合は、あえてその古風であることの誇張のために「昔物語」と結合したのである。

『源氏物語』においては、賢木巻で光源氏に愛される紫上を「継母の北の方」は安からず思うだろうと、「物語に、ことさらに作り出でたるやうなる御ありさま」といい、宿木巻の匂宮と夕霧六の君との婚儀では、「かく、にぎははしく華やかなることは見るかひあれば、物語などにも、まづ言ひたてたるにやあらむ。されど、くはしくも言ひつづけず」とする。蜻蛉巻の浮舟の失踪を女房たちがあわて惑う叙述では、「物語の姫君の人に盗まれたらむ朝のやうなれば、くはしくも言ひつづけず」と草子地で語るのであり、『源氏物語』はあたかも「物語」ではないかのごとくである。その根拠が蛍巻の物語論に示されているといえよう。

『源氏物語』は、漢文作品における典故のように、漢詩文や歌や物語、史書や仏典をも含む先行作品の引用と変換による〈もどき〉の表現手法を強く示している。そのことも蛍巻の物語論に示されているところであり、それによって独自な物語の主題的世界を生成し、物語の思想を表現している。引用された漢詩文としてもっとも重要なものが、『長恨歌』をはじめとする白居易の作品である。絵合巻には、斎宮女御に献上する絵として、光源氏が紫上とともに「今めかしき」を選ぶ場面に、「長恨歌、王昭君などやうなる絵は、おもしろくあはれなれど、ことの忌みあるはこたみはたてまつらじ」と止めたという。

『源氏物語』は桐壺巻の前半をはじめ、『長恨歌』の引用を物語の枠のように機能させていたが、そこにたんなる

「あはれ」な「感傷詩」としてではなく、白居易が重視した「諷諭」的な意味をも読み込んでいることが重要である。それが「ことの忌み」という語に含まれており、桐壺帝の更衣への寵愛を、「上達部、上人などもあいなく目を側めつつ」と表現し、「唐土にもかかることの起こりにこそ世も乱れあしかりけれ」と「楊貴妃のためし」を引いたという桐壺巻の冒頭部にも現れている。

『源氏物語』における恋物語の「あはれ」の背後には、〈王権〉や政治権力をめぐる闘争の世界がうずまいている。そうした光源氏の物語において、もっとも根源的なのが藤壺との密通であり、二人のあいだに生まれた皇子が冷泉帝として即位するという設定である。

安藤為章の『紫家七論』は、藤壺と光源氏との密事が皇統に乱れを生じている「物のまぎれ」を「一部の大事」とし、しかも冷泉帝が桐壺帝の孫でありながらも、朱雀帝の正統に皇位を返しているところに、紫式部による「諷諭」を読むべきだと主張している。

> さしもに用意ふかき式部が、当時宮中にも披露する物語に、心得なくて書くべしや。此造言、諷諭に心つかせ給ひて、いかにもいかにも物のまぎれをあらかじめふせがせ給ふべし。ようせずは、うたがはしき事ありぬべし。かの二条の后などの密事を思へば、をそろしきことならずや。上にしるす源の心は、皆式部が心にて、私通のさまをありありとしらせまいらするなり。臣下はまた、薫大将のまぎれを見て用意あるべし。

このような見解に対して、宣長は「儒者ごころ」による解釈として批判したのであった。『玉の小櫛』(二)では、「恋の物のあはれのかぎりを、深くきはめつくして見せむため」に藤壺と光源氏との密通は描かれ、「さて冷泉院のもののまぎれは、源氏君の栄えをきはめむために書る也」と記す。『玉の小櫛』の原形である『紫文要領』(下)では、この問題についての宣長自身のこだわりを振り切るように、「諷諭」ではなく「物の哀」と「栄花をきはめていはんため」であると繰り返している。そして、教戒や勧善懲悪の見地からは大罪人であるはずの光源氏が、「さいはひのみ有てすこしも禍なく、身のさかえをきはめたる」ことを、その根拠としているのである。

とはいえ、『源氏物語』の光源氏は、宣長がいうような「よき人」として絶対肯定して表現されているのではない。若菜下巻で光源氏が紫上に語る述懐では、幼くから「人に異なるさま」で格別に育ち、「いまの世のおぼえありさま」も過去に例がないほどだが、「世にすぐれてかなしき目を見る方」も他人に増さっているという。最高の栄華は最大の苦悩に支えられてあるというこうした述懐は、すでに絵合巻にもみられて、御法巻、そして幻巻へと続いている。それはまた、薄雲巻における藤壺の、「高き宿世、世の栄えも並ぶ人なく、心のうちに飽かず思ふことも人にまさりける身」という述懐とも共通し、紫上も若菜下巻で同じように人生をふりかえっている。(47)

光源氏や藤壺の心の闇としてあるのは、まさしく密通と「物のまぎれ」による罪の意識であり、それが両義的に栄光をもたらしていたのである。光源氏はさらに、女三宮と柏木との密通による「宿世」の応報をも嚙みしめねばならなかった。こうした表層の栄華と深層の苦悩とを併せ持つところに、儒仏のイデオロギーによる善悪を超えた物語の〈思想〉があり、それは「あはれ」と「ことの忌み」とが裏腹の世界観であるから、宣長のように「もののあはれ」と栄華に解消することは、一面的で転倒した論理である。

それをおさえたうえで、『紫文要領』から『源氏物語玉の小琴』への改訂のための削除や補訂の書き入れ、そして『玉の小櫛』へという推敲の跡をたどると、宣長の思考の過程と「もののあはれをしる」論への純化を読み取ることができる。ことに「物のまぎれ」の諷諭論を批判する部分において、その変化が著しい。『玉の小櫛』では安藤為章を批判する記述がすっきりと整理されていて、次のように改訂されている。

又かの七論にいはく、此物語は、もろこしにて、司馬遷など、窮愁よりして、憤《イキドホリ》を書に発《ハッ》して、一家の言をなせるがごとく、式部も、父為時にわかれ、夫宣孝におくれて、二女子を養育すとて、身のたづきなく、世の辛苦なる時にあたりて、此物語を作り、世に有《リ》とある事をかき出して、風刺教戒をしるし、いきどほりをやすめけりといへる、これ又じゆしや心のおしはかりにこそあれ、物語のこころともおぼえず。　（二・二二八）

これを『紫文要領』（上・述作由来の事）に遡ると、「かの七論にいはく」を含む傍線部が「或説に云」であり、

「これ又じゆしや（儒者）心」以下が、「此説は、いかにも作者の心をえて、さも有べき事とは聞ゆれど、なほ論ずること有。くはしく末にいふべし」と、ひとまずは肯定する表現である。その中間にあたる『源氏物語玉の小琴』では、「さも有べき事とは聞ゆれど」を「さも有ルまじきにもあらねども」とあらためている。また、意図的かどうかは不明だが、「かの七論にいはく」という説は『紫家七論』にみられず、「或説」の出典も未詳であるが、旧稿を改変する過程で『紫家七論』への批判が先走ったための誤りとみられる。

萩原広道は『源氏物語評釈』の総論で、『紫家七論』と『玉の小櫛』の両説を詳細に検討し、「物のまぎれ」について、『紫家七論』の説は「儒者心」であるという宣長の批判は認めつつも、「作りぬしのしたの心は、いささか諷諭めきたる事もありにしか」と、安藤為章説を支持している。そしてまた、次のように、柏木による女三宮との密通に「仏説の趣」による「因果」が作用していることも認めつつ、「人情のゆくまま」に書きまぎらわしたとして宣長説をも基底としている。

> そはきはめていひがたけれど、大かた此一条《スヂ》のみは、諷諭めきて聞ゆる中にも、かの柏木のもののまぎれは、まさしく其報《ムクイ》を示したるにて、そのころむねと行はれたる仏説の趣によりて、因果を覿面に見せたる物なり。しかれども、しかけざけざとはかかずして、深くたどりて見ん人の心にまかせつつ、さる諷諭めきたる筆つきをあらはさずして、人情のゆくままにかきまぎらはしたる。これやがて作りぬしの意にて、女の議論がましきをつつめるなり。

そして、桐壺巻に「世の人光る君ときこゆ。またかかやく日の宮と聞ゆ」とあることが、「伏案のはじめ」であり、「此物のまぎれの事、物語の中のむねとある事」であり、その外の事は、「皆これをまぎらはさんために、あやなしたる物」のようにさえみえると記すのである。しかしながら、宮中に流布し、帝さえ見る物語に、あえてこのような「あるまじき事ども」を記した「作りぬしの意」とは何かとなると、「今実《マコト》には知《ラ》れがたき事なるを、しひていはんはかしこきわざなれば、おのれも又その論をばとどめつ」と、口をつぐんでしまう。

その一方でまた、宣長による「諷諭」説批判の論拠をひとつずつ反論して、「諷喩」と「勧善懲悪」とは筋が違うのに、宣長がこれを同一視して「儒者意」を否定していること、「あはれ」だけなら何も藤壺などの高貴な人々の物語として設定する理由は無いこと等を指摘している。しかしながら結局はまた、すべて「いたづら」事で「子細ありし事なりけん」と、やはり口ごもってしまっている。

論者としては、「かへすがへすもくちさがなき事をないひそよ」という広道の教えにあえて背いて、これまでも物語の内的な主題を生成する〈思想〉の領域へと踏み込んできた。「もののあはれ」の内部に確かに存在している「物のまぎれ」から、まずみえて来るのは、〈王権〉物語的な世界である。蛍巻の物語論は、光源氏という主人公の男の誇張表現を通して、史書や仏説を〈もどく〉物語の方法を提示していた。あとは『源氏物語』論そのものへと回帰する課題である。

第2章　物語作者のテクストとしての紫式部日記

一　〈紫式部〉論の可能性

平安朝の物語テクストには、作者名を記さないのが本来であり、『源氏物語』の古写本にも作者名は付されていない。同時代の享受者は、貴族社会の狭い範囲の人々であったから、その作者を知っていたはずだが、テクストにおける無署名や匿名性が問題なのである。これに対して、『本朝麗藻』『本朝文粋』のような漢詩文集、『古今集』など勅撰集等の和歌集、また『和漢朗詠集』などには作者名を記している。それは、ジャンルとしての物語の社会的な位相や作者の権威に関わり、『枕草子』が「つれづれなぐさむもの」、つまりは娯楽として「物語」を碁や双六とともに挙げていることが、物語の位相を端的に示している。平安朝において「物語」は「文学」ではありえず、「文学」とは儒教的な規範意識による漢詩文やその作者を意味していた。

そうした状況の中で、『無名草子』は、王朝の女性文化の伝統を回想し讃美するにあたって、『源氏物語』を頂点とする作り物語の論を中心にしている。そこでは「紫式部」という呼称と『源氏物語』作者とが結合し、その紫式部論においては『紫式部日記』にも言及している。

ある女房が、「大斎院」選子から「上東門院」彰子に「つれづれ慰みぬべき物語やさぶらふ」と尋ね、彰子が「紫式部」を召して「何をか参らすべき」と問い、紫式部が「めづらしきものは何かはべるべき。新しく作りて参らせたまへかし」と申したところ、「作れ」とお命じになったのを承知して「源氏」を作ったことが、「うらやましくめでたく」と讃えている。それに対して、別の女房が、「いまだ宮仕へもせで里にはべりける折、かかるもの作り出でたりけるによりて、召し出でられて、それゆゑ紫式部といふ名はつけたり」という異説をあげ、「いづれかまことにてはべらむ」と問いかけている。

それが、「その人の日記」(紫式部日記)にも、出仕した初期には、同僚の女房たちが「恥づかしうも、心にくくも、また添ひ苦しうもあらむずらむ」と思っていたが、「いと思はずにほけづき、かたほにて、一文字をだに引かぬさま」であったから、「かく思はず、と友達ども思はる」などとみえるという。さらに、「君」(道長)のご様子などを、たいそう「めでたく」思い申し上げながら、「つゆばかりも、かけかけしく慣らし顔(色めいて馴れ馴れしい態度)に聞こえ出でぬ」のもすばらしく、「皇太后宮」(彰子)のことも、「限りなくめでたく聞こゆる」につけても、「愛敬づき、なつかしく」お仕えしたと記す。そして、「君」(道長)のご様子も「なつかしくいみじくおはしまししし」など著しているのも、謙虚な紫式部の「心に似ぬ体」のようだが、彰子や道長の「御こころがら」のせいだろうと結ばれている。

『無名草子』では、『源氏物語』の成立に関する二つの説は、どちらともなく投げ出されたままであり、『紫式部日記』の引用も概括的で、本章で検討するような『源氏物語』に関する自己言及にはふれていない。とはいえ、鎌倉時代の初期、一二〇〇年頃に、『源氏物語』の作者であったがゆえに「紫式部」という名が付いたという説と、「その人の日記」(紫式部日記)にみられる作者の性格との関係が話題にされていることは、『源氏物語』の成立とその作者とを結合したメタテクストとして注目すべき事実である。

『源氏物語』が彰子への出仕以前に書かれ、それによって召し出でられて「紫式部」という名が付けられたという説と、大斎院選子の要請により彰子に命じられて書かれたという説とは、すでに不確かな伝承というべきであるが、必ずしも矛盾しない。『源氏物語』の初期の形態というべき短編的な物語群が、出仕以前に書かれていたであろうことは、やはり後に検討する『紫式部日記』の記述からも推定できる。選子の要請によって書かれたというのは、その後における『源氏物語』の流布の、ひとつの経路だと考えられる。

松平文庫蔵『光源氏物語本事』に、「大斎院へまいらせらるる本〈二半紙〉梅の唐紙うす紅梅のへうし也」とあり、『源氏物語』の選子への献上本があった。(1)『大斎院前御集』によれば、大斎院では「歌のかみ」や「物語のかみ」といった官職を定めて、「物語のきよがき（清書）」をし、古い本を「つかさ」の人に配ったという詞書をもつ歌（九六）もある。それが『源氏物語』の執筆動機とは考えられないが、彰子を通して紫式部に依頼があっても不思議はない。こうした伝承は『古本説話集』（上巻九）などにもみられ、平安朝の末期には流布していたが、『紫式部日記』にはこれに通じるような記述はない。むしろ、風流に遊ぶ斎院方の華やかさが、中宮彰子方の地味さと対照されているのだが、屈折した羨望とも見られ、否定する根拠もないということである。

なぜか『無名草子』には触れられていないのだが、『紫式部日記』には、「源氏の物語」に関する記述が二箇所と、皇子（敦成）出産後に宮中に戻る彰子が『源氏物語』とみられる清書本を作成し、道長もその支援をしたことが記されている。それらの検討の前に、ともすれば実体的な歴史上の実在人物としての紫式部と、『源氏物語』また『紫式部日記』の言説内容とを無前提に直結することを批判してきたテクスト論以後の、〈紫式部〉論の方法を自覚しておきたい。『無名草子』もいうように、〈紫式部〉とは『源氏物語』作者であることに由来する「名」であり、その本名は不明である。(2)

さて、「作者の死」を宣告されたテクスト論以後の〈紫式部〉論は、どのようにして可能であろうか。安藤徹は、『源氏物語』の「奥ゆかしう」と「心の奥」、『紫式部集』の歌における「心の鬼」と「心の闇」、『紫式部日記』における「もののく」（物の奥）に共通する、「奥」にこだわる〈紫式部〉から、パラテクスト＝オーヴァーテクストとしての〈紫式部〉論の可能性を提起している。[3] 安藤はそこで、「見る存在としての式部が見られる存在の意識に転換していく表現」が『紫式部日記』に固有のものだという論者の旧稿を引用したあとで、[4] 自分の前を歩く馬中将君の後ろ姿を「見る」ことで「わがうしろを見る人」を意識し、「立ちていくうしろでにも、かならず癖は見つけらるるわざ」だという〈紫式部〉について、次のように述べている。

「奥」にいれば「見られる」ことなく「見る」ことができるが、しかしそこから「見る」ことで「見えてしまう」ものが「見る」自分へと反転し、「見られる」という意識をさらに刺激する。こうした反転し循環する構造を支えているのが、「奥」という場なのではなかったか。『紫式部日記』に描かれた「もののく」の〈紫式部〉とは、心の奥底に鬼（心の鬼）を抱えているがゆえに見えてしまう（見られてしまう）「もののけ」、あるいは他者の「奥」を「ゆかし」と思わせる「心の奥」を持った見る主体と通底する存在なのだ。

そして、『源氏物語』の作中人物もまた「見られる」という意識を強くもっており、柏木はその端的な例で、それを表現構造の問題として捉え直せば、「もののけのような作者」「〈もの〉化した作者」とも接続するだろうと、そこにも論者の旧稿を引き、[5]「無署名の文学である物語にあって、『源氏物語』の作家の名が知られるのは、単なる偶然と考えるべきではない」とする。

いまこうして、安藤による論者の旧稿の引用にこだわるのは、研究史の現在における相対化の視点によって、〈紫式部〉論の新たな可能性の位相を確かめたいからである。以上は安藤のいわば肯定的に論者の旧稿と共通する部分であるが、それらを「他の作品と異なる分布のしかたから、ただちに、〈用語使用上の意図〉を引き出」すような「源氏物語症候群」「紫式部言語神話」という小松英雄の用語による批判にさらしている。[6] その「土壌」を解明しようとして、パラテクスト＝オーヴァーテクストとしての〈紫式部〉論を提起するのが安藤の論である。そこでは、「〈紫式部〉の日記と家集の言語の表現構造が、三角形の底辺のように物語を支えている」という、論者のもうひとつの旧稿の一節が[7]「三」という「神聖数の虜」として例示されている。こうした批判は、実体的な作家＝紫式部の作品としての『源氏物語』と『紫式部日記』『紫式部集』とを、安易に結合して解釈することへの反省をうながすものであるが、それを広義のテクスト論として再構築する可能性を探りたいのである。その前提として、広義のテクスト論における用語の布置を、できるだけ簡略に確かめておく。

まず、生成する過程を含めた動態としての「テクスト」があり、これは従来の「作品」概念とほぼ対応する。これを取り巻く場として「コンテクスト」があり、「パラテクスト」「プレ（前）テクスト」「インター（間）テクスト」「メタテクスト」などと細分することができる。「パラテクスト」は副次的なテクストで、著者名、題名、書名、序文などに、作家の書簡や日記も含まれる。『源氏物語』に対する『紫式部日記』や『紫式部集』は、まずは「パラテクスト」として扱うことができる。「プレテクスト」は、近代作家においては、構想メモや下書き、校正刷り等を意味するが、本書においては、これまで典拠や引き歌など、幅広い引用関連を示す先行テクスト群を示してきた。その意味では、「インターテクスト」と「プレテクスト」とは重なるが、「インターテクスト」は、あるテクストとその後の引用関連にあるテクストをも含めた総称である。また、「メタテクスト」は、あるテクストに対する広義の注釈的な関係にあるテクストであり、前述のように、『源氏物語』に対する『無名草子』などがこれにあたる。とはいえ、松澤和宏がこうした布置を図式化しつつもいうように、「テクストを取り巻くこうした布置を実体化して固定してしまう弊」は避けるべきであり、「流動的な相依相関の下に置かれて」いて、その総体が「広義のテクスト」である。(8)

安藤が提起するパラテクスト＝オーヴァーテクストの「境界としての作者名」による〈紫式部〉論とは、「『源氏物語』『紫式部日記』『紫式部集』というテクストが固有の言説として確定され流通することが可能となる仕組みを記述」することであり、「その〈名〉がどのように／どのような情報として機能するのか、それが『源氏物語』というテクストといかに交渉するのか、という点に着目した研究」であるという。ちなみに、オーヴァーテクストとは、「テクスト」に読者の「コンテクスト」による読みを重ねたものであり、「インターテクスト」を歴史社会的に限定したものと考えられる。

　本章では、こうした「広義のテクスト論」の方法を意識しつつ、『紫式部日記』における『源氏物語』への自己言及を中心にして考察する。その前に、『源氏物語』の作者を「紫式部」とする初期の外部資料における『源氏物語』の享受にふれておくことにしたい。

　『更級日記』（一〇六〇年頃成立）は『源氏物語』の愛読者の日記であり、そこに、作者への言及が「紫の物語」という象徴的な表現ながらみられる。父菅原孝標の国司赴任に同行した日記作者は、上総で「世の中に物語といふもの」を見たいと思いつつ、姉や継母たちから「その物語、かの物語、光源氏のあるやう」など所々語るのを聞き、思いはつのるが、すべてを暗記して語ってくれるはずもなく、等身の薬師仏に祈るばかりだったと記している。寛仁元年から四年（一〇一七～二〇年）、十歳から十三歳までのことである。姉や継母が光源氏の物語を部分的に知っていたというのは、世間の噂によるもので、本文を所持していたわけではないが、『源氏物語』の評価と流布は、かなり早く受領層の女性にまで達していたことになる。

　帰京後すぐに孝標女は「物語もとめて見せよ」と母をせめ、三条の宮に仕える親族である衛門の命婦から、御前（脩子内親王）のをおろした「わざとめでたきさうしども」を硯の箱の蓋に入れてもらい、他のも見たいが「たれかは物語もとめ見する人のあらむ」（寛仁四年末）と、『源氏物語』本文の入手は困難であった。その後、母が「物語など」求めて見せてくれ、「紫のゆかり」を見て続きが見たく、「この源氏の物語、一の巻よりしてみな見せたまへ」と心の内に祈る。「紫のゆかり」は、若紫巻をはじめとする紫上や藤壺関係の諸巻であろうが、こうした部分的なまとまりのもとに『源氏物語』が享受されていたことがわかる。

　そしてついに、田舎から上京した「をば」のもとで、「源氏の五十よ巻、櫃に入りながら、在《ざい》中将、とほぎみ、せり河、しらら、あさうづなどいふ物語ども、ひと袋とり入れて」入手したのは、治安元年（一〇二一）十四歳のときである。昼も夜も夢中になって読み（見）ふけり、「法華経五の巻をとく習へ」という僧の夢も無視して、「光の源氏の夕顔、宇治の大将の浮舟の女君のやうにこそあらめ」と思っていたことを後に反省している。この「をば」は不明だが、受領の妻として地方に行っていたらしく、『源氏物語』の「五十よ巻」というほぼ現存本と同じものを所持し、さらに他の多くの物語をも所持していたのは、紫式部とも近い物語作家圏にいた人物かと思われる。若き日の孝標女は、神仏に祈る物詣や読経には関心がなく、「物語にある光源氏などのやうにおはせむ人を、年に一たびにても」通わせて、「浮舟の女君のやうに、山里にかくし据ゑられて、花、紅葉、月、雪をながめて」心細げに手紙を時々待ち見たいと、『源氏物語』の作中世界の女君に同化して、「あらましごと」（理想）にも思っていたというのは、万寿三年（一〇二六）十九歳にあたる。

孝標女が祐子内親王家に女房として出仕し始めたのは三十二歳、その翌年には橘俊通と結婚したらしい。そうした現実生活の経験を経て、物語のことも忘れて「物まめやか」な心になり、長暦三年（一〇三九）末三十二歳ごろには、物語の「あらましごと」は現実の「この世」になく、「光源氏ばかりの人は、この世におはしけりやは、薫大将の宇治に隠しすへ給べきもなき世なり、あな物ぐるをし」と反省するようにもなったという。

そうしたあとにも、永承元年（一〇四六、三十九歳）には、初瀬詣の途中で宇治の渡し船をみて、「紫の物語に、宇治の宮のむすめどものことあるを、いかなる所なれば、そこにしも住ませたるならむとゆかしく思ひし所ぞかし。げにをかしき所かなと思ひつつ、からうじて渡りて、殿の御領所の宇治殿を入りて見るにも、浮舟の女君の、かかる所にやありけむなど、まづ思ひ出でらる」と記すのであった。この「紫の物語」に「住ませたる」というところに、『源氏物語』作者としての「紫」、つまり紫式部の略称を読むことができる。

こうして、『更級日記』からは、その叙述内容が事実であることを前提としてではあるが、『源氏物語』成立直後の流布状況や物語本文の貴重性がわかり、作中人物へと同化した読みが、物語と仏教との相克において、人生の回想として記されている。作者「紫」による宇治という物語空間の設定への言及が、『源氏物語』作者についての最初期の外部資料なのである。ここに、パラテクストとしての〈紫式部〉論の萌芽があり、『無名草子』におけるメタテクスト論への通路がある。それはあくまでも、物語世界をあたかも現実として生きた女性読者の想像力の延長にあった。

また、『栄花物語』は道長の繁栄を中心とした歴史物語であり、その正編の著者は、やはり匿名だが、紫式部の同僚女房であった赤染衛門とみられる。しかしながら、そこに女房としての「藤式部」「紫式部」についての記述はあるが、『源氏物語』作者としての紫式部については言及されていない。その表現には『源氏物語』の影響が多大にあるにもかかわらず、作者に言及しないのは、やはり物語の社会的位相と匿名性によるものであろう。

女性作者による「かな」文芸の世界においてさえそうだから、漢詩文中心の男性視点からは、『源氏物語』とその作者に今日のような高い評価が与えられることはなかった。赤染衛門の曾孫にあたる大江匡房が康和三年（一一〇一）から少しあとに著した『続本朝往生伝』は、「一条天皇」時代の人材として、諸分野の人名を列挙している。そのうち、「文士」としては「匡衡、以言、斉名、宣義、積善、為憲、為時、孝道、相如、道済」をあげ、「和歌」には「道信、実方、長能、輔親、式部、衛門、曽祢好忠」とある。女性であげられたのは、「式部」が和泉式部で、「衛門」が赤染衛門である。「文士」の為時は紫式部の父であり、平安朝においては一条朝「文士」の代表と評価されていた為時が、現在では『源氏物語』作者の父として知られる逆転が、千年を経た〈文学〉観の変換を象徴している。紫式部は歌人としてとくに評価されてはおらず、そもそも「物語」というジャンルが才芸に含まれていないことが重要である。

二　紫式部日記における栄華と憂愁

『紫式部日記』は、女房として主家の道長と彰子との繁栄を記録しつつ、それとは裏腹の我が身の憂愁、宮仕えの雑感というべきものから女房批評など、異質で矛盾する要素をも複合的に内包したテクストである。現存テクストをより大きな原作品テクストの一部とみるなど、成立をめぐる推論は諸説あるが、ここでは現存テクストをひとつの作品として読み、その構造をまとめれば、次のようである。(9)

A　寛弘五年（一〇〇八）秋から六年正月まで、敦成親王誕生の盛儀の記録と私的な憂愁の述懐。

B　消息文体による女房批評、そして自身の生き方への思いの表出。

C　年次不明の回想の断章。

D　寛弘七年正月の記録と敦良親王五十日の盛儀。

このうちDを除く全体に、「物語」に関する叙述がみられ、紫式部が『源氏物語』の作者であるとみなす根拠となる。それを、『源氏物語』の成立過程における外部資料として扱うのではなく、テクスト間の境界としての作者〈紫式部〉の思考と表現として論じていく。『紫式部日記』執筆時点における、読者としての『源氏物語』作者の心に生じた「物語」の幻想世界と、それが外部に流通し他者に享受されていく現実における異和の言説についての考察が中心となる。それは、『源氏物語』という現存テクストの生成過程における大きな主題的変換へと通底しているとみられる。

A寛弘五年秋から六年正月までの叙述は、この日記テクストの中心をなし、分量としてもほぼ七割を占めるが、敦成親王誕生まで、誕生をめぐる盛儀の記録、五十日の祝宴の夜以降として、ほぼ三つに分けることができる。

「秋のけはひ入たつままに」と始まる土御門殿の情景表現は、「いはむ方なくをかし」と総括されたあと、高く俯瞰的な視点から急速にズームインするカメラワークに似て、「池のわたりの木ずゑども、遣水のほとりの草むら、おのがじし色づきわたりつつ」と焦点化され、それが「おほかたの空も艶なるにもてはやされて」と邸内に降り、「不断の御読経の声々、あはれまさりけり」と、安産祈願の音響が響く。そして、「やうやう涼しき風のけはひに、例の絶えせぬ水の音なひ、夜もすがら聞きまがはさる」と、語り手〈紫式部〉の触覚と聴覚へと収束している。これはまさしく、『源氏物語』の表現とも共通する語りの心的遠近法の典型的な例であり、冒頭文にふさわしい。

次いで、近くに仕える女房たちが「はかなき物がたり」するのを聞きつつ、出産前の悩ましい気分であろう「御前」（彰子）が、さりげなく隠しているご様子を語る文章は、「いとさらなることなれど、憂き世のなぐさめには、かかる御前《まへ》をこそたづねまゐるべかりけれと、現《うつ》し心をばひきたがへ、たとしへなくよろづ忘らるるも、かつはあやし」と、結ばれている。ここに、彰子とそこに近侍する女房の理想性に同化しようとしつつも、「かつはあやし」と異和の感覚へと帰結してしまう〈紫式部〉の憂愁を読みうることは確かで、それがこの「日記」の特異さに通じている。[10]

渡殿の戸口の局における道長との「をみなへし」をめぐる贈答歌の場面なども、『源氏物語』夕顔巻の、光源氏と六条御息所の女房であり召人であった中将の君との情景の表現と類似し、やはり物語との共通性を感じさせる。続く「しめやかなる夕ぐれ」に宰相の君と「物がたり」しているとき、十七歳の「殿の三位の君」頼通が「世の物がたり」をしみじみとして、

うちとけぬほどにて、「おほかる野辺に」とうち誦じて、立ち給にしさまこそ、物がたりにほめたる男の心ちし侍しか。（二五五）

と記すのは、まさしく物語作者のまなざしである。あるいはまた、局で昼寝していた弁宰相の君に対して、「絵にかきたる物の姫君の心ちすれば、口おほひを引きやりて」、「物語の女の心ちもし給へるかな」と言い、「物ぐるほしの御さまや。寝たる人を心なくおどろかす物か」という反応を記して、「すこし起きあがり給へる顔の、うち赤みたまへるなど、こまかにをかしうこそ侍しか」と描写するのも、物語の想像力にとらわれた位相からの、現実への行為である。

九月十日未明に、彰子の部屋の室礼が、御産所の白一色に変わって「御もののけ」調伏の加持祈禱が始まり、無事に皇子が誕生したあと、十一月一日の五十日の祝いの夜までは、まさしく盛儀の記録であり、物語に直接に関連

する表現はとりたてて無い。「のちにぞをかしき」と後日からの回想の叙述を交えたり、「よろづの物のくもりなく白き御前《おまへ》に、人のやうだい色あひなどさへけちえんにあらはれたるを見わたすに、よき墨絵に髪どもを生《お》ほしたるやうに見ゆ」と、白描絵に喩えた表現がそこにもみられる。

その中にあって、七日目の産養のあと、八日に室礼や人々の装束が、日常の華やかな色彩の世界に改まり、九日目（九月十九日）からは、叙述の態度も、それまでの非日常の感覚から生活感覚への媒介を示している。九日目夜の産養のあと、「こまのおもとといふ人の、恥見《はぢみ》侍し夜なり」という、それ自体からは意味不明の記述があり、十月十余日まで彰子は御帳台を出ず、道長が乳母のふところの若宮を訪れ、尿に濡れて喜んだというち解け姿なども記している。

そのあとに、道長が紫式部を「中務の宮」具平親王に親しい人と思い、頼通の結婚の相談と思われる話をもちかけてきたことを記し、「まことに心のうちは、思ひゐたる事おほかり」と、再び私的な心の表出へと回帰していく。そして、一条天皇の行幸が近くなり、殿の内を整備しつつ、「世におもしろき菊の根」を尋ね集めて植えるのを見て、深い憂愁の思いを吐露するに至っている。

> 朝霧の絶え間に見わたしたるは、げに老いもしぞきぬべき心ちするに、なぞや、まして、思ふことのすこしもなのめなる身ならましかば、すきずきしくももてなし、若やぎて、つねなき世をも過ぐしてまし、めでたきこと、おもしろきことを見聞くにつけても、ただ思ひかけたりし心のひくかたのみつよくて、もの憂く、思はずに、嘆かしきころのまさるぞ、いと苦しき。（二七三）

ここでの「菊」は帝の行幸を迎えるための、王権と結びつく道長家の栄華の象徴というべきものだが、「老いもしぞきぬべき心ち」など破線部のように肯定的に受け止められつつ、「思ふこと」ゆえに「すきずきしく」「若やぎ」て周囲の「めでたきこと」「おもしろきこと」に共感できないと、「いと苦しき」私情に回帰している。「思ひかけたりし心」は出家であろうが、出家によっては解決できないと考えていることが、のちにふれるBにも露呈している。

この「菊」の受けとめ方は、遡って九月九日に、兵部のおもとという女房が「菊の綿」を持ち来て、「殿の上」倫子が特別に「いとよう老いのごひ捨てたまへ」と伝言させたので、「菊の露わかゆばかりに袖ふれて花のあるじに千代はゆづらむ」と返歌しようとしたが、倫子が部屋に帰ったので「用なさにとどめつ」という記事と呼応している。その「思ふこと」の内実が、道長との男女関係と関わるのかどうかは不明である。ちなみに、この時点での紫式部は三十五歳ほどと推定され、倫子四十五歳、道長は四十三歳である。

九月九日の菊は、『源氏物語』幻巻で、老いを自覚する五十二歳の光源氏が亡き紫上を哀傷する情景として、次のように表現されている。

九月になりて、九日、綿おほひたる菊を御覧じて、

もろともにおきゐし菊の白露もひとりたもとにかかる秋かな

（幻・四・二〇三）

帚木巻にも、「九日の宴」に男たちが「詩の心」を思いめぐらして余裕のない折に、歌の得意な女が「菊の露をかこちよせ」たりするのはよくないという表現があるが、そこに「老い」の影はない。匂宮巻にも「老を忘るる菊に」という表現はあるが、第一部を中心として、他の菊の表現は「うつろひ」による美しさが多い。ここでは、菊と老いにまつわるテクストの表現が、『源氏物語』の幻巻と『紫式部日記』において近接していることを確かめるにとどめたい。

そして、先の『紫式部日記』の引用文における「いと苦しき」に続いて、我が身を水鳥に喩えた歌による表現がある。

いかで、いまはなほ物わすれしなん、思ふかひもなし、罪も深かなりなど、明けたてばうちながめて、水鳥どもの思ふことなげに遊びあへるを見る。

水鳥を水の上とやよそに見んわれも浮きたる世を過ぐしつつ

かれも、さこそ心をやりて遊ぶと見ゆれど、身はいと苦しかんなりと、思ひよそへらる。（二七三）

こうした表現法が、いかにも〈紫式部〉に特徴的であることについては、秋山虔をはじめとして集中的に論じられてきており、論者もまた先にふれた「紫式部、自己省察の文体」において、『紫式部集』との比較を中心に、「見るものと見られるものとの関係が逆転する想像力の可逆性」を論じた[11]。その注にも記したが、「水鳥」の例歌は『古今集』にはなく、『古今六帖』三に八首集められており、「水鳥」→「浮き」→「惑ふ」の修辞的な連想は一般化していたが、「機知にとんだ修辞の影の、存在感覚の深さ」が重要なのである。

こうした表現の特性は、やはり『源氏物語』の世界とインターテクストの関係において通底している。橋姫巻では、八宮が亡き妻を思いつつ、「池の水鳥どもの、羽うちかはしつつ、をのがじしさえづる声など」を聞き、大君と中君に琴を教える情景の中で、八宮が「うちすててつがひさりにし水鳥のかりのこの世にたちおくれけん」と詠み、大君も「いかでかく巣立ちけるぞと思ふにもうき水鳥の契りをぞしる」と記していた。

しかしながらこれらは、表現や精神のありようにおいて両者に密接な関連が認められるということであって、『紫式部日記』そのものの中で、物語と直結する内容を示しているのではない。この「水鳥」の歌、またこのあとの「しぐれ」をめぐる小少将の君との贈答歌は、私的な述懐であるが、十月十六日の行幸の晴の記録へと転じ、そこにはまた、化粧姿の女房たちを「女絵のをかしきにいとよう似て」とあり、先の「よき墨絵」と併せて、「絵」の方が「物語」よりも公的な世界に近い修辞的な位相を示すともみられる。

つまり、ここまでは、敦成親王の誕生をめぐる盛儀の記録が中心にあり、その周縁に位置する日記の記録者としての私的な心の鬱屈が、その裂け目から物語作者と共通するまなざしにより表出されていて、それが『源氏物語』の世界ともインターテクストとして通底しているということである。あるいは、女房としての〈紫式部〉が現実生活において抱えていた異和の心や苦悩を、かろうじて支えていたのが、物語的な想像力であったといえよう。

三　物語作者〈紫式部〉の栄光と異和

『源氏物語』に直接に関わる記述が『紫式部日記』に現れるのは、Aにおいては、五十日の祝宴の夜の情景より以降である。

　左衛門の督《かみ》、「あなかしこ、此わたりに、わかむらさきやさぶらふ」とうかがひたまふ。源氏に似るべき人も見え給はぬに、かの上は、まいていかでものしたまはんと、聞きゐたり。（二八三）

酔いにまかせた座興ではあるが、公任が紫式部を紫上に喩え、自らを光源氏になぞらえて語りかけたのを、「源氏」に似るはずの人も見あたらないのに、「かの上」はましてどうしておられようかと、黙って聞いていたと記す。「わかむらさき」を「若紫」と解する説が一般的で、それならば「老い」を意識している紫式部をからかったことにもなるが、萩谷朴説のように、「我が紫」とみたほうが、公任が自分を光源氏に見立てて呼びかけたことが、「かの上」という受け方と呼応してより明確になる。[12]「若紫」と「我が紫」の掛詞とみることも可能であろう。

公任は、これに先立つ九月十五日条の五日の産養において、「四条大納言にさしいでん程、歌をばさる物にて、声《こは》づかひ、用意入べし」と女房たちがひそかに言い合っていたと記すように、「四条大納言」という後年の官職で敬意をもって呼称され、和歌や朗詠の達人と評価されていた。その公任に対する反撥や異和は、『源氏物語』の作者である自分をその作中人物である紫上と同一視することにあり、光源氏のような男が現実には見あたらないというのは、公任ばかりか、その場の中心である道長をも含むはずである。ここに、『源氏物語』の世界を、当代貴族たちの世界と峻別する〈紫式部〉の物語観を読むことが肝要であろう。また、光源氏と紫上とを理想の夫婦として発想しているこの場面において、若菜上巻以降の第二部の物語における悲劇は、その前提に含まれていないと考えられる。あるいは、すでに第二部を書いていた〈紫式部〉と、その物語世界を知らない公任との落差が作用しているのかもしれない。

そしてまた、こうした紫式部の反応は、『源氏物語』を書き始めたのが宮仕え以前であり、それによって召し出されて「紫式部」と名づけられたという『無名草子』における一説の妥当性を窺わせる。女房名としては、『栄花物語』にみられる「藤式部」が当初であったはずで、この公任の発言が「紫式部」という呼称の起源だという可能性もある。いずれにせよ、〈紫式部〉という呼称は『源氏物語』と不可分なものであった。

公任にしてみれば、貴顕たちの前で、『源氏物語』の作者への讃辞を述べ、サービスしたつもりであろう。あるいは、それが紫式部を彰子の女房として迎えた道長への追従であったかもしれない。たとえそうであろうと、紫式部は内心では嬉しくもあったはずである。だからこそ日記に記してもいるのだろうが、すなおに応じずに反撥して「聞きゐたり」と内向しているところに、『源氏物語』作者の側からの貴族社会の現実への異和が示されている。それは「おそろしかるべき夜の御酔ひ」のためもあろうが、宰相の君とともに隠れようとしたのを引き据えられて、上機嫌の道長に賀歌を献じて許され、道長もすぐに返歌したことを記したあと、「千代もあくまじき御ゆくすゑの、数ならぬ心ちにだに思ひつづけらる」と、自卑と対照する讃辞の発想で、この部分も結ばれている。

この直後の十一月中旬ごろ、内裏への還御を前にした中宮の御前での「御さうし」作成の叙述がある。「物語」とあるのみで、書名は記されていないが、これが『源氏物語』であることは明らかである。

……明けたてばまづ向かひさぶらひて、色々の紙選《え》りととのへて、物がたりの本どもそへつつ、ところどころに文《ふみ》書きくばる。かつは綴ぢあつめしたたむるを役にて、明かし暮らす。　(二八四〜五)

紫式部が監督して、分担書写する能書の人々に「物がたりの本ども」を添えて依頼状を送り、出来上がった清書本文を製本していた。中宮が寒い中をこの作業に熱中しているのをからかいながらも、道長は「よき薄様《うすやう》ども、筆・墨など」、そして「御硯」まで援助した。それを中宮が紫式部に下賜したのを、道長が「惜しみ」騒いで「もののくにて向かひさぶらひて、かかるわざしいづ」と責めたとするのも戯れであり、この冊子作り自体への道長の援助と考えられる。その直後に、次のような記述がある。

局《つぼね》に、物がたりの本どもとりにやりて隠しおきたるを、御前《おまへ》にある程に、やをらおはしまいて、あさらせたまひて、みな内侍の督《かん》の殿にたてまつり給てけり。よろしう書きかへたりしはみなひきうしなひて、心もとなき名をぞとり侍けんかし。（二八五）

この「物がたりの本」は、彰子の豪華清書本のために書写者たちに付して配った紫式部自筆本とは別で、自分の参考のために局に持参させて隠しておいた、いわば草稿本である。それを道長が勝手に探し出して、彰子の妹の「内侍の督の殿」妍子（当時十五歳）に与えてしまったという。「よろしう書きかへたりし」というのが、書写者たちに添えて配った本で、それが失われたというのは、書写者たちのもとから返却されなかったからであろう。手控えの草稿本テクストが妍子を通して世に広まることを、世間で不名誉な評判をとるかと嘆いている。とはいえ、これを文字通りに受けとめるよりも、『枕草子』がその跋文などで意に反した世間への流布を弁解するように記しているのと共通して読むべきであろう。(13) 『源氏物語』の草稿本が、紫式部の手元から全く無くなってしまったとは考えられず、このあとで里下がりしたときに手にした本もあった。

ともかく、この時点で、『源氏物語』には少なくとも四種類の写本テクストがあったことになり、豪華清書本は紫式部の添えた本と同一本文のはずだから、本文系統としては、草稿本と清書本との、二種類のテクストが流布し始めたことになる。この時点での『源氏物語』が、現存本のどこまでの巻かは推測の域を出ないが、中宮の内裏への還御にふさわしい記念品としては、藤裏葉巻までの第一部の範囲内であると考えることが妥当であろう。公任がすでに『源氏物語』の内容をある程度知っていたのは、これ以前にも流布していたことを示すが、それもまた第一部の範囲内と考えられるものであった。

とはいえ、道長が妍子に与えたという草稿本には、若菜巻以降の第二部を含んでいた可能性もある。「心もとなき名」を心配しているのは、公表を意図した清書本以外の内容を含み、それがこれまで好評を得ていた『源氏物語』とは異質だからと考えうるからである。『紫式部日記』にみられる道長一族の栄華と裏腹の、紫式部の憂愁にみちた人生観は、第二部の物語世界の女性たちの心の世界と共通するものがある。公任に対する屈折した反応の背後にも、たんに理想的な夫婦としては終わらない光源氏と紫上との、第二部における物語世界が作用しているかもしれない。宮仕えの体験を通して、貴族社会の理想と現実との異和を思い知らされた物語作者が、『源氏物語』の作中人物たちの内面に生じた人生の憂愁の物語を密かに書き継いでいたと推定することは、『紫式部日記』の憂愁の思いの内実と呼応してくる。

そして、若宮があどけない「御物がたり」をし、帝が参内を心待ちにしているのももっともだという記述に続いて、「御前の池に、水鳥どもの日々におほくなり行を見つつ、入らせ給はぬさきに雪降らなん」と、中宮の御前の雪景色を期待しつつ、ちょっと里下がりしたら、二日ほどして雪が降ったという。「見どころもなきふるさとの木立《だち》を見るにも、物むつかしう思みだれて」に続く文章は、久しぶりの実家の風景も、紫式部の心をなごませるのではなく、宮仕え以前の「物語」をめぐる友人たちとの交流の回想へと、急速に自閉していく。

年ごろつれづれにながめ明かし暮らしつつ、花鳥の色をも音《ね》をも、春秋に行かふ空のけしき、月の影、霜雪を見て、その時来にけりとばかり思ひ分きつつ、いかにやいかにとばかり、行く末の心ぼそさはやる方なき物から、はかなき物語などにつけてうちかたらふ人、おなじ心なるは、あはれに書きかはし、すこしけ遠き、たよりどもをたづねてもいひけるを、ただこれをさまざまにあへしらひ、そぞろごとにつれづれをばなぐさめつつ、世にあるべき人数とは思はずながら、さしあたりて恥づかし、いみじと思ひ知るかたばかりのがれたりしを、さものこることなく思ひ知る身の憂さかな。（二八五〜六）

この「年ごろ」が、夫宣孝の没後から中宮への出仕までの期間であるとすれば、長保三年（一〇〇一）四月二十五日から寛弘三年（一〇〇六）の十二月二十九日までのこととなる。その寡婦時代の「つれづれ」の思いを慰めるために「はかなき物語」などにつけて語り合い書き交わしたというのは、限定はできないが、『源氏物語』の一部分または原型であるプレテクストとしての物語の執筆と関わるであろう。少し遠いつてを尋ねてまで意見を交換し、「これ」をさまざまに論議し、「そぞろごと」に「つれづれ」を慰めたとする「これ」は、物語とみられる。その私的な物語仲間との交流の産物であった『源氏物語』が、いまや中宮の宮中への還御の記念ともいうべき晴れの冊子となり、他方で道長を介して妍子のもとへと自分の手を離れ、不本意ながらも世間に流布しようとしている。それが「のこることなく思ひ知る身の憂さ」の理由と直結しているという文脈である。

この部分の表現もまた、『源氏物語』とのインターテクスト関係が明白である。早蕨巻の巻頭において、大君と死別した中君の心内が、次のように表現されている。「花鳥の色をも音をも」をはじめとする破線部の表現が直接的な対応である。

藪しわかねば、春の光を見給につけても、いかでかくながらへにける月日ならむと、夢のやうにのみおぼえ給。行かふ時々にしたがひ、花鳥の色をも音をも、おなじ心に起き臥し見つつ、はかなきことをも本末をとりて言ひかはし、心ぼそき世のうさもつらさも、うち語らひあはせ聞こえしにこそ、慰む方もありしか、をかしきこと、あはれなるふしをも、聞き知る人もなきままに、よろづかきくらし、心ひとつをくだきて、宮のおはしまさずなりにし悲しさよりも、ややうちまさりて恋しくわびしきに、いかにせむと、明け暮るるも知らずまどはれたまへど、世にとまるべき程は限りあるわざなりければ、死なれぬもあさまし。(早蕨・五・四)

すでに推定した『源氏物語』の生成過程からみれば、早蕨巻のこの表現は、『紫式部日記』において回想された、寡婦時代の「つれづれ」の思いを慰めるために「はかなき物語」などにつけて物語仲間と語り合い書き交わした体験が、中君が大君と「はかなきこと」つまり和歌などによって心を慰めていたという回想の表現へと、後に反映していくということである。

『紫式部日記』にもどれば、このような中宮のもとでの『源氏物語』の冊子作りに続く文脈において、次いで手に取って見たという「物がたり」も、『源氏物語』にちがいない。

心みに、物がたりをとりて見れど、見しやうにもおぼえず、あさましく、あはれなりし人の、かたらひしあたりも、我をいかに面《おも》なく心あさき物と思ひおとすらむと、おしはかるに、それさへいと恥づかしくて、え訪れやらず、心にくからむと思ひたる人は、おほぞうにては、文や散らすらんなど、うたがはるべかめれば、いかでかは、我心のうち、あるさまをも深うおしはからんと、ことわりにて、いとあいなければ、中絶ゆとなけれど、おのづからかき絶ゆるもあまた、住み定まらずなりにたりとも思ひやりつつ、おとなひ来る人も、かたうなどしつつ、すべて、はかなきことにふれても、あらぬ世に来たる心ちぞ、ここにてしもうちまさり、物あはれなりける。（二八六～七）

〈紫式部〉の心の中で、『源氏物語』の意味は明らかに変質していた。それが実家に帰って「見しやうにもおぼえず」とされ、「あはれなりし人」で親しく話し合った人も、「我をいかに面なく心あさき物と思ひおとすらむ」と記すのは、前の引用文で、「はかなき物語などにつけてうちかたらふ人」にあたり、「おなじ心なるは、あはれに書きかはし、すこしけ遠き、たよりどもをたづねてもいひける」、私的な物語仲間との関係とみられる。その人たちが自分をいかに「面なく心あさき物と思ひおとす」だろうと推測すると、それさえ「恥づかしく」て訪れることができないという。

特に問題にしたいのは、「心にくからむと思ひたる人」が、「文や散らすらん」などと疑うだろうから、現在の「我心のうち、あるさま」を深く推測してもくれないだろうと、それも当然で、仲が絶えたというのではないが、訪れる人も少なくなったとする部分である。「おほぞうにては」は、いい加減な女房暮らしといった意味で、「文や散らすらん」は、手紙を他人に見せたりするだろうという疑いである。そうしたかつての物語仲間が「面なく心あさき物と思ひおとす」だろうと記すことには、その人々と交した以前の「文」の内容が、プレテクストとして『源氏物語』に組み込まれていた可能性を窺わせる。「住み定まらずなりにたり」という、宮仕えによる居所の不安定さという事情のみではなく、『源氏物語』に関わる屈折した文脈として、ここも読むべきであろう。

実家に戻ったことが「あらぬ世」という異次元世界に来たように感じられるのは、かつてそこが、物語仲間たちと交流しつつ『源氏物語』テクストの生成した場であったからである。そのときの『源氏物語』と、現在そこに戻って読んでみた『源氏物語』とが異質に思われることが、「見しやうにもおぼえず」なのであろう。その隔絶感は、中宮のもとでの冊子作りに象徴されるような、『源氏物語』作者としての栄光とうらはらの孤独である。かつて「はかなき物語」について親しく語り合った物語仲間の信頼を裏切るかたちで、『源氏物語』とその作者〈紫式部〉は、中宮の女房としての評価を確立した。

このあと、宮仕えの中で親しく交流する人々だけを「すこしもなつかしく思ふぞ、ものはかなきや」といい、大納言の君と中宮の御前近くに臥して「物がたり」したことが恋しいのも、「なほ世にしたがひぬる心か」と反省しつつ、贈答歌が記されている。紫式部の「浮き寝せし水の上のみ恋しくて鴨の上毛にさえぞおとらぬ」という歌は、先の「水鳥を水の上とやよそに見んわれも浮きたる世を過ぐしつつ」をふまえながらも、中宮の御前での大納言の君との「浮き寝」をなつかしむ歌である。大納言の君は、「うちはらふ友なきころのねざめにはつがひし鴛鴦《をし》ぞ夜半に恋しき」と、筆跡もすばらしく返歌してきた。これもまた、前にみたような『源氏物語』橋姫巻の大君と中君との情景とのインターテクスト関係を示している。同僚の女房たちからの、中宮が雪の折りに退出したのを残念がっているということば、そして倫子からの催促もあって、紫式部は宮仕えに帰参した。

中宮の内裏への還御は十一月十七日、道長から中宮への贈り物は、「御櫛の筥」や「手筥」に加えて、「白き色紙つくりたる御冊子」で、羅の表紙と同じく羅による唐の組紐で懸子の上に入れた「古今・後撰集・拾遺抄」と、「能宣・元輔やうの、いにしへいまの歌よみどもの家々の集」で、その筆者として、「侍従の中納言」藤原行成と延幹、また「ちかずみの君」という能筆の名も挙げられている。こうした和歌の豪華な冊子という記念品に準じて、『源氏物語』の冊子作りは中宮自身により進められたのであり、それに伴った先輩や同僚女房たちの嫉妬や羨望が、紫式部を憂鬱にし、里下がりさせた一因であったかと推測することもできる。
以下、十一月二十日からの五節の舞姫が人々にあらわに見られることへの同情、二十四日の賀茂の臨時の祭の調楽と、二十八日の祭の使などの叙述にも、私的な述懐が色濃く反映している。Aの部分はもう少し続くのであるが、Bの消息文体への連続を確かめるためにも、ここで節をあらためておきたい。

四　「ものいひさがな」さと自己表出

しはすの二十九日にまゐる。はじめてまゐりしも今宵の事ぞかし。いみじくも夢路にまどはれしかなと思ひ出づれば、こよなくたちなれにけるも、うとましの身のほどやと覚ゆ。夜いたうふけにけり。(中宮は)御物忌におはしましければ、御前にもまゐらず、心ぼそくてうち臥したるに、前なる人々の、「内わたりは猶いとけはひことなりけり。里にては、今は寝なましものを。さもいざとき(男たちの)沓のしげさかな」と、色めかしくいひゐたるを聞く。

年くれてわが代ふけ行風の音に心の中のすさまじきかな

とぞひとりごたれし。(二九六〜七)

十二月二十九日に里下がりから宮中に帰参し、「はじめてまゐりしも今宵の事」であったと二年前(寛弘三年)と推定される初宮仕えを回想しつつ、「いみじくも夢路にまどはれしかな」と思い、その女房生活にすっかり慣れてしまったのも、「うとましの身のほどや」と思っている。「年くれてわが代ふけ行風の音に心の中のすさまじきかな」という独り言の歌は、『源氏物語』幻巻の終わりで光源氏が詠んだ最後の歌、「物思ふと過ぐる月日も知らぬまに年もわが世もけふや尽きぬる」と、その表現が類似している。五十二歳の光源氏は老いと死を自覚しつつもなお美しく、その情景には老齢の僧と、追儺の行事の中で走り回る六歳の若宮（匂宮）が対置されていた。第二節で、九月九日の菊と老いにまつわるテクストの表現が、『源氏物語』幻巻と『紫式部日記』において近接していることを検討したが、ここでも物語主人公である光源氏の心の表現と、物語作家としての〈紫式部〉の自己省察の精神が、インターテクストとしての結節点を示しているといえよう。

十二月三十日の追儺のあと、盗賊が女房たちの部屋を襲って、身ぐるみ剝がれた女房たちのこと、その興奮が醒めないまま、

正月一日、言忌《こといみ》もしあへず。（二九八）

と、正月を迎えている。そして、若宮をめぐる三が日の盛儀における上臈女房たちの衣装についての記述が、宰相の君、大納言の君、宣旨の君たちの容姿や人柄にも及んだあと、Bの消息文体へと移行している。「言（事）忌」という用語例は『源氏物語』に一〇例あり、このうち三例が正月に関するもので、しかも、「言（事）忌もえしあへず」と否定する表現の二例もこれに含まれている。めでたい行事などでは「言忌」すべきだという通念があり、ことに正月においてその意識が強かったのである。

『源氏物語』における正月の「言忌」の三例のはじめは、紅葉賀巻において、雛屋をいぬきに追儺で乱されたのを修復する紫上に対して、光源氏が「けふは言忌みして、な泣ひたまひそ」と語る場面である。次は初音巻で、子の日に明石君がひき離された姫君を慕い贈歌する場面であり、「事忌もえしあへ給はぬけしき也」という。そして、やはり『紫式部日記』ともっとも近似しているのが、浮舟巻で、浮舟が中君に贈った卯槌に添えられた右近の手紙の文面を記したあとに、「と、こまごまと言忌もえしあへず、もの嘆かしげなるさまのかたくなしげなるも、うち返しうち返しあやしと御覧じて」と、匂宮がそれを見て、浮舟が宇治にいることを察知する場面の表現である。

そして、寛弘六年正月の「言忌み」を解除した『紫式部日記』における女房批評は、消息文体へと通じて、「このついでに、人のかたち」つまり容貌について語るのは「ものいひさがなくや侍るべき」と、現在の人、さしあた

り顔を合わせている人のことは面倒で、少しでも「かたほなる」欠点のある人については言うまいという弁明のもとに始まる。内容としては連続しているのであるが、後にふれる中宮への『白氏文集』の「楽府」進講の記述などからみて、一年後の寛弘七年における記述と考えられる。こうしたプレテクストとしての日記を再構成する契機として、「言忌もしあへず」という表現が作用していることになる。

そしてまた、「ものいひさがな」き物語とは、『源氏物語』帚木巻の巻頭と夕顔巻の巻末で呼応する、光源氏の「隠ろへごと」の語り手に対する用語でもあった。複数の語り手による伝承経路の設定によって表現の自由を確保しようとする物語テクストと違って、日記テクストにおいては、その責任を他者に転嫁することはできない。この消息文体とよばれる『紫式部日記』における独自な表現様式は、ある特定の相手にあてた私信という形式により、Aにおける記録を回想して書いた執筆時点における現在の、「言忌み」を解除した自己表出である。それは、「このついでに」というA部分を承けた連続性によって示されていた。

宰相の君をはじめとする中宮の女房たちについての容貌や性格の表現では、小少将の君について、「そこはかとなくあてになまめかしう、二月ばかりのしだり柳のさましたり」、「いと世を恥ぢらひ、あまり見苦しきまでこめい給へり」などと記すのが、『源氏物語』における女三宮についての表現と類似している。また、髪についての記述や、五節弁について「絵にかいたる顔」という表現も、『源氏物語』と共通する発想である。

これらに続いて、斎院の女房である中将の君の他人宛の手紙について批評し、斎院方と比較した中宮方の地味な性格について弁護する文章は、『無名草子』における大斎院選子の依頼によって紫式部が『源氏物語』を執筆したという説との関連で注目される。しかしながら、『紫式部日記』には、そうした記述が無いどころか、むしろ斎院方への対抗心があらわなのである。私信にせよ中将の君が、「歌などのをかしからんは、わが院よりほかに、たれか見知り給ふ人のあらん。世にをかしき人の生ひ出でば、わが院のみこそ御覧じ知るべけれ」などと記していたことを、もっともだと認めつつも、我が中宮方の事をそういうのであれば、「斎院より出で来たる歌の、すぐれてよしと見ゆるもことに侍《はんべ》らず」と反撥している。とはいえ、「ただいとをかしう、よしよししうはおはすべかめる」所のようだと、中宮方の人に必ずしも勝らないが、斎院方が「艶なることども」を尽くす中で、自分のように「埋もれ木を折り入れたる心ばせ」であっても、知らない男などに会ったら「なまめきならひ侍りなむ」、まして「若き人」はなどと、その風流世界の魅力を屈折した文脈で表現している。

　紫式部は、世俗から離れて自由な斎院方と対比して、帝のもとに参上し、あるいは道長が訪れたりして俗事に煩わされる中宮方の制約をいうとともに、今は「きしろひたまふ女御・后」などもないために競争心もなく「うちとけ」、中宮が「色めかしきをば、いとあはあはし」と思っておられるので、「中宮の人埋もれたり、もしは用意なし」などとも噂されるのだろうとする。それは中宮のために「ものの飾り」にならず、「見苦し」と批判的である。中宮彰子の後宮は、『源氏物語』の世界とは異なっていた。

　こうした叙述の中に、「人はみなとりどりにて、こよなう劣りまさることも侍らず、そのことよければ、かの事おくれなどぞ、はべるめるかし」と記すのも、やはり帚木巻の雨夜の品定めにおける左馬頭の発言と似ている。さらに、中宮方が地味になったのは、おっとりしたお嬢様の女房たちが取り巻いていたからで、花やかな「今やうの君達」も、中宮方では順応して「まめ人」としてふるまい、斎院方などで「ひたぶるの艶なること」を楽しんでいるのだろうと記す。ここで注目されるのは、紫式部が色めかしく「艶なること」の風流を肯定し期待しつつも、それが彰子の女房サロンには欠けているとしていることである。『源氏物語』は、むしろ斎院方にふさわしいという屈折した意識を読み取ってよいと思われる。

　斎院の中将の君の私信をめぐる中宮方の弁護は、逆転して批判と反省の方へと傾き、それが「恥づかしげの歌よみ」とは思わないという和泉式部、また「恥づかしき口つき」と認める「丹波の守の北の方」赤染衛門という同僚女房、そして清少納言への手厳しい批評へと展開している。それが、淋しく「ひとり琴」を掻き鳴らす我が身へと転じたところで、孤独な物語作家の自画像が、次のように表現されている。

大きなる厨子《づし》ひとよろひに、ひまもなく積みて侍もの、ひとつには古歌《ふる》・物がたりの、えもいはず虫の巣になりにたる、むつかしくはひ散れば、あけて見る人も侍らず。片つかたに書《ふみ》ども、わざと置きかさねし人も侍らずなりにし後、手ふるる人もことになし。それらを、つれづれせめてあまりぬるとき、ひとつふたつひき出でて見侍るを、女房あつまりて、「御前《おまへ》はかくおはすれば、御幸《さいはゐ》はすくなきなり。なでふ女か真名書《まんなぶみ》は読む。むかしは経読むをだに人は制しき」と、しりうごちいふを聞き侍にも、物忌みける人の、行するゐのち長かめるよしども、見えぬためしなりと、いはまほしく侍れど、思ひぐまなきやうなり、ことはたさもあり。（三一一）

ここで家の女房たちから、幸いの薄い理由としてとがめられている「真名書」の読書とは、「わざと置きかさねし人」といわれる亡き夫宣孝と共有した思い出の漢籍である。女房たちが昔は女が「経」を読むことをさえ制したというのは、夫亡き後に書物の世界に自閉しているかにみえた紫式部を元気づけようとしたのであろう。しかし、紫式部は内心でそうした「物忌み」も効果がないと思ったが、女房たちに配慮し、そうだとも思う。虫に食われた「古歌・物がたり」は、若き日に愛読した本であろうが、最近は開けて見る人もいないという。物語の読者から『源氏物語』の作者へと転じ、その物語への異和を感じている現在までの、心の軌跡を感じさせる表現である。

ここに、「清少納言こそ、したり顔にいみじう侍りける人」という、直前の評言を重ねて読むことができる。「さばかりさかしだち、真名書きちらして侍ほども、よく見れば、まだいと足らぬこと多かり」とは、紫式部の漢詩文への自負からの反撥であるが、「したり顔」に書き散らさずとも、『源氏物語』には漢詩文や仏典をふまえてその自負を裏づける表現がふんだんにある。「かく、人にことならんと思ひこのめる人は、かならず見劣りし、行末うたてのみ侍ば、艶になりぬる人は、いとすごうすずろなるをりも、もののあはれにすすみ、をかしき事も見すぐさぬほどに、おのづから、さるまじくあだなるさまにもなるに侍べし。そのあだになりぬる人の果て、いかでかはよく侍らん」と、清少納言への批評は、すでに中関白家の没落に伴う敗者であった人に容赦ないものであった。『源氏物語』「あだ」はともかく、「艶」なる斎院方に対して、紫式部は中宮方には欠如した憧れを示していた。

にも「もののあはれ」や「をかしき事」は、「をり」をわきまえることはそれとして、もちろん表現されている。紫式部にとって、清少納言はいわば反面教師であり、それが「真名書」を読むから「御幸はすくなきなり」という女房のことばと重なる。そして、それが「よろづのこと、人によりてことごとなり」と記しつつ、「まして人のなかにまじりては、いはまほしきこともはべれど、いでやと思ほえ、心得《う》まじき人には、いひて益《やく》なかるべし」という、宮仕えにおける処世術へと通じている。これは、いうまでもなく「言忌み」の処世観である。

「心よりほかのわが面影」で他者と対面し、「ほけ痴《し》れたる人」を装っていたので、中宮方の女房たちは、宮仕えした紫式部を次のように評していたと、皮肉と自嘲をこめて記している。

「かうは推しはからざりき。いと艶に恥づかしく、人見えにくげに、そばそばしきさまして、物がたりこのみ、よしめき、歌がちに、人を人とも思はず、ねたげに、見おとさむものとなん、みな人々いひ思ひつつにくみしを、見るには、あやしきまでおいらかに、こと人かとなんおぼゆる」　（三一二）

これが、『源氏物語』作者に対する先輩女房たちの先入観であり、その予想を裏切って「おいらか」と好意的に迎えられたという。周囲から「おいらけ物」と見くびられるのは心外だが、中宮もまた「うちとけては見えじ」と思っていたが、他の人より親しくなれたと言ってくれたし、「くせぐせしく」上品ぶった上臈女房の非難をかわす効果があるから、よしとしようという口ぶりである。こうした処世術は、次のように一般化されている。

さまよう、すべて人はおいらかに、すこし心おきてのどかに、おちゐぬるをもととしてこそ、ゆゑもよしもをかしく、心やすけれ。もしは、色めかしくあだあだしけれど、本性の人がらくせなく、かたはらのため見えにくきさませずだになりぬれば、にくうは侍まじ。　（三一三）

この前後には「くせ」という語が多く、それは「個性」にあたるのだが、否定的に捉えられている。個性をあらわにして他者と対立することを回避するところに、貴族社会における「おいらか」な生き方がある。それは、物語絵における引目鉤鼻の没個性の高貴さと共通であり、当時の化粧法でもあった。紫式部がここに説くのは、心の化粧法あるいは仮面の効用であるが、それは表現者としての自己の抑圧である。『源氏物語』とその作者としての〈紫式部〉は、少なくともこの当時にあって、中宮方の同僚女房たちには理解されていなかった。
「本性」と「くせ」を対で用いる発言は、帚木巻の冒頭で、語り手が光源氏について、「さしもあだめきめなれたるうちつけのすきずきしさなどはこのましからぬ御本上（性）にて、まれには、あながちにひきたがへ、心づくしなることを御心におぼしとどむるくせなむあやにくにて、さるまじき御ふるまひもうちまじりける」というところにもあった。とはいえ、『源氏物語』の光源氏の「くせ」は、『紫式部日記』よりも軽やかに用いられている。

五　日記と物語のインターテクスト

これまで『紫式部日記』の中で『源氏物語』とみなしてきたのは、じつはすべてたんに「物語」という表現であったが、左衛門の内侍という内裏女房による「日本紀の御局」というあだ名にまつわる記述では、「源氏の物がたり」と明記されている。

うちの上の源氏の物がたり、人に読ませ給つつ聞こしめしけるに、「この人は、日本紀をこそ訓《よ》み給べけれ。まことに才《ざえ》あるべし」とのたまはせけるを、ふと推しはかりに、「いみじうなん才《ざえ》がある」と、殿上人などにいひちらして、日本紀の御局《つぼね》とぞつけたりける、いとをかしくぞはべる。このふるさとの女の前にてだにつつみ侍ものを、さる所にて、才さかし出《い》ではべらんよ。　（三一四）

新大系では、黒川本の「よみたまへけれ」を『花鳥余情』所引の「みたるへけれ」を参考に「読みたるべけれ」としている。ここでは「うちの上」一条天皇が、『源氏物語』の作者は、「日本紀」つまり『日本書紀』の講読もなさることが出来ると解して、その漢詩文の能力を讃えたので、底本の通りとした。[14]「才かある」の部分は、新大系では、すぐ後に「才さかし出で」、また「才がりぬる」とあることから、やはり『花鳥余情』所引の「才がる」に改訂しており、そのほうが通じやすいが、黒川本のままでも意味は通る。一条天皇が人に読ませて聞いたこの「源氏の物がたり」とは、寛弘五年に中宮彰子が皇子出産後に内裏に還御する際に作った冊子とみられる。

　これは、前章で検討した『源氏物語』蛍巻の物語論で、光源氏が誇張した極論ながら、物語について「神代より世にあることを記しおきけるななり。日本紀などはただかたそばぞかし」と発言したこととの関連を想起させる。あるいは、一条天皇がこの物語論の部分を意識していたのかもしれないが、『源氏物語』は虚構の物語でありながらも史実を引用し、『河海抄』など中世の注釈書が「時代准拠」として、桐壺帝を醍醐天皇、冷泉帝を村上天皇と対応させているような、この物語の前半部分に特徴的な、史書や史実をプレテクストとした技法を意識していた可能性もある。一条天皇の意図とは別に、〈紫式部〉がこのエピソードを『紫式部日記』に記したときに、こうした手法を意識していたことは十分に推定できる。

　一条天皇の発言を意地悪く伝える左衛門の内侍の口さがなさに反撥しながら、次に回想されたのが、若き日に弟とみられる「式部の丞」惟規が「書《ふみ》」（漢籍）を読むのを聞き習い、「あやしきまでぞさとく」修得した紫式部に、父が残念がり「男子《をのこご》にて持たらぬこそ幸なかりけれ」と常に嘆いていたという記述である。それにもかかわらず、男でさえ「才がりぬる人」は出世できないと人が言うのを聞いて、「一といふ文字」さえも書かず、かつて読んだ「書《ふみ》」にも目をとめずにいたのに、このような陰口が広まって人に憎まれるだろうと恥ずかしく、「御屏風の上《かみ》に書きたること」さえ読めぬ顔をしていたのにと、やはり極端に屈折した文脈が続いている。

　そうした状況の中で、中宮の御前で、「文集」（『白氏文集』）の所々を私に読ませてお知りになりたそうであったので、密かに「楽府といふ書《ふみ》二巻」を教え申し上げていたという。秘密にはしていたが、道長も一条天皇もそれをお知りになって、道長は「御書《ふみ》どもをめでたう書かせ」なさり中宮に奉ったと記している。紫式部による中宮への楽府進講は「をととしの夏ごろ」からというから、この消息文体の記述の現在を寛弘七年と推定して、寛弘五年の夏の、懐妊による里下がりの頃からと考えられる。こうした年次推定とともに、萩谷朴が、この「新楽府」二巻の進講を「将来帝位につかれるかもしれない生まれくる皇子のための胎教」だと考える説を支持したい。「新楽府」は、その音楽的な要素もさることながら、「帝王倫理学の徳目」を内容とした諷喩詩であり、たんなる王朝女性の教養としてふさわしいものではない(15)。

こうした事実を、「かのものいひの内侍」は聞いていないのだろう、知ったならばどれほど「そしり侍らん」として、「すべて世の中ことわざしげく、憂き物に侍りけり」と、左衛門の内侍の発言へと回帰して結ばれている。注意しておきたいのは、口うるさい「世の中」とは、中宮方や内裏の女房たちであり、中宮その人と一条天皇や道長は除外されていることである。室伏信助が、「源氏物語の評価が、こうした漢学の知識に裏付けられて、現実に高く評価されているのだという確認を執拗なまでに論証した文章でそれはあったのだ」という通りである(16)。

とはいえ、寛弘五年の十一月中旬に、里下がりして、「心みに、物がたりをとりて見れど、見しやうにもおぼえず」という〈紫式部〉が抱えた『源氏物語』への異和は、こうした評価によって解消されてはいない。この消息文体による叙述が寛弘七年のものとすれば、一年余りを経て、その精神の危機がむしろ深まっていることを、続く叙述が示している。

いかに、いまは言忌《こといみ》し侍らじ。人、といふともかくいふとも、ただ阿弥陀仏にたゆみなく、経をならひ侍らむ。世のいとはしきことは、すべて露ばかり心もとまらずなりにて侍れば、聖《ひじり》にならむに懈怠すべうも侍らず。ただひたみちにそむきても、雲に乗らぬほどのたゆたふべきやうなん侍べかなる。それに、やすらひ侍なり。としもはた、よきほどになりもてまかる。いたうこれより老いほれて、はた目暗うて経よまず、心もいとどたゆさまさり侍らん物を、心ふかき人まねのやうにはべれど、いまはただ、かかるかたのことをぞ思ひたまふる。それ、罪ふかき人は、またかならずしもかなひ侍らじ。さきの世知らるることのみ多う侍れば、よろづにつけてぞ悲しくはべる。（三一五〜六）

阿弥陀仏への帰依により「聖」になろうといいつつ、出家しても往生できずに「たゆたふ」だろうからとためらい、「罪ふかき人」と自己規定して、前世からの宿命を悲しんでいる。この絶望的な思いの根拠は記されていない。そして、この仏教による救済、特に源信らによって同時代に説かれていた浄土教による往生を求めつつも、その不可能性にきびしく自分を追いつめていく思惟は、『源氏物語』の宇治十帖の世界へと通底している。それはまた、現実にはありえない理想の物語主人公として〈紫式部〉が表現してきた、『源氏物語』第二部の光源氏と紫上の人生における、老いと出家の問題とも深く関わっていると思われる。紫上が老いを予想して将来を不安に思い、出家を考えたことは若菜下巻に次のように示されている。

対の上、かく年月に添へて方々にまさり給（女三宮の）御おぼえに、わが身はただ一所《ひと》の御もてなしに、人にはおとらねど、あまり年つもりなば、その御心ばへもつひにおとろへなむ、さらむ世を見はてぬさきに、心と背きにしかな、とたゆみなくおぼしわたれど、さかしきやうにやおぼさむ、とつつまれて、（光源氏には）はかばかしくもえ聞こえ給はず。（若菜下・三・三二八）

女三宮には朱雀院ばかりか当帝の支援があるのに対して、紫上は光源氏一人が頼りであり、年老いたならば、その愛情も衰えるだろうから、その前に自分から出家したいと思うが、光源氏がこざかしいと思うだろうと遠慮されて、申し上げることができない。そうしているうちにも、光源氏が女三宮と紫上とに通うことが「ややうひとしきやう」になり、東宮の女一宮の世話をして、「つれづれなる御夜離《が》れのほど」を慰めていたと続いている。そして、年が明けた正月に六条院の女楽があり、紫上は和琴をみごとに演奏した。光源氏の目に、そうした紫上はあくまでもすばらしく、「いとかく具しぬる人は、世に久しからぬためし」もあるそうだからと、「ゆゆしきまで」思うばかりであった。その「ゆゆし」という過剰なまでの理想性に不安の影が秘められており、続く短い一文が、来るべき悲劇を予感させるものであった。

ことしは三十七にぞなり給。（若菜下・三・三四九）

この紫上の年齢は、若紫巻の「十ばかり」を十歳とみても三十九歳となり不審で、それが藤壺の没した重厄の年齢を象徴的に示すことに意味がある。そして、次に示すような光源氏の晩年を意識した述懐(イ)があり、紫上の人生の終わりを意識した出家の希望(ロ)を光源氏は許さず、紫上は物語の女主人公の結末と我が身の人生を比較して述懐したあと発病した(ハ)。

(イ)……まづは、思ふ人にさまざまおくれ、残りとまれる齢の末にも、飽かずかなしと思ふこと多く、あぢきなくさるまじきことにつけても、あやしくもの思はしく、心に飽かずおぼゆること添ひたる身にて過ぎぬれば、それにかへてや、思ひしほどよりは、いままでもながらふるならむとなん、思ひ知らるる。（若菜下・三・三四九～五〇）

(ロ)「まめやかには、いと行く先少なき心ちするを、ことしもかく知らず顔にて過ぐすは、いとうしろめたくこそ。さきざきも聞こゆる事（出家）、いかで御ゆるしあらば」と聞こえ給。（三五〇～一）

(ハ)かく、世のたとひに言ひ集めたる昔語どもにも、あだなる男、色好み、二心ある人にかかづらひたる女、かやうなる事を言ひ集めたるにも、つゐに寄る方ありてこそあめれ、あやしく浮きても過ぐしつるありさまかな、げにのたまひつるやうに、人よりことなる宿世もありける身ながら、人の忍びがたく飽かぬ事にするもの思ひ離れぬ身にてややみなむとすらん、あぢきなくもあるかな、など思ひつづけて、夜ふけて大殿籠りぬるあか月方より、御胸をなやみ給。（三五四）

(イ)の光源氏の述懐は、前に引いた『紫式部日記』の「いかに、いまは言忌し侍らじ」以下の消息文と比較すれば、現世の苦悩を意識しつつも、それを現報として長生きしてきたと人生を肯定する発想が明確であり、紫式部の「聖」となっても救われがたいという絶望的な思考との断絶は大きい。最大の幸福は最大の苦悩に支えられてあるというのが光源氏の人生観であり、紫上とそれを共有することを求めたのであるが、紫上はそう考えようとしつつも、出家を許されないままに発病したのであった。どちらかといえば、『紫式部日記』における〈紫式部〉の発想が紫上に近いのは当然であろうが、紫上には、許されないが故に、出家による救済の夢が残されていた。
(ハ)における紫上の「あやしく浮きても」や「もの思ひ離れぬ身」といった表現は、第二節ですでに引いた、「水鳥を水の上とやよそに見んわれも浮きたる世を過ぐしつつ」という歌と、それに続く「身はいと苦しかんなりと、思ひよそへらる」とも共通するものであった。それが「菊」にまつわる「老い」と関わるコンテクストについても前述したが、その引用文の歌の前までの部分を、一部重複するが、あらためて引いておきたい。

世におもしろき菊の根をたづねつつ、掘りてまゐる。色々うつろひたるも、黄《き》なるが見どころあるも、さまざまに植ゑたてたるも、朝霧の絶え間に見わたしたるは、げに老いもしぞきぬべき心ちするに、なぞや、まして、思ふことのすこしもなのめなる身ならましかば、すきずきしくももてなし、若やぎて、つねなき世をも過ぐしてまし、めでたきこと、おもしろきことを見聞くにつけても、ただ思ひかけたりし心のひくかたのみつよくて、もの憂く、思はずに、嘆かしきことのまさるぞ、いと苦しき。いかで、いまはなほ物わすれしなん、思ふかひもなし、罪も深かなりなど、明けたてばうちながめて、水鳥どもの思ふことなげに遊びあへるを見る。

（二七二〜三）

寛弘五年十月のこの記述を、消息文と比較してみれば、その憂愁の思いは共通し「思ひかけたりし心」に出家への願望を読むことはできるものの、あまりにもその落差は大きい。たんに「言忌」を解除したというのではなく、これまで検討してきたような『紫式部日記』における『源氏物語』への自己言及が、そこに作用していると考えられる。さらに具体的にいえば、『源氏物語』の第一部が中宮彰子のもとでの豪華清書本作りによって自身の手を離れて異和の感覚をもたらし、書き進めつつあったであろう第二部における光源氏ととりわけ紫上の「老い」と「出家」をめぐる物語の主題的な人生の可能性が、紫式部自身の生き方の問題と交錯しているのだと思われる。

こうした視点から、あえてパラテクストとしての〈紫式部〉が生成しつつあった『紫式部日記』と『源氏物語』とのインターテクスト関連としての推測を進めていきたい。若菜下巻以降の『源氏物語』における光源氏と紫上をめぐる老いと出家の行方を、さらにたどってみれば、発病した紫上は二条院へと移り、光源氏がその看病をしていた留守に、柏木が女三宮と密通し、女三宮は懐妊した。紫上の危篤と蘇生、六条御息所の死霊の発動などのあと、光源氏は女三宮のもとで柏木の恋文を発見して密通を知り、朱雀院賀宴の試楽の夜に柏木を召した光源氏は、「過ぐる齢に添へては、酔ひ泣きこそとどめがたきわざなりけれ。衛門督心とどめてほほ笑まるる、いと心はづかしや。さりとも、いましばしならん。さかさまに行かぬ年月よ。老いはえのがれぬわざ也」と、自嘲しつつ柏木を見つめて、柏木は死の病の床に臥すこととなった。

そして、やはり出家を許されないまま死を迎える直前の紫上と光源氏との心境は、第II部第9章に引用した部分なので、要約にとどめておく。光源氏は、自身も出家を考えていたので「おなじ道にも入りなん」と思うが、一度出家したら仮にも現世をかえりみようとは思わずにいた。「後の世にはおなじ蓮の座をも分けん」と、紫上とは来世における一蓮托生の「契」があり、それに頼みをかけてもいる。現世で仏道に入ることは、同じ山であっても峰を隔てて相見ることのできない別居生活をすることだと覚悟もしたが、紫上が重病になったので、臨終に離別することはできず、かえって「山水の住みか濁りぬべく」と「おぼしとどこほる」うちに、「ただうち浅へたる思ひのままの道心起こす人々」に遅れてしまったという。紫上は、光源氏の「御ゆるし」なく独断で出家するのは「さまあしく本意なき」ようだからと、「うらめしく」思い、我が身を「罪かろかるまじきにや」と「うしろめたく」思っていた。

「うち浅へたる思ひのままの道心」により出家した女三宮などの女性たちへの批判をともなっている光源氏の出家観は、いわば人生を完成させる理想であり、きびしいものがある。独断で出家できないことを認めざるをえない紫上は、女ゆえに現世に執着するほかない我が身の「罪」を思いつつ、四十三歳で没した。夕霧はその美しい死に顔を、「飽かずうつくしげに、めでたうきよらに見ゆる御顔のあたらしさに」と見つめていた。

ここで紫上がかみしめている我が身の「罪」と、『紫式部日記』における「罪ふかき人」という自己言及とが、同質であるというのではない。出家とは人生を完成させるものだという光源氏のような理想の出家観によりえないことはもちろん、〈紫式部〉もまた紫上ではありえず、宮仕えを回想して記すように、「うとましの身のほど」を貴族社会の現実としてかみしめていた。

「いかに、いまは言忌し侍らじ」以下の『紫式部日記』の消息文にもどれば、阿弥陀仏を信仰して経を習い「聖」となるとは、浄土教による遁世であり、『源氏物語』においては明石入道の行動に近い。たとえそうしても、「罪ふかき人」である自分は極楽往生できないという絶望があり、それは「さきの世知らるる」、つまり前世からの因果によるという「悲し」さが表出されていた。

『源氏物語』においては、作中人物たちはだれ一人として、確かに往生できたとは記されていない。結果的にせよ、浄土教の厳しい戒律を守り、娘たちと別れて山寺の阿闍梨の導きで臨終を迎えた八宮でさえ往生できず、浮舟の物語では、横川僧都により出家して救済を求めながらも、その可能性を宙づりにして物語は終わっている。そこには、「愛執の罪」をめぐる、浄土教による来世での救済という思想とは異質な、あくまでも現世を生きる可能性を探る〈中有〉の思想というべき物語の思想が示されていた。(17)

八宮の娘ではあっても、認知されない召人の子である浮舟が主人公となり、最後になつかしく想起しているのが母であることは、光源氏と紫上との晩年の物語からの明確な変換を示している。こうした宇治十帖の物語への展開は、『紫式部日記』における〈紫式部〉の消息文における「言忌」を解除した心境を表出したあと、それを再び『源氏物語』テクストへと転移した、思考実験のようにして書き継がれた可能性が高いと思われる。

六 〈紫式部〉における「身」と「心」の転移

『紫式部日記』における消息文の「いかに、いまは言忌し侍らじ」の部分には、「としもはた、よきほどになりもてまかる。いたうこれより老いほれて、はた目暗うて経よまず、心もいとどたゆさまさり侍らん物を」という記述があった。かつて今井源衛は、この「目暗う」を老眼の根拠として、寛弘七年に数え年で四十歳以上とし、紫式部の出生を天禄元年（九七〇）と推定した。[18] これについては、「いたうこれより老いほれて」と、現在ではなく近い未来を示していること、『源氏物語』における「三十七歳の女の重厄」との関連を重視した南波浩説を承けて、寛弘七年現在を紫式部の三十七歳と考えた萩谷朴説を支持したい。[19] そうであるならば、「いかに、いまは言忌し侍らじ」という消息文には、『源氏物語』若菜下巻で、三十七歳で発病し、すでに検討した紫上の老いの意識と出家できないまま死を迎えた物語との、インターテクストとしての関連がより確かなものとなってくる。

B消息文体の末尾は、「御文《ふみ》にえ書きつづけ侍らぬことを、よきもあしきも、世にあること、身の上のうれへにても、のこらず聞こえさせおかまほしう侍ぞかし」と、やはり『源氏物語』蛍巻の物語論の一説を想起させる。『紫式部日記』の消息文体は、自己対象化する批評の言説としての性格を強く示している。その相手は不明だが、侍遇表現からみて、かなり高貴な人で、しかも「つれづれにおはしますらん」といい、「つれづれの心を御覧ぜよ」と、その心を共有できる人であり、返信をも期待している。「夢にても散り侍らば」「耳も多く」と、秘密の文通であることを強調しつつ、「このごろ反古《ほんご》もみな破《や》り焼きうしなひ、雛《ひひな》などの屋づくりに、この春し侍にしのち、人の文《ふみ》もはべらず、紙にはわざと書かじと思ひ侍ぞ、いとやつれたる」とも記している。

読んですぐ返事をほしいと続くから、やはり手紙に関することであろうが、反古も処分して「紙にはわざと書かじ」とは、『源氏物語』を書くことも中断していたのであろう。「かく世の人ごとのうへを思ひ思ひ、果てにとぢめ侍れば、身を思ひすてぬ心の、さもふかう侍べきかな。なさんとにか侍らん」という結びは、「身を思ひすてぬ心」の深さの自覚であり、「なさん」は「なにせん」と、自分がどうしたいのかわからないという心の表出である。

「身」と「心」の矛盾と相克は、次のような『紫式部集』の歌にも示されている。

身を思はずなりと嘆くことの、やうやうなのめに、ひたぶるのさまなるを思ひける

数ならぬ心に身をばまかせねど身にしたがふは心なりけり

心だにいかなる身にかかなふらむ思ひ知れども思ひ知られず　（五五・五六）

定家本系の『紫式部集』にはこれに続いて、「初めて内裏《うち》わたりを見るにも、もののあはれなれば」という詞書を付して、「身の憂さは心のうちに慕ひ来ていま九重ぞ思ひ乱るる」（岩波文庫『校定紫式部集』・五七）という歌が載せられている。これは寛弘三年末の初宮仕えと考えられるから、「身」と「心」とをめぐる憂愁の思いは、宮仕えによってより強まり、それが『紫式部日記』にも通底していることになる。「身」は我が身の境遇であり、「心」は理想とすべき「志」といえよう。とはいえ、その直接の契機は、長保三年（一〇〇一）の夫であった宣孝の死とみられ、『紫式部集』には、これらの前に「消えぬ間の身をも知る知る朝顔の露とあらそふ世を嘆くかな」（五三）などがあり、娘の賢子の将来を祈る次のような歌が直前にある。

世を常なしなど思ふ人の、おさなき人の悩みけるに、から竹といふ物瓶に挿したる、女房の祈りけるを見て

若竹の生ひ行く末を祈るかなこの世を憂しと厭ふものから　（五四）

そして、消息文体の末尾の一節に、「このごろ反古もみな破り焼きうしなひ、雛などの屋づくりに、この春し侍にし」とあったことにも注目したい。この「雛」に反古を用いたというのは、賢子のためであろう。寛弘七年に賢子は十二歳ほどと推定できる。夫に先立たれた紫式部は、紫上と違って出家することも可能ではあったが、自身の

重厄と老いを意識するとともに、絆しとしての娘をかかえた母であった。『紫式部日記』と『紫式部集』から明らかになるこうした紫式部の私的な現実もまた、『源氏物語』作者としての〈紫式部〉と、インターテクストとして無関係とも思われない。

B消息文体に続くCにあたる土御門邸における御堂での法会の記事は、年次も不明であり、断簡というべく短いが、その後半に「源氏の物語」をめぐる道長との贈答歌と、渡殿で寝た夜に戸を叩いて訪れた男との贈答歌が続いて載せられている。

源氏の物がたり、御前《おまへ》にあるを、殿の御覧じて、例のすずろ言ども出できたるついでに、梅の下に敷かれたる紙に書かせたまへる、

すき物と名にしたてれば見《み》る人の折《お》らで過《す》ぐるはあらじとぞ思《おも》ふ

たまはせたれば、

「人にまだ折《お》られぬものをたれかこのすきものぞとは口《くち》ならしけん

めざましう」と聞こゆ。

渡殿に寝たる夜、戸をたたく人ありと聞けど、おそろしさに、音もせで明かしたるつとめて、

夜《よ》もすがらくひなよりけになくなくぞ真木《まき》の戸ぐちにたたきわびつる

返し、

ただならじとばかりたたくくひなゆゑあけてはいかにくやしからまし

（三一八～九）

『源氏物語』が中宮の御前にあったのを道長が見つけて、いつもの冗談とともに、梅の実の下に敷いた紙にお書きになった歌で、〈紫式部〉に対して「すき物」として有名なのだから、折らずに過ぎ去る男はいないだろう、と戯れた。紫式部の返歌は、まだ男に折られたこともないのに、いったい誰が「すきもの」などと口にしたのでしょうかと切り返している。「すき物」に「好き者」と「酸き物」を掛けた軽妙な贈答歌で、これだけならば、先の憂

愁や苦悩とは一転した、恋物語である『源氏物語』の作者をめぐる戯れである。

この前段が、寛弘五年五月二十二日の土御門殿での法華三十講の結願の日の記事であるとすれば、「十一日のあか月」を「二十二日」の誤りと考える必要があるが、それに続く五月末から六月初めの贈答とみることが、その内容からも自然で、Aの寛弘五年秋の冒頭に先行する記事となる。彰子の皇子出産後、十一月中旬頃における『源氏物語』の冊子作りは、その半年前から予定されていたとも考えられる。

この「すき物」の贈答歌に続いて、夜に紫式部の渡殿の局の「戸をたたく人」と連続している文脈が、部屋に男を入れなかったとはいえ、道長との関係を暗示することが問題である。『新勅撰集』が「よもすがら」の歌の作者を道長としているのは、『紫式部日記』の文脈を根拠としているのであろうが、紫式部がそう読まれることに無自覚であったはずはない。

『尊卑分脈』は、紫式部にあたる為時「女子」の注に、「歌人」「上東門院女房」「紫式部是也」「源氏物語作者」「右衛門佐藤原宣孝室」というのに加えて、「御堂関白道長妾云々」と記している。最後の「道長妾」が問題で、それがこの贈答歌とも関わるが、当時の貴族と女房との関係からみて、性関係があったとしても不思議はない。『源氏物語』にも、光源氏や薫の「召人」としての女房は多く描かれている。(20)

『紫式部日記』はこの後に、D寛弘七年正月の記録と彰子にとっては二人目の皇子である敦良親王五十日の盛儀を記して終わっている。とりあえずの推定による結論のみを示せば、そこには将来の天皇となるべき孫を中宮の左右に得て、自邸の儀式や宴に殿上人たちを侍らせた道長の、栄花の構図が具体的な参列者たちの記述として示されている。そこには、後継者としての若き頼通も描かれ、女房としての紫式部もまた大納言の君や小少将の君という上臈と並んで、私的な憂愁の思いの表現は排除されている。

宮仕えによる「身の憂さ」を克服して、彰子の女房としての紫式部は、したたかに公的な地位や境遇としての「身」を確立しえたのだと思われる。ただし、それは「身」と「心」との矛盾や葛藤を解消しえたということではなく、それを〈公〉の社会的な女房としての「紫式部」と、〈私〉の『源氏物語』作者〈紫式部〉とに分離した対処であったと考えられる。

通時的な順序からみれば、Dの後にBの消息文体が位置するはずでもあるのだが、Aの寛弘五年から六年の敦成親王の誕生と寛弘六年正月までの記述とは異なり、〈私〉的なBと〈公〉的なDとは分離されている。そのために、Aに先行するはずのCを、あえてこの位置に配したのだといえよう。CやDの記述は、その分量も少なく断片的であるために、たんなる錯簡のようにみなされてもきたのだが、Aにおける敦成親王の誕生に始まる記述と、Dにおける正月と敦良親王五十日の盛儀の記述とは、道長の私邸における、いわゆる摂関政治体制を確かなものにする栄花の記録として、みごとに照応している。

主家である道長と彰子の栄華の記録と、それとは裏腹の我が身の憂愁という矛盾した要素の複合的な内包は、こうして現存『紫式部日記』テクストにおいて主題的に表現され構成されたものであった。量的にも主流をなすAにおいてその性格が顕著であり、本章ではこれを『源氏物語』作者としての〈紫式部〉の日記テクストとして検討してきた。そこには、『源氏物語』が中宮のもとの冊子作りによって公的に評価されたことを、公任や道長や一条天皇と結びつけても記すとともに、作者〈紫式部〉にとって「見しやうにもおぼえず」と変質し、中宮方や内裏の女房たちの多くから嫉妬と誹謗を受けたことが記されていた。この寛弘五年秋から寛弘六年正月までを中心にした記述を、『源氏物語』の第一部が道長を中心とする貴族社会と一条天皇と中宮彰子の後宮において、いわば公的に評価され流布した事実に対応するものとして推定した。

〈紫式部〉により、そこに表出された異和の感覚は、すでに第二部を書き進め、あるいは完成させていた『源氏物語』の生成過程と関わるとも推定した。そして、すでにみたように、『源氏物語』作者としての〈紫式部〉へと深く通底しているのは、寛弘七年におけるBの消息文体による記述であった。そこには、書くことを中断して反古を娘の賢子の「雛」の屋としたという表現も含まれていた。物語作者の日記として『紫式部日記』を位置づければ、その『源氏物語』の主題的な表現とのインターテクスト関係をふまえて考えることにより、現存の『紫式部日記』テクストを完成させたあと、第三部の宇治十帖の『源氏物語』を執筆した可能性が高いということである。

こうした推定は、あくまでパラテクストとしての〈紫式部〉の表現による、『紫式部日記』と『源氏物語』とのインターテクスト関係における老いや出家をめぐる精神の軌跡からの考察によるものであり、客観的な『源氏物語』の成立過程とは別である。事実としては不明であり、『更級日記』の「源氏の五十よ巻」という記述から、治安元年(一〇二一)以前には、現存本とほぼ同じ第三部の夢浮橋巻までを含む『源氏物語』が成立し流布していたということまで、その外部資料は空白である。とはいえ、寛弘七年(一〇一〇)から治安元年までは、ほぼ十年であり、『更級日記』作者の『源氏物語』享受は、その完成後のきわめて早い時期のものということになる。

残された問題は、外面においては彰子の上﨟女房としての地位を確立した紫式部が、そこから排除した「身」と「心」との内面における葛藤を、あえてCのような断簡における道長との男女関係を示唆しつつ、それをどのように処して、仏教とも深く関わる宇治十帖の男女関係の愛執をめぐる物語から、最終的には母と子の関係へと帰着する浮舟の物語へと、『源氏物語』第三部の世界を生成する方向性を示しているのかということである。

『紫式部日記』において、〈紫式部〉がその内実を語らない憂愁や苦悩に関しては、大納言の君や小少将の君との共通性も語られていた。いまそれを補足しておけば、『紫式部集』に付載の「日記歌」がある。大納言の君と、池に映る篝火をめぐって交わした贈答歌の詞書に、「思ふこと少なくは、をかしうもありぬべき折かな」とあり、紫式部が賀歌として言いまぎらわしたのに対して、大納言の君は、「すめる池の底まで照らすかがり火にまばゆきまでも憂わが身かな」と詠んでいる。それに続く小少将の君との五月五日の贈答歌も、憂愁の涙を主題としている。

「なべて世の憂きになかるるあやめ草けふまでかかる根はいかが見る」と、ここでも「憂きに泣かるる」と「泥《う》沼《き》に流るる」、菖蒲の「根」と泣く「音」とを掛けて、縁語関係で結んだ思いを訴えかけているのは、小少将の君であり、紫式部がそれに共感している。これらもやはり、『紫式部日記』Aの前段階とみられ、紫式部の憂愁もまた、個人的なものであると同時に、この二人と共通の基盤をもつ可能性がある。

大納言の君も小少将の君も、ともに彰子の上臈女房で、紫式部がもっとも親しくしていた女性であり、道長の北の方倫子と血縁関係にある。ことに小少将の君は道長の召人とみられ、紫式部もまた同様の可能性をもつとすれば、この三人に共通する憂愁は、道長との男女関係にまつわる問題や、それに対する同僚女房たちの反撥に類するものと思われる。そして、『紫式部日記』D正月十五日における敦良親王五十日の儀式を記す始めには、小少将の君と局を共有して、それを道長にからかわれる記述がある。

例の、おなじ所にゐたり。二人の局《つぼね》をひとつに合はせて、かたみに里なるほども住む。ひとたびにまゐりては、木丁（几帳）ばかりをへだてにてあり。殿ぞ笑はせ給ふ。「かたみに知らぬ人も語らはば」など聞きにくく。されど、たれもさるうとうとしきことなければ、心やすくてなん。　（三二一）

「かたみに知らぬ人も語らはば」と道長がいうのは、お互いに知らない男が口説いて来たらどうするのかという冗談だが、そんなこともないから安心だと、きわめて安定した関係が記されている。安定しているのは、この二人と道長との関係においても同様であろう。過去に道長との召人関係にまつわるような「憂き」思いを共有していたにせよ、この時点では愛人関係を意識した発言ではない。

また、五十日の儀式の記録においては、中宮の女房たちが「若人は長押の下《しも》、東の廂の南の障子はなちて御簾かけたるに、上臈はゐたり」として、紫式部自身は、「御帳の東のはさま、ただすこしあるに、大納言の君・小少将の君ゐたまへる所に、たづねゆきて見る」と、記録のための役割にせよ、大納言の君と小少将の君と同列に身を置いている。そして、一条天皇の御座と「御膳」のすばらしさに次いで、祝宴にのぞみ簀子に北向きに西を上として並んだ上達部については、「左・右・内の大臣殿《おほいどの》、春宮の傅、中宮の大夫、四条の大納言」と記し、「それより下は、え見侍らざりき」と、すっかり権門の世界に同化している。「御あそび」においても、「四条大納言」公任が「拍子」を取り、「頭弁」源道方の「琵琶」をはじめ、盛儀を簡略に記す中に、「右の大臣」顕光の失態を点描して、わりである。

「見る人の身さへ冷え侍しか。御おくり物、笛〔歯二〕、筥に入てとぞ見侍し」と結び、それが『紫式部日記』の終

紫式部が大納言の君や小少将の君と違うのは、まさしく『源氏物語』作者であるがゆえに中宮の女房として迎えられ、中宮には密かに「楽府」などの漢詩文を進講し、敦成親王や敦良親王の誕生をめぐる土御門殿道長の盛儀を記録する役割であったことだが、それによってほぼ同列の上臈女房としての地位を確立したとみてよい。

『無名草子』には、紫式部が道長のことを「いみじくめでたく」記したのは、内向的な「心に似ぬ体」であり、それは彰子や道長の「御こころせず、彰子のことも「なつかしく」記したのは、内向的な「心に似ぬ体」思いながら、少しも色めかしく親密な書き方をがら」ゆえだろうという発言がある。彰子の女房サロンというべきものが、大斎院選子サロンのように風流な男たちの出入りする場であったならば、紫式部もより自由に『源氏物語』の世界と現実とを交錯させた「なまめき」「色めかしき」活躍をし、あるいは定子サロンにおける清少納言のように、才気煥発に漢詩文の知識や和歌の「あはれ」や「をかし」の世界に遊ぶこともできたはずである。そうではなかった貴族社会の現実にさらされた「身」と「心」を抱えつつ、それに対処する物語作者〈紫式部〉のテクストとして『紫式部日記』はあった。

『源氏物語』の作者〈紫式部〉が、『源氏物語』の思考と文体によって道長と彰子の栄華の達成と、そこに組み込まれた女房生活における我が「身」と「心」を問いつめた作品として、現存の『紫式部日記』というテクストを捉えることができる。それはまた、『紫式部日記』を主家の〈公〉的な栄光の記録として枠づけることによって、〈私〉的な「身」と「心」の問題を分離し、新たなる『源氏物語』テクストの生成へと向かう転換点であった。

その新たなる『源氏物語』テクストを大まかに宇治十帖と考えたのであるが、そこでは貴族社会の中心を離れた「憂し」を内在する「宇治」が物語の主題的な時空となり、八宮と大君・中君という父娘関係から再出発し、薫と匂宮との恋の物語が展開しつつ、八宮の没後は姉妹の関係、そして召人の娘である浮舟の物語が、仏教による救済と「愛執の罪」の物語として展開しつつ、母娘関係を浮上させて終わるのであった。

『紫式部日記』の、とりわけ消息文体の老いと出家をめぐって激しく振幅する思惟から、あえて『源氏物語』の生成過程と交差させた推測を重ねてきた。こうした仮説を想定しつつ、パラテクストとしての〈紫式部〉を根拠とし、『源氏物語』と『紫式部日記』そして『紫式部集』のインターテクスト関係から、表現主体としての〈作者〉のことば（表現）と思考を考察することは有効であると思われる。

第3章　物語と絵巻物——源氏物語の時空

一　物語と絵巻物の〈文法〉

十二世紀に成立して現存する『源氏物語絵巻』『信貴山縁起絵巻』『伴大納言絵巻』『鳥獣人物戯画』は、四大絵巻として高く評価されているのだが、それぞれの表現法には大きな差異がある。特に徳川・五島本『源氏物語絵巻』の静的な画面構成や引目鉤鼻による類型的な人物の顔貌表現、濃彩の「作り絵」に対して、他の三つは共通して、動的な画面構成や表情豊かな人物の表現、変化に富んだ墨線の動きを示している。

白描で詞書をもたない『鳥獣人物戯画』は、自由で闊達な毛筆による戯画としての特殊性から別としても、『源氏物語絵巻』の画面の幅が、最大で五十センチほどであるのに比べて、『信貴山縁起絵巻』や『伴大納言絵巻』は数メートルにわたる横長の画面として、連続的に描くことにより、物語世界内の空間における出来事の時間的な展開と、享受の行為とを動的に結合することによる表現効果をあげている。

これらの差異は、「女絵」と「男絵」との伝統に基づいた表現様式、あるいは、平安朝中期の画法を残した院政期前半と、時代の新しい息吹による後半との、時代的な差異として説明されてきた。そこには、「作り物語」と

「説話」や「縁起」という、素材とした物語内容における表現の質的な差異もまた、きわめて大きく作用しているはずである。絵巻の制作者たちと享受者におけるプレテクストとしての物語や説話との関係は、メタテクストあるいはオーヴァーテクストの位相にある。

『信貴山縁起絵巻』の物語内容と共通する説話は、『古本説話集』（六五）と『宇治拾遺物語』（一〇一）に、ともに「信濃国聖事《しなののくにのひじりのこと》」として載っている。絵巻が「山崎長者の巻」（飛倉の巻）「延喜加持の巻」「尼公の巻」とよばれる三巻であるのも、説話テクスト本文の段落による構成と対応している。『伴大納言絵巻』も、『宇治拾遺物語』「伴大納言応天門を焼く事」（一一四）の構成と対応して、上中下の三巻となっている。これらはプレテクストとしての説話を絵画化したことと対応しており、絵巻テクストとのインターテクスト関連において、それぞれの独自性を検討していくことができる。

それぞれの絵が、『信貴山縁起絵巻』では空を飛ぶ倉や米俵とそれを見上げて驚く人々、『伴大納言絵巻』では燃え上がる炎に向かって走りうごめく民衆の身体表現などを、動的な空間構成と筆致により絵画化しえているのは、説話の文字テクストが簡略だからこそ、絵師の技を発揮する余地があったといえよう。説話は出来事を語り、その場面描写は生き生きとした会話文によって表現している。民衆の群像表現は、この会話文に対応し、『伴大納言絵巻』中巻の子どもの喧嘩の画面なども、それが絵画表現としてみごとな達成を示している例である。画中には、さまざまな騒音や匂いも潜在し充満している。

他方で、『源氏物語絵巻』が静的で小さな画面と、華麗な装飾料紙の書としての詞書を交互に配して構成されているのは、物語の文字テクストがあまりに長大で、情景描写や作中人物たちの心のあやを細緻に表現しているため、物語内容の全体を絵画化することなど不可能だからである。そこには、和歌を絵画化した「歌絵」や、「女絵」といわれる小画面の紙絵による伝統が作用している。『枕草子』には、「心ゆく物　よくかいたる女絵の、ことばをかしう続けて多かる」（二八段）という記述があり、「女絵」が広義の「物語」というべき詞書と結合していたことを示している。

そしてまた、『源氏物語』の情景描写そのものが、物語の展開の中で、それとは必ずしも関わらない、絵に描かれることを前提とするような絵画的な場面性を示している。(1) さらに、室町から江戸期にわたって多く現存する源氏絵において、その各巻で絵画化される場面は類型化の傾向を強く示しており、室町末期の『源氏物語絵詞』のように二八一場面にわたる絵画化の手引き書のような文献もある。(2) 徳川・五島本『源氏物語絵巻』は、こうした源氏絵の現存最古の作品として残された部分であり、物語の筋（ストーリー）や詳細な描写による文字テクストを前提として、その場面選択の妙を、装飾料紙による詞書の美しい書とともに楽しむべきテクストなのである。象徴的な絵の世界は、詞書によって指示された物語の場面性によって、ゆったりと動き始める。

ここでは、こうした差異をふまえながらも、『源氏物語絵巻』と『信貴山縁起絵巻』や『伴大納言絵巻』とを対立的に捉えることを前提にするのではなく、ともに物語（ストーリー）絵画としての絵巻物であることの共通性を出発点としたい。説話もまた、当時の用語では「物語」である。物語の表現様式やテクストの〈文法〉に差異があるように、絵巻物の表現様式や〈文法〉にも、それぞれの特性に応じた差異がある。さらには、物語と絵に共通する〈文法〉という発想から出発して、その密接な相互関連を探り、それぞれの作品に固有な表現法を捉えたいのである。

さきに『源氏物語絵巻』の絵は静的だといったが、それはあくまでも相対的な比較の問題である。画面自体がもつ外的な動きは少ないものの、内的な、つまり心的な動きや劇的な情景が、斜めの線による大胆な空間分割や、一見すると同じようにみえる引目鉤鼻の極度に細密で繊細な墨線の重なり、あるいは、庭の草木の象徴表現や色使いによって表現されている。それらは、『源氏物語』という文字テクストの特性とあいまって生み出された絵の〈文法〉なのである。

絵巻物という様式は、中国の画巻に由来するが、日本の絵巻物が両手で巻いたり広げたりしつつ、動かしながら見るのが原則であるのに対して、中国では全図を見るのが本質的な鑑賞法だという。(3) この違いは、日本の絵巻物が享受者の動作による時間的な鑑賞行為を前提とするために、物語世界内の時間の流れと、より強く相互関連するように画面構成されていることへと通じている。

日本の絵巻物は床に置き、上からかがみこんで、左手で繰り広げつつ、右手で見おわった部分を巻き取っていくから、俯瞰した眼前には、いつも五十から六十センチの画面がある。右から左への方向性を示しつつ、すでに巻き取られた右側は過去、目の前が現在、そしてこれから開かれる左手の巻物の中に未来がある。これは物語文芸の世界内の表現も同じで、読みつつある物語の時制は、現在が基本である。ただし、物語の文字テクストでは、語りの時制が「けり」などの助動詞により、作中世界内へと導く語りの枠として指示され、見おわった画面が過去、まだ見えない画面が未来という、絵の相対的な時制に対応している。

『竹取物語』は、各段落の始めと終わりに「けり」という語りの助動詞を集中させて、作中世界内への同化と異化(離れ)とを連続的に繰り返していた。物語テクストにおけるこうした語りの指示機能に対して、絵巻物という表現様式は、長い画面であればあるほど、画面それ自体では現在以外の時制を示すことは難しく、享受者の開き見るという行為が過去と未来という時制を形成する。つまり、絵巻物の享受者は、物語テクストの語り手にあたるといえよう。もちろん、画面構成それ自体における時間表現の手法もあって、風景や人物の遠近、特に雲や霞による時空の分割と連続性の表現は、そうした語りの機能を示すものである。

このような絵巻物における絵は、ある一瞬の情景を写した写真や、西洋近代の一点透視図法による線遠近法の絵画とは異なって、映画やビデオカメラによる映像の動きに近い。もちろん、映画やビデオ映像の情報量や動きの速度に比べれば、絵巻物の絵が示す物語内容の情報量や時間的な展開は、ごく少なくまたゆるやかで、享受者自身の見る行為にゆだねられるところが大きい。とはいえ、統辞的な時間を内在した四次元の映像表現という原理において、絵巻物と映画やビデオの映像とは共通性を示している。

絵を繰り広げるという手の動きよりももっと重要なのは、それに伴うまなざし（視線）の動きである。享受者のまなざしは右から左へと動きながら、画中の人物や景物にとどまり、そこに感情移入して同化したり離れたりしながら、より複雑に内と外との往復運動を連続し、意味内容を読み取りつつ解釈していく。画中の物語世界への同化と異化とを繰り返すべき〈文法〉は、線遠近法からみれば複数の俯瞰視点や水平視点や仰角視点をも同居させつつ、まなざしを自在に転移させている。あるいは、大小の遠近を逆転させて、遠くの人物を大きく、近くの人物を小さく描いたりもしつつ、同化と異化のまなざしの動きを導いている。

これは、絵巻の絵に限らず、冊子絵や屏風絵などのやまと絵や、『聖徳太子絵伝』などやまと絵風の仏教絵画にも共通してみられる性格で、ルネッサンス期以前の西洋絵画においても、「逆遠近法」などと呼ばれる一般的な表現法であった。論者はこれを「心的遠近法」と定義することによって、『源氏物語』をはじめとする物語文芸のことばによる表現法との共通性を捉えてきた。絵の内と外とを連続的に移動して同化と異化とを繰り返すまなざしの心的遠近法は、「物のけ」に見立てることのできる物語の語り手が、読者を導いていく位相と通底している。(4)

物語の語り手を「物のけ」に喩えるのは、語り手が作中世界の外から内へ、作中人物を対象化する外側からの表現から心の内へ、そして再び外へと、同化と異化とを連続的に繰り返すからである。これは、絵を見る人のまなざし、そして心的な動きと共通している。絵を俯瞰して画中に同化したり離れたりする、享受者の「心的遠近法」と共通のものだといえよう。

とはいえ、絵画は空間的な芸術であり、文芸はことばの線状性にそった時間的な芸術であることを本性としている。物語絵画としての時間性を絵だけで表現することには限界があり、多くの絵巻物は、詞書と絵とを交互に組み合わせることによって成り立っている。他方でまた、絵画は物語におけるある場面の空間を埋めるために、文字テクストの細部をも具象化してその背景を補い、あるいは絵に独自な〈文法〉にそった慣用句というべき象徴コードを用いたりもして、場面の描写を生みだしている。

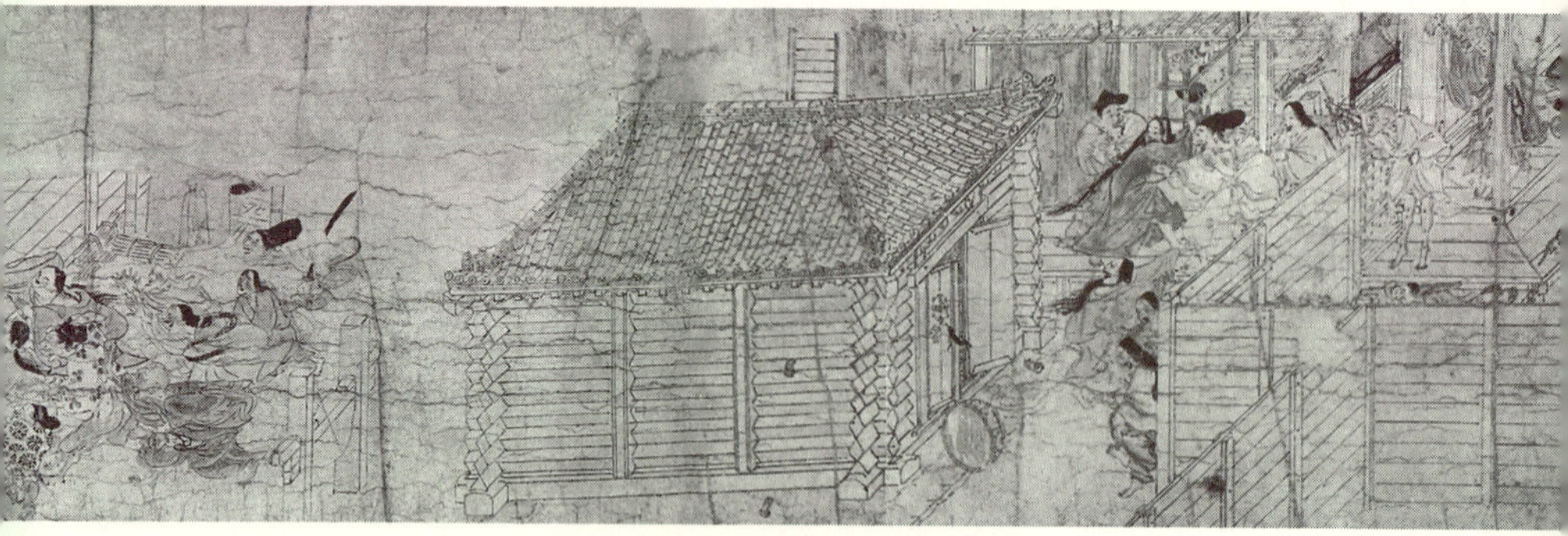

1．いきなり動き出した倉（信貴山縁起）

そうした具体例として、『信貴山縁起絵巻』における「山崎長者の巻」を読んでみる。そこでは、動き出した倉にあわて騒ぐ人々をダイナミックに描いた、長者の家の情景から始まっている。現存の絵巻に詞書は無いのだが、「今は昔、信濃国に法師有けり」と始まる『宇治拾遺物語』（『古本説話集』も同じ）の、法師が東大寺で受戒して西南の山中に住むようになったいきさつ、そして、この山の麓に住む「徳人」（長者）のもとに鉢を飛ばして物を入れて来るようになった部分までの経過は、絵には描かれていない。詞書あるいはプレテクストとしての説話にまかせたと考えるのが妥当であろう。あるいは、この情景の前に別な絵があったと考えることもできるが、文字テクストの表現機能と絵による表現機能との差異を、現存のいきなり動き出した倉に驚く人々から始まる絵巻の効果がよく示していると思われる。

長者の家では、気味悪く欲深い鉢だと、あるとき物も入れずに倉の中に放って帰ったところ、しばらくして、この倉が「ゆさゆさとゆるぐ」のであった。絵巻の巻頭［1］に対応するのは、これに続く文章であり、その一部分を引用してみる。

「いかにいかに」と見さわぐ程に、ゆるぎゆるぎて、土より一尺斗《ばかり》ゆるぎ上がる時に、「こはいかなる事ぞ」とあやしがりてさわぐ。「まことにまことに、ありつる鉢を忘れて、取り出でずなりぬる。それがしわざにや」などいふ程に、此鉢、蔵よりもり出でて、此鉢に蔵のりて、ただのぼりに、空ざまに一二丈ばかりのぼる。さて飛行《とびゆく》程に、人々見ののし

2. 大和絵の手法（信貴山縁起）

り、あさみさわぎあひたり。蔵のぬしも、さらにすべきやうもなければ、「此倉の行かん所を見ん」とて、尻に立ちてゆく。そのわたりの人々もみな走りけり。さて見れば、やうやう飛て、河内国に、此聖《このひじり》のおこなふ山の中に飛行て、聖の坊のかたはらに、どうと落ちぬ。

（一九七）

倉が空中を飛び、聖の坊（草庵）の傍らにどんと落ちるまでを、出来事の順に、騒ぎ走る人々の動きと「見る」行為にそって、説話の文体は簡潔かつスピーディに表現している。それが生き生きとした効果をあげているのは、会話文によるところが大きい。

絵に表現できないのは、こうした会話文の意味内容であるが、絵画テクストには、あわて騒ぐ人々の顔の表情やしぐさの細部を描き込むことによって、それを補って余りある効果を示している。走り出した人々が門を出ると、馬に乗った男と人々が見上げて指さす上に、空を飛ぶ鉢とその上の倉が描いてある。水面から山中、そして山上を飛び続ける倉と鉢は、右から左方向への人々の動きとともに、いわゆる「異時同図法」によって表現されている。

とはいえ、この「異時同図法」は、広げられた画面の中に、必ずしも同時に存在しているのではない。継時的な享受によって、現在の場面が繰り返されて展開する、段落をなすような同図法なのである。俯瞰による山岳表現の細部に、米俵を見上げる鹿の群れを配したりしているのは［2］、平等院鳳

3．記録をとる僧（信貴山縁起）

凰堂の壁画や、『神護寺山水屛風』の点景などとも共通し、これに水平、あるいは仰角による家や倉などをモンタージュしつつ、伝統的なやまと絵の手法をふまえて表現されている。こうして、長画面の絵巻に特有な絵の統辞法としての〈文法〉の細部に、やまと絵の慣用的な〈文法〉がさまざまに指摘されている(5)。

「山崎長者の巻」では、説話の文字テクストには出て来ない僧が、動き出した倉に騒ぐ人々がいる長者の家の始めの部分［1の右から二人め］、そして、空中を飛び始めた倉を見上げて指さす中の一人、命蓮に倉を返すように頼む長者の一行の中にもみられる。これは、作中に描かれた視点人物とみることができる。そして、巻末の米俵が飛び帰って来た長者の家には、報告を受けて何やら書き留めている僧がいて、稚児姿の少年を傍らにしている［3］。この巻末では、米俵が左上から右下へと降りて来ていて、そこに、物語の始めと終わりを示す絵の〈文法〉が示されているのであった。

二　語り手と視点人物

古代・中世の物語文芸は、口頭の伝承を聞いた人が書き記したという表現形式をとり、語り手を顕在化したり、そうではなくとも潜在している。『宇治拾遺物語』の「信濃国聖事」の段では、「今は昔……けり」という冒頭文の定型に基づいて始まりながら、次のように「とか」という伝承の表現形式で結んでいる。

さて信貴とて、えもいはず験ある所にて、今に人々明暮参る。此毘沙門《この》は、まうれん聖のおこなひ出し奉りけるとか。（二〇二）

これは、『竹取物語』の「今は昔……けり」という冒頭と「とぞ」による結びなどと共通して、物語文芸における語りの枠による表現形式の基本形を示している。もちろん、それらは厳密にいえば、口頭の伝承そのものではないから、書かれた語りの表現様式である。『宇治拾遺物語』の序文には、源隆国が宇治の平等院一切経蔵の南の山ぎわにある南泉房に籠もり、往来の者をよび集めて昔物語をさせ、「語るにしたがひて、おほきなる双紙に書かれけり」と記している。こうして成立した『宇治大納言物語』に漏れた昔物語を拾い集めたのが「宇治拾遺の物語」だというのであり、これは、説話集という物語文芸が内在している語りの場の表現形式が顕在化している例である。

前述した『信貴山縁起絵巻』の「山崎長者の巻」の終わりに登場している僧の絵は、この『宇治拾遺物語』の序文に記された隆国の様子と、よく似た姿を示している。そこでは、この僧が、これまで描かれてきた飛倉の物語を見聞者に報告させて書き記しているようにもみられる。この巻の冒頭の長者の家には、二人の僧が描かれており、そのうちの一人を物語世界内における視点人物とみたのであったが、あるいは、もう一人の僧が、この巻末で筆記している僧と同じであるかもしれない。小峯和明によれば、「説話の発生がそのまま絵巻にくみこまれた、物語誕生の現場の絵画化」である。(6)

『宇治拾遺物語』の本文には、こうした僧は表現されておらず、絵の〈文法〉としての語りの枠による表現形式の具象化ということになる。やはり小峯が指摘しているように、「延喜加持の巻」の冒頭にも、信貴山に向かう蔵人の一行を指さしながら語り合う人々がおり、勅使一行の随身にも、物語世界内を直接に見聞して語る視点人物の機能を読むことができる。こうした画中に描かれた視点人物を媒介にして、享受者は絵の物語世界内へと同化し、また異化して離れることとなる。

このような視点人物たちは、作中世界内における語り手たるべき見聞者であり、物語の伝承経路や、書かれた語

4. 源氏物語絵巻 東屋㈠(徳川美術館蔵)

りとしての生成の現場を絵巻物の画中に表象することは、絵画テクストの〈文法〉として一般化できるであろう。徳川・五島本『源氏物語絵巻』においても、多くの場面に、物語テクストには登場しない女房たちが描かれている。

「いづれの御時にか」と謎かけするように語り始める『源氏物語』の語り手もまた、「けり」体による語りによって作中世界内の現在へと入り込み、そこでは現在形ないし無時制の表現によって語り進めていく。その語り手は、重層的な入れ子構造によって抽象化されてもいるのだが、作中世界内の実体としては、光源氏や紫上などに仕えた女房の位相を基本としている。それを具体的な作中人物として示しているのが、帚木巻頭と夕顔巻末、そして竹河巻頭に示されるような、語りの媒体(メディア)としての女房とその集団である。(7)

徳川美術館蔵「東屋㈠」の絵巻の絵[4]は、王朝貴族の女性たちが、絵を見ながら物語の文字テクストを女房に読ませて耳から享受していた実態を示すものとして、物語音読論などに採り上げられて有名な例である。縦二一・五センチ、横三九・二センチの画面の、右下に二人の女房、右上にやまと絵の風景が描かれた障子、中央下に几帳が大きく描かれ、その左に四人の女性が坐っている。手前の几帳に背を隠されて、冊子を両手で捧げ読んでいるのが右近という女房で、その上奥に、冊子絵を前に広げ置いて見ているのが浮舟である。剃落しているが、その近くの床には、絵巻物とみられる巻物も置かれている。左下に、女房に髪を梳かせている中君が、浮舟と対座して後ろ姿で描かれている。

現在は保存のために分断されているが、この絵の前には三紙にわたる詞書が付され、もともとは詞書と絵とが、交互に連続している巻子本であった。その内容は、「いと多かる御髪なれば」と、洗った髪を乾かす中君が、浮舟を自室に招いた場面から始まるのだが、乳母が浮舟と匂宮との関係を疑われないようにと右近に語る文章は、省略されている。

この直前に、匂宮が偶然に浮舟をみつけて言い寄り、浮舟と乳母が困惑して、右近は中君に事態を報告していたのだった。匂宮は母明石中宮の病を知らされて参内し、中君が浮舟を慰める情景が、この「東屋㈠」の絵とこれに対応する詞書である。その語りの視点と対象とに注目しながら、詞書と絵とを比較してみる（詞書の表記は、読みやすくするために改訂した）。

①　語り手→中君

いと多《おほ》かる御髪《おほむくし》なれば、とみにも乾《ほ》しやり給《たま》はねば、起《お》き居《ゐ》たまへるもいと苦《くる》し。白《しろ》き御衣一襲《おほむぞひとかさね》ばかりにておはする、火影《ほかげ》はなやかにてをかしげなり。

②　語り手（右近の視点）→浮舟

この君《きみ》は［＊］人《ひと》の思《おも》ふらんことも恥《は》づかしけれど、いとやはらかにて、おほどきすぎたまへる君《きみ》にて、押《お》し出《い》でられて居《ゐ》たまへり。ひたひ髪《がみ》などのいたう濡《ぬ》れたるをもて隠《かく》して、灯《ひ》の方《かた》にそむきて居《ゐ》たまへるさま、上《うへ》をたぐひなく見《み》たてまつるに、けや劣《おと》るとも見《み》えず、あてにをかし。

①は中君が洗った髪を乾かしている様子で、絵巻の画面でいえば、左下で背を向けて女房に髪を梳かせている後ろ姿に対応している。この場面では、中君の姿態についての描写は、ほぼこれに限られており、以下では、浮舟に

関する表現が中心になる。その始めが②であり、『源氏物語』本文には、［＊］の位置に匂宮との関係を疑われることを心配した乳母が、浮舟に中君と対面することを勧める文章がある。「この君は」のあと、浮舟の心中へと結びつけられている絵巻の詞書では、右近の視点からの表現であるにもかかわらず、浮舟への焦点化がより明確になっている。それが、中君と向き合って奥に座る浮舟を、より大きく描いている絵の構図とも対応している。

後ろ姿の人物、特にその頭部を小さく描くことは、それが視点人物であることの指標ともみなしうる。享受者は、「東屋㈠」の絵における中君に同化したまなざしから、浮舟をとらえることになる。そして、こちらを向いて絵を見る浮舟は、中君の髪を梳いている女房と、横向きの右近、あるいは几帳の右に控えて気配をうかがう二人の女房たちに、取り巻かれるように座っている。

③　女房たち→浮舟（心内語）

④　中君と浮舟との会話

それぞれの詞書の文章の引用は省略するが、③も④も語り手の声に枠づけられている。続く⑤の文章は、途中まで引くが、語り手が中君にほぼ同化して表現されている。

⑤　語り手＝中君→浮舟

絵《ゑ》など取《と》り出《い》でさせたまひて、右近にことば読《よ》ませて見《み》たまふに、もの恥《は》ぢもえしあへず、心を入《い》れて見《み》たまふに、火影《ほかげ》さらにこ（こ）ぞと見《み》ゆる所《ところ》なく、細《こま》（か）にをかしげなり。ひたひつきまみのおほどかにかをりたる心地《ここち》する。ただ思《おも》ひ出《い》でらるれば、絵《ゑ》は目《め》もとまらず、それとのみ、いとあはれなる人《ひと》のかたちかな……（中略）……見所《みどころ》あるもてなしなどぞ、劣《おと》れる心地《ここち》する。

絵を取り出させて右近に詞書を読ませたのは中君であり、それに夢中になって恥ずかしさも忘れている浮舟を、中君は亡き姉の大君と比較しながら観察している。語り手のまなざしが浮舟と同化している途中の部分で、絵巻の詞書は終わっている。『源氏物語』の本文と比較してみれば、それは不完全なものではあるが、中君のまなざしか

5. 源氏物語絵巻 東屋(二)(徳川美術館蔵)

ら浮舟をとらえている絵の情景にはより近いテクストだといえよう。

こうして絵と詞書とを対応させてみるとき、それはもっぱら画面の左半分に関わるものばかりであった。右側の二人の女房たちは、物語内容と直接に関わることはないし、中央手前に大きく描かれた几帳や、半ば開かれた障子は、たんなる背景の風俗とみなすこともできるだろうが、そこにも物語絵画としての意味や表現効果を読むことができる。

開かれた障子は、匂宮と薫との恋の三角関係に引き込まれていく浮舟の物語のコンテクストにおいて、つかの間の平穏な安らぎが持続しえないこと、外部との関係性において開かれていることの象徴とみられる。そして、几帳の右側に控える女房たちは、物語世界内の直接的な見聞者として位置づけることができる。『源氏物語絵巻』や多くの源氏絵には、物語本文には登場しないこうした女房たちが、しばしば描かれている。

ただし、こうした物語絵の〈文法〉を「特定の心理表現」と結びつける解釈に対して、大西広がするどく醒めた批判をしており、論者もかつて「心的遠近法」としての解釈を示した(8)「東屋(二)」[5]を具体例として、それが「イメージの目録」のような「定型」なのだとする。その一例として、この『源氏物語絵巻』における女の表現は、四つの類型だけから成り立っており、「前から見て顔が七・三の構えのもの」、「後ろ方向から見てそうなもの」、「まったくの横顔のもの」、そして「後ろ姿のもの」だと指摘するのは、その通りである。そして、小さくうずくまった後ろ姿の女は、この「東屋㈡」において、浮舟の他にもう一人、女房とされる女が手前にいて、「左と右にちょっと向きを変えただけで、あとは判で押したような類似の形態」だとする。

また、右半分の手前の庭の八重葎が「押し花的なフラットな描写」であるのは、「草花の類を、草花らしく、もっとも特徴的に表わしうる」からで、透垣や釘隠の金具は真正面から、簀子が斜め上から描かれるのも、「イメジャビリティ」の働きとして、もっともそれらしく見せるのだとする。そして、後ろ姿をそう見せるポイントもこれと共通で、「黒髪と十二単の衣装」を上から見下ろしたかのような描写なのだという。さらに、簀子に座して「膝をくずして上辺を仰ぎ見る姿態」で描かれた薫の姿は、「詠歌」の態のイメジャビリティだと指摘している。(9)

美術史の側からのこうした「イメジャビリティ」の働きの類型についての指摘は、まさしくやまと絵に固有の〈文法〉として学ぶべきである。とはいえ、こうした論議をふまえた上でも、物語絵における語りの心的遠近法との共通性を捉えることは可能であると思われる。詳しく繰り返すことはしないが、「東屋㈡」における物語の進行に即した鑑賞者のまなざしの移動が、後ろ姿の横顔で簀子に坐る大きく描かれた薫から、室内で女房たちに取り囲まれて小さくうずくまる浮舟へと帰結することは、この後に展開する物語の悲劇的な展開をみごとに象徴している。

それはまた、「東屋㈠」において、斜め前を向いて奥に大きく描かれ、後ろ姿で女房に髪を梳かせる中君と対座する浮舟のつかの間の安堵の情景と、その構図においても対照的である。「東屋㈠」の画面の左半分では、後ろ姿の中君の左右の女房たちに向き合う浮舟への焦点化が三角形の構図をなし、「東屋㈡」では、手前の後ろ姿の女房を除けば、後ろ姿の浮舟に焦点化する逆三角形に近い構図を示している。なにも、後ろ姿で小さく描かれるから悲しみや困惑を示していると類型的に解釈しているわけではなく、「東屋㈠」の中君のように、後ろ姿の頭は小さいものの、その姿はゆったりとしている例もある。

三　物語絵と雛と女君たち

「東屋㈠」の絵の場面で、中君は右近に物語の本を読ませ、浮舟は冊子や絵巻物の絵を見ながら、物語に魅せられていた。物語や物語絵は、若い姫君のためのものというのが当時のたてまえであったが、常陸介を養父として田舎で育った浮舟は、これまで接する機会が無かったためである。中君自身は、物語や物語絵そのものへの興味はすでになくしていて、浮舟を亡き大君と比較しながら、絵巻の詞書に続く直後の文章では、もう少し重々しい優雅さを身につけたら、薫の相手としてもふさわしいだろうと思っている。

ここで浮舟が享受した物語が何かは記されていないが、こうした物語の音読による享受や、物語絵を見る女君たちが物語主人公と我が身をひき重ねている様子は、『源氏物語』の中にしばしば表現されている。すでに第II部第2章や、第III部第1章においても論じたことと重複するが、この節と第四節では、作中人物像と物語絵そして雛遊びや人形との関係について、あらためて総括しておきたい。

蛍巻における五月雨の「つれづれ」の季節に、六条院の女君たちは「絵物語などのすさび」で日夜を過ごしていた。「絵物語」は「絵」と「物語」の可能性もあるが、ここでは絵入りの物語とみておく。東屋巻の浮舟のように、たとえ物語の本文と絵とが別冊であったとしても、それらを併せて享受していたのであった。玉鬘は『住吉物語』の女主人公が主計頭《かぞえのかみ》という老人に犯されそうになったのを、大夫監《たいふのげん》に言い寄られた九州での我が身の体験になぞらえている。光源氏は、虚構の物語と現実とを結びつけて享受するこうした女性読者たちをからかい、玉鬘がそれに反撥して物語論が展開された。光源氏が「幼き人の、女房などに時々読まするを立ち聞けば、ものよく言ふ者の世にあるべきかな。そらごとをよくし馴れたる口つきよりぞ言ひ出だすらむ」と思うが、そうではありませんかと挑発したのが、そのきっかけである。物語は女のもので、男は女が読むのを傍らで耳から聞いて享受するという表現は、帚木巻の雨夜の品定めにおける左馬頭の、「童に侍しとき、女房などの物語読みしを聞きて」という部分にもあった。

ずっと時代は下るが、阿仏尼が『源氏物語』の講読において独自の節まわしで読んだことが、飛鳥井雅有の日記である『嵯峨のかよひ路』文永六年（一二六九）九月十七日に、「まことにおもしろし。世の常の人の読むには似ず、習ひあべかめり」と記されている。天理本『女訓抄』にも、「源氏・伊勢物語、さらぬ草紙、読みやうも知らで、字にあたるまま読ませ給候まじく候」とあって、中世には独特な読みの作法による物語の朗読が、女性の教養としてあったらしい。これが『源氏物語』の時代にまで遡るかどうかは別として、物語テクストは女性による音読の声と密接に結びついていた。

また絵に関しても、天理本『女訓抄』は、「御絵、女房なつかしく筆とりて、うつくしき手つきにてかきたる、おくゆかしう見まほしき物なり」として、後三条天皇の「梅壺の女御」源基子が、絵を美しく描いたために寵愛されて立后し、「筆の持ちやう、傾きたまへる御髪《くし》のかかり」の魅力ゆえだともする。そして、「絵物語などは写し置き、御なぐさみにも御覧ぜよ」として、「花の木、松・竹、草の色々、嵯峨野の秋の景色、虫の音など、心澄みて、おもしろくやさしく」描くことを勧める。さらに、「御屛風の絵、障子の絵、寄り掛り、貝桶などまで、絵所のかきたるも」、その内容を知り、不審の人に尋ねられても答えられるようにするのがよいと記している。(10)

この後三条天皇の「梅壺の女御」についての記述は、『源氏物語』絵合巻で、「斎宮の女御」（梅壺）が絵を「をかしう」描いたので、やはり「二なくかかせ給」冷泉帝が御心を移して「かき通」い、殿上の若い女房たちも絵を学んだが、「ましてをかしげ」な女御が「心ばへあるさまにまほならずかきすさび、なまめかしう添ひ臥して、とかく筆うちやすらひ給へる御さま」の、「らうたげさに御心しみて」帝が頻繁にお渡りになり、寵愛が以前よりも増さったというのと類似している。

これに対抗心をあらわにした「権中納言」（頭中将）が、「すぐれたる上手」である専門絵師を召し取って、「又なきさまなる絵どもを、二なき紙どもにかき集め」させた。それは、「物語絵こそ心ばへ見えて見所あるものなれ」と「おもしろく心ばへある」物語だけを選んで描かせたものであり、「例の月次の絵」も「見馴れぬさまに、言の葉を書き続け」て、帝を娘の弘徽殿女御のもとに引き寄せようとした。このときの冷泉帝は十三歳、斎宮女御は二十二歳、弘徽殿女御は十四歳である。

こうした絵を秘匿して斎宮女御方には見せない権中納言の「若々しさ」を笑った光源氏は、「古体《こたい》の御絵ども」を献上しようと奏し、二条院の「古きも新しきも絵ども入りたる御厨子ども」を開かせて、紫上と「いまめかしき」作品を選び整え、「長恨歌、王昭君などやうなる絵は、おもしろくあはれなれど、ことの忌みあるはこたみはたてまつらじ」と除外した。また、この時に初めて「かの旅の御日記の箱」をも取り出して紫上にも見せ、「いままで見せ給はざりけるうらみ」を口にした紫上と贈答歌を交わしたあとに、「中宮ばかりには見せたてまつるべきものなり」と、この須磨・明石への流離の心の深層を共有するのが、藤壺であると表現してもいる。「かたはなるまじき一帖づつ、さすがに浦々のありさまさやかに見えたる」を選びつつ、「かの明石の家居」を思いやったというのは、明石君への思いを秘めながら、紫上に配慮して、公開してさしつかえのない絵日記を選択したということである。ここに「一帖づつ」とあるのは、この絵日記が冊子本であったことを窺わせるが、後には「須磨、明石の二巻《ふたまき》」とある。こうした叙述が、藤壺中宮を判者とする物語絵合へと展開するのである。

絵合巻の冷泉帝や斎宮女御、また光源氏の絵日記などは、いわば素人の手すさびの絵であったが、権中納言の描かせた物語絵や四季の絵は、専門絵師による絵巻であった。蛍巻の六条院における「絵物語などのすさび」もまた、女君たちや「つきなからぬ若人」つまり絵や書の得意な若い女房たちによる素人の手すさびであろうが、その手本には専門絵師によるものもあったかもしれない。書の方は、絵師とは異なって紀貫之や小野道風など、能筆の貴族たちが中心であり、後世の源氏絵においても同じである。『源氏物語』においても光源氏や六条御息所などの書が手本とされている。

四歳の頃から筑紫に下向し、二十歳すぎて上京した玉鬘は、その幼時から少女期に絵物語や物語に接する機会がなく、それゆえ成人してから夢中になっている享受者として、常陸に下向して育った浮舟と類似している。物語の本が高貴な姫君たちのもとに限られ、その入手がいかに困難であったかは、『更級日記』にも記されていた。『落窪物語』でも、少将道頼を女君のもとに手引きしようとする帯刀は、道頼の妹の女御が所持する「絵一巻《ひとまき》」を与えることを侍女のあこきに約束し、道頼は「白き色紙に、小指さして口すくめたる形」を描いた手紙でからかっている。『枕草子』にも、初宮仕えの頃に、中宮定子が清少納言に「絵など」見せて説明し、緊張を和らげようと配慮したことを記し、伊周については「物語に、いみじう口にまかせていひたるに違はざめり」と讃え、中宮の姿は「絵にかきたるをこそかかることは見しに、うつつにはまだ知らぬを、夢の心ちぞする」(二七七段)と表現している。

紫上もまた、明石姫君のために書写する絵物語にことよせて、物語に夢中になり、「くまのの物語の絵にてある」のを見ながら、小さな女君が昼寝する絵に、昔の我が身をなぞらえて想起していた。光源氏によって二条院に引き取られた当初の紫上は、その幼さが強調されており、光源氏は「をかしき絵」や「雛《ひいな》」の人形遊びによって紫上の心を繫ぎとめていた。

光源氏はまた、明石姫君にこうした「世馴れたる物語」などを読み聞かせるなと注意し、恋物語の悪影響を心配している。絵や物語は、きわめて有力な女子教育の手段であったが、明石姫君には后になるべき理想の教育をすべきであり、養母である紫上との関係に配慮して、「まま母の腹きたなき昔物語も多かるを、此比、心見えに心づきなしとおぼせば、いみじく選りつつなむ、書きととのへさせ、絵などにもかかせ給ひける」というのである。紫上が理想の継母であるために、明石姫君を継子虐めの物語の発想から隔離する必要があった。光源氏はかつて、未だ少女とみなされていた紫上を、実父である式部卿宮に先んじて盗むようにして迎え取っていた。それをわずかに正統化しうる物語の論理として、式部卿宮の北の方による継子虐めを回避するという設定があり、光源氏は継母が虐める前に姫君を救済した男主人公ということになる。『源氏物語』は『落窪物語』の名を直接にはあげていないが、『住吉物語』にはないこうした設定のプレテクストとしてふさわしい。なお、『落窪物語』における面白の駒が末摘花の原型ともみられ、異常なまでの色の白さと大きな鼻が、男ではあるが末摘花と共通している。

『源氏物語』には、継子虐めの話型がふまえられるとともに、この紫上のようなアンチ継子虐めの理想の継母のテーマも明確に設定されている。光源氏に対して典型的な継子虐めをした弘徽殿女御と、理想の継母としての藤壺が、その両極の原型である。とはいえ、イニシエイションとしての継子虐め体験を回避したことによって、紫上は、少女から女へ、そして母へという現実的な成熟による変換を達成しえなかったともいえる。紫上の少女性は、光源氏にとっての理想の女や継母としての役割を経て、第二部における晩年の心的な悲劇へと通じている。その根源において、紫上のアンチ継子虐め的な性格と、雛遊びの世界とは通底していた。

蛍巻では、光源氏が明石姫君の雛遊びの相手として夕霧を選び、夕霧はかつて雲居雁とともに遊んだ日々を思い出しながら「雛の殿の宮仕へ」をした。明石姫君はこのとき八歳で、紅葉賀巻で紫上が雛遊びに夢中になっていたのに対して、「十に余りぬる人は雛遊びは忌み侍ものを」という乳母の発言もあった。藤裏葉巻で東宮に入内した明石姫君は十一歳であるが、その機会に後見となった実母の明石君は、紫上と対面し、その威容に我が身の程を思い知りつつも、「いとうつくしげに、雛のやうなる御有様を、夢の心ちして」と、我が子による一族の繁栄を思い感激している。紫上は、理想の継母であったが、所詮は継母にすぎなかった。

そして、若菜上巻において、懐妊した明石女御が六条院に里下がりし、紫上は明石女御と対面する機会に、女三宮とも対面を希望して実現した。紫上は「いと幼げ」に見える十四・五歳の女三宮に対して、「おとなおとなしく親めきたるさま」で、従姉妹《いとこ》にあたる「おなじかざし」の血縁関係などを話題にし、興味を引くために「絵などの事、雛の捨てがたきさま」を「若やか」に語って、女三宮も「いと若く心よげなる人かな」とうちとけた。雛遊びは、少女から女へと成長するための模擬遊戯であり、絵物語とともに、物語を生成する仮想現実の場であった。

『源氏物語』はそうした過程を、作中人物像をめぐる物語世界内の現実として対象化している。雛遊びがほぼ十歳すぎまでの少女の遊びだったのに対して、絵物語は、若い姫君のためというたてまえはそれとして、成人した女性たちの想像力の規範でもあった。

『源氏物語』の女君たちが、絵や物語の享受を媒介にして人物造型されている例は、末摘花においても特殊なかたちでみられた。蓬生巻で、光源氏の訪れを待ち続ける末摘花は、「古りにたる御厨子」を開け、「からもり、はこやのとじ、かぐや姫の物語の絵にかきたる」を「時々のまさぐりもの」にしていた。それらは、いかにも古風な末摘花にふさわしい古めかしい絵物語として、戯画的な異化の文脈に置かれている。

四　物語の男にとっての絵と人形

物語絵を想像力の型あるいは規範として受けとめていたのは、女性たちばかりではなかった。桐壺帝は、「亭子院」（宇多院）が描かせて、伊勢・貫之に歌を詠ませた『長恨歌』の屏風絵を見て亡き桐壺更衣を偲ぶようすがとしていた。『長恨歌』の絵は本来唐絵であるが、『伊勢集』の「帝」と「后」の立場から画中の人物に同化して詠んだ十首の歌からも、その屏風絵がやまと絵というべき和様化をとげていたと推測できる。そしてなお、「絵にかける楊貴妃のかたちは、いみじき絵師といへども、筆限り有ければ、いとにほひ少なし」とあった。これは亡き更衣を哀傷する文脈にあることが重要なのだが、それを離れて一般化すれば、「絵にかきおとりする物　なでしこ。菖蒲。桜。物語にめでたしといひたる男《をとこ》女のかたち」という『枕草子』（一一二段）のようになる。ちなみに、『枕草子』は「かきまさりするもの　松の木。秋の野。山里。山道」と続けている。

さきにふれた帚木巻の雨夜の品定めでは、左馬頭が若き日に女房たちが物語を読むのを耳にして、「深き山里、世離れたる海づら」などに失踪した物語の女君に感動したことを、反省的に語っていた。この「深き山里」や「世離れたる海づら」は、物語の類型的な場面であるとともに、やまと絵の素材でもある。若紫巻頭で、「絵にいとよくも似たるかな」と北山の情景に感動した光源氏に対して、従者たちは、「これはいと浅く侍り」といい、「人の国などに侍る海山のありさま」を御覧になったら、「いかに御絵いみじうまさらせ給はむ」として、「富士の山、なにがしの嶽」や、「西国《にしぐに》のおもしろき浦うら、磯のうへ」をあげ、これが明石入道の娘の噂へと転じている。

左馬頭はまた、雨夜の品定めにおける芸道の比喩論の中で、平安朝の絵画史における貴重な資料ともなる発言をしていた。そこに、「絵所に上手」が多い中でも主任の「墨書き」に選ばれた人の優劣の判別法が述べられている。まず、「人の見およばぬ蓬萊の山、荒海の怒れる魚の姿、から国のはげしき獣《けだもの》のかたち、目に見えぬ鬼の顔」などの「おどろおどろしく作りたる物」は、心にまかせて人目を引き、実際には似ていなくともそれで済むだろうという。これは唐絵の超現実的な画題であり、実力の証明とはならない。「世の常の山のたたずまひ、水の流れ、目に近き人の家居ありさま」といった日常の情景を描くときに、「その心しらひおきて」を「上手はいと勢いことに、わろ物はおよばぬ所多かめる」と、その差がわかるとする。そこに、「げにと見え、なつかしくやはらいだるかたなどを静かにかきまぜ」て、「すくよかならぬ山のけしき、木深く世離れてたたみなし、け近きまがきの内」とあるのが、やまと絵の典型として、『神護寺山水屏風』などを想起させる。絵合巻において、のちに検討する光源氏による須磨の絵日記が人々を感動させたのも、こうした帚木巻の絵画論の実践としてである。

雨夜の品定めにおける左馬頭や頭中将の物語は、さらに体験談へと展開したが、光源氏はそうした物語に導かれて、中の品の女への興味を掻き立てられ、空蟬や夕顔との恋をすることとなった。また、「さて、世にありと人に知られず、さびしくあばれたらむ葎の門に、思ひのほかにらうたげならん人の閉ぢられたらんこそ限りなくめづらしくはおぼえめ」という雨夜の品定めの発言により、都の常陸宮邸ながらも、「あはれにさびしく荒れまどへる」所に「松の雪のみ暖かげ」に降り積もったのが「山里の心ちしてものあはれ」で、「かの人々の言ひし葎の門は、かうやうなる所なりけむかし」と、末摘花との恋に導かれたのであった。

橋姫巻で、霧の中の月あかりのもと、宇治八宮の大君と中君の姉妹をかいま見した薫もまた、「昔物語などに語り伝へて、若き女房などの読むをも聞くに、かならずかやうの事を言ひたる、さしもあらざりけむと、にくくおしはからるるを、げにあはれなる物の隈《くま》ありぬべき世なりけり、と心移りぬべし」と、昔物語の世界から現実の恋へと捕らわれていった。そもそも「かいま見」という恋物語における発端の類型的な場面表現が、『伊勢物語』初段をはじめとし、『源氏物語』においても若紫巻の北山や、若菜上巻における柏木の蹴鞠の情景など、物語や物語絵に共通する〈文法〉の典型なのであった。これらの場面を典型として、後世の源氏絵における類型的な絵様の伝統をなしていくのである。

このあと薫の大君への恋の物語が始動し、総角巻における大君の臨終の姿は、薫の目に「中に身もなき雛を臥せたらむ心ちして」と、髪の美しさとともに表現されている。その大君の死後は、自らが匂宮の妻とした中君への恋情へと転じた。そうした薫との関係に危機を感じた中君が、自分を頼って来た異母妹の浮舟を、自分よりも姉によく似た「形代」として紹介したのが、「東屋(一)」の絵の場面に至る文脈である。宿木巻で、「むかしおぼゆる人形《かた》をもつくり、絵にもかきとりて」大君を供養したいと、薫が漢の武帝と李夫人の故事によるとみられる発言をしたのに対して、中君は祓えで流される「御手洗川近き心地する人形」は気の毒だとしつつ、「黄金《こがね》求むる絵師もこそ」と王昭君の故事をふまえた会話によって、異母妹の浮舟を紹介した。こうした故事をめぐる修辞的な戯れにせよ、祓えで人々の罪を背負って流される「人形」に喩えられて物語に登場したことが、中君や薫の意識を超えて、浮舟のその後の運命を象徴してしまうのであった。

東屋巻で薫は、「見し人の形代ならば身にそへて恋しき瀬々のなで物にせむ」と歌い、大君への未練をこれに移して流そうと表現した。中君は「みそぎ川瀬々にいださんなで物を身にそふ影とたれか頼まん」と返歌している。それでは浮舟に気水に流される「なで物」では、生涯の伴侶として信頼することはできないと切り返したのだが、それでは浮舟に気の毒だとはいうものの、その後に展開する浮舟の悲劇の物語は、ここで決定的に方向づけられている。

やがて偶然に匂宮が浮舟を発見して言い寄り、浮舟をめぐる薫と匂宮との三角関係の物語へと展開した。「浮舟」という呼称は、雪の夜明けに宇治川に浮かんだ小舟の中で、匂宮が「橘の小島」に託して永遠の愛を契ろうと歌ったのに対して詠んだ、「たち花の小島の色はかはらじをこのうき舟ぞゆくへ知られぬ」という歌による。呼称に物語の主題的な行方が暗示されるこの情景は、源氏絵の伝統の中でも、もっとも類型化されている場面のひとつである。これより前、匂宮と浮舟が春の日の逢瀬に酔いしれていたとき、匂宮は手習のすさびに絵を描いてみせている。逢えずにいるときはこれを見なさいと、匂宮は「いとをかしげなる男《をとこ》女もろともに添ひ臥したる絵《かた》」を描きつつ、「常にかくてあらばや」と口にしていた。この絵は、手すさびの白描による紙絵であり、少女むきの物語絵とは違った男女同衾図で、性愛の情熱をこめた秘め事の絵である。

遡るが、総角巻には、匂宮が姉にあたる六条院の女一宮を訪れて戯れ、宇治の中君のことを思いながら女一宮のもとの多くの絵を見て、中君に贈りたいと思う場面がある。それは、「をかしげなる女絵どもの、恋する男の住まひなどかきまぜ、山里のをかしき家居など、心々に世のありさまかきたるを」というもので、匂宮はこの山里の情景を宇治の中君になぞらえて目にとめ、また「在五が物語」の「妹に琴《きむ》教へたる所の、「人や結ばん」と言ひたる」を見て興味を示している。この「女絵」は、風俗画的な紙絵のやまと絵とみられるが、あるいは物語絵かもしれない。「在五が物語」とは『伊勢物語』で、その四九段の兄が妹に恋する物語であることに、匂宮の好き心が示されている。

こうして、『源氏物語』の作中人物たちと絵や人形や物語との関わりを具体的にみるとき、それらが物語の主題や人物造型と深く結合していることを確認したい。先行の物語や絵は、『源氏物語』の世界が生成していくための想像力の原型としてのプレテクストであり、その引用と変換によって主題的な物語が生成したのである。若菜下巻で、晩年の紫上は、女房たちに物語を読ませて聞きながら、「かく、世のたとひに言ひ集めたる昔語ども」の、「あだなる男、色好み、二心ある人にかかづらひたる女」も、最後には「寄る方」があったようなのに、「あやしく浮きても過ぐしつるありさまかな」と我が身の苦悩を述懐していた。

五　中心と周縁の〈文法〉と物のけ

物語絵の特徴をなす吹抜屋台の構図の起源については、建築や室内配置の設計図によるという説もあるのだが、(11)雛遊びの人形の屋形（ドールハウス）との関係を考える説が、より一般的な女文化と結びつくものとして有力である。(12)紅葉賀巻の正月に、光源氏が宮中に出仕する前に覗くと、紫上は、年末に追儺の真似をしたいぬきが人形の屋形を壊したのを、熱心に修復していた。紫上の人形の屋形は、二条院における光源氏と自分たちの生活そのもののミニチュアであり、厨子の棚には人形などが並んでいた。

雛遊びの人形を屋形の中で遊ばせるとき、たとえ屋根があるにせよ、そのまなざしは俯瞰的な斜め上から室内へと移り、人形に感情移入して同化しながら物語をつむぎ出す。雛遊びから絵物語へと対象が変わっても、その想像力の動きは共通であろう。三次元の雛屋から二次元の絵へと抽象化が進むとき、その屋根が取り払われるのも、きわめて自然だと思われる。絵を見る人のまなざしは、部屋の内にある。より正確にいえば、室外から室内へとまなざしが移動した時点で、室内における表現行為が始まる。

さらにまた、この室内を俯瞰する吹抜屋台のまなざしは、「物のけ」のまなざしとも共通である。それは写真のような固定した視点からの表現ではなく、動くまなざしによる焦点化された対象の変化を合成（コラージュ）して成り立つ画像である。雛人形を動かし遊ばせるのは姫君たち享受者であり、物語や物語絵においては語り手と読者であるが、ともに物語世界内の虚構に同化していることを「物のけ」に喩えうる。ここでいう「物のけ」とは、現実から遊離して異次元の世界へと入り込む想像力の作用である。

『源氏物語絵巻』などにおいて、物語絵のもうひとつの特徴をなす引目鉤鼻による顔貌表現も、それが類型的に抽象化されていることによって、享受者が絵の中の人物に感情移入し、同化しやすい仕組みである。これもまた、雛遊びの人形における顔の表現と共通している。さらに現実的には、眉毛を抜いて墨で描き、白粉に紅を塗るという当時の化粧法が、目や鼻や口をできるだけ小さく細くみせ、非個性化することが高貴であるという類型をもたらしていた。これとは対照的な『信貴山縁起絵巻』や『伴大納言絵巻』における個性的でダイナミックな民衆たちの顔貌表現を加味して、さらにこれと対応する物語テクストの表現法と対照してみると、そこには顔貌表現における中心と周縁の文法ともいうべき法則性も明らかになってくる。

平安朝は、天皇を中心とした皇族や貴族たちを上位とする階級的な身分差別の社会であり、敬語に代表される言語表現もまた、差別化されていた。その中心は高貴な聖性を示していて、より周縁化するほどに卑俗となる。それが、〈静〉と〈動〉、〈抽象〉と〈具象〉、顔貌表現における引目鉤鼻と個性豊かな表情へと対応し、人物描写における文章表現の差異としても現象している〈文法〉の基底なのである。

徳川・五島本『源氏物語絵巻』の場合、高貴な主人公たちは、男も女もふっくらとした卵型の、いわゆる瓜ざね顔で斜めから描かれることが基本で、正面から描かれることはなく、横顔であっても鼻は描かれることがない。横顔に鼻が描かれるのは、惟光などの従者や老女房たちであり、横顔の鼻は、より周縁的で卑俗な人物の指標となる。天理本『女訓抄』には、鼻は人の顔の中でも目立つから、白く化粧すべきでなく、「さし出て見にくきもの」だとしている。また、額は「ちと高きかたによりたる」のが見よく、目は「なつかしう、うらうらと」見出すのがよく、口は「いかによき口つきも、思ふさまに笑みひろげ、喉の穴見へ、舌の先ひろめき、口脇より泡ふくたりて物言へば」悪くなると、そのしぐさを含めて注意している。引目鉤鼻と小さな口、そして少し広くて高い額にかかる髪と長い垂れ髪という王朝女性の美の規範は、「おほどか」な心用いとともに、中世にも継承されていた。

6. 醜貌の女（男衾三郎絵巻　東京国立博物館蔵　重要文化財　Image : TNM Image Archives Source : http://TnmArchives.jp/）

これをより拡大してみれば、大きな目鼻や大きな口、縮れた髪などが、卑俗さに特徴的な指標となる。『信貴山縁起絵巻』や『伴大納言絵巻』における民衆の個性豊かな顔の表情と、動的な身体のしぐさによる表現は、こうした周縁性の極致であるといえる。やはり時代は下るが、引目鉤鼻による高貴な姫君と対極的な女性の醜貌を典型的に示しているのが、『男衾《おぶすま》三郎絵巻』の妻と娘である。男衾三郎という関東の武者は、王朝貴族の美の伝統にからめとられることに反撥して、日本一の醜女を探し求めて妻とした。その絵巻に描かれた妻とその母の醜貌は、縮れた髪と大きな目鼻そして口といった指標で示されている[13]［6］。

『枕草子』には、「女はおのれをよろこぶ物のために顔づくりす。士はおのれを知る物のために死ぬ」という『史記』（刺客列伝）を典拠とした表現によって、清少納言と意見の一致していた頭の弁藤原行成が、「まろは、目は縦《たた》ざまにつき、眉は額ざまに生ひあがり、鼻は横ざまなりとも、ただ口つき愛敬づき、おとがひの下、首きよげに、声にくからざらん人のみなん、思はしかるべき。とはいひながら、猶顔いとにくげならん人は、心うし」（四六段）と、女房たちに戯れて嫌われたことを記している。これも王朝女性の顔貌についての特異な表現として興味深いが、積善寺供養に参列した女房たちを、「衣《きぬ》どもとぢ重ね、裳の腰さし、化粧するさまはさらにもいはず、髪などいふもの、明日よりのちはありがたげに見ゆ」（二五九段）という表現などが、王朝の女性美の典型である。

中心と周縁の文法の記号は、敬語がそうであるように、身分的な待遇表現を基本としているのであるが、必ずしも客観的な身分や階級により規定されているのではなく、主観的な意味づけや評価と関わっていて、それが〈心的遠近法〉たる所以なのである。例えば末摘花は、身分からいえば常陸宮の姫君だから、もちろん高貴な上の品だが、物語の主題的な意味づけにおいて周縁化された人物である。徳川・五島本『源氏物語絵巻』の蓬生巻には、貧しさのために荒廃した屋敷に住む情景を描いているが、横顔の老女房が描かれているものの、几帳の奥にいるはずの末摘花本人は描かれていない。末摘花巻の物語本文における、高く大きい赤鼻の顔や座高の高さなど、あくどいまでに誇張され戯画化された表現は、極端な周縁性の表現である。この部分は絵巻の詞書断簡としても残されていて、絵もあったはずだが、そこに末摘花の醜貌が描かれていたかどうかは疑問である。後世の源氏絵においても、末摘花を描いたと思われるものはあるが、醜貌そのものを描いたものはみあたらない。

とはいえ、『源氏物語』の末摘花巻の本文には、末摘花の赤鼻を思い出して紫上と戯れる光源氏が、「絵などかきて、色どり給。よろづにをかしうすさび散らし給けり。われもかき添へ給ふ。髪いと長き女をかき給ひて、鼻に紅をつけて見給ふに、かたにかきても見まうきさましたり」と、戯画を描く場面がある。光源氏はさらに、鏡台に映った自分の顔に「赤鼻」を描き、それを拭う紫上に、「平中がやうに色どり添へ給な。赤からむはあへなむ」と、『古本説話集』などにみられる平中墨塗り譚もふまえて戯れている。

『源氏物語』の本文では、同じように戯画化されることによって、具象的で個性豊かな人物像が表現されているのは、源典侍や近江君、男性では玉鬘にせまった九州の豪族大夫監《たいふのげん》などがあげられる。上の品でありながら周縁性の強い人物としては、鬚黒や鬚黒の北の方もいるが、その他の多くは、やはり身分階級からみても周縁的な人物たちである。光源氏をはじめ、藤壺や紫上といった高貴な主人公たちは、「光る」「かかやく」といった象徴表現や、「きよら」など抽象的な美的語詞によって形容されている。紫上などは、その髪の美しさが特徴的なものとして讃えられており、あるいは女性を花に喩えたり衣装の美によって表現することはあっても、その容貌について具象的に描写することはない。

『源氏物語』において、こうした表現のタブー意識は、作中人物たちの表現のみならず、物語世界の全体にわたる語りの方法として構造化されている。かつて成立論として論じられた紫上系と玉鬘系といった巻系列の差異も、成立に由来するというより、中心たるべき上の品の女性たちとの恋を主とした紫上系と、周縁的な中の品の女たちとの物語を主とした玉鬘系という、表現法の差異として捉えることができる。帚木巻頭において語り手がいうように、帚木三帖またその延長にある帚木六帖、そして玉鬘十帖をも加えた玉鬘系の物語は、「ものいひさがなき」物語である。同じく光源氏の恋を描いた物語ではあっても、中の品の女である空蟬や夕顔、そして主題的に周縁化された末摘花などに対して、語り手はより自由に、具象的に表現することが可能であった。帚木三帖に限定していえば、人妻である空蟬との密通や、かつて頭中将の愛人として娘を生んでいた夕顔との正体を隠した異常な恋、その夕顔が「もの」に憑かれて変死した光源氏の「隠ろへごと」を表現することが、その周縁性ゆえ、表現のタブー意識を解除して語られている。

本書第II部第3章でもふれたように、こうした帚木三帖の物語には、つねに間接的で抽象化された表現ながら、光源氏の心の中では藤壺の存在が意識されていた。藤壺との密通が物語の表層において語られるのは、帚木三帖の後の若紫巻においてであるが、それは二度目の密通であり、その最初の密通やそれに至る経過は表現されていない。同じように、夕顔巻で、「六条わたり」の高貴な女として示されている六条御息所も、夕顔を取り殺した「もの」との関連が暗示されつつも、六条御息所という女性として光源氏との恋のいきさつが明示されるのは、葵巻や賢木巻に至ってからである。このように、帚木三帖においては、高貴な上の品の女性たちとの恋については、その始めの経過を直接的に表現することがない。そこに表現のタブー意識が作用しているのであり、空蟬や夕顔とのスキャンダラスな「隠ろへごと」を表現することが、藤壺や六条御息所との恋の物語を表現することの仮象として響き合っている。まさしく、中心と周縁の文法による、多声法（ポリフォニー）による物語構成といえよう。

こうして、吹抜屋台による俯瞰のまなざしや引目鉤鼻の顔貌表現を起点としながら、絵と物語とに共通する心的遠近法について考えることができる。そこにはまた、『源氏物語』の本文における表現が、周縁化された戯画的な要素やおぞましい事物をも多声的に表現しているのに対して、現存の源氏絵においては、そうした要素が排除されているという差異も明らかである。

その特異な具体例として、『源氏物語』における「物のけ」の表現と絵との関連を検討しておきたい。『源氏物語』における「物のけ」表現の独自性と多様な豊かさは、この物語に主題的な深みと影とをもたらしているが、六条御息所の生霊に示されるような、人の心が無意識の内に「物のけ」化する心的な過程を表現していることが、最大の特徴なのである。『源氏物語』がそうした「物のけ」表現を、たんなる王朝の民間信仰や習俗としてではなく、いわば物語の方法としていることの起源を、やはり絵との関連に求めてよいと思われる。『紫式部集』には、次のような「物のけ」を描いた絵をめぐる詞書と歌とが載せられている。亡き先妻の「物のけ」つまり「鬼」(死霊)が、現在の妻に取り憑いている様子が「醜き」絵として描かれ、「こほし」がその「物のけ」を縛っている。「こほし」は「小法師」であろうが、『信貴山縁起絵巻』に、加持のため剣を手にして虚空を疾駆する姿で描かれているような「護法童子」とみられる。

絵に、物のけの憑《つ》きたる女の醜《みにく》きかたかきたる後《うしろ》に、鬼《おに》になりたるもとの妻《め》を、こほしのしばりたるかたかきて、男は経よみて、物のけ責《せ》めたるところを見て

なき人にかごとをかけてわづらふもおのが心の鬼にやはあらぬ

返し

ことわりや君が心の闇なれば鬼の影とはしるく見ゆらん　(三三八)

これは、「物のけ」に憑かれた現在の妻の「心の鬼」という心的な現象として、「物のけ」を先妻の怨霊として捉え、夫が経を読んで調伏し、出現した護法童子が「物のけ」を縛っている、現実と幻想との交錯した絵をめぐる贈答歌である。「なき人に」は紫式部の歌で、亡き前妻の死霊に憑かれたと苦しんでいるのも、「前妻の死霊のせいとかこつけているのであって、本当は病者自身の「心の鬼」のなせるわざではないかと評した」のである。「ことわりや」の歌は、侍女が詠んだのであろうが、「君が心」つまり紫式部の心が「闇」に惑っているからこそ、目に見

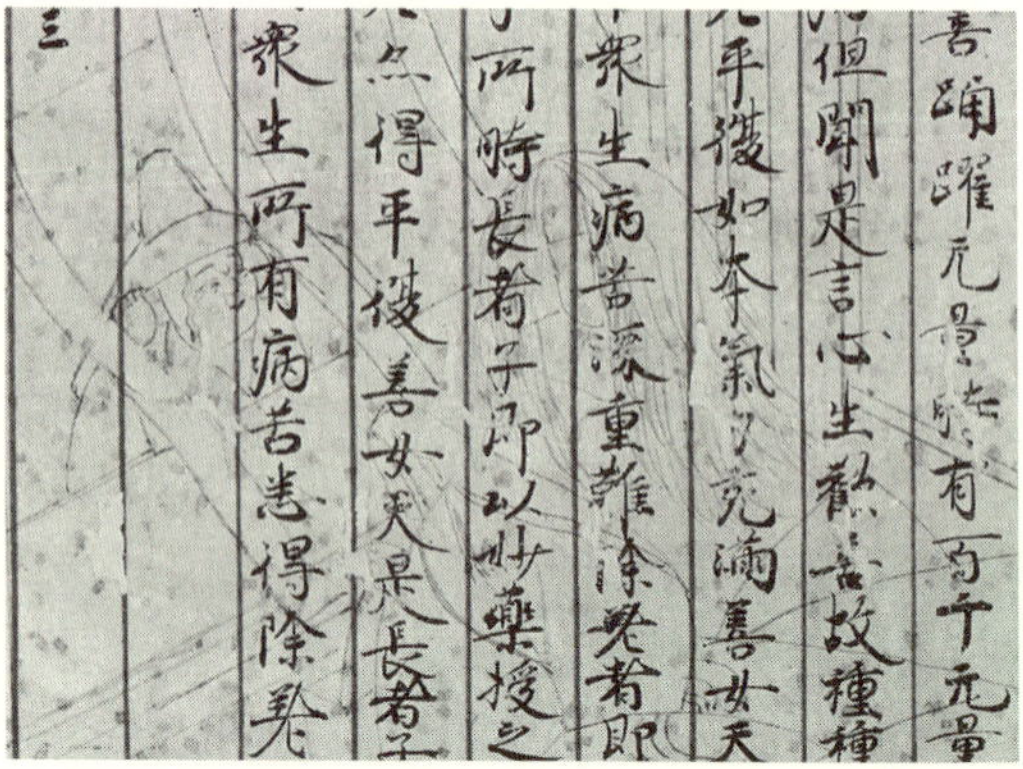

7．目無経の下絵（金光明経　京都国立博物館蔵）

えないはずの今の妻の「心の鬼」の姿が、紫式部にははっきり見えているのであろうと解釈できる。(14)

この絵は、屏風絵や障子絵とは考えにくく、物語絵の可能性も含んだ紙絵であろう。物語絵であるとすれば、こうした場面を含んだ物語が、『源氏物語』に先行してあったことになるが、その正体は不明である。「疑心暗鬼を生ず」という『列子』の注をふまえた表現という説には、近年は批判的な意見が強いが、「心の鬼」としての物のけの認識や、「心の闇」ゆえに物のけが見えるという発想は、『源氏物語』における六条御息所の「物のけ」として光源氏の目に現象する発想へと、深く通底するものである。そうした意味で、『紫式部集』における「物のけ」の絵をめぐるこの贈答歌は、パラテクストとしての〈紫式部〉を考察するためにも、きわめて重要である。

とはいえ、現存の古い物語絵の中に、「物のけ」を明確に描いたものはみあたらない。『目無経』といわれる金光明経の下絵に、物のけかと思われる異形のものが描かれているが、散逸した『隠れ蓑』という物語によるかという推定もあり、不明である［7］。平安朝における「鬼」は、死者の霊魂を原義としつつ、『古今集』かな序に「目に見えぬ鬼神」、帚木巻の絵所の絵師の比喩論に「目に見えぬ鬼の顔」とあったように、その本性は不可視であり、多様な姿に変身して出現すると考えられていた。死者の「物のけ」は「鬼」の一種であり、「心の鬼」は人の心の病に現象した鬼である。

時代は江戸へと下るが、慶安三年（一五九八）跋、承応三年（一六五四）刊の絵入版本『源氏物語』の絵には、「物のけ」やそれに類する姿を表現した場面のあるのが注目される。具体的には、夕顔・葵・真木柱・若菜下・横笛巻のうちの、それぞれ一葉ずつが、これにあたっている。

夕顔巻では、夕顔をとり殺した「もの」の姿が、光源氏と向き合った女の、上半身だけが振り返って見る姿で描かれている［8］。髪は風になびくように光源氏の側に向けて乱れ、下半身にあたる部分には几帳があって、下半身が几帳に隠れているとみられなくもないが、わずかながら空白があり、やはり空中に漂う上半身のみと考えられる。手は袖に隠れて見えないものの、いわゆるウラメシヤと返り見る姿で、江戸時代の幽霊の典型に近い。その下の几帳の左には、ぐったりと下向きにうずくまる夕顔の上半身、その前に呪《まじな》いのために置かれた刀、光源氏の下に紙燭をかかげる男、その左にやはり下向きにうずくまる右近が描かれている。

『源氏物語』テクストの原文と異なった印象を受けるのは、紙燭をかかげた従者が、光源氏と同じように物のけを正面から見上げていることである。「もの」を見ているのは、原文では光源氏だけであり、絵には描かれていても、じつは従者の目には見えていないということであろうか。視像化された物のけが、光源氏だけに見えていることを描くことの困難を思わせる。

8. 源氏物語絵　夕顔
（筑波大学附属図書館蔵）

9. 源氏物語絵　葵
（筑波大学附属図書館蔵）

他の源氏絵にも、この場面はほとんど描かれないのだが、名古屋市の個人蔵の源氏絵色紙六十枚の内に、この場面を絵画化したものがある。とはいえ、そこには、物のけそのものの姿は描かれておらず、紙燭を右手にかかげ、左手を驚いたようにかざしているのは女房であり、承応版本とほぼ同時代の、十七世紀半ばの作品である。

承応版本の葵巻で、六条御息所の生霊が葵上に取り憑いている情景は、横たわる葵上の枕上に、女が座って見下ろしている絵様である［9］。葵上の下半身を遮るように右端に大きく描かれた几帳の左下横に、着物の端だけがはみ出て描かれているのが、これに向き合う光源氏を示している。その枕上の女、つまり六条御息所の生霊の髪は、やはり逆立って描かれている。

これも原文テクストでは、葵上を見つめる光源氏の目に、葵上の顔がたちまちに御息所のものへと変じて映り、その声もことばの内容も、御息所の物のけのものと化したというところである。原文の通りに映像化しようとすれば、映画による特殊撮影の技術を駆使しなければ不可能な場面である。静止的な絵画化としては、版本の絵のようになるのもやむをえない。とはいえ、その髪が逆立っていなければ、坐る下半身も描かれているため、ふつうの女房とまちがえて見過ごすところである。

同じく逆立った髪で表現されているのが若菜下巻の絵で、紫上に憑いた六条御息所の死霊である。そこでは、重病のために一度は死んだと伝えられ、やがて蘇生した紫上その人は描かれていない。右に護摩壇に向かって護摩を焚き加持祈禱する僧、それに背を向けて、光源氏が死霊と対座している［10］。ここでも、逆立った髪を除けば、物のけである六条御息所の死霊であることはわからない。その表情は、むしろおだやかで優しいものとして描かれている。

順序は遡るが、真木柱巻で、物のけに憑かれて、火取り（香炉）の灰を夫に背後からあびせかける鬚黒の北の方の絵様は、まさしくその瞬間の動作を捉えたものとなっている。ただし、その髪はごく普通の長髪で、顔の表情もおだやかな引目鉤鼻に近い。驚いて手を上げた鬚黒と、あわてて手をさしのべながら駆け寄る女房が、源氏絵としては異例の動きを示している［11］。

横笛巻では、夕霧の夢に現れた柏木の霊の姿が、眠っている夕霧の頭部の烏帽子の先から、マンガの吹き出しのように広がり出た空間の中に、笛らしきものを手にした坐像として描かれている。この前に夕霧が落葉宮を見舞ったとき、母御息所から柏木遺愛の笛を贈られ、その夜の夢に現れた柏木の霊が、その笛を伝えるべき所は別だと訴えたのである。夕霧はこの話を光源氏に伝え、光源氏は自分が預かるべきだとして受け取るが、それを伝えるべき人が薫であることの由来、つまり女三宮と柏木との密通については、光源氏は夕霧に黙して語らなかった。これと同様の絵が、江戸時代中期と思われる架蔵の『源氏物語画帖』五十四図のうち横笛巻にある［12］。そして、和泉市久保惣記念美術館蔵の土佐光吉筆『源氏物語色紙絵』に、寝ている夕霧の枕元に、夢の中に現れた柏木の霊の立ち姿が、薄く透けて描かれている。夢と現実とを重ねた霊の表現としては、最初期の珍しい作例である。

「デーモンたちは、さかさまをそのメルクマールとしていた」といったのは松田修であるが、「物のけ」の髪が逆立っているのも、そのひとつの徴象である。服部幸雄は、『東海道四谷怪談』のお岩をはじめとする逆立ちした幽

10．源氏物語絵　若菜下
（筑波大学附属図書館蔵）

11．源氏物語絵　真木柱
（筑波大学附属図書館蔵）

12. 源氏物語画帖　横笛（架蔵）

霊の図像について、歌舞伎を主とする怨霊事の表現として論じている。服部には「逆髪の宮」という一連の論文もあって、逆立つ髪と非日常の怨霊や呪力とが結合した発想は、近世から中世、そして古代へと確実に遡る伝統である。[15]

承応版『源氏物語』絵入り版本のこうした「物のけ」表現は、現在まで知られている室町期以前における源氏絵の伝統からは孤立しているし、江戸期における幽霊の発想と共通するところが大きいと思われる。けれども、未だに埋もれて未紹介の源氏絵や物語絵も多くあり、より古い絵の伝統として、これに通じる「物のけ」の絵の伝統がなかったともいいがたいのである。何よりも、『紫式部集』にある「物のけ」調伏の絵についての贈答歌が、これを窺わせるものとしてある。

逆立つ髪による「物のけ」の表象は、『源氏物語』本文にはみられないが、平安朝の人々にもあったと思われる。藤原行成の日記である『権記』に、病床にある藤原詮子の足もとで、邪霊に取り憑かれた前典侍が狂乱して道長とつかみ合いになり、その邪霊の正体を道隆や道兼だろうと考えたという。その前典侍の髪が逆立っていたというのであり、これは霊そのものではなく霊媒の姿であるが、「物のけ」の表象としての逆立った髪の例である。

王朝女性の美しさは、身の丈よりも長い真っ直ぐな黒髪に象徴されており、それが引目鉤鼻とともに、優雅な王朝絵巻の世界の中心をなしていた。小さな口元に朱だけをさした白描絵の世界などにおいては、その豊かな垂れ髪の美は、いっそうみごとな効果を発揮している。その対極にあるのが、大きな目鼻や口と、巻き毛により乱れた髪の醜女であり、それが中心と周縁の文法との差異の典型であった。逆立つ髪は、それとも異なった非日常の異常性の表現法として、「物のけ」の〈文法〉の指標であるといえる。

六 源氏絵の正典化と王朝〈女〉文化の伝統

物語と絵に共通する心的遠近法という発想のもとに、その一端をみてきたが、もとより物語テクストと絵の表現性には差異があり、「物のけ」の表現などは、絵として視像化するときの限界を示している。そして、源氏絵の伝統において、近世の版本に至る以前には「物のけ」そのものを描かなかったこと、また戯画的な表現を避けたことには、それなりの意味があったと思われる。徳川・五島本『源氏物語絵巻』をはじめ、院政期から鎌倉期における源氏物語絵巻や源氏絵の制作に関する記録、そして現存の源氏絵の多くは、貴族社会や武家社会における〈王権〉を象徴する正典化の権威と結びついていた。そこでは、『源氏物語』の本文テクストより以上に、戯画的な表現や「物のけ」のような周縁性を排除する表現のタブー意識が作用していたと考えられるのである。

『長秋記』元永二年（一一一九）十一月二十七日には、白河院と待賢門院が『長秋記』の筆者である源師時に、「源氏絵」制作のための「間紙」と「画図」を調進するように命じられたという記事がある。また『源氏物語秘義抄』に引かれている「陳状」（以下「源氏絵陳状」とよぶ）をめぐる記述には、鎌倉将軍宗尊親王の三品時代（一二四九〜六五年）に、御所の「屏風の色紙形」に弁の局と長門の局が「源氏の絵かき」として源氏絵を描いたが、将軍家の女房である家隆の孫の小宰相が「多くのひが事」があるとこれを難じた応酬が記されている。その中に、紀の局と長門の局が絵を描き、法性寺殿下藤原忠通と花園左大臣源有仁などが詞書を書いた「二十巻」の源氏物語絵巻が将軍家にあり、これに基づいて「色紙形」に写したという弁明がある。小宰相の局はさらに反論し、浮舟巻の匂宮の装束が「むかばき」として描かれているが「あをり」の本文がよく、花宴巻における藤宴の情景で光源氏が室内に居るのは不審だと、本文との矛盾を具体的に指摘している。そして、『源氏物語注釈』(伝貞成親王筆)所引の古注にも、「建礼門院の源氏の御絵」で、「花園左大臣有仁公」や「伊通公」が「詞」を書いた源氏絵の記述がある。(16)

すでに指摘されているように、これら『長秋記』の「源氏絵」と、「源氏絵陳状」にみられる「二十巻」の源氏物語絵巻と、「建礼門院の源氏の御絵」とが、同一の絵巻である可能性もある。とはいえ、これをさらに徳川・五島本『源氏物語絵巻』と同一視する説は無理だと思われる。(17)徳川・五島本『源氏物語絵巻』の、絵の画風また詞書の書風は、四つ以上の複数の専門の絵師グループや書家たちによるとみられ、院の権力を背景とした女院クラスの女性を統括責任者とした貴族たちの共同制作により、十二世紀前半に成立した「十巻」本と推定されてきた。(18)その装飾料紙からは、保延六年(一一四〇)から久安六年(一一五〇)ごろの成立と推定されている。(19)その巻数はともかく、その絵師には、「紀の局」のような女房も加わっていたかもしれないが、きわめて高度な専門的な技法がみられる。

三田村雅子は、こうした従来の説を踏まえながらも、徳川・五島本『源氏物語絵巻』の中でも特異な場面選択と技量を示す柏木グループについて、白河院とその「不義の子」顕仁(崇徳天皇)を出産した待賢門院、光源氏に見立てられた源有仁をめぐる「源氏」幻想との関わりを探ることによって、結局はこれを源氏絵「陳状」にみられる「二十巻」の源氏物語絵巻と同一視している。その成立についての結論は認めがたいのであるが、白河院から後白河院、そして平清盛から後堀河院、宗尊親王から後崇光院・後花園院父子へと、その後も源氏絵の制作が「源氏物語の神話化作用」による「すぐれて文化的な政治支配の試み」として続くことの論証の意義は大きい。それら正典化された『源氏物語』と源氏絵にまつわる歴史を具体的に検証し、秀吉や家康による愛好から大名家の嫁入り道具へと通底する「光源氏神話・光源氏幻想をそれぞれの時代に復活・再生させる」権力の「宝器」「神器」という位置づけから学ぶことは多い[20]。

三田村は、現在は京都国立博物館に寄託されている土佐光吉の絵による『源氏物語画帖』について、これを冒頭三帖の詞書を書いた後陽成院による「朝廷の文化権威回復運動の中核」をなす活動としている。そして、その画面選択が「男性中心」であり、「焦点化されているのは王朝の生活のしかた、その雅びな美意識への憧れであって、恋する男女の思いではない」とする。こうした傾向は、千野香織らが紹介した、土佐光信工房によるハーバード本『源氏物語画帖』においても「男性中心の宴の風景」が多いと指摘されているのと共通で、『源氏物語絵詞』などの指図による定型化と通じている。さらに、徳川・五島本『源氏物語絵巻』が「基本的には周囲に侍る女房たちのまなざしによって捉えられるかたち」を取るのに対し、『源氏物語画帖』の各場面が「地面に跪く地下の従者たちのまなざしに包囲」されているというのも興味深い。もちろん、同じ土佐光吉筆による久保惣本『源氏物語色紙絵』が「子供たちの遊びの場面」を多く描くといった差異もあると、注文主や享受者の推定と結びつく個別性もふまえられている。そのうえでなお、この『源氏物語色紙絵』も含めて、「大名たちの需要に応えて提供された新しい時代の源氏物語絵」には「天皇」像が強調されているともいう。

これを裏返していえば、徳川・五島本『源氏物語絵巻』には、「女房たちのまなざし」による王朝〈女〉文化の伝統が色濃く反映しているということである。そして、その横長の画面構成のほとんどが、その人物配置を主として左右に別れており、すでにみた東屋㈠と東屋㈡においても顕著であった。これは、絵巻として作成されながらも、その構図の原型としては、冊子本の見開き二丁にわたる絵であったことを推測させる[21]。他の絵巻や色紙絵にはみられない特徴なのである。こうした絵入り本冊子が原型としてあったとすれば、その享受者は女性を主とするものであったと考えられる。東屋㈠の絵においても、浮舟は冊子本の絵を開き見ており、その前に剝落しているが絵巻も置かれていた。

現存する徳川・五島本『源氏物語絵巻』の絵師グループは四つほどと考えられているが、その画風は、いわばより古風な物語絵の伝統を継承したものから、制作時の新風を示すと思われるものまで、多様である。中でも竹河㈠㈡などは、きわめて装飾性が強く〔13・14〕、『寝覚物語絵巻』〔15〕などにおける装飾的なデザイン性や、久保惣本『伊勢物語絵巻』などの細密描写を含んだ抽象様式への方向性を読み取ることができる。また、同じ絵師グループによると推定されている橋姫巻は、画面左側の月を仰ぎ見る人物配置や構成に歪みがみられ、すでに描かれていた絵様を模したためかもしれない。

『源氏物語』と同時代の物語絵が現存していないので、推定する他はないが、徳川・五島本『源氏物語絵巻』は、十一世紀の物語絵の伝統を承けつつ、十二世紀中頃の院政期の美意識によって、それが大きく転換する、まさしく変換期の諸様式を内在しているのだと考えられる。柏木グループについて、三田村は源有仁と白河院そして待賢門院をめぐる製作背景とのオーヴァーテクストとしての読みを示しているのだが、そうした解釈をしなくとも、後世の源氏絵とは異なった場面選択と表現は、『源氏物語』第二部そのものの悲劇的な展開に即した達成を示している。

柏木㈠は、女三宮を見舞った朱雀院の墨染め姿を中央近くに配し、その手前に横顔でややうつむいた光源氏、不義の子薫を生んで出家を願い産後の衰弱で顔を袖で覆ってうつ伏す女三宮と、三者三様に顔をそむけた左半分の不安定な構図が、苦悩する人物関係をみごとに表現している。右半分には、几帳に隔てられて坐る三人の女房が、やはり誰とも視線を交わすことなく描かれている。柏木㈡は、死の床に臥した柏木を見舞う夕霧の情景を低い視点から右半分の中央に描き、左半分には几帳を隔てて群れ居る五人の女房たちが描かれている。柏木㈢では、右上角から左下へと斜めに空間分割された勾欄と、御簾から簀子にはみ出た几帳と女房装束の襲の色目が右半分をなし、左半分の中央上に五十日の祝いで薫を抱き見る光源氏、手前に二人の女房が描かれ、女三宮の姿は左上奥の衣の裾に暗示されるものの隠されている。不義の子薫を抱きながら宿世の因果をかみしめる光源氏にみごとに焦点化した情景である。その詞書においても原文テクストにある女三宮への皮肉な発言は排除され、画面から女三宮を隠すこと

13.　源氏物語絵巻　竹河㈠（徳川美術館蔵）

14.　源氏物語絵巻　竹河㈡（徳川美術館蔵）

15.　寝覚物語絵巻（大和文華館蔵）

16.　源氏物語絵巻　横笛（徳川美術館蔵）

によって、孤独な光源氏の苦悩がきわだって表現されている。

横笛巻の絵［16］は、夕霧の夢に現れた柏木の亡霊が語る情景の直後の場面で、右半分の室内で胸を広げて乳房を幼児に含ませる雲居雁と、柱に手を置き寝所で目覚めてそれを見上げる夕霧が左、右に対座する乳母と女房たちが配されている。絵だけを見ればいかにも世俗的な家庭の情景であるが、燭台が夜を示し、雲居雁が器から散米を手に握っていることから、詞書とともに、夕霧が夜更けまで出歩いて格子を上げて月をめでたりするから「物のけ」が入って来たのだろうと嫌みをいう場面であることがわかる。

鈴虫㈠は、出家した女三宮が庭の鈴虫を見る姿を左上に、その右に閼伽杯《あかつき》を供える尼姿の女房、そして左上から右下に仕切られた長押の左下隅に、几帳に隠れた光源氏のものと思われる衣が描かれている。詞書には念仏する女三宮を光源氏が訪れ、詠み交わした鈴虫をめぐる贈答歌を記しているのであるが、柏木㈢とは対照的に、この絵では女三宮に焦点化している。鈴虫㈡は、男ばかり六人を右上から左下への斜線による空間に配した特異な絵で、左上奥の冷泉院と後ろ姿の横顔で対座する光源氏、その右の簀子で庭を向いて横笛を吹く夕霧とみられる人物が、畳の縁の斜線と交差して大きく配されている。あとの三人

17. 源氏物語絵巻　夕霧（五島美術館蔵）

の公達は、画面左下に上半身のみが描かれ、緊迫した光源氏親子の関係からは視線をそらすようにして円居している。『源氏物語』テクストの原文はもちろん、詞書においても、月を愛でて笛など奏したのは道中の車の中であり、それを光源氏と秘密の子冷泉院との対面の場面に合成した絵である。

夕霧巻の絵［17］は、大きな硯箱を前にして手紙を読む夕霧の背後から、それを落葉宮の恋文と勘違いした雲居雁が、奪い取ろうと手を差し出すやはり特異な情景である。この引目鉤鼻ながらも嫉妬で目のつり上がった雲居雁は、ほぼ中央上に立ち姿で描かれ、障子を隔てた右下に心配そうに顔を見交わす二人の女房が描かれている。そして、御法巻の絵では、右上の几帳のもとで口被いして脇息に手を置いてうつむく臨終近い紫上と、その手前に後ろ姿の明石中宮、そして中央下に後ろ姿の横顔で涙をおさえ扇を手にする光源氏が対座している。その室内が高く俯瞰する視点で右半分に寄せられているのに対して、左半分で風に乱れる前栽の秋草は、正面から大きく描かれている。その長い詞書も、ほぼ『源氏物語』の原文通りで、第三紙まではほぼ整然と書かれているが、「おくとみるほどぞはかなきともすればかぜにみだるるはぎのうはつゆ」という、紫上の最後の歌のあたりから散らし書き風のゆらぎをみせ、第五紙ではそれが極端になって細い筆致を交互に交え、その後半は乱れ重なるようにして紫上の死を記している。前栽の秋草の乱れも、この紫上の歌、そして光源氏と明石中宮の唱和歌に続く紫上の死の悲しみを象徴するものである。

こうして、徳川・五島本『源氏物語絵巻』の中でも、もっとも特異で高度な達成を示している柏木グループの絵は、『源氏物語』第二部の主題的な世界を十分に読み込んだ場面選択により、それぞれの場面を説明的に描いたものではなく、各場面の中心人物の心の内的な表現に焦点化したものであるといえる。横笛巻の絵は、嫉妬する雲居雁が夕霧に対する嫌みから口にした、幼児を夜泣きさせる「物のけ」を払う散米を表現するのだが、それが直前の夕霧の夢に現れた柏木の亡霊とアイロニカルに響き合う。

『源氏物語』若菜下巻の本文には、紫上をひとたびは死に追いやりつつも、加持祈禱によって調伏された六条御息所の死霊が、光源氏と対話する場面がある。そこには、「髪を振りかけて泣くけはひ、ただかのむかし見給し物のけのさまと見えたり」と、葵上を取り殺した「物のけ」と同じ姿だと表現されている。徳川・五島本『源氏物語絵巻』に若菜下巻の絵は現存しないので断言はできないが、こうしたおぞましい「物のけ」の姿を直接に表現することはなかったであろうし、前述した承応版本以前の他の源氏絵にも描かれていない。

しかしながら、徳川・五島本『源氏物語絵巻』柏木グループの絵に焦点化された光源氏と紫上、柏木と女三宮、朱雀院や夕霧そして雲居雁もまた、それぞれに「心の闇」としての「物のけ」に通じる悲しみをかかえていた。そうした絵画表現を支えていたのは、男たちによる「源氏」幻想や「王権」幻想ではなく、『源氏物語』の世界に同化して生きる王朝〈女〉文化の伝統であったと思われる。柏木㈡の情景に関して付け加えておけば、『無名草子』は、「柏木の右衛門督の失せ、いとあはれなり」とするのをはじめ、三度にわたって、その死を「あはれ」と記している。

こうした〈女〉文化の伝統は、『源氏物語』が藤原俊成や定家により歌の規範として正典化されることなどに伴って変質し、源氏絵もまた和歌と対応する場面を中心とした類型化の傾向を強めていく。そして、源氏絵をはじめとする物語絵は、梗概化し断章化したある場面しか絵画化できない限界をもつこともまた確かである。絵は物語世界内へと導く媒体であるが、視像の現前化が、かえってことばが喚起する文学的想像力の欠落をもたらす反面もある。物語絵は、あくまで物語本文と相補って、その表現効果を発揮するものであった。

あるいはまた、三田村が論じたように、源氏絵そのものも男たちの権力によって簒奪されていくのであるが、もちろん、和歌的な享受を含めて、私的な〈女〉文化の伝統は脈々と続いていた。近世の版本文化による、より広い享受層に対応した承応版本の挿絵などが、「物のけ」の姿を描くタブー性を解除し、紅葉賀巻の絵においては、光源氏と戯れていた源典侍を刀をふりかざした頭中将が脅す情景などの戯画的な場面、大工による建築や農耕など庶民の生活も交えていく変化を示すのも、歴史社会的なオーヴァーテクストの現象としてである。

七　源氏物語の内なる絵画史

徳川・五島本『源氏物語絵巻』の画風は、古風な物語絵の伝統を継承したものから、制作時の新風を示すと思われるものまで、多様であると前述した。柏木グループが古風であると断定することはできないが、より装飾的な竹河グループが新風であることは確かであろう。現存しない十世紀から十一世紀にかけての物語絵の実態を推定する資料としても、『源氏物語』が内在する物語絵に関する記述は貴重であった。蛍巻における「絵物語」の草子作りや、蓬生巻における末摘花が「からもり、はこやのとじ、かぐや姫の物語」などの古風な物語を絵を伴って享受していたことには、すでにふれた。ここでは、絵合巻における絵巻物を中心にして、徳川・五島本『源氏物語絵巻』における屏風や障子の画中画をも参照して、補足しておきたい。

『源氏物語』の絵合は、光源氏と権中納言（頭中将）がそれぞれに集めた絵を、梅壺（斎宮女御）と弘徽殿にもたらし、三月十日ごろに、「物語絵は、こまやかになつかしさまさるめるを」とされる「物語絵」から、自然発生的に始まった。「梅壺の御方は、いにしへの物語、名高くゆゑあるかぎり」であるのに対して、「弘徽殿は、そのころ世にめづらしくをかしきかぎり」を選んで描かせて、「うち見る目のいまめかしきはなやかさは、いとこよなくまされり」とされ、「よしある」上の女房などが「定めあへる」のであった。これを藤壺中宮も御覧になり、「とりどりに論ずる」のを聞いて、左右の方人を定め判者となったのである。

具体的には、「物語のいできはじめのおやなる竹取の翁」つまり『竹取物語』と、「うつほの俊蔭」つまり『うつほ物語』俊蔭巻の絵巻とを競うことから始まっていた。梅壺の左方が提出した『竹取物語』は、「絵は巨勢の相覧、手は紀貫之かけり。紙屋紙に唐の綺をはいして、赤紫の表紙、紫檀の軸、世の常のよそひなり」とあるように、古典的で正統な絵巻物であった。これに対して、右方の弘徽殿女御の側が提出した『うつほ物語』俊蔭巻は、「白き色紙、青き表紙、黄なる玉の軸なり。絵は常則、手は道風なれば、いまめかしうをかしげに、目もかかやくまで見ゆ」と、当世風で華麗な新作である。紀貫之は天慶八年（九四五）ごろ没し、小野道風は康保三年（九六六）に没しているから、それぞれそれ以前の書ということになる。

ここに提出された物語絵は、蛍巻における私的な享受のための冊子本ではなく、絵巻物の形態をとり、絵師も詞書を担当する書家も一流の専門家の男性であった。巨勢相覧と紀貫之は醍醐朝、飛鳥部常則と小野道風は村上朝を、それぞれに代表する絵師と能書家である。常則の名は須磨巻にもみえて、光源氏が描いた須磨の絵について、「このごろの上手にすめる千枝、常則などを召して、作り絵つかうまつらせばや」という。「作り絵」は濃彩によるやまと絵の技法で、光源氏のような素人の墨絵による作品を、彩色して仕上げるのは専門の絵師の仕事であったことがわかる。

常則と道風とは、作中の現在と同時代の人として設定されていて、「絵のさまも唐土と日本とをとり並べて、おもしろき事ども猶ならびなし」とあるように、和漢の対照と併存が、ここでは新鮮な趣向であった。常則の描いた

「唐土《もろこし》」（外国）の風景が、唐絵なのかやまと絵なのかは不明である。「唐絵」と「やまと絵」とは、その素材に由来するものではあるが、表現技法そのものの差異でもあり、これは〈和漢の心的遠近法〉という問題に通じている。(22)

次に、『伊勢物語』と『正三位』の絵とが合わされており、「これも右はおもしろくにぎはしく、内わたりよりうちはじめ、近き世のありさまをかきたるは、をかしう見所まさる」という。右方の『正三位』は散逸物語で、ここには『伊勢物語』についても、絵師や能書家についての記述はない。「一巻《ひとまき》に言の葉を尽くし」ても議論は終わらなかったとあり、やはり絵巻物であろうが、「巻」とあっても冊子本の場合もある。『伊勢物語』は歌物語であるから、歌を中心とした物語の情景とみられ、『正三位』は不明ながら、華麗な宮中や当代に近い貴族生活の情景を描いたところが「をかしう見所まさる」とされたゆえんであろう。

『竹取物語』と『伊勢物語』の絵と詞書の書が古風であり、『うつほ物語』と『正三位』のそれが『源氏物語』の作中世界において現代風であるというのは、絵合の准拠とされる天徳三年（九五九）八月十六日の「内裏詩合」および翌四年三月三十日の「天徳内裏歌合」とも対応して、十世紀初頭の延喜時代と十世紀中ばの天徳時代の文化の対比である。その間はまさしく王朝「かな」文芸の急速な生成期であり、「やまと絵」の発展期であった。絵合の判定基準が、絵や書の美しさにあったのか、どの程度に物語内容が重視されていたのかも曖昧だが、それらが総合的に享受され評価されていたことが窺える。

後宮における女性たちの絵合の決着は、後日における冷泉帝の御前に持ち越された。物語絵合は、女の世界としては後宮の晴の場の行事に近いものとなったが、帝や公卿たちの宮中との対比でいえば私的なものであり、だからこそ「物語絵」であった。冷泉帝の御前で、男たちが前面に出て催された再度の絵合に提出されたのは、「おもしろき紙絵」ではあってても物語絵ではなかった。

朱雀院は、斎宮女御への恋情をこめて秘蔵の絵巻を贈っている。「年のうちの節会どものおもしろく興ある」を昔の名人たちがとりどりに描き、醍醐天皇が宸筆による「事の心」の詞書を付した作品に、かつて斎宮として伊勢へと下った日の「大極殿の儀式」における自分との別れを、巨勢公茂に描かせて加えた年中行事の節会と儀式の絵である。

とはいえ、「院の御絵は、后の宮より伝はりて、あの女御の御方にも多くまゐるべし」と、朱雀院の絵は弘徽殿大后から伝わったもので、右方である弘徽殿女御方にも多く集まっただろうと語り、「尚侍の君《ないしのかむ》」朧月夜も絵を好んで集めたとする。今回の判者はやはり絵を好む「帥の宮」(蛍宮)が務め、「いみじうげにかき尽くしたる絵ども」があって決着がつかない。

「例の四季の絵」は、「いにしへの上手どものおもしろき事どもを選びつつ、筆とどこほらずかきながしたる」とあるから、左方のように思われ、朱雀院が梅壺(斎宮女御)に贈った年中行事の節会と儀式の絵とは別であろう。前に権中納言が「月次の絵」に詞書を付して新趣向をこらした絵巻とも別だと思われる。右方の絵を特定することはできないのだが、「紙絵は限りありて、山水《やまみづ》のゆたかなる心ばへをえ見せ尽くさぬもの」だから、「ただ筆の飾り、人の心につくりたてられて、いまのあさはかなる」右方の絵も、左方の「むかしのあと」に、「はぢなくにぎははしく、あなおもしろと見ゆる筋」においては優っていたとする。筆先の技巧や趣向のおもしろさによる右方も、ひけをとらなかったというのである。

こうした節会や儀式を描いた月次や四季の絵は、現存する『年中行事絵巻』の模本や、『駒競行幸絵巻《こまくらべ》』『豊明絵草子』、また『紫式部日記絵巻』や『枕草子絵巻』(白描)によって偲ぶことができる。それにしても、朱雀院が斎宮女御に贈った節会の年中行事絵は、醍醐天皇の宸筆の詞書を付したという権威あるものであり、それに新しく朱雀院が描き加えさせたという趣向もおもしろい。そして、にもかかわらず右方の新作の絵が対抗できたのは、「紙絵」による「山水」の限界によるというのも、宮中における障子絵や屏風絵の大画面による「山水」画の盛行を背景としたものである。「例の四季の絵」は、『源氏物語』若菜下巻における紫上の薬師仏供養の精進落としの宴にもみられて、父式部卿宮が準備した「御屏風四帖」で、「めづらしき山水《せんすい》、潭《たん》など、目馴れずおもしろし」とい

18.　源氏物語絵巻　関屋（徳川美術館蔵）

うものであった。

徳川・五島本『源氏物語絵巻』の画中画には、柏木㈡の屏風に、下部手前に水辺の葦、中景に紅梅の咲く丘や松の木々、上の遠景に松の生えた山々を描いている。こうした広い空間性を感じさせる構図は、東屋㈠［4］の障子では、中景の松や樹木の生えた丘をより大きく配して、下辺に水辺に遊ぶ水鳥を描き、几帳にも山水が配されている。また、宿木㈠の壁に張り込んだ副障子《そえ》には、水辺の州浜や小島に鳥が群れ遊ぶ花鳥図というべきものが描かれている。これらは、「画面の核となる構図の重心が設定されず、モチーフのすべてが同等の力関係でゆったり展開」する「均質拡散構図」であり、「大画面構成の典型のひとつ」である。他方で、横笛巻［16］の障子には、強い線描で急峻な懸崖に松が生え、二枚ずつ貼り込んだ色紙形もみられる。東屋㈡［5］の障子の下部にも同様の懸崖が描かれ、上部には遠景の山々が配されている。「これらは、懸崖という中心モチーフを近景に配置し、全体を対角線構図でまとめるもので、めりはりのある線描のタッチや厳しく整然とした画面構成など、前者の一群とはかなり違ったスタイルを表わしている[23]」。

「紙絵は限りありて、山水のゆたかなる心ばへをえ見せ尽くさぬもの」というのは、こうした屏風や障子の大画面の山水画に比べると、絵巻には限界があるということであろう。とはいえ、現存する徳川・五島本『源氏物語絵巻』の中では例外的な関屋巻の絵［18］は、絵具の剝落が激しいが、逢坂の関で出会った石山詣する光源氏の一行と、東国から上京する空蟬の一行との出会いを、豊かな山水の風景の中に配している。画面左の空蟬の一行は、近景から遠景へと蛇行して描かれ、その末尾は画面上部の琵琶湖の打出浜にいる。山並みに見え隠れしながら進むそれぞれの一行の思いが、広やかな景観を描いた細やかな筆致、木々の紅葉と山の緑の対比の中に表現されている。そこでは、他の多くの構図にみられる左右の分割はなく、横長の画面の全体が生かされた構成である。また、近年に『源氏物語絵巻』の残欠として紹介された若紫巻の絵は、北山の散り敷く桜の木の下で僧都と対座する光源氏を描き、その谷間をのぞむ崖や樹木の描法などが、横笛巻［16］や東屋㈡［5］の画中画などに類似している。(24)

徳川・五島本『源氏物語絵巻』の画中画には、もうひとつ、早蕨巻の壁の張り込み障子に、ほぼ正面から桔梗などの秋草が大きく描かれている。これは、御法巻の画面左の風になびく秋草や、宿木㈢の薄・女郎花・萩などの前栽、東屋㈡の秋草の描き方などと共通し、竹河㈠［13］の梅の若木と鶯、竹河㈡［14］の中央に大きく描かれた散り敷く桜の木も、ほぼ正面から描かれている。

『源氏物語』の絵合にもどれば、この勝負を決着したのは、光源氏によるきわめて私的な「須磨の巻」であった。「いみじきものの上手」である光源氏が、「心のかぎり思ひすまして静かにかきたまへる」絵日記であり、判者の帥宮（蛍宮）をはじめ、かつての須磨流離の侘び住まいの生活を人々の目のあたりに再現させて、感動の涙をさそった。「おぼつかなき浦々、磯」を隠れなく描きあらわし、「草の手にかなの所々に書きまぜて、まほのくはしき日記にはあらず、あはれなる歌などもまじれる」ものであった。その絵は、帚木巻における左馬頭による絵所の絵師の比喩としての絵画論において、「世の常の山のたたずまひ、水の流れ、目に近き人の家居ありさま」の「心しらひ」を、「上手はいといきほひことに」描いたもの相当する。そこに、「げにと見え、なつかしくやはらいだるかたなどを静かにかきまぜ」て、「すくよかならぬ山のけしき、木深く世離れてたたみなし、け近きまがきのうち」とあった、当時のやまと絵の理想を体現したものであろう。

ここでは、光源氏自身による絵と書のみごとさもさることながら、日記や歌の内容、さらにいえば、それによって喚起された享受者たちによる光源氏の体験への共感が、勝利の判定を下している。きわめて特殊な『源氏物語』の主題性によるとはいえ、公的なものよりも、私的な思いのこめられた作品が勝りうるというのは、蛍巻における物語論とも通じている。絵合の後の会話で、光源氏は故桐壺院が漢詩文の「才学」を深く習うことを戒めたとし、「絵かくこと」は「あやしくはかなき」ものだが、なんとか「心ゆくばかり」描きたいと思い、須磨への退去で「おぼえぬ山がつ」になり「四方《よも》の海の深き心」を見て上達したが、「筆のゆく限りありて」と謙遜している。帥宮は、「筆とる道」と碁が不思議に「魂のほど」がみえるものとしつつ、故桐壺院も、光源氏が「文才」はいうまでもなく「琴《きん》」を第一の「才」とし、次に「横笛、琵琶、箏の琴」を習っていると言い、世間の人もそう思っていたとする。そして、「絵は猶筆のついでにすさびさせ給あだこと」と思っていたのに、「いとかうまさなきまで、いにしへの墨書きの上手」をも凌ぐのは、「かへりてけしからぬわざなり」と発言している。光源氏の絵の力量は、書の延長の、当時としては異例の能力であった。そこには、絵と結合した物語作家たちの自負の伝統も作用していたと思われる。

『うつほ物語』楼の上下巻では、俊蔭が異郷を旅したことを記した絵入りの歌冊子が、朱雀院に献上され、「唐土《もろこし》の集の中に、小冊子に所どころ絵かき給ひて、うた詠みて、三巻ありし」というものであった。すでに第I部第1章第五節で述べたように、これと、蔵開中巻で発見された俊蔭とその一族の詩文集や歌集との関わりも含めて、物語の内なるプレテクストというべきものであり、これが光源氏の須磨と明石における絵日記の先行例である。(25)『源氏物語』絵合巻で常則が描いたという『うつほ物語』俊蔭巻の絵巻の例と併せて、唐絵とやまと絵、それに対応する漢詩文と和歌とが共存し混淆しうる文化状況にも注目しておきたい。これも第II部第7章第六節でふれたが、『源氏物語』の須磨巻における表現は、和漢にわたる故事や詩歌を引用し織りあわせることによって生成している。そこには貴族生活を取り巻いていた屏風や障子の名所絵、また紙絵による歌絵などが、想像力の規範として強く作用していた。例えば、光源氏の須磨の侘び住まいの情景と、そこを頭中将が訪れる場面はことに、白居易の香鑪峰下における蟄居の生活を描いたかと思われる『東寺山水屏風』の和様化した唐絵ときわめて類似している。そこには、引用表現における和漢の心的遠近法が典型的に作用しているのであった。(26)

ところで、『うつほ物語』楼の上下巻における絵入りの歌の記述では、「小冊子」のことを「巻」と表現していた。「巻」とあれば巻子本だと即断できないゆえんであり、光源氏の須磨・明石の絵日記も「帖」また「巻」と表現されていたが、絵合のような晴の場に提出されたのは、やはり絵巻物の可能性が強い。右方を支援する権中納言が絵を集めるにあたって、「軸、表紙、紐の飾りいよいよととのへ給ふ」とあることからも判断できる。とはいえ、物語絵は、こうした晴の場における調度としての特殊な場合を除けば、蛍巻における六条院の女性たちの「絵物語」の草子作りのように、冊子の形態がふつうであった。

この論の終わりに、絵合巻の表現に、「長恨歌、王昭君などやうなる絵は、おもしろくあはれなれど、ことの忌みあるはこたみはたてまつらじと選りとどめ給ふ」とあり、『長恨歌』も『王昭君』の絵も、ともに帝と悲別する物語の主題が不吉だとして避けられていたことにふれておきたい。冷泉帝の宮中における晴の場にふさわしい絵巻が、悲劇の主題や、死やおぞましき素材を避けることと通じる発想である。にもかかわらず、『源氏物語』は『長恨歌』の日本的な変奏とでもいうべき地平から始まっていたのであった。桐壺巻で、更衣の死を悲しむ帝は、『長恨歌』の絵を見ながら、その楊貴妃像との共通性と差異とを思い続けていた。

プレテクストとしての『長恨歌』の引用と変換は、『源氏物語』の全体を枠づける〈文法〉ともなっていて、葵上の死を悲しむ光源氏を描いた葵巻、紫上の死を哀傷する幻巻においては、その引用関連が明確である。そして『源氏物語』の結びをなす夢浮橋巻においても、いわば秘められたインターテクスト関連を読むことが可能で、その巻名をも含めて、絵巻との関連が推定できるのである。やはり時代は江戸に下るが、チェスター・ビーティー図書館蔵となっている狩野山雪『長恨歌画巻』末尾に描かれた岩橋が、「夢浮橋」の絵の伝統を示す可能性があった。(27)

第4章　王朝〈女〉文化と無名草子

一　「草子」の系譜をなす枕草子と無名草子

『無名草子』は、一二〇〇年ごろ成立した現存最古の王朝女性文化論の書物である。[1] その中心に『源氏物語』をはじめとする「作り物語」の論があり、『源氏物語』以前の作品を扱わないのは、それらが男性の作者によるとみなしていたからだと考えられる。『堤中納言物語』に収められたような短編の物語も論の対象からはずしており、『伊勢物語』や『大和物語』のような「歌物語」は、事実を記したものとして除外し、説話集や歴史物語をも除外している。「作り物語」という用語は『今鏡』の「作り物語のゆくへ」という章名としてみられ、『無名草子』には無いが、その対象から、「作り物語」の論と呼ぶことがふさわしい。

つまり、『無名草子』からは、〈女〉による物語史を中心とした文学史の発想と、ジャンル論とを素朴なかたちながら読み取ることができる。その批評は、作品の歌や物語文の表現、作中人物論、物語内容の非現実性などに及んでいる。印象批評といわれるのであるが、これを〈女〉の立場からの「物語の詩学」の原形と位置づけることができる。歌集についても短く記すが、その編者が男であることを残念がり、「女ばかり口惜しきものなし」とする発言がある。それに対する一人の女の発言は次のようである。

「必ず、集を撰ぶことのいみじかるべきにもあらず。紫式部が『源氏』を作り、清少納言が『枕草子』を書き集めたるより、さきに申しつる物語ども、多くは女のしわざにはべらずや。されば、なほ捨てがたきものにて我ながらはべり」　（二六三）

ここに紫式部による『源氏物語』と清少納言による『枕草子』とを並称しているのは、王朝女性文化を代表するものとしてであるが、『無名草子』が『源氏物語』とその作者紫式部を肯定的に論じているのに対して、清少納言に対する評価には否定的な要素が含まれている。

また、人、「すべて、あまりになりぬる人の、そのままにてはべるためし、ありがたきわざにこそあめれ。檜《ひ》垣《がき》の子、清少納言は、一条院の位《くらゐ》の御時、中関白《なかのくわんぱく》（道隆）世を治《し》らせたまひけるはじめ、皇太后宮（定子）の時めかせたまふ盛りにさぶらひたまひて、人より優なる者とおぼしめされたりけるほどのことどもは、『枕草子』といふものに、みづから書きあらはしてはべれば、こまかに申すに及ばず。歌詠みの方《かた》こそ、元輔《もとすけ》が娘にて、さばかりなりけるほどよりは、すぐれざりけるとかやとおぼゆる。『後拾遺《ごしふゐ》』などにも、むげに少なう入りてはべるめり。みづからも思ひ知りて、申し請ひて、さやうのことには交じりはべらざりけるにや。さらでは、いといみじかりけるものにこそあめれ。　（二六六〜七）

これが前半で、『枕草子』は定子（「皇太后宮」とあるのは「皇后宮」の誤り）が全盛の時代に、他の人より優れていると評価されたことを、清少納言自身が書いた自讃の書とされている。また、歌人としては優れていないことを自覚し、自ら辞退したと考えないと、『後拾遺集』の入集（二首）など少なすぎるとしている。父が元輔であるのに加えて、母が檜垣嫗だとするが、母についての確証はない。ただし、『大和物語』や『檜垣嫗集』に、元輔と檜垣嫗との交渉はみえるから、事実無根ともいえない。いずれにせよ、『無名草子』の『源氏物語』をはじめとする物語評価の根底に和歌的な美意識があるから、その基準からみての否定性である。「あまりになりぬる人」とは、過剰に成り上がり評価された人という認識を示し、それが次のような、『枕草子』への高い評価とともに、晩年の落魄流離の伝説へと通じている。

> その『枕草子』こそ、心のほど見えて、いとをかしうはべれ。さばかりをかしくも、あはれにも、いみじくも、めでたくもあることども、残らず書き記したる中に、宮の、めでたく、盛りに、時めかせたまひしことばかりを、身の毛も立つばかり書き出でて、関白殿失せさせたまひ、内大臣《うちのおとど》（伊周）流されたまひなどせしほどの衰《おとろ》へをば、かけても言ひ出でぬほどのいみじき心ばせなりけむ人の、はかばかしきよすがなどもなかりけるにや、乳母《めのと》の子なりける者に具《ぐ》して、遙かなる田舎にまかりて住みけるに、襖《あを》などいふもの干しに、外《と》に出づとて、『昔の直衣姿《なほしすがた》こそ忘られね』と独りごちけるを、見はべりければ、あやしの衣《きぬ》着て、つづりといふもの帽子《ぼうし》にしてはべりけるこそ、いとあはれなれ。まことに、いかに昔恋しかりけむ」など言へば、　（二六七〜八）

『枕草子』そのものは、「心のほど」がよく表現されているとして、「をかし」「あはれ」「いみじく」「めでたく」と評価され、また、中宮定子の全盛時代のみを鮮やかに記して、中関白家の没落を口にしないことが讃えられている。そんな清少納言が、乳母の子とともに遠い田舎に流離して、襤褸《ぼろ》を身にまとって昔を恋しがっていたともいう。晩年の落魄伝説は、伝能因所持本系『枕草子』の奥書にもみえるところである。

『枕草子』の世界の肯定的な明るさや美的感性と、清少納言の没落とを対比した、こうした『枕草子』＝清少納言観は、次章でも検討するような『無名草子』に独自の「末の世」意識と不可分である。同じ王朝女性論における皇后宮（定子）については、容貌も美しく一条天皇の愛情も深かったとして、臨終の歌を二首記し、「後に御覧じけむ帝の御心地、まことにいかばかりかはあはれにおぼしめされけむ」という。葬送の雪の夜の一条天皇の歌を記したあと、「おはしまさぬ後《あと》まで、さばかりの御身に、御目も合はずおぼしめし明かしけむほどなども、返す返すもめでたし」と記した後に、こう続いている。

> また、中関白殿《なかのくわんぱくどの》隠れさせたまひ、また、内大臣《うちのおとど》流されなどして、御世の中衰《おとろ》へさせたまひて後《のち》、かすかに

心細くておはしましけるに、頭中将《とうのちゆうじやう》それがし（源経房）参りて、簾《す》のそば、風に吹き上げたるより見たまひければ、いたく若き女房の、清げなる、七八人ばかり、色々の単襲《ひとへがさね》、裳《も》、唐衣《からぎぬ》などもあざやかにてさぶらひけるもいと思はずに、今は何ばかりをかしきこともあらじ、と思ひあなづりけるも、あさましくおぼえけるに、庭草は青く茂りわたりてはべりければ、『などかくは。これをこそ払はせておはしまさめ』と聞こえたまひても、宰相の君となむ聞こえける人、『露置かせて御覧ぜむとて』といらへけむこそは、なほ古《ふ》りがたくいみじくおぼえさせたまへ。（二七九〜八〇）

中関白家の没落の後も、定子のもとには正装した若い女房が七、八人いて、それでも庭草が茂っていたのを「刈ったらよいのに」と頭中将が言ったところ、宰相の君という女房が「中宮が露を置かせて御覧になろうとして」と答えたのは、昔に変わらぬ風流のすばらしさだと讃えている。『枕草子』の美意識の基底には、やはり定子の生き方が作用しているとみられ、こうした主人と女房たちのサロン的な世界は、『無名草子』の語り手の女房たちにとっても、理想だったはずである。

『無名草子』における物語論議の導入部ともいえる「この世にとりて第一に捨てがたきふし」の論では、「月」に続く「文《ふみ》」について、「枕草子に返す返す申してはべるめれば、こと新しく申すに及ばねど、なほいとめでたきものなり」という。『枕草子』能因本に、「めづらしと言ふべき事にはあらねど、文こそなほめでたきものには。はるかなる世界にある人の、いみじくおぼつかなく、いかならむと思ふに、文を見れば、ただいまさし向かひたるやうにおぼゆる、いみじき事なりかし」とあるのが、内容も表現も類似している。

『無名草子』に言及されてはいないが、『枕草子』が物語（作り物語）批評を内在していることも、その類聚的な表現とともに『無名草子』の先駆なのであった。『枕草子』には「物語は」という段がある。

物語は　住吉。うつほ、殿うつり。国譲《くにゆづり》はにくし。埋れ木。月まつ女。梅壺の大将。道心すすむる。松が枝。こまのの物語は、古蝙蝠《ふるかはぼり》さがし出でて、持て行きしがをかしきなり。ものうらやみの中将。宰相に子うませて、

かたみの衣《きぬ》など乞ひたるぞにくき。交野の少将。（一九八段・二四五～六）

また、「仲忠が童生《わらはお》ひいひおとす人と、時鳥鶯《ほととぎす》におとるといふ人こそ、いとつらうにくけれ」（二〇九段）というように、清少納言は『うつほ物語』の仲忠びいきであった。帰参せよという中宮定子との手紙のやりとりにおいても、清少納言は「なかなるをとめ」という仲忠の歌の一句を引き、定子は「いみじく思へるなる仲忠がおもてぶせなる事はいかで啓したるぞ」（八二段）と戯れて応じている。この「なかなるをとめ」という歌は、『うつほ物語』吹上下巻で、源涼と仲忠が弾いた琴《きん》に感応して、天女が天降ったとき、仲忠が「朝ぼらけほのかに見れば飽かぬかな中なる乙女しばしとめなむ」と詠んだものである。この背景には、次のような物語論議があった。

御前に人々いと多く、殿上人《うへ》などさぶらひて、物語のよきあしき、にくき所なんどをぞ、定め言ひそしる。涼、仲忠などがこと、御まへにも、おとりまさりたるほどなどおほせられける。（女房）「まづ、これはいかに。とくことわれ。仲忠が童生《わらは》ひのあやしさを、（中宮が）せちに仰せらるるぞ」などいへば、（清少）「なにか。琴《きん》なども天人の降るばかり弾きいで、いとわるき人なり。御門の御むすめやは得たる」といへば、仲忠が方人《かた》ども所をえて、「さればよ」などいふに……（七九段・九六）

清少納言の仲忠びいきは有名だったらしい。ここに他の作品名は記されていないものの、殿上人なども交えた中宮定子の御前で、「物語のよきあしき、にくき所」などを「定め言ひそしる」論議のあったことが記されているのは注目される。素朴で自然発生的なものであるが、こうした女房たちによる物語論議の延長線上に、『源氏物語』における絵合なども位置づけることができる。「物語は」の段なども、こうした定子サロンの論議をふまえたものであろう。

「物語は」の段にあげられている多くは散逸物語であるが、『こまのの物語』については、別の段で、「なにばかりをかしきこともなく、言葉もふるめき、見どころ多からぬも、月にむかしを思ひ出でて、虫ばみたる蝙蝠《かはほり》取り出て、「もとみしこまに」と言ひて尋ねたるがあはれなるなり」（二七三段）と、同じ情景がより詳しく記されている。

同じ段の続きに、雨に濡れて訪れる男が「めでたからん」として、「交野の少将もどきたる落窪の少将などはをかし」という条もある。あるいは、「うれしき物　まだ見ぬ物語の一をみて、いみじうゆかしとのみ思ふが、のこり見出でたる。さて、心おとりするやうもありかし」（二五七段）や、「ありがたきもの」の「物語、集など書きうつすに、本に墨つけぬ。よき草子などはいみじう心して書けど、かならずこそきたなげになるめれ」（七二段）といった断章からも、物語をめぐる清少納言の生活の一端を窺うことができる。

時代は『枕草子』から二百年ほど下り、女房たちの生活環境も激変しているのだが、物語論議を中心とした『無名草子』を、こうした王朝〈女〉文化の批評文芸の系譜として、『枕草子』に繋いで捉えたい。『無名草子』の現存本の書名は、天理図書館蔵本が「無名物語」、彰考館文庫蔵本が「建久物語」、群書類従本の奥書に「無名草子」とある。なお、『八雲御抄』にみえる「尼の草子」、伴直方の『物語書目備考』にみえる「最勝光院通夜物語」も『無名草子』をさすのかもしれないが、不明である。本来の書名は不明なのだが、あえて「草子」というジャンルを仮説し、「作り物語」や「歌物語」「歴史物語」、「説話」や「軍記」また「日記」と区別したうえで、近代の「随筆」とは別の批評文芸「草子」として設定したいのである。それは、同時代の「歌論」書に近く、近世の「随筆」前史といえよう。

「草子」（冊子、草紙、双紙、造紙）は、本来は書物の形態をさすが、かな書きによる批評文芸的な系譜を形成している。『袋草紙』は藤原清輔による歌の作法や故実の書であり、『乳母草子』は中世の女子教訓書である。本来は書物を意味した「さうし」あるいは「ざうし」の表記が「草子」に定着し、さらに『徒然草』といった書名が生まれるゆるやかな過程に、「つれづれ」という精神的な空白感情を慰める自由な表現形式の生成を読むことができる。それは、書く文芸形式としての物語、とりわけ「作り物語」という虚構のジャンルが〈女〉文化圏で成立し、それが前章でみたように〈男〉文化に取り込まれて『源氏物語』や源氏絵が権威化されつつある時代に、本来の「ものがたり」がもっていた、私的で自由な自己表現にささやかな批評精神をこめる伝統を継承するものであった。

二　無名草子における源氏物語の詩学

『無名草子』が物語論の対象としているのは、『源氏物語』以後の作品についてである。『枕草子』の「物語は」の段に記された『源氏物語』以前の作品を論じないのは、『源氏物語』に対する絶対的ともいえる評価があり、いわばその前史として位置づける次のような女房の発言に端的に示されている。

「さても、この『源氏』作り出でたることこそ、思へど思へど、この世一つならずめづらかにおぼほゆれ。まことに、仏に申し請ひたりける験《しるし》にやとこそおぼゆれ。それより後の物語は、思へばいとやすかりぬべきものなり。かれを才覚にて作らむに、『源氏』にまさりたらむことを作り出だす人もありなむ。わづかに『うつほ』『竹取』『住吉』などばかりを物語とて見けむ心地に、さばかりに作り出でけむ、凡夫のしわざともおぼえぬことなり」など言へば、（一八八〜九）

『源氏』を規範にして作ればそれ以上の作品も可能であろうが、『源氏』が規範とした物語のことを思うと、「凡夫」のしわざとは思えないとは、仏教的な発想で、前世からの因縁や仏に祈願したおかげだということである[2]。そこに「わづかに『うつほ』『竹取』『住吉』などばかりを物語とて見けむ心地」とあるのは、『源氏』以前の作品としてそれなりに評価を得ていたからであろう。とはいえ、ずっと後の『今とりかへばや』の前の条で、『源氏』よりはさきの物語どもを『うつほ』をはじめとして多くみたが、「見どころ少なく」、「古体」で「古めかしき」はもちろん、「言葉遣ひ、歌」などが格別でもないのは、「『万葉集』などの風情に、耳及びはべらぬなるべし」としている。『無名草子』の時代からは、すでに古風な表現としての異和感が明確に示されているのである。

引用した『源氏』の評価に仏教的な発想が強いのは、この発言に至るまでの、『無名草子』の構成と関わっている。その冒頭では、老尼が東山辺りを西へ歩み、最勝光院をすぎて、檜皮屋の女房たちに迎えられ、懺悔とうながされて自身の経歴を語り『法華経』を誦えていた。そして次にこの老尼を聞き手として三、四人の女房たちの座談による「この世にとりて第一に捨てがたきふし」の論議が展開され、それがこの『源氏物語』についての発言へと続くのである。「第一に捨てがたきふし」の論議は、「文《ふみ》」から「夢」「涙」そして「阿弥陀仏」「法華経」へと帰結していた。その『法華経』にまつわる発言の終わりに、「など、『源氏』とてさばかりめでたきものに、この経の文字の一偈一句おはせざるらむ。何事か、作り残し書き漏らしたること、一言《ひとこと》もはべる。これのみなむ第一の難とおぼゆる」とある。それに対して「若き声」の女が「紫式部が法華経を読みたてまつらざりけるにや」と問い、紫式部が読まなかったはずはないとか、「道心」があり「後の世の恐れ」を思って仏道修行していたという、他の女房たちによる談議がなされている。

紫式部が『源氏物語』を作ったのは「仏に申し請ひたりける験にや」という発言は、こうした女房たちの論議を経て、『源氏物語』が「阿弥陀仏」や「法華経」と矛盾しないとすることにより、『源氏物語』の世界へと話題を転じる導入部であった。「若き声」の女が未だ『源氏物語』を読んだことはないので語ってほしいと頼み、「つれづれ慰めぬべきわざ」と口々に語り始めたのが、『源氏物語』そしてそれ以降の多くの作品へと続く物語論議であり、それが『無名草子』の中心をなしている。

こうした『無名草子』の構成は、A序の物語と導入部、本論を、B作り物語の論、C歌集の論、D王朝女性の論、と大別することができる。

しかしながら、文脈の上からは仏教との関係を強調することで『源氏物語』の正統化をしてよさそうな『無名草子』が、意外なことに、作り物語の論議においては直接的な結びつけをしていない。老尼の物語による序章や導入部の語りの場の表現史や、それが仏教と関わる思想状況については次章で論じるが、『今鏡』にみえるような、紫式部が観音の化身であるという類の言及は無いのである。このことは、『無名草子』の女性論部分の、『源氏物語』

の成立に関する記述においても明確である。

繰り言のやうにははべれど、尽きもせずうらやましくめでたくはべるは、大斎院より上東門院、『つれづれ慰みぬべき物語やさぶらふ』と尋ね参らせさせたまへりけるに、紫式部を召して、『何をか参らすべき』とおほせられければ、『めづらしきものは何かはべるべき。新しく作りて参らせたまへかし』と申しければ、『作れ』とおほせられけるを、うけたまはりて、『源氏』を作りたりけるとこそ、いみじくめでたくはべれ」と言う人はべれば、……

（二七六〜七）

大斎院選子から上東門院彰子への注文によって、紫式部が『源氏物語』を書いたという。これと類似した伝承は、『古本説話集』や『河海抄』などにもみられる。この発言をした女房は、紫式部が後世に残る作品を書いたことをうらやましがっているのであって、紫式部を仏の化身などとはみていない。あえていえば、同じ女房としての立場からの「うらやましくめでたく」という発言である。これに対して、次のような異説を口にしてどちらがほんとうだろうという別の女房は、『紫式部日記』をも読んでいる。

「いまだ宮仕へもせで里にはべりける折、かかるもの作り出でたりけるによりて、召し出でられて、それゆゑ紫式部といふ名はつけたり、とも申すは、いづれかまことにてはべらむ。その人の日記といふものはべりしにも、『参りけるはじめばかり、恥づかしうも、心にくくも、また添ひ苦しうもあらむずらむと、おのおの思へりけるほどに、いと思はずにほけづき、かたほにて、一文字《いちもんじ》をだに引かぬさまなりければ、かく思はず、と友達ども思はる』などこそ見えてはべれ。

（二七七）

宮仕え以前に『源氏物語』を書いたために、彰子のもとに女房として召され、紫式部という名も『源氏物語』に由来するというパラテクストの論で、『紫式部日記』はその傍証として引かれている。その引用は原文ではなく、いくつかの関連部分を繋ぎ合わせた要約である。彰子のもとでの『源氏物語』の冊子作りの記述にはまったくふれていない。

ともかく、これらの発言は、先に引いた導入部の「法華経」にまつわる深い信仰者としての紫式部をいう女房の発言とは異質である。こうした多声法が場の物語の特徴であるが、発言内容の差から、ある程度の区別はできるものの、それぞれの発言者を特定することはできない。

B作り物語の論は、『源氏』から始まり、その内容を、(a)巻々の論、(b)作中人物の論、(c)ふしぶしの論と分けることができる。そこでは、「あはれ」や「艶」といった多くは歌論と共通する〈同化〉の美的形容語とともに、「心やまし」「あさまし」「心づきなし」といった批評用語による〈異化〉も含まれ、素朴な印象批評ながらも「物語の詩学」の生成を読むことができる。それらを要約しつつ、仏教的な要素と関わる表現にも、その少なさを確認するためにふれておきたい。

(a)巻々の論は、「いづれかすぐれて心に染《し》みてめでたくおぼゆる」という問いから始まる。「『桐壺』に過ぎたる巻やははべるべき。『いづれの御時にか』とうちはじめたるより、源氏初元結《はつもとゆひ》のほどまで、言葉続き、ありさまをはじめ、あはれに悲しきこと、この巻にこもりてはべるぞかし」というのが、その始めである。『帚木』は「雨夜の品定め」が「見どころ多く」、『夕顔』は「あはれに心苦し」、『紅葉賀』『花宴』は「艶におもしろく」、『葵』は「いとあはれにおもしろき巻」と簡潔にいう。『賢木』は六条御息所の伊勢への出発が「艶にいみじ」であり、桐壺院の没後に藤壺が「さま変へたまふ」と出家したことを「あはれ」とする。

『須磨』は「あはれにいみじき巻」で、光源氏の京を離れるときと須磨での「旅の御住まひ」が「いとあはれ」だとする。全体に簡潔な中で、『明石』がもっとも詳しく、光源氏の明石への「浦伝ひ」と、「都出でし春のなげきにおとらめや年ふる浦を別れぬる秋」という歌を引いて、帰京の感慨に共感している。この『須磨』と『明石』を「あはれ」な巻の中心とすることは、(c)ふしぶしの論の「あはれなること」で、『須磨』の歌八首、『明石』の歌二首を引いて説明することにも示されている。

ついで、『蓬生』は「いと艶」ある巻、『朝顔』は紫上の悩みが「いとほし」く、『初音』『胡蝶』などは「おもし結びまでの部分はこうである。

れしき巻」、『若菜』の上下巻は、ともに「うるさきことども」があるが「見どころある巻」だという。これに続く

ろくめでたし」。『野分』の朝は「さまざま見どころありて、艶にをかし」き事が多く、『藤裏葉』は「心ゆき、う

口々に言へば、

『こじま』に様変《やう》はりて、言葉遣ひも何事もあれど、姉宮の失せをはじめ、中の君など、いといとほし」など、

『柏木』の右衛門督の失せ、いとあはれなり。『御法』『幻』、いとあはれなることばかりなり。宇治のゆかりは、

（一九一）

第一部と第二部が中心で、宇治十帖は「宇治のゆかり」として簡略にふれられるにすぎず、全体に、「あはれ」「めでたし」「艶」「おもしろし」「をかし」「いとほし」などの類型により、歌を引いているのは明石巻のみである。とはいえ、そこに「言葉続き」や「言葉遣ひ」とあるのは、歌のみならず地の文の表現をも含むであろうし、「ありさま」や「見どころ」は物語内容についてである。藤裏葉が「心ゆき、うれしき」とは、光源氏が太上天皇に準じる位を得たゆえであろう。ことに若菜上下巻で「うるさきことども」というのは、紫上の苦悩による発病や女三宮と柏木との密通であろうが、それも「見どころある」と評価している。柏木の死を「あはれ」ということは、(b)作中人物の論、(c)ふしぶしの論の「あはれなること」でも、女三宮との贈答歌を引いて繰り返し述べられている。

(b)作中人物の論では、「めでたき女」として桐壺更衣、藤壺宮、葵上、紫上、明石君を、まず簡略にあげる。ついで「いみじき女」として朧月夜尚侍、朝顔宮、空蟬、宇治の姉宮（大君）、六条御息所の中将をあげ、はじめの三人についてはその理由を議論している。空蟬も朝顔の宮のように「心強く」光源氏を拒んだことを「むげに人わろき」といい、「後に尼姿にて交《まじ》らひゐたる、また心づきなし」とする。空蟬が尼姿で光源氏と交流を続けたことを批判し、出家の心が不徹底だというのだろうが、出家そのものを肯定する発言ではない。また、蓬生巻で、ひとり光源氏の訪れを信じてそのかいあった末摘花について、「その人柄には、仏にならむよりもありがたき宿世にははべらずや」という。大げさな喩えにすぎないが、成仏よりも現世の幸福をめったにない「宿世」としている。こ

れらは些細な例だが、賢木巻での藤壺の出家を「あはれ」としつつも、光源氏や女三宮、そして仏教的な要素の色濃い宇治十帖の薫や八宮、浮舟や横川僧都など、信仰生活や出家に関わる情景についての言及は、以下においてもまったくというほどに無いのである。

次に「好もしき人」としての花散里、末摘花、六条御息所、玉鬘の姫君をめぐる議論、「いとほしき人」は紫上、夕顔、藤裏葉の君（雲居雁）、宇治の中の宮（中君）、女三宮、手習ひの君（浮舟）で、より詳しくなっている。ここでも、歌を引くのは浮舟に関する二首のみで、「憎きものとも言ひつべき人」浮舟が、「鐘の音の絶ゆる響きに音をそへて我が世尽きぬと君につたへよ」と詠んで「身を捨て」たことを「いとほし」とし、匂宮との関係を知った薫が詠んだ「波越ゆるころとも知らで末の松待つらむとのみ思ひけるかな」という歌を記した手紙を、人違いとして返したことを「心まさりすれ」と評価している。語り手の女房たちが共感するのは、「あはれ」な女性の生き方であり、自分たちに近い周縁的な女性や女房にも言及するゆえんであるといえよう。

女性論に次いで男性論があり、源氏の大臣（光源氏）の善悪などいうのはよくないとしつつ「さらでもとおぼゆるふしぶし」をあげ、兵部卿宮、大内山の大臣（頭中将）、まめ人の大将（夕霧）、柏木の右衛門督、紅梅大納言、薫大将と続く。光源氏について批判的なのと相対的に、頭中将を「いとよき人」といい、柏木には同情的で、薫を「めでたき人」としているのが特徴である。この部分に歌が引用されるのは、頭中将の一首であり、左大臣家の一族に共感的だといえる。これを藤原氏の立場を中心として読んでいると捉えれば、『無名草子』の作者圏とも通じるであろうが、前章において平安末期から中世にかけての「源氏絵」製作の記録においてみた、帝や皇族たちなどによる〈王権〉に関わる読みからは遠い。ここでは、それを語り手の女房たちと通じる〈女〉文化の現実と結んで考えたいのである。

(c) ふしぶしの論は、若い女が「あはれにも、めでたくも、心に染《し》みておぼえさせたまふらむふしぶし」を尋ねたことから展開する。この部分では三六首の歌を引いて詳細なので、その内容のみを概括しておく。まず、「あはれなること」として、桐壺更衣の死、夕顔の死、葵上の死、須磨の別れのほど、明石での紫上との贈答、柏木の右衛門督の死、紫上の死と幻巻における追悼、宇治の姉宮（大君）の死があげられている。「いみじきこと」としては、六条わたりの御しのびありきの暁（夕顔巻）の光源氏と中将の君との贈答、また忍んで通う女の門前での光源氏との贈答（若紫巻）、花宴巻の朧月夜との関係、斎宮の伊勢下向のくだり（賢木巻）、荒れた常陸宮邸を訪れたところ（蓬生巻）、野分の朝の夕霧による六条院の見回り（野分巻）が例示されている。ここでも、エピソードというべき召人の女房や正体不明の女性をも取り上げていることが注目される。「宇治のゆかりにも、いみじきところどころ多くはべれど、さのみはうるさし」と、宇治十帖については省略されている。

「いとほしきこと」では、須磨巻の別れにおける紫上、少女巻で六位宿世とあなどられた夕霧、若菜上巻におけるひとり寝の紫上、薫との関係を匂宮に疑われた宇治の中の宮（宿木巻）が言及されている。「心やましきこと」でも、始めに、紫上が須磨に連れていかれなかったのみならず、明石君との関係を光源氏が「問はず語り」したことをあげる。また、須磨の絵二巻を日ごろ隠して「絵合」で出したこと、女三宮との結婚で紫上が悩んだことなどをあげている。「あさましきこと」では、夕顔が「木霊《こだま》」に取られたこと、女三宮が柏木の手紙を光源氏に見られたこと、手習ひの君（浮舟）の失踪をあげている。この部分にのみ作中歌の引用はない。

『無名草子』の批評基準は、たんに物語内容の「あはれ」にあるのではなく、その「言葉」の表現にある。歌も文脈から切り離されているのではなく、物語の主題的表現の核として引かれているのである。(b)作中人物の論の「いとほしき人」の部分で引用した、浮舟の入水をめぐる歌と、薫の手紙の歌への拒絶を評価する例などは、そうした『無名草子』における「物語の詩学」をよく示していると思われる。

三　『源氏』以後の物語

B作り物語の論では、『源氏』の論に続き、「物語の中に、いみじとも憎しともおぼされむこと、おほせられよ」と問われて、『狭衣』以下の二五の物語についての評論がなされている。ほぼ成立の古い作品から新しいものへという順だが、世評の高い重要な作品の順という面もあり、必ずしも成立年代順とは限らず、後のものほど評論も簡略になる。前述のように、『源氏』を高く評価して、「それより後の物語は、思へばいとやすかりぬべきものなり」と発言しながらも、現実には下降していくという物語史観がそこにある。

『狭衣』は『源氏』に次いで世評が高く、「少年の春は」という冒頭から「言葉遣ひ、何となく艶にいみじく」上品なものの、特に「心に染《し》む」ところもなく、「さらでもありなむ」と思うことも多いとする。次いで、主人公狭衣の北の方だが愛されたとはいえない一品の宮は「いとあてやかによき人」、人知れず狭衣の子を産んで苦悩した女二の宮は「尼」になったことが「いとうれしけれ」とし、その母である大宮はその死が「いとあはれ」だという。主人公の狭衣に恋慕されつつ斎院となった源氏の宮には、「いといみじげ」なる人だが「かたひかしくなどもなけれ」と共感していない。「少しものなど思へるこそ、人は心苦しきふしにてあれ」と、悩む女君に同情することがその批評基準である。

道芝（飛鳥井姫君）は「いとあはれ」だとされ、狭衣に初めて見出されたときに、仁和寺の法師に誘拐されて同車していたことが「いと心憂くうとまし」いのに、自分から望んだわけではないが、狭衣を信じきれずに乳母子の男に九州まで連れて行かれたのは、「あはれも冷めて、口惜しき人の宿世」だという。そこには、出家した道芝が残した絵日記を「常磐にての手習ひども」として、その没後に狭衣がそれを見て涙したことも言及され、せめて

「しばしの命」だけでもあって狭衣の愛情を見届けてほしかったと、その「いと口惜しき契り」が同情されている。すべて物語における女性の作中人物についての評言で、道芝への感情移入がもっとも強い。

次に、「さらでもありぬべき」難点として、狭衣大将の笛の音をめでて「天人の天降りたる」こと、狭衣が粉河に参籠して『法華経』を誦すと「普賢」が出現したことをあげる。また、父関白の夢中で源氏の宮のもとに「賀茂大明神の御懸想文」が遣わされたことは、「夢」はそうしたものだというようだが、あまりに「現兆《げんてう》」だとする。そして「斎院の御神殿《かうどの》鳴りたること」と短く記すのは、狭衣が斎院（源氏の宮）の前で琴を弾くと、急に風が吹き神殿が鳴ったことである。こうした批評基準からすれば、『竹取物語』のかぐや姫の昇天や、『うつほ物語』の俊蔭一族における〈琴《きん》〉の霊験などの、『源氏物語』以前の物語にみられる超現実的な要素は、やはり否定的なものとなる。ここでも、神仏にまつわる奇瑞が否定的に捉えられており、そこに『法華経』の霊験さえ含まれている。

そして、「何事よりも何事よりも」と強調されているのが、狭衣大将が「帝」になったことで、「返す返す見苦しくあさましきこと」だとする。「めでたき才、才覚すぐれたる人、世にあれど、大地六反《ろくへん》震動することやはあるべき」と、現存の『狭衣物語』諸本にはないが、「六反震動」も『法華経』提婆達多品にみえる瑞相を示す語である。それを「いと恐ろしく、まことしからぬことどもなり」と批判している。それが、「源氏の、院になりたるだに、さらでもありぬべきことぞかし」と、『源氏物語』の光源氏が太上天皇に准じる位についたことへの批判に通じている。とはいえ、光源氏は「正しき皇子《みこ》」であり、冷泉院が在位中に実父であることを知り、遠慮していたから、「さまでの咎」ではないとする。また「太上天皇になずらふ御位」は「ただ人」にも賜る例もあるのに対して、『狭衣』は「今少し奇《くす》しくまねびなされたる」ことが「いと見苦しき」と、まさしくプレテクストとの比較による批評がなされている。

さらに、狭衣大将は「帝の御子」でもない「孫王」で、父大臣の時代から姓を賜っていた人だから「いとあさましきこと」だとし、「何の至りなき女のしわざ」とはいえ、「むげに心劣り」するという。また、狭衣の父大臣さえ

「院」となり、「堀川院」と申すとかと突き放し、「物語といふもの、いづれもまことしからずと言ふなるに、これは殊の外なることどもにこそあんめれ」と結ぶのである。

物語の虚構性を認めながらも、こうした現実性へのこだわりが『無名草子』の特徴である。始めに『狭衣』が『源氏』に次ぐ世評を得ていることを語りながらも、ここでの批評がきわめてきびしいことは、のちにふれるように、藤原定家などによる、歌を基準とした評価とも明らかに異なっている。

『寝覚』は、とくに「いみじきふし」もなく「めでたし」というべきところもないが、女主人公（中の上）一人に心を入れて作ったのが「あはれにありがたきもの」だという(3)。心の安まるひまもなく「心尽くし」で「身に染《し》みておぼゆるふしぶし」が、多くの歌の引用とともに語られている。その情景のみを物語にそって補いつつ列挙しておけば、まず、姉の夫である男君が別人と勘違いして中の上と契り、人違いとわかった男君の「心騒ぎだにあさまし」いのに、間違えられた女の歌を聞いた男君の「心のうち」。ひそかに出産した中の上の噂が広まり、嫉妬に苦しむ姉と別れて、広沢に行った中の上が悲しみの歌を詠んだ折。雪の夜に広沢の中の上を訪れたが、逢うのを拒まれてむなしく帰った男君を、気の毒に思った中の上の女房と男君との贈答歌。そして、やはり中の上を恋して訪れた宮中将と、帰り際にすれ違って、男君があやしむ場面をあげている。

また、現存本『夜の寝覚』では中巻欠巻部とみられる部分だが、中の上と老関白との結婚近くに、男君が中の上と無理に対面し、二人のあいだに生まれた姫君のことを言われてうなずいた中の上などは「いとほしけれ」。そしてその暁の別れ。また、関白殿に移ったあと、中の上を慰めわびた老関白が広沢で中の上の父入道に訴えた場面。父入道に、異母兄の宰相中将を使者として叱られたとき、はかなげに袖に顔を押し当てていたのが「いとほしけれ」とある。

そして、大将となった男君が女一の宮に通い始めたとき、中の上の姉が歌を詠んで「とどめもあへぬ涙の気色などこそ、いとほしけれ」。右衛門督（宮中将）が尋ねてきて、老関白と中の上の子だが、ほんとうの父は男君である「まさこ」と交わした贈答歌のあたりも、やはり欠巻部分であるが、中の上の擬死事件があったらしい。また、右衛門督が法師になると聞いて「まさこ」の詠んだ歌は「いとあはれなれ」。「何事よりもいみじきこと」は、この「まさこ」と女三の宮との仲で、父の冷泉院に勘当された折に、女三宮の女房に逢って交わした贈答歌、また、冷泉院の怒りがとけて、再会したときの贈答歌の情景は、「返す返すもめでたく、いとほし」という。

以下は、さらに簡略にするが、女一の宮の「御心用ゐ、ありさま」を「めでたけれ」としたあと、中の上と男君の「仲らひ」も「乱りがはしき身の契り」が「いみじく口惜し」いものの、「心用ゐいとよし」とする。そして、中の上と姉上、また老関白とのあやにくな人間関係の中での男君との関係の持続に共感し、その後に姉上や老関白との関係も安定し、男君に「心強くなびかで」、穏やかに収めたことを「いみじき心上衆《こころじやうず》」と讃えている。姉上の女房弁の乳母や異母兄左衛門督からの嫌みを思うと、それほどまでに気持ちを自制すべきでもなかったとする。

ここまでは、ほぼ一人の女房の語りのように表現されているが、これに対して、他の女房が、中の上を「いみじき心上衆」と認めつつも、どうしようもなく「惑ふ折」には「心強く」我を張って「あはれ」を主張していると、男君との贈答歌を引いて、中の上に対して批判的な発言をしている。これには反論があり、男君との「契り浅からぬ仲」ゆえもっともではあるが、中の上にとって男君が「恨めしきふしある人」であったことを理解していないとする。また、別の女房が、宰相中将を「いみじくめでたけれ」と、例をあげて「あはれにありがたき」ことの多い人だという。ここでも座談の表現形式が生かされた多様な論議となっているのである。

ついで作中人物についての批判的な要素が列挙されており、「憎きこと」が、左衛門督と弁の乳母の「もの言ひ」、また大宮の「御心構へ」をあげる。また、やはり現存本には欠巻となっている部分がほとんどであるが、中の上も含めて、具体的な歌や場面を指摘して「いと憎し」などと繰り返し、男君（原文では関白）も「憎きもののうち」に入れるべきだとし、「心づきなし」「人わろし」などと語り合っている。

そして最後に、「この物語の大きなる難」として、欠巻部分における、中の上の蘇生をめぐる「死にかへるべき法」は、前世からの因縁だからしかたないが、その蘇生を男君に知られても平然として、幸福でもない様子で隠棲しているのは「いみじくまがまがしきこと」と語る。その後に、「まさこ」の許しを請うために冷泉院に手紙を贈ったのは「さすがあはれ」だが、中の上の蘇生を知った男君が世間によくあることのように対応しているのも、「めづらかにあさましき方《かた》なり」と、「口々に言ふ」と結ばれている。

始めに肯定的な批評、後半に否定的な批評をあげるのは『狭衣』と共通だが、女房たちの多様な論議が詳しく展開され、記述の量は後期物語の中でもっとも多い。いわば王朝女性の一生をめぐる、中の上の苦難に満ちた生涯が、語り手の女房たちに親しく共感できるものであったことが、その理由であろう。

『みつの浜松』は、『寝覚』『狭衣』ほど世評は高くないが、「言葉遣ひ、ありさま」をはじめ「めづらしく、あはれにもいみじくも、すべて物語を作るとならば、かくこそ思ひ寄るべけれ」という、高い評価の発言から始まる。「歌などもよく、中納言の心用ゐ、ありさまなどあらまほしく、この、薫大将のたぐひになりぬべく、めでたくこそあれ」と、『源氏物語』の薫に似た男主人公へのインターテクストの読みによる共感が、「歌」や「言葉遣ひ」などの表現とともに、その評価の基準である。

ついで作中人物論として、父宮が唐土の親王に生まれた夢を主人公の中納言が見た暁に、宰相中将が訪ね来て詠んだ歌をはじめ、「唐土に出でたつことどもいといみじ」とするが、これも現存本にはない。唐土《もろこし》の八月十五夜の宴で、河陽県后と中納言が「月日の光を並べて見る心地して、めでたくいみじ」と、帝がおっしゃったのは「まことにめでたくいみじけれ」。唐土の「一の大臣の五の君」との関係は「いとあわたたしけれ」としながら、中納言の帰国で別れを惜しむ歌が「いとあはれ」だとし、筑紫からの中納言の歌を挙げ、五の君が中納言を恋して出家したことを「心深くめでたし」とする。また、大将の姫君が中納言を恋しつつも出家したときの、現存本にはない歌二首を挙げた情景も、「いとあはれに悲し」とする。大弐の娘も「何となくいとほしくあはれ」であり、これも中納言の歌を挙げて「らうたき」とする。そして、吉野山の姫君も「いといとほしき人」だとし、やはり歌を挙げている。すべて主人公の中納言と、これに関わった女性たちへの共感である。

この「何事も思ふやうにてめでたき物語」にも、「そのことなからましかば」と思う節々があるとして、まず輪廻転生による作中人物たちの関係が、「あまりに唐土と日本と一つに乱れ合ひたるほど」であることが「まことしからず」という。そして、「河陽県后」が「忉利天に生まれたる」と空に告げたのも「いとまことしからぬ」のに、その后が吉野の君の腹に宿ったという夢などは、「乱りがはし」く「口惜しけれ」という。しかしながら、その結びでは、はじめから良くない作品はどんなことも「耳にも立たず」、これは「いみじきにつけて」、少しばかりの欠点も気になるのだと好意的である。

『源氏』に次ぐこの三作品は、当時の世評では『狭衣』『寝覚』『みつの浜松』の順とされつつ、『無名草子』においては、その評価が『みつの浜松』『寝覚』『狭衣』の順へと、明らかに逆転している。いずれも超現実的な要素を難点としており、そこに仏教的な要素も含まれていた。人物批評とともに歌や言葉遣いを主とした「あはれ」「いとほし」「めでたし」という〈同化〉の表現も、作品ごとに重点が差異化されており、「あさまし」「憎し」「すさまじ」、また「まことしからず」といった〈異化〉の批評とともに、歌論とは異なった「物語の詩学」を示している。

それらは、前述した『枕草子』の「物語は」の段における「をかしき」「にくき」、そして「物語のよきあしき、にくき所なんどをぞ、定め言ひそしる」論議の延長線上にある。また、その評価とは別に、『寝覚』において語り手の女房たちがもっとも活発な論議の多様性を示していることは、その関心が苦悩をかかえた物語の女主人公たちの生き方にあったことを示している。

これに続いて、『玉藻』はさして「あはれなること」も「いみじきこと」もないが、冒頭から「何となくいみじげにて、奥の高き」として、作中人物を「あはれなる人」、「いと憎けれ」「うたてけれ」などと評している。また、『とりかへばや』は、「続きもわろく、もの恐ろしく、おびたたしき気」がすることが、かえって「めづらしく」思われる構想で、意外に「あはれ」なことがあり、「歌」がよいとする。作中人物評は「いみじ」「あらまほしくよき人」「あはれ」などの用語でなされている。また、殿上の「物語の沙汰」が、「雨夜の品定め」など思い出されて「いとめづらしくをかし」というべきだが、「まねび損じて、いとかたはらいたし」と、『源氏物語』とのインターテクスト批評も示している。その特異さとして、女中納言が「もとどりゆるがして子」を産んだ場面をあげ、さらに「月ごとの病、いと汚し」という。そして、その女中納言が「死に入り、よみがへるほど」が「おびたたしく恐ろしけれ」、鏡ですべてを見通す「まことしからぬ」ことも「いと恐ろしきまで」だとする。いずれも現存しない散逸作品である。

『隠れ蓑』も「めづらしき」素材に取り組み、「見どころ」あるはずだが、あまりに「さらでありぬべきこと」が多く、「言葉遣ひ」もひどく「古めかし」く、「歌」などもよくないためか、同類といわれる『とりかへばや』に圧倒されて、今は読む人も少ないとする。「あはれ」にも「をかし」くも、「めづらし」くも、様々に見所あるはずの構想を示しながらも、格別でないのが「口惜し」く、『今とりかへばや』という優れた作品が「今の世」に出来たように、『今隠れ蓑』という作品を作る人がいてほしいと語る。「今の世」には「見どころ」ある作品を作り出す人もいるだろう、最近の作品で少し読んだものが、「古きものども」よりもかえって「心ありて」みえたと、改作を提案する発言がそこにあるのも興味深い。『無名草子』の語り手の女房たちの時代は、物語史においてプレテクストの改作の時代であったともみなされる。以上に歌の引用はない。

その改作本である『今とりかへばや』は、「何事もものまねびは必ずもとには劣るわざ」なのに、「いと憎からずをかしく」、「言葉遣ひ、歌」なども悪くなく、「おびたたしく恐ろしきところ」などもないようだという。原作の女中納言の「憎き」有様も「いとよく」なり、男女の転倒した姿も「さるべきものの報い」だろうと推察されて「いとほし」く、兄の「尚侍《ないしのかみ》」も「いとよし」と語る。また、女中納言の出産の様子や「尚侍」が男に戻るのも、「かくこそすべかりけれ」と改善されているという。そして、人物評として、四の君は「憎き」とし、歌を挙げて「いとうたてけれ」とも評されている。また、宮宰相は「いと心おくれたれ」と「至らぬ限なき色好めかしさ」が批判され、具体例にそって「わろし」「言ふかひなし」などと評される。また、吉野の中の君も「心劣りすれ」と、脇役が批判されている。

以下、『心高き』は、東宮の宣旨などが「今の世にとりては古き」もので、言葉遣いが古めかしく歌なども悪いが名高く、「心やまし」や「いとあはれに悲しけれ」という情景が示されている。『朝倉』『川霧』も同様で、『朝倉』は始めが「あはれ」で、末が「心にくく」思って読み進めると、きまりきったところが「憎く」、女君が石山に籠もったのは「いとあはれなり」。『岩打つ波』も言葉遣いが古めかしいが、作中人物たちの歌を挙げて「うれしけれ」ともいい、また「をかし」という場面も語って、「させることなき物語」ながらも、「かたき討ちたる」が「そぞろうれしき」と評している。

「今様の物語」としては、『海人の刈藻』が、「しめやかに艶」ではないが、言葉遣いなども『世継』を学んで「したたか」で「あはれ」だと、その内容にわたって詳しく論議されている。そこでは主人公の三位中将などの男たちが一条院の西の対に住む様子が「とりどりにいみじけれ」とされ、権中納言が琵琶を調べつつ『法華経』の一節を口ずさんだのが「いみじけれ」と語った女房は、『源氏』に『法華経』の一偈一句の無いのが「第一の難」と導入部で語った女房であろうか。ただし、これも改作本とみられる現存本では『長恨歌』の一節の引用である。以下に作中人物たちについて「あはれ」を主とした複数の女房たちによる評言があり、「口惜し」「さうざうし」といった用語もある。そして、その終わりには、中宮の御産の祈りの「仏の多さ」が「まことしからね」、男主人公の「即身成仏」は「返す返す口惜しけれ」と、「法師になりにたるあはれ」も皆醒めて、『寝覚』の中の上（原文は中の君と表記）の「そら死に」にも劣らぬ「口惜しさ」だという。やはり、仏教に関しても、超現実的な誇張は批判されている。

この後にも物語談義は続いて、『末葉の露』は『海人の刈藻』と併称されるが、言葉遣いなども凡庸だとする。それにしては、作中人物評には「めでたけれ」、「心にくけれ」、「をかし」「めでたき」と肯定的なものが多く、「物のけ」のしわざによる宰相中将の心の変化などは「あさましく、あはれ」とされ、前関白大将の「女の果報」（女運か）が「いと口惜しけれ」と結ぶが、やはり散逸物語で、人物関係もよくわからない。また、『露の宿り』は、「古物語《こものがたり》」とあるのが不審だが、言葉遣いや歌も悪くなく、あまりに人の死ぬのが「まがまがしき」とされている。その人物評は「いとほしけれ」「よし」「憎けれ」「いみじけれ」と続き、歌を挙げた兵部卿宮は「いとをかし」と結ばれている。

『みかはに咲ける』は歌がよいとし、東宮の宣旨といぅ人の歌を挙げて、その他のも多いとしながら、御匣殿が「いみじくいとほしけれ」と簡略である。『宇治の川波』は、『海人の刈藻』を「まねび」すぎだが「悪しくもなし」とし、人物評は「心やまし」「うれし」「あはれ」「さうざうし」「憎し」「心づきなし」「いとほし」といった用語による。また、『駒迎へ』は、言葉遣いは「艶にいみじげ」だが「むげに末枯れ」だと、物語の終わり方を批判している。その人物評は、「いみじけれ」「情けなかめる」「いとあらまほしくもおぼえね」。そして、『緒絶えの沼』は余りに「今めかし」く現代風だが、「人の心」が多様に表現されて「心ある」作品だとし、人物評も「よき人」「よし」「をかしく」「いとあはれ」などと、口々に語ったという。これ以外にも、「人々しからぬ物語」や少しは得意げな作品も数多いが、申し続けたら夜も明けてしまうと終結に向かう。

そして、「『初雪』といふ物語御覧ぜよ、それにぞ、物語のことは見えてはべる」と、物語談義に区切りをつけている。この『初雪』も散逸作品で、『栄花物語』（かがやく藤壺）に、「初雪の物語」に「女御殿に参りこみし人々」の記述があったと記すのと同じ作品であろうが、そこにも多くの物語談義があったとし、だとすれば、『無名草子』に先行するメタ物語としての場の物語である。

四　同時代の男性作品と〈男〉文化との差異

しかしながら、『無名草子』の物語談義が以上で終わったのではなく、その次に、「むげにこのごろ出で来たるもの」が多く、なまじ古いものより「言葉遣ひ、ありさまなど」すばらしい作品もあるが、『寝覚』『狭衣』『浜松』ほどには評価できないという。優れた近作の「言葉遣ひ」がよいとするのは、和歌的な修辞の得意な作者によるためであろう。

そして、隆信の『うきなみ』はその具体例とみられるものの、「ことのほかに心に入れて作りけるほど見えて、あはれ」だが、「言葉遣ひなど手づつげ」で「いと心ゆきて」は思わないとする。また、定家少将の作も多いようだが、まして「ただ気色ばかり」で、「むげにまことなきものども」であり、『松浦《まつら》の宮』とかが、「ひとへに『万葉集』の風情」で「『うつほ』など見る心地」がして、「愚かなる心も及ばぬさま」であろうと語る。

若き日の定家が作ったという多くの物語は現存しないが、表面的で現実感に欠けると、その評価は低い。『松浦の宮』だけは現存し、その擬古物語的な特徴を『無名草子』の批評がよく捉えていることを確認できる。歌集の論にも、『万葉集』について「心も言葉も及びはべらず」という表現があり、『万葉集』の風情、あるいは『うつほ』など見る心地とは、敬して遠ざける発言である。物語に対する定家の意図と、『無名草子』の語り手の女房たちの好みとのあいだには、その共有する文化圏が同じであっても、明らかな差異があった。また、『うきなみ』『まつらの宮』のあとには、次のような発言がある。

「すべて、今の世の物語は、古き帝にて、『狭衣』の天の乙女、『寝覚』のうちしきなども、今少しことごとしく、いちはやきさまにしなしたるほどに、いとまことしからず、おびたたしきふしぶしぞはべる。『有明の別れ』『夢語り』『波路の姫君』『浅茅が原の尚侍《ないしのかみ》』などは、言葉遣ひなだらかに、耳立たしからず、いとよしと思ひて見もてまかるほどに、いと恐ろしきこともさし交じりて、何事も醒むる心地するこそ、いと口惜しけれ」。

（二五七～八）

本文や解釈に問題もあるが、「今の世の物語」が「古き帝にて」とは、いわゆる擬古物語で、時代設定を古代の宮廷とすることである。『狭衣』の「天の乙女」は天人（天稚御子）の降臨、『寝覚』の「うちしき」は「そら死に」で女主人公の擬死事件を意味するとみられている。この二作品の批評において、すでに大きな難点として論じられていた神仏の霊験や超現実的な要素が、「今の世の物語」では、ますます強まって、「恐ろしきこと」やリアリティの欠如をもたらしているというのである。「言葉遣ひなだらか」な例示作品に共感しつつも、その欠点が超現実的な要素にあるというのは、男性作者によるものが多いためだと思われる。

『無名草子』の語り手の女房たちが理想とするのは、美しい言葉の表現ばかりでなく、悲しみや苦悩をかかえて生きた作中人物の女君に〈同化〉することによって、現実としては失われた王朝の恋物語の幻想世界を生きることであった。そのリアリティに反する要素を批判しもどいていたのである。

「今の世の物語」は、おなじく王朝の恋物語の世界にあこがれつつも、『無名草子』の語り手の女房たちの享受圏とは異質な創作圏にあって、その失われた現実を擬古的な知の想像力によって再構成するために、超現実的な要素を必要としたとみられる。物語の語りの心的遠近法に関わる問題であるといえよう。ここでもまた、同時代の〈女〉文化と〈男〉文化との対比の視点から強調しておけば、女性作者を主とした『源氏物語』以来の物語の伝統は、再び男性作者たちへと交替しつつあった。

『無名草子』が『源氏物語』とそれ以後を論じ、『竹取物語』から『うつほ物語』までを除外する理由のひとつには、それらが超現実的な要素の強い男性作者による作品であったという認識があったと思われる。それ以上に重要なのは、『無名草子』の批評が、〈同化〉と〈異化〉とが複合した『源氏物語』のような多声法による調和をすでに見失い、女たちへの〈同化〉と、男たちに対する〈異化〉とに、作者と作中人物をめぐる物語の価値基準が分裂しているともみなしうることである。

『無名草子』の語り手たち（つまるところ「作者」）は、物語作者としての定家を、さして高く評価してはいない。和歌に関する部分でも、それが撰集についての簡略な論であるとはいえ、父俊成は高く評価されていても、定家にふれるところは少ない。定家はまだ若く、和歌そして物語学者として権威となるのも後のことで、『無名草子』ではさほど意識されていない。『無名草子』は、『源氏物語』が男性歌人たちによって正典化されつつあるものの、いまだそれが確立してはいない〈女〉文化の状況を伝えるものである。作中の登場人物がすべて女性であるところに、その自覚が端的に示されており、女たちによる女のための王朝文化論議なのである。

『無名草子』は『源氏物語』をきわめて高く評価し、その批評の用語も歌学と共通し、歌を伴った場面が多く引用されていることなどから、藤原俊成や定家と関わりの強い文化圏において成立したとみられてきた。具体的には、俊成卿女を作者とみる説が強い。しかしながら、俊成卿女は『無名草子』の成立時にほぼ三十歳、夫源通具と別れたが二児をかかえ、歌人としての活動や女房生活を始める前のことで、確かな根拠はない。

この時代は、政治権力が貴族から武家へと決定的に転換し、文化の意味やありようも大きく変わる転換期である。平安朝の中期に宮廷の女房サロンを中心として花ひらいた王朝の女性文化が、その現実の基盤と生活実感を失い、憧れるべき観念として抽象化した。それと裏腹に、政治の実権を失った貴族の男たちによって、女性文化が取り込まれ、有職故実や和歌や物語が貴族文化の伝統として権威化されていく時代であった。

この時代の和歌は、まず「神仏を体現する聖帝の読み知るべきもの」であり、それを支える摂関家の貴族理念の象徴行為であり、中下流の貴族である歌人たちは、その政治権力闘争につらなる存在であった。[4]これが〈男〉文化における和歌の公的な位相であり、武家政権下にあって、こうした天皇や院と、それにつらなる貴族文化そのものが〈女〉文化をも変質させつつあった。

そうした状況の中で、「建久物語」という書名とも関わり、本文中に「建久七年」（一一九六）という年号が明記されていることが、鎌倉幕府と結びついていた九条兼実が失脚し、慈円も天台座主を辞した「建久七年の政変」との関連として注目されている。九条家の危機は、俊成や定家たち御子左家の支持基盤が失われたことをも意味していた。貴族文化そのものが王朝〈女〉文化の位相にあったともいえ、こうした政治社会的な背景のもとに、女による〈女〉文化の論議である『無名草子』の作者も女に特定することはないとして、慈円をその作者とみる説が深沢徹によって提起された[5]。その前には、隆信作者説が五味文彦によってなされてもいる[6]。かつては俊成作者説もあり、こうした男性作者説はうがちすぎだと思われ賛成できないが、ジェンダーとしての〈女〉文化の位相にあることが重要で、作者の性は男でも女でもありうる時代状況にあったということは認めてよい。

そこでは、『新古今集』の歌や、その撰者である定家の新しい歌風に代表されるように、歌そのものや歌学も大きく変換した。このような状況のもとでの『無名草子』の位相や、『源氏物語』の受容に代表される物語と和歌との関係を捉えるためには、〈女〉文化と〈男〉文化との対比とその葛藤による相互関係を考えていく必要がある。その上でなおかつ、『無名草子』が定家や隆信のような男性歌人とは異なった〈女〉文化圏において成立した作品であり、作者も女性とみるべきことを検証したいのである。

建久三年（一一九二）に鎌倉幕府を開設した源頼朝は、同六年に上洛して東大寺開眼供養会に臨んだあと、建久十年一月に歿し、頼家が跡を嗣いで年号は正治に改まった。武家の時代が到来する中で、『源氏物語』の享受史もまた、大きな転換点にあった。のちに河内本の本文校訂をする源光行は、頼家の将軍就任にちなむ吉書始めに列席している。『原中最秘抄』の奥書によれば、やはり後年に光行の注釈書である『水原抄』の草稿が成る過程で、藤原（後徳大寺）実定や藤原良経の協力を得ていたという。

藤原俊成が判者をつとめた『六百番歌合』は、建久四年あるいは五年に催されたが、その中の判詞に、「紫式部歌よみの程よりも物書く筆は殊勝也。其の上、花の宴の巻は、殊に艶なる物也。源氏見ざる歌よみは遺恨の事也」

とあるのだった。『源氏物語』は『無名草子』と同時代の男性歌人たちによって、歌学のための必読書として権威化され古典化しつつあった。とはいえ、源光行・親行による河内本や藤原定家による青表紙本という証本も未だ成立する以前である。『無名草子』の引用する『源氏物語』の本文は、別本の国冬本や現存しない伝阿仏尼本などに近く、王朝〈女〉文化の伝統における自由な物語享受の流動性を示している。

良経は建久九年（一一九八）に左大将を辞して蟄居し、源通親の死去によって良経が摂政に返り咲くのは四年後の建仁二年である。その前年に、慈円が天台座主に復位している。『無名草子』が成立したとみられるその間には、後鳥羽院の主催した『正治二年初度百首』（一二〇〇年）に際して、六条藤家（季経・経家ら）と源通親とが結託して、九条家グループの有力メンバーであった御子左家の新進歌人たちを排除した。これに抗議して、俊成は『俊成卿和字奏状』（正治奏状）を書いて、俊成・家隆・隆房らが加えられたという。(7)

また、定家は『明月記』の中で、建久年間（一一九〇〜九九年）に『源氏物語』五十四帖の写本を盗まれ、その三十年ほど後の、元仁元年（一二二四）十一月から翌年の二月まで要して写させるまで、『源氏物語』の本が手元に無かったというが、これは家の証本というべきものであろう。

定家が『物語二百番歌合』を撰定したのは、樋口芳麻呂によれば、建久三年から同七年で、定家三十一歳から三十五歳のころである。(8) まず『源氏物語』から撰んだ秀歌百首を左に、これに『狭衣物語』から撰んだ百首を右として番えた「源氏狭衣百番歌合」を撰んだあと、二、三年をおいて『源氏物語』の残りの歌から百番を撰んだ左と、『夜の寝覚』以下の十の物語の歌百首を右として番えた「後百番歌合」を撰したものである。

「後百番歌合」は、良経に頼んで宣陽門院（後白河天皇の皇女の覲子内親王）から借り出してもらった物語を含んでいた。その十の物語の名称と歌数は、『夜寝覚』（二〇首）、『御津浜松』（一五首）、『参河にさける』（一五首）、『朝倉』（一三首）、『左も右も袖湿』（一〇首）、『心高き』（一〇首）、『取替ばや』（六首）、『露の宿』（五首）、『末葉露』（三首）、『海人刈藻』（三首）である。こうした物語が定家の手元にはなく、女院のような女性文化圏にあったとみられることも、『無名草子』の女性文化圏における成立を推定させる根拠である。

この『物語二百番歌合』と『無名草子』の物語論でともに扱われた物語名と、歌数だけを簡単に比較しておくことにしたい。『無名草子』では、『源氏』(四〇首)のあと、『狭衣』(五首)、『寝覚』(一七首)、『みつの浜松』(八首)、『みかはに咲ける』(一首)、『朝倉』(ナシ)、『心高き』(ナシ)、『今とりかへばや』(三首)、『露の宿り』(一首)、『末葉の露』(ナシ)、『海人の刈藻』(ナシ)である。『左も右も袖湿』は『無名草子』に取り上げられていない。『無名草子』で、この他に歌を記している物語は、『岩打つ波』(二首)である。

同時代における歌にまつわる物語の評価として、ここに共通性を読むのか、差異を強調するのか、判断の分かれるところである。樋口は、『無名草子』の歌の「七四首中の三二首、すなわちその四三%までが一致し、とくに『狭衣』とは六十%、『源氏』とは五五%が一致している」という。『源氏』では、須磨巻の歌を特に多く載せている点で両書が一致し、明石・夕霧・幻巻は、二書とも比較的多くの歌を収めている。ただし、柏木巻はともに三首で、『無名草子』がより多くの比率で歌を収載している。また、『無名草子』が歌数からも記述の分量からも『寝覚』と『みつの浜松』を重視しているにもかかわらず、『狭衣』を尊重して『源氏』の次に置いているのは、『物語二百番歌合』の影響だとみている。

しかしながら、『無名草子』における物語の評価は、同時代の世評は『狭衣』『寝覚』『みつの浜松』の順としつつも、『みつの浜松』『寝覚』『狭衣』の順であった。その記述量と歌の数も、『寝覚』(一七首)『みつの浜松』(八首)『狭衣』(五首)の順であり、歌の数でもことに『狭衣』が少ないことが、『物語二百番歌合』とは決定的に異なっている。

そして、他の物語についても、どうみても差異のほうが大きい。『無名草子』の作者は、あくまでも物語として批評しているのであり、歌としての評価基準とは異なった独自の見識が、「物語の詩学」なのであった。物語の中の秀歌撰という試みは、定家にとって、本歌取りという歌の技巧との関連で必然性をもった行為だったはずである。

『源氏物語』をはじめとする物語の歌を、歌そのものとして評価し鑑賞することは、歌の詠まれた文脈を想像し補完することは可能だが、歌を物語の文脈から切断する方向性を否めない。あたりまえのことだが、同じく歌を中心にして物語を批評するといっても、その物語の文脈に即して論じる『無名草子』との決定的な差異がある。そして、『無名草子』には『物語二百番歌合』についての言及もない。

『無名草子』は、作り物語を中心とした物語のジャンル区分の意識を示し、ゆるやかではあるが、現代の研究に通じる物語史というべき文学史的な時代区分を示していた。それは、一二〇〇年頃を現在として、次のように大別される。(9)

(1) 源氏物語より前の物語
(2) 古く感じられる物語
(3) 今様の物語
(4) 今の世の物語

それぞれ、(1)十世紀以前、(2)十一世紀、(3)十二世紀前半から中期、(4)十二世紀後半と、ほぼ対応させることができる。『無名草子』で言及された作り物語や歌集の半数以上が散逸作品であり、『寝覚』『みつの浜松』などの欠巻部分を補ったり、現存する改作本の古本を知る手がかりにもなる。そうした物語の全体像の復元や、散逸物語を含んだ物語史の検討のためにも、『物語二百番歌合』や『風葉和歌集』などとともに、貴重な資料とされてきた。とはいえ、第一節で述べたように、たんに物語史の資料として扱うのではなく、「草子」という批評文芸の系譜に位置づけて作品としての総体を捉え、その「物語の詩学」を具体的に検証することが課題であった。

そして、『無名草子』が対象としているのは、散逸物語などで不明の作品も多いが、作り物語のうちでも、中・長編の物語であり、『堤中納言物語』に収められた諸作品のような短編の物語は、歌物語とともに論の対象からはずされている。これは、作中人物である女性の生き方に感情移入することを主とした享受のしかたによるためと考えられる。

こうした『無名草子』の特徴を相対化するためには、文永八年(一二七一)十月に、大宮院姞子の命で藤原為家が撰したとみられる『風葉和歌集』との比較が有効である。『風葉和歌集』は、当時存在したと思われる二百におよぶ物語の中から千五百余首の歌を撰び、それを勅撰集の部立に倣って二十巻に配したものだが、その末尾二巻は散逸している。そこでも、『伊勢物語』や『大和物語』のような歌物語は排除しているのだが、『堤中納言物語』に含まれる『逢坂越えぬ』『貝合』『はいずみ』『花桜折る少将』『ほどほどの懸想』という短編物語の歌も各一首採られており、何よりも、『源氏物語』以前の作品も対象としているという差異がある。現存する作品では、『竹取』(三首)、『うつほ』(一一〇首)、『落窪』(八首)であり、散逸物語では『隠れ蓑』(一一首)、『道心すすむる』(八首)、『かはほり』(三首)、『埋れ木』(二首)、『はこやのとじ』(一首)である。

特に、『うつほ』は、『源氏』(一八〇首)に次いで多く、『狭衣』(五六首)、『浜松』(二九首)、『寝覚』(二五首)をはるかに凌いでいる。また、『無名草子』にその名がみえる物語のうち、『朝倉』(二〇首)と『有明の別れ』(二〇首)は『無名草子』ではその歌を記さず、『松浦の宮』(一九首)と『うきなみ』(一七首)も多くを採られている。次いで、『緒絶えの沼』(一六首)と『玉藻に遊ぶ』(一三首)も『無名草子』に歌は引かれていない[10]。このように、その採歌数からみた『風葉和歌集』における物語歌の評価は、『無名草子』と明らかに異なっている。

ここに、『無名草子』以降の、男たちの歌学における『うつほ』をはじめとする前期物語の復権を読むことも可能であろう。鎌倉時代には、『物語二百番歌合』の「源氏狭衣百番歌合」において『源氏物語』と『狭衣物語』が組み合わされていた他に、『伊勢源氏十二番女合』のように、『伊勢物語』もまた歌を中心として古典化されて『源氏物語』と組み合わされていた。こうした対比から逆照射されてくる『無名草子』の特質を、C歌集の論とD王朝女性の論を展望する中で、さらに確かめておきたい。

五　歌集の論・王朝女性の論と「末の世」意識

B作り物語の論で話題になった作品群について、「若き声」の女が「思へば、皆これは、されば偽り、そら事なり。まことにありけることをのたまへかし」と、『伊勢物語』と『大和物語』をあげるのだが、周知のこととして語られない。歌のよしあしについては、よいと思われる歌は『古今集』に入っているという。また『世継』『大鏡』の名は巻末にみえるが、「女の沙汰」に対する男性論として参照せよというのである。説話集の類は、女性の論などの素材として歌集や日記などとともに参照されていたはずだが、その名を記されてはいない。

『無名草子』のC歌集の論は、物語についての論にくらべて量的にもきわめて少なく、そのあとのD王朝女性の論へのつなぎのような位置にある。そこには、語り手の〈女〉たちの立場からの「心」と「言葉」についての心的な距離感が、B作り物語の論においてみたような、「今」と「古」との親疎とともに示されている。

『万葉集』については、「心も言葉も及びはべらず」と、一種のほめことばではあるが、語り手の女房たちにとっては、疎遠なものであった。『古今集』についても、その「古言《ふるごと》」は「返す返すもめでたくはべれ」と讃えつつ、「歌のよしあしなど申さむことは、いと恐ろし」と発言したうえで、撰者たちが「たとひ思ひ誤りてよろしき歌」を入れたとしても、帝がみとがめなかったはずはないとするのは、勅撰集であることの権威を認めた発想である。高く評価しているのだが、「よろしき歌」と凡庸な歌に言及するのは、これもまた単純な絶賛ではない。やはりその「古言」との心的な距離があった。

『後撰集』もまた、「あまりに神さびすさまじきさまして、凡夫の心及びがたくはべり」と、やはり敬して遠ざけている。『拾遺集』と『拾遺抄』との関係については、ある人が定家少将にどちらが勅撰かと質問したのに対して、定家が「集には抄ははるかに劣りて見ゆ」と答えたことや、「万葉集より千載集に至るまでは八代集とや言ふらむ」と記したものがあるという。『後拾遺集』は「よき歌どもはべるめり」と認めつつも、「古き集どもよりはよし」という人々もいるが『古今集』には及ばないとする。つまりは、勅撰集の歌は優れたものと認めつつも、一定の距離感があるとし、それは撰者たちが男であり、公的なものだからであろう。

次いで、藤原公任が三代集の歌から撰じた『金玉集』を高く評価している。そこに収められた歌が、「心も言葉も姿もかき合ひて、めでたき歌」だという発言である。三代集という勅撰和歌集それ自体よりも、公任がそこから秀歌を撰んだ歌集が、歌の最高の基準だということになる。公任の秀歌撰をもっとも高く評価するのは、それが紫式部の『源氏物語』と同時代の、個人の批評基準による私撰だということに注目しておきたい。

これ以下が私撰集についての論だが、その評価も必ずしも高くない。『金葉集』(源俊頼撰、初度本一一二四年、二度本一一二五年)はよいと思う人もいるが、「今少し見どころ少なく」思われるとする。そのあとには、「家々に撰べる集」が多く、『かゐんす(歌苑集)』『こせんす(今撰集)』などは、人はよいと思うようだが、勅撰集でないせいか「いとあなずらはしく」思うとし、「撰べる人柄による」のだとする。『げんそん(現存)』『げっけす(月詣集)』などは「めでたかるらめども、心にくくもいとおぼえはべらず」。まして『ならす(奈良集)』などは、見ていないが「心せばきもの」だろうとか、『ぎょくわす(玉花集)』という建久七年の撰のものも、誰というほどの者のしわざでもないだろうなどという。ほとんどが、散逸した歌集らしく、その内容はわからないが、撰者の才能を重視した発言である。

『ぎょくわす』については、別の女房が、「題の歌」(題詠)だから、歌を詠むべきとっさの場合に役立つのではないかという。それに対する答えとしては、「題の歌」ということなら、撰集でなくとも、『堀河院百首』『新院百首』(久安百首)、近くは藤原良経が左大将だったときの『百首』があり、かえって「いと美しき」歌どもがあるという。この『百首』とは、建久四年(一一九三)に良経が主催して、俊成が判者をした『六百番歌合』のことである。歌題は、「春」(二五首)、「夏」(一〇首)、「秋」(十五首)、「冬」(一〇首)、「恋」(五〇首)の百題で、作者は、良経・季経・兼宗・有家・定家・顕昭・家房・経家・隆信・家隆・慈円・寂蓮の一二人。それぞれが持ち寄った百題の百首を六百番の歌合とした。当時の歌壇の二大勢力である御子左家と六条家の代表歌人たちが結集して、激しい論争が行われたとみられている。

次いで、その判者である俊成が撰んだ勅撰集である『千載集』(一一八七年序)について、次のような発言が『無名草子』にあるのも注目にあたいする。

あはれ、折につけて、三位入道のやうなる身にて、集を撰びはべらばや。『千載集』こそは、その人のしわざなれば、いと心にくくはべるを、あまりに人にところを置かるるにや、さしもおぼえぬ歌どもこそ、あまた入りてはべるめれ。何事もあいなくなりゆく世の末に、この道ばかりこそ、山彦の跡絶えず、柿の本の塵尽きず、とかやうけたまはりはべれ。まことに、聞き知らぬ耳にもありがたき歌どもはべるを、主《ぬし》の、ところにはばかり、人のほどに片去る歌どもにはかき混ぜず撰り出でたらば、いかにいみじくはべらむ。(二六二～三)

俊成への評価は高い。けれども、歌そのものの価値によってではなく、撰者が詠んだ人の身分に遠慮して、たいして良くもない歌を入れたことには批判的である。何事も悪くなっていく「世の末」に、この歌の道だけが持続しているという認識もある。末世という時代認識のもとに、人の身分をはばからず撰ぶことができたらどんなにすばらしいか、と発言したあと、「女」の論へと帰結していくのである。『無名草子』の「世の末」そして「末の世」という末法思想との重なりは、他の部分にも顕著である。末世だからこそ現実社会の身分秩序とは無関係な歌の純粋性が求められるという態度は、「女」の論とも通底している。それは、現実社会の身分秩序を構成している公的な世界が〈男〉のものであり、そこから疎外された〈女〉の私的文化の伝統にこそ、より純粋な歌や物語の世界があるという発想であろう。そして、それが後世に歌や物語の文字として名を残すことの願望へと通じているのである。『無名草子』の文脈をもう少したどってみる。

いでや、いみじけれども、女ばかり口惜しきものなし。昔より色を好み、道を習ふともがら多かれども、女の、いまだ集など撰ぶことなきこそ、いと口惜しけれ。（二六三）

これを承けた別の女房が、本章の始めに引いたように、必ずしも歌集を撰ぶことがすばらしいのではないとして、「紫式部が『源氏』を作り、清少納言が『枕草子』を書き集め」たこと、物語の「多くは女のしわざ」だから、女も捨てがたいとしたのであった。

『無名草子』の語り手の女房の発言には、歌に対する明確な評価の基準があった。それは、公任撰の『金玉集』の歌のように、「心も言葉も姿」も調和した歌が理想であり、題詠歌ならば『六百番歌合』の「美しき」歌であった。勅撰集を撰することにはあこがれつつも、撰者の男たちが、作者の身分のような歌そのものの評価とは別の権力関係による社会的基準を混同していることには、批判的できびしい。その深層にあるのが、〈女〉の立場からの私的な文芸観であるが、現在は活躍の場がないと嘆いている現実があった。

その語り手の女房たちの一人が、歌集の論の終わりに、現在の自分について、こう語っている。

「さらば、などか、（私は）世の末にとどまるばかりの一ふし、書きとどむるほどの身にてはべらざりけむ。（高貴な）人の姫君、北の方などにて隠ろへばみたらむはさることにて、宮仕へ人とてひたおもてに出で立ち、なべて人に知らるるばかりの（私のような女房の）身をもちて、『このころはそれこそ』など人にも言はれず、世の末までも書きとどめられぬ身にてやみなむは、いみじく口惜しかるべきわざなりかし」（二六三〜四）

さらに、この女房の発言は、和歌のひとつも歌集に入ることさえ女はむずかしく、まして「世の末」（後世）まで名を残すほどの言葉を表現した人は少ないのではないかという。『無名草子』の時代の女房たちの実態に即した発言であろう。同じく女房といっても、この時代には、かつての清少納言や紫式部のような活躍の場は失われていた。彼女たちに出来たのは、栄光に満ちた王朝女性文化を追想し、語り合うことによって未来の可能性を願うことであり、それが『無名草子』の世界であった。

D王朝女性の論は、「まね」したいような古今の「心にくく聞こえむほどの人々」についてであるが、C歌集の論の終わりの「世の末まで名をとどむばかりの言葉、言ひ出で、し出でたるたぐひ」を承けている。女性の芸術活動への関心を主にして、一五人の歌人や作家、琵琶の名手、后妃や皇女がとりあげられている。その時代は、一条朝を中心にして、堀河天皇の時代までであり、王朝文化の最盛期に限られている。

小野小町は「色を好み、歌を詠む者」の代表で、「女の歌」の理想であるといわれ、「老いの果て」の落魄伝説に言い及ぶ人に対しては、「それにつけても、憂き世の定めなき思ひ知られて、あはれ」だと肯定されている。清少納言も、『枕草子』に「あはれにも、いみじくも、めでたくもある」ことを書いたことを評価しつつ、歌は得意でなかったこと、中関白家の没落を記さなかったことは讃められつつも、やはり晩年の落魄に言及されている。

小式部内侍は、教通に愛されて子を生んだことなどが「めでたけれ」とされ、多くの男性との歌による交流がいわれている。その母の和泉式部は、歌人として高く評価され、「罪深かりぬべき人」なのに歌の徳により後世で救われたことが「うらやまし」とされる。宮の宣旨は、定頼との悲恋の贈答が「ありがたくあはれ」だという。また、「名を得て、いみじく心にくく」理想的なのは伊勢の御息所で、宇多天皇との関係もすばらしく、晴れの屛風歌の歌人として「心も言葉もめでたく」と語られている。さらに、兵衛の内侍は、「歌を詠み、物語を撰び、色を好む」ばかりがすばらしいのではないとして、数少ない女の琵琶奏者であり、「ありがたくうらやまし」い人の例にあげられている。

そして紫式部は、いうまでもなく『源氏物語』作者として、また「その人の日記」の「一文字をだに引かぬさま」のエピソードや、道長や彰子と親しい関係にありながら控えめな「心柄」に言及されている。

これらは、文芸や芸術に長けた女房であるが、男性関係における「色を好む」ことが、肯定的で共通の基準であることにも注目したい。語り手の女たちが、女房であることと、その理想に通じるものだからである。そこには、「定め」の場の論議における連想と対比の論理が作用している。それが、次の后妃論の始め、「皇后宮、上東門院、いづれか今少しめでたくおはしましける」という問いにも明確である。

皇后宮（定子）は、美人で一条院の愛情も深く、その死別のときの「あはれ」な歌、また中関白家の没落をめぐる生きざまが同情的に懐古されている。上東門院（彰子）は、「よしあしなど聞こゆべき」でなく「何事もめでたきためし」に引かれる人としたうえで、一条院との死別の歌の「めでた」さ、二度の剃髪の「あはれ」をいう。何よりも、「優なる人」（女房たち）の多さが「心にくくめでた」い。その妹の枇杷殿の皇太后宮（妍子）は、「華やかに、もの好み」した女房を多く集めたとし、前述の宮の宣旨と同一人物かともみられる大和宣旨の名があげられている。女房装束の禁制を破り、一品経供養なども「おびたたし」い豪華さだったという。

次に大斎院（選子）のすばらしさが語られる。若き日の「めでたさ」は当然だが、晩年にあたる「世も末」の「末の世」に、月の光のもとで琴を引き遊ぶ風雅のエピソードが印象深く語られている。そして最後が、小野の皇太后宮（歓子）で、これも出家のあと、雪の朝の白河院行幸の際の、貧しさの中の風流が、今の世ではありえない心配りとして表現されている。

これらは『栄花物語』や『今鏡』、また説話集の類がプレテクストとしてある話題によるのであるが、歌物語的なエピソードを多用し、印象深く語っている。その晩年の生き方に強い関心を示しているのは、「末の世」意識と深く通じている。そして、そのD王朝女性の論が堀河天皇の時代（一〇八六〜一一〇六年）までであり、B作り物語の論が語り手の女房たちの同時代までであるのとは異なって、王朝文化の最盛期に限られていることは、現実への絶望感を示しているとも考えられる。

その王朝女性の論のそれぞれは、物語的ともいえるのであるが、ふりかえってみれば、このような歴史の現実を知る女房たちが、作り物語について語ったときに、歴史的な背景や要素にほとんど関心を示していなかったことが、あらためて逆照射される。『無名草子』で語られる物語の世界は、現実とは異次元の、美しい過去の女たちによる王朝文化への憧憬だということである。

『無名草子』の語り手たちが理想とするのは、美しい王朝文化の言葉の世界に〈同化〉することによって、失われた〈女〉の王朝文化を憧憬しつつ、その回復を願うものであった。その中心に『源氏物語』を頂点とする作り物語が位置するのは、〈女〉による最大の文化遺産であり、虚構ゆえになおも未来へと持続する可能性をもつからである。その表現には「御伽」など中世に特有の語と思われるものも多く、『無名草子』自体が典型的な中世文芸のひとつの作品である。

定め（論議）の場の物語は、現実にも行われていたが、次章で検討するように、『枕草子』や『源氏物語』帚木巻の雨夜の品定めをはじめ、『大鏡』『今鏡』『宝物集』『古とりかへばや』などの伝統を継承するものであった。物語については、『枕草子』では定子の御前で「物語のよきあしき」を定め、『うつほ』の涼と仲忠の優劣について論議したりしていた。その「あはれ」「をかし」「よき」といった〈同化〉とともに、「にくき」「わるき」「あしき」という〈異化〉の表現も含めて、「言葉」や作中人物や物語内容の場面についての批評の系譜に、『無名草子』を位置づけることができる。

より広く、類聚的な批評文芸の系譜として「草子」というジャンルを考えることも、こうした「物語の詩学」と併せて可能であろう。とはいえ、『枕草子』における物語批評は、定子をめぐる王朝生活のひとこまとしていかにも断片的であり、その総体は和歌や漢詩文をめぐる美的な生活と、その〈もどき〉の表現にあった。

『源氏物語』においては、蛍巻の物語草子作りや、光源氏と玉鬘による物語論議、末摘花の愛読する古物語、また絵合における論議があった。それらはしかし、物語世界の中におけるメタ物語としての論議であり、独立した批評ではない。『今鏡』巻七には、令子斎院で『源氏物語』を読み、「榊」や「葵」の巻についての論議をしたという記録もあり、現実に王朝女性たちの世界で物語論議の伝統が続いていたことを窺わせるのでもあるが、『無名草子』はまた、そうした記録でもない。現存しないので定めの場の物語かどうかも不明だが、『はつゆき』という先駆の物語批評作品があったことも『無名草子』は記しており、これもまた物語の中のメタ物語という可能性が大きいと思われる。

『無名草子』もまた、序の物語として老尼の語りを置き、その老尼を聞き手とする場の物語の枠をもつのであったが、その作り物語を中心とした王朝〈女〉文化の論の、批評文芸としての独立性が明確である。それは、〈男〉たちによる歴史物語や歌論や説話集に対抗しうる、現存最古の〈女〉による文芸そして文化批評の書である。そして、歌学や歌を詠むための教養書でも歴史物語の一部でもなく、まぎれもない物語論を中心とした王朝文化論として、歴史物語や歌論や説話集とは異なった「物語の詩学」を示しているということである。

これまで、『無名草子』は近代の「評論」という視点から扱われ、その印象批評的な性格が、論としては素朴で未熟な作品とみられる傾向が強かった。しかしながら、「あはれ」「艶」「をかし」といった和歌の美意識と共通する用語によって王朝文化の理想を語るとはいえ、難点を批判し、「まことしからず」「あさまし」「すさまじ」などというのは、和歌の美意識をはるかに超えている。それはまた、老尼の序の物語による狂言綺語観をふまえた仏教的文学観の枠をもつとはいえ、多声的な語りの手法によって、トポロジカルにその制約から逸脱している。印象批評というにせよ、その人物批評などは的確で、近代の作品論や作中人物論の原型といいうる。歌のみならず「言葉遣ひ」という文章表現に批評基準のあるところが、表現論の先駆なのである。

古代末期には価値観が大きく変動し、平安朝中期における〈類聚〉によって世界を再解釈し秩序を回復しようとする動きから、武家の時代への移行の中で、もはや統一的な秩序による体系性を求めつつも放棄せざるをえない〈集成〉の時代に入っていた。仏教における浄土教と物語文芸とは、こうした過渡期の産物である。[11] 社会（共同体）の秩序はゆらぎ、個化した人間の魂の救済となぐさめが大きな課題となっていた。

漢文による六国史が終焉したあと、かな文による歴史書は「物語」となった。勅撰和歌集は相変わらず編纂されたが、もはや国家の秩序を統合するものではありえなかった。『今昔物語集』のように、仏法を核として世界を再解釈し体系化しようとする試みは破綻する。人々の魂の救済に目的を絞った浄土教の流れは、源信の『往生要集』

から法然へ、そして親鸞へと社会的な現実に対応する思考と実践の過程で、特異な〈日本化〉をとげた。その方向性の内に、物語文芸の表現史も位置づけうるであろう。慈円は「道理」の存在を問い、『愚管抄』を書かねばならなかった。『無名草子』の王朝文化への憧憬も、たんなる失われた過去への追憶ではなく、中世の王朝〈女〉文化の新たな可能性への希求であった。

第5章　「世継」と無名草子の系譜——語りの場の表現史

一　「世継」物語の系譜と語りの場

『無名草子』を、戦乱によって失われた王朝貴族の女性文化の回復を願う、女房たちによる幻想の歴史書として捉え、前章では「草子」というジャンルを仮説したが、それをまた「世継」の物語の系譜において位置づけることが、この論の基底となる発想である。

『無名草子』は、「さのみ、女の沙汰にてのみ夜を明かさせたまふことの、むげに男の交じらざらむこそ、人わろけれ」と、女性の話題だけで男性を論じないのはみっともないと語った女房に対する、次のような発言で終わっている。

「げに、昔も今も、それはいと聞きどころあり。いみじきこと、いかに多からむ。同じくは、さらば、帝《みかど》の御上《うへ》よりこそ言ひ立ちなめ。よつぎ、大かがみなどを御覧ぜよかし。それに過ぎたることは、何事かは申すべき」と言ひながら。（二八五）

この「大かがみ」が『大鏡』であることは確かだが、「よつぎ」は『栄花物語』なのかどうか、定かでない。「よつぎ大かがみ」で『大鏡』をさすという説もあるが、[1]並列しているから『栄花物語』の可能性がつよいとみるのが近年の説である。[2]

『無名草子』では、『海人の刈藻』についても、「しめやかに艶あるところなどはなけれども、言葉遣《ことばづか》ひなども、よつぎをいみじくまねびて、したたかなるさまなれ」という。言葉遣いを「よつぎ」に学んで「したたかなるさま」とは、歴史物語風の文体がしっかりしているというのであろう。この「よつぎ」についても確定はできないが、『栄花物語』とみる説が通説化している。

そもそも、『栄花物語』も『大鏡』も、書名としての別称に「世継」や「世継物語」とあることが、混乱の原因である。『栄花物語』では、三条西家旧蔵の梅沢記念館蔵本の、前半十帖（巻二十まで）が「栄花物語」と題し、書写年代の異なる後半七帖が「世継」と題して、ともに鎌倉中期を下らない書写という。また、異本系統の富岡家旧蔵の学習院大学蔵本が「世継物語」と題すという。『大鏡』については、建久三年（一一九二）書写の建久本などの諸本が「大鏡」の題名をもち、藤原伊行『源氏釈』や顕昭『古今集註』『袖中抄』などが「大鏡」という名をあげるが、原題は不詳とされている。蓬左文庫本は「よつぎ物語」（内題「世継」）、また、「世継が物語」（愚管抄）、「世継の翁が物語」（六百番歌合）、「世継の翁の物語」（徒然草）、「世継物語」（袋草紙、中古歌仙三十六人伝）などともいう。「世継大鏡」という例も、『無名草子』だけでなく、『拾遺抄註』『清輔本古今集』『異本伊勢物語』『塵袋』などにもあり、『大鏡』の異名ともみなされている。『大鏡』の「世継」は、いずれも語り手の大宅世継に関連した呼称とみられる。[3]

歴史物語としての「世継」を代表する『栄花物語』と『大鏡』とは、語りの場の表現史からみるとき、異なった物語叙述の型を示している。ともに書かれた語りであるが、『大鏡』が雲林院の菩提講という語りの場と作中人物としての語り手を明示しているのに対して、『栄花物語』は実体的な語りの場や語り手の姿をみせない。そのことが、藤原道長の栄華の捉え方をはじめとする、歴史認識の差異をもたらしている。

『栄花物語』は、「世始りて後《のち》、この国の帝《みかど》六十余代にならせたまひにけれど、この次第書きつくすべきにあらず。こちよりてのことをぞしるすべき」と書き始められている。序文というべきもので、歴史を書こうとする筆記者の姿勢が明示されている。「こちよりてのこと」とは、書き手の現在からの遠近法であり、「六十余代」という皇統譜によって、おおよその現在時点がわかる。これは、正編の終わりである巻三十「つるのはやし」が六八代にあたる後一条天皇までを記しているのと対応している。「こちよりて」の帝として名を記されているのは、五九代の宇多天皇からである。冒頭文に続く部分はこうである。

世の中に宇多の帝と申す帝おはしましけり。その帝の御子《みこ》たちあまたおはしましけるなかに、一の御子敦仁《あつひと》の親王《みこ》と申《ま》しけるぞ、位につかせたまひけるこそは、醍醐の聖帝と申《ま》して、世の中に天《あめ》の下めでたき例《ためし》にひきたてまつるなれ。位につかせたまひて、三十三年をたもたせたまひけるに、多くの女御たちさぶらひたまひければ、男御子《をとこみこ》十六人、女御子《をむなみこ》あまたおはしましけり。　（一・一七〜八）

「けり」という伝来の語りの助動詞を基調とするのは、歌物語や作り物語などとも共通する〈語り〉の指標であり、非実体的に抽象化された語り手が、術語としての辞によって、作中世界を往還しながら物語テクストを紡ぎ出していく。これに対して、『大鏡』の冒頭はこうである。

先《さい》つ頃《ころ》、雲林院の菩提講に詣でてはべりしかば、例人《れいひと》よりはこよなう年老い、うたてげなる翁《おきな》二人、嫗《おうな》といきあひて、同じ所に居ぬめり。「あはれに、同じやうなるもののさまかな」と見はべりしに、これらうち笑ひ、見かはして言ふやう……　（一三）

『大鏡』では雲林院の菩提講という作中世界内の語りの場へと、直接に入り込んでいく。その導き手たる語り手は、筆記者であることにおいて『栄花物語』と共通しているが、あくまでも作中世界内を見聞した人である。ここで、「侍りしか」「侍りし」というのは、読者に対する丁寧な語りかけの表現で、消息（手紙）文体とも共通し、筆記者の直接体験を回想するという、書かれた語りの枠の設定となっている。

そして、年老いた「うたてげなる翁二人」が、以下に繰り広げられる歴史物語の主要な語り手である。百九十歳の大宅世継と百八十歳の夏山繁木が見聞した昔物語を語り、これに繁木の妻が加わり、三十歳ほどの「侍《さぶらひ》めきたる者」が「あど」（相づち）を打って物語が進行する。これは、長寿と天下の繁栄を祝う能（謡曲）やその始源たる猿楽の翁の系譜にあって、折口信夫が「翁の発生」で指摘し、その後に展開される神性や賢者に通じる視点だといえる。(4) けれども、雲林院の菩提講の聴衆にまぎれたこの二人は、風采の「うたてげ」な翁であった。世継は宇多天皇の母后である班子女王の召使いであり、繁木は藤原忠平の小舎人童であったという。作中世界の現在まで続く皇統と藤原氏の歴史を見聞して伝える、世俗の語り手ゆえの高齢と出自である。この物語の中心をなす藤原道長の栄華もまた、時の流れの批評を免れてはいない。これらの作中人物たちによる場の物語からみれば、冒頭の筆記者は半実体的で傍観的な語り手なのである。

古代・中世のライフサイクルにおいて、誕生から成人までの期間は「童《わらは》」であり、成人儀礼を経て「男」と「女」になり、結婚と子育てにたずさわる。平安朝の貴族社会では、四十賀を祝うが、その後が「翁」と「嫗」であると大まかにいうことができる。境界領域における異界と現世との媒介者という視点からは、験者や巫女のようなシャーマンを典型として、僧や女房を、それに準ずるものとして位置づけることができる。物語の語り手もこうした位相にあって、「翁」や「嫗」と結合することも多い。『竹取物語』の翁も、かぐや姫を異界から迎えとり育む媒介者であり、潜在的な「語り手」とみることもできよう。

『無名草子』にもどってみれば、「さらば、帝の御上よりこそ言ひ立ちなめ」というのは、男性についての論議を、同じことなら天皇の事跡から語るべきだというので、それが「よつぎ、大かがみなど」だということである。それは、この直前まで語られていた女性論に対しての男性論である。女性論で語られたのは、小野小町、清少納言、小式部内侍、和泉式部、宮の宣旨、伊勢の御息所、兵衛内侍、紫式部のあと、皇后宮定子、上東門院彰子、大斎院選子、小野の皇太后宮歓子であった。

それらの記述には、勅撰集をはじめとする歌集や、『枕草子』『紫式部日記』などをプレテクストとした関連が、さまざまに指摘できる。『栄花物語』や『大鏡』を出典とする引用関連もあり、『宝物集』『十訓抄』『古今著聞集』『沙石集』などの説話集とも通底している。ここで特に注目したいのは、『古本説話集』や『世継物語』(『小世継』『宇治大納言物語』は増補改編本)との共通性である。『古本説話集』は昭和一八年(一九四三)に題名が仮に付けられて紹介されたものであり、『世継物語』との共通の歌説話が多い。

和泉式部が貴船に詣でて「物おもへばさはの蛍も」という歌を詠み、「おく山に」という神の返歌があったことは、『後拾遺集』をはじめとして、『俊頼髄脳』『袋草紙』にもみえるが、『古本説話集』と『世継物語』にもある。また『十訓抄』『古今著聞集』『沙石集』にも載る有名な説話である。小式部内侍の死を悲しんで遺児を見て詠んだ「とめおきて誰をあはれと思ふらん」の歌は、『後拾遺集』『宝物集』『和泉式部集』『栄花物語』にあるが、『古本説話集』と『世継物語』にもある。そして、書写の聖(性空)に贈った「くらきよりくらき道にぞいりぬべき」の歌にまつわる伝承は、『拾遺集』『和泉式部集』『俊頼髄脳』『袋草紙』にあるが、『古本説話集』と『世継物語』にもある。つまり、この三つの歌にまつわる伝承すべてを記すのが『古本説話集』と『世継物語』なのである。

宮の宣旨の歌では、「はるばると野中にみゆるわすれ水」の歌は『後拾遺集』にもあるが、「よそにても見るに心はなぐさまで」という歌は、他書にない。そして「恋しさをしのびもあへず」という三つ目の歌も『後拾遺集』にあるものの、この三つの歌すべてにまつわる伝承を記すのが、『古本説話集』と『世継物語』である。

赤染衛門の「松とはとまる人やいひけん」という歌は、『赤染衛門集』とともに『古本説話集』にみえ、伊勢大輔の「近江のうみにかたからめ」という歌は、『後拾遺集』とともに『古本説話集』と『世継物語』にある。兵衛内侍の部分では、博雅三位が逢坂の関で蟬丸に琵琶を習ったという説話は、『今昔物語集』『江談抄』などとともに『世継物語』にもあり、村上天皇時代の相撲の節会で玄上という琵琶を兵衛内侍が弾いたという伝承は『大鏡』にみえる。

紫式部が大斎院から上東門院への依頼に応じて『源氏物語』を書いたというのも、『古本説話集』と『世継物語』にあった。皇后宮定子と上東門院彰子に関しては、『栄花物語』『今鏡』『枕草子』『大鏡』などにより、大斎院選子についての表現は、『古本説話集』と重なる。そして、小野の皇太后宮歓子のもとへの雪の朝の白河院行幸の説話は、『今鏡』をはじめ、『十訓抄』『古今著聞集』『小野雪見御幸絵巻』にみられる。

『古本説話集』の成立は、一一三〇年あたりという説と鎌倉時代初期という説もある。『世継物語』は鎌倉時代初期から中期にかけてとみられている。『無名草子』は一二〇〇年ごろの成立であるから、『世継物語』が『無名草子』に先行するとはいえないが、『古本説話集』や『世継物語』のような作品、あるいはそれらの〈歌語り〉のような伝承の記録が、『無名草子』に先行していた可能性は大いにある。

以下では、『無名草子』における「世継」の系譜を視野に入れつつ、物語文芸の幅広い伝統における語りの場の表現史を位置づけていきたい。『無名草子』では『栄花物語』前編の作者とみなされている赤染衛門について、女性論で和歌に触れてわずかに言及するのみであるが、『栄花物語』に立ち帰ってみる。

二 「世継」語りと場の物語

山中裕は『栄花物語』を「物語風歴史」と捉え、「六国史と源氏物語とを合わせた系列」にあるとする。その特徴は、A編年的な書き方、B事件の年代の配置の順序が正確で、書かれている人物の官位等が比較的正確であること、C用いた材料の扱い方がその私的な面をつとめて採りあげていないこと等々であるとした。もっとも、これらの特徴は前編のうち巻十四までで、巻十五から三十までは『源氏物語』的な「もののあはれ」を描いた「道長物語」の要素が強く、後編については別に考えるべきだとしている。(5)

『栄花物語』の歴史叙述の原型として、たしかに六国史を主とする漢文体の史書があり、ことに大江氏の関与した未完の『新国史』を継承するという指摘もある。(6)官撰の国史を赤染衛門という女性が「かな文」により継承しようとした意図は重要であるし、歴史叙述の様式の規範としての意味を軽視すべきではない。けれども、松村博司もいうように、「六国史から歴史物語への推移は、漢文が仮名文に変わり、官撰が私撰に変わったというだけのことではない」のであり、同じく「編年体」といっても「内容的には殆ど関係が無いといってもよい」(7)ほどの変換を示している。

公《おおやけ》の立場から律令王権の正統性を担おうとする漢文体の史書から、かな文による歴史物語への変換は、私《わたくし》的世界への視座の逆転を含んでいる。それはまさしく、『源氏物語』蛍巻の物語論がいうような、「日本紀などはただかたそばぞかし」という立場をふまえて成り立っている。かなによる〈語り〉の表現史としての物語文芸、またその「そらごと」に対する「まこと」としての日記文学の伝統が重視されてくるのも当然である。とはいえ、歴史を「まこと」として物語の「そらごと」と単純に対立させる発想は、歴史物語を考えるにあたって、まず排除する必要がある。その意味で、『蜻蛉日記』の序文と『源氏物語』の蛍巻の物語論とが、「世継」としての歴史物語の修辞論つまりは「詩学」の基本なのである。

「話素を物語へと織りなす物語の方法を『源氏物語』に学んだように、『栄花物語』は、時間を対象化する表現方法を、『蜻蛉日記』などの女流日記から学んでいたのである」と関根賢司はいう。(8)『栄花物語』の語り手は、書かれつつあるテクストを物語場として、その外部から語り始めながらも、作中世界の時間を「今」とし、その内部空間を「ここ」として表現を進めている。物語世界の「今」と「ここ」から、次の時空へと移動する時には、「かかるほどに」「今年は」「かくいふほどに」「はかなくすぎて」等の語句により、パッチワークのようにテクストを綴っていく。これらの統辞法は『蜻蛉日記』と類似しているのであるが、物語文芸の語りの手法としては、『源氏物語』よりも『うつほ物語』と類似している。

『栄花物語』が巻二「花山たづぬる中納言」の結びに、「あさましき事ども次々の巻にあるべし」と記すのは、物語において予告の草子地といわれるもので、旧大系の補注では、『落窪物語』巻一と『堤中納言物語』の『虫めづる姫君』の文章を類例としてあげている。『うつほ物語』でも、俊蔭巻末が「つれつれ（次々）にぞ」、国譲中巻末が「のこりはつぎつぎにあるべしとぞ」となっている。『栄花物語』には、「御屛風の歌ども、いとさまざまにあれど、物騒がしうて書きとどめずなりにけり」（巻三）、「次々の事どももあれど、うるさければかかず」（巻八）といった省略の草子地もあり、作中世界についての証言を記録するといった語りの方法を、作り物語の伝統に学んでいることは明らかである。儀式場面の描写や歌を列挙する表現は、『うつほ物語』にもっとも顕著であり、省略の草子地もその表現過程から生まれて、『源氏物語』における複雑な語りの心的遠近法による入れ子構造へと発展した。(9)

作中世界の風俗や行事の記録としての表現や、草子地の手法からみるとき、『栄花物語』の表現手法は、やはり『うつほ物語』と近い。巻八「はつはな」の、『紫式部日記』を素材として描かれたかとみられる、中宮彰子が敦成親王を出産した記述の時間表現を、ごく簡略化して示してみる。

かくいふほどに、八月二十余日のほどよりは……。かかるほどに九月にもなりぬ。……。十日ほのぼのとするに……。御物のけ、おのおの屛風をつぼねつつ、験者ども預り預りに加持しののしり叫びあひたり。そのほどのかしがましさ、もの騒がしさ、推しはかるべし。今宵もかくて過ぎぬ。（三九九〜四〇一）

『栄花物語』の語り手は、作中世界の現在を生き続けるようにして、読者にもその物語世界内への参入を呼びかけ、書き綴っていく。

他方で、『大鏡』のような語りの場の表現史を遡ってみるとき、『源氏物語』帚木巻の雨夜の品定めのような、作中世界内における対話場面がある。雨夜の品定めがどのような伝統や発想に基づいているのかについての諸説をまとめれば、(イ)物忌の民俗、(ロ)法華経の三周説法、(ハ)諸道の論義、(ニ)物合、(ホ)巡物語といったことになる。これらの原拠についての説を、相互に排除し合う関係として捉える必要はない。

雨夜の品定めが「長雨《ながあめ》晴れまなきころ、内の御物忌《ものいみ》さしつづきて」と始まり、それが五月雨の季節の物忌の民俗へと通じることは、「長雨例の年よりもいたくして晴るる方」ないときに、蛍巻の物語論とよばれる光源氏と玉鬘との対話が行われたこととも共通である。天喜三年（一〇五五）五月三日庚申の夜の、六条斎院禖子内親王家の物語合も、これと関連している。三谷栄一によれば、禖子内親王家の歌合として知られる二四回のうち、「庚申待の夜九回、五月節供前後含めて四回、六月・十二月月尽の夜二回、八月十五夜、九月十三日夜各々一回ずつ等々のように、何かの行事ある夜」が多いという。五月雨の季節や庚申待ちにせよ、物忌の夜と論義や物合せ、歌合などとの関連は深い。『大斎院前御集』には、「歌の頭」「歌の助」「物語の頭」「物語の助」といった擬制官の職掌を設けたことも記され、その交代が五月であったともいう(10)。

『大鏡』がその物語場として設定した雲林院の菩提講も、源信が始めたとされ、毎年五月に催された。物忌の民俗との直接的な関係はみられないが、雨夜の品定めなどの五月と共通している。『無名草子』の語りの場も、「五月十日余日《よひ》のほど、日ごろ降りつる五月雨《さみだれ》の晴れ間」の頃に設定されている。『無名草子』では、このすぐあとに、「ほととぎすさへ伴《とも》ひ顔に語らふも、死出の山路の友と思へば、耳とまりて」として、老尼の「をちかへり語らふならばほととぎす死出の山路のしるべともなれ」という歌を記している。そして、若い女房たちのいる檜皮屋を訪れたのであった。

「ほととぎす」は冥界と現世とを結ぶ使者の鳥と考えられていた。五月雨の季節の物忌は、田植の神祭りを基底とするとともに、祖霊信仰とも繋がり、菩提講や物合や物語の表現の場となったのだと想定できる。物忌の夜の「つれづれ」を慰める歌合や物合は、娯楽でありながらも、異界と関わる信仰とも分かちがたく結合している。

第Ⅲ部第1章でもふれたように、雨夜の品定めの表現の構造が、『法華経』の三周説法に基づいているという一条兼良『花鳥余情』以来の説は、①直叙（直に説く）、②譬喩（たとへをかりていふ）、③体験談（過にしかたの因縁をとく）という三段構成の対話的な修辞法を基準としていた。左馬頭が木工の匠と絵師と書という三つの芸道に喩えた結びでは、「法《のり》の師の世のことわり説き聞かせむ所の心ちするもかつはをかしけれど、かかるついではおのおのむつ言《ごと》もえ忍びとどめずなんありける」という。雨夜の品定めが、仏教における説法の〈もどき〉であることを、よく示している。これに注目した森正人は、『宝物集』『無名草子』、そして『堤中納言物語』の一編である『このついで』が、まさしく「ついで」が生み出す物語の場の生成過程を対象化したものであると論じている。(11)

物語は、公的な語りから私的な物語へと、〈もどき〉の論理によって生成する。神祭りの祭式から饗宴の笑いへ、あるいは、伝説から昔話そして笑い話へと展開する口承文芸の語りの場と共通する、物語の場の〈文法〉といえよう。左馬頭から頭中将、そして藤式部丞へと順に語られた雨夜の品定めの恋の体験談は、次第に虚構の物語への方向性を強め、藤式部丞による博士の娘の物語は「そらごと」として爪弾きされている。「いづ方《かた》に寄りはつともなく、はてはてはあやしき事どもになりて」夜を明かしたという、「あやしき事ども」とは猥談の類である。

『大鏡』が雲林院の菩提講の、講師を待つあいだの物語として表現されているのも、説経に対する「ついで」であり、〈もどき〉の位相を示している。『今鏡』では長谷寺参詣後の寺巡りの途中の木陰が物語の場となるし、『水鏡』も長谷寺、『宝物集』は清涼寺というように、鏡ものの歴史物語の語りの場として、こうした伝統は継承されていく。

三　論義と懺悔の物語

『源氏物語』の雨夜の品定めには、左馬頭が「物定めの博士になりてひひらきゐたり」ともいう。馬が嘶《いなな》くようにしゃべり続けたというのだが、この「物定めの博士」について、『河海抄』は「仮令物合判者同事歟」とし、賀茂真淵『源氏物語新釈』は「学問の博士の学生の論を判《コトワリ》定るが如く」おもしろく喩えたという。物合は、五月五日の根合をはじめとして、ほとんどすべてが歌合の趣向として催されている。『源氏物語』の絵合も、きわめて批評性の強い論争の表現形式を示していた。けれども、歌合や物合では、「判者」とはいうが「物定めの博士」とはいわない。真淵説にあたる具体例として、森正人は、『御堂関白記』寛弘四年（一〇〇七）五月三十日条に、道長が明経・明法・算道等の博士や学生たちを集めて「論義」させた例を示している。(12)

『栄花物語』巻十五「うたがひ」には、道長が毎年五月に催した法華三十講で、一日に一品をあてて「論義」させたと記している。多くの上達部・殿上人・僧たちが集まり、「学問」を盛んにしたといい、「経を誦じ論義をするに、劣り勝りの程を聞こしめし知り」と、道長自身が判定もしたらしく、「あるはうち笑ひなどし給へる程、めでたうも恥しげにも」とある。森正人はまた、室町物語『いさよひ』から「をのをの思ふ事の道々あらんかし。語りたまへ。われ博士になりなん」という例もあげている。作中世界の物語の場で、一人の女が「博士」になろうと言い、一座の女たちが次々と望みを語り、最後に「現世のあだなる事」を否定した仏法へと導く。雨夜の品定めの女性版で、仏法へと帰結するのは逆であるが、『宝物集』や『無名草子』の「第一に捨てがたきふし」にも似たこちらの方が、正統であり原型的といえよう。仏教や儒教に関する律令的な諸道の論義の〈もどき〉として、それを世俗化したのが物合だったとみられる。道長の催した論義などは、「学問」とはいっても、笑いを交えて、かなり芸能化した要素も示している。

特定の人物を中心にして、作中人物たちが順番に語っていく「ついで」の物語は、中世における用語例から、やはり森正人によって「巡の物語」と名づけられている。(13)雨夜の品定めや『このついで』などであるが、『大鏡』の中でも、花山院が五月雨の夜に近習の者と話すうちに、「昔おそろしかりけることども」として道長三兄弟の肝試しの物語へと展開するのは、やはり「巡の物語」的な場による表現である。

こうした平安朝末期から中世にかけての場の物語においては、多くの例が、狂言綺語観に基づいた懺悔と滅罪と直接あるいは間接に深く関わっている。『大鏡』の世継は、帝紀から列伝への序で「今日の講師の説法は菩提のためとおぼし、翁らが説くことをば、日本紀聞くとおぼすばかりぞかし」といい、繁木は道長の雑々物語で、「今日、この伽藍にて懺悔つかうまつりてむとなり」と語る。佐藤謙三によれば、繁木は「懺悔ということも昔話を語る方便」としているのであり、雨夜の品定めから『大鏡』を経て『三人法師』などのお伽草子や芸能に至る、「懺悔の物語」の系譜として捉えられる。(14)

世継は自分たちのことを、「世の中にいくそばく、あはれにもめでたくも、興ありてうけたまはり見たまへ集めたることとの、数知らず積もりてはべる翁ども」と聞き手が思うだろうかと発言している。そして、「宮、殿ばら」以下の人々について、「人のうち聞く」事を「女房・童べ」たちが伝承したことも知り、ここに語ったのは「ただ世にとりて、人の御耳とどめさせたまひぬべかりし昔のこと」だけで、それさえも「いとをこがましげ」に御覧になる人もいるようだという。ついで、聞き手としての若侍が、「今日は、ただ殿のめづらしう興ありげにおぼして、あどをよく打たせたまふに囃《はや》され」て語ったのだとし、まだまだ残る話も多いからと、世継は若侍の学識をほめ、またの機会を作ってほしいといい、繁木も賛同している。そして、嘘をつかないことを誓って、わが長寿を自慢するのであった。

ただし、さまでのわきまへおはせぬ若き人々は、そら物語する翁かな、と思すもあらむ。わが心におぼえて、一言にても、むなしきこと加はりてはべらば、この御寺の三宝、今日の座の戒和尚に請ぜられたまふ仏菩薩を証としたてまつらむ。なかにも、若うより、十戒のなかに、妄語をばたもちてはべる身なればこそ、かく命をば保たれてさぶらへ。今日、この御寺のむねとそれを授けたまふ講の庭にしも参りて、あやまち申すべきならず。（四〇八〜九）

『大鏡』の世継の語りは、雲林院の菩提講の場であるからこそ、仏教的な狂言綺語観を強く意識し、「そら（虚）物語」や「妄語」ではないことを強調している。また、「女房・童べ」の伝承は語らないという、語りの内容についての心的遠近法も自覚していた。菩提講でこれから始まる説法は「菩提」のためであり、それを待つ場を借りた翁らの語りは「日本紀聞く」にあたるという世継の発言は、それと区別された「女房・童べ」の語りと併せて、『源氏一品経表白』から帰納した「内典（仏）＞外典（儒）＞史書＞詩＞和歌＞物語」という言語価値ヒエラルヒーに対応している。(15)

しかしながら、それが「懺悔」に場を借りた方便であるしたたかさは、「日本紀」とは異なって、「狂言綺語」や「妄語」として否定されながらも「讃仏乗の縁」となるという狂言綺語観による正当化にすがった、物語文芸や芸能に学んだものといえよう。『大鏡』は、付加されたかと考えられる末尾の段を除けば、次のように終わっている。

かやうなる女・翁なんどの古言《ふること》するは、いとうるさく、聞かま憂きやうにこそおぼゆるに、これはただ昔にたち返りあひたる心地して、またまたも言へかし、さし答《いら》へごと問はまほしきこと多く、心もとなきに、「講師おはしにたり」と、立ち騒ぎののしりしほどに、かき醒《さ》ましてしかば、いと口惜しく、こと果てなむに、人つけて、家はいづこぞと、見せむと思ひしも、講のなからばかりがほどに、その事となく、どよみとて、かいののしり出で来て、居こめたりつる人も、皆くづれ出づるほどにまぎれて、いづれともなく見まぎらはしてし口惜しさこそ。何事よりも、かの夢の聞かまほしさに、居所も尋ねさせむとしはべりしかども、ひとりびとりをだに、え見つけずなりにしよ。（四一九〜二〇）

この結末は、後の夢幻能のような表現の構造を示している。菩提講はなぜか中断され、翁や媼たちは消え去って、その居所や行方を尋ねることはできなかったという。菩提講そのものについては何も記されず、筆記者である語り手は、「古言」の「昔にたち返りあひたる心地」に魅せられ、ただ「かの夢」と呼ばれる物語にひきこまれていた。『大鏡』の場の物語における表現構造は、「筆記者」と世継や繁木のような実体としての「語り手」とを区別し、それぞれの役割と意味の多声法（ポリフォニー）による差異を示している。小峯和明によれば、世継は「モノ的な存在」としての〈権者〉であり、繁木は「雑々物語」以降に活躍して延喜・天暦聖代観に基づく歴史の古層をよみがえらせ、筆記者は「妍子方の女房」の可能性を示しているという。(16)

対話ないし座談としての作中世界内における場の物語は、評論的な文芸形式として、空海による『三教指帰』以来の伝統を示している。『竹取物語』のくらもちの皇子の物語や、『うつほ物語』にもプレ雨夜の品定めのような物語世界内の物語場面は少なからずあるが、それを多様に駆使しているのは、やはり『源氏物語』である。雨夜の品定めの女性論や、蛍巻の物語論ばかりでなく、玉鬘巻の和歌論や、明石巻や若菜下巻には音楽論、梅枝巻には香道論といったものもみられる。方法的な自覚を蛍巻の物語論に示しつつ、『源氏物語』は、仏教に導くための言語イデオロギーの論理を、みごとに逆転させて、世俗的な人間生活の現実における、文芸や芸能における批評の物語を表現していた。

他方で、女文字としての「かな」による表現、『大鏡』がいう「女房・童べ」の物語の伝統を承けて『栄花物語』は成立している。『栄花物語』は狂言綺語としての機制をふまえながらも、その「そらごと」の負性を排除し、あくまでも事実としての歴史を書くという自覚を示している。そのために単旋律（モノフォニー）的であることは否めないが、『源氏物語』の伝統を権威化することにより、書かれていくテクスト自体を語りの場としつつ、「ただ昔に立ち返り会ひたる心地」のする世界を、『大鏡』とは異なった表現法によって達成している。

語りの場による表現史の手法からみるとき、『栄花物語』は、語り手の現在に向けて、時系列に沿って次々と語り続けている。前編の終わりに、「次々の有様どももまたまたあるべし。見聞きたまふらむ人も書きつけたまへかし」（巻三十）とあるように、後編が他の作者（たち）によって書き継がれていく、開かれたテクストであった。

『栄花物語』と『大鏡』との物語内容を比較すれば、『栄花物語』は道長の死とその後の悲しみを語り、『大鏡』は語らない。『栄花物語』の語り手は、時の流れの仏教的な無常に身をゆだねるほかないが、『大鏡』はみごとにそれを断ち切って封じ込めている。

歴史を語ることは、しかも失われた過去と死者たちの栄華をその内部に身をおきつつ語ることとは、死者たちへの鎮魂であるとともに、生き延びて行くほかない人たち自身への鎮魂であろう。そこには、「つれづれなぐさむ」物語のささやかな試みに、ともに現実を変革できたらという夢想がこめられてもいたはずである。

四　仏教から物語への反転

平安朝の物語において、「翁」や「嫗」とよばれる老人は、知を伝承する賢者であるとともに、笑いの対象となる存在でもあった。『大鏡』や『今鏡』の語り手の翁や嫗を前者の代表とすれば、卑俗な猿楽わざの発言をし、『うつほ物語』の三奇人の先駆ともいえる『竹取物語』の翁は後者の代表であろうか。とはいえ、両者は両義的に交錯しており、異界の神や変化の異人と現世の人とを媒介する境界の存在であった。

『無名草子』もまた、全体が「物語の場」における座談形式で構成されている。八十三歳で出家し、現在は百三歳から百十五歳とみなしうる老尼を聞き手として、七、八人の女房のうち三、四人による「御伽」として語られる。八十三という老尼の出家の年齢は、『和漢朗詠集』にも載せる『白氏文集』の「百千万劫菩提種、八十三年功徳林」により、「願はくは今生世俗文字の業、狂言綺語の誤をもてかへして当来世々讃仏乗の因、転法輪の縁とせん」という詩句とともに、勧学会で誦せられたことが『三宝絵』『私聚百因縁集』『栄花物語』（うたがひ）などでわかる、狂言綺語観を象徴する数字である。ちなみに、俊成は建久七年（一一九六）に八十三歳であった。[17]

『無名草子』における物語場や作中人物としての語り手たちの設定もまた、『大鏡』にみられたような夢幻能の形式に似ている。夢幻能では、諸国一見の僧が、冥界からその土地（トポス）にゆかりの死者の霊をよびおこして、物語が生成する。もちろん、室町時代に確立した夢幻能の様式と直結するつもりはないが、百歳をはるかに超えた翁や嫗が寺院で青侍をまえに物語し、その終わりで忽然と消える『大鏡』をはじめとする鏡ものの伝統が、夢幻能の先駆といえるのであった。ワキにあたる旅の僧のような老尼の心内語、一人称語りのようにして、『無名草子』

は始まる。鏡ものや『宝物集』の語り手たちの設定よりも、さらに複雑な語りの場の複式構造をもっている。序の物語の始めで、老尼は、仏に供える花を摘みつつ東山辺りを西へ歩み、最勝光院をすぎて、風情ある桧皮屋に入る。そこは女性だけが住んでいるらしい幻想的な空間である。冒頭の道行き文の設定は、『宝物集』の聞き手であり書き手である平康頼が、東山から都そして内裏を経て、嵯峨の清凉寺に至る叙述をふまえている。迎え入れられた老尼は、「懺悔」のためとうながされ、自身の経歴を語る。小町伝説になぞらえられた超現実的な老尼は、『法華経』を口ずさみつつ道行きしているが、それは最勝光院を媒介にした王朝文化の時空への旅であった。西本寮子によれば、『明月記』建久九年（一一九八）正月二十七日条に、院政を開始した直後の後鳥羽院が、密かに女車に乗って「最勝光院」をはじめとする「京中並辺地」を「歴覧」したという記述があり、最勝光院は後鳥羽院政の経済基盤となっていた(18)。

桧皮屋の「中門の廊」に呼び据えられた老尼は、「十羅刹の御徳に、殿上許されはべりにたり。まして後の世もいとど頼もしや」と感謝し、闇の中で法華経を読んで、感動をさそっている。桧皮屋の女性たちは、『法華経』の功徳によって老尼の幻想に現れた亡霊たちかもしれない。あるいは「十羅刹女」の化身であろうか。寝殿の南面の二間ほどが持仏堂であるなら、この屋の女主人は出家しているはずだが、その人はついに姿をみせない。若い女房たちがいるのは、女主人もまた若い姫君だからであろう。『無名草子』の女房らしき女性たちは、その物語論議を作中の現在において語り合っている。

女たちに語った老尼の履歴は、十六、七歳で皇嘉門院（崇徳天皇の中宮藤原聖子）の母の北政所に仕えたというから、その誕生は堀河天皇の時代（一〇八六～一一〇六年）まで溯るが、王朝文化の体現者とはいっても、『源氏物語』の時代からはすでに遠い。この老尼が仕えた皇嘉門院の母藤原宗子は、関白藤原忠通の妻で、後の皇嘉門院聖子を生んだのは保安元年（一一二〇）、その翌年一月に忠通は内覧の宣旨を得、三月には関白となり氏の長者となっている。保安四年一月に鳥羽天皇は崇徳天皇に譲位し、大治四年（一一二九）に白河法皇が没して鳥羽が上皇となり、同五年に聖子は中宮となる。そして、永治元年（一一四一）十二月、近衛天皇が三歳で即位して、聖子は皇太后となる。

崇徳上皇は『袋草紙』によれば、天養元年（一一四四）に藤原顕輔に『詞花和歌集』の撰進を命じている。久安六年（一一五〇）二月に聖子は皇嘉門院となり、十二月には宗子の建立した最勝金剛院が公家御願所となった。世はますます乱れ、頼長と信西、そして平清盛が台頭し活躍する時代である。十月には忠実が忠通に譲与した家屋荘園を鳥羽法皇に献上している。久寿二年（一一五五）七月には鳥羽法皇の第四皇子が践祚して後白河天皇となり、頼長の内覧は停止、頼長には近衛天皇呪詛の疑いがかけられていた。宗子もこの年の九月に六十一歳で没している。そして、翌保元元年（一一五六）、崇徳上皇と頼長らが反逆し、清盛と義朝らが白河院を焼き落として、保元の乱が始まった。七月に崇徳上皇が讃岐に配流され、十月に皇嘉門院は三十五歳で出家したあと、九条の地で世捨て人のような余生を生きたという。摂関家は新興勢力の平家に依存して分裂し力を失った。

『無名草子』の老尼は、こうした保元の乱に至る激動の時代を、宗子の女房として仕えて、崇徳天皇と近衛天皇の時代の宮中を時々見聞し、宗子の亡きあとは皇嘉門院に仕えるべきであったが、宮中の魅力にとらわれて、後白河院が天皇で二条院が皇太子であった保元三年（一一五八）以後も宮中に止まって、「人数」ではないが「馴れ者」となり、さらに六条院、高倉院の御代まで、時々女房として仕えたあと、老いの醜さを恥じて出家し山里にこもったのだという。

こうした経歴を語る中で、老尼は崇徳上皇を「讃岐院」と呼んでいる。安元三年（一一七七）七月には「崇徳院」という諡号がすでに贈られているので、『無名草子』の叙述の現在時の呼称ではなく、老尼がすでに出家していたため「崇徳院」という諡号を知らなかったためだと、中島正二が指摘している。そして、八十三歳での老尼の出家が仁安三年（一一六八）から安元三年のあいだとすれば、物語の現在時を正治二年（一二〇〇）とみるとき、百六歳から百十五歳となり、治承寿永の内乱や源平合戦の時期に、宮廷生活を離れ、世を捨てて過ごした人物として立ち現れているという。[19]

二条天皇の在位は保元三年から永万元年(一一六五)まで、平治元年(一一五九)には平治の乱が起こり、それによって平清盛の権力が確かなものとなった。平家一門が『法華経』を書写して厳島神社に奉納した「平家納経」は長寛二年(一一六四)のことである。六条天皇の在位は永万元年から仁安三年(一一六八)までだが、二条・六条天皇の時代は後白河院が支配しており、平滋子が後白河の女御となり、清盛は内大臣から太政大臣へと進み、急速に貴族化して王朝文化への回帰が強まる。この前後の時期に和歌の中心にいたのは、清輔や顕昭らの六条家であった。そして、平家がその権力をほしいままにしたのが高倉天皇の仁安三年から治承四年(一一八〇)である。高倉天皇の母滋子は、皇太后そして建春門院となり、清盛の娘の徳子は後白河法皇の猶女として入内し中宮となっている。

この建春門院が、後白河院の御座所であった法住寺殿(現在の三十三間堂あたり)の一角に承安二年(一一七二)に建てたのが最勝光院である。その三年後に建春門院滋子は没したが、平治の乱が治まり、頼朝が挙兵して治承の乱の始まるまでの二十年余りのつかのまの平和、王朝回帰の美しい時代を回想する象徴が最勝光院であり、建春門院なのであった。

そして、『大鏡』を継ぐ『今鏡』は、かつて紫式部に仕えたという「あやめ」という百五十歳余りの老女を語り手として、後一条天皇から高倉天皇までの一三代、百五十年の王朝の歴史と文化を語っている。その帝紀にあたる「すべらぎの下」巻は、まさしくこの建春門院の栄華でしめくくっているのであった。『無名草子』がこれを承け、最勝光院を王朝文化の入り口としているという森正人の説が妥当であろう。[20]

『無名草子』の老尼は、高倉院の時まで宮中の女房として仕えて出家したといいながらも、その後の治承の変、壇ノ浦に滅亡した安徳天皇の名をあげない。これは、すでに出家していたためであろうが、意図的に避けたとみるほかなく、平家の滅亡や戦乱の現実を語ることを回避し、平家や源氏や藤原氏などの政治的な対立関係、また六条家や御子左家などといった歌学の党派性も排除されている。美しい王朝への憧憬は、権力闘争や戦乱の現実をふまえつつもその表現を回避し、すべては滅亡し失われたものへの供養と鎮魂の彼方にある。そこにあるのは、女房という王朝の〈女〉の視点と価値評価のみであり、つらく厳しかった現実に関する表現は、意図的に排除されている。

森によれば、老尼の存在は、たんに鏡物の継承ではなく、積極的にその変形を意図したものである。「第一に捨てがたきふし」の論は、それぞれが完結的な〈巡談〉（巡の物語）の形式で、『宝物集』の「第一の宝」の論、ひいては〈定め〉の物語の変形としてある。それが、物語論から歌集の論、そして王朝女性論へと至って、語り手それぞれの物語は非完結的になり、『宝物集』の〈対話〉形式の場の物語は、〈雑談〉形式へと組み換えられている。『無名草子』の語り手たちは複数の女房であり、その語りの多声法への読みの配慮が必要である。

『無名草子』の老尼の道行きは、「花籠をひぢに掛け、檜笠を首に」した老尼の姿をみた若い女の声が、「小野小町がひぢに掛けけむ筐《かたみ》よりはめでたし」というように、『玉造小町壮衰書』の小町落魄伝承をふまえた表現であり、『宝物集』も小町について次のように記している。

> 小野小町が、おいおとろへて、貧窮になりたりしありさま、弘法大師の玉造といふ文にかき給へるこそ、あはれにかなしく侍るめれ。着物なくして、蓑をもつて衾とたのみ、敷けるものなくて、菅菰をもつて畳とせり。みづから野べの蕨をつみて、簣《あじか》にいれて臂にかけたり。昔色をこのみ人にあいせられし事をおもひいでて、涙の雨をふらさずといふことなし。
>
> 色見えでうつろふ物は世の中の人の心の花にぞありける
>
> これ、若年の時所詠之歌也。（巻三・一三七～八）

『無名草子』の王朝女性論の始めは小町であり、そこに引かれた四首の始めにも「色見えで」の歌が引かれていた。そこでも晩年の老衰説話がふまえられるのだが、野中の髑髏の目の穴から薄が生えている痛さを訴えた、「秋風の吹くたびごとにあな目あな目」という、『和歌童蒙抄』や『袋草紙』などの歌論書や説話集で有名な歌も引かれている。

「続世継」ともいう『今鏡』は、『大鏡』の語り手であった大宅世継の孫娘で、百五十歳を超えており、かつて「あやめ」と名乗って紫式部にも仕えたという老女を語り手としていた。その老女の昔語りを、長谷寺に詣でた一行の女たちが聞き、作者は傍らでそれを記録したという表現形式をとっている。語り手も聞き手も、情報提供者（五節命婦）も女性であるところが、『無名草子』の先駆となっている。

とはいえ、『無名草子』は源平の合戦や平家の滅亡といった史実にはふれず、老尼が体験したはずの戦乱の現実を語ることは回避して『源氏物語』の世界へと向かうのであった。「懺悔」の「昔語り」をした老尼は、『法華経』（冊子経）を読み終えて「滅罪生善」と数珠を擦り、寄り臥した。「今宵は御伽して、やがて居明かさむ。月もめづらし」などと語る女房たちは、「さまざまのそぞろ言ども言ひ、経の、よき、悪しきなど褒めそしり、花、紅葉、月、雪につけても、心々とりどりに」語り合って、そこからは老尼が聞き手となる。

『無名草子』が『源氏物語』に言い及ぶのは、『法華経』に次いでであった。その導入部にあたる「第一に捨てがたきふし」の論では、「月」「文」「夢」「涙」「阿弥陀仏」「法華経」のすばらしさが、順に語られている。それぞれが完結しながら仏教に帰結する内容で、『宝物集』の「第一の宝」の論の変形としてある。『宝物集』の宝物の論は、「隠蓑」「打出の小槌」「金《こがね》」「玉」「子」「命」を順にあげ、それにまつわる故事や歌説話を列挙しながら、それらが宝でないことを論じて「仏法」へと導くのであった。その「子」が宝たりえない例証のひとつとして、『無名草子』の女性論にもあげられた、小式部内侍に先立たれた和泉式部の「もろともにこけの下には朽ちずして埋もれぬ名を見るぞ悲しき」という歌がある。とはいえ、その主題的な文脈は、『無名草子』では小式部内侍と和泉式部ともに「あはれ」な歌詠みとしての評価にあって、『宝物集』とは方向が逆である。『宝物集』では、末法のただ中にあって、仏法しか信じられず、和歌は仏法への通路であった。

鹿ケ谷の陰謀に加わり、鬼界ヶ島に流されてこの世の地獄を見て帰京した康頼が、歌人として評価され、和漢の故事にちなんだ「ほとけの御前のものがたり」を記したのが『宝物集』である。康頼には自分一人が帰京を許されたのは和歌の徳によるのだという自覚があった。嵯峨清涼寺の仏が天竺へ帰るという噂に導かれて『宝物集』は書かれた。すでに末法のただ中にいるという自覚があり、にもかかわらず、すがり信じるべきものは仏法しかなく、和歌は仏法への通路であった。そこに「狂言綺語」といった語や、それによる文芸の正当化の論理はなく、天地や鬼神を感動させる和歌こそが、法文であるという願いがこめられていた。

『宝物集』の、あとから提示されたものが前のものをうけ、それを否定的に包摂していくという論理構成は、仏教によくみられる方法だが、『無名草子』の場合はゆるやかな連想で、それが仏教の世界に帰結しているとはいえ、それぞれの価値は王朝文化を背景にして認められている。『無名草子』には、和歌的な美意識や『枕草子』『源氏物語』などの、王朝文芸の伝統が通底している。そして『無名草子』が『宝物集』ともっとも異なっているのは、前章で述べたように、その導入部で『源氏物語』と仏教との関係にこだわっているにもかかわらず、本論というべき『源氏物語』とその後の作り物語についての論議では、仏教的な価値観に基づいた批評がほとんどみられないことである。

『無名草子』では、『源氏物語』と『法華経』との関係を議論し、「凡夫」のしわざとは思えないとはいうものの、序の物語における仏教と、後の物語内容における王朝の美意識とが反転した、奇妙な調和をもたらしている。王朝女性文化における最高の達成として『源氏物語』を捉えることにより、仏教的な価値評価を導入部の前提としてふまえながらも、物語史を主とした回想の中で、みごとに無化しているのである。

五　「打聞」と「世継」と「草子」

『大鏡』を継承した『今鏡』においては前述の通り、『水鏡』『増鏡』においても、歴史語りの「聞き手」であり物語全体の「語り手」となるのは女性として設定されている。他方でその作者は男性と推定されており、こうした設定は女文字とよばれた「かな」による歴史叙述のゆえである。

『今鏡』の巻の構成は、「序」、「すべらぎ」の上(一)中(二)下(三)、「ふじなみ」の上(四)中(五)下(六)、「むらかみの源氏」(七)、「みこたち」(八)、「むかしがたり」(九)、「うちぎき」(十)となっている。帝紀三巻に藤原氏列伝三巻、村上源氏と皇子たちの列伝各一巻、それに「昔語り」「打聞」という、中心から周縁への整然たる構成である。

これは大枠として『大鏡』を継承したもので、『大鏡』は「序」「帝紀」「列伝」「雑々の物語(昔物語)」という構成をもち、『今鏡』の和語による巻名や章名は『栄花物語』を承けたとみられる。『栄花物語』は虚構の「かな」物語である『源氏物語』を媒介にして、新たな「かな」文による歴史叙述の様式を模索していた。赤染衛門によるとみられる正編では、編年体による後宮史と九条流の発展を記すことから、道長物語へと展開している。そして、続編はさらに雑多な資料集といった趣を呈している。官撰の六国史が途絶したあと、未完の『新国史』を意識しつつ、宇多・醍醐・朱雀朝を簡略な系譜記述ですませ、村上天皇紀に次いで、道長の栄華の物語世界が中心なのである。『大鏡』もまた、「権者」道長と藤原氏の物語としての系譜史を、物語執筆の現在における子孫の繁栄と衰退の視点から、場の物語の枠内で歴史叙述の様式として整備したものであった。

その背景として、いわゆる摂関政治の体制が、〈公〉としての天皇に娘を入内させ、生まれた皇子を即位させて外戚として補佐するという、後宮中心による〈私〉化の性格があった。たてまえとしての中心である〈公〉の帝紀から始めつつも、〈私〉的な方向性が強まり、貴族文化の「かな」による表現が実質的な中心となる。

『今鏡』が語るのは政治か芸能かといった論を総括して、加納重文は「隠れた政治性」や「文学的歴史」といった捉え方をしている。(21) 王朝社会が崩壊し平家が台頭して繁栄した過渡期の歴史物語として、『今鏡』の叙述はたしかに芸能や今日いうところの文学に偏向している。それが「あやめ」という語り手の媼による物語のゆえんでもあろう。

「あやめ」は昔の風を伝える「言の葉」を問われて、それは『源氏物語』などに書いてあるからと、「その後の事」として『大鏡』の終わった後一条天皇の時代から語り始めている。そこでは、『源氏物語』の世界があたかも現実であったかのような規範となり、近衛天皇の誕生は光源氏と同じく「世になくきよらなる玉の男宮《おのこ》」と表現されているし、藤原重道は「匂兵部卿、薫大将」を想起させ、誰よりも花園の左大臣源有仁が「光源氏などもかかる人」と喩えられている。たてまえとしての中心である帝紀は『大鏡』においてもすでに形骸化し、本来の歴史叙述としては周縁であるはずの「昔物語」、「昔語り」や「打聞」が、主題的な中心へと逆転している。

「神代より代々の君の目出き御事どもは、国史・世継・家々の記に委しく見えて」と『五代帝王物語』はいう。「世継」は、皇位継承を意味することから、天皇の代々の事跡の帝紀、仮名による歴史物語、そして和歌などの説話集へと、その内容を周縁へと拡張させてきている。「世継」の翁の物語は、老賢者として神話や伝説の世界へと媒介する翁に遡りうるのだが、「うたてげ」な翁たちの歴史物語は、やはり世俗的な媼の物語へと展開している。そうした方向性が『大鏡』から『今鏡』への過程に内在し、『無名草子』への系譜をなしているということである。

『大鏡』は「帝紀」「列伝」「雑々の物語（昔物語）」という構成によって、中心から周縁へと歴史語りを拡張していたが、『今鏡』は「昔語り」に加えて「打聞」を巻十としていた。この「打聞」は、『正徹物語』が「家々にみな打聞とて、その頃のうたを集おきてさぶらひし也」というように、歌にまつわる説話をいう。(22)

この『今鏡』巻十「打聞」の末尾が「作り物語のゆくゑ」である。そこでは、ある人が『源氏物語』を書いたために地獄に堕ちている紫式部を弔いたいと発言したのに対して、世の中ではそういうが、罪となる「妄語」や「虚言《そらごと》」ではなくて、「綺語」や「雑穢語」ではあっても、そうあってほしい「あらましごと」というべきであろうとする。その背景に、語り手をかつて紫式部に仕えた媼とするように、『源氏物語』に対する高い評価と、その伝統を承けた「世継」の物語意識がある。

加納はまた、『今鏡』の反『金葉集』や反『詞花集』的な態度についての議論もあった研究史を紹介しているが、(23)『無名草子』もまた『詞花集』にはふれず、『金葉集』には批判的である。後藤祥子は、『今鏡』巻十の「打聞」に関して、次のようにいう。

「打聞」の巻は拾遺集読み人知らずの哀傷歌から始まっている。『大鏡』の巻末におかれた「昔語り」を今鏡では巻九に置いて、さらに添加されたのが最終巻「打聞」である。「昔語り」が文字通り単に昔の珍しい出来事の伝承譚だとすれば、「打聞」とは歌にまつわる説話をいう。枕草子の作者は、自作の和歌が人の口の端に上って「打聞」などに書き入れられたらさぞ嬉しかろうと云い、道綱母の「薪樵る」の歌は「打聞」になったのだ、と賛嘆している。枕草子のこのあたりは、道命や業平の歌語りに挟まれて、まさに「打聞」の躰をなしている。俊頼髄脳の後半部（良暹の連歌に誰も付け得なかった話など）、あるいは袋草紙の雑談の部分は「打聞」というにふさわしい所であろう。そのようなジャンルの盛行にのっとって『今鏡』は「昔語り」のあとに「打聞」を付け加えた。(24)

後藤はまた、この論文の注で、『和歌大辞典』が「打聞は私撰集のこと」というのを引き、『正徹物語』上の「現葉集は打聞にて侍るか。家々にみな打聞とて、その頃のうたを集おきてさぶらひし也」をその根拠としている。また、平安後期の「良暹打聞」も同様の私撰集と考えられているという。

「打聞」は、本来は口承された「歌語り」や「歌物語」を記録したものであった。それを『枕草子』から『袋草紙』への系譜として捉え、『無名草子』をも「草子」という批評文芸のジャンルとして位置づけ、『徒然草』の先駆としてみることを前章で提案した。ここではそれを、さらに「世継」の系譜との重なりにおいて捉えてきた。すでにみたように、『無名草子』の王朝女性論は、『古本説話集』や『世継物語』をも含めた「世継」の系譜にあった。それればかりでなく、『無名草子』という作品の全体を、『今鏡』を承けた「世継」の「打聞」の系譜の中に位置づけることができる。編年体や列伝という歴史叙述の外延として「昔物語」や「打聞」があり、その「打聞」の末尾の「作り物語のゆくえ」の延長線上に、『無名草子』の作り物語を中心とした、幻想の王朝女性文化論があるという構図である。

とはいえ、こうした「打聞」や「歌物語」を歴史物語に取り込むことは、「虚言《そらごと》」とみられて信頼を失う危険性をはらんでいた。『徒然草』は、「人の語りいでたる歌物がたりの、歌のわろきこそ本意なけれ。すこしその道しらむ人は、いみじとおもひてはかたらじ」（五七段）といい、これは、『枕草子』「かたはらいたき物」（九二段）の「ことによしとも覚ぬわが歌を、人に語りて、人のほめなどしたるよし言ふも、かたはらいたし」（一二五）へと通じている。「歌物語」といっても、歌そのものの評価に関する評言だが、兼好は「世に語り伝ふること、まことはあひなきにや、おほくはみなそらごと也」とし、人は誇張するから、年月や地域を隔てていいたいように語りまた筆記すると、そのまま定着してしまうのだとする。それゆえ、「ただ常にある、めづらしからぬ事」と心得るのが間違いなく、「下ざまの人の物がたりは、耳おどろく事」ばかりで、「よき人はあやしき事を語らず」という。そして、「仏神の奇特、権者の伝記」は信じるべきであるが、「世俗のそらごと」を深く信じるのも滑稽で、また「よも」（まさか）というのも詮ないので、大体はほんとうらしく対応して、「ひとへに信ぜず、又疑ひあざけるべからず」（七三段）と、醒めた発言をしている。

六　狂言綺語観からの自由と末世観

『今鏡』と『宝物集』との前後関係については不確定であるようだが、七巻本『宝物集』を『今鏡』と比較した黒田彰は、「宝物集は、その選歌の規範の一端を今鏡に仰いだのではないか」とし、説話についても「宝物集の今鏡依拠」の可能性を指摘している。(25)

この両書の『無名草子』との関連で興味深いのは、やはり狂言綺語観による紫式部堕地獄説をめぐる反応である。それは「源氏供養」という儀式をめぐって顕在化していた。『宝物集』は、「不妄語」の条で「虚言」を戒める例のひとつとしていう。

ちかくは、紫式部が虚言をもって源氏物語をつくりたる罪によりて、地獄におちて苦患しのびがたきよし、人の夢にみえたりけりとて、歌よみどものよりあひて、一日経かきて、供養しけるは、おぼえ給ふらんものを。
（巻五・二二九）

治承二年（一一七八）に近いころの源氏供養であろうが、ここでは『源氏物語』がきわめて否定的に捉えられている。この供養を行った「歌詠み」の中に女性がいなかったとはいえないが、男性を主とした発想である。前にもふれたように、『今鏡』では、ある人が、『源氏物語』を書いたために地獄に堕ちている紫式部を弔いたいと語ったのに対して、次のように発言している。

「まことに、世の中にはかくのみ申《ま》し侍れば、ことわり知りたる人の侍りしは、大和にも唐土《もろこし》にも、文《ふみ》作りて人の心をゆかし、暗き心を導くは常のことなり。妄語などいふべきにはあらず。わが身になきことを、あり顔にげにげにといひて、人のわろきをよしと思はせなどするこそ、そらごとなどはいひて、罪得る事にはあれ。

これはあらましごとなどやいふべからむ。綺語とも雑穢語などはいふとも、さまで深き罪にはあらずやあらむ。……（中略）……人の心をつけむことは、功徳とこそなるべけれ、情をかけ、艶ならむによりては、輪廻の業とはなるとも、奈落に沈むほどにやは侍らむ。（下・五一九）

「そらごと（虚言）」ではなく「あらましごと」（あってほしい理想）というのは、その背景に、『源氏物語』に対する高い評価と、その伝統を意識しているからである。『今鏡』は初瀬寺における対話形式で進行し、この語り手の女房は『大鏡』の世継の翁の孫娘で、もと紫式部の侍女だという設定だから、『源氏物語』を好意的に弁護するのも当然だが、さらに次のように語っている。

この世のことだに知りがたく侍れど、唐土《もろこし》に白楽天と申ける人は、七十《そぢ》の巻物《まきもの》作りて、言葉《ことば》をいろへ、譬《たと》ひをとりて、人の心を勧《すす》め給へりなどきこえ給も、文珠の化身とこそは申めれ。仏も譬喩経などいひて、なき事を作り出だし給て、説き置き給へるは、こと虚妄ならずとこそは侍れ。女の御身にて、さばかりのことを作り給へるは、ただ人にはおはせぬやうもや侍らむ。妙音、観音など申すやむごとなき聖たちの女になり給て、法《のり》を説きてこそ、人を導き給なれ」などいへば、……（下・五一九）

『源氏物語』を書いた紫式部を妙音、観音の化身とまで発想する根拠は、白居易（白楽天）が、文珠の化身だという説になぞらえたことにあった。さらに、仏の説いた「譬喩経」を例とするのは、『源氏物語』の蛍巻の物語論を想起させるし、前段で「そらごと」というべきでないとするのと共通している。『今鏡』はまた、「ひと巻ふた巻の書《ふみ》にもあらず、六十帖などまで作り給へる書《ふみ》の、少しあだにかたほなる事もなくて、今も昔も、めでもてあそび、帝后より始めて、えならず書きもち給ひて、御宝物とし給ふなどする」ともいう。とはいえ、『今鏡』においても、「ものの心をわきまへ、悟りの道に向かひて、仏の御法をも広むる種となし、麁《あら》き詞も、なよびたる詞をも、第一義とかにもかへし入れむは、仏の御志なるべし」と、このあとの老尼の発言として、狂言綺語観による正統化の意識が明確である。

そもそも、『今鏡』そのもの、そして「源氏供養」自体が、仏教イデオロギーによる強迫観念ともいうべき思想状況の中で、『源氏物語』を肯定しようとするものであった。現存するもっとも古い「源氏供養」の記録は、安居院澄憲が永万二年(一一六六)からまもなく記した『源氏一品経表白』である。そこではまず、「文学」(外典)と「典籍」(内典)とは違うが、それぞれに「出世・世門の正理」にかなうとする。ついで「百王の理乱・四海の安危」を詳かにする史書と、「煙霞春興・風月秋望」を恣にする「文士の詠物」(詩=漢詩)とが比較され、この外として、本朝の「風俗」である和歌、そして、古今に作られた「落窪・石屋・寝覚・忍泣・狭衣・扇流・住吉・水ノ浜松・末葉ノ露・天ノ葉衣・格夜姫・光源氏等」の物語に言及している。(26)

ここにあげられた物語は、散逸して不明なものもあるが、「作り物語」とみられ、「古人の美悪を伝ふるに非ず、先代の旧事を注するに非ず。事に依り人に依り、皆虚誕を以て宗と為し、時を立て代を立て、併せて虚無の物事を課《こころみ》る」とされ、「唯だ男女交会の道を語るのみ」といわれる。こうした物語の否定的な位相にあって、『源氏物語』は「言は内外の典籍に渉り、宗は男女の芳談を巧みて、古来物語の中、これを以て秀逸と為す」ものだという。しかしながら、その悪徳の魅力ゆえ、作者と読者とは「輪廻の罪根を結び、悉に奈落の剣林(地獄)に堕つ」のだとし、「紫式部の亡霊、昔、人の夢に託して罪根の重きを告ぐ」と記す。

そして、禅定比丘尼を施主とし、作者の「幽魂」と読者の救済のために、『法華経』を書写し、巻々の端に『源氏物語』の巻名をあてたという。「愛語を翻《かえ》して種智と為す」ためであり、その根拠が、白楽天による「狂言綺語の謬《あやまち》を以て、讃仏乗の因と為し、転法輪の縁と為す」という、いわゆる狂言綺語観である。この白楽天の詩句は少異をもつが、『和漢朗詠集』にも採られていて、『源氏物語』の時代以前から文芸の正当化の論理とされてきていた。

これに対して、『無名草子』では、『源氏物語』に『法華経』の「文字の一偈一句」がないことを残念がる発言はあるものの、「仏に申し請ひたりけるしるし」とか「凡夫のしわざともおぼえぬことなり」という、全面肯定へと転じていた。『河海抄』にみえるような、紫式部が石山寺の観音に祈念して『源氏物語』を起筆したという類の伝承が、すでにあったかのようでもあるが、『無名草子』における『源氏物語』の評価にもっとも近いのは、やはり『今鏡』である。

『無名草子』も、こうした狂言綺語観に基づいた物語の正当化の流れの内に位置づけられる。とはいえ、前章で検討したように、老尼をめぐる序の物語のあとの物語論議からは、意外なほどに仏教的な価値基準による評価が消し去られていた。神仏による奇跡の要素も、真実味のない超現実性として否定的に捉えられているのである。それはまた、中世の『源氏物語』の注釈書や『弘安源氏論議』などに強くみられる、歴史や有職故実の考証などとも異質である。

『無名草子』では男の学問との差異が明かなのであり、それはまた、歌や「言葉遣ひ」による物語としての表現と構成、物語内容の現実感の重視にも作用していると思われる。そのことが、御子左家に近い立場にありながらも、俊成や定家、隆信などとの距離を示すのであろう。『無名草子』の物語批評には、歌の批評とは異なった〈同化〉とともに〈異化〉の表現を捉える「物語の詩学」があった。たとえそれが、歌学と共通する「あはれ」や「艶」という用語によるにせよ、定家による『物語二百番歌合』における採歌の基準とも明確に異なっていた。

『宝物集』が「歌よみども」が集まって源氏供養をしたというのは、『源氏一品経表白』と同じかどうか不明だが、『新勅撰集』にも、「紫式部のためとて、結縁供養し侍りける所に、薬草喩品を送り侍るとて　権大納言宗家」という詞書をもつ、「法《のり》の雨に我もや濡れむむつまじきわか紫の草のゆかりに」（釈教・六〇二）という歌がある。また、『藤原隆信朝臣集』にも、「母の紫式部が料に一品経せられしに陀羅尼品を取りて」とし、「夢のうちも守る誓のしるしあらば長き眠りをさませとぞ思ふ」（九五三）という歌がある。隆信の母は美福門院加賀とよばれた人で、後に俊成に嫁して定家をも生んでいる。この定家の姉妹と宗家は結婚しており、これらの源氏供養が同一のものかどうかはともかく、きわめて近親の歌人関係による背景が見えてくる。

そして、『今鏡』の著者として有力視されている寂超もまた隆信の父である。『源氏物語』を歌人の必読の書として正典化したものとして有名な、建久四年（一一九三）の『六百番歌合』における俊成の判詞のことば、「紫式部歌よみの程よりも物書く筆は殊勝也。其の上、花の宴の巻は、殊に艶なる物也。源氏見ざる歌よみは遺恨の事也」もまた、こうした状況の内で、『無名草子』の『源氏物語』をはじめとする作り物語を中心とした王朝女性文化論へと通底しているのであった。とはいえ、男による歌の規範としての『源氏物語』や後期物語の評価と、作り物語そのものを愛読し弁護しようとする『無名草子』との立場の差異があった。

『無名草子』の女性論が、兵衛内侍から紫式部へと移行する部分に、次のような女の発言がある。

「されど、さやうのことは、我が世にある限りにて、亡き後《あと》までとどまりて、末の世の人見聞き伝ふることなきこそ、口惜しけれ。男も女も、管絃の方などは、その折にとりてすぐれたるためし多かれど、いづらは、末の世にその音の残りてやははべる。歌をも詠み、詩をも作りて、名をも書き置きたるこそ、百年《ももとせ》、千年《ちとせ》を経て見れども、ただ今、その主《ぬし》にさし向かひたる心地して、いみじくあはれなるものはあれ。されば、ただ一言《ひと》葉にても、末の世にとどまるばかりのふしを書きとどむべき、とはおぼゆる。（二七六）

語り手の女房たちにとって、「末の世」つまり後世まで「名」が残る文字文芸の作品こそが、あこがれの対象であった。その最高峰が『源氏物語』であり、作者の紫式部であった。これとよく似た表現が始めの方の「この世にとりて第一に捨てがたきふし」の「文《ふみ》」にもあり、「ただ今さし向かひたる心地」の臨場感と「文字」の時空を超えるすばらしさを讃えている。その前の「月」にも、「かばかり濁り多かる末の世まで、いかで、かかる光のとどまりけむと、昔の契りもかたじけなく思ひ知らるることは、この月の光ばかりこそはべるを」と、末法の世を意味する「末の世」という語がみられる。

『扶桑略記』によれば永承七年（一〇五二）から、すでに末法の世に入っていた。『無名草子』にも「阿弥陀仏」や「法華経」の部分をはじめ、「後の世」（来世）の救済を願う発言はあるが、末世ではあっても、自分たちが生きる「末の世」にあって、後世に名や文字を残す可能性に執着しているのである。そこに罪の意識はみられない。

『無名草子』には「世の末」という語もあって、「末の世」と同じような、末法の世と後世という両義で用いられている。歌論のうち俊成の『千載集』を論じる部分の中に、「何事もあいなくなりゆく世の末に、この道ばかりこそ、山彦の跡絶えず、柿の本の塵尽きず、とかやうけたまはりはべれ」とあった。この末世にも歌の道だけは盛んだというのである。そして、女が「いまだ集など撰ぶことのなき」を嘆いた女に対して、紫式部が『源氏』を作り、清少納言が『枕草子』を書いたのだから、女も捨てがたいという発言のあとにも、「世の末」まで名を残すことのできない女房の口惜しさが表明されていた。前章に引用した部分なので、その続きのみあらためて引いておく。

昔より、いかばかりのことかは多かめれど、あやしの腰折れ一つ詠みて、集に入ることなどだに女はいとかたかめり。まして、世の末まで名をとどむばかりの言葉、言ひ出で、し出でたるたぐひは少なくこそ聞こえはべれ。いとありがたきわざなんめり。（二六四）

『無名草子』は末世であることを自覚しながらも、宮仕え女房として後世に残る歌や物語を書き、あるいは、その活躍を記録されたいと願う女房たちの、王朝女性文化の歴史記録であった。それは、直接的には『今鏡』を継承しつつ、歌を核とした「打聞」そして「世継」の物語の系譜にある。その中心が『源氏物語』以降の「作り物語」であるのは、それらが紫式部をはじめとする女性作者による女文化の主流だったからである。

老尼の物語における仏教的な価値評価とは裏腹に、『無名草子』の物語論や歌集の論、そして女性論では、神仏の霊異や超現実的要素が、むしろ現実的でないと否定的に扱われていた。そこには、老尼が語り手から聞き手へと反転し、檜皮屋の女たちが語り手となることが作用している。『無名草子』の場の物語の現在においては、女房たちの後世に名を残すような文芸活動の場が失われ、だからこそ清少納言や紫式部が理想として、憧憬の対象となっているのであった。

それにしても、狂言綺語や妄語という仏教イデオロギーによる強迫観念や、老尼の懺悔の物語を導入としながらも、これを反転させ、現実の歴史を外部に排除して無化しようとするかのような構成は、意図的なものといえよう。

歴史的な現実よりも物語の虚構世界の幻想の方に、より確かな現実感覚をもつ人々の歴史観は、『源氏物語』蛍巻の物語観にも通底している。

結　章

一　王朝かな文芸の詩学

これまで本書で論じてきた諸問題について、『源氏物語』研究を中心にした総括としつつ、より開かれた論の可能性へと架橋するための展望を示して結章としたい。

本書における理論あるいは方法的な立場については、「序章」の一「〈物語の詩学〉にむけて——言の葉としてのテクスト」、二「貴種流離譚と物語の話型」、三「物語の〈文法〉と心的遠近法」で、その基本的な方向づけを示した。そこでは、「言の葉」という植物生成の喩による文学観と、物語が内在する「話型」と類型的な「要素」と物語内容や精神との関連、その語りの方法において形態論を意味論と繋ぐ「心的遠近法」について、問題の提起をした。ナラトロジーに関わる理論的な基準はもとより多様であり、それらの異質な分析視点を意識化しつつ、具体的なテクスト生成の過程を論じることが課題であった。

平安朝の「かな文芸の詩学」の出発点となるのは、「かな」文字による表現の生成の基底に、「言の葉」という詩的言語観が作用していることである。それは、すでに中国において理論として体系化され、日本においても『文鏡秘府論』や『歌経標式』のような書物として試みられていたような〈文法志向型〉ではなく、〈テクスト志向型〉の文化である。[1] その〈表現志向〉は、歌や物語や日記などの創作という行為によって示され、また、後世における研究も、実作と結びついた注釈によることが主流となる。平安朝から鎌倉期においては、歌人たちが『源氏物語』や『伊勢物語』の注釈の主体であり、室町期には三条西家のような公家歌人とともに、連歌師たちによる注釈書が多く記されている。

ところで、『中外抄』は久安六年（一一五〇）とみられる記事に、亡き藤原師実の言として「上臈は晴にては、全ら経史の文の事を第一の事にて語る」とし、「日記の事は強ちに云はず。家の秘たる故なり。次に、詩歌の事を語る。和歌の事は我より上臈に逢ひて、驕慢の自讃するもあしからず」とする。美濃部重克はこの記事に注目し、「晴れの言談の話題として然るべしとされているのはいわば文章道の科目のようなもの」で、「和歌」を加えるが「王朝の物語」は含まれていないことを当然としながらも面白いという。[2] これは、王朝貴族の男社会における常識を示すもので、同時代の『源氏一品経表白』が、内典（仏）＞外典（儒）＞史書＞詩＞和歌＞物語という言語イデオロギーの階層化を示していたこととも、仏教の立場を除けば一致している。

ここであらためて注目したいのは、『中外抄』に、和歌では自分より高貴な人に対して「驕慢の自讃」をしてもよいとあることで、具体例としては、頼宗が頼通に対して「これは殿はえ知らせたまはじ。頼宗こそ知りて候へ」といい、頼通が笑ったことをあげている。いわば、芸道の優劣が貴族社会の身分差を超えるということであり、これを『古今集』かな序へと通底させてよいと思われる。勅撰集としての和歌の公的な性格を本来のものと強調する紀貫之は、現在は「色好みの家」の私的な恋愛の手段となっているが、その初めは帝が臣下に歌を献上させてその能力を判断したのだという。それを臣下の側からみれば、歌によって帝に対しても自己を表現し伝達することが可能であったと読みかえることができる。だからこそ、『古今集』には貫之をはじめとする多くの地下人の歌が採られたのである。『後撰集』になると撰者たちの歌は採られないが、それは『古今集』によって勅撰集の権威が認知されたことと関わるであろう。

平安朝の日常生活における歌の実態は、貫之もいうように、私的な恋愛における会話機能をもって、恋文に書かれたり、贈答歌として詠み交わされたりしていた。歌は、日常言語によっては交流しえない身分差や男女差を超えうる表現手段であった。その点が、あくまでも士大夫の文学として「志」を述べることを原則とした漢詩との差異である。それが、平安朝において、歌物語や作り物語のような、作中人物たちの会話機能をもつ贈答歌を中心にした、王朝かな文芸を豊かに開花させた基盤だといえる。詩的言語としての歌の会話機能による身分差や男女差の超克なしには、王朝かな文芸の達成はありえなかった。『中外抄』が和歌では自分より高貴な人に対しても「驕慢の自讃」をしてよいというのは、そうした歌の実態を基底としている。

本書における「詩学」は、平安朝における物語を中心として考察しているから、〈同化〉とともに〈異化〉の表現法を重視していることに特徴がある。「あはれ」の美学によって和歌や物語を捉えることは、現在においても『古今集』から『源氏物語』への系譜を主流とする王朝文学論の基本である。それ自体は重要であり、『古今集』かな序の理論的な出発点としての意義を強調するゆえんでもあるが、「和漢の心的遠近法」を基底として、具体的には、『古今六帖』『枕草子』『うつほ物語』などをより重視する必要がある。第I部第6章「歳時と類聚――かな文芸の詩学の基底」、同第7章「〈もどき〉の文芸としての枕草子」、第II部第7章「源氏物語の歳時意識」などは、主にこうした立場からの論である。

『古今集』歌における詩的言語としての歌ことばの自立や、四季の部における景物に託した心の表現や配列におけるうつろいの美学、また恋の部における恋愛の過程の展開などは、『源氏物語』のような作品の生成基盤として、もとより重要である。それとともに、『古今集』には「物名」歌が部立されていることも忘れてはならない。掛詞や縁語による詩的言語の詩学は、ことば遊びによる歌の技法を、会話文や心内語から語りの地の文へと拡張することによって、美的な〈同化〉による「あはれ」の表現とともに、散文的な〈異化〉による物語の手法をも達成していた。その始発として、『竹取物語』の語源譚パロディの手法があったのである。

『古今六帖』を特に重視すべきなのは、それが貴族社会の生活における世界観に基づいた、日常的な歌ことばの類聚だからである。そこには、中国詩学や類書の分類体系が作用しているが、政治的には摂関期といわれる十世紀から十一世紀にかけては、中国の漢文世界を規範とする律令的な価値体系が流動化し、その再構築が試みられた時代である。かつて「国風文化」とよばれた王朝かな文芸の時代は、やまと絵や和風の書、そして仏教においては、来世における個人の魂の救済を求める浄土教の興隆期であった。漢詩文もまた和様化した「変体漢文」となり、かなによる和歌やかな文と漢詩文による表現とが相互滲透して混淆し、『和漢朗詠集』のような作品も生まれた。『源氏物語』は、そうした表現史と文化状況を、かな文による表現に内在している。

「言の葉」という植物の生成を喩とする詩学は、『古今集』が四季の部立と恋の部を中心として成立したように、歳時意識や恋愛生活と密接に関わるものであり、『源氏物語』の世界もまた、豊かな四季の自然の景物と恋情の表現を織りなすことによって生成している。とはいえ、「歳時」は、春・夏・秋・冬のそれぞれに、節日と暦日と年中行事（節会）と景物とを混在するものであった。『古今集』には年中行事そのものを詠んだ歌は七夕以外にはなく、『拾遺集』にはあるが、その前代の『古今六帖』との関係がより密接である。こうした傾向が、『うつほ物語』と『枕草子』に明確にみられることは、本書の諸章において具体例を示した。これまでの注釈書において『古今集』などの勅撰集の歌を引き歌の出典として示されている部分は、『古今六帖』をも併せて記すべきなのである。

『源氏物語』が古典化し正典化した初期においては、藤原俊成と定家による、歌学びの規範としての評価が典型的であった。また、現在にまで根強い影響力を持続している「もののあはれ」を知ることを根源とした本居宣長の論がある。それらは、それぞれの時代における傑出した『源氏物語』と王朝文芸に対する評価であり、もちろん一面において正しいのであるが、その読みの伝統により見失われた反面を、批判的に掘り起こす必要がある。

俊成や定家の歌学に対しては、『無名草子』に代表される、王朝〈女〉文化の側から女性作者を中心とする「作り物語」の文芸観があった。それもまた、和歌的な美意識による「あはれ」や「艶」といった〈同化〉の批評用語を用いてはいるが、「言葉遣ひ」に注目し、語り手の女房たちの立場から、「あさまし」「まことしからず」と〈異化〉の言説をも示している。『源氏物語』に代表される物語の伝統への評価は、王朝女房サロンの生活文化に根ざした『枕草子』につらなる、批評文芸である「草子」の系譜として重要である。

「末の世」という仏教的な末法思想にとらわれ、紫式部堕地獄説が横行して「源氏供養」が催されていた時代に、失われた王朝〈女〉文化を憧憬しその回復を願う姿勢は、俊成や定家の歌学とは異質で、『今鏡』のような「世継」の歴史物語の系譜とも通底している。第Ⅲ部第4章「王朝〈女〉文化と無名草子」と、同第5章「「世継」と無名草子の系譜——語りの場の表現史」が、こうした問題と対応する論である。かな文による批評文芸としての「草子」や、語りの場において歌説話をも集成し組み込んでいく「世継」の系譜は、『源氏物語』の詩学の延長としてある。

本居宣長など、江戸時代における王朝文芸の研究は、国学の中の重要な領域であったが、やはり、和歌や擬古文の実作とも結合した〈表現志向〉によるものである。そこでは、儒教的な漢学に対する国学（和学）の思想が明確であり、『源氏物語』の解釈からも、中世の源氏学において『河海抄』や『花鳥余情』が指摘していたような、漢詩文や仏教的な要素を排除する傾向が強まっている。これに関しては、「王朝かな文芸の詩学」が「和漢混淆」の文化状況にあったことを、あらためて強調しておきたい。第Ⅲ部第1章「物語論の生成としての源氏物語」における『源氏物語』蛍巻の物語論についての検討が、『源氏物語』の内在する物語論に即したものとして、宣長に対する具体的な批判である。

二　かな文字による表現と和漢の複線の詩学

「かな」文字による表現の成立が「王朝かな文芸」の生成を可能にしたのであり、その「言の葉」の詩学は、和歌を主とした掛詞や縁語による修辞法を基底にしている。歌を「韻文」とし、物語や日記などを「散文」とする二項対立的な図式によるのではなく、物語などの和文を両者が結合し融合した表現とみることを原則として立論してきた。それは、王朝物語などの表現に即したものであったが、〈同化〉と〈異化〉との複合による詩学という発想は、歌に対しても有効であるといえよう。図式的にいえば、無文字の口頭伝承において、始めに歌（ウタ）と語り（カタリ）との未分化な詩的言語による表現があり、それが、歌（ウタ）と、詩的言語による語り（カタリ）と、日常言語による会話とを分化してきたとみられる。

「かな」は漢字を〈くずす〉ことによって成立したが、その根底には、漢詩文を〈もどく〉ことによる表現史がある。そこに「和漢の心的遠近法」が作用しているのであり、口頭言語による表現を「かな」によって書くことの前史として、『古事記』『日本書紀』『風土記』また『万葉集』のように、漢文体を含む漢字による表現があった。「王朝かな文芸」の生成と展開においては、「声」の文字としての再現を飛躍的に可能とした「かな」により書くことが、漢字や漢文体を〈もどく〉ことと結合して、物語や日記のような「かな」による〈散文〉的な表現をも可能にしたのである。

他方で、漢詩文が「文学」の正統であるという現象は、平安朝はもちろん、明治の初期まで続いていた。漢詩文における「和様化」は、菅原道真の作品など、平安朝の中期において指摘されているが(3)、こうした表現状況に「かな」文による表現も加えて、それらの総体を一種の「クレオール」として捉えることができる。「和様化」した漢詩文は、中国語として発音されていたわけではない。『うつほ物語』が示すように、「音」と「訓」とを併用して音読することがあったにせよ、その基本は訓読にあり、それが「和文」の基底となっていたことは、『古今集』かな序や『竹取物語』において明らかである。いわば、文字表現における「クレオール」として、「和様化」した漢詩文から漢文訓読体、そして初期かな文の生成へという過程を捉えることができる。

「かな」による和文の生成からみれば、歌（ウタ）のように〈韻文〉的な詩的言語による表現が始めにあった。〈散文〉的な表現の規範としてあったのが漢詩文である。その漢詩文、より正確には漢文訓読的な表現を〈もどく〉ためには、やはり本来は〈韻文〉的であった口頭音声による語り文を基底としながら、歌ことばを語り文に組み込んで行くことが有効であった。物語のような「王朝かな文芸」が歌を含み、その会話文や手紙文、そして地の文の語りにも歌ことば表現を組み込んで、洗練された和文を達成したゆえんである。

第Ⅰ部第1章「かな文字の生成と和漢複線の詩学」においては、「かな」文字による表現の生成に伴う漢字や漢詩文と関わる文化状況に注目した。小松英雄は、「かな」の体系が墨継ぎや連綿体による「語句の分かち書き」を可能にし、それによって「日本語の散文」を書くことが可能になったとした。また、「和歌と違って、和文では漢語が排除されていない」とする。とはいえ、紀貫之自筆本を模写したという『土佐日記』の定家本において墨継ぎや連綿体による「語句の分かち書き」がなされてはいないし、和文における漢語も、古写本においてその多くは「かな」書きされている。十世紀初頭における写本が現存していないという限界があるが、「給」「侍」「也」などの少数の漢字による分節効果や、「けり」「き」「なり」などの文末による区分が、音読による息継ぎと結合していたことが推定できる。

また、『古今集』かな序における「かな」文が、枕詞や歌ことばによりつつも、対句的な表現によって構成されていることは、その基底に漢文的な修辞法がふまえられていることを示している。『竹取物語』においても、その語り文においては漢文訓読的な表現が基底としてある。そうした中で、掛詞や縁語による修辞法が、和歌のみならず地の文の語りの枠としても有効に作用し、「語源譚パロディ」というべき物語の方法を形成していた。第Ⅰ部第2章「掛詞と語源譚――歌と物語の声と文字」においては、これを『古事記』や『風土記』の表現からの連続と変換として検討したのであり、『竹取物語』はまさに、「言の葉をかざれる玉の枝」という表現に象徴される、ことばの「あや」における虚構の自覚において、「物語のいできはじめのおや」なのであった。

『源氏物語』において、『竹取物語』における語源譚パロディのような表現は、その表層から消されているのではあるが、例えば須磨には光源氏が「懲《こ》りずま」の思いに侘ぶ地、明石は「思ひあかす」とともに「明らか」な光明の喩としての発想を読むことができる。[4] あるいはまた、宇治は「憂し」と主題的に不可分な地名であった。第Ⅱ部第2章「〈ゆかり〉と〈形代〉――源氏物語の統辞法」における「紫のゆかり」や「形代」の発想、「人形」の喩と「浮舟」という呼称がもつ主題性も、その基底に掛詞や縁語の発想が響いている。同第6章「源氏物語における横笛の時空」においては、「琴」と「言《こと》」、「笛」「竹」と「よ」(世/節/夜)「ね」(音/根/寝)などの換喩的な連鎖も、こうしたことば遊びを深層とした物語の詩学による方法であることを論じた。

贈答歌における相手の歌ことばを逆手に取った掛け合いの技法や、そこに生じるディスコミュニケーションの主題的な方法などへと、これらの問題は展開していく。

第Ⅰ部第8章「物語を生成する「涙川」――歌ことばと語りの連関」では、王朝かな文芸の多様性とジャンルの交錯という立場から、①かな文字を主として書く文芸伝統の生成、②〈かたり〉の叙事様式に〈うた〉を含んでかな文字で書かれた「歌物語」と「日記」、そして「作り物語」の系譜の成立、③漢詩文による公的性格の強い〈男〉文化に対する、私的な〈女〉文化圏、女房サロンの成立、④王朝の生活と文化、またその思想を表現する伝統の蓄積、⑤物語テクストにおける〈語り〉の心的遠近法、つまり、作者(語り手)―作中人物―読者(聞き手)による、物語場と伝承回路の設定による表現手法の成立を始めに総括した。そのうえで、「涙川」「涙の川」という歌ことばの表現史と、それが物語を生成する過程について検討した。物語においては、地の文と関連した主題的な文脈と密接に関わり、歌の修辞とともに十世紀に特徴的なジャンル横断による詩学を示している。

ジャンル区分の意識そのものは、十世紀において、ジャンル横断的な流動化による交錯を含みつつも、すでに前提とされていた。本来は口頭の表現であった「うた」と「かたり」を、かな文字による詩的言語として結合し書くことが『伊勢物語』においてまず成立し、その事実性をたてまえとする世俗的な〈歌がたり〉の記録のようにして『大和物語』が成立した。その背景に〈歌がたり〉の時代というべき十世紀中頃の、歌集や日記との交錯がある(5)。『伊勢物語』のもつ虚構性は「作り物語」へと継承されて、『源氏物語』の母体ともなった。

三　初期物語の語りと話型から源氏物語へ

話型は物語に潜在する〈文法〉として機能している。とはいえ、それは物語テクストの生成の過程において、語りの心的遠近法による不断の対象化によって変換されていく。鏡像関係にある異界の存在Xを主体とする羽衣型と、現世の人間Yを主体とする浦島型とがその原型であるが、語り手による焦点化は、いずれにおいても現世の人間Yから始まる。『竹取物語』でいえば、「今は昔、竹取の翁といふものありけり」と、語り手（作者）が物語世界である「昔」の時空を、聞き手（読者）とともに「けり」によって往還して共有し、竹取の翁という男主人公（行為項）を媒介にして、女主人公であるかぐや姫を迎え取る。

初期物語とその原型において、かぐや姫や『はこやのとじ』の照満姫など、異界から現世を訪れる主人公Xは女性が多く、継子虐め物語の主人公はシンデレラ型の女性が主流であるのもそのためであろうが、王朝物語として現実化の度合いを強めるとともに、〈王統のひとり子〉として類型化し、『伊勢物語』などの男主人公もその典型である。そこには、一代記という歴史記録の論理が作用し、さらに、一族や家の物語へと展開していく。『うつほ物語』

の俊蔭による異界訪問の旅の物語は浦島型であるが、それが序章となって、かぐや姫に相当する俊蔭女が、『うつほ物語』の全体を統括する女主人公である。『うつほ物語』は構造的にみれば、『竹取物語』を相似的な大枠としていて、その羽衣型に対応する女主人公が俊蔭女、五人の求婚者と帝の求婚の物語を、多様で複雑に展開したのがあて宮求婚の物語の部分である。

　初期物語の生成過程において、話型は、先行作品をプレテクストとする引用関連へと連続している。『源氏物語』はまさしく、話型とともに多様なプレテクストを引用し変換した、引用の織物であった。光源氏という主人公の誕生する前史としての桐壺更衣の物語には『長恨歌』が、光源氏の物語の始発には『うつほ物語』の俊蔭巻と藤原の君巻の冒頭、また『伊勢物語』が強く作用している。『伊勢物語』は光源氏の物語の全体において、そのプレテクストとしてもっとも大きな存在であった。その部分的な引用関連においては、『竹取物語』や『(古)住吉物語』なども、枚挙にいとまなく指摘できる。

　光源氏の物語は、史実の引用を含めて構築された虚構の一代記であり、それは王朝貴族社会の全体像を理念化した世界を形成している。後世の歴史物語や「世継」の系譜の作品群を生み出すゆえんである。その光源氏の物語の前半において、折口信夫のいう「貴種流離譚」、論者の用語では〈王統のひとり子〉による「恋」と「王権」とが両義的に組み合わされた「流離《さすらい》」の物語が強く作用している。また、継子虐め譚は、いたるところの人間関係において意識されながら、その否定的な物語要素とともに、理想の継母像に至るまで、多様に変換され組み込まれている。

　『源氏物語』における主題的な引用と変換の手法は、語りの心的遠近法によって、自立した物語世界を構築するとともに、自己対象化による内なる物語史を生成している。そこでは、複数の情報源による伝承の語りが、物語世界の現実感を構築するとともに、語り手による地の文の表現が作中人物の心内語や会話文へと連続し、〈同化〉と〈異化〉による離れを表現している。〈紫のゆかり〉や〈形代〉による、女主人公たちの物語の系列化とその主題的な深化による展開は、語り手によって指示されるとともに、読者による解釈をも巻き込んで、因果論的な意味構造の世界を展開している。〈謎かけの文芸〉というのも、こうした語りの心的遠近法によって生成する物語の手法であった。

第II部第1章「謎かけの文芸としての源氏物語」においては、「語り手」と「作中人物」と「読者」との相関関係において、謎解きされることを前提とした謎が、解かれたと思われたとたんに新たな謎を生むこと、さらには解かれえない謎が仕掛けられ、宇治十帖の終わりでは謎かけによる問題の設定そのものが解体していることを論じた。作中人物を含む語りの主体の多層性を内在したトポロジカルな構造化が、主題的な意味の生成と展開、その深化として機能しているのである。

同第3章「光源氏の物語と呼称の心的遠近法」の始めでは、主人公の機能に基づいて、光源氏に焦点化した「数珠繋ぎ手法」(ラプソディー構造)から範列化による「交替的な手法」、そして、論理的・因果的手法による「玉突き手法」への変化による長編化という説を出発点とした。第2章「〈ゆかり〉と〈形代〉——源氏物語の統辞法」の始めにも示したように、こうした『源氏物語』の表現手法の主題的な展開が、『伊勢物語』をはじめとする表現史を内在して展開し、ロラン・バルトのいう読み手にとっての「プロアイレティクなコード」による因果的論理構成が、『源氏物語』においては「語り手」と「作中人物」にも効果的に作用している。

光源氏に則した語り手による伝承の記録は、数珠繋ぎの短編的な集積から長編化へと展開し、第一部においては、紫上系の上の品の物語と帚木・玉鬘系の「ものいひさがなき物語」との二重構造をなしている。第二部から第三部にかけては、光源氏という中心の主題的な解体と喪失とに対応し、その物語世界の周縁化とともに、語りもまた「ものいひさがなき物語」の性格を強め、作中人物、ことに女性たちが自立しまた孤立して、作中人物としての女房や従者たちの発言が強まっていく。

こうした『源氏物語』における語りの心的遠近法と比較してみると、初期物語における語りの方法は、かなり平板であるといわざるをえない。それは、口頭の語りを記録したように書くという方法によるためであり、初期物語の作者が、不明ながらも、そのほとんどが和歌をたしなむ男性の文人たちとみなされることに関わっている。その原型として、唐宋伝奇に類する漢文による表現があった。そこでは、いかに語るかというよりも、何を語るかという物語内容に関する「和漢の心的遠近法」が重要であった。

第Ⅰ部第3章「漢詩文と月——竹取物語における引用と変換」においては、『竹取物語』が当時としては最新の漢詩文による知としての八月十五夜の観月をふまえ、神仙思想や古伝承による神話や伝説の話型や要素を引用しつつも、異界の存在と別れざるをえない人間の「あはれ」という感情を主題化していることを論じた。その基底には、神仙譚とは異質な仏教的な無常観があり、「月」もまた「あはれ」という人間の感情を起点とする異界への心的遠近法を生成していた。

同第4章「〈昔〉と〈今〉の心的遠近法——初期物語における同化と異化」においては、漢文世界における神仙譚との径庭を確かめ、日本の古伝承や歌における異界としてのトコヨが、「蓬萊」のような漢語と結合しつつも、理想的だが不可能性の隠喩となり、また否定的な修辞となる表現史の過程を検証した。そこには、物語の神話からの変換が決定的に示されている。それが、「昔」や「今は昔」に始まり、「けり」体による語りの枠と「とぞ」といった伝聞形式によって、作中世界に同化しまた異化して離れる物語の方法を形成していったのである。

また、同第5章「うつほ物語の〈琴〉と王権」では、俊蔭の異界訪問に由来する隠喩としての〈琴《きん》〉の物語が、現実の「王権」と結合しつつも、これを相対化して超越する幻想の〈王権〉へと通じていることを確かめた。俊蔭一族における「男—女—男—女」という、天人に起源する「ひとり子」の系譜の物語は、〈琴〉の伝承において一貫しながらも、男である仲忠においては漢詩文の家という現世の意味機能が強く、貴族社会における現実との接点を支えているのであった。〈琴〉の超現実性をより純粋に担っているのは俊蔭女であった。これは、『うつほ物語』の全体的な構造が、『竹取物語』と相似形であることと対応している。『竹取物語』における羽衣型の外枠と対応するのが『うつほ物語』における〈琴〉の超現実性であり、難題求婚譚というべきあて宮への求婚と、国譲りや蔵開きの物語が、その中間に仲忠を主として組み込まれている。こうした超現実の理念と現実との葛藤は、『竹取物語』を承けて『源氏物語』へと通じる物語社会の生成へと展開していく。

同じく音楽をめぐる『源氏物語』の主題的な展開としては、第II部第5章「源氏物語の〈琴〉の音」では、現実の王権を体現して即位することはできなかった光源氏が、〈琴〉の象徴機能により幻想〈王権〉と結合していることを論じた。そこに、『うつほ物語』のような超現実性はもはや発現してはいない。とはいえ、光源氏もまた〈王統のひとり子〉としてのかぐや姫の末裔である。『源氏物語』では、現実的な貴族社会の物語における、幻想〈王権〉を象徴するものとして、光源氏を中心とする〈琴〉の音楽が機能している。にもかかわらず、六条院の女楽における光源氏から女三宮への伝授が象徴するように、〈琴〉はまた光源氏の幻想〈王権〉の心的な解体をも象徴するものであった。『源氏物語』の世界に響く音楽の総体が、こうした主題性の表現と密接に関係している。

同第6章「源氏物語における横笛の時空」では、柏木遺愛の横笛の伝承をめぐって、夕霧と落葉宮による琴をめぐる物語のアイロニーの表現機能と関わり、その正統な継承者たるべき薫の出生の秘密が表現されていることを論じた。『源氏物語』において、楽器の演奏はその血統と密接に関わっているが、薫の物語においては、両親の密通による出生の秘密と結合しつつも、まさしく〈反悲劇〉としての主題的な溶化を示している。「琴《こと》」は超現実性をもった「言《こと》」であり、横笛などの楽器の音色もまた象徴的な言語機能をもっていたが、「言の葉」による主題的な語りの表現機能のひとつとして組み込まれていた。

第一部においては多くの贈答歌が作中人物の心を繋いだように、作中人物たちは楽の掻き合わせによって交流し、第二部においては贈答歌も音楽の合奏もまたその心の齟齬を表象し、宇治十帖の終わりである夢浮橋巻においては、歌も音楽もその伝達機能そのものが消滅していた。

四　語りの心的遠近法と源氏物語

第II部では「源氏物語の詩学と語りの心的遠近法」という視座から、『源氏物語』における主題的な表現の諸相を検討した。『源氏物語』の主題的な世界を極端に要約すれば、次のように示すことができる。

光／闇（美・栄華・富／罪・苦悩・老い）

恋／権力（あはれ／王権・政治・宗教）

光源氏に象徴される美と栄華と富のような〈光〉の世界は、罪や苦悩や老いといった〈闇〉に支えられて、両義的に成り立っている。『源氏物語』にはさまざまな〈恋〉の物語が「あはれ」という人間の感情として表現されているが、それはまた、男女関係を中心とした〈権力〉関係を示している。物語世界内の宮廷や貴族社会において、〈恋〉は〈王権〉や〈政治〉権力と密接に関わっている。その〈恋〉が〈罪〉と関わるとき、仏教や原神道というべき〈宗教〉や信仰の世界もまた、主題的にせり出してくる。

本書では、『源氏物語』三部構成説に基づき、その主題的な展開を、物語の詩学と語りの心的遠近法によって捉えてきた。第一部（桐壺～藤裏葉巻）は、光源氏の生誕から三十九歳で太上天皇に准じる位に就くまでの、帝になれなかった皇子としての光源氏が〈恋〉による幻想〈王権〉を達成する物語である。その中核となるのが藤壺との密通であり、生まれた皇子が即位して冷泉帝となり、その後見をする政治家光源氏の物語である。本居宣長はこれをも「もののあはれ」の極致とするが、この「もののまぎれ」について、安藤為章『紫家七論』の「諷喩」説を支持しつつも、萩原広道『源氏物語評釈』は深く追求することを戒めていた。皇族に対する不敬といったタブー意識が窺われ、それは戦時下における谷崎潤一郎訳の初版における削除へと通じている。

しかしながら、この〈恋〉による〈王権〉侵犯なしに『源氏物語』は成り立たない。蛍巻の物語論には、「日本紀などはただかたそばぞかし。これらにこそ道々しくくはしきことはあらめ」という光源氏の発言があり、また仏教の「方便」を例に、表面的な善悪を超えた物語の論理と誇張表現の手法が語られていた。〈光〉と〈闇〉とが裏腹の両義性をもつという『源氏物語』作者の歴史観と物語観が、こうした設定をもたらしたと考えられる。そこには、「帝の御妻」をも犯すという『伊勢物語』や『交野の少将』物語の伝統も作用している。

光源氏の罪と栄華の物語は、母桐壺更衣から、それとよく似たとされる藤壺へ、そして紫上という〈紫のゆかり〉の物語を生成していた。第二部の始めに登場する女三宮もまた〈紫のゆかり〉となる条件を備えていたが、その期待を裏切られた光源氏の幻滅が、物語の主題性を大きく転換させている。

第二部（若菜上～幻巻）は、光源氏五十二歳までの物語であるが、光源氏の出家や死は表現されていない。女三宮との結婚による紫上の悲痛、柏木による女三宮への密通と死、柏木の未亡人である落葉宮への夕霧の恋と、物語は玉突きのように連鎖して展開し、孤立した女君たちが出家し、あるいは心の闇に惑う物語が語られている。かつて「生ける仏の御国」と称えられた六条院の、光源氏による愛の王国というべき世界が相対化され、主題的に解体していく。光源氏は女三宮と柏木との密通によって生まれた子、後の薫を抱きながら、藤壺との密通に対する因果応報の思いをかみしめている。〈男〉の物語から〈女〉の物語へといった主題的な変換の性格も濃厚である。

光源氏は、自分の人生は誰よりも恵まれて幸福だったが、誰よりも多くの苦悩を引き受けてきたと述懐しており、藤壺も紫上も同様の述懐をしていた。そこには、最大の幸福が最大の不幸と裏腹であるという人生観が示され、まさしく〈光〉と〈闇〉とが両義的な主題性の、作中人物たちによる表明である。そこでは、孤立した作中人物たちの会話や心内語による、語りの心的遠近法による相対化が明確である。

第三部は、匂宮・紅梅・竹河巻の三帖と宇治十帖（橋姫～夢浮橋巻）であり、宇治十帖において、〈都〉に対する物語の主題的な空間としての〈宇治〉がせり出してくる。光源氏の末裔として、都の男である匂宮と薫とが、宇治八宮の娘である大君と中君、そして召人腹の浮舟と関わり、恋愛関係の齟齬と救済の可能性の物語が展開している。「宇治／憂し」という掛詞による物語の主題的な時空は、「浮舟／憂き舟」の流離と、罪と救済の問題へと展開している。そこには、第一部では光源氏の須磨・明石への流離と関わって表現されていた、『大祓詞』の流離する神の発想が、浮舟を祓えの「人形《ひとかた》」として登場させたことの象徴性へと凝縮されていく。その浮舟の救済の可能性の物語において、横川僧都とその母そして妹尼が登場する、仏教との関わりも重要である。

横川僧都は、『往生要集』を著して浄土教という個人救済の仏教を説いた、紫式部と同時代の横川の僧都つまり源信を引用しつつ変換している。男との三角関係の「世」を捨てて自殺未遂した浮舟は、横川僧都に「身」を救われたが、出家して「心」を救済されることは可能かという謎がかけられたまま、夢浮橋巻は中断するようにして終わっている。薫の「愛執の罪」と浮舟をめぐる問題については、第II部第9章「愛執の罪——源氏物語の仏教」で論じた。そこには、作中人物たち相互の交通の不可能性、ディスコミュニケーションの語りの方法が露呈している。それを、光源氏とも比較した薫という男主人公について、「悲劇」という視点から検討したのが、同第8章「〈反悲劇〉としての薫の物語」である。

宇治十帖の物語では、〈宇治〉という周縁的な世界が物語の中心となり、作中人物の述懐と身と心の格闘が、分裂し解体する中心なき語りによって表現されている。そこでは、歌と歌ことばによる「抒情的散文」の限界もまた明白である。浮舟は「手習」による歌を自己表出したあと、夢浮橋巻では歌を詠まない。

『源氏物語』において、その物語内容の主題的な深化による展開から説かれてきた三部構成説は、前記のような長編化の手法の変化とも相関し、さらに、それらを統合的しているのが「語りの心的遠近法」である。

第II部第3章「光源氏の物語と呼称の心的遠近法」では、「光る君」「光源氏」といった若き日の象徴性による「数珠繫ぎ」の物語の中心から、理想の帝王として潜在〈王権〉の資質をもちながらも帝になれない宿命を負った光源氏の、〈光〉と〈闇〉の物語の呼称を論じた。「おとど」そして「六条院」となる生涯を通して、物語社会内における関係性の指標として呼称は機能している。そこでは、官位の昇進に基づいた〈公〉的で外的な呼称が、その一代記としての継起性を示しているが、「君」や「男」といった〈私〉的で内的な呼称も語りの心的遠近法によって効果的に作用していた。光源氏に焦点化し、〈同化〉していく光源氏に近侍した女房を原像とする語り手は、外的な呼称から内的な呼称へ、さらには「給」などの敬語による無呼称から、敬語さえも消えた一体化を経て、これを〈異化〉した離れの表現を繰り返していた。

同第4章「明石入道の「夢」と心的遠近法」でも、「前の守新発意」という入道の呼称の外部性から、〈異界〉としての〈明石〉の内と外をめぐる物語を、入道の「夢」を始源として論じた。その明石一族の女系の物語において、「明石」という地名による呼称を担うのは明石君と尼君であって、明石女御は「明石」の名を冠して呼ばれることのない光源氏の娘であった。『源氏物語』の呼称においては、実名が極端に少なく、それは「貫之」「伊勢」などの史実との結合や、「惟光」などの従者という〈周縁〉性の、具体的な描写の指標である。物語世界内の〈中心〉においては、「紫上」などの女君たちにも象徴化された呼称が用いられ、「浮舟」はその主題性を象徴する典型であった。これらの呼称の〈文法〉は、『源氏物語絵巻』などやまと絵による物語絵の、高貴な人物は引目鉤鼻で抽象的に類型化して表現し、より〈周縁〉的な人物は具体的で個性的に表現する手法と共通している。

『源氏物語』の第一部においては、語り手は光源氏に焦点化してその立場に則して語ることを原則とし、帚木六帖のような「ものいひさがなき」物語や玉鬘十帖では、より自由に光源氏を相対化している。第二部の物語世界においては、作中人物たちそれぞれの心の表現が自立して多声的に響き合うようになり、光源氏はそれらを統括できないことが〈語り〉の心的遠近法となっている。そして、第三部、とりわけ宇治十帖の後半の浮舟の物語では、「語り手」による物語世界の統合そのものが解体して終わるのだといえる。

『源氏物語』において、心的遠近法が特に高度な文芸手法たりえているのは、その語り手たちが、女房を中心とした〈うわさ〉の伝承回路として物語世界内に組み込まれていることにより、享受者としての女による主体的な表現や、草子地や語り手のことばによる相対化の文体を、複合化して達成しているためである。感情移入による〈同化〉と〈異化〉による語りの心的遠近法は、物語世界を俯瞰する外からの描写から、作中人物へと焦点化し、その会話文や心内語へと連続的に移行したあと、これを相対化して離れる。

このような語りの心的遠近法の立論は、遡れば『源氏物語』における「草子地」研究を出発点としており、かつて論者は、『岷江入楚』の帚木巻頭に続く部分についての注から、(イ)過去の事実を、(ロ)さまざまに伝聞し、(ハ)それを語りまた筆録して、(ニ)編集し草子化した、(ホ)ように書いた(虚構化)と整理して、「作家(紫式部)が隠れるための表現のしくみ」と捉えた(6)。

その後の研究史を総括した陣野英則は、「心的遠近法」は「話声の連続的な変化」を説明するが、一方で、「重なりあう話声を聴きわけ」て「精緻に作中人物の話声を析出し、その偏りを意識することによって、物語世界の語られ方」を検討すべきだとし、論者が用いた「半ば実体的」という語り手についての用語を批判している(7)。「精緻に作中人物の話声を析出」することの重要性はもちろんだが、「半ば実体的」という用語ですべてを説明したつもりもないので、陣野が引いた論の一説を、あらためて引いておきたい。

源氏物語の語りの心的遠近法は、潜在的な「作者」と「読者」との関係を外枠として、その内部にさまざまな語り手と聞き手たちを、あるときは実体的に、多くのばあいは「半ば実体的」に、しかも口頭伝承の位相から書かれた文字伝承にいたるまで、多様に複合し溶化させつつ現象させていた(8)。

「多様に複合し溶化させつつ」と、確かに語りの連続性に重点を置いてはいるのだが、複数の語り手や作中人物を含む物語世界の内と外との多層性を前提にして、そのトポロジー構造に言及したものである。他方で、安藤徹は『源氏物語』の物語社会を伝播し構築する〈うわさ〉に注目した分析を試みて、「語り手が語るに至った(あるいはまさに語ろうとする)情報社会としての物語内の状況=物語社会を明らかにすると同時に、主題を担いつつ物語そのものを生成するもの」として論じる視座を提起している。安藤はエスノメソドロジーによる会話分析の発想といった社会学やメディア論に学んで、例えば蛍巻の物語論における光源氏と玉鬘による会話を分析し、「そこに性の権力作用が働くことで、男＝光源氏の超越性・中心性が互いに確認されていく」とともに、その「会話の可能性」ゆえに「光源氏による女＝六条院支配という固定化は、しかし内部の微細なところからすでに解体作業が始まってもいるのだった」と結論づけている。その注において、ここでは「語り手は光源氏とほぼ共犯関係にある」としながら、「語り手の権力作用」に言及していることも重要である。(9)

〈うわさ〉としての物語は、「語り手」による複雑な伝承回路を内在した生成過程でありつつ、作中人物たちの「会話」により物語社会を現前化している。王朝物語においては、その「会話」の特殊な表現様式として「歌」があり、書かれた「会話」として多くは「歌」を含んだ「手紙（消息文）」がある。(10)「会話」は作中人物のことばであるものの、そこには語り手の「介入」が起こる箇所があるし、「会話」部分においては、語る主体としての作中人物と語り手とが重なることがあり、(11)「歌」においてもそうした現象が指摘されている。(12)また、『源氏物語』の敬語には、作中人物たち相互の敬意を反映した語り手による用語選択があるとも指摘されている。(13)これらの現象は、あえて総括していえば、「抒情的散文」たる『源氏物語』の〈語りの心的遠近法〉によるものである。

松岡智之は、「男主人公薫の不毛な恋愛、女主人公大い君や浮舟の運命、そして物語の終焉に、会話に潜むディスコミュニケーションの様相が深く関わっている」とし、研究史をふまえて、宇治十帖が「心と言葉の交通と不交通を主題」としていることを論じ、その今後の展望において、上記のような諸問題を提示している。(14)こうした〈語りの心的遠近法〉におけるディスコミュニケーションの問題が、『源氏物語』における主題的な方法として強く露呈しているのは宇治十帖においてであるが、遡って第二部や第一部においてもみられる現象である。それは、語り手と作中人物との関係における心的な距離、〈同化〉と〈異化〉の表現法によるものであった。

五　意味生成の物語の詩学と開かれたテクスト学

第III部「物語論の生成と〈女〉文化の行方」では、第1章「物語論の生成としての源氏物語」において、『源氏物語』が内在するメタテクストとしての物語論について、その物語場としての構造を基底としておさえ、先行物語作品や歌論や漢詩文論、また史書や仏典とのインターテクスト関連を検討した。そこには、物語場における「架上」の構造により、作中人物である光源氏の会話文を通した〈作者〉の物語論が認められる。その物語虚構論には、史書や仏典に対する〈もどき〉（パロディ・アイロニー）による誇張として、物語の思想が示されている。そこに〈男〉である光源氏の権力を読むことは可能だが、物語テクストの作中世界の女主人公に素朴に感情移入して〈同化〉する、女君たちの物語享受が基底として重ねられていた。

こうした〈女〉文化としての「作り物語」の、ほぼ二百年後における行方を示しているのが『無名草子』である。同第4章「王朝〈女〉文化と無名草子」では、〈女〉による〈女〉のための〈女〉文化の伝統が、『源氏物語』を源流とする「作り物語」の論義を中心とした、メタ物語テクスト論として展開されていることを確認した。その批評の言説では、『源氏物語』における蛍巻の物語論のような〈男〉の視点が排除されており、異界と関わる物語の神話的な超現実性や、「和漢混淆」の文化状況をふまえた「かな」文による表現のダイナミズムが見失われているという限界もある。とはいえ、それは『源氏物語』以降の女性作者による「作り物語」の性格とも共通するものであった。語り手の女房たちによる、失われた王朝生活への憧憬を象徴するテクストが『源氏物語』なのであり、それは、同時代の藤原定家などの〈男〉による、和歌を中心とした享受と創作のための『源氏物語』の正典（カノン）化とは異質な、未来の可能性を希求する「物語の詩学」を示していた。

平安朝の末期から中世にかけては、仏教的な末法思想が強く実感される「末の世」にあって、「作り物語」を否定的に捉える言説もまた露呈し、源氏供養などにより『源氏物語』を正統化しようとする試みがあった。そうした「狂言綺語観」を伴いつつ、「日本紀などはただかたそばぞかし」という『源氏物語』を経由した王朝かな文芸の系譜は、『栄花物語』のようなかな文による歴史物語をも生成していた。そして、「世継」の物語である『大鏡』や『今鏡』などの歴史物語もまた、批評文芸である「草子」の系譜と結合していることを、同第5章「「世継」と無名草子の系譜——語りの場の表現史」で論じた。「作り物語」という用語は『今鏡』に由来し、そこにも『源氏物語』が強く作用していた。

同第3章「物語と絵巻物——源氏物語の時空」においては、説話を含む物語文芸と絵巻を中心とした物語絵との関連について、後世の絵画資料に基づいて概括した。その享受史の側から、『源氏物語』の心的遠近法を論じ、〈王権〉幻想の根拠としての源氏絵の正典化についても、補完的に位置づけた。そこでは絵と物語に共通する「心的遠近法」を確かめうるとともに、絵とことばによる表現との差異もまた明確であった。物語絵を「心的遠近法」として、物語テクストの〈文法〉との共通性において捉えることには批判があり、「逆遠近法」や「吹き抜け屋台」なども、「視点」ではなく「イメジャビリティ」の問題だとする説もある。(15)絵画の「イメジャビリティ」の方法から学ぶべきことは多いが、それを組み込むことによって、より生産的に「心的遠近法」による分析を展開していくことは可能だと思われる。

同第2章「物語作者のテクストとしての紫式部日記」においては、パラテクストとしての『紫式部日記』と〈紫式部〉を中心にして論じた。テクスト論を、作家としての〈紫式部〉論も含めて、歴史社会的に位置づけていくことが、今後の課題として必要であろう。これには、そこで示したようなテクスト論としての布置をふまえて、より実態的に『源氏物語』本文の研究と、紫式部論などを結合していくことが考えられる。

本書における『源氏物語』の引用本文は、新大系本により大島本を用いたが、最近の大島本の研究によって、書き入れや削除による改変の多いその原型が、青表紙本と河内本とが分化する以前の、俊成本へと遡る可能性も指摘されている(16)。別本諸本の紹介なども多く、統合的な本文形態論は、拡散を強めて収拾がつかない混乱に戻りつつあるともいえるのだが、それゆえに、紫式部自筆原本には帰結できないテクストの流動性をふまえた分析が必要となる。

作者へと開かれたテクスト論を前提として、テクスト論以前のように作品論をその起源としての作家論へと還元するのではなく、〈紫式部〉的なるものと『源氏物語』とを結合して論じる可能性が、「物語の詩学」としても可能になったと思われる。『源氏物語』の内なる物語論として、同第1章「物語論の生成としての源氏物語」で論じたことを出発点として、『紫式部日記』と『紫式部集』と『源氏物語』とのテクスト相互関連を考えていくことである。

その一例を示せば、『源氏物語』においては、第一部の前半を主としてこれまで論じられてきた延喜・天暦聖代観を基本とする時代准拠の枠の問題がある。これを紫式部の家系からみるとき、醍醐天皇の時代は、堤中納言とよばれた曾祖父藤原兼輔の時代であった。

延喜（醍醐）と天暦（村上）の聖代観は、文人たちを中心とする儒教的な政教主義を背景としたものであり、藤原摂関体制とは対立するものである。花山朝における慶滋保胤らの勧学会に集まった文人たちを中心とした政治改革運動は、花山天皇の出家によってあっけなく崩壊したが、そこに紫式部の父為時も参加していた。為時にとっては、その後に道長によって越前国司に任じられるまで、ほぼ十年の失意の時代が続いた。それが紫式部の少女期にあたるのであり、為時が惟規に漢詩文を教えながら、傍らで聞いていた紫式部の方が賢く修得したので男でないことを嘆いたという『紫式部日記』の記事は、子どもに自身の挫折した夢を託そうとした為時の思いを推測させる。

そうしたときに、為時が紫式部に、我が家系にとって栄光の時代であった兼輔のことを語ったと思われる。

堤中納言兼輔の娘は醍醐天皇に入内し皇子を生んでもいる。当代における文化の中心であり、宇多院や若き紀貫之などとも交流のあったことは、たとえそれが虚構化されているにせよ、『大和物語』などに記されている。「人の親の心は闇にあらねども子を思ふ道に惑ひぬるかな」という兼輔の歌は、『後撰集』『古今六帖』『大和物語』『兼輔集』にみられ、『源氏物語』の引き歌として最多であって、二六例ほどにのぼっている。また、古注釈における時代准拠に基づく光源氏のモデル説では、源高明に在原業平（『伊勢物語』の男）を加えたとするのが有力であり、『源氏物語』において藤原氏は脇役である。そこにも、たんなる王制復古ではなく、〈紫式部〉の記憶と理念に関わる延喜・天暦聖代観による文化主義を読むことができる。光源氏の幻想〈王権〉とは、まさしく書や和歌や音楽や絵画や香といった文化の中心であった。

また、勧学会の運動は、文人と僧とが白居易の狂言綺語観を媒介にして結合した思想活動であったが、花山朝の崩壊のあとに慶滋保胤が出家して横川の僧都源信の弟子となったことに象徴されるように、浄土教と密接に関連していた。浄土教による個人の魂の救済の運動は、二十五三昧会という宗教結社の運動へと向かった。しかしながら、若き為時たちは、出家することから取り残されたまま、藤原摂関体制の世をしのいで生きるしかなかったのである。あるいはまた、『源氏物語』における物語の思想と深く関わる仏教に関していえば、『源氏物語』では誰ひとり極楽往生できたと記されてはいない。夢を信じて娘を光源氏と結婚させ、明石中宮を実現させた明石入道は自らの往生をも確信しているが、その結末は語られていない。逆に、物のけとなった六条御息所をはじめ、藤壺も光源氏の夢に現れて恨み言をいい、須磨で光源氏の夢に現れた桐壺帝も、一度は地獄に堕ちたとみられる。それは、天皇であったがゆえの仏教的な罪とみられ、光源氏の往生もまた疑問である。

源信による「厭離穢土、欣求浄土」という浄土教の興隆期にあって、「女人往生」の困難という問題も大きい。宇治十帖においては、仏教による救済の問題が大きく浮上しているが、「俗聖」とよばれた宇治八宮は、たとえ結果的にせよ二十五三昧会における浄土教の厳格な臨終の作法通りに娘たちと別れ、阿闍梨に導かれて山寺で死んだが、やはり往生できずに中君の夢に出現している。道心から恋の惑いへと入りこんだ薫は、現世の執着に惑い続けている。浮舟の入水自殺未遂をめぐっては、破戒僧の物のけまで出現している。

『源氏物語』には、仏教による救済を切実に求めながらも、〈中有の思想〉というべきものが底流し続けている。ことに浮舟は、『大祓詞』で人々の罪や穢れを背負った「人形《ひとかた》」として形象される「速さすらひめ」のような、代受苦の女神の原像へと通底している。須磨に流離した光源氏もまた、三月上巳の祓えにおける暴風雨の中で、自らを祓えの「人形《ひとかた》」に喩えていた。折口信夫のいう「貴種流離譚」の話型とも通じ、その基底をなす罪と流離《さすらい》の人生観というべき思想が、〈中有の思想〉なのである。

こうした『源氏物語』の思想は、『紫式部日記』にみられる〈紫式部〉の仏教による救いへの絶望的な思考と繋がってくる。〈紫式部〉の「罪ふかき人」ゆえ往生できず「悲しく侍る」という自己言及は、『源氏物語』における作中人物たちの極楽往生への特異な否定性と通じている。『紫式部日記』や『紫式部集』における「心の鬼」といった表現も、『源氏物語』における「物のけ」と通じている。「なき人にかごとをかけてわづらふもおのが心の鬼にやはあらぬ」とは、『紫式部集』における物のけ調伏の絵を見て詠んだ歌であった。

「身」と「心」との相克による葛藤は、「数ならぬ心に身をばまかせねど身にしたがふは心なりけり」という『紫式部集』の歌にもみられ、それが『源氏物語』の、とくに宇治十帖における浮舟の物語として探求され続けたものである。浮舟は横川僧都による出家によっても救済されることなく、横川僧都が薫の「愛執の罪」をはらすようにと還俗を勧めても再会を拒んだまま、夢浮橋巻は中断するように終わっている。浮舟は「速さすらひめ」のような代受苦の女神でも「人形《ひとかた》」でもなく、自身の生き方を自身で決断するほかない人間の女であった。

注

序章

（1）助川幸逸郎「記号の自立と政治の不在化——八〇年代の物語学」（物語研究会会報、一九九九年八月）は、テクストの「意味」の「解釈学」と、テクストの「構成図式」や「記号の相互関連」を問う「記号学」とを区別し、八〇年代ではその「混同」があったとする。理論としては確かに別であるが、あえて両者を結合するのが論者の立場である。

（2）本書では日本の「物語学」と区別して西洋の学を「ナラトロジー」と表記する。こうした区別は、藤井貞和「当面するナラトロジー（narratology）の課題」（『湾岸戦争論——詩と現代』河出書房新社、一九九四年）も示している。なお、「ナラトロジー」という用語はツヴェタン・トドロフが『デカメロンの文法』（一九六九年）で最初に提起したという（ジェラルド・プリンス『物語論事典』遠藤健一訳、松柏社、一九九一年。原書は一九八七年）。ナラトロジーの代表的な著作としては次のようなものがある。ウラジーミル・プロップ『昔話の形態学』（北岡誠司・福田美智代訳、白馬書房、一九八七年。原書は一九二八年）。ロラン・バルト『物語の構造分析』（花輪光訳、みすず書房、一九七九年。原論文は一九六一〜七一年）。ジェラール・ジュネット『物語のディスクール』（花輪光・和泉涼一訳、書肆風の薔薇、一九八五年。原書は一九七二年）。フランツ・K・シュタンツェル『物語の構造』（前田彰一訳、岩波書店、一九八九年。原書は一九七九年）。また、ナラトロジーを応用した福田孝『源氏物語のディスクール』（書肆風の薔薇、一九九〇年）もある。

（3）〈異化〉とは、もともとヴィクトル・シクロフスキーの用語で、日常言語を見慣れぬものにし、認識を更新させるような「詩的言語」の本質的特徴を意味する（『散文の理論』水野忠夫訳、せりか書房、一九七一年。原書は一九二五年）。ただし、本書では、〈同化〉と対比して、批判的に対象化して離れる表現機能を主として用いる。

（4）高橋亨『物語と絵の遠近法』ぺりかん社、一九九一年。

（5）高木信「日本的な、あまりに日本的な……テクスト理論の来し方・行く末」『平家物語・想像する語り』森話社、二〇〇一年。この「テクスト論」や「物語学」としての原理論的な位置づけはそれとして、理論はあくまでも作品テクストを読むための方法的な手段である。

（6）ロラン・バルト「物語の構造分析序説」コミュニカシオン、8号、一九六六年、注(2)前掲書所収。

(7) ロラン・バルト『S／Z』沢崎浩平訳、みすず書房、一九七三年。原書は一九七〇年。
(8) ロラン・バルト『テクストの快楽』沢崎浩平訳、みすず書房、一九七七年。原書は一九七三年。
(9) ロラン・バルト「天使との格闘――「創世記」三二章二三―三三節のテクスト分析」、一九七一年、注(2)前掲書所収。
(10) マルチン・ハイデッガー『ことばについての対話』手塚富雄訳、理想社、一九六八年。
(11) ツベタナ・クリステワ『涙の詩学――王朝文化の詩的言語』名古屋大学出版会、二〇〇一年。なお、本書で用いる〈文法〉という術語は、日本の古注釈書などで用いられたテクスト生成の文法であり、ここでいう〈文法志向型〉とは異なっている。
(12) 高橋亨「モノガタリ言語序説」『物語文芸の表現史』名古屋大学出版会、一九八七年。同「言の葉をかざれる玉の枝」、注(4)に同じ。以下の叙述も、後者の論文と重なるところが大きい。
(13) 大野晋『日本語をさかのぼる』岩波新書、一九七四年。
(14) 高橋亨「源氏物語テクストの〈文法〉」、注(4)に同じ。
(15) 高橋亨「王朝文学と憑霊の系譜」国文学、一九八四年八月。
(16) 美濃部重克「散文文学〈物語〉の成立」福田晃・渡邊昭五編『伝承文学とは何か』講座日本の伝承文学第1巻、三弥井書店、一九九四年。
(17) 藤野岩友『巫系文学論』大学書房、一九五一年。
(18) 高橋亨「狂言綺語の文学」『源氏物語の対位法』東京大学出版会、一九八二年。
(19) 美濃部重克、注(16)に同じ。小南一郎『中国の神話と物語り――古小説史の展開』(岩波書店、一九八四年)や『西王母と七夕伝承』(平凡社、一九九一年)を例示している。折口信夫については『古代研究』(大岡山書店、一九二九～三〇年)と『日本文学の発生序説』(斎藤書店、一九四七年)が例示されている。
(20) 折口信夫「国文学の発生(第四稿)」(一九二七～九年初出)『古代文学研究(国文学篇)』、折口信夫全集(新版)1、中央公論社。
(21) ヴィクトル・シクロフスキー、注(3)に同じ。
(22) 高橋亨「夕顔の巻の表現」、注(12)前書に同じ。
(23) 折口信夫「叙景詩の発生」(一九二六年初出)『古代研究(国文学篇)』、注(20)の全集1。
(24) 『日本文学の発生 序説』、注(20)の全集4。
(25) 西村亨「貴種流離譚」『折口信夫事典』大修館、一九八八年。
(26) 高橋亨「前期物語の話型」、注(4)に同じ。注(22)も参照。
(27) 高橋亨「可能態の物語の構造」、注(18)に同じ。

(28)高橋亨『色ごのみの文学と王権――源氏物語の世界へ』新典社、一九九〇年。
(29)柳田国男「流され王」『一目小僧その他』小山書店、一九三四年。同『不幸なる芸術』養徳社、一九五三年。
(30)ハインリヒ・ハイネ『流刑の神々・精霊物語』小沢俊夫訳、岩波文庫、一九八〇年。
(31)和辻哲郎「埋もれた日本」(一九五一年初出)坂部恵編『和辻哲郎随筆集』岩波文庫、一九九五年。
(32)関根賢司「話型と表現」(一九八九年初出)『物語史への試み――語り・話型・表現』桜楓社、一九九二年。
(33)注(2)および注(5)を参照。
(34)高橋亨「モノガタリ言語序説」、注(12)に同じ。藤井貞和『物語文学成立史』東京大学出版会、一九八七年。
(35)エドワード・モーガン・フォスター『小説とは何か』米田一彦訳、ダヴィッド社、一九六九年。原書は一九二七年。三谷邦明「源氏物語の方法」『物語文学の方法II』有精堂出版、一九八九年。
(36)高橋亨「源氏物語の語り手」、注(4)に同じ。
(37)ジェラール・ジュネット、注(2)に同じ。
(38)ロラン・バルト、注(2)に同じ。
(39)高橋亨「源氏物語テクストの〈文法〉」、注(4)に同じ。
(40)ボリス・ウスペンスキー『イコンの記号学』北岡誠司訳、新時代社、一九八三年。原書は一九七一年。
(41)高橋亨「源氏物語の心的遠近法」、注(4)に同じ。三谷邦明『源氏物語の言説』(翰林書房、二〇〇二年)や陣野英則『源氏物語の話声と表現世界』(勉誠出版、二〇〇四年)も待遇表現を「言説」あるいは「話声」の問題として扱っているが、それぞれに論者の捉え方とは異なっている。
(42)高橋亨「省筆の文法・余情の美学」、注(4)に同じ。
(43)高橋亨「成立論の可能性」『源氏物語をどう読むか』国文学解釈と鑑賞別冊、至文堂、一九八六年四月。
(44)千野香織「日本美術のジェンダー」美術史、一九九四年三月。依田富子「性差・文字・国家――フェミニズム批評と平安文学研究」高木信・安藤徹編『テクストへの性愛術――物語分析の理論と実践』森話社、二〇〇〇年。河添房江「源氏物語とジェンダー――和漢のはざまで」国文学資料館編『ジェンダーの生成』臨川書店、二〇〇二年。小嶋菜温子「王朝の〈みやび〉と権力・性差――千野モデル修正案から」『源氏物語の性と生誕』立教大学出版会、二〇〇四年。
(45)高橋亨「唐めいたる須磨」、注(4)に同じ。同「死と再生――須磨」国文学、一九八七年十一月。同「詩文」国文学、一九八三年十二月。藤原克己「源氏物語と白氏文集――末摘花巻の「重賦」の引用を手がかりに」、『源氏物語と漢詩文』和漢比較文学叢書12、汲古書院、一九九三年。新間一美「源氏物語の女性像と漢詩文」『源氏物語と白居易の文学』和泉書院、二〇〇三年。

第Ⅰ部第1章

(1) 神田龍身『偽装の言説』森話社、一九九九年。

(2) 西嶋定生「東アジア世界と冊封体制」『中国古代国家と東アジア世界』東京大学出版会、一九八三年。

(3) 神野志隆光「文字とことば・「日本語」として書くこと」『万葉集研究』第21集、塙書房、一九九七年。

(4) 「変体漢文」とは、中国語としての漢文から、その視覚による漢語に和訓が混成し、語順や語義が変化し、助辞としての「てにをは」、また「給」などの待遇表現が加わったものである。多言語と多文化の混淆という視点から、漢字文化圏におけるクレオールとして考えたい。クレオールについては、三浦信孝編『多言語主義とは何か』藤原書店、一九九七年。

(5) 犬飼隆「観音寺遺跡出土和歌木簡の歴史的位置」国語と国文学、一九九九年五月。

(6) 新大系本が、注にこの平城京木簡を引いているが、訓に採用してはいない。

(7) 『万葉集』には他に「衣有者」の表記の歌はないが、「衣尓有者」は巻十二・二九六四番の寄物陳思歌にある。多くの注釈書はこれも「きぬならば」と訓んでいるのだが、伊藤博『万葉集釋注』(集英社、一九九七年)と鶴久・森山隆『万葉集』(桜楓社、一九七二年。補訂版一九七七年)は「きぬにあらば」と訓んでいる。ただし、両書とも一五〇番歌については「たまならば」「きぬならば」と訓む。

(8) 本章の『古今集』かな序と本文は冷泉時雨亭文庫蔵、藤原定家嘉禄二年自筆本による。冷泉家時雨亭叢書第2期第2巻。

(9) 西條勉「文字出土資料とことば」国文学、二〇〇〇年八月。山田寺の瓦については、東野治之「出土資料からみた漢文の受容」国文学、一九九九年九月。

(10) 稲岡耕二『人麻呂の表現世界』岩波書店、一九九一年。

(11) 阿蘇瑞恵『柿本人麻呂論考』桜楓社、一九七二年。

(12) 西條勉、注(9)に同じ。土橋寛『古代歌謡論』三一書房、一九六〇年。新装版一九七一年。

(13) 新谷秀夫「難波津の〈歌〉の生成——古今集仮名序古注をめぐる一断章」日本文藝研究(関西学院大学日本文学会)、一九九一年九月。なお、新谷は難波津の歌の木簡等の奈良時代の資料がすべて上の句に集中していることから、いまだ和歌(短歌)として定型化していない歌謡とみている。

(14) 米田雄介「和様文化の成立」『古文書の語る日本史』筑摩書房、一九九一年。

(15) 小松英雄『日本語書記史原論』笠間書院、一九九八年。

(16) ひらがなとかな文の成立については、表記史の立場から字母や書体に即した分析が基本となるはずである。

(17) 高橋亨「宇津保物語の絵画的世界」『物語と絵の遠近法』ぺりかん社、一九九一年。

(18) 石川九楊『二重言語国家・日本』NHKブックス、一九九九年。同『中國書史』京都大学学術出版会、一九九六年。同『日本書史』名古屋大学出版会、二〇〇一年。
(19) 菅原道真の詩と思想、また「和習」問題を含む研究史については、藤原克己『菅原道真と平安朝漢文学』東京大学出版会、二〇〇一年。
(20) 小松英雄、注(14)に同じ。

第Ⅰ部第2章

(1) 鈴木日出男「掛詞の成立」『古代和歌史論』東京大学出版会、一九九〇年。
(2) 野村精一「王朝文体史への序論」『源氏物語文体論序説』有精堂出版、一九七〇年。
(3)『古事記』の本文と訓読は新編全集によるが、訓読の表記等を変えてある。
(4) 藤井貞和『物語文学成立史』東京大学出版会、一九八七年。
(5) 多言語と多文化の混淆という視点から、クレオール観と繋いで考えたい。三浦信孝編『多言語主義とは何か』藤原書店、一九九七年。
(6)『古事記』新編全集の頭注。
(7) 片桐洋一『歌枕歌ことば事典』角川書店、一九八三年。増訂版一九九九年も同じ。
(8) ツベタナ・クリステワ『涙の詩学――王朝文化の詩的言語』名古屋大学出版会、二〇〇一年。なお、「根源的メタファー」と「メタ・メタファー」という用語はともにジャック・デリダによるが、デリダはこれを関連づけておらず、タルトウ・グループの〈文法志向型〉に対する〈テクスト志向型〉文化という概念を導入することによって、これが関連づけられたという。
(9) 藤井貞和、注(4)に同じ。
(10) 上坂信夫編『九本対照竹取翁物語 語彙索引本文編』笠間書院、一九八〇年。
(11) 金関丈夫「竹取物語「富士」の口合」『木馬と石牛』角川選書、一九七六年。
(12) 高橋亨「言の葉をかざれる玉の枝」『物語と絵の遠近法』ぺりかん社、一九九一年。本書、序章第一節も参照。

第Ⅰ部第3章

(1) 渡辺秀夫「竹取物語と神仙譚」『平安朝文学と漢文世界』勉誠社、一九九一年。
(2) 小南一郎『中国の神話と物語り』岩波書店、一九八四年。
(3) 高橋亨「竹取物語論のために」『物語文芸の表現史』名古屋大学出版会、一九八七年。
(4) 君島久子「嫦娥奔月考――月の女神とかぐや姫の昇天」武蔵大学人文学会雑誌、一九七四年。

(5)『日本文学研究大成　竹取物語・伊勢物語』(国書刊行会、一九八八年)所収論文と片桐洋一の解説。注(1)(4)の論文も同書所収。なお、『斑竹姑娘』の最初の紹介者である百田弥栄子の「『竹取物語』と「斑竹姑娘」」(『中国神話の構造』三弥井書店、二〇〇四年)によれば、『斑竹姑娘』と同様の竹にまつわる五人の求婚者の伝承が「長江中・上流域とその地に暮らす人々に深くかかわる」口頭伝承として成立していた可能性は否定できない。
(6)高橋亨「竹取物語論」、注(3)に同じ。
(7)網谷厚子『平安朝文学の構造と解釈』教育出版センター、一九九二年。
(8)東望歩(名古屋大学大学院)の報告による。
(9)野口元大『竹取物語』新潮日本古典集成、解説、一九七九年。ただし、女性の月経を意味する「月」は別である。
(10)野口元大、注(9)に同じ。
(11)高橋亨「源氏物語と竹取物語と長恨歌」、注(3)に同じ。

第I部第4章

(1)塚原鉄雄『王朝の文学と方法』風間書房、一九七一年。
(2)藤井貞和『落窪物語　住吉物語』新大系の注、岩波書店、一九八九年。
(3)藤井貞和『物語文学成立史』東京大学出版会、一九八七年。
(4)福田晃「日本昔話の成立——叙述形式「ムカシ」の生成をめぐって」『昔話研究の課題』日本昔話研究集成1、名著出版、一九八五年。
(5)古橋信孝『物語文学の誕生——万葉集からの文学史』角川書店、二〇〇〇年。「き」の文法的意味づけについては諸説あるが、「言=事」の事実性を強く示すアスペクトとしての継続性を示している。漢文訓読の語法や訓点語そのものとして「き」を位置づけることはできないようであるが、漢字により書き訓むこととの関係は深く、相対的に「けり」の口頭伝承と「かな」による表現との結合が浮上する。
(6)『竹取物語』の古写本は現存しないが、「阿部《あべ》のみむらじ」が「阿部《あべ》のおほし」と記されている他は現存本の内容と矛盾する箇所はなく、『源氏物語』の時代の『竹取物語』が現存本と大差ないと考える根拠として貴重である。「あへなし」と語源譚パロディに言及されてもいる。
(7)三谷邦明『物語文学の方法II』有精堂出版、一九八九年。
(8)石川徹『古代小説史稿』刀江書院、一九五八年。
(9)奥津春男『竹取物語の研究——達成と変容』翰林書房、二〇〇〇年。

(10) 奥田勲『明恵——遍歴と夢』東京大学出版会、一九七八年。
(11) 石川徹『平安時代物語文学論』笠間書院、一九七九年。
(12) 藤井貞和、注(3)に同じ。神野藤昭夫「『はこやのとじ』からみた物語の成立と前期物語史像」(『散逸した物語世界と物語史』若草書房、一九九八年)は、『はこやのとじ』を『柘枝伝』あるいは柘枝伝説の翻案と推定し、『からもり』を難題求婚譚として、『はこやのとじ』+『からもり』=『竹取物語』との図式を考えている。
(13) 藤井貞和『日本文学全史2』學燈社、一九七八年。
(14) 藤井貞和、注(3)に同じ。
(15) 百田弥栄子による「斑竹姑娘」の紹介によって、『竹取物語』を漢文作品の翻訳とみる伊藤清司『かぐや姫の誕生』(講談社現代新書、一九七三年)など。高橋亨「竹取物語論」『物語文芸の表現史』名古屋大学出版会、一九八七年。
(16) 藤井貞和、注(3)に同じ。
(17) 高橋亨「言の葉をかざれる玉の枝」『物語と絵の遠近法』ぺりかん社、一九九一年。
(18) 塚原鉄雄「物語文学の冒頭・結末表現」(『体系物語文学史』第2巻、有精堂出版、一九八七年)は、末尾表現を統括する「けり」と結末表現の「たり」を区別している。
(19) 高木正一『白居易』中国詩人選集12、岩波書店、一九五八年。訓み下し文も同書による。
(20) 高橋亨「長編物語の構想力」、注(17)に同じ。
(21) 家永三郎『上代倭絵全史』(墨水書房、一九六六年)、渡辺秀夫『平安朝文学と漢文世界』(勉誠社、一九九一年)は他の資料も示している。
(22) 高橋亨「中心と周縁の文法」、注(17)に同じ。
(23) 藤井貞和、注(3)に同じ。
(24) 渡辺実『伊勢物語』(新潮日本古典集成、解説、一九七六年)は、「源融をパトロンとするような、風流歌人の仲間」があり、そこに紀氏(有常)、在原氏(行平・業平)、源氏(至)などが加わり、業平を中心とした「各自の歌の成立譚」がもち寄られ、「即業平と脱業平の両面を含んだ歌物語」が成立し、それが「原伊勢物語」となったと、八一段を中心に推定している。その増益に、在原氏では滋春・元方、紀氏では貫之、嵯峨源氏では順などが関わったとみている。

第I部第5章

(1) 本論では弦楽器全般を指す「琴」(こと)と、七絃の「琴」(きん)とを区別するために、以下では「きん」を〈琴〉と表記する。ただし、底本の表記を尊重して、〈琴〉を意味することが明らかであっても、「琴」と漢字表記されている場合にはそのままとする。

（2）上原作和『光源氏物語の思想史的変貌――〈琴〉のゆくへ』有精堂出版、一九九四年。
（3）河合隼雄『続・物語をものがたる』小学館、一九九七年。
（4）高橋亨「長編物語の構成力」『物語と絵の遠近法』ぺりかん社、一九九一年。
（5）室城秀之『うつほ物語の表現と論理』若草書房、一九九六年。
（6）室城秀之、注（5）の序章。高橋亨「宇津保物語――はじまりの世界の想像力」、三田村雅子「宇津保物語の論理――祝祭の時間と日常の時間と」、両論文とも『初期物語文学の意識』（笠間書院、一九七九年）に初出。
（7）宗雪修三「宇津保物語論序説」『物語の方法』世界思想社、一九九二年。同「宇津保物語、その離散的構造」（『講座平安文学論究』12輯、風間書房、一九九七年）では、「言葉」の力による意味生成の論として展開されている。また、後者の論集に所収の三上満「宇津保物語の思惟――音楽の力」は、この物語を「象徴秩序の結構と空洞化という相反する力性が交錯する時空」とし、「孤児性」を起点とした「象徴秩序からの人の意識の解放」を主題として論じている。
（8）大井田晴彦「吹上の源氏――涼の登場をめぐって」中古文学、一九九六年十一月。
（9）高橋亨、注（4）と注（6）に同じ。
（10）上原作和は「かつては俊蔭女の練習用」であった「細緒風」と「龍角風」とが「新たなる神話性を獲得した」ことを、「楽統継承譚の主題が〈楽器〉そのものから、秘琴伝授という〈営為〉に〈差延化〉」されたという。注（2）に同じ。

第Ⅰ部第6章

（1）「歳時」が年中行事を行う時節を表すのに対し、時節の行事を指す「歳事」という語も用いられた。『年中行事秘抄』が引く『宇多天皇御記』に、民間で行っていた正月十五日の七種粥などを宮中でも行えという年間の行事を「歳事」と称している。また「年中行事」という用語の初出は『年中行事障子文』だという。『国史大辞典』（吉川弘文館）倉林正次の解説。
（2）山中裕『平安時代の古記録と貴族文化』思文閣、一九八八年。藤原師輔は『九条殿遺誡』に、朝起床したら自分の属星の名を七遍誦し、鏡で顔色を確かめたあと、暦書を見て吉凶を知れという。また、年中行事は暦に記し、毎日これを見て準備すること、昨日の公事や不審の条も暦に注記すべきだという。師輔はまた『九条年中行事』も残し、それらが摂関家の政治の根幹を成していく。
（3）平井卓郎『古今和歌六帖の研究』明治書院、一九六四年。一九九〇年にパルトス社より復刊。
（4）川口久雄『和漢朗詠集　梁塵秘抄』旧大系、解説、一九六五年。
（5）大隅和雄「古代末期における価値観の変動」北海道大学文学部紀要、一九六八年。
（6）野口元大「物語文学」山中裕・今井源衛編『年中行事の文芸学』弘文堂、一九八一年。
（7）野口元大、注（6）に同じ。

（8）増田繁夫「古今集の勅撰性」梅光女子大学文学部紀要、一九六七年。菊地靖彦「『古今和歌集』の部類と構成」『古今集とその前後』和歌文学論集2、風間書房、一九九四年。なお、この成立過程論は田中喜美春説をふまえている。
（9）菊地靖彦、注（8）論文に引用された秋本吉郎説。
（10）松田武夫『古今集の構造に関する研究』風間書房、一九六五年。これに対して、部類意識を重視するのは、久曽神昇『古今和歌集成立論』研究編、風間書房、一九六一年。川口久雄『平安朝日本漢文学史の研究』（明治書院、一九五九年）も、「類書的性格」を論じている。
（11）田坂順子「『古今集』と漢詩文――物名歌をめぐって」『古今集とその前後』風間書房、一九九四年。小西甚一「古今集的表現の成立」日本学士院紀要、一九四九年十一月。竹岡正夫『古今和歌集全評釈』右文書院、一九七六年。
（12）久富木原玲「誹諧歌――和歌史の構想・序説」国語と国文学、一九八一年十月。『和歌とは何か』有精堂出版、一九九六年再録。
（13）田中喜美春「言の事」樋口芳麻呂編『王朝和歌と史的展開』笠間書院、一九九七年。
（14）田中新一は、平安朝の歳時意識の重層性を「歴月」と「節月」との「二元的四季観」だという。『平安朝文学に見る二元的四季観』風間書房、一九九〇年。
（15）笹淵友一「宇津保物語の様式――時間性について」宇津保物語研究会編『宇津保物語新攷』古典文庫、一九六六年。笹淵が「古典主義的」というのは「永遠性と時間性の融合、精神と物質との過不足のない調和、形而下的世界における形而上性の内面化、人生と世界の自己目的性」という観念論美学による規定である。
（16）高橋亨「長編物語の構成力」『物語と絵の遠近法』ぺりかん社、一九九一年。
（17）橋本不美男「古代・中世和歌」、注（6）に同じ。
（18）室城秀之『うつほ物語の表現と論理』若草書房、一九九六年。
（19）高橋亨「祭りの幻想と宇津保物語」『物語文芸の表現史』名古屋大学出版会、一九八七年。

第I部第7章

（1）折口信夫「日本芸能史序説」（一九五〇年初出）『日本芸能史六講（芸能史1）』折口信夫全集（新版）21、中央公論社。折口における「もどき」の用語の概括については、『折口信夫事典』西村亨編、大修館書店、一九八八年。
（2）『古代研究（民俗学篇1）』、注（1）の全集2。
（3）注（1）の全集21に所収の諸論文。また、『古代研究（民俗学篇2）』同全集3、『かぶき讃（芸能史1）』同全集22、『日本文学啓蒙』同全集23。
（4）「国文学の発生（第四稿）」は一九二七～九年初出、『古代研究（国文学篇）』、注（1）の全集1。

（5）高橋亨「〈もどき〉の生成力——日本文化のポリフォニー」『日本社会の構造と異文化変容システム』一九九一年。

（6）新大系本文は「とがむる」。ただし、底本である陽明文庫本の欠損部にあたり、内閣文庫本によるもので、他の諸本が「もどかる」とするのを採る。

（7）金子元臣『枕草子評釈』が『列仙伝』六の「湘中老人」の故事によるとするのは、『列仙伝』ではなく、明代の『列仙全伝』によるものであると、鄭順粉『枕草子 表現の方法』（勉誠出版、二〇〇二年）が指摘している。

（8）三田村雅子「歌語りからの離陸——ウタの空洞化」『枕草子 表現の論理』有精堂出版、一九九五年。

（9）三巻本の跋文と、能因本の長跋・短跋の性格を論じたものとして、小森潔「枕草子跋文の喚起力」（日本文学、一九九八年五月）、津島知明「跋の寄り添う枕草子」（『動態としての枕草子』おうふう、二〇〇六年）がある。

（10）中島和歌子「物語史の中の〈草子〉——〈草子〉の転機としての『枕草子』」古代文学研究（第二次）、10、二〇〇一年十月。

（11）「枕」に関する諸説については、上野理「枕にこそは」（国文学研究、一九七二年六月）、甲斐チェリー「『枕草子』枕考——視点と時点における「枕」の定義」（古代文学研究（第二次）、9、二〇〇〇年十月）などに詳しい。

（12）三田村雅子「枕草子誕生——類聚の草子へ」、注(8)に同じ。

（13）高橋亨「夕顔の巻の表現」『物語文芸の表現史』名古屋大学出版会、一九八七年。

（14）三田村雅子「〈モノ〉の裂目——「〜もの」章段の位相」、注(8)に同じ。

（15）三田村雅子、注(14)に同じ。

第Ⅰ部第８章

（1）ツベタナ・クリステワ「「こひじにまどふころ」——散文と韻文の共通の詩学をめざして」国文学、二〇〇一年十二月。なお、同誌は「王朝文学——散文と韻文の交通」特集であり、徳江純子「〈王朝文学——韻文と散文の交通〉の文献」が、この視点から研究文献の整理をしている。

（2）西沢正史・徳田武編『日本古典文学研究史大事典』勉誠社、一九九七年。

（3）高橋亨『物語文芸の表現史』名古屋大学出版会、一九八七年。

（4）「涙河」「涙の河」という表記もあるが、本書では「かな」表記にも漢字をあて、すべて「川」に統一して引用する。

（5）渡辺秀夫『詩歌の森』大修館書店、一九九五年。

（6）小町谷照彦『古今和歌集と歌ことば表現』岩波書店、一九九四年。

（7）佐藤和喜「多声の歌体から単声の歌体へ——歌物語の生成」国語と国文学、一九九五年五月。

（8）鈴木日出男『古代和歌史論』東京大学出版会、一九九〇年。

(9) ツベタナ・クリステワ『涙の詩学――王朝文化の詩的言語』名古屋大学出版会、二〇〇一年。
(10) 高橋亨「平中物語論――言の葉のうつろい」石川徹編『平安時代の作家と作品』武蔵野書院、一九九二年。
(11) 高橋亨「五月まつ花橘の変奏譚」、注(3)に同じ。
(12) 室城秀之『うつほ物語 全』の頭注の指摘による。
(13) 高橋亨「落窪物語」『体系物語文学史』第3巻、有精堂出版、一九八三年。
(14) 高橋亨「〈落窪〉の意味をめぐって」日本文学、一九八二年六月。山室静『世界のシンデレラ物語』新潮選書、一九七九年。
(15) 高橋亨「物語の型と虚構」『散文文学〈物語〉の世界』三弥井書店、一九九五年。
(16) 高橋亨『源氏物語の対位法』東京大学出版会、一九八二年。
(17) 伊井春樹編『源氏物語引歌索引』笠間索引叢刊、一九七七年。
(18) 高田祐彦「道綱母から六条御息所へ」『源氏物語の文学史』東京大学出版会、二〇〇三年。
(19) 藤原克己・高橋亨・高田祐彦「源氏物語のことばへ」文学、二〇〇六年九・十月、座談会における報告。なお、「そほつ」をめぐる歌の表現史と解釈については、二〇〇六年六月の古代文学研究会における亀田由佳の発表による。

第II部第1章

(1) 高橋亨「物語の〈語り〉と〈書く〉こと」『源氏物語の対位法』東京大学出版会、一九八二年。
(2) 藤井貞和「語りの身体と語る力」第13回国際比較文学会東京会議報告資料、一九九一年八月。
(3) これは「物語内容《イストワール》の時間」と「物語言説《ディスクール》の時間」との差異に関わり、「ストーリー」と「プロット」との違いに対応する。ボリス・トマシェフスキー「テーマの研究」ツヴェタン・トドロフ編『文学の理論――ロシア・フォルマリスト論集』野村英夫訳、理想社、一九七一年。原論文は一九二五年。本書、序章第三節と、その注(35)も参照。
(4) 高橋亨「引用としての准拠」『物語文芸の表現史』名古屋大学出版会、一九八七年。
(5) 本書、第III部第1章。
(6) 高橋亨「可能態の物語の構造」、注(1)に同じ。
(7) 本書、第II部第8章。
(8) 本書、第II部第2章。
(9) 本書、第II部第9章。

第II部第2章

（1）高橋亨「「歌語り」と物語ジャンルの生成」SITES統合テクスト科学研究（名古屋大学文学研究科COE）、二〇〇三年。
（2）高橋亨「物語の発端の表現構造」『物語文芸の表現史』名古屋大学出版会、一九八七年。
（3）福田孝『源氏物語のディスクール』書肆風の薔薇、一九九〇年。
（4）ロラン・バルト『物語の構造分析』花輪光訳、みすず書房、一九七九年。なお、テレンス・ホークス『構造主義と記号論』（池上嘉彦他訳、紀伊国屋書店、一九七九年、原書は一九七七年）がバルトのコード分類説を批判している。
（5）福田孝、注（3）に同じ。
（6）藤井貞和『源氏物語の始原と現在』（三版）砂子屋書房、一九九〇年、新間一美「李夫人と桐壺巻」『論集日本文学・日本語学2中古』角川書店、一九七七年など。
（7）伊原昭『平安朝文学の色相』笠間書院、一九六七年。
（8）野口武彦『花の詩学』朝日新聞社、一九八七年。
（9）新間一美「桐と長恨歌と桐壺巻」甲南大学紀要・文学編、48、一九八二年。
（10）紅葉賀巻の雛遊びの場面は近世の源氏絵に描かれ、京都国立博物館蔵の土佐光吉の色紙絵では、屋根を付した大きなもので、取り外し可能だったと思われる。人形の引目鉤鼻とともに、吹抜屋台の構図の由来が雛遊びにあったとも想定される。
（11）高橋亨「宇治物語時空論」『源氏物語の対位法』東京大学出版会、一九八二年。
（12）三谷邦明「源氏物語における言説《ディスクール》の方法」『日本の文学』第5集、有精堂出版、一九八九年。『物語文学の言説』有精堂出版、一九九二年所収。
（13）石川九楊『文字の現在　書の現在』芸術新聞社、一九九〇年。

第II部第3章

（1）和辻哲郎「源氏物語について」（一九二二年十二月初出）『日本精神史研究』一九二六年、岩波書店。青柳（阿部）秋生「源氏物語執筆の順序」国語と国文学、一九三九年八・九月。玉上琢彌「源語成立攷」（一九四〇年四月初出）『源氏物語研究』一九六六年、角川書店。武田宗俊「源氏物語の最初の形態」（一九五〇年六・七月初出）『源氏物語の研究』一九五四年、岩波書店。
（2）高橋亨「成立論の可能性」国文学解釈と鑑賞別冊、一九八六年四月。
（3）福田孝『源氏物語のディスクール』書肆風の薔薇、一九九〇年。
（4）アール・マイナー『東西比較文学研究』明治書院、一九九〇年。
（5）ロラン・バルト『物語の構造分析』花輪光訳、みすず書房、一九七九年。

(6) 高橋亨「中心と周縁の文法」『物語と絵の遠近法』ぺりかん社、一九九一年。
(7) 堀内秀晃「光源氏と聖徳太子信仰」『講座源氏物語の世界』第2集、有斐閣、一九八〇年。
(8) 高橋亨『色ごのみの文学と王権』新典社、一九九〇年。
(9) 高橋亨「物語の発端の表現構造」『物語文芸の表現史』名古屋大学出版会、一九八七年。
(10) 吉岡曠「人物呼称」『源氏物語事典』別冊国文学、36、一九八九年。吉岡によれば、地の文に多出する「君」は語り手の古女房が「主人として仕える人」の意である。また、「この君」は「貴人」の意として呼称の用例から除かれている。
(11) 森一郎『源氏物語の方法』桜楓社、一九六九年。
(12) 藤井貞和「明石の君 うたの挫折」『源氏物語入門』講談社学術文庫、一九九六年。
(13) 田坂憲二「内大臣光源氏をめぐって」『源氏物語の人物と構想』和泉書院、一九九三年。内大臣は「准摂政・准関白」であったが、太政大臣と摂政・関白の史実における機能に基づいた『源氏物語』における人物関係をどう読むかについては、問題が残る。それらの研究史については、加納重文「人物と官職」『源氏物語研究集成』第5巻、風間書房、二〇〇〇年。
(14) 阿部秋生「六条院の述懐」『光源氏論』東京大学出版会、一九八九年。

第II部第4章

(1) 東原伸明「源氏物語と〈明石〉の力」『物語研究』第2集、新時代社、一九八八年。河添房江「須磨から明石へ」『源氏物語表現史——喩と王権の位相』翰林書房、一九八八年。豊島秀範「須磨・明石の巻における信仰と文学の基層」『源氏物語の探求』第12輯、風間書房、一九八七年。これらの注にあげられた藤井貞和、高橋和夫、上野千鶴子等の論文も参照。
(2) 藤原克己「明石入道の人物造型」森一郎編『源氏物語作中人物論集』勉誠社、一九九三年。
(3) 東原伸明、注(1)論文。
(4) 藤井貞和「桐壺院の生と死」注(2)論集、同『源氏物語論』岩波書店、二〇〇〇年に所収。同時代の斎宮や斎院にも、その在位中の仏道から離れた罪への償いの意識がみられる。
(5) 高橋亨「源氏物語における出家と罪と宿世」『源氏物語IV』日本古典文学研究資料叢書、有精堂出版、一九八二年。
(6) 高橋亨「詩文」国文学、一九八三年十二月。「唐めいたる須磨」「喩としての地名——明石を中心に」『物語と絵の遠近法』ぺりかん社、一九九一年。
(7) 河村幸枝「明石の君の年齢」(紫光、36号、一九九八年)は、諸説を検討して、明石巻で二十九歳と推定している。

第II部第5章

(1)石田穣二「源氏物語の聴覚的印象」国語と国文学、一九四九年十二月、『源氏物語論集』桜楓社、一九七一年所収。
(2)高橋亨「源氏物語の語り手」『物語と絵の遠近法』ぺりかん社、一九九一年。
(3)玉上琢彌『源氏物語研究』角川書店、一九六六年。
(4)山田孝雄『源氏物語の音楽』一九三四年初版。以下は一九七〇年の復刻版(宝文館出版)による。
(5)中川正美『源氏物語と音楽』和泉書院、一九九一年。三田村雅子「〈音《こえ》〉を聞く人々」『物語研究』第1集、新時代社、一九八六年、『源氏物語感覚の論理』有精堂出版、一九九六年所収。
(6)鈴木道子『語りと音楽』解説、民族音楽叢書、東京書籍、一九九〇年。
(7)中川正美、注(5)に同じ。
(8)中川正美、注(5)に同じ。
(9)藤岡作太郎『国文学全史』平安朝篇、一九〇五年初版。平凡社東洋文庫本による。
(10)山田孝雄、注(4)に同じ。「時代物」は「世話物」に対していう。また、『体源抄』に院政期の源経信まで「琴《きん》」が伝わり、その後絶えたということも記している。一条朝にはほとんど演奏されなかったということである。
(11)石田穣二「六条院の女楽」『講座源氏物語の世界』第6集、有斐閣、一九八一年。
(12)鈴木日出男「天地・鬼神を動かす力」文学、一九八二年、『源氏物語虚構論』東京大学出版会、二〇〇三年所収。
(13)上原作和「光源氏の秘琴伝授」日本文学、一九九一年四月、『光源氏物語の思想史的変貌――〈琴〉のゆくへ』有精堂出版、一九九四年。同『源氏物語 學藝史――右書左琴の思想』翰林書房、二〇〇六年。

第II部第6章

(1)中川正美『源氏物語と音楽』和泉書院、一九九一年。以下の中川の論の引用も同書。
(2)小嶋菜温子「柏木の笛」『源氏物語批評』有精堂出版、一九九五年。
(3)『後拾遺集』(恋一・八九五)所載の歌で、道綱母が母の一周忌のあと、「夕暮に塵積りたる琴など」弾くとはなしに鳴らしたところ、同居していた「をば」が「ことの音きけば物ぞかなしき」などいってきたことへの返歌だと、詞書にある。『蜻蛉日記』上巻にみえる歌である。
(4)『弄花抄』は「声につたはる」に「心楽伝情に事あり。夕霧は柏木と知音の事をいへり」と注釈している(伊井春樹編、源氏物語古注集成8、桜楓社、一九八三年)。夕霧が柏木の心の音を知り伝えていると解しているようだが、遺愛の楽器そのものに奏者の音が伝わるとみる。

(5)伊井春樹編『内閣文庫本 細流抄』桜楓社、一九七五年。
(6)『細流抄』、注(5)に同じ。
(7)完訳日本の古典『源氏物語』7(小学館)の注では、「亡き柏木が吹いた笛の音。一説には故人を偲んで泣く人々の声」とする。新編全集では一説を載せない。新大系では両説を載せている。
(8)『弄花抄』、注(4)に同じ。
(9)小嶋菜温子、注(2)に同じ。
(10)『岷江入楚』が諸注を集成している。中田武司編、源氏物語古注集成13、桜楓社、一九八二年。

第II部第7章

(1)小町谷照彦「源氏物語歳時事典」『源氏物語事典』別冊国文学、秋山虔編、學燈社、一九八九年。鈴木日出男『源氏物語歳時記』筑摩書房、一九八九年。また上坂信男『源氏物語――その心象序説』(笠間書院、一九七四年)が、物語に描かれた景物について、その表現や発想が『古今集』など和歌の伝統を受け継いだものであることを論じている。こうした視点が小町谷照彦、後藤祥子、鈴木日出男らによって細密化され、歌ことばや和歌的美意識による『源氏物語』の表現法として論じられてきている。
(2)河添房江「花の喩の系譜」『源氏物語の喩と王権』有精堂出版、一九九二年。
(3)秋山虔『王朝女流文学の世界』東京大学出版会、一九七二年所収。
(4)風巻景次郎「描写・小説・源氏物語」『源氏物語の成立』風巻景次郎全集4、桜楓社、一九六九年。
(5)野村精一『源氏物語文体論序説』(有精堂出版、一九七〇年)が、「文体の自立」という同時代の研究状況をよく示している。
(6)鈴木日出男「年中行事と歳時意識」『古代和歌史論』東京大学出版会、一九九〇年。
(7)伊井春樹編『源氏物語引歌索引』笠間索引叢刊56、笠間書院、一九七七年。
(8)高野晴代「歌題の生成と屏風歌――貫之「延喜六年内裏月次屏風歌」を中心に」国文目白、一九九四年一月。
(9)山中裕『平安時代の古記録と貴族文化』思文閣、一九八八年。
(10)三月の宮廷における節会としては、月初めの巳の日の「上巳の祓」と、中の午の日の「石清水臨時祭」くらいであった。
(11)鈴木日出男、注(6)に同じ。
(12)鈴木日出男、注(6)に同じ。
(13)西沢一光「とこよ」秋山虔編『王朝語辞典』東京大学出版会、二〇〇〇年。
(14)高橋亨「唐めいたる須磨」『物語と絵の遠近法』ぺりかん社、一九九一年。
(15)ツベタナ・クリステワ『涙の詩学――王朝文化の詩的言語』名古屋大学出版会、二〇〇一年。

(16) 片桐洋一『後撰和歌集』新大系の注。
(17) 本書、第II部第6章。

第II部第8章

(1) 高橋亨「闇と光の変相」『源氏物語の対位法』東京大学出版会、一九八二年。
(2) 高橋亨「王朝〈女〉文化と『無名草子』」古代文学研究(第二次)、10、二〇〇一年十月。本書、第III部第4章。
(3) 三角洋一「源氏物語の仏教」(『源氏物語と天台浄土教』若草書房、一九九六年)が、河内本系の『紫明抄』によって、『法華文句』における「羅喉羅」の注と、薫の歌がやはり『法華文句』の「衆生従何処来、向何処去……」によることを指摘している。
(4) 小此木敬吾「阿闍世コンプレックス論の展開」小此木敬吾・北山修編『阿闍世コンプレックス』創元社、二〇〇一年。
(5) ラモン・ガンザレイン「阿闍世コンプレックスに含まれる種々の罪悪感」、注(4)に同じ。
(6) 藤井貞和「物語史における王統」高橋亨編『源氏物語と帝』森話社、二〇〇四年。同「薫の疑いは善見太子説話に基づくか――阿闍世王コンプレックスと『源氏物語』」(古代文学研究(第二次)、14、二〇〇五年十月)は、「善巧太子」を「善見太子」つまり阿闍世王その人とみる可能性を示している。
(7) 小此木敬吾「阿闍世とオレステス」、注(4)に同じ。
(8) ルネ・ジラール『欲望の現象学』法政大学出版局、一九七一年。神田龍身『物語文学、その解体』有精堂出版、一九九二年。
(9) 三田村雅子『源氏物語 感覚の論理』有精堂出版、一九九六年。
(10) 高橋亨「宇治物語時空論」、注(1)に同じ。薫の宇治への道行きの文章を、石田穣二『源氏物語論集』(桜楓社、一九七一年)のように張りのある歌ことば表現として、パロディや「戯画化」とはみない読みもある。

第II部第9章

(1) 三角洋一「横川の僧都の還俗勧奨」(『源氏物語事典』大和書房、二〇〇二年)が、両説の要点をまとめている。また、鈴木裕子「『源氏物語』の僧侶像――横川の僧都の消息をめぐって」(駒澤大学佛教文学研究、8号、二〇〇五年三月)が、両説をふまえた新たな読みを提示している。
(2) 高橋亨「存在感覚の思想」『源氏物語の対位法』東京大学出版会、一九八二年。
(3) 鈴木日出男「愛執の罪――誰の救済か」国文学、二〇〇〇年七月。
(4) 藤原克己「源氏物語と浄土教」国語と国文学、一九九九年九月。
(5) 鈴木裕子、注(1)に同じ。

（6）鈴木裕子、注（1）に同じ。
（7）今井久代「横川の僧都の人間像をめぐって」国語と国文学、二〇〇二年五月。藤本勝義『源氏物語の「物の怪」』青山学院女子短期大学学芸懇話会、一九九一年。
（8）藤原克己「解釈はいかにあるべきか——横川僧都の「人間性」をめぐって」日本研究（韓国外国語大学校）、二〇〇三年十二月。
（9）藤原克己、注（4）に同じ。
（10）高橋亨「宇治物語時空論」、注（2）に同じ。

第Ⅲ部第1章

（1）坪内逍遙『小説神髄』「小説の主眼」明治文学全集16、筑摩書房、一九六九年。中村真一郎「坪内逍遙《近代文学の基石》」は、「現代の小説は、一方で、王朝物語の伝統（春水の仕事は、その江戸的ヴァリエーションである）の復活と、西欧近代小説の移入との融合によってなり立つ」と、これを支持している。同前書採録。
（2）百川敬仁「感性のファシズム」（『内なる宣長』東京大学出版会、一九八七年）がもっとも根源的な批判である。
（3）淵江文也「蛍巻物語談義註試論——宣長『物のあはれ』説への一修正」商大論集、一九五六年十二月。
（4）阿部秋生「蛍の巻の物語論」東京大学教養学部人文科学科紀要、一九六〇年、『源氏物語の物語論』岩波書店、一九八五年に吸収。
（5）ジョン・ボチャラリ「批評の道——本居宣長論への一つの試み」比較文学研究、一九七六年四月。
（6）杉戸清彬「『源氏物語』もののあはれ論の再検討」名古屋大学文学部研究論集、一九七七年三月。同論文は、武田宗俊「本居宣長の源氏物語批評について」心、一九六六年十二月〜六七年二月をふまえている。
（7）阿部秋生、注（4）に同じ。
（8）本書、第Ⅲ部第5章。
（9）日向一雅「源氏物語『帚木』三帖の物語試論」関東学院女子短期大学・短大論叢、一九七三年七月、『源氏物語の主題』桜楓社、一九八三年所収。
（10）高橋亨「狂言綺語の文学」『源氏物語の対位法』東京大学出版会、一九八二年。
（11）藤井貞和「雨夜のしな定めから蛍の巻の〝物語論〟へ」共立女子短期大学（文科）紀要、18、一九七三年。
（12）高橋亨「物語想像力の根源」、注（10）に同じ。
（13）石川徹「古本住吉物語の内容に関する臆説」中古文学、一九六九年三月。桑原博史『中世物語研究——住吉物語論考』二玄社、一九六七年。藤村潔「住吉物語と源氏物語」（藤女子大学藤女子短期大学紀要、一九七三年）は、「桐壺、帚木、若紫、紅梅の諸巻

の展開ならびにそれらの巻にあらわれる当面の物語の主人公の家庭的な境遇の設定」への、屈折した影響関係を指摘している。
(14) 玉上琢彌『源氏物語評釈』5、角川書店、一九六五年。
(15) 神野志隆光「源氏物語における『世語り』の場をめぐって」むらさき、一九七八年六月。
(16) 藤井貞和、注(11)に同じ。
(17) 野村精一『源氏物語の創造』増訂版、桜楓社、一九七五年。
(18) 高橋亨「蜻蛉日記の修辞」『物語文芸の表現史』名古屋大学出版会、一九八七年。
(19) 阿部秋生、注(4)に同じ。
(20) 石川徹「物語文学の成立と展開」『講座日本文学』3中古編Ⅰ、三省堂、一九六八年。
(21) 物語を「見る」と「立ち聞」くとは、ジェンダー論に関わるが、女君が女房に本文を読ませて、絵を見ながら聞くという物語音読論に関わる東屋巻のような例もある。本書、第Ⅲ部第3章。
(22) 淵江文也、注(3)に同じ。
(23) 藤井貞和、注(11)に同じ。
(24) 関根賢司「源氏物語と日本紀」国学院雑誌、一九七三年二月。
(25) 村井順『源氏物語評論』明治書院、一九四二年。村井は五項目の類似の第一にこの部分をあげ、それゆえ、蛍巻の物語論を「それ程高く評価することは出来ない」とする。
(26) 『大鏡』旧大系の補注に指摘がある。
(27) 高橋亨「引用としての准拠」、注(18)に同じ。
(28) 風巻景次郎『古代文学の発生』風巻景次郎全集3、桜楓社、一九六九年。
(29) 藤井貞和「日本〈小説〉原始」共立女子大学短期大学部（文科）紀要、一九七二年。藤井は「怪、怪異也」と「怪」字を補っている。その方が他とつりあうが、『説文解字』にも「怪、異也」とある。
(30) 高橋亨「モノガタリ言語序説」、注(18)に同じ。
(31) 小沢正夫『古代歌学の形成』塙書房、一九六三年。
(32) 本章の素稿である「物語論の発生としての源氏物語」においては、旧全集本によって「さへ」で解釈したが、ここに訂正する。
(33) 小島憲之『上代日本文学と中国文学』下巻、塙書房、一九六五年。
(34) 興膳宏訳注『陶淵明・文心雕龍』世界古典文学全集25、筑摩書房、一九六八年。
(35) 岡田喜久男「歌経標式序考」国文学研究（梅光女学院大学）、一九七三年十一月。小島憲之説は注(33)に同じ。
(36) 高橋亨「男性作品から女の文学へ」、注(18)に同じ。

(37) 伊井春樹編『内閣文庫本 細流抄』桜楓社、一九七五年。
(38) 玉上琢彌「引用詩歌仏典」『源氏物語事典』下、東京堂、一九六〇年。
(39) 滝川亀太郎『史記会注考証』の本文により、小川環樹他訳『史記列伝』世界古典文学全集20、筑摩書房、一九六九年の訳文を付した。
(40) 淵江文也「蛍」『源氏物語講座』第3巻、有精堂出版、一九七一年。
(41) 『近世随想集』旧大系。
(42) 中村幸彦『近世文芸思潮攷』岩波書店、一九七五年。中村博保「秋成の物語論」日本文学、一九六四年二月。中野三敏「寓言論の展開——特に秋成の論とその背景」国語と国文学、一九六八年。
(43) 岩瀬法雲『源氏物語と仏教思想』笠間書院、一九七二年。
(44) 淵江文也「源語作者の仏教知識」仏教文学研究、7、一九六九年三月。
(45) 田村芳朗「天台本覚思想概説」『天台本覚論』日本思想大系9、岩波書店、一九七三年。
(46) 高橋亨、注(36)に同じ。
(47) 阿部秋生「六条院の述懐」(一)・(二)・(三) 東京大学教養学部人文科学科紀要、一九六六年十二月・六九年十二月・七二年五月、『光源氏論 発心と出家』東京大学出版会、一九八九年に吸収。

第Ⅲ部第2章

(1) 『宇治拾遺物語 古本説話集』新大系の脚注。
(2) 角田文衛「紫式部の本名」(古代文化、一九六三年)における「藤原香子」説をめぐる論義があり、最近では上原作和「ある紫式部伝」(南波浩編『紫式部の方法』笠間書院、二〇〇二年)がその再評価を試みているが、宣孝との結婚以前に最小四二歳離れていた紀時文との結婚説など、やはりにわかに賛同しがたい。もとより、本論は「紫式部」の伝記研究としての方法とは異質である。
(3) 安藤徹「『源氏物語』のパラテクスト・序説」南波浩編、注(2)に同じ。「パラテクスト」は、ジェラール・ジュネット『スイユ』により、「テクストが固有の言説として確定され流通することが可能となる仕組み」であり、「境界としての作者名」を扱う研究とされている。「オーヴァーテクスト」はスミエ・ジョーンズの用語で、「読む人の教養の諸相とテクストの中に既存する意味の可能性の諸相が重なり合った時点でそれぞれの中から互いに呼応する層が色濃くなり、それが最終的な読みの層を形成する」(「江戸時代のオーヴァーテクスト」江戸文学、一九九九年六月)ことをいう。
(4) 高橋亨「「紫式部日記」の現在」国文学解釈と鑑賞、一九七五年四月。

（5）高橋亨「源氏物語の心的遠近法」『物語と絵の遠近法』ぺりかん社、一九九一年。
（6）小松英雄「きしかた考」『日本語書記史原論』笠間書院、一九九八年。
（7）高橋亨「紫式部、自己省察の文体」国文学、一九七八年七月。
（8）松澤和宏『生成論の探求』名古屋大学出版会、二〇〇三年。
（9）伊藤博「紫式部――人と作品」『紫式部日記』新大系、解説（一九八七年）の四部構成説と同じ。
（10）秋山虔「紫式部日記の冒頭文を読む」、南波浩編、注（2）に同じ。
（11）秋山虔「紫式部の思考と文体（二）」『源氏物語の世界』東京大学出版会、一九六四年。高橋亨、注（7）に同じ。
（12）萩谷朴『紫式部日記全注釈』上巻、角川書店、一九七一年。高橋亨「紫式部と紫の上」UP、一九八七年一月。
（13）室伏信助「紫式部日記における源氏物語」木村正中編『論集日記文学』笠間書院、一九九一年。本書、第Ｉ部第7章。
（14）工藤重矩「紫式部日記の「日本紀をこそ読みたまふべけれ」について」南波浩編、注（3）に同じ。
（15）萩谷朴『紫式部日記全注釈』下巻、角川書店、一九七三年。
（16）室伏信助、注（13）に同じ。
（17）本書、第II部第9章。
（18）今井源衛『紫式部』人物叢書、吉川弘文館、一九六六年。
（19）南波浩「紫式部の意識基体」同志社国文学、一九七一年三月。萩谷朴、注（12）に同じ。
（20）萩谷朴『紫式部日記全注釈』注（12）（15）は、全体にわたって紫式部と道長との愛人関係を強調した読みを示すが、それが倫子の嫉妬をよぶような関係であったとは思われず、あえていえば「召人」的な関係であろう。

第III部第3章

（1）清水好子『源氏物語の文体と方法』東京大学出版会、一九八〇年。
（2）田口榮一「源氏絵帖別場面一覧」『豪華［源氏絵］の世界 源氏物語』学習研究社、一九八八年。榊原悟「住吉派『源氏絵』解題――附諸本詞書」サントリー美術館論集、3号、一九八九年十二月。片桐弥生「美術史における源氏物語――源氏絵の場面選択と図様の問題を中心に」『源氏物語研究集成』第14巻、風間書房、二〇〇〇年。
（3）古原宏伸「画巻形式による中国説話画について」奈良大学紀要、14号、一九八五年十二月。
（4）高橋亨「源氏物語の心的遠近法」『物語と絵の遠近法』ぺりかん社、一九九一年。
（5）千野香織『信貴山縁起絵巻』名宝日本の美術11、小学館、一九八二年。佐野みどり『風流 造形 物語』スカイドア、一九九七年。
（6）小峯和明「絵巻との関連――信貴山縁起絵巻と伴大納言絵巻」『宇治拾遺物語の表現時空』若草書房、一九九九年。

（7）高橋亨「源氏物語の語り手」、注（4）に同じ。
（8）高橋亨、注（4）に同じ。
（9）大西広「物語と絵画の接点で――「視点」という悩ましきもの」国文学臨時増刊号、二〇〇〇年七月。この論文に明示されてはいないが、「解釈のアクロバット」という批判は、明らかに論者をも対象としている。
（10）美濃部重克・榊原千鶴編著『女訓抄』伝承文学資料集成17、三弥井書店、二〇〇三年。本文の表記など改めた。
（11）三谷邦明・三田村雅子『源氏物語絵巻の謎を読み解く』（角川選書、一九九八年）は、『類聚雑要集』の鎌倉初期の模写断簡を例示している。絵師の技法としては有力な共通性であり、雛屋を重視するのは女性による享受の視点からである。
（12）佐野みどり、注（5）に同じ。
（13）高橋亨、注（4）に同じ。
（14）森正人「紫式部集の物の気表現」中古文学、二〇〇〇年六月。同「心の鬼の本義」文学、二〇〇一年七月。同「心の鬼の本義（承前）」文学、二〇〇一年九月。
（15）松田修『日本逃亡幻譚』朝日新聞社、一九七八年。服部幸雄『さかさまの幽霊』平凡社、一九八九年。同「逆髪の宮」（上、中、下・一、下・二）文学、一九七八年四月、五月、十二月、一九七九年八月。
（16）稲賀敬二「『源氏秘義抄』附載の仮名陳状」国語と国文学、一九六四年六月。寺本直彦「源氏絵陳状考」（一九七〇年初出）『源氏物語受容史論考』風間書房、一九八四年。伊井春樹「『源氏物語注釈』（書陵部蔵）所収の古注逸文の性格について」（一九七四年初出）『源氏物語注釈史の研究』桜楓社、一九八〇年。
（17）徳川義宣「源氏物語絵巻について」『源氏物語絵巻』徳川美術館蔵品抄2、一九八五年。
（18）秋山光和『平安時代世俗画の研究』吉川弘文館、一九六四年。同『王朝絵画の誕生』中央公論社、一九六八年。
（19）四辻秀紀「葦手試論」国華、一九八〇年十月。
（20）三谷邦明・三田村雅子、注（11）に同じ。その第三章以下は三田村雅子の執筆によるので、三田村説として扱う。
（21）源豊宗「源氏物語絵」『大和絵の研究』角川書店、一九七六年。
（22）高橋亨「唐めいたる須磨」、注（4）に同じ。
（23）佐野みどり『じっくり見たい『源氏物語絵巻』』小学館、二〇〇〇年。
（24）秋山光和「源氏物語絵巻若紫断簡の原形確認」国華、一九七七年。佐野みどり、注（23）に同じ。
（25）高橋亨「宇津保物語の絵画的世界」、注（4）に同じ。
（26）高橋亨、注（22）に同じ。
（27）高橋亨「源氏物語と竹取物語と長恨歌」『物語文芸の表現史』名古屋大学出版会、一九八七年。

第Ⅲ部第４章

（１）樋口芳麻呂『平安鎌倉時代散逸物語の研究』ひたく書房、一九八二年。
（２）ここで『源氏』や『狭衣』と表記するのは、『無名草子』の引用とそれに類する部分である。また人物名も、『源氏物語』については他の章と統一するために「紫の上」を「紫上」などとしてきたが、『狭衣』以下では「一品の宮」「源氏の宮」など、原表記を尊重することを原則とする。
（３）『夜の寝覚』の女主人公は「中の君」とするのがふつうだが、ここでは『無名草子』の「中の上」を用いる。
（４）錦仁「院政期歌合の構造と方法」日本文学、一九九四年二月。同「『古今集』仮名序と院政期の和歌観念」日本文学、一九九五年七月。
（５）深沢徹「『無名草子』のトポロジー」『講座平安文学論究』13輯、風間書房、一九九八年。
（６）五味文彦『藤原定家の時代』岩波新書、一九九一年。
（７）錦仁、注(４)に同じ。
（８）樋口芳麻呂「源氏物語と物語秀歌撰」高橋亨・久保朝孝編『新講 源氏物語を学ぶ人のために』世界思想社、一九九五年。
（９）三角洋一『物語の変貌』若草書房、一九九六年。神野藤昭夫『散逸した物語世界と物語史』若草書房、一九九八年。
（10）神野藤昭夫、注(９)に同じ。
（11）大隈和雄「古代末期における価値観の変動」北海道大学文学部紀要、一九六八年二月。

第Ⅲ部第５章

（１）富倉徳次郎『無名草子評解』新装初版、有精堂出版、一九八八年。
（２）桑原博史、新潮日本古典集成。久保木哲夫、新編全集。それぞれの注。
（３）『日本古典文学大辞典』（岩波書店）による。
（４）折口信夫「翁の発生」（一九二八年初出）『古代研究（民俗学篇１）』折口信夫全集（新版）２、中央公論社。高橋亨「翁と媼の知と笑い」アジア遊学、二〇〇四年十月。
（５）山中裕『歴史物語成立序説』東京大学出版会、一九六二年。
（６）坂本太郎『日本の修史と史学』至文堂、一九五八年。
（７）松村博司『歴史物語』至文堂、一九六一年。
（８）関根賢司「歴史物語の方法」『日本文学講座』４巻、大修館、一九八七年。
（９）高橋亨「物語の〈語り〉と〈書く〉こと」『源氏物語の対位法』東京大学出版会、一九八二年。同「源氏物語の語り手」『物語と絵の遠近法』ぺりかん社、一九九一年。
(10) 三谷栄一『物語史の研究』有精堂出版、一九六八年。
(11) 森正人「堤中納言物語『このついで』論」愛知県立大学文学部論集、一九七九年九月。
(12) 森正人「物定めと論議」日本古典文学会会報、一九八三年四月。
(13) 森正人「巡の物語の場と物語本文」日本文学、一九九二年六月。
(14) 佐藤謙三『王朝文学前後』角川書店、一九六九年。
(15) 高橋亨「狂言綺語の文学」『源氏物語の対位法』、注(9)に同じ。
(16) 小峯和明「大鏡の語り」日本文学、一九八八年一月。
(17) 安藤徹「『無名草子』の老尼の肖像」『源氏物語と物語社会』森話社、二〇〇六年。
(18) 西本寮子「『無名草子』からの再出発」、二〇〇五年十二月二十五日の名古屋大学における公開シンポジウムでの発表と資料による。
(19) 中島正二「無名草子』の設定に関する若干の考察」魚津シンポジウム、一九九七年三月。
(20) 森正人「無名草子の構造」国語と国文学、一九七五年十月。同「場の物語・無名草子」中世文学、一九八二年十月。ただし、『無名草子』時点の「最勝光院」を「廃墟となった」と読むのは、その叙述からも無理がある。注(18)の西本説。また、深沢徹がこの「最勝光院」を「最勝金剛院」の誤写とみて、「九条家の〈起源〉を語る神話的なテキスト」というのは、やはりうがちすぎであろう。深沢徹「『無名草子』のトポロジー」『講座平安文学論究』13輯、風間書房、一九九八年。
(21) 加納重文「今鏡研究史」『今鏡』歴史物語講座第4巻、風間書房、一九九七年。
(22) 後藤祥子「今鏡の和歌」、注(21)に同じ。
(23) 加納重文、注(21)に同じ。
(24) 後藤祥子、注(22)に同じ。
(25) 黒田彰「今鏡の説話」、注(21)に同じ。
(26) 高橋亨、注(15)と同じ。

結　章

(1) ツベタナ・クリステワ『涙の詩学――王朝文化の詩的言語』名古屋大学出版会、二〇〇一年。
(2) 美濃部重克「江談抄の世界」伝承文学研究、一九九一年五月。
(3) 三浦信孝編『多言語主義とは何か』藤原書店、一九九七年。

（4）高橋亨「喩としての地名——明石を中心に」『源氏物語地名と方法』桜楓社、一九九〇年。
（5）高橋亨「「歌語り」と物語ジャンルの生成」SITES統合テクスト科学研究、名古屋大学文学研究科、二〇〇三年。
（6）高橋亨「物語の〈語り〉と〈書く〉こと」『源氏物語の対位法』東京大学出版会、一九八二年。その後の論としては、同「源氏物語の「もののけ」と心的遠近法」『日本における宗教と文学』国際日本文化研究センター創立十周年記念国際シンポジウム報告書、一九九九年十一月。
（7）陣野英則『源氏物語の話声と表現世界』勉誠出版、二〇〇五年。
（8）高橋亨「源氏物語の待遇表現——その心的遠近法」『源氏物語研究集成』第3巻、風間書房、一九九八年。
（9）安藤徹「会話の政治学」『源氏物語と物語社会』森話社、二〇〇六年。
（10）鈴木日出男「対話の方法」『源氏物語の文章表現』至文堂、一九九七年。
（11）藤井貞和「会話、消息の、人称—体系」（物語研究、2、二〇〇二年三月）は、こうした立場から「四人称」の叙述だとする。
（12）土方洋一「源氏物語の画賛的和歌」むらさき、一九九六年十二月。
（13）森一郎『源氏物語の主題と表現世界』勉誠社、一九九四年。
（14）松岡智之「多弁と寡黙、あるいは沈黙」関根賢司編『源氏物語　宇治十帖の企て』おうふう、二〇〇五年。松岡が示すのは、注（8）（9）（10）（12）の論文。
（15）大西広「物語と絵画の接点で——「視点」という悩ましきもの」国文学臨時増刊号、二〇〇〇年七月。心的遠近法の指標となる絵画表象については、千野香織「絵巻の時間表現——瞬間と連続」（日本の美学、一九八四年七月）、佐野みどり『じっくり見たい『源氏物語絵巻』』（小学館、二〇〇〇年）など。千野香織と論者との対談「物語の時間・絵画の時間」（日本の美学、一九九二年十二月）も参照。
（16）藤本孝一『定家本『源氏物語』冊子本の姿』日本の美術468、至文堂、二〇〇五年。

あとがき

『源氏物語』の成立からほぼ千年を経て、平成二十年（二〇〇八）には「源氏物語千年紀」の企画がさまざまに催されるなど、その名声は世界中に広がり続けています。しかし、サブカルチャー的な情報化による「源氏文化」の華やかさとは裏腹に、いわゆる原文がどこまで深く読みこまれ、研究が深められているのかという点では、いささか心もとないのが現状です。

本書の意図や論点の総括については、「序章」や「結章」において詳しく述べましたが、『源氏物語』など王朝かな文芸テクストの生成と達成、またその展開について、ことばの芸術としての表現史という視点から探求し、〈物語の詩学〉として論じてきました。〈心的遠近法〉を基軸として、私なりにこれまでの研究を総括し、次代に来るべき研究への思いをこめたものです。

初めて『源氏物語』を読んだ大学二年生のときから、これまでの自身の研究の過程をふりかえってみると、亡き石川徹先生をはじめ、多くの先生がたや先学また友人たちとの、大切な出会いの積み重ねが、あらためて回想されます。それらがどこまで本書に生かされているかは別として、これまで私の研究を支えてきてくださったすべての人々に、深く感謝の思いをささげます。

秋山虔先生には、大学院において師事して以来、『源氏物語の対位法』（東京大学出版会、一九八二年）という最初の論文集を出版する機会を与えてくださったことをはじめ、これまでのわがままな研究態度をあたたかく見守ってくださったことに特に感謝しています。一九七〇年に「若き研究者」の会として発足した物語研究会においては、藤井貞和、三谷邦明、長谷川政春、加納重文、関根賢司の諸氏をはじめとする友人たちと議論し、その分派として始まり、現在は名古屋と京都で毎月行われている古代文学研究会を中心とした交流における、廣田収、久保田孝夫、吉海直人、久保朝孝などの友人諸氏にも感謝します。『物語の千年——『源氏物語』と日本文化』（森話社、一九九九年）という鼎談集を土方洋一氏と私とともに出した小嶋菜温子氏からは、「もう一花咲かせなよ」と叱咤激励されたことを思い出します。

また、神野志隆光氏とは大学院修士課程の同期であり、山中裕先生との最初の出会いは、ともに東京大学史料編纂所をお尋ねしたことにありました。美術史の研究者との交流においては、佐野みどり氏や亡き千野香織氏との交流をきっかけとして参加した、「かざり研究会」における学際的な多くの出会いがありました。古代における「かな」文芸の生成前史から、『源氏物語』に至る物語文芸の展開、物語と絵や音楽との関係、そして歴史物語への系譜学という本書の構想は、その各章をなす原論文を執筆した背景として、多くの人々との記憶と結びついています。

本書はまた、原稿の段階で、博士学位請求論文として東京大学大学院人文社会系研究科に提出して認められたものです。その審査にあたってくださった藤原克己氏をはじめとする五名の諸氏からは、それぞれに貴重な助言をいただき、すでに校正の段階にあったという限界はありますが、それを多少なりとも生かすことができたことに感謝しています。

『源氏物語の詩学』という書名は、同じく名古屋大学出版会から刊行されたツベタナ・クリステワ氏の『涙の詩学——王朝文化の詩的言語』と対をなしています。その出版に協力してから、すぐに本書を刊行しようという約束と意志はありましたが、七年ほどの月日がまたたくまに流れてしまいました。『源氏物語』の研究書が毎年多く刊行されている中で、ハルオ・シラネ『夢の浮橋——『源氏物語』の詩学』（中央公論社、一九九二年。原書は一九八七年）の副題があるものの、この魅力的な書名が私のために残されていたことには、ある種の運命さえ感じています。

ハルオ・シラネ氏とは、やはり物語研究会での出会いが最初でしたが、ノーマ・フィールド、リチャード・オカダ、ルイス・クックの諸氏など、現在北アメリカで活躍している研究者たちとの出会いも同じで、その後、学会やシンポジウム、講演会などでの交流が続いています。前著『物語と絵の遠近法』（ぺりかん社、一九九一年）の英文要旨はルイス・クック氏にお願いし、〈心的遠近法〉という私の造語を〈psycho-perspective〉と訳したのは、同氏との相談によるものです。また、スミエ・ジョーンズ氏とは、一九八二年のインディアナ大学における「源氏会議」が最初の出会いで、その後同大学の客員教授として招かれたりして、一緒に講義もしました。そうした交流の中で、特に親しくしていただいたアール・マイナー氏が逝去され、この書物をお目にかけられないことが悔やまれます。

『源氏物語』をはじめとする平安朝文学研究による海外との交流ということでは、韓国外国語大学校や木浦大学校、中国の吉林大学などにおける講義や講演も行ってきました。二〇〇四年度秋から冬にかけての、チェコのカレル大学における講義もなつかしい思い出です。こうした海外における日本文学研究者たちとの交流を通して、「源氏物語の心的遠近法」といった講演や講義を行って来たことが、『源氏物語の詩学』を構想しまとめる契機ともなりました。

もちろん、三十年余りにおよぶ名古屋大学における研究と教育とが本書の基盤であり、その同僚や、大学院の留学生を含む学生諸君にも感謝しています。二〇〇二年度からは、佐藤彰一氏を拠点リーダーとする文学研究科の「統合テクスト科学の構築」と題した21世紀COEプログラムが発足し、そこでの活動も大きな刺激となりました。卒業生である安藤徹氏には研究史についての助言をいただき、現在大学院に在学中の眞野道子、本宮洋幸両君による索引作りをはじめ、多くの方々に協力していただきました。

また、本書の出版に際しては、独立行政法人日本学術振興会平成十九年度科学研究補助金（研究成果公開促進費）の交付を得ることができました。関係各位にお礼申し上げます。

そして、前著『物語文芸の表現史』に引き続いて、この書物を形作ってくださった名古屋大学出版会の橘宗吾氏、今回新たに緻密な校正などで助言していただいた安田有希氏に感謝します。また、表紙カバーには、古くからの友人である鈴木広行氏の版画を用いさせていただきました。本文中にまぎれこませた架蔵の源氏絵とともに、私のコレクションのひとつです。

こうして、多くの人々のお世話になった本書が、特に若い人々に読まれて新たな研究の発展への礎となれば幸いです。

二〇〇七年　還暦の七月に

高橋　亨

初出素稿一覧

＊いずれの章においても、程度の差はあるが、かなり大きな改訂を加えている。

序論

第一節　「生成の学としての文学理論」物語研究、4、一九八二年。

第二節　「言の葉としてのテクスト」SITES「統合テクスト科学の構築」第3回国際研究集会報告書『テクストとその生成』名古屋大学大学院文学研究科、二〇〇四年。なお、SITES は COE の報告書であり、フランス語訳も掲載している。

第三節　「貴種流離譚の構造」国文学解釈と鑑賞、一九九一年十月。

「物語学にむけて」糸井通浩・高橋亨編『物語の方法』世界思想社、一九九二年。

「心的遠近法」若杉準治編『絵巻物の鑑賞基礎知識』至文堂、一九九五年。

第Ⅰ部

第1章　「かな文字生成論――詩的言語の音と文字」『音声と書くこと』叢書想像する平安朝文学8、勉誠出版、二〇〇一年。

第2章　「語源譚の物語と歌――掛詞の声と文字」稲岡耕二編『声と文字――上代文学へのアプローチ』塙書房、一九九九年。

第3章　「竹取物語と漢詩文」国文学、一九九三年四月。

第4章　「初期物語の遠近法」『日本文学史を読む』Ⅱ古代後期、有精堂出版、一九九一年。

第5章　「うつほ物語の琴の追跡、音楽の物語」国文学、一九九八年二月。

第6章　「歳時と類聚――平安朝かな文芸の詩学にむけて」国語と国文学、一九九九年十月。

第7章　「〈もどき〉としての枕草子」国文学、一九九六年一月。
「枕草子――つれづれなぐさむ草子と日記」久保朝孝編『王朝女流日記を学ぶ人のために』世界思想社、一九九六年。
第8章　「『源氏物語』――物語文芸を超えて」『時代別日本文学史事典』中古編、有精堂出版、一九九五年。
「歌の技法と物語の技法」『9・10世紀の文学』岩波講座日本文学史第2巻、岩波書店、一九九六年。

第II部
第1章　「源氏物語の方法――謎かけの文芸」高橋亨・久保朝孝編『新講　源氏物語を学ぶ人のために』世界思想社、一九九五年。
第2章　「源氏物語の〈ゆかり〉と〈形代〉――絵と人形と物語の文法」平川祐弘・鶴田欣也編『日本文学の特質』明治書院、一九九一年。
第3章　「光源氏論――境界性のゆらぎ」森一郎編『源氏物語作中人物論集』勉誠社、一九九三年。
「光源氏」『物語を織りなす人々』源氏物語講座2、勉誠社、一九九一年。
第4章　「明石入道の物語の心的遠近法」国語と国文学、一九九八年十一月。
第5章　「源氏物語の〈琴〉の音――知の歴史語りの遠近法」季刊 iichiko、No. 23、一九九二年四月。
第6章　「横笛の時空――源氏物語の音楽とその主題的表現」源氏研究、第4号、一九九九年四月。
第7章　「源氏物語の歳時意識――物語の〈詩学〉にむけて」『源氏物語研究集成』第10巻、風間書房、二〇〇二年。
第8章　「源氏物語の薫――恋する男の夢の浮橋」久保朝孝編『悲恋の古典文学』世界思想社、一九九七年。
第9章　「愛執の罪――源氏物語の仏教」関根賢司編『源氏物語　宇治十帖の企て』おうふう、二〇〇五年。

第III部
第1章　「物語論の発生としての源氏物語」名古屋大学教養部紀要、A第22輯、一九七八年三月。

第2章　「物語作者の日記としての紫式部日記」南波浩編『紫式部の方法』笠間書院、二〇〇二年。

第3章　「文芸と絵巻物——表現法の共通性と差異」若杉準治編『絵巻物の鑑賞基礎知識』至文堂、一九九五年。

第4章　「王朝〈女〉文化と『無名草子』」古代文学研究（第二次）、10、二〇〇一年十月。
「解説」『無名草子』輪読会編『無名草子　注釈と資料』和泉書院、二〇〇四年。

第5章　「語りの場の表現史と歴史物語」山中裕編『王朝歴史物語の世界』吉川弘文館、一九九一年。
「『無名草子』と歴史物語」国文論叢（神戸大学文学部国語国文学会）、二〇〇四年三月。

高橋亨著 物語文芸の表現史	A5・380頁 本体3,500円
ツベタナ・クリステワ著 涙の詩学 ―王朝文化の詩的言語―	A5・510頁 本体5,500円
石川九楊著 日本書史	A4・632頁 本体15,000円
山下宏明著 平家物語の成立	A5・366頁 本体6,500円
阿部泰郎著 湯屋の皇后 ―中世の性と聖なるもの―	四六・404頁 本体3,800円
阿部泰郎著 聖者の推参 ―中世の声とヲコなるもの―	四六・438頁 本体4,200円
田中貴子著 『渓嵐拾葉集』の世界	A5・298頁 本体5,500円

《著者紹介》

高橋《たかはし》　亨《とおる》

1947年　横浜市に生まれる

1975年　東京大学大学院人文科学研究科博士課程中退

現　在　名古屋大学大学院文学研究科教授

著　書　『物語文芸の表現史』(名古屋大学出版会，1987年)

『源氏物語の対位法』(東京大学出版会，1982年)

『色ごのみの文学と王権』(新典社，1990年)

『物語と絵の遠近法』(ぺりかん社，1991年)

『物語の方法』(共編著，世界思想社，1992年)

『新講 源氏物語を学ぶ人のために』(共編著，世界思想社，1995年)

『物語の千年――『源氏物語』と日本文化』(共著，森話社，1999年)

『源氏物語と帝』(編著，森話社，2004年) ほか

源氏物語の詩学

2007年 9 月15日　初版第 1 刷発行

定価はカバーに
表示しています

著　者　高　橋　　亨

発行者　金　井　雄　一

発行所　財団法人　名古屋大学出版会

〒464-0814　名古屋市千種区不老町 1 名古屋大学構内

電話(052)781-5027/FAX(052)781-0697

© Toru Takahashi, 2007　　Printed in Japan

印刷／製本 ㈱太洋社　　ISBN978-4-8158-0565-4

乱丁・落丁はお取替えいたします。

R<日本複写権センター委託出版物>

本書の全部または一部を無断で複写複製（コピー）することは，著作権法上での例外を除き，禁じられています。本書からの複写を希望される場合は，日本複写権センター（03-3401-2382）にご連絡ください。

Toru Takahashi

A Poetics of The Tale of Genji

This study examines how narrative texts, such as The Tale of Genji, appearing in the early 11th century, were formed. I approach this question from the vector of "a genealogy of the poetics of *kana* literature," in order to investigate those texts' significance as literary works.

In recent years, studies of The Tale of Genji have concentrated on either semantic interpretations of the content, or on a textual approach consisting of morphological analysis of the "narrative" (*katari*) structure. This study attempts to combine these two types of analyses into a "semantics of the narration," whereby we can grasp the formation and development of kana (Japanese phonetic character) literature as a verbal art, and attempt to discover the thematic development of The Tale of Genji within the process of the history of narrative by taking into account a multi-genre genealogy that includes waka and Chinese écriture. At the base of this open genealogy is the concept of language-as-plant metaphor, as seen in the *koto no ha* (leaves of words) view of language and literature. Through that, I consider the similarities between Western theories on narratology and text-theory in order to clarify the nature and characteristics of Heian literature.

Here, what is meant by the "poetics of narrative" is a discussion of rhetorical tropes primarily from waka, particularly pivot words (*kakekotoba*) and word associations (*engo*) used in the prose sections of narrative writing. I view the use of these from the standpoint of not only an aesthetic of *assimilation* as typified by *keijyo icchi* (identification with natural surroundings) and *aware* (pathos), but also, I put emphasis on the concept of *dissimilation* where objects of depiction are grasped critically and undergo a distancing. In this study I consider how *aya* (rhetoric) works through *koto no ha* to engender the thematic meaning and philosophy of the text. I analyze the allusions to and transformations of themes from waka and Chinese écriture as well as narrative texts that came before to trace the genealogy of the poetics of *modoki* (parody), considering the question primarily from the standpoint of "psycho-perspective."

Psycho-perspective is a general term to describe the movement of the narrating subject in The Tale of Genji, as it shifts like a *mononoke* (spirit) from outside the fictional world to the inside, from objective description to conversational sections, or even to the inner thoughts of the characters, and then outside again. This movement from outside to inside can be characterized as assimilation, but simultaneously we can see the movement from the inner world of the characters to the outer world, as dissimilation. Fundamentally, this is a kind of "discursive grammar" common to the narrative paintings drawn in *Yamato-e* (pre-modern Japanese-style paintings) such as The Illustrated Scrolls of the Tale of Genji, which depict noble characters with conventional abstractions like *hikime kagibana* (sharp noses and lines for eyes) ; in

contrast commoners are depicted with more mimetic attributes. This discursive grammar can also be seen in the *fukinuki yatai* representational technique where the roof appears to have been peeled away so that the activities inside can be seen. Here, in addition to the "psycho-perspective of narration," we can envision a "Chinese and Japanese ĕcriturial perspective"——a field of vision that encompasses *public* versus *private*, *male* versus *female*, in other words, a cultural theory of gender. However, I eschew a binary opposition between these various nodes and argue that they are interconnected, as I would like to raise awareness of the tension arising from their interconnection.

In the Introduction, I describe the basic approach of this book, including the theory of *koto no ha*, the *kishu ryūri tan* (folk tales of wandering-nobles) in relations to story-types, and the discursive grammar of narrative and psycho-perspective.

In the first section I consider the history of literary expression up until The Tale of Genji, by foregrounding the relationship between the birth of kana, and Chinese and Japanese ĕcriturial perspective. Writing in both kanji (Chinese characters) and in kana (*man'yōgana* and hiragana) resulted in the birth of the waka and *wabun* and therefore the two vectors of kanji and kana poetics exist at the foundation of Japanese courtly literature. From there, I examine the technique of pivot words and word associations in waka and in *chimei kigen tan* (stories that explain the origins of place names), where I describe how these came to be transformed into a poetics of fictional narrative that engendered The Tale of the Bamboo Cutter.

The Tale of the Bamboo Cutter successfully introduces a new tradition of narrative literature, both by accomplishing a transformation from *shinsen tan* (folk tales of mystic land) to *Hagoromo*-type stories by making allusions to Chinese writings, and by critically portraying the *aware* of human beings who have severed all connections with the "other world" based on a Buddhist world-view. Within that, I see the birth of narrative literature coming out of a critical objectification of the *aware* theme. In addition, I consider the opening phrases, *ima* (once upon a time) and *ima wa mukashi* ("now, in other words long ago"), as well as the usage of *keri* and *ki* verb endings and the story-concluding expression *tozo*, with the intention of understanding the structural significance or the actions in the works reported as "hearsay," or having been retold second-hand. That argument opens up into an analysis of the history of expression in which I consider the diachronic topology of early narratives, using the example of rhetorical transformation of *hōrai* (mystic mountain) and *fushiyaku* (panacea). Additionally I look at The Tale of the Hollow Tree, focusing on the role of the *kin* (a seven-stringed musical instrument) as it functions as a surrealistic feminine metaphorical image, which I argue to be more closely connected to "imperial power" than the masculine image of Chinese poetic writing.

The 10th century, which gave birth to narrative literature, was also the period of categorization or taxonomy. From an analysis of the thought concerning the taxonomy of seasonal expressions, I argue that the collection known as Kokin Waka Rokujyō is of particular importance. I also examine The Pillow Book (Makura no Sōshi), which I argue is a work of categorizational writing, defining such literary

aspects as dissimilation and humorous expression as well as the alienation toward the language of the other and the characteristic of word-association as a literary tradition of *modoki*. Also, I consider the history of expression in terms of an intermingling of poetic techniques and narrative techniques through a meditation on the lyrical expression *namida gawa*. From that, I attempt to diachronically survey the formation of narrative and its thematic transformation. This study attempts to counter the mainstream in theoretical treatment of Heian literature, which centers on the movement from Kokin Shū to The Tale of Genji in terms of the aesthetic of the assimilation of *aware*. I investigate, among other things, the importance of dissimilation within a history of expression that encompasses Kokin Waka Rokujyō, The Pillow Book and The Tale of the Hollow Tree. The Tale of the Bamboo Cutter, represents the first example of this dissimilation in the way that it is structured as a narrative using a technique that parodies *gogen tan* (traditional tales of folk etymology). At the foundation of Heian kana literature can be found Japanese-styled Chinese poetry, and a state of merging and blending of two literary "voices" together resulting in new works such as Wakan Rōei Shū.

In the second section of this book, I analyze the thematic development in The Tale of Genji from the point of view of the narrator's psycho-perspective. First, I take up the interrelationship of writer and reader, narrator and listener, and the characters within the work. From that position I look at the narrative development, as it exists based on the pattern of a series of riddles, where historical references, prophesies and fortune-telling that surround Hikaru Genji create a riddle whose resolution brings about yet another mystery. Another point I bring up is the "rosary style" structure of The Tale of Genji, in which each short episode is connected together, like a chain of prayer beads. This narrative construction engenders a thematic system of fate and causality within which there is a process of metonymical association among female characters along two genealogies : one of similarity due to blood relationships (*yukari*) and another along lines of similarities of looks——as if characters have been substituted for others like dolls (*katashiro*). It is these two genealogies that function in conjunction with imaginative *hina*-doll play among girls of high birth in the Heian period that create the narrative method of storytelling.

Furthermore, I attempt to define the significance of the various namings for Hikaru Genji, including exterior reference markers, interior reference markers and finally the use of a null reference marker, to show how use of this reference system engenders a technique in developing the theme of The Tale of Genji. Then, I consider how the *kin* performances that revolve around Hikaru Genji's character represent an illusionary vision of imperial power. The *onna gaku* (female orchestra) of the Rokujōin brings about a thematic dismantling of the fictional world through a breakdown in musical harmony, supported by the core concept of the *sue no yo* (the state of ruin of the current world). Similarly, in keeping with the question of music in the Tale of Genji, I consider the conversion from the *wagon* (six-stringed instrument) to the *yokobue* (flute) as it relates to the blood line of Kashiwagi, and howit thus engenders both assimilation and dissimilation by way of metonymical poetic language. I argue that the narrating subject carries out a multi-level dismantling of the fictional world, where the reader sees characters fun-

ctioning as independent narrators of the story, and I argue that this causes a further discommunication.

Furthermore, in The Tale of Genji, the "autonomous order of language," a representative feature of Kokin Shū, engenders the aesthetics of *ori* (seasonal-imagery) and functions to create a narrative not just of assimilation but also of dissimilation. Moreover, I analyze the system of expression in The Tale of Genji as a poetics of a multiplicity of interpretation based on word play, referred to as *kari*, meaning either "wild geese" 雁 or "temporality" 仮——the latter being the first kanji in the word kana 仮名, while I point out the importance of Kokin Waka Rokujyō. Also, I analyze the tale of Kaoru in the latter half of The Tale of Genji and consider the theme of the secret surrounding Kaoru's birth, and argue that this is a kind of narrative parody, which causes the story to develop along the lines of an anti-tragedy. In addition, I discuss the final heroine to appear in The Tale of Genji, Ukifune, as well as her "sin" and her subsequent decision to enter monastic life. Therein I analyze the role of Yokawa no Sōzu, and his part in relation to the introduction of *chū'u* (stage of an interim between death and one's next life) philosophy into The Tale of Genji.

In the third section of the book, I attempt to bridge the gap between poetics and culture, and reconsider the history of narrative form. In my analysis of the narrative theory that is found in the "Fireflies" chapter, considering the textual references from Chinese literature and Buddhist texts, I argue against Moto'ori Norinaga's *mono no aware* (pathos) theory, and therein, I argue for a new view of the fictional rhetoric of narrative. Additionally, I attempt to analyze the process of creation of The Tale of Genji, starting with an analysis of statements concerning narrative fiction in The Murasaki Shikibu Diary. Moving on from there, I investigate the possibility of a paratextual *Murasaki Shikibu* theory through the intertextuality of The Collected Poems of Murasaki Shikibu and The Murasaki Shikibu Diary as well as The Tale of Genji itself.

Moreover, looking at the discursive grammar of psycho-perspective as it exists as a common aspect of literary narrative and scroll paintings, I consider the expressional functionality of the narrative paintings and *hina*-dolls within the fictional world of The Tale of Genji. At the same time, I argue fora culturally feminized interpretation of The Tale of Genji, quite different from that of male critics of the age like Fujiwara Teika and others, as well as that of the pictorial interpretations and canonization of The Tale of Genji later on.

Also, concerning the remarks on court narrative and female culture which appear in Mumyō Sōshi of the Kamakura Period, I argue that the *sōshi* style places it in the tradition of The Pillow Book and therefore can be linked to the history of the place of narration such as in Ōkagami, and Imakagami. Informed by Imakagami, Mumyō Sōshi argues against the Buddhist view of fiction as a corrupt activity as expressed in the *kyōgen kigyo* viewpoint (referring to literature as being full of crazy sayings and vain words), and establishes the narrative as a positive tradition of feminine culture. This section is a discussion of the origin of narrative criticism, taking into consideration the process of reception and adoption of courtly narratives, while at the same time taking into account the vector of feminine court culture.

In the final chapter, I summarize my main arguments, and present some issues that need to be taken up in the future. "The poetics of court kana literature" falls into a typology of both a text-oriented approach and an expression-oriented approach. At the foundation of this lies the dual poetics of expression : kana on the one hand, and Chinese writing on the other. A large aspect of research from the medieval to the pre-modern era centers not just on the text but also on the commentaries that have been attached to the texts to assist readers in creating their own poems, narratives and diaries. The story-types of early narratives came to function as a grammar. However, within the course of the history of the formation of narrative literature leading to the birth of The Tale of Genji, the poetics of assimilation and dissimilation were created out of the use of narrative psycho-perspective formed by allusion and transformation of the pretexts, in other words by the act of *modoki*. The most effective use of psycho-perspective can be seen in its function of creating a topology in which the various narrating agents inside and outside the fictional world are connected. This is an instance of the successful transference of the idea of a narrator who functions like a *mononoke*. I seek to show that it is possible to understand semantic formation in a "poetics of narrative" from a point of view that incorporates a *Murasaki Shikibu* theory and a textual interpretation open to the various shifting treatments of those works.

For a more concrete look at the contents of this book, below is a translation of the titles from the main sections.

Section I The Formation of Kana Narratives and Sino-Japanese Psycho-perspective.

Chapter 1 The Formation of Kana Script and the Dual-vector Poetics of Chinese and Japanese Écriture
Chapter 2 Pivot Words and Traditional Tales of Folk Etymology——Voice and Writing in Poetry and Narratives
Chapter 3 Chinese Poetry and the Moon——Intertextual Allusion and Transformation in The Tale of the Bamboo Cutter
Chapter 4 Psycho-perspective of *Mukashi* and *Ima*——Assimilation and Dissimilation in Early Narratives
Chapter 5 The *Kin* in The Tale of the Hollow Tree
Chapter 6 Seasonal Expressions and Categorization——the Foundation of Poetics in Kana Literature
Chapter 7 The Pillow Book as *Modoki* Literature
Chapter 8 *Namida gawa* as the Creator of Narrative——Connections between Lyrical Expressions and Narration

Section II The Poetics of The Tale of Genji and Psycho-perspective of the Narrator

Chapter 1 The Tale of Genji as a Literature of Riddles
Chapter 2 *Yukari* and *Katashiro*——the Metonymy of The Tale of Genji
Chapter 3 Psycho-perspective as Seen in Reference Markers of Hikaru Genji

(Translated by Sharif Mebed)

書名(巻名)・人名索引

＊『源氏物語』と『うつほ物語』については，それぞれの書名に続けて巻名の項目を付した。また，同一人物名等まぎらわしい項目には，以下の略号で作品名を付した。
【伊】伊勢物語，【う】うつほ物語，【落】落窪物語，【権】権記，【狭】狭衣物語，【更】更級日記，【住】住吉物語，【竹】竹取物語，【と】とりかへばや物語，【浜】浜松中納言物語，【枕】枕草子，【無】無名草子，【紫】紫式部日記，【寝】夜の寝覚

ア 行

カ　行

サ　行

タ　行

ナ　行

ハ 行

マ 行

ヤ 行

ラ　行

ワ　行

引用歌初句索引